U0643676

Best Time

白 马 时 光

百花洲文艺出版社

图书在版编目（CIP）数据

南江十七夏 / 玖月晞著 . — 南昌 : 百花洲文艺出版社 , 2020.5

ISBN 978-7-5500-3718-2

Ⅰ . ①南… Ⅱ . ①玖… Ⅲ . ①言情小说—中国—当代
Ⅳ . ① I247.5

中国版本图书馆 CIP 数据核字（2020）第 055111 号

南江十七夏

NANJIANG SHIQI XIA

玖月晞 著

出 品 人 李国靖
特约监制 王 瑜
责任编辑 李 瑶 黄文尹
特约策划 王 婷
特约编辑 方 淇 李 肖
封面设计 80图 · 小贾
版式设计 彭 娟
封面绘图 lost7 东隆咚
赠品绘图 麻 团 东隆咚
出版发行 百花洲文艺出版社
社 址 南昌市红谷滩世贸路 898 号博能中心 I 期 A 座 20 楼
邮 编 330038
经 销 全国新华书店
印 刷 三河市金元印装有限公司
开 本 880mm × 1230mm 1/32
印 张 28.75
字 数 765 千字
版 次 2020 年 5 月第 1 版
印 次 2020 年 5 月第 1 次印刷
书 号 ISBN 978-7-5500-3718-2
定 价 79.80 元（全二册）

赣版权登字：05-2020-41

版权所有，侵权必究
发行电话 0791-86895108 网 址 http://www.bhzwy.com
图书若有印装错误，影响阅读，可向承印厂联系调换。

目 录

--Contents--

目　录

--Contents--

Chapter 1

当世界还小的时候

苏起，小名七七，出生于沿江小城云西，是个女孩。

为什么女孩会叫“起”这个名儿，得从她妈妈程英英说起。

程英英生于二十世纪六十年代末的农村，和那个年代的绝大多数人一样，从小在农村地里干活儿，读书不够认真，所谓小学、中学都是些“花架子”。这在当时也不算不务正业。她长得漂亮，嗓子也亮，歌声像天上飞过的雀儿的叫声。让村里一帮小伙子魂牵梦萦，不到十七岁，说媒的人就踏破了门槛。但她看上了隔壁村的穷小子苏勉勤。

苏勉勤父母早亡，读完初中就没再上学。那时候年轻人大都不求学业进取，哪怕不读书，只要有一门手艺就能挣钱糊口。瓦匠、木匠、裁缝、剃头师，这些谋生技能都不难上手。苏勉勤到云西市拜了个师傅学瓦匠，他聪明又灵活，一年后就出师了。在城里闯荡过的苏勉勤沾染了些时尚风气，白衬衫，黑西裤，头发上擦摩丝定造型，黑皮鞋用鞋油打得锃光瓦亮。用程英英母亲的话说，程英英是个“憨包女吖”，挑男人不看条件，只看外表。就像造屋不看砖瓦，只看白石灰粉墙。

二十世纪八十年代末，农村经济开始复苏，旧时的泥瓦房一间间推倒了建砖瓦屋。苏勉勤手艺好，哪家盖房都托他去，不久就挣了人生第一桶金。农村留不住他，他很快便领着程英英上了云西。正赶上城市开始发展的好时机，二十世纪八九十年代之交，百废待兴，只要有本事，总能在城市中找到一片安身立命之所。

苏勉勤沾了师傅的光，在云西市规划建设局找到一个非编制职位；程英英也进麻纺厂做起了女工。两人拿积攒的四千块钱在北门街区南江巷里买了个小旧的砖瓦平房。家具不用多添置——床、衣柜、五斗柜、木碗柜全由程英英的父亲在农村托木匠打好了亲自送进城来。再添一点儿行李被褥，勉强算是有了一个家。

南江巷地势低洼，与长江隔着一道防洪大堤，隶属云西市北郊落魄地带——北门街。这片区房子破，房价低，最适合经济拮据的小家庭。苏勉勤、程英英小两口儿入住时，正赶上隔壁几户先后搬家进来，全是初来云西的小夫妻。大家年龄相仿，经历相似，一见如故，十分投缘。

梁霄和康提同为麻纺厂工人，是程英英的同事。

李援平和冯秀英则是医生和老师的完美文化组合。

林家民和沈卉兰，一个是热情奔放的照相师傅，一个是精打细算的小裁缝。

路耀国和陈燕则是南江巷的老住户，开了一家早餐铺子。

他们都年轻，二十岁刚出头，还带着少年时代的稚气和热情，刚从乡村到城市，对一切新潮事物都如饥似渴。那时候，家用式收音机开始流行，卡拉 OK 也登台亮相，大街小巷都在播放当年的流行金曲：“拱虾米，娃亲亲……”和“爱 biang 加敹羊……”。球灯滚动的舞厅应运而生。一下班，几对年轻人便去迪厅跳舞作乐。Beyond、凤飞飞的歌伴随着年轻人度过了在南江巷的第一个春秋。

爱唱歌的程英英、爱跳霹雳舞的康提、林家民和会弹琴的冯秀英老师搞了个组合叫“风生水起”。

他们戴着蛤蟆镜，烫着大卷发，穿着喇叭裤，踩着高跟鞋，招摇过市，俨然那个朴素年代最放浪不羁的风景线。

只可惜组合还没机会发布新歌，四个家庭相继迎来新变化。

程英英、康提她们前后脚怀了孕，梦想中“唱遍全中国，火过邓丽君”的演艺生涯就此暂停。为了纪念这段时光，四家人决定给四个孩子起名叫“风生水起”。

至于这四个字如何分配，他们选了最原始也最公平的方式——抓阄。

程英英喜欢“水”，抓阄前特地念了声“阿弥陀佛上帝保佑”，结果抽到了“起”字。

抽到“水”的康提说：“怪就怪你刚念的那句话，菩萨跟上帝打起来了。”

程英英说：“你喜欢水字不？”

康提：“一般般，这四个字都好。”

程英英：“正好，那你跟我换换。”

康提：“那不行，你喜欢水，那我偏要这个了。”

“……”程英英说，“等着吧，以后我叫苏起欺负死你家梁水。”

康提说：“漂亮话别说太早，还不晓得谁欺负谁呢。”

苏起仿佛就带着“欺负梁水”和“被梁水欺负”的使命呱呱坠地了。

1990 年年初，南江巷四个小孩接连出生，好巧不巧，正按着“风生水起”的先后顺序——李枫然、林声、梁水、苏起。

李枫然像微风一样，从小安静沉默；林声正如林间悄声，乖巧温和；梁水跟水一样抓不住，虽调皮好动，但也算是在小男孩的正常范围内。唯独苏起，女孩起了个男孩名儿，婴儿时期就不安分，白天呼呼睡，夜里嗷嗷叫，才刚会爬就跟隔壁巷子的狗打架，扯掉小奶狗尾巴上几撮毛。方圆几里的狗闻风丧胆，老远闻见她的气味掉头就跑。等会走路了更是连狗都嫌。苏勉勤这才说坏了，都是名字惹的祸。小小丫头片子跟男孩一样捣蛋又闹腾。笑起来咯咯咯跟风吹铃铛似的，哭起来号得像杀猪，能掀翻一条巷子的屋顶。程英英恨不能把她塞回肚子里去，又给她改名叫苏七七。可惜命数像撒丫子跑出去的野马，改名也拉不回来，程英英最终作罢，放任自流。

而当事人并不觉得自己是个小麻烦精。程英英说起苏起的童年，觉得头皮发麻，而苏起的记忆显然存在偏差，她的童年相当简单而快乐。

她的世界很小很小——她搬个小板凳坐在自家屋檐下，抬起小脑袋，巷子里各家的屋檐连成一片，拉成一个四边形的形状——那一方蓝蓝的天空就是她的世界。

后来，她又走得远了些，出了巷子，到堤坝的另一头上幼儿园。但南江巷仍然是她心里“世界”的象征。

夏天的中午，幼儿园的小朋友们全都趴在桌子上午睡。她总是假装睡着，等到世界都安静下来，她就偷偷睁开眼睛，看林声在流口水，看窗外的天空很高很蓝，柳树的绿叶垂着，没有风。这景色和她在南江巷里看到的天空一样。

她还是更喜欢南江巷。

巷子里只有七八户人家，巷深不过六七十米，对儿时的她来说，却是一条很深很大的神秘地带，足够她花很多的时间去探索。

她家门口的栀子花树和砖瓦堆，林声家门前的葡萄藤架和凤仙花，梁水家的阁楼，路子灏家后面的水坑，都是她的宝藏。尤其是李枫然家旁边的一块破地，更是她的私家探索天堂。

那原本是一处破败的宅基地，年代久远，无人看管，断壁残垣。

破三轮车，破柜子，破墙边长了几株瘦瘦的栀子花树。树丫下露出一个挂在墙壁上的篮球筐，筐子里盛开着白花儿。屋内的水泥地坪早已破碎入土，满地杂草横生，野花盛开，废弃物散落其中。苏起时常在里边捡到玻璃弹珠儿和画着小鱼和拼音的积木。有一次，她在里头捡到一个穿着黄色公主裙棕发碧眼的小人儿，那是她淘到的最精美的收获。

那是一个外国的小人儿，长得不像她身边的每一个人。她并不认识。很多年后她才知道，那原来是《美女与野兽》里的贝儿。但她那时不知道什么美女与野兽，她只知道葫芦娃、哪吒和蛋生。

她可喜欢葫芦娃了，每天都唱：“葫芦娃葫芦娃，一根藤上七个瓜。我是葫芦娃，我会隐身！”

“七七，”林声纠正她说，“葫芦娃是男的，他们露肚皮哩，你是女的。”

苏起思索两秒之后，摘了一朵小黄花别在耳边，顺利完成了身份的转变，她又唱：“我是花仙子露露。大波斯菊是我的帽子，蒲公英在我身边飘荡，穿过那阴森的……”

林声再度质疑：“那么……这是大波、斯菊吗？”她并不知道波斯这个词，听歌里唱的是“大波、斯菊”，以为“大波”是形容“斯菊”的。不过没关系，苏起也不知道。

苏起说：“我们假扮它是大波斯菊。声声，你愿意帮我假扮吗？”

这个帮忙多简单呀，林声愉快地答应，耸耸小肩膀：“那么……好呀。”

她刚从大人的谈话里学会“那么”这个词，所以总是拿出来用。

苏起很感动，说：“你太好了，等仙子来接我，我带你跟我一起，飞啊飞，飞去仙国玩。”

“真的？”林声很激动。

“真的。我跟你讲，那是一个很漂亮很漂亮的花园，里边有很多很多花，有栀子花，还有……红的花，蓝的花，黄的花，很多很多，还有山，有水，有九色鹿……”她词汇匮乏，不足以描述她想象的世界，但这不妨碍林声领会她的意思。

林声心驰神往，兴奋地补充道：“那么，有没有玫瑰花呢？”

苏起一愣，有些不开心自己没有先想到“玫瑰”这个词，于是含混过去，说：“有很多大波斯菊，像海洋一样！”

大波斯菊，她没见过；海洋，她也没见过。

因为没见过，所以这个场景特别盛大壮观，完全超越了她们的想象。

“真美啊。”林声感叹。

两个小丫头看着对方，都感动极了。她们互相看着，就咯咯笑了起来。一直笑一直笑，也不停下来。

为什么笑个不停，她们也不知道。

自此，苏起认定了自己是花仙子，她对李枫然说：“风风，我是花仙子，你知道吗？”

李枫然蹲在地上拿一根小树枝挖坑，他抬起头，一双黑黑的眼珠子无声望着她，好一会儿后，摇了摇头。

苏起也不恼，抱着小裙子耐心蹲在他身边，笑眯眯："那你现在知道啦，我是花仙子。我走到哪里，哪里就开花。"

李枫然看着她咧嘴笑，她掉了一颗门牙，说话还漏风呢。他无声看她一眼，又低头看地上，她脚边开着一朵蒲公英的小黄花儿。

他不说话，苏起毫不介意，继续道："你知不知道，我有一个仙国。有一天，我的仙子妈妈会来接我的。"

李枫然终于开口："你的妈妈是程英英阿姨。"

"她是假的。嘘！我只偷偷告诉你，你不要告诉别人。"苏起超级小声。

李枫然不说话地看着她，没什么表情。

"这是秘密，她是假妈妈，我的真妈妈是花仙子。我也是。"苏起站起来，转了个圈，碎花小裙摆像转动的伞面，"你看。"

"……"李枫然觉得，自己好像看见她的小内裤了，于是低下头继续拿树枝挖坑。

苏起又去找梁水："水砸！水砸！"

梁水正要去找小伙伴玩，并不太想搭理她。他总爱跟比他们大的路子灏和路了深一起玩，也总爱跟他们跑到巷子外去。但苏起不去。她觉得巷子里够好了，而且不想被妈妈抽竹条。

"你干吗？"梁水揪起眉毛。

"我跟你讲悄悄话。"苏起神秘兮兮的，一脸期待。

小男孩梁水也有些好奇了，于是兴奋地把耳朵凑过去。

苏起拢着小手趴他耳边，把她身为花仙子的大秘密告诉了他。

对此，梁水的回应是："你有神经。"

苏起蒙在原地，她第一次听到"有神经"这个词。她不知道这是什么意思，但她可以从梁水鄙夷的表情里推断出这是不好的意思。她忽然很想推他一把，把他推坐到泥巴地上。

她常常会有这种想法——以前小伙伴一起捏泥巴、摘树叶树枝扮家家酒的时候，他们总是就“家具”“餐盘”的摆放问题发生争执。而梁水和她的意见总是不一致——这时她就会有这种想法。

她以前也常这样干，但后果很明显，梁水会立刻爬起来把她也推翻在地。然后两人在地上滚来滚去打得灰头土脸嗷嗷大叫，最后被赶来的程英英和康提揪起来。

程英英就会气道：“造孽呀，苏七七我刚给你洗的衣服，你是不是几天不被打，屁股痒了？！”

康提揪着梁水的耳朵，说：“你是孙猴子托世吗，天天给我上演大闹天宫？你哪天做做好事，叫你妈我安生一刻钟，我叫你爸好不好？梁水，你说好不好？”

两个满脸沾泥的小孩子被大人揪着后衣领，站在妈妈脚边，恶狠狠地瞪着对方，一个不顺眼，又冲上去互相抓挠，被两个深感挫败的母亲及时提回来。

“跟你讲好话不听是不是？”苏起屁股上“啪”的一声。

“又手贱！”梁水背上“砰”的一下。

这便是两人斗战的常态。

幼时男孩、女孩个头相当，力量也差不多。用苏爸爸调侃的话讲，打架能打个“平分秋色”。

苏起爱哭，程英英有时稍微教训她碰她一下，她就号哭声震天，搞得整条巷子都以为要杀小孩子了全过来劝架。根本没打算怎么样的程英英气得鼻子冒烟——她不是个爱动粗的母亲，多半是吓唬吓唬，可苏起的哭号成功将她推上了北门街道最招小孩子惧怕的恶魔妈妈宝座。程英英只能感叹，自己一世硬脾气，怕是终有一日要被这“小冤孽”磨得干干净净。

但奇怪的是无论跟梁水打架打成什么结果，苏起从来不哭不掉眼泪，连眼圈都不带红的。而无论苏勉勤还是程英英，从没对梁水说过诸如“你还是男孩子呢，能不能让一让女孩子”之类的话。仿佛在他们眼里，苏起不需要受此待遇。

只有一次，梁水在打斗中抓了一下苏起的下巴，程英英赶忙拎起苏起，说："脸不能抓！"

苏起被拎到半空，占据有利地形，一脚踹向梁水脑门。程英英慌不迭又去拦苏起的腿，可架不住她女儿身手敏捷，她只拦住了一半，梁水额头上肿起了一个大包。

那天回家后，苏起被程英英狠狠训了一顿："人的脑袋是不能打的，不分轻重会死人，你想要你水子哥死掉吗？"

苏起不想梁水死掉，一下子眼泪汪汪，颠儿颠儿小跑去梁水家看梁水。

梁水头上肿了个大包，不想搭理苏起，但他看见苏起下巴上也有血痕，又不生气了，还有些不太好意思，扭身爬去沙发上看《舒克和贝塔》，也不说话。

苏起本来还很忧伤呢，盯着他的脑袋看啊看，越看越觉得他像年画上捧着寿桃的寿星公，顿时又哈哈笑了起来。

梁水起先不知道，看她笑个不停，又见她指着电视机旁墙壁上已褪色的年画，不自觉摸摸头，也笑了起来。

苏起爬到梁水旁边挨着，跟他一起笑。

她张开嘴巴："啊——你看我的牙。"她刚刚掉了门牙，漏出一个大洞。她告诉梁水，爸爸把她的门牙丢到床底下去了，这样新牙就能很快长出来。

"你看我的。"梁水也张开嘴巴指给她看，他下排的牙也掉了，他爸爸把它扔上了屋顶。

上牙扔床底，下牙扔屋顶，如果扔反了，牙齿就会长反。

两个团团似的小孩你笑我我笑你，又笑《舒克和贝塔》，一直笑到动画片结束。

梁水说："你想不想去探险？"

探险？苏起眼睛一亮，举手表示赞同："好呀！"

"嘘！"梁水示意她别惊动厨房里的康提。

苏起捂住嘴巴，点点头，小声："我们干什么去呀？"

梁水说："爬楼梯。就我们两个。"

苏起瞪圆了眼睛，小身板颤抖了一下，用力点头。她有点儿害怕，但她太想去了。

梁家的房子横窄纵深，纵向有好几间屋子，其中有一道楼梯和阁楼。南江巷的房子都是平房，只有梁水家有楼梯和阁楼，在幼时的苏起心中，仿佛宫殿一般的存在。

两个小孩凑到一起小声商量之后，决定不通知家长。他们要完成独立爬楼梯这项艰巨的任务。

苏起走到楼梯边，抬头望，楼梯像山一样高耸而巨大。屋顶成排的瓦片里有四块玻璃。白天不用开灯，阳光就能照进来，白茫茫一片，像来自天堂的神圣光芒。

她要和梁水一起攀爬这座楼梯大山了。

她紧张又兴奋地拉紧了梁水的手。梁水也有些激动，他还没有在不被父母陪同的情况下爬过楼梯，而且现在，他还肩负着保护苏起的重任。

终于，他迈开幼小的腿，用力走上一级台阶，然后扭头看苏起，用眼神告诉她："该你了。"苏起立刻跟着爬上去，并没有她想象的那么困难，她咧开嘴，无声地冲他笑。

两个小孩悄悄地往楼上爬，手脚并用，缓慢而小心。爬到半路，苏起回头看了一眼，吓得捂住了嘴。楼梯太高了，她有些害怕。梁水回头看，也有些胆怯，但他把她的脸拨过来，说："我们不回头，往上看。"

苏起点头，牵紧他的手。

爬着爬着，他们到了玻璃瓦片下，灿烂的阳光从玻璃透下来，一束白茫茫的光，像透白的纱幕，又像来自异星球的信号。

他们被笼罩在细尘飞舞的光线里，头发和睫毛变成了金色，脸颊白得透明，孩童脸上细细的绒毛和微红色的血肉融在光雾中。

真好看啊。

苏起很兴奋，条件反射地伸手抓了抓，她看到了光线和飘浮的微尘，看到了一切，可她什么也没抓到。

梁水笑她："傻瓜，那是阳光，抓不到的。"

苏起不好意思地脸红了，但她很快一把抓住他的脸颊，说："那我抓你。"

"……"梁水没法招架了，说，"好吧。"他耸耸肩，"我又不是阳光，抓了也没用。"

苏起："你比阳光还可爱。"

梁水不知道怎么回答，摊摊手掌："好吧，随便你。"

太阳西下，待阳光缓缓走过了三层阶梯，两个小孩才终于爬上楼。

他们灰头土脸，大汗淋漓，筋疲力尽，却非常满足——他们完成了爬楼梯这件"人生大事"。虽然个子太小，看不见阳台外的世界，但他们可以看到红色的瓦片和绿绿的树梢，这是站在平地上看不见的风景。

幼童肩并肩站在二楼的阳台上，仰头望着蓝天、红瓦、绿树，小小的心灵被那个年纪还无法理解的情感震撼着。

苏起张着嘴巴，呆呆仰望着蓝天。

忽然，她再次看见了几颗在天空中飞动的小黑点。她眨眨眼睛，那些小黑点跟着她飞起来。她眼睛转到哪儿，小黑点就跟着她飞向哪儿。

她决定把这个秘密告诉梁水："我有特——异功能！"

"什么功能？"

"我能看见外星人，小黑点点。"她指给他看，"这里，这里，我让它飞到哪儿，它就飞到哪儿。"

"我也有！"梁水说。

"真的？"

"真的！我看哪里，它就飞到哪里。"

两人对望一眼，很开心找到了同盟。或许他们两个都是外星人，因为一些不可知的情况，暂时寄居在这个世界。

当然，很久之后苏起才知道，那些所谓外星人的小黑点不过是大多数人都会有的飞蚊症而已。

他们还没来得及深度讨论彼此外星人的身份，程英英的喊声就从楼下传来："苏七七，吃饭了！"

“我要回去啦。”苏起说。

可下楼比上楼难多了，苏起才下了一层台阶就有些腿软。

梁水身为小男子汉，决定把她抱下去，她双手箍紧他的脖子，他用力搂住她的腰，正颤颤巍巍要往台阶下走，找上楼来的康提发现了他们俩。康提大步冲上楼梯，一手抱起苏起，一手拎起梁水，解决了这场下楼危机。

她把两个小孩放到地上排排站好，训道：“这又是谁的主意？啊？！”

苏起不吭声。

梁水：“我！”

康提一戳他脑门，说：“我看下次不摔死你。你摔坏还好说，七七摔坏了，程英英要来找你赔，我看你能不能赔得起。”

苏起抠着衣角，小声说：“我不要我妈妈赔。”

康提道：“你回去问你妈妈，你说的话算不算数？”

苏起巴巴看梁水一眼，又不作声了。

康提训完了，抬起她的小脸看了看，给她下巴上贴了块创可贴。苏起这才蹦跶跶离开。

梁水捧着饭碗，打开电视看《黑猫警长》。

康提过来给他添菜，说：“以后不能抓女孩子的脸知道吗？抓了脸上会留疤的。长大了就不好看了。”

梁水盯着电视屏幕，说：“哦。”

康提：“你要是给苏起脸上抓了疤，以后长大了你就要娶她。”

电视里正在播放螳螂夫妇，螳螂妻子把螳螂丈夫给生吃了。梁水听着这话，愣住，片刻后，眼里闪过一丝茫然的惊恐。

那天晚上，梁水做了一个噩梦，梦里苏起嗷呜一大口把他的脑袋吃掉了。

从那之后，梁水忽然不跟苏起玩了，转而去跟南江巷的老住户——路家的一对儿子玩耍。

苏起很快察觉到了变化，梁水不和她一起扮演“爸爸”和“妈妈”了，也不和她去秘密花园里冒险了。哪怕她把捡到的贝儿公主送给他看，他也不屑一顾地说：“女孩子的玩意儿，嘁。”

她很费解，明明他们一起完成了“爬楼梯”的壮举，是肩并肩的伙伴，却成了她的一厢情愿。

而现在，她把她身为花仙子这么大的秘密告诉他，他却说她“有神经”。

当初她告诉他她能看见外星人信号的时候，他可不是这个态度。

苏起决定——等仙子来接她去仙国的时候，她不仅不会带梁水去看仙国美景，还要用魔法把梁水变成猴子。

可与此同时，“有神经”这个高级词汇她不知道，但梁水知道。因此，她又有点儿崇拜梁水，他知道什么是“有神经”，他说话像大人一样。就像她崇拜他有阁楼一样——像大人有属于自己的地盘。

短短几秒之间，她就选择了无视梁水说她“有神经”这件事。她还是想和他一起玩。她抓住他的袖子，摇了摇，小声地问：“水砸，我们去玩西瓜虫好不好？”

秘密花园的砖瓦下边有很多西瓜虫，掀开地上一块砖，露出湿润的泥土。灰溜溜的西瓜虫见了光，满地乱跑。随便捉上一只，小虫子立即吓得蜷成一团，圆滚滚的像一粒仙丹。等虫子放松警惕，舒展开来到处乱爬，又戳一戳，它们会再度变成圆球。

他们以前可喜欢玩了，能玩上一整天。

“水砸，我们去玩西瓜虫吧。”苏起从口袋里掏出自己的猴王丹给他，那是话梅、陈皮、甘草做的小黑丸，“我请你吃仙丹。”

但梁水不为所动，他说：“我要去巷子外面玩。”

苏起立刻放弃了西瓜虫，改口道：“那你带我一起去呀。”

梁水说：“我要去大堤上玩，你敢去吗？”

大堤上有很多装沙石的巨大的运货车，来来往往，很危险，而大堤的另一边便是滚滚的长江。除了上下幼儿园，程英英不允许苏起上堤坝。

苏起犹豫了，梁水轻蔑地哼一声：“胆小鬼，我走了。”

苏起急了，赶紧跟上去：“我跟你一起。”

还没走出两步，程英英喝道：“苏七七！”

苏起忽然不知从哪里来的勇气，扭身就往外跑，但程英英一大步上前，抓住了她的手腕。

苏起眼看梁水消失在巷子拐角，还想挣扎，结果换来了屁股上的几巴掌。

她原本不想伤程英英妈妈的心，但她实在太生气了，决定把实话说出来："你不是我的妈妈，我有真正的仙子妈妈！"

"假妈妈"程英英充耳不闻，又在她屁股上拍了一下。苏起很不开心，坐在饭桌前赌气不肯吃饭。

她是花仙子，她应该可以去任何她想去的地方，比如堤坝上。那里有很多蒲公英，从坡上滑下去，蒲公英白茸茸的满天飞，她会像真的仙子一样。

她想去堤坝上玩，她还不想吃米饭。但她的人类"假母亲"程英英总是逼她吃饭。她提出抗议："我不吃饭，我要喝花瓣上的露水。"

程英英："喝露水的是苍蝇。"

苏起气急："那是蜜蜂！"

程英英："我不管你蜜蜂蝴蝶毛毛虫，不把这碗饭吃完，不许下桌。"

苏起向爸爸求救，苏勉勤缩缩脖子。

苏起哼一声，威胁："你等着，以后我的真妈妈会来接我的！到时候你不要哭！"

程英英说："在那之前，你的'假妈妈'我会请你吃竹条炒肉！"

苏起闭嘴了，扭头看了眼挂在墙上的细竹条，想起竹条抽在手臂上的感觉——她打了个寒噤。于是，她乖乖端起了饭碗。

等我继承了花仙子之位，我的花园里不许种竹子。永远。

她在心里愤愤地想。

"吃饭比吃药还受罪，跟请祖宗一样累。"程英英用这话来形容叫苏起吃饭的难度。

苏起不喜欢吃饭，倒不是因为她是个多难伺候的小孩。南江巷乃至整个北门街道的孩子都不喜欢吃饭。原因很简单——不好吃。

九十年代的云西小城，物资匮乏，牛羊肉是奢侈品，并不是每天都能买到。除了猪肉和几样常见的蔬菜，餐桌上并没有更多的可选项。来一盘黄瓜炒火腿肠，孩子们都能迅速把火腿肠抢个一干二净。

如何让孩子多多吃饭，是个让家长头疼的问题。

但从苏起上小学开始，这个问题解决了。苏勉勤和几个爸爸联合讨论后，决定想尽一切办法开发菜单。

苏爸爸首先琢磨出了皮蛋蒸鸭蛋——把生鸭蛋搅拌之后倒入一定量的水，再把熟皮蛋剁碎了放入鸭蛋液中蒸，皮蛋的碱性中和鸭蛋的腥味，又能给鸭蛋提鲜，味道胜过一般的蒸鸡蛋数倍。舀上几勺蒸蛋拌饭吃，娃娃们能不知不觉吃上一大碗。

林声的爸爸林家民想出了南瓜粑粑的做法。先把红瓤的老南瓜熬成稀泥状，加入面粉和在一起，捏成饼状油炸，香糯酥脆，十分讨喜。

梁水的爸爸梁霄则去江里抓来野生鱼，小的拿盐腌了晒干，下油锅一炸，既下饭又能当零食，巷子里的小孩子们都爱吃。稍微大点儿的鱼腌入味晒成半干，加酱油葱姜蒜和辣椒丁翻炒收汁，又鲜又香，简直是下饭神器。

李爸爸、路爸爸也学着做拔丝苹果、搓汤圆，可谓各显神通，想方设法丰富餐桌。

苏起和巷子里所有其他的小孩子一样，面对着一餐餐爸爸妈妈们绞尽脑汁的创意，只晓得开心吃饭长身体，并没有想过这背后父母花的心思。

就像她读小学一年级那年，荔枝这种水果以二十块一斤的天价出现在云西市时，苏起也并不知道程英英买回家的那半斤荔枝意味着什么。

她只是在菜市场看见了荔枝，便跟程英英说想吃："我们班的同学说荔枝好吃，妈妈你吃过吗？"

程英英牵着女儿的小手，心里盘算着，猪肉一块五一斤，大米五毛。这荔枝是什么稀奇玩意儿，居然要二十块钱。但她没有走，站在水果摊前心理斗争了几分钟后，买了半斤。算了，今年夏天不换新衣服了。

苏起自然不知道这些，只顾咬着饱满多汁的果肉，汁水顺着手腕淌下胳膊，又伸着舌头舔舔。

程英英说："好吃佬，你羞不羞？"

“真的好吃呢。”苏起塞一个给程英英。程英英不吃，但拗不过苏起拼命往她嘴里塞。她尝了一个。别说，这荔枝贵是贵，是真好吃。

半斤荔枝没有多少颗，苏起还特大方地叫来林声、梁水、李枫然、路子灏他们分享。

程英英没说什么，只是走进光线昏暗的厨房里，跟苏勉勤叹了声：“下学期七七的学费要一百多。等夏天一过，又要买厚衣服。现在物价也涨，就工资不涨。”

苏爸爸在规划局是个编制外的职位，没保障不说，工资还极低。他说：“我找找办法，看能不能接点儿私活儿。这样下去，一家人得喝西北风了。”

“康提说不想在麻纺厂干了，钱不够用，想去谋些别的路子。她说广州那边东西便宜，卖到内地能翻好几倍。不知道真的假的。欸，这鱼汤就放豆腐跟平菇？”

“我跟你讲，这提味的诀窍呀，是放鲜青椒丁，保证七七能吃两碗饭。”

“唉，这丫头最近长个子，腿杆子越来越细了，跟豆筋子似的。”

正说着，前屋传来苏起的号哭。程英英以为几个小家伙又吵架了，正要丢下手里剥的平菇去一瞧究竟，却听苏起哇哇道：“白猫队长——被一只耳吃掉了！”

原来是在看《黑猫警长》。

路子灏也哭吼道：“我讨厌世界上所有的老鼠！”

林声细细呜咽：“我怕一只耳，我怕老鼠，我们看《舒克和贝塔》好不好？”

梁水说：“舒克和贝塔就是老鼠。”

苏起：“……”

路子灏：“……”

林声：“……”

李枫然面无表情。

路子灏重新说：“我讨厌世界上所有的老鼠！除了舒克和贝塔！”

苏起抹着伤心的眼泪，用力点头表示赞同。

梁水说："你们想不想去抓老鼠，为白猫警长报仇？"

四周忽然安静了。

程英英走到前屋一看，五个小板凳上空空如也，孩子们全溜出去抓老鼠了。李枫然在最后一个，他默默把散乱的小板凳摆放整齐，看见程英英了，低低说了句："程阿姨再见。"

那时候，路子灏也开始跟他们一起玩了。他比他们大十个月，幼儿园的时候不同班，上小学却同年级了，还分在一个班。

那时候，小学三年级及以下的小学生放学后得按回家的片区排队，排好队后，一串"小萝卜头"跟着队形，长长一条往家里走。路上不能私自走出队伍，不然队长是要报告老师的。

而梁水他们呢，上小学的头几个月规规矩矩，直到有一天——

梁水苏起他们家最远，往往这一串走到最后，就只剩他们五人。这时，站在队伍最前边的苏起就会蠢蠢欲动，想脱离队伍去摘路边的铅笔花。

她说："铅笔花多好看呀，像转笔刀转出来的铅笔屑。"

排在第二位的林声说："老师说了，要排队走，不能掉队。"

"你不说，我不说，谁去告诉老师呢？"苏起说着，停下脚步。

她一停，堵在前边，后边四个排成竖排的小人儿一溜儿地停了下来，一串站在原地，探头探脑，你看看我，我看看你。

苏起在违规和守矩的边缘挣扎。

她一直都如此，有想不尽的歪点子。

下雨天，当他们五个穿着红、橙、蓝、绿、紫的小雨衣和塑胶小雨靴排队回家时，她一见水坑就开心地往里头蹦，踩得水花四溅。小伙伴们跟着她蹦，在水坑里又蹦又跳，穿着湿答答满是泥水的裤子回家，各挨一顿骂。

一到晴天，洒水车经过，她就说："我们跳起来，车开过去，我们再掉下来。水就洒不到我们。"于是五个小孩排着队一起跳。当然，他们早早地落下来，被喷了一身水回家，少不得又是挨一顿骂。

但这次情况不一样，林声坚持："老师说了，不能掉队。"

苏起嘴巴一噘，忽然一下子跳出了队伍。梁水和林声惊讶地看着她。

李枫然一眼不眨。路子灏激动道："哇！"话虽这么说，但他没动。

四个小孩的目光聚焦在苏起身上，他们四个是一条直线，她是直线外的一个点儿。

苏起很得意，下巴一抬："你们谁去告诉老师？"

没人说话。

梁水说："我！"

梁水其实早就想跳出队伍了，但苏起做了第一个，他再跳就是跟她学了。他扭转了想法，他要坚守队伍，代表权威。

梁水指着苏起，说："你，站回来。"

李枫然、林声和路子灏又齐刷刷看向梁水——他袖子上挂着小队长的队标。

苏起："我不。"

"我是小队长！"

"小队长了不起吗？"苏起指着梁水肩上的白底红杠，说，"你只有一条红线，别人有三条红线呢！"

梁水气得脸红了，他放下一根书包带子，要拿笔和纸，说："我要把你的名字记上去。"

他还没来得及拉书包拉链，苏起忽然上去扯了梁水一把，梁水一个趔趄，出了队伍。

得，这下变成了一条直线和两个散落的点。

直线上三个小学生齐齐盯着苏起、梁水这两个散落的点儿。很显然，两个小点儿之间的气氛剑拔弩张了。

苏起和梁水已经很久没打架了。因为他们是小学生了，《小学生守则》上说不能打架。

作为小队长，梁水忍了下去，他转身要走回队伍，但苏起抓住他不让。两人揪扯之时，苏起情急之下，一巴掌拍在了梁水的脑袋上。

READY?——GO!

好了，剩下的那条直线也彻底散架，李枫然三人拥上去把他们两人扯开。

剩下的一段路自然是排不成队了。

梁水是真生气了，站在原地不动，也不走，怒目瞪着苏起。

苏起也知道自己有点儿过分，偷瞄梁水一眼，他脸都黑了，气得双手握成拳头。

“水砸，是我不好，我们回家吧。”

梁水不理她。她低下头揪书包带子，不知道该怎么办。

梁水不走，其他小伙伴也不能丢下他，又纷纷看向苏起。

苏起忽然眼珠一转，站直了身板，笑眯眯道：“我们玩剪刀石头布，谁赢谁就能走。”之后语速加快，“剪刀石头布！”

她伸出右手，迅速出了个布，梁水根本没搭理她，握着“拳头”站在原地。

“我赢了！”苏起不要脸到了一定的境界，跨了一大步往前。

李枫然：“……”

林声：“……”

路子灏：“……”

梁水的脸色更黑了。

“剪刀石头布！”苏起再出布，梁水还是没动，紧握着拳。

“我又赢了！”

她又跨了一大步，第三局的时候，她故技重施：“剪刀石头布！”

梁水忍无可忍，忽然出了个剪刀，一大步往前，愤愤盯着苏起。

他还生着气呢，一声不吭，只有苏起笑哈哈地发着号令：“剪刀石头布！”

两人就这样一个笑哈哈一个板着脸，你一步我一步地往家走了。

李枫然：“……”

林声：“……”

路子灏：“……”

路子灏兴奋起来：“李凡，我们玩不玩？”小孩子叫快了，总爱把李枫然叫成李凡，路子灏叫成路造。

李枫然摇头，揪着书包带子慢慢往前走。

路子灏期待地看向林声，搓着手跃跃欲试。林声有点儿怕输，但还是点了点头："好吧。"

夕阳西下，回家的路安安静静，只剩下此起彼伏的"剪刀石头布"。

打那以后，他们这支小队回家，一到只剩下五人时就自动散开。

苏七七对路上的一切都好奇，她把路边的耳环花摘下来，折一下花萼，拉一下花蕊，变成花朵吊坠戴在耳朵上；还给林声也戴一对。路子灏什么都爱尝试，也戴一对花做的耳环给梁水和李枫然看，逗得两人直笑。

等凤仙花开的时候，梁水会摘下最嫩的花，就着根部吸一口，一旦尝到最甜的花蜜，剩下四个脑袋都凑过来，每个人都要尝。往往最后轮到李枫然时，没什么味道了。

梁水就说："苏七七你能不能谦让，每次你都最先，这次换李凡。"

李枫然说："没关系，有甜味。"

那时候，他们家里都不宽裕。每天只有五角钱买零食。但你买一盒仙丹，我买五条拉丝糖，他买一包辣片，她再买五个泡泡糖，他买五个冰袋。合在一起平分，就能一路吃着走回家。

有段时间他们沉迷于捡路上的铁片、铜线和塑料瓶，夏天的时候还一路抓知了，他们觉得等攒到一定数量，可以拿去卖钱。

几个妈妈时常在孩子的床下发现知了壳、废铁钉之类的"垃圾"，免不得要训上几句，但孩子们反应激烈，把那些破铜烂铁当宝贝一样，说是他们要挣的钱。

程英英跟康提、冯秀英、沈卉兰几个妈妈聚一起商量之后，最终决定随他们去了。对于小孩子眼里的"珍宝"，睁一只眼闭一只眼吧。

只是，他们兴致勃勃地积攒了一整年，除了塑料瓶，其他宝贝都没有卖出去，尤其是知了壳，每年都堆上一堆，但并没有传说中神奇的中医来收购。但他们依然热衷于在回家路上搜索这些宝藏，乐此不疲，仿佛并不在乎最终的价值。

他们抓金龟子，抓蜻蜓，还抓蝌蚪回去养，等它们长大变成青蛙蹦走。

有次他们凑钱买了一只一块钱的小黄鸭，小鸭子跟在他们身后，一路扑腾着小翅膀回了家。

他们给小鸭子做了窝，轮流照顾，挖蚯蚓给它吃。

一天一天，小鸭子坐在纸盒子里，从苏起手中转入梁水手中，再从梁水手中转入李枫然手里，依次传递。直到后来它长成了一只大鸭子，忽然有一天它失踪了。

林声说："肯定被人偷走了。"

苏起说："会不会掉进臭水沟里淹死了？"

梁水说："鸭子会游泳，笨蛋！"

苏起说："但臭水沟很臭，它被臭死了，笨蛋！"

路子灏说："它一定是跑去堤坝上接我们放学，但它看见了长江，就游走了。"

苏起兴奋地说："那小鸭子会游到大海里去的！"

彼时，众人正围坐在小竹桌前吃加餐饭。

大家拿着勺子，捧着汤碗，赞同地点点头。

李枫然看了眼自己碗里的鸭翅膀，又看看桌子中央被大家吃得只剩一半的炖鸭汤，也默默地跟着点了点头。

家长夜话

苏勉勤："我在想啊，要不要辞职算了？"

程英英："想什么呢？万一哪天还能转正。"

苏勉勤："转正也挣不了多少钱啊。趁还年轻，要不闯一闯？这么混下去，当初还不如留在乡下。唉！先前带你上云西时，说让你过好日子的。"

程英英："尽力就行了，要有多少钱才是好日子？金山银山？我觉着够用就行。"

苏勉勤："路耀国说他准备去深圳打工了，联系好了那边的工厂。我在想……”

程英英：“想都别想！我可不想留在云西守活寡。再说了，我长这么漂亮，你就不担心我红杏出墙？”

苏勉勤：“……”

“啪！”谁在谁的屁股上拍了一下。

苏起从被子里钻出脑袋：“妈妈，什么是红杏出墙？”

苏勉勤：“……”

程英英：“睡你的觉。小孩子哪儿那么多话？”

苏起：“不能说话那长嘴巴干什么呢？”

程英英：“……”

苏起：“说不赢我吧，嘻嘻。”

Chapter 2

你是男孩，我是女孩

苏起上幼儿园大班的时候，妈妈给她生了个弟弟，叫苏落。

那天晚上苏起准备睡觉时，发现床上多了一个小东西，在嘤嘤嘤地叫。

苏起说：“妈妈，床上有一只猫咪。”

程英英笑：“不是猫咪，是弟弟。”

“哦。”苏起并不太理解，拿屁股把弟弟拱去了一边。挨着妈妈睡的那块位置是她的地盘，谁都不能抢。

苏起对弟弟的到来没有任何感觉，那时她的世界里只有秘密花园和幼儿园。

但因为苏落的出生，苏勉勤丢了工作，还被罚款。她家交不起罚款。居委会的人来家里搬走了还算值钱的电视机和落地电风扇。

苏起当时不懂为什么那些陌生的大人要来她家里抢东西，她小小一个人追出去抱着落地扇不松手，号啕大哭。虽然年幼，但她记得没买落地扇之前那些炎热的夏夜，热得睡不着时，妈妈整夜拿着蒲扇给她扇风的画面。所以电风扇绝对不能被他们抢走。

但工作人员不会理会小孩子的阻挠，交不起罚款，电器就得搬走。

苏勉勤红着眼上去揪苏起，苏起不放手，号道："这是我们家的！不让他们抢！这是我们家的！"

巷子里的大人们都在，有怨气却只能沉默，可小孩子们忍不了。路子灏冲上去推那些人，李枫然一声不吭帮着苏起抢电扇。林声也急得在一旁直绕圈圈。梁水气得抓起地上一块石头就往居委会大叔头上砸。

大叔"哎哟"一声，骂道："哪个屋里的小孩，没妈管？！"

小孩他妈康提抱着手在一旁冷眼瞧着，说："这么新的家电拖回去，还不知道落到谁腰包里。你脑壳挨一下，我看便宜得很哪！"

那人怒火上来，本想借着居委会的身份训斥几句，可一看康提那凌厉的面色就知道不是个好惹的女人。梁霄、林家民几个爸爸又身强体壮的，真吵起来难以收场。便飞快把那一串小孩子揪下来，仓促离了巷子。

梁水不甘心，还追上去扔了几块石头。

那天苏起哭得很伤心，整条巷子都是她的哭声，程英英哄半天哄不好，倒把自己也搞得掉眼泪了。

到了下午，话不多却善心的李援平医生带着李枫然一起，把家里多的一台鸿运扇送了来。

程英英起先还推辞，不料想苏七七一下子扑上去一把抱住就破涕为笑了。苏爸爸就把这份人情记在了心里。

刚失去工作的头两年，苏勉勤只能靠接私活儿打零工谋生。他为人真诚讲信义，不欺诈不弄假，起初的路走得有些艰难。恰逢麻纺厂效益不好，程英英工资裁减，生活过得很拮据。

好在苏起年纪还小，并不能分辨衣着好坏，程英英买几块布扯一团毛线就能给她缝裤子织毛衣。每次拿到新衣服，她都欢欢喜喜的。

程英英也会想办法，把沈卉兰做裁缝剩的边角料红绸剪成长条，给苏起扎双马尾时系起来绑个蝴蝶结，她便有漂亮的红头花了。沈卉兰也好心，给林声做手套、围巾等小件时，也会给苏起搭上做一件。

只是家里没什么玩具，全靠苏起在秘密花园里捡破烂，比如她曾经捡到过的积木和贝儿。除此之外，她在生日会收到礼物，小学一年级时，苏爸爸给她买了个万花筒。她爱不释手，每天眯着一只眼睛盯着万花筒里旋转变化的彩色世界兴奋不已。

她跟林声说，她仙国里的玻璃窗就是万花筒的图案。

林声拿着万花筒转啊转，感叹："哇，你的仙国真好看！"

另外，她还有"小红云"。

小红云是梁水在堤坝上捡到的一个穿红裙子的大玩偶，脑袋有些破烂，但红色的公主裙层层叠叠很漂亮。年幼的他觉得很棒，带回来送给了苏起。虽然那个玩偶破了，光着头皮，没有头发，但苏起还是惊喜极了，爱不释手。

程英英把娃娃洗干净，盯着那光头犯愁，她又去找裁缝沈卉兰帮忙，给娃娃的塑胶脑袋上缝了一头密密麻麻的黑头发。

苏起自此有了她人生里的第一个娃娃。最棒的是，小红云在睡下的时候，眼睛会闭上。

她每天抱着那个娃娃睡，从幼儿园睡到小学三年级。那时候苏落长大了，开始调皮捣蛋了，总扯小红云的头发。于是苏起给苏落讲道理，可三四岁的小男孩听得进去什么道理，苏起便把苏落打得嗷嗷叫。

程英英被他们姐弟俩的叫声吵得快神经衰弱了，便把娃娃锁了起来。

苏起抗议了一阵，却没有太失落，因为她的世界里开始有了很多其他的东西。

对她来说，小学太精彩了。一下课，她就冲出教室，拿粉笔在操场上画线，跟同学们跳房子、跳皮筋。

"小皮球，圆又圆，阿姨带我上公园。上了公园我不累，阿姨夸我是好宝贝。……"

她跳皮筋可厉害了，带着林声一起，打遍校园无敌手。哪怕是跳皮筋时牵绳的人把绳子举到头顶，她也能翻跟斗翻过去。

梁水看不下眼，在回家路上说："苏七七你是不是个傻子，能不能不要穿着裙子翻跟头？"

苏起皱眉，说："我把裙子绑在大腿上，绑好了的。"

梁水捅李枫然的手臂："你跟她说，她绑好了没有？"

李枫然正边走边吃龙须酥，被梁水捅得白色粉末都飞脸上了，他慢慢抬起头，抹了抹脸上的粉，还没来得及说话。

苏起咽了下口水，说："你还吃吗，龙须酥？"

"你又抢他的！"梁水去抓李枫然的胳膊，可没来得及，李枫然刚做出一个送的动作，苏起就跳上去，抓住龙须酥塞进嘴里，梁水只抓住了一层白末儿。

苏起扭头就跑，笑得嘴巴里直喷白气。

路子灏假装要追杀她，追着她跑远，林声跟上去，梁水和李枫然也跟上，一串长长的跳动的影子洒在路上。

前边，他们追逐的方向，是夕阳。

回家后，晚饭前那段时光也是他们尽情玩乐的时间。

起先，他们玩得最多的是"123 木头人"。笑声叫声响彻整条巷子。

大多数时候，站在最前边喊"123 木头人"的是苏起或者梁水。因为路子灏不喜欢当木头人，而且他跑得很快。

林声和李枫然呢，他们总是很谨慎，不愿跑在第一个，也不愿动作太大，被回头的木头人抓住。

但苏起总是那个行动敏捷、爱挑战的。往往木头人喊一次"一二三"，林声才小心踏出一步，苏起就飞一样溜出去三四步了。她反应快，又灵敏，总能安全冲到木头人身后，充当那个敲木头人肩膀的角色。然后被拍了肩膀的梁水转身便会狂追她，其他人也在那一瞬拼命往回跑。

有时梁水会抓住她，有时抓不到。

不知不觉中，他们不再玩这个游戏了。因为起先他们跑起来势均力敌，可渐渐地，梁水每次都能抓到苏起。应该说，随着年龄增大，每个当木头人的男生都能轻易地抓到女生，这个游戏也就失去了挑战的意义。

放弃这个游戏后，苏起开始和同学们玩击弹珠。

游戏规则很简单，甲方将自己的一颗弹珠放在墙脚，在离墙脚一米远处画一条线，乙方站在线后拿自己的弹珠击打甲方的弹珠。击中则赢得弹珠，不然则被别人击打。

苏起第一次玩，就输掉了十颗弹珠给隔壁巷子的男生。

十颗弹珠一块钱，是一笔巨款。

回家的路上，她像一只斗败的公鸡，垂头丧气。

巷子里飘来炒菜的香味，李枫然、林声他们搬着高凳子和小板凳，聚在一起写家庭作业；梁水的凳子上铺着作业，却没写，他聚精会神在玩《俄罗斯方块》，双手手指把小游戏机摁得咔咔响。方块消掉的嗖嗖声一串又一串。

路子灏屁股在小板凳上磨啊磨，抓脑袋："水子你吵死我了！"

"自己不会写怪我，凡跟声声怎么不说我吵？"

梁水一抬头看见苏起，说："苏七七你不写作业，过会儿你妈妈请你吃竹条炒肉。"

苏起说："你别烦！"

梁水快速堆着方块，抬眼又瞧她脸色，说："说吧，谁又惹你了？"

苏起嘴巴一噘，还挺委屈的，说："我的弹子都输给张浩然了。"

"哦。"梁水没搭理她，他的方块堆到关键阶段，一番厮杀，嗖嗖嗖嗖一连串消音，"哇！最高分！"

"……"苏起瞪他一眼，进了屋，从书包里翻出作业，准备搬高凳子和小板凳出去，扭头见梁水站在她家门口，说，"去不去找张浩然？"

"找他干什么？"

"把你的弹子赢回来啊。"

苏起两手一摊："我手上没有弹珠了，你有吗？"

"没有。"

"你有钱吗？"

"也没有。"

梁水去找李枫然，李枫然也摊手。今日份的零花钱早就花光了。

梁水想一想，回了家，再出来时，双手插在兜里，说："走吧。"

苏起和李枫然跟在他后头，路子灏和林声没去，留下来抄李枫然的作业。

走到半路，梁水把手拿出来，手心里一黄一蓝两颗晶莹剔透的弹珠，漂亮极了。

“……”苏起说，“你是不是把你们家跳棋的棋子拿出来了……”

“聪明！”梁水右手一握，重新放回兜里，昂头往前走。

苏起说：“要是输了，你不怕你妈妈发现，然后打你吗？”

李枫然则想得更为长远，说：“两颗是不是少了？输了又要跑回来重新拿。”

梁水给了他俩一人一个大白眼：“你们就不能想我会赢？”

苏起：“哦。”

李枫然：“哦。”

梁水：“……”

隔壁巷子，张浩然正跟小伙伴们击弹珠呢。他抱着一个玻璃瓶，瓶里装满了五颜六色的珠子，小男孩赢了周遭的小伙伴，笑得眼睛眯成一条缝儿。

他说：“苏起，你找帮手来报仇吗？”他捏起一颗弹珠比画了一下，说，“我的手很神，我是神笔马良。”

苏起：“神笔马良是画画的，笨蛋。”

再说了，我才是神笔马良。苏起心想，总有一天，仙国的使者会来找我，给我一支画什么就有什么的神笔。一定会的。

那时候，她依然认为自己是花仙子，而且是有神笔的花仙子。

梁水走过去，驱散了站在横线那边的小孩子们。

张浩然则骄傲地放了一只弹珠在墙脚，大方地说：“不用剪刀石头布，我让你们先打。”

话音未落，“砰”的一声，清脆的玻璃撞击声，梁水手里的弹珠击中了地上的弹珠，玻璃珠子迸炸开去。

“噢！”苏起尖叫，追上去把弹珠捡起来，那颗已成为她囊中之物。

“你运气好。”张浩然哼一声，重新放了一颗。

梁水正要打，苏起赶紧过去把他手里的弹珠换下来。他手里的是跳棋里的棋子，又新又亮，而击打的弹珠往往有破损。

梁水明白了，也没说什么，再度出击。

“砰！”

“哇！”苏起尖叫，跳上去捡宝。

梁水负责打，苏起负责捡。

清脆的玻璃撞击声和女孩大仇得报的欢快叫声此起彼伏。

张浩然和周围的小伙伴们脸色渐渐开始变化，从一开始的不屑一顾，到疑惑、纳闷、不可置信，渐渐变得焦虑、着急，甚至冒汗。

梁水不仅把苏起输掉的十颗赢了回来，还反赢了六颗。这下，张浩然不肯放弹珠了，涨红着脸说：“我要回家吃饭了。下次再玩。”

苏起：“哼，输不起。小气鬼。”

周围的人哈哈笑，张浩然脸憋得更红，又不想被说小气，又舍不得弹珠。小男孩站在原地左右为难之际，梁水忽然收了手，对苏起说：“走吧。你抱一大堆弹子回去，你妈妈看见你天天玩这个，会揪你耳朵的。”

苏起想想也是，愉快地打道回府了。

回去的路上，她开心得又蹦又跳，她挤到梁水和李枫然中间，挽住他俩的手臂，双脚悬空飞了起来。

两个小男孩始料未及，被她扯着身子一歪，但没摔倒，勉强撑住了。

梁水龇牙咧嘴的，一边走一边掰她的手：“下来！”

苏起哈哈笑，双脚落下来，在地上点一下，又飞速一蹬，再度起飞。李枫然面不改色被她扯着，梁水跟苏起挣着扭着，三人歪歪扭扭闹成一团回去了。

但苏起也就得意了一天，因为从那之后，学校的同学们再也不跟她打弹珠了。怕被寻仇，输到裤子掉。

她的弹珠没了用武之地，很快就散落床底蒙尘了。

不过，那次弹珠事件引发的后续却远不止这些。

那是小学三年级的最后一个月，等过了暑假，苏起就要上四年级了。那个年纪，同学之间已经开始分出明显的男生阵营和女生阵营。

苏起从小活得像个男孩子，并不觉得女孩和男孩之间有什么区别。

可弹珠事件后，学校里捣蛋的男孩子看见苏起了，就笑眯眯问她："你的梁水哥哥呢？"

苏起起初会认真回答：

"他去操场了。"

"好像去上厕所了。"

她还纳闷呢，真是莫名其妙，为什么不问她李枫然和路子灏在哪儿呢。

回家路上也是，一串男孩子从他们身边跑过，乐哈哈地喊："哦哦，苏起梁水，梁水苏起！"

苏起不理解他们在喊什么，梁水却会生气地拿石头砸他们。

直到暑假前的最后一次换座位，老师放弃了低年级时的男女混坐，全部改成了同性同桌——男生和男生，女生和女生。但他们班的男女生都是单数，结果梁水和苏起坐到了一起。

恰逢年级里开始流传起一首诗，诗传到苏起班上，唯一一对异性同桌的人成了被围攻的对象。

张浩然跑进教室，坐到苏起、梁水前排的椅子上，大声念道："墙角数枝梅，请问你爱谁？如果你不说，就是你同桌。"

调皮的男孩指着梁水和苏起："就是你同桌！"

班上的同学们全笑起来，跟着起哄："墙角数枝梅，请问你爱谁？如果你不说，就是你同桌！"

苏起气得追着冲她念诗的男孩子们满教室飞跳。

梁水绷着脸，一句话不说。

有一天，他忽然用小刀在课桌上画了条三八线，命令："你不许超过这条线，不然——"他做了个打人的手势，表情凶神恶煞的。

苏起"呸"一声："巴不得呢。你也别跟我讲话，谁讲话谁是小狗！"

前边的路子灏回头，说："你们干吗呀？"

两人谁都不说话，瞪着对方，翻了个白眼。

路子灏没在意，反正这两人从小吵到大，他都已经习惯了，用脚指头想想，下午就会和好。

可这两人真的不讲话了，并且严格执行着三八线规定。谁不小心过了线，必然会被另一方狠狠撞回去。

路子灏他们还是不在意，觉得这两人会自己慢慢和好，可没料想竟然赌气到了暑假。

那年暑假，长江暴发了百年难遇的特大洪灾。

堤坝外数百米的滩涂、防洪坡全被洪水淹没，一拨一拨的解放军驻扎过来抗洪抢险。市内运营全部瘫痪，青年、壮年都加入了救灾大军中，日日夜夜地挖沙包，建新的防洪堤。南江巷的大人们也在其中。

最紧急的时刻，省会城市面临着被洪水淹没的风险，有内部人士说为了保住省会，必须找一座下游小城开堤泄洪。那段时间整个云西人心惶惶，谁都不想被迫离开自己的家园。

而在小孩子们眼里，并没有感觉到紧急的气氛，看着长江漫到堤坝边，近在咫尺，江水滔滔，特别壮观。他们觉得兴奋又好玩。而且，还有很多穿着军装的解放军叔叔。

云西从来没有这么热闹过！

但大部分时候，他们是不被允许靠近堤坝的。那个夏天，所有小孩子都不准出巷子，不准在没有大人允许的情况下四处乱跑。

梁水和苏起仍在闹矛盾，巷子里也没了往日玩闹的气氛。

那个暑假变得格外漫长，苏起好像回到了幼时搬着小板凳望天空的时候，她的世界忽然又只剩头顶那一方天空了。

那个夏天，她开始思考，男生是什么，女生又是什么。

想这个问题的时候，是七月中旬。

午后的烈阳从木棱玻璃窗外晒进来，知了在榆钱树上吵得人心烦意乱。

她两只豆芽菜儿似的细手臂兜着一团印花连衣裙搂在腰间，下边光着两条腿，分叉站在便池边。

一条白色的小内裤挂在她干瘦的两只膝盖上，像两根发育不良的小树杈上扯着一面三角旗。

三角旗的主人一头热汗，头发丝儿打成了卷儿。她抬着下巴，茫然张口，望着水泥墙壁上爬过去的一只壁虎。

“中央电视台，中央电视台，这里是位于法国巴黎的圣·丹尼斯法兰西大球场，我们现在为您现场直播 1998 年法国世界杯决赛，对阵双方是东道主法国队和四星巴西……”

隔着一扇单薄的塑胶门，电视里放着昨晚的世界杯决赛重播录像。

她发了一会儿呆，蹲下去，脑袋猛地往下扎，盯着自己的小妹妹看。这是她第一次看自己的小妹妹，嗯，颜色粉粉的，但长得真奇怪，像一只贝壳。她觉得它一点儿都不好看。

她知道，她的这里是和男生不一样的。男生都有小鸡鸡，她看过苏落的，也看过梁水、李枫然的——他们很小的时候在一起洗过澡。

就因为这里不一样，所以女生蹲着尿尿，男生站着尿尿。

但她也可以站着尿尿，她站起来试了一下，差点儿没尿到内裤上。

苏起在厕所里磨蹭了快一个小时，没能成功地站着尿尿，她失望地走出来。

客厅里吊扇呼呼转动，弟弟苏落四仰八叉露着小肚皮躺在凉席上酣睡。矮柜上摆着一台 24 寸熊猫电视机，重播着世界杯。

她坐在凉席下吹风，看了眼苏落的小鸡鸡。

真不公平。她想。于是，她凑过去把苏落的小鸡鸡狠狠捏了一下。苏落嗷呜哼哼一声，转身又继续睡了。

她看了眼电视。数不清的妙龄女郎身着奇装异服在全世界观众面前展示着曼妙身姿和精美服饰。电视里的人们生活在一个色彩斑斓的世界里，像是花丛中的仙子。那是一个和苏起生活的世界截然不同的地方。

有个女郎浓妆艳抹，穿着抹胸的裙子，露出性感的胸部，对着镜头搔首弄姿，展示女性的风情。

她呆看片刻，心中涌起一丝飘忽的情感，又有一丝轻微的疼痛。那时她不知道，那种情感叫憧憬和羡慕。

她忽然发现，她们比她更像花仙子。她们才是生活在仙国里呢。

她有些难过，去找林声。

出了门，盛夏的阳光像撒满了白盐的海洋。天气炙热，没有风，南江巷里静悄悄的，仿佛整个世界都倦懒地午睡着。

苏起恹恹地往斜对门一户墙面斑驳的砖瓦平房里走。几只苍蝇停在蓝色的纱窗门上，人靠近了也不飞走，大概也被烈日晒昏了头。

吊扇在天花板上打转，林声趴在凉席上呼呼大睡。

苏起敲纱窗门把她叫醒，林声睡眼惺忪爬起来开插销，眼睛眯成了一条缝儿，白净的小脸上还印着凉席的花纹，咕哝："怎么了？"

苏起张张口，发现她其实也没怎么，就说："找你玩。"

林声从厨房水盆里抱起冰镇的半只西瓜，又拿了两只勺子。

苏起接过勺子，大剌剌在西瓜正中心挖了一大勺，刚要放嘴里，又有些不好意思地放回去，说："给你。"

"你吃呗，我觉得都一样呢。"林声笑得温柔。

苏起也不跟她客气，一大口下肚，心情舒畅了，刚才的一丝不快瞬间就抛到脑后。

吃完西瓜，林声想起来了："早上枫然说，下午一起到梁水家看决赛重播。"

家长不允许他们熬夜，昨晚没能看世界杯决赛。大家特意约好了，不看新闻，不看比分，等着看重播。

林声说："他们好像都去了。"

苏起不吭声，正要说什么——

"林声声！七七猪！"路子灏的声音清澈嘹亮，穿过一条巷子的烈日和蝉鸣，穿过林家的纱窗门，落到木桌旁。

苏起细眉一皱，噌地从小板凳上跳起来，推开纱窗门朝巷子里号："路子灏你是狗！"

林声在她后头推她出门："走吧，去吧去吧。"

两个小姐妹往梁水家走。

梁水家门口那株栀子树上的花开得茂盛极了，叶子在夏日照射下绿油油的。树梢上，是红色的瓦屋顶，和他家白色的阁楼。

盛夏午后的风吹来，很是燥热。

巷子尽头，男孩子们聚在一起欢闹的声音从梁水家传来，路子灏的叫声格外明显。

苏起忽然停下脚步，说："声声，我不想看世界杯了。我不去他家了。"

林声诧异："好多天啦，你们还不讲话呀？"

这个"你们"自然是指苏起和梁水。

苏起抬起下巴，问："那个球，你看得懂吗？"

"不懂。但是……"但是他们向来都在一起玩。

苏起接着说："什么罗纳多多外星人，我才没兴趣。"

"是罗纳尔多。"林声纠正。

苏起纳闷："耳朵？"

"……"林声决定不再纠结这个话题，"那我们现在去哪儿？"

"我想去江堤上看解放军叔叔！"

"爸爸说不准去江堤上。再说，你昨天不是才偷偷去看过吗？"

"我今天还要去，因为他们太帅了！长大了我要嫁给解放军叔叔！"

"可你之前不是说要嫁给乖乖虎吗？"

"……"苏起沉默了一会儿，说，"小虎队解散了，这能怪我吗？"

林声："……不怪你。"

"声声？"

"嗯？"

"你说你记性这么好，为什么语文书总是背不得呢？"

"呃……"她说，"七七，你跟水子和好呗？"

"和好？我们没吵架啊，我们只是不讲话。"苏起一本正经抱着双手，表情宛如大人，"声声，我们已经长大了，不能再像小时候，成天跟男的混在一起。那不像样子，懂吗？"

林声心想，可你现在还是小孩子呀，再说，你就是跟梁水闹脾气了。

苏起见状，又说："声声，我们才是最亲的朋友，晓得吗？你，"她戳戳她，又戳戳自己，“和我才是最亲的好朋友。我们都是女生，女生和女生最亲，晓不晓得？”

林声又想，那以前是谁天天跟在梁水屁股后面跑哟。

苏起终于使出杀手锏，说：“你还要不要我把暑假作业给你抄的？”

林声立刻点头：“晓得了。我们永远是最好的朋友。”

苏起满意地笑了，咧出一口细牙。

“路造你快点儿！”阁楼上，梁水推开纱窗门，走上阳台，朝楼梯间里喊。

“来了！”路子灏在叫。

梁水一转身，目光穿过树梢落下来，看见了巷子里的苏起，苏起也看见了他。

苏起笑容瞬间退散，翻了个白眼。

梁水懒得搭理她，跟见了空气似的。

路子灏捧着满手的甜水冰袋爬上楼，正准备进屋。

苏起突然朝上头喊了声：“比分３：０，法国赢了！”

说完拉着林声就往家逃，梁水抢过路子灏手里一只冰袋，扬手朝她砸过来。她溜得太快，没砸中。

甜水冰袋砸在地上，哐当响。

苏起竟还返回来捡起冰袋，说：“谢谢！我正好口渴啦！”

她得意地看着梁水气得冒烟的脸，冲他疯狂扭屁股摇晃小身板，吐舌头做鬼脸，还翘起屁股冲他打了个“屁”，这才唱着“够够够……啊嘞啊嘞啊嘞……”跑回了家去。

头顶的吊扇呼呼转动，林声躺在凉席上，还是觉得炎热。

苏起打开冰箱在冷冻柜翻找。冰箱是去年夏天买的，成了解暑利器。程英英会煮好浓稠的绿豆汤放进模具，冻成绿豆冰棍、牛奶冰、红豆冰。

程英英每天都做六七个小孩的分量，昨晚她发现有剩的，奇怪：“咦，今天没跟水子他们分着吃？”

苏起含糊一声，不说话。前些天的冰棍都是她一个人吃完的，昨天忘了。

程英英也没多想，现在大人们脑子里全是洪水的事儿。

苏起盘腿坐在凉席上，吹着风，和林声一起吃冰棍。窗外知了鸣叫，绿叶在蓝色的天空上招摇。夏风涌过青蓝色的纱窗，莫名就变得轻柔了。

熟睡的苏落翻了个身，像小狗一样趴着继续睡。

苏起拿脚丫戳了下他屁股，软弹弹的，说："他像一只猪一样。"

林声："……"

苏起又不说话了。

林声看她刚才还活蹦乱跳，但似乎心里并不是那么快乐的。

脚步声由远及近，路子灏推开纱窗门跑进来："七七，声声，去打游戏吗？水子跟李凡在打《超级玛丽》，可好玩啦！"比分被剧透，他们不看比赛了。

林声吸着冰棍，没表态，眼巴巴地看苏起。她想玩《超级玛丽》。

苏起有些难受，故作大方："声声你去玩吧。"

"你呢？"

"七七你也去吧。"

"我要看着我弟弟。"苏起给自己想了个冠冕堂皇的理由。

路子灏一脸遗憾，又绽开笑颜："对哦，原来你一直在照顾落落。我怎么没想到，我还以为你和水子在赌气呢。"

苏起："……"

林声："……"

最终，林声走了。《超级玛丽》那个在绿色背景板上跳来跳去的小人儿对孩子们的诱惑是致命的。

那是梁水的爸爸梁霄买给他的。梁霄是个酷爱玩乐的爸爸，所以梁水家有很多好玩的东西，大人小孩都喜欢跑去他家。

苏起叹了口气，有些无聊，她转头看着台式扇，张开嘴巴，冲着电风扇"啊啊啊啊啊啊啊——"

她听着自己的声音被电风扇吹得变了形，变成了波浪。

“啊——”她跟电风扇玩了一会儿，觉得更无聊了。

世界很安静。

天还是那么蓝，树还是那么绿，吊扇、凉席、冰棍，叫人恹恹欲睡却又睡不着的黏稠的热气。知了还在叫，巷子里悄悄的，偶尔传来一阵阵突然爆发的小孩子们玩游戏的欢叫声。

好像和曾经的每一个夏天一样，没什么变化。

可苏起忽然感受到了她这个年纪不该感受到的一种情感，有点儿痛，却又不是太痛，有点儿蒙，却又还能思考，怎么说呢，很安静，对，很安静。那种感觉她后来才知道，叫作孤独。

孤独的苏起躺在凉席上，让风扇吹着她的薄衣服起起伏伏，她看着窗外的蓝天，天光一会儿变朦胧阴暗，一会儿又变得刺眼透亮，她知道，一定是薄薄的云从太阳下飘过了。

她看了一下午，一直看到太阳落山，天空从湛蓝变成橙红。

傍晚，大人们挖了一天的沙包，筋疲力尽地回来了。苏勉勤和程英英没回。康提跟苏起说他俩今晚有重要任务，让苏起和苏落去她家吃晚饭睡觉。

苏起一手牵着弟弟，一手被康提牵着，进了梁家门。

梁水还在阁楼上玩游戏，苏落吵着闹着要上楼找梁水哥哥玩。苏起不放心他一个人爬楼梯，只好牵他上楼。

梁水听见开门声，回头看了一眼，对上她的眼神，跟看见空气似的淡淡移开，却友好地对苏落笑了一下。苏落那个小叛徒立刻挣脱姐姐的手，乐颠颠地扑去梁水身上。

苏起懒得理他俩，见李枫然也在，问：“你不回去吃饭吗？”

李枫然说：“我妈妈还没回来。”

最近抗洪救灾，他爸爸李援平医生天天在医院加班。妈妈冯秀英老师也在组织学校的军人慰问活动。

苏起：“你妈妈回来了欸，刚才我看见了。”

“噢。”李枫然扔下游戏机，从席子上坐起身，穿上凉鞋下楼去了。

房间里只剩下他们了。苏起忽然后悔刚才跟李枫然说这些。她站在那儿，留也不是走也不是，站也不是坐也不是。

苏落那个吃里爬外的小东西跟他的梁水哥哥玩得正欢畅，丝毫不知姐姐还站在这儿呢。

红色的夕阳余晖透过纱窗洒在他俩的后脑勺上，纱窗上挂着两只蝉幼虫，背上开了口，里头的蝉成虫若隐若现。等到明天，它就会蜕壳而出了。

他们每个夏天都会从地上的小洞里抓出蝉幼虫，很好抓——戳一根树枝进洞，幼虫就会傻乎乎地抱着树枝出来。梁水喜欢把它们挂在纱窗上，等蜕了壳挥舞着蝉翼飞走，留下琥珀色透明的壳儿。

苏起忽然感觉自己像那只裂了口的蝉幼虫，不能进不能退，难受死了。

她望了一会儿，觉得站在这里没什么意思，扭头下楼去了。

梁水听见开门关门声，回头看了一眼。

苏起才下楼，就听见康提在厨房里跟梁霄低声说话。

“苏勉勤那病不要紧吧？”

“不好说，是个大手术呢。”

“说是肠子大出血，得切掉一截？”

“对。应该是本来长了个东西，这段时间又劳累过度。”

“那合伙人是怎么回事？”

“最近城里不是乱成一团嘛，都在抗洪，也没精力管生意上的事儿，他那合伙人卷钱跑了。”

“啊？这浑蛋！”

“你在广州找的合伙人也得盯着点儿，做生意……”梁霄听见脚步声，回头看见苏起在发蒙，立刻笑起来，“七七，叔叔带你骑自行车好不好？”

苏起茫然：“我爸爸怎么了？”

“生了点儿小病，医生一治就好了。”梁霄蹲下来，笑容温暖而令人信任，“你看，你上次生病，是不是去医院打针就好了？”

“噢。”苏起点点头。

那天夜里，苏起忽然醒来，她听见了大人们出门的声响。趁着月光，她看见床头梁水的孙悟空闹钟指向夜里十一点。

她盖着一条小毯子睡在梁水的床上，苏落和梁水睡在床的另一头。

大人们一定去医院了。她睡不着了，也想去医院。

她想了好久，大着胆子坐起来，悄悄从床上溜下去。她蹑手蹑脚走到床尾，却见黑暗中，梁水的眼睛亮晶晶的，安静地看着她。

苏起吓了一跳，但没叫出声。两人大眼对小眼。

梁水说："你要去医院？"

苏起别开眼睛，瞟向一旁，墙上贴着乘法口诀表，汉语声母韵母拼音表和整体认读音节表。"yi"这个认读音节的表格上画着医院。

她听到黑夜中传来一声叹息，是小男孩的叹息，并没有多少无奈，听上去还很稚嫩且装模作样。

梁水坐起来了，静静在床边坐了几秒，似乎醒了一下觉，又狗狗爪子似的飞速揉了揉一头的毛，跳下了床。

苏起愣了一下，说："你要去吗？"

梁水扭头，反问："你要一个人去吗？路上有抓小孩的哦。"

"那……落落一个人在这里吗？"

梁水也思考了一下，说："那我们睡觉吧，都别去了。"

"……"苏起无言了一会儿，低声坚持，"我要去找我爸爸。"

梁水又思考了一下，毫不客气地一撂脚，将床上酣睡的小苏落给踹醒了。

苏落跟小团子似的颠儿了一下，抬起脑袋："嗯？"

苏起："……"

夜风微凉。

苏落揉着睡眼惺忪的眼睛，被梁水牵着手，迈着小短腿嗒嗒走在巷子里，脑袋时不时左晃一下右晃一下。

梁水拿着手电筒照路，苏起跟着他走出巷子，上了堤坝。

黑暗铺天盖地，他们像走在黑色的锅盖底下。坝上堆着绵延千里的沙包防洪壁垒，壁垒外装满了一望无际汹涌的江水，仿佛随时能漫涌出来。

夜空低沉，压在江面上，江风呼号，像原野上的野兽。

风刮着孩子们薄薄的衣衫，一会儿推着他们踉跄向前，一会儿仿佛要将他们卷进浪涛。苏起有些害怕，不自觉靠近梁水，抓住他的手臂。

梁水也并非不紧张，紧握的那束灯光像狂风暴雨海上的一叶扁舟，微弱而破碎，在大坝上漂流。

只有苏落懵懵懂懂，深一脚浅一脚走着，时不时“啊呜”“啊呜”打哈欠。

风声很响，却又很安静，他们踉跄的脚步声和急促的呼吸声是如此清晰。

好不容易，他们走过长长的堤坝，到了城区。路灯光穿透茂密树丫，洒在凌晨空旷无人的街道上。

江风江涛抛在身后，苏起这才松了口气，放开梁水的手。

坝上那么大的风，她手心背后却已大汗涔涔。

走着走着，苏落越走越慢，小家伙坚持不住了，太困了。

梁水把手电筒递给苏起，把苏落抱了起来。苏落搂着他脖子，树袋熊一样挂在他身上，脑袋往他瘦瘦的肩膀上一歪，就睡着了。

梁水一声不吭，抱着苏落的屁股，吭哧往前走。

“水砸？”

“嗯？”

“你累吗？”

他不说话，只有喘气声。

……

深夜的医院，日光灯照亮走廊。

走廊尽头家属休息区里，南江巷的几个女人聚在一起守夜，男人们去外头抽烟了。

程英英困倦地揉着眼睛，对康提说：“谢谢了，要不是你，我都不知道这一时半会儿的从哪儿筹手术费。”她悲哀道，“他太天真了，总是轻易相信人，我早就跟他说要防着，这下好，工程款全被那挨千刀的卷走了。家里好不容易有点儿起色……”

康提说："你就别怪他了。你家那位还想着做点儿事，我家这个才头疼呢。成天只晓得玩儿，孩子的游戏他也能玩上瘾。我广州那边联系厂家、找货源，云西这边看商铺、招工……多难啊，他帮不上忙就算了，还成天跟一帮酒肉朋友瞎胡闹，没点儿正经，就跟没长大似的一天到晚只管玩乐。再这么下去，水子都要被他教坏了。"

"我家那林家民还不是一样，成天嘻嘻哈哈，鬼主意一大堆，就没见多挣些钱来。"沈卉兰跟着诉苦，"我看哪，还是李医生好，工作体面，脾气又好，对人也耐烦。"

这下，轮到冯秀英老师了："哎哟，你们是不知道我的苦。他是对病人周到，可没有一点精力分给家里头。家里累活儿全都靠我。他家啊，是医院。"

"哎，你们就记着吧，老话说得对，成事的男人不顾家，顾家的男人不成事。"路子灏妈妈陈燕道，"我家那个出去打工，直接当甩手掌柜，家里全丢给我一个人。你们要诉苦啊，先让我讲上三天三夜。"

姐妹们停住，对视几眼，同时笑起来。

康提道："这果然是应了那句话，别人家老公好，自家孩子乖。"

众人笑成一团，又想起这是医院，互相使眼色压低了声音。

这时，走廊上传来细细的脚步声，三个小小的人影出现了。

梁水抱着熟睡的苏落，腿脚累得在打战。他喘着气，满头大汗，额发湿透了贴在额头上。小男孩的表情因疲累而有些呆滞，但眼睛又黑又亮。苏起揪着他的衣角站在他身旁，也是浑身的汗，像跋山涉水而来。

"我的乖乖哎！"康提和程英英同时站起身。

"妈妈！"苏起跑过来，扑进程英英怀里。

康提大步上前，从梁水手中接过苏落。梁水松了手，整个人都在打抖。小男孩已经力气耗尽。

冯秀英老师蹲下来摸摸他湿漉漉的头，叹道："你把七七和落落护送过来的？"

梁水点点头，没说话。他还剧烈喘着气，说不出话来，只有一双亮亮的眼睛盯着她。

“真是好孩子啊。”

那天晚上，苏起、苏落和梁水三人挤在医院的病床上睡着了。一觉睡到大天亮。

醒来的世界和以往没什么不同，苏勉勤病好了，苏落蹦蹦跳跳。苏起和梁水凑在一起玩水圈圈机。谁先把水里的彩色圈圈套在杆子上，谁就赢了。

他们什么也没说，自然而然就和好了。

没过多久，洪水退去。云西又恢复了往日的祥和。

大人孩子们围在街道两旁欢送解放军，夏天就那样热烈地过去了。

一切仿佛又回到了从前。

只是——

四年级开学的第一天，苏起的橡皮擦掉在两人椅子中间的地上，她弯腰去捡，梁水忽然使坏，拿手压住她脑袋不让她起来。她翻腾半天才爬起来，辫子都弄乱了。

梁水得意地哈哈笑，从打赌的同学那儿拿到了五毛钱。

苏起“哗”地重新画了道三八线，谁再超过谁是猪！

☆ 家长夜话

林家民：“今天孩子们怎么又坐在一起哇哇大哭啊？”

沈卉兰：“别提了，他们看了个动画片，叫什么《雪孩子》。”

林家民：“《雪孩子》？”

沈卉兰：“讲一只兔子，没有小伙伴，就堆了一个雪人和她玩。小兔子和雪人做了好朋友，可有一天，家里着火了，雪人冲进火里去救小兔子，自己化成了水，牺牲了。”

林家民：“哎呀，这个动画片……”

沈卉兰：“你说说，小孩子看了能不哭吗？还有上次那个，哪吒自杀，声声哭了两天。”

林家民：“看来，还得靠我出山。从明天开始，我来给孩子们编写童话——”

沈卉兰：“得了吧你，整天想些稀奇古怪的东西，能不能干点儿正事儿了。你那个破照相馆还开不开得下去了？”

林家民：“怎么开不下去了嘛，你看，声声、七七他们每年的照片还不是都靠我。”

沈卉兰：“是是是，不给巷子里这些小孩子照相，家里就得喝西北风了。”

林家民：“哎呀，钱够用就行了嘛。难道你想让我像路耀国一样跑去广东，扔下你们娘俩在家？”

沈卉兰：“我倒是想要你去，你有那个本事吗？”

林家民：“我有那个本事也没那个心，我就想陪着老婆孩子，天天都看着一家人在一起，我就开心。”

沈卉兰：“开心个鬼！”

林家民：“怎么就不开心了？声声你说，开不开心？”

林声：“我不要爸爸走。”

林家民：“你听听，听听孩子的心声。”

沈卉兰：“闭嘴！睡觉！”

Chapter 3

我们前途无限

小时候，苏起最爱过的节日，绝对是春节。春节不仅有好吃的好玩的和新衣服，还等于有特赦令。无论她如何调皮捣蛋，爸爸妈妈都不会责怪她。哪怕她吃饭打碎了碗，家长也会说“碎碎平安”，摸摸她的头。

除开春节，“喜欢榜”上排第二的当属儿童节。

儿童节不用上课，上午文艺会演，下午放假。学校还会给每个小朋友都发放一袋糖果、饼干和果冻。

说来，儿童节却是她最像大人的一天——她会穿上艳丽的裙子，还会像大人们一样化妆。

文艺会演要排练舞蹈，老师会给跳舞的孩子化妆，额头中央点上红圆点。头发上夹着蝴蝶发卡，蝴蝶还会振翅，一副翩翩欲飞的模样。舞蹈很简单，都是些幼儿动作，无非是《小螺号》《澎湖湾》《妈妈的吻》之类的。

三年级那年儿童节，老师加大难度，为她们排练了《山路十八弯》，半个班的人一起跳，很有气势。

会演赢得了无数掌声，下台时，班主任特别高兴，拍拍苏起的肩膀，说:

“真棒！我们苏起很有舞蹈天赋呀！”

苏起将这句话听进了心里，她深受鼓舞，回家跟程英英说，老师说了，她有天赋，以后会成为舞蹈家。

苏起说：“妈妈你支持我吗？”

程英英说：“我支持。”

苏起扔下书包想往外跑：“那我去练跳舞了。”

程英英揪住她衣领：“先把作业写完！”

苏起：“……”

她不满地“哼”一声，乖乖写作业去了。

程英英却对这事上了心，晚上跟苏勉勤说：“我们家孩子是不是得学一项特长？”

苏勉勤离开规划局后，成立了一个建筑设计施工队，这一两年慢慢走上了正轨，家里经济不像曾经那么拮据。两人一商量，决定等暑假了给苏起报个班学跳舞。

不巧的是，那年暑假碰上百年一遇的洪灾，苏勉勤劳累过度生了大病，合伙人又卷款跑了，家中经济再遭重创。一直在家带孩子的程英英不得不去找康提帮忙，打点儿零工。

话说当初康提从麻纺厂辞职时，程英英准备跟她一起干，但那个关口她二次怀孕，就给耽误了。后来两个孩子没人照顾，她就当起了家庭主妇。如今康提开的超市和电器店都开业了，程英英也没那个道理再去合伙。

不过她也看得挺开，自己没有康提那么果敢，不是自己的就不是自己的。

家中经济过渡时期，苏起的培养计划自然就搁置了。不过，苏起的“天赋”很快转移了阵地。

洪水过后，苏起上四年级。那个秋天，一部叫《还珠格格》的电视剧火遍大江南北。南江巷的孩子们每天中午捧着饭碗，排排坐在梁水家的堂屋里看彩色电视机，等着“啊——啊啊——啊啊啊啊啊啊——”的音乐响起。

苏起开始以小燕子自居。每天上学路上，她都要和小伙伴们角色扮演，林声是紫薇，路子灏是尔泰，李枫然是尔康，梁水是五阿哥。

但梁水不肯当五阿哥，他要当皇阿玛。他还说苏起不是小燕子，而是恶毒的皇后，或者是给人扎针的容嬷嬷。

苏起气得要死，上学路上也要追他打一路。

苏起将她很有“跳舞天赋”的事情抛之脑后，转而对演戏产生浓厚的兴趣。她决定长大了当演员，只可惜她的小伙伴们并不怎么配合她演出。

林声最配合她，可林声是女孩子，不能演男孩。苏起需要演爱情对手戏，但路子灏的兴趣一阵儿一阵儿，又没个正行，说句台词就哈哈大笑，很是缺乏专业精神。而李枫然不爱开口，说句话就脸红得把脑袋别过去，然后怎么劝他都不张嘴了。至于梁水，属于顽固叛逆分子，完全不受她掌控。

她也曾好声好气地请梁水帮忙。

梁水特别大方，说：“可以演啊。”

“真的？”苏起狐疑他怎么忽然那么好说话。

“你得听我的安排。我说让你演什么，你就演什么。”

“好。”

“从现在起，你演哑巴。”

苏起：“……”

要不是忽然上课铃响，她真想把他揍得满地找牙。

唉，一身演艺天赋不能得到充分的施展和培养，着实叫她遗憾又惋惜。

她叹了一口气，蔫儿蔫儿地翻开数学课本，托腮沉思。

窗外天又蓝，鸟儿又叫，这美好的时节最适合出去玩，让小学生专注听课，简直是违背天性。

她往身边一瞟，隔着一条走廊，林声正在课桌底下偷偷编手绳。

学校正流行这个，小卖部里挂着各式各样的绳子，细绳的、空心软管的，编出来的手链形状有扁平的、圆形的、螺旋的……

最初是谁起的头，没人记得了，但一个人开始编，整个年级的女生都加入进来。

不过苏起没兴趣，小燕子才不会编手绳呢，她想。

她想成为像小燕子一样快乐的人儿。

那时她在电视里看到一个叫徐怀钰的美少女，眼睛大大的，笑容很灿烂，穿着短裙欢快地又唱又跳：“——我是女生，漂亮的女生！我是女生，爱哭的女生——”

苏起决定，等长大了要当像徐怀钰一样的美少女歌手。她甚至给自己取了一个艺名，叫“苏怀钰”，并将这个名字郑重其事地写在她歌词本的扉页上。

课间在操场玩双杠时，那里就是她的 MV 取景地，她坐在高高的双杠上，伸开双臂拥抱蓝天，假装自己在拍 MV。

学校大扫除时，她把金黄的落叶捧起来撒向天空，在落叶里转圈圈——这也是她的 MV 拍摄情节。

梁水早就习惯了她的白日梦，不搭理她。他跟路子灏拿着长扫帚练武侠，变换招式打来打去，一会儿降龙十八掌，一会儿秋风扫落叶。

只有林声跟李枫然在认真扫地，一边扫一边还得防着撒落叶的苏起和练武打的梁水。

一伙小孩磨磨蹭蹭，弄上一个多小时才能扫干净。

回家得迟，家里大人不在。程英英去幼儿园接苏落放学了，苏起把林声叫到家里来，偷偷穿上程英英的高跟鞋给她看：“声声，你看我能不能变成美少女歌星？”

细细的鞋跟起码有十厘米高，苏起的脚还很小，只占了鞋子的一半，鞋子像一只巨大的船一样托着摇摇晃晃的苏起。

林声觉得很危险，说：“你不会摔倒吗？”

“当然不会。”苏起伸开双手，“我可以走路，还可以跳舞。”说着就跳起了《我是女生》里徐怀钰跳过的动作。

“咔嚓”一声，苏起一扭，整个人顿时矮了一截。

两个女孩同时低头，只见苏起的五只小脚趾缩成一团，似乎在忏悔——高跟鞋从中间断裂了。

世界安静了几秒。

苏起把那只坏掉的鞋掰正，和剩下那只好鞋一起装回鞋盒里，把鞋盒推回床底下藏好。

她站起身，拍拍胸口，长舒了一口气。

"……"林声对她掩耳盗铃的手段大感惊讶，提醒，"七七，没有用的。你妈妈总有一天会发现的。"

苏起一愣，表情蒙上阴影，半刻后："那我就说是落落踩的。"

林声说："我觉得阿姨不会相信呢。"

苏起再度一愣："到时候我就大哭，你听到声音一定要来救我，带上你的爸爸妈妈来救我！"

林声："……"

"你想我被打吗？"

"好吧，你一叫我就来。把爸爸妈妈也带来。"

苏起给自己安排好"后事"，放心了一些，说："快六点了，我们去找水砸！"一边往外走一边无意识哼起了歌，"带着你的爸爸，领着你的妈妈，跟着那马车来……"

林声："……"

原歌词是什么来着？

……

徐怀钰和任贤齐出了一首新歌，叫《水晶》。苏起要去跟着电视里的MV抄歌词。

到了梁水家，三个男孩子正在看《奥特曼》。

苏起说："快六点啦！"

她挡着视线了，梁水歪了下头，说："把这集看完。"

"这集看完歌都放完了。"

梁水看她一眼，叹了口气，有些抓狂地揉揉头发，似乎对她的忍耐到了一定程度。

"现在一见你就烦！"他说，但他还是起身停了碟片，把电视调整成频道模式，转成云西电视台。

地方台每到下午六点便是歌曲点播环节，会有三十到四十分钟的歌曲MV展示。一般来说，一星期换一批歌曲。

这周的第二首歌曲是《水晶》，苏起要把歌词抄下来，记在歌词本上。

可她一个人抄不过来，得把所有人聚在一起分配，你一句我一句，最后再集中到一起。

六点到，第一首是任静和付笛声的《知心爱人》，歌曲还在放着，五个小孩子已从书包里翻出各自的纸和笔，围着小桌子坐好了。

苏起以自己为起点，顺时针点名："我写第一句，水砸第二句，风风第三，路造第四，声声第五，我再第六，水砸第七……知道吗？"

梁水懒散地点点头，看着电视。

屏幕上，任静正和付笛声躲在风衣下共同抵挡风雨。梁水忽然笑起来，问路子灏，说："为什么这个女的胳肢窝里不长毛毛？"

五双眼睛同时好奇地打量，半刻后，苏起嚷："女生的胳肢窝本来就不长毛毛，笨蛋！"

梁水回道："大人都长，笨蛋！"

"谁说的……"苏起正要争执。

"开始了开始了！"林声拿手肘碰碰苏起，示意《水晶》开始了。

五人立刻收了嬉笑状态，表情严肃，全副武装。

短暂的前奏过去，第一句歌词出现。

苏起立刻埋头奋笔疾书："看你的眼 jīng，写着诗句……"

紧接着梁水也开始唰唰写字，李枫然、路子灏、林声紧随其后。

五个小脑袋凑在一起，手忙脚乱。

"我和你的爱 Q，好（象）水晶，"

"没有负担 mì mì，干净又 tòu 明……"

第六句、第七句、第八句……

歌曲听着悠扬缓慢，可对写字的小学生来说太快了。

终于，路子灏嗷嗷叫了一声："我跟不上了。"

林声也额头冒汗："他们太快了！"

苏起脑子一蒙，忘了后边的词是什么。

梁水："别吵，先写！"

又是一顿奋笔疾书。

一首歌跟策马狂奔似的飞速唱过，结束，下一首了。

宋祖英喜庆地唱着"今天是个好日子，心想的事儿都能成……"。

五个小孩表情呆滞，缓了一会儿，才把各自的本子凑到一起，一看，歌词断断续续的，一堆的拼音和错别字。

苏起指着"土虫""牛土"这两字，问梁水："这是什么？"

梁水抠着脑袋想了想："dú tè？"

苏起不敢相信："这是独特？"

几个小孩都凑上去，可他们也不会写独特。于是——

苏起在"土虫""牛土"上加了"dú tè"的拼音。

就算如此，歌词还是残缺的。

路子灏说："你们女生不是有很多歌词本嘛，去学校里借别人的抄一下就好啦。"

"这首歌还没有歌词呢。"苏起沮丧道。

李枫然说："没事，明天再抄一次。不行后天再抄一次。"

也只能这样了。

梁水冲苏起晃了下遥控器，说："我换《奥特曼》了？"

苏起恹恹的："换吧。"

下了楼，碰上康提。

康提见她郁闷的样子，问了缘由，笑道："就你们那几只小爪子，哪里忙活得过来？没事，明天几点？我把大人们都叫上，帮你们一起抄。"

第二天是个周末，快傍晚的时候，南江巷的爸爸妈妈们陆续去往梁家。

大人们聚在一起喝茶吃桂圆剥橘子，天南海北地聊。小孩子们打打闹闹，楼上楼下地蹿。连路子灏那上初中的哥哥路子深也来了，夹在成年人和小屁孩之间，表情生无可恋。

路子灏和梁水在扮演奥特曼打怪兽，两人挥舞着拿折纸拼接起来的长剑，发出“吼吼哈哈”的声响。

李枫然在一旁默默堆积木，他刚堆成房子，梁水一剑挥向路子灏，剑身不小心扫过屋顶，房子受损倒塌。李枫然重新开始堆，然后再一次遭受袭击。简直不知梁水扮演的到底是奥特曼还是怪兽。

堆房子，砍房子，三个人陷入无限死循环。

小苏落呢，坐在小板凳上舔戒指糖，口水流了一手。

苏起在吃辣条，满嘴的油，她抓起一袋旺旺雪饼对林声说：“我们一人一片，好吗？”

林声点头。

苏起抓住袋子一撕，哗地扯开，两片雪饼掉在地上。

两个小女孩齐齐低头看。

“……”

苏起说：“你知道吗，东西掉在地上五秒内，可以捡起来吃，因为饼干还没反应过来。”

“可你说了那么长一句话，过了五秒了吧？”

“我还没开始数，饼干没听见呢。”苏起说，“五四三二一！”她数着计时，迅速完成了蹲下、捡饼干、拍拍灰、递给林声一片、另一片塞进自己嘴里咬得嘎嘣儿脆这一连串动作。

林声耸耸肩，毫无压力地也咬了一口。

两人对视，齐齐笑，开心极了。

这头，李枫然的爸爸李援平医生适时地说：“我们要讨论什么来着？”

康提：“孩子们是不是该学点儿特长。”

“对。现在时兴学这个，少年宫好多家长带孩子报名呢，什么舞蹈班、美术班、书法班，哎哟，可齐全了。”

林家民比画着架势，道：“要报武术班的，可以找我啊！我有家传绝学——降龙十八掌！”他“轰隆”一掌打在林声身上，“传授内力！”

林声被逗得哈哈笑，苏起蹦起来："我也要内力！"

"留下一半传给你。"林家民比画。

"我看你是人来疯。"沈卉兰白了他一眼，又问，"那，报名费可贵吧？"

林声回头看了妈妈一眼，没作声。

梁霄说："要是学音乐，还得买乐器呢。"

康提剥着花生："得让孩子学点儿东西，现在不是说什么开发孩子的天性，万一开发成功了呢？"

梁霄说："现在开发是不是迟了点儿？"

众人沉默，看了眼小孩子们的方向。

五个小孩没有打架拼积木，他们吸着娃哈哈 AD 钙奶，凑在一起。

苏起拿纸折了个"东南西北"，问梁水："你要哪个方向？"

"东。"

"横还是竖？"

"竖。"

"要几下？"

"七下。"

"东南西北，变七下！"五个脑袋一凑，"哇！"

苏起宣布："你长大之后会当老板！"

梁水抬抬眉毛，并没有多喜欢。

随后是李枫然，他选了南，横三下。

"你是理发师。"

梁水说："我想当理发师，我跟你换。"

李枫然说："好吧。"

林声是机器猫，路子灏是沙和尚，苏起是奥特曼。

梁水又说："我想当奥特曼，你跟我换吧。我现在是理发师。"

苏起犹豫。

梁水道："你以后可以给奥特曼剪头发，还可以给老板、机器猫、沙和尚剪头发。你最大。”

苏起看小伙伴：“是吗？”

李枫然想了想，点头：“你可以给我剪头发。”

林声跟着点头：“你也可以给我剪。”

路子灏同样点点头。

苏起于是说：“好吧，我跟你换。从现在开始，你长大之后会变成奥特曼。”

大家都满意极了。

“还有什么？”

苏起把东南西北打开看，剩下的三个是火车司机、猪八戒、小卖部老板。

林声遗憾道：“我想当小卖部老板。”

众人纷纷：“我也是。”

天下最好的职业，当然是小卖部老板。

“可你没有抽到。唉，我们没有那么好的运气。”苏起摇头。

众人也都失望地叹气，果然最好的东西不会那么容易抽到。

“但幸好都没抽到猪八戒。我们没有人是猪。”

小伙伴们齐齐点头。

康提回过头来：“还是死马当活马医吧。”

父母们开始讨论给孩子培养什么特长，冯秀英老师说：“要按孩子的喜好来，他喜欢、愿意学，就容易学好。”

陈燕噗地一笑：“那完了，我家子灏只喜欢玩儿。”

几个母亲对自家孩子深有同感，讨论半天也没个结果。时钟不知不觉指向六点，大人们把事情搁置一边，分了纸和笔抄歌词。

苏起收好歌词，开心得像一株阳光下盛开的小雏菊。

程英英瞧着，笑道：“也不知道她傻乐个什么劲儿。哎呀，说起来我们的风生水起组合过去多少年了，时间一晃，孩子们都这么大了。”

梁霄一拍手：“我们还年轻着呢，组合再搞起来！”

很快，梁霄买了一套卡拉 OK 回家。

自此，苏起每天放学回家，老远就听到诸如《爱江山更爱美人》《心雨》《舞女泪》之类的歌曲。她还会跟着“一步踏错终身错，下海伴舞为了生活”的调子扭屁股呢。

但这样的欢乐渐渐失控。梁霄朋友多，又好请客，成天带着一帮酒肉朋友在家吃吃喝喝唱歌玩闹，深夜搅得巷子吼声震天。

康提气不过，叫来收破烂的，把音箱、话筒全部打包拖走。南江巷的歌声这才停息。

那次会议之后，各家纷纷给孩子报了兴趣班。

李枫然每周去少年宫学书法；沈卉兰看了一圈乐器价格，给林声选了竖笛；路子灏的妈妈陈燕觉得自家孩子太淘气，学什么都白搭，弄了个口琴打发他，路子灏倒也吹得十分欢快；康提精挑细选，觉得小提琴高雅，让梁水学小提琴。梁水不肯学，被康提揪着耳朵拎去少年宫。苏起对钢琴产生了浓厚兴趣，但昂贵的价格叫程英英望而却步，家里现在是捉襟见肘。

而事到如今，程英英不想打击苏起的士气，思虑再三后，把女儿叫到跟前：“你能保证好好练习，不三天打鱼两天晒网吗？”

苏起脑袋点得很用力，眼睛跟星星一样亮闪闪。

程英英心叹，这孩子长了张叫人不忍拒绝的可爱脸蛋。她咬咬牙，拿出攒的全部私房钱，买了架二手的立式旧钢琴。

四千多的价格，是一家人十个月的生活费。

琴买回来了，苏勉勤拿磨砂纸把表面木质打磨一番，划痕、污渍全磨掉。林家民帮忙刷上一层薄漆，看着跟崭新的差不多。

苏起放学回家见到活体钢琴，扔下书包又蹦又跳。

小伙伴全凑过来，好奇地戳键盘。

梁水哗啦戳出一连串哆来咪发，苏起心疼地打开他的手：“你手脏死啦！”

她又笑眯眯看林声：“声声，你可以玩。”

梁水翻了个白眼，拉细了声音，学她：“声声，你可以玩——”招来苏起一顿拍打。

林声小心地在木质琴键上戳了一下，“咚”一声清脆。那音符好听极了，是竖笛不能比的。

林声抿唇笑：“真好。”

“我的琴你们都可以弹，任何时候！”苏起坐在钢琴凳上，幸福地晃动两条腿，“我们还可以一起弹！比如这样！”

她挥舞一双细手，陶醉地弹奏起来，丝毫不管那蹦出来的音符完全不成曲调。

梁水咧嘴一笑，伸过来一只手，装模作样跟着弹奏，脑袋也动情地摇晃。

路子灏哈哈大笑，加入进来。

林声、李枫然紧随其后。

五双小爪在键盘上瞎弹一气，音乐凌乱而不成章法，谁也无法预知下一个曲调。但他们那么投入，仿佛合奏着一首最优美最高贵的曲子。

直到程英英的吼声从厨房传来：“苏七七你要上房揭瓦吗？！”

琴声戛然而止。

苏起冲小伙伴们吐舌头，小声道：“她是人类，听不懂仙乐。”

苏起有模有样地学了几个月的钢琴。

那段时间，南江巷每天都是锅碗瓢盆伴着乐器声声。

断断续续的钢琴音，锯木头般刺耳的小提琴声，不成节奏的口琴声，气息不稳的竖笛声，狗叫声，夫妻拌嘴声，哪位妈妈做饭时的唱歌声，从一扇扇亮着灯的昏黄窗口飘出，融合成一段奇妙的乐章，在黑夜笼罩的巷子里回荡。

时间就这样迅速进入 1999 年。

又一个夏天快要到了，然而，苏七七小朋友的钢琴技艺（如果可以称之为技艺的话）留在入门阶段停滞不前。巷子里其他小朋友也面临着同样的问题，林声的竖笛声不容乐观，梁水的小提琴声仍是锯木头，锯得康提都快神经衰弱了，路子灏的口琴早就被他哥拿去吹了。

只有李枫然，默默写着书法。

程英英心疼钢琴钱，一面对苏七七恨铁不成钢，一面又自我安慰这小孩子家懂什么呢，于是苦口婆心劝孩子练琴。

可苏起的兴趣变化如夏天的天气，她在钢琴课上因弹琴比不过从小练琴的低年级女孩，在兴趣班被所有人目光碾压之后，羞愧至极终于失去信心，转而对学校门口小卖部买的纸拼房子产生了兴趣。

"妈妈我要买小房子拼房子，我以后要当建筑家。"

程英英忍着揍她的冲动，说："我看你就是想玩！"

"你冤枉我，一点儿都不懂我！"

"我警告你自觉点儿啊，别过会儿竹条子落到身上你还问我为什么。"

苏起于是去找苏勉勤。苏勉勤摸摸女儿的头，说："你当然可以当建筑家，但如果你当一个会弹钢琴的建筑家，那你就比一般的建筑家更酷。"

苏起一想，觉得爸爸说得有道理，又开心地继续练琴了。

程英英见状，无言以对，不知她女儿那跳脱的激情能维持到何时。

几家大人聚在一起感叹，难道他们的孩子就没有一个和音乐有缘吗？这时隔壁传来钢琴声，弹着一首流畅优美的《花仙子之歌》。

听惯了苏起弹钢琴的康提诧异道："七七进步这么大？"

深知自家女儿秉性的程英英断然摇头："肯定不是她。不练个几十遍，她才弹不成这么好。"

一帮人过去看个究竟，就见春光穿透纱窗，李枫然坐在钢琴凳上，低着头，修长的手指在黑白的键盘上跳跃着，像飞舞的蝴蝶。

在征得苏起的同意后，程英英把钢琴转给了李援平和冯秀英夫妇。李援平要出三千，但程英英记着当年他送她家一台鸿运扇的情分，只肯要两千。说以后如果苏起想弹琴，让她过去弹一弹就够了。

自此，南江巷飘扬起优美的轻音乐，之前呕哑嘈杂的笛声锯木声渐渐消弭。康提终于意识到自己儿子没有音乐天赋，不再逼着梁水拉琴了。

苏起也从钢琴凳上减负成功，再度过上了上课讲小话下课撒丫子玩的快乐生活。

南江巷回归从前，曾经的"天才儿童培养计划"就此泡汤，无人再提。

程英英听到李家传来的琴声，不免感叹——天赋难以强求，又开始担心苏七七以后怕是不能成才。她放下手里的活儿，找去李枫然家。

李枫然在练琴，另外四个小孩搬了高凳子和小板凳聚在一起写作业。

苏起的书本摊开着，最上层摊着一本公主填色图，她正拿水彩笔上色，小手上五颜六色全是颜料。

她刚好涂完一幅画，看了看，非常满意，递给梁水看。梁水正在写作业，对她的画毫不感兴趣。林声和路子灏也在埋头写字。

苏起晃动脑袋左看右看，目光最终定在弹钢琴的李枫然身上。她咧嘴一笑，凑过去站在琴边，伸手在琴上弹了起来。

她弹的是《铃儿响叮当》，跟李枫然的匈牙利舞曲混在一起，别提多奇怪了。但李枫然居然丝毫不受影响，自顾自弹着。苏起也特别陶醉于自己的《铃儿响叮当》，摇头晃脑。

路子灏故作痛苦地捂耳朵。

梁水说："苏七七你又发神经？放过李凡吧。"

门边的程英英忧心极了，说："苏七七。"

苏起一抬头，小脸绽放笑颜，眼睛笑盈盈像黑葡萄。

程英英心化了一半，语气却严厉："你作业做完了吗？"

"都做完了呀，我在等他们呢。"

程英英无话可说了。

那晚，她跟苏勉勤说，担心苏起长大后没出息。

"她就跟小猴子一样，捡了芝麻丢了西瓜，做事三心二意。一会儿跳舞一会儿弹琴，变来变去。以后怎么办呀？"

苏勉勤道："七七贪玩是贪玩，但你没发现她做作业从来不用你管吗？她也不抄别人的作业。每次放寒暑假，她哪回不是前一个星期就把作业做完然后玩一个假期？"

程英英一愣。

"比起一个优秀的小孩，我更希望她做一个开心的小孩。七七笑起来多可爱呀。"

“哼，她就会用这招。一闯祸，一有鬼主意，就笑眯眯。”

“你就别操心了，她还小，让她好好玩，开心地玩。等上初中、高中了再说吧。”

同样担心孩子未来的还有林家民。他将南江巷的爸爸妈妈们召集起来开了个会，他认为孩子们太没定性，不够坚持，没有毅力。

“作为他们的爸爸妈妈，我们没有培养孩子的毅力，这是家长的失败。现在他们还小，才上五年级。一切都有机会。”

康提问：“你有什么办法？”

“从明天开始，每天早上六点半，我带孩子们去江堤上晨跑半个小时。”

既能锻炼毅力，又能强身健体，一举两得。

第二天一大早，还在做美梦的苏起就被程英英揪出被窝拎出门。另外四个小孩子同样睡眼惺忪。

“还没醒吗？”林家民一身运动装，激情四射地弹跳两下，声朗如钟，“大家都跳起来，打起精神。”

五个小孩脸上写着生无可恋：“……”

“……”林教练的教育生涯碰到了小挫折，他清清嗓子，“大家先抬头挺胸啊，抖抖腿抖抖脚。”

五个小孩垮着肩膀，弓着背，仰着头，双目无神，仿佛梦游。

林教练：“……”

梁水扭头问林声：“我们得罪你爸爸了吗？”

林声捂了下脸，说：“七七，你的仙子妈妈什么时候来接你？现在不来吗？”

苏起：“子深哥哥为什么不跑步？”

路子灏：“我哥哥才不听他的话呢。”

林家民：“……”

这群小屁孩，还是年纪小的时候好管。现在五年级了，都是些势利眼。在学校那么听老师的，一出校门，连家长都不放在眼里。

林家民哈哈干笑两声：“多运动有助于长身体啊孩子们。学校不是教你们喊口号了嘛，发展体育运动！增强人民体质！锻炼身体，保卫祖国！”

五双清澈却无声的眼睛看着他。他再度受挫时，苏起忽然醒了，凑热闹般地挥舞小拳头，喊道：“锻炼身体，建设祖国！”

林家民感动极了，立刻看向这个积极分子，和她互动起来：“七七，那个歌怎么唱的？左三圈右三圈……”

爱唱歌的苏起跳了起来：“脖子扭扭屁股扭扭，早睡早起，我们来做运动。”这下，林声和路子灏也跟着做起动作，“抖抖腿呀抖抖脚呀勤做深呼吸……”

苏起蹦蹦跳跳：“学爷爷唱唱跳跳我也不会老！”

梁水斜眼瞅着她，越来越嫌弃，说：“狗腿子！”

歌声戛然而止。

苏起打报告：“林叔叔，他说你是狗！”

林家民：“……”

梁水：“……”

苏起扭头冲梁水吐舌头：“略略略。”

林家民觉得，他低估了这群小孩子。

梁水说：“打小报告的狗腿子。”

“你是猪腿子！”苏起说，“你是羊腿子、马腿子、牛腿子！”说着就冲上去打梁水，梁水哪里会乖乖站着等她打，眉梢不屑地一抬，嗖地跑开了。

他俩一跑，林声、路子灏、李枫然跟着风一样追去。

林家民在后头喊：“哎哎哎！跑步要匀速，注意喘气，一二一，注意节奏！节奏！”

没人理他。

五个小孩早就冲上堤坝，跑得没影儿了。

待林家民跑上大堤，小孩子已串成一条线，奔跑在远处的江堤上。小小的身影映在波光粼粼的江水之上，年轻而鲜活。

待林家民追上，已是一刻钟后。

他们跑累了，坐在江堤旁的乱石上。

太阳刚露出半个头，天上一片朝霞，江中光影波动。

林家民走过去，听苏起说：“我的仙国里有跟这个一样好看的朝霞。这么好看。真的。”

梁水说：“苏七七你能闭嘴吗？”

苏起这次没跟他吵，乖乖说了句：“那好吧。我们就不说话，专门欣赏……”

梁水扭头给了她一个眼神。苏起捂住嘴巴，表示不讲话了。

四周安静下去，五个小孩静静看着日出。

江风轻抚，林家民低头看他们，忽然希望他们永远这么小、这么无忧无虑就好了。长成了大人，像他一样，就会有无尽的压力和烦恼了。

到了七点钟，林家民叫上大家一起回家，他精神振奋道：“孩子们，今天你们做得特别好，把跑步的状态保持住，到学校里好好学习，知道吗？”

这次，五个小孩一起喊了声：“知道啦！”

林家民回去后跟家长们报告，欣慰极了。

只是，五个小孩去了学校，犯困得不行，扎着脑袋睡了一节课，被老师齐齐拎出去罚站。而林家民带着大家跑了几天后，腰酸背痛，某个早上一睡不起。所谓的强身健体计划就此作罢。

康提感叹，不能怪孩子们。南江巷的大人们就没啥出息。

1999 年就在这样打打闹闹的日子中过去。

转眼，2000 年到来了。

虽然是千禧年，孩子们却不甚在意，所谓跨年，还不如儿童节有意义。但大人们，尤其是女人们感叹起了时光飞逝。

当初来南江巷，是二十世纪八十年代末，转眼十多年过去了。

康提邀请邻居们一起跨年，大家聚在梁家唱歌作乐，喝酒聊天。

大人们借着酒兴唱起了歌，《窗外》《皇后大道东》《恋曲 1990》，一首接一首。

梁水他们不乐意跟大人们玩，跑去阁楼上看《猫和老鼠》，看周星驰的电影，玩飞行棋和《大富翁》。只有零食短缺时才一窝蜂地涌下来搜刮。

聚会气氛十分融洽，直到深夜，快零点时康提叫孩子们下楼，说去巷子里放烟花。

就在这时，梁霄说要给康提一个惊喜。他在所有人面前夸张而深情地说："你为这个家做了太多贡献，辛苦了。这次特别给你准备了礼物。"说着消失在了巷子口。

大人们笑成一团，程英英说："啧啧啧，当着这么多人的面搞甜蜜。这怕是要破坏别家夫妻感情啊。"

沈卉兰叹道："还是你老公有情调，结婚这么多年还记得惊喜。"

康提笑："他那脾气，别是惊吓就好。"

"来了来了！"守在门口的苏起和路子灏叫起来，大伙儿走了出去。

门口开着门灯，照亮了一方巷子。

梁霄满面笑容，推来一个拿红布罩着的巨大物体。

大人们好奇地交换眼神，孩子们期待地蹦蹦跳跳。

"当当当当！"梁霄隆重而用力地掀开那块红布，一辆崭新而霸气的哈雷摩托出现在众人面前。

"啊！！！"孩子们激动地尖叫，冲上去围着摩托，摸的摸，爬的爬，抱的抱。

大人们也是一片抽气声。

男人们满眼羡慕和喜悦，女人们则一脸震惊，齐齐谨慎地回头看康提。

康提站在门口，门灯的光打在她后脑勺上。她的脸隐藏在黑暗的死角里，看不清神色。

夜空中礼花飞腾，2000 年到来了。

那年的物价是白米一块钱一斤，猪肉六块钱一斤。程英英家一年的生活费是五千。

而那辆摩托车，至少要三万。

家长夜话

程英英的二姨来城里看病，在程英英家住了一段时间，对苏起积累了很多不满。

苏起吃饭时喜欢跟苏落抢菜，苏起在家不扫地洗碗，苏起被子不叠。

二姨看不下去，来告状，程英英不以为然，说："小孩才多大，每天上学就很辛苦了，要他们扫地洗碗干什么呢？"

二姨："上学有什么苦的？谁不是这么苦过来的？我以前种地养猪还要带着几个弟弟，也没说苦。你以前读书的时候不也要割猪草，谁不是这么苦过来的？"

程英英："那我现在要牵头猪回来给七七养？自己过过苦日子，就得让孩子也过一遍？生孩子让她来受罪的？"

二姨说不过她，哼了一声："这么宠着，孩子以后不会有出息，你看着吧！"

程英英心想："你有多出息？"

Chapter 4

再见，童年

“你这出手可真大方啊。”林家民笑着上前夸赞，被老婆沈卉兰扯了下胳膊。

康提的脸色在冬夜的风里越发寒凉。

苏勉勤察觉不对，把爬上摩托车座正跟梁水抢位置的苏起抱起来，说：“小孩子先睡觉，这么冷的天，别冻着了。”

苏起扭来扭去：“我不冷呀，我要玩车……”

“明天再玩。”陈燕赶紧把路子灏揪下来。

家长赶忙把各自孩子带回去，程英英上前牵梁水：“水子，你过来跟七七他们玩。”

梁水愣愣地被程英英带回家，没有反抗。他也察觉到了那一瞬间的气氛变化。

冬夜，寒冷刺骨。北风呼啸，穿堂过巷，平房屋顶上的油毡布被吹得起起落落。

昏黄的白炽灯下，梁水和苏起坐在小板凳上，小脚放在装满热水的脚盆里。

屋外风声里夹杂着康提压低的怒斥：“三万块钱买这么个东西，你脑壳里装的糠吗？你是不是神经不正常？！”

梁水和苏起低着头，盯着热水里的脚丫。

程英英给他们洗脚，装作没听见外面的声音，说：“水子，今天我跟七七的爸爸要出去，你留在我们家保护七七和落落，好不好？”

梁水没作声。

“你是不是以为自己不得了了？啊？赚了点儿钱，插根鸡毛就成凤凰了？”梁霄吼道。

接着是李援平医生的声音：“都给我进屋去！也不怕孩子听见！”

门“砰”地关上。

程英英把梁水和苏起两人安置进被窝，一旁的苏落早睡熟了，缩成一团，热乎乎的跟小暖水炉似的。

“被子里冷吗？”程英英问。

梁水还是不说话。

苏起牙齿咯咯打架，抱紧苏落：“冷。”

程英英灌了两个热水袋，给他们一人抱一个。

突然，巷子里传来砸东西的声音，梁家的门开了，梁霄的吼声传来：“你敢砸一下试试！”

下一秒什么东西砸在摩托车上，哐当巨响。

接下来是迅速移动的脚步声、劝架声、阻拦声。

林家民：“怎么还浑起来了？！”

康提：“你打！你这浑蛋敢碰我一下，我不弄死你！”

程英英见势不妙，立刻和苏勉勤赶出去。

“你打呀！”康提的声音在狠了一秒之后，夹杂了哽咽，“三万……”

“我辛辛苦苦搭站票去广州，站一天一夜，跑十趟都挣不了三万！”康提一脚踹到车上，车倒在地上发出轰隆巨响，“你为家里做过半点事情没有？我问你，一天到晚除了玩闹，吃吃喝喝，你干过什么正事？要穿好的，用好的，你讲什么排场？骑个哈雷别人就高看你几分还是怎么的？你皮夹子里有几块钱啊这么糟蹋？我的钱都是浪打来的？！”

“你的钱？我是没挣吗？你在麻纺厂当女工的时候是谁养的你？现在挣大钱了看不起我了是吧？”

“梁霄你有没有点良心！”

“你有没有良心？！我从一开始就这样，跟你结婚前我就这样。我一点儿没变，你变了！”

“对，你没变，你还是个孩子，我是你妈！”

男人们都在劝，说梁霄也是给家里添置物件，好心办坏事。说康提强势了些，也得让男人喘口气。

女人们都不吭声。只有程英英说了句“双方都有问题，梁霄也得多心疼康提”。

公说公有理，婆说婆有理，吵成一团乱麻。

不知哪方说了句什么，冯秀英老师立刻斥道：“瞎说！越说越没名堂！两口子哪有不吵架的，你们不朝对方看也得朝水子看，那么标致的孩子你们也舍得！”

窗外，北风跟魔鬼似的号叫。夜，越来越冷，仿佛大堤外的江水会随时被狂风席卷漫过来，将巷子淹没进冰冷的水底。

苏起想起在南江巷度过的很多个冬天的夜晚，一盏昏黄的台灯亮着，妈妈偎在被子里给她打毛衣，她睡在妈妈身边，抱着她的腿。屋外冷风呼啸，但她一点儿都不觉得冷。不管外头江风多大，她都觉得很温暖。

现在和之前所有的冬天一样，台灯亮着，在起伏的油毡布上投下一圈黑色的阴影。被子里放着热水袋，很暖和了。

可梁水在发抖。

他一句话都没有说，只是在发抖，牙齿咯咯地打架。

他冷吗？

“水砸，你冷吗？”苏起小声问。

梁水不作声。

他自从进了屋就没再说过话，仿佛失了音。

苏起翻身趴着，抬起脑袋看他。他睁着眼睛望着天花板，台灯光照在他的睫毛上，在脸颊上投影出长长的黑线。他咬紧牙关，可控制不住发抖。

外头吵得更厉害了，风中传来了女人的哭声。

梁水的手握成了拳头。

苏起赶紧搂住他，用自己小小的身体紧搂住他。

“不冷不冷。”她说，“不怕不怕。”

她抱紧他，小手轻拍他的背。他依然不说话，一动不动，像忽然没了魂魄。

那个晚上，巷子里的争吵持续了多久，苏起不知道。她只知道她的爸爸妈妈一直没回家，她一直抱着梁水。梁水的脸颊软软的嫩嫩的，身上有舒肤佳肥皂的香味。

后来她实在坚持不住，就睡着了。

第二天早上，程英英给他们三个小孩子煮了面条。

吃完早餐，临上学前，程英英破天荒地给苏起的零用钱增加到两块，也给了梁水两块钱。

苏起接过零用钱时开心极了，说：“水砸，你天天在我家住吧。”

梁水没说话，对程英英弯了下腰，说：“谢谢阿姨。”

程英英笑着摸了摸他的头，满眼却是怜惜。

苏起察觉到一丝不对，又不吭声了。她忽然不想要那两块钱了。

上学前经过家门，梁水进去看了一下。苏起和林声他们几个在门口等他，都担心地凑到门边朝里边看。他们不理解，康提阿姨很好，总是给他们买好吃的；梁霄叔叔也很好，总是给他们买好玩的。为什么他们两个要吵架呢？

康提和梁霄脸色不太好。他们昨晚没怎么休息，但见到梁水，却不约而同缓和了脸色。

康提问：“吃早饭了？”

“英英阿姨煮了面条。”

康提随手捋了下头发，从冰箱上的鞋盒子里拿出一块零钱给他。

梁水接过来，低下头。

他比以前长高了些，但在父母面前依旧很瘦小。

他声音很低："你们能不吵架了吗？"

康提眼睛一红。

"不吵架了。"梁霄笑了一下，说，"以后都不吵架了。"

趴在门边的几个小孩齐齐松了一口气，为梁水高兴。

梁水却不太相信似的，问："真的？"

他扭头看康提，康提脸上像是挂不住表情了，仓促道："真的。水子，去学校吧，别迟到了。"

梁霄看向门口探出的一串小脑袋，说："七七，在学校别欺负我们家水子啊。"

苏起一愣，缩着脖子吐舌头："我现在打不赢他啦。他力气可大了。"

梁霄笑了笑，拍拍梁水的肩，往门口的方向拨了一下。

梁水踉跄一下，走了两步，又揪了下书包带子，回头："爸爸，妈妈，我去上学了。"

"去吧。"他们挥了下手。

"梁霄叔叔再见，康提阿姨再见！"孩子们打着招呼，出发了。

李枫然留在最后，沉默地往屋子里看。直到梁水迈出门槛，他才心事重重地跟他并肩走了。

梁水一路上情绪很低落，苏起把苏落丢给林声牵，跑到他身边问："水砸你吃不吃仙丹？"

"不吃。"

"你吃不吃无花果？"

"不吃。"

"你看我吹泡泡！"

梁水无精打采地抬头，她把泡泡糖吹得很大很大还不停，终于吹炸了，一大块糊在脸上。路子灏和林声赶紧配合地哈哈大笑，想感染梁水一起笑。

但梁水无动于衷，扭过头去了。

大家交换一下眼神，都很难过。

一下课，路子灏就转过身来，问："水子我们去操场上玩吧？"

他没兴趣，蔫儿蔫儿地趴在桌子上。

李枫然把漫画书递给他："你看不看《哆啦 A 梦》？"

他摇摇头。

苏起跟着趴在桌上，歪头问他："我给你讲故事好不好？"

"不好。"

"那你想不想听我唱歌？"

"苏七七你好烦哪！"他咕哝一声，把脑袋埋进手臂里。

苏起毫不气馁，上课也不遗余力想让他开心。

她画画给他看，一会儿把路子灏画成猪，一会儿把李枫然画成鹅，还把自己画成乌龟，但梁水只是看一眼，一点儿都笑不出来。

苏起绞尽脑汁，把两只短铅笔塞在鼻孔里，拍拍他的肩膀："你看我的象牙。"

梁水扭头看她，还没来得及做任何表情，语文老师说："苏起，你在干什么？你给我站到讲台上来！"

苏起默默把铅笔拿下来，站起身。

"把笔拿上来！"

苏起握着两支铅笔走到讲台上，抿着唇扫了眼全班同学，腼腆一笑，又朝老师讨好地笑了一下。

老师不为所动，说："你刚在干什么？来，我把讲台给你，你表演给全班同学看。"

苏起抬头看了看老师，求饶地咧嘴笑，但老师表情严厉。

苏起没办法，红着脸慢慢把铅笔的橡皮擦头塞进两只鼻孔里，班上的同学们捂住嘴巴笑起来。

她瞥了眼梁水，他静静看着她。

她忽然有些忧伤，他怎么还不笑呢。他有那么难过吗？

老师："刚才讲的话呢，讲给全班同学听。"

苏起抬起眼皮看了看老师，然后看看全班同学，她眼珠一转，忽然一叉腰，大声说："你看我的象牙！"

一时间哄堂大笑，前排几个同学笑得捶桌子，直不起腰。

苏起盯着梁水，见他忽然也笑了，没有像其他人一样直不起腰，但笑出了白牙。她一时间开心不已，也露出大大的笑容，说："我像不像一只大象！哞——"

班上同学笑得更厉害，起哄："像！"

老师没想到这孩子这么厚脸皮，觉得再笑下去控制不住课堂了，说："下去吧。"

苏起还不把铅笔拔下来，她想让梁水多笑一会儿，于是她昂着脑袋，带着两只"象牙"，迈着豪迈的步伐走下讲台。

路子灏和林声笑得不行，连李枫然都笑了。

她昂首挺胸回到座位上，刚坐下，梁水伸手拔掉她鼻子里的两支铅笔，说："你像个憨包！"

苏起歪歪脑袋，说："你才是憨包，憨包才天天苦瓜脸。"

梁水白了她一眼。

苏起却不生气，知道他已经好了。

小伙伴松了口气，林声送了袋咪咪虾条给他吃，李枫然给了他一袋鸡味圈，路子灏把刚买的《灌篮高手》给他看，他自己都还没看呢。

梁水在课上看着漫画，苏起则自由自在瞎涂鸦。她纳闷自己的涂鸦怎么总是不如林声画得好看。

一切好像恢复了寻常，像曾经平凡的每天一样，等放学了，他们又会叽叽喳喳吵着闹着，蹦着跳着一起回家。

下课铃响，终于放学。

大家收拾书包起身，苏起说："我的钱攒够了，过会儿陪我去小卖部买娃娃。"

正说着，一串急促的脚步声传来，路子深冲进教室。

大家都愣了一下。

路子灏问："哥哥？你来干什……"

"水子！"路子深的目光找到梁水，道，"你爸爸走了，坐火车。你赶紧去火车站拦他！迟了就见不到了！"

苏起等人吓住了，还没反应过来，就听桌子椅子被带倒，乒乓乱响，下一秒，梁水背着书包的身影已消失在教室门口。

"水砸！"苏起、林声、李枫然、路子灏跟着追了出去。

梁水像疯了一样穿过走廊，冲下楼梯，跑出校园大门；四个小伙伴紧随其后，搅得校园一阵骚乱。

火车站跟小学隔着三条街，梁水在前头拼命奔跑，跑过没有红绿灯的交通秩序乱成一团的十字路口，跑过人潮汹涌的菜市场、幼儿园，跑过斑驳荒废的工厂墙角。

苏起和林声两个女孩子跑得面颊通红，快断气了，却咬牙撑着，追着梁水的步伐。

那个男孩子的衣衫在冬天的冷风里拉扯出凌乱的形状，他的头发张牙舞爪地飞着，他一直跑一直跑，一秒都不肯停下，仿佛在追一件他在这世上最珍贵最不可失去的东西。

火车的汽笛声撕扯着孩子们的神经。

梁水从车站院墙的破洞里钻进去，奔向站台。

火车站很小，很破，只有一条铁轨。那里停着一辆灰绿色的火车，火车头上冒着青烟。

他跳过砖头沙石遍地的荒地，踉跄着差点儿摔倒，几乎是手脚并用地拼命跑向那辆启动的火车。

那孩子几乎耗尽了力气，可失去父亲的恐惧刺激着他，他竟越跑越快，风一般冲向站台。

但来不及了，火车加速了。

一股撕裂的痛袭上心头，泪水瞬间湿透双眼："爸爸！"

书包、外套全跑掉了，他还在跑。

他凄厉地喊："爸爸！"

但一瞬间，火车像秋风中的落叶被卷走，急速奔向远方。

李枫然他们追上来了，满头的汗，心脏狂跳，整个人像要爆炸。他们喘着气，扶着腰，梁水背对着他们，望着火车消失的方向，肩膀抖动着，剧烈抖动着。

路子灏走过去，一把将他抱进怀里，眼泪直流。

苏起难过极了，哇的一声哭了起来。

但梁水没有哭，也没发出一点儿声音。

他只是站在原地，望着空空的消失在地平线上的铁轨，就那么望着。

梁水回家后什么也没说，他收拾了几件衣服要离家出走，他要去找爸爸。

走了的人一了百了，留下的人罪孽深重。

康提好说歹说，梁水就是不听，死活要走。

康提不是个善于沟通的人，相反，她脾气又硬又倔，而这脾气完美地遗传给了她儿子。

一个要走，一个不让。

丈夫、儿子的双重失败叫她心痛难当，愤怒难忍。康提拿起竹条抽他。她心里越气就抽得越狠，可她抽得越狠，梁水越不屈服。

孩子不跑也不躲，他反抗的方式是绝望地嘶喊："你把爸爸赶走了，你是坏人！是坏人！我不跟你一起住，我要去找爸爸！我不跟你一起了！"

康提拎着瘦小的孩子，竹条子抽得更狠，抽得她自己泪流满面。可梁水竟一滴眼泪不流，也不躲，死犟在那里任她打。

苏起冲上去护住梁水，呜呜直哭："提提阿姨别打啦，你别打啦！"

李枫然也紧紧抱住梁水，挨了一鞭子。

路子灏急得满巷子找人，但其他家长没下班，他妈也不知道去哪儿了，没人能帮忙。

康提打了一会儿，心里疼得要死，松开梁水，转身抹眼泪。

梁水一声不吭，抓起书包就要走。康提揪住他肩膀把他扯回来。

“你别碰我！”梁水愤恨地喊道。

康提挫败无比，再度扬起手上的竹条。

“我看你有好大本事！”一声呵斥从外头传来。

康提的母亲从乡下赶来了。五十多岁的农村妇女风尘仆仆。

外婆个子不高，却中气十足：“自己搞事搞得稀烂，冲孩子发火。水子他得罪你了？你有什么资格打他？！”说着，语气一转，疼惜道，“水子，快，到外婆这儿来。”

外婆一伸手，梁水就扑到她怀里抱紧她，终于委屈得号啕大哭起来。

那晚，苏起问程英英：“水砸爸爸去哪里了？”

“南宁吧，不知道。很远的地方。”

“他以后不回来了吗？”

“不知道。”

“是不是离婚了？”

苏勉勤一愣：“谁跟你说的？”

“路造说的，再说，我们班上有的同学的爸爸妈妈离婚了，再也不在一起了。其他同学都笑话他没有爸爸了呢。真坏！”

“睡你的觉。”程英英给她掖了下被子，继续打毛线。苏起的新毛裤只剩下最后一小截裤腿了。

苏起抬抬下巴，很喜欢裹在厚厚的被子里的感觉。她虽然有自己的床了，但冬天太冷，她还是喜欢挤过来一家人睡。爸爸和弟弟睡在另一头，她跟妈妈睡在这一头。有时毛线球会从她的额头上滚过去，痒痒的，很柔软。

她在被子里伸了伸脚，脚丫贴住苏落热乎的肚皮，说：“你们会离婚吗？”

程英英随口道：“我倒是想跟你爸爸离。”

话音未落，苏勉勤轻蹬了她一下，道：“别瞎说，吓到孩子。”说着，从床那头抬起头，“七七，你妈妈说着玩儿呢。”

苏起说："哼，你们要是离婚，我就跳江。"

程英英立刻拍了下她的嘴："你这孩子，胡说什么！"

苏起眼睛一热，哭音争执道："是你先说的！你先说的！我不管，你们离婚我就跳江，我还要把落落抱走！"

"怎么还闹起来了？又没真离。"大人根本不理解小孩子的恐惧。

苏勉勤坐起身，哄："七七，到爸爸这儿来。"

苏起抹着眼泪爬过去，钻进爸爸怀里。

"你妈妈闹着玩儿呢。我们不分开啊。我那么喜欢你妈妈，怎么会跟她离婚呢？"

"你干吗喜欢她？"苏起生气道，"她是个脾气不好的巫婆。"

程英英脚趾在苏起的小屁股上蹬了一下，苏起发脾气地打开她。

程英英："啧啧，你是个脾气不好的小巫婆。"

苏起："我不跟你讲话。没人跟你讲话。"

"不讲就不讲。"

苏起不讲话了，过了一会儿："那么，是水砸爸爸不喜欢水砸妈妈了吗？"

苏勉勤不知如何解释，说："大人的事情，你们小孩子不懂。"

苏起不问了，大人每次不想跟小孩子解释的时候，就用这句话搪塞。苏起觉得很厌烦，大人一点都不好。他们教小孩要诚实，自己却不够坦诚；说要认真有耐心，自己却总是敷衍。

她很想快点长大，但她长大后要做不一样的大人。

第二天苏起吃完早餐去找梁水，一出门就见李枫然和林声早在梁水家等着了。大家交换眼神，对昨天的事心有余悸，生怕梁水又挨打。

但他们想多了。

外婆给梁水做了早餐，梁水很听话地吃完了稀饭和包子，临走前还跟外婆说了再见。

一伙人准备去上学，康提跟苏起招了下手。

苏起留在最后头："提提阿姨？"

“七七，你在学校帮阿姨看着水子啊，别叫他乱跑。”

苏起想了下，说：“你怕他跑到火车站去吗？”

康提顿了一秒：“嗯。”

“我看着，不让他跑。”

“谢谢你啊，七七。”

苏起皱起眉心：“提提阿姨，你会给水砸找后爸吗？”

康提一愣。她现在心里乱得很，没想到小孩子的思维飞得那么远。

她不回答，苏起焦急道：“水砸脾气不好，后爸会打他的。”她黑白分明的大眼睛里浮上一层眼泪，说，“提提阿姨，你以后别打水砸了好不好？你是大人，他又打不赢你的。水砸太可怜了。”她眼泪汪汪。

康提眼睛也红了，摸摸她的脑袋，说：“昨天是阿姨不好。阿姨错了。”

巷口传来路子灏的喊声：“苏七七你去拉屎了吗？怎么还不来？！”

苏起冲康提摆摆手，转头跑了。

“你才拉屎了！”她尖叫。

苏起跑出巷口，梁水他们站在堤坝上等她。冬天的江风很大，吹得梁水的围巾在他脖子上乱飞。

他盯着她看，眼神说不清道不明，似乎在猜测什么。

苏起爬上坡，看见长江窄窄的一条，露出了沿岸凌乱的碎石。

她走到梁水身边，小声说：“阿姨其实也很难过的。她说她昨天错了。”

梁水没有任何反应，径自往前走。

江风推着他们，梁水加快步伐往前跑了几步，苏起紧追过去，直接问：“水砸，你还会离家出走吗？”

李枫然、林声、路子灏齐齐看过来。

梁水不答，反问：“你要给我妈妈当奸细吗？你要去打小报告吗？”

苏起惊讶，急道：“你真的要走呀？”

梁水白她一眼，不回答。

苏起揪住他袖子：“水砸你别走呀，你要是想离家出走，你可以住在我家。”

梁水说："住在你家不叫离家出走，笨蛋，我们是邻居！"

苏起指了指路子灏："那你去住路造家。造，你说呢？"

路子灏赶紧点头，拍拍胸脯："可以的。"

梁水无语，说："苏七七，你是个傻子吗？"

"那我是傻子，你就不走了吗？"苏起巴巴地问。

梁水："……"

苏起一边走一边摇摇他的袖子，说："你不走好不好？现在很多人拐卖小孩子的，你离家出走，就被拐跑了。然后，我们就再也见不到你了。"

梁水默然片刻，说："再也见不到就怎样呢？你会很伤心吗？"

苏起愣了愣，眼睛里泪光闪闪，说："当然。我还要天天哭。"

李枫然说："她会的。真的。"

路子灏说："我也会哭。"

林声点点头："我也是。"

梁水沉默了一会儿，说："反正我在的时候你也天天哭，你是个好哭包。"

林声说："七七不是天天哭的。那是很小的时候了。水子，你别走。我们都舍不得你的。"

李枫然说："你也可以去我家住。我的床很大。"

"我的床更大。"路子灏说。

林声说："我家可以打地铺！"

"我家也可以。"苏起举手，大声说，"我还可以把落落借给你玩。你不高兴可以捏落落的脸。他的脸可好捏了。"

路子灏说："我可以让我妈妈生个弟弟，或者妹妹，给你们玩！"

梁水说："我什么时候说要走了？"

苏起一愣，立刻把脑袋凑到他面前，脸上挂着大大的笑容，两只眼睛在放光："真的？"

梁水不答，但大家都松了口气。

然而到了学校，趁着课间梁水去上厕所的间隙，路子灏拉着李枫然转过头来，冲苏起和林声勾勾手，说："我们要注意，不能让水子偷偷跑了。"

林声惊讶："他不是说了不走吗？"

李枫然说："以防万一。"

苏起："那我们怎么办？"

路子灏："今天水子值日，放学后我们要留下来跟他一起值日。天天跟他一起。"

苏起说："我们本来就是一起的呀。"

他们当中无论谁值日，其他人都会一起。

路子灏挠挠脑袋："对哦。"

"那我们改变战术！"他说，"我们就像平时一样。"

林声说："我们平时就是这样啊。"

"哦。"路子灏又挠挠脑袋，说，"七七，你不要再说离家出走的事了。知道吗？我们要像什么都没发生过一样。"

苏起点头。

小伙伴决定要保守秘密，不能让班上的同学知道梁水家里的事。如果以后有谁笑话他，苏起和路子灏要把他们打得满地找牙。

梁水回来了，兴致不太高，蔫儿蔫儿地趴在桌上发呆。

苏起拿出泡泡胶，捏一捏搓一搓，套在小管子上吹了个泡泡给他玩。

梁水没情绪地看了一眼，伸手一捏，把泡泡捏瘪了，变成一坨胶。

苏起也不生气，乐呵呵地又吹了一个给他，梁水又把它捏成一坨。

一个吹，一个捏，无限循环，不厌其烦。

路子灏摇摇头，说："我觉得水子被七七带傻了。"

李枫然回头，就见苏起转转眼珠，忽然含了一口水在嘴里，拿泡泡胶吹了个装满水的泡泡出来，放在梁水面前。

梁水没精打采的，伸手刚要捏，发现触感不对。他那半死不活的眼神挪过来瞟了一眼，定睛看了会儿，拿手指戳了戳，水泡泡跟团子似的懒懒地在桌面上晃荡两下。

梁水拎起那坨水泡泡，把它拎到桌椅间，一松手，泡泡摔落在地面，啪出一摊水。

苏起笑眯眯，又继续吹。

路子灏："……"

李枫然："……"

李枫然想让他开心点儿，就说："你外婆做饭好吃吗？"

"好吃。"梁水抬起头，说，"放学了你们去我家吃饭吧。"

林声立刻说："好呀。你外婆一直陪你吗？"

"嗯。我外婆最好了。"梁水点了点头，忽然说，"我讨厌我舅舅，他总说外孙是外人。"

"我舅舅也是。"苏起不开心地噘嘴。

"我外婆从来不把我当外人，她对我最好。"梁水说。

林声点头："就是。"

那天放学，苏起他们像往常一样留下来和梁水一起做值日。梁水没有表现出任何异样。

他们拿着扫帚在操场上扫地，梁水扫到一半，被路子灏招惹了几下，和他对打了起来。苏起则又唱起了歌，跳起了舞，假装自己是青春美少女队的成员。只有林声和李枫然认真扫地，好结束完值日早点回家。

一切又变得和往常的每一天一样了。

苏起再没问过梁水是否还想离家出走，其他人也没再问过。梁水自己也再没提过。很多痛苦的、不能理解的、不能接受的事情，在哭过、闹过、抗争过，而又无法改变之后，就那么接受了。

时间像他们每天看见的堤坝外的江水，或翻腾，或静默地流过。谁也逆转不了它奔流的去向。

当你发现什么都不能改变的时候，大概就是童年的结束吧。

冬去春来。

天气再次转暖时，林家民再度心血来潮，想重拾他的南江巷强身健体计划。这次，他不仅想组织孩子们晨跑，还号召家长们也加入进来。然而一年前的失败历历在目，无论大人们还是孩子们都对他的计划不甚关心。

沈卉兰嫌弃地说："我请你做做好事，别出来丢人现眼了。"

林家民面对作鸟兽散的邻居们，讪笑两声。只有苏起留在原地，林家民立即笑道："七七，你要加入吗？"

苏起摇头，说："我知道有个人每天早上都跑步。从去年开始。"

第二天一早，林家民换上运动服跑去江边。一个男孩瘦弱的身影在蒙蒙亮的水天交接线上起起落落地跑动着。

是梁水。

林家民调整和他一样的步伐，笑："你每天来跑步？昨天怎么不跟我说要加入……"

"谁加入谁啊？"梁水面无表情。

林家民尴尬地哈哈两声："叔叔当初没坚持，很羞愧呀。"

梁水不说话，径自往前跑，碎发在额前颤动。

他跑到原点停下来，迈开弓步做拉伸，忽然低声说：

"你们大人很奇怪，教小孩子做人要言出必行，可为什么自己答应的话却不算数呢？"他语气很淡，却露出一丝迷茫和困惑。

林家民面上烧了起来，以为他在说自己，但——

"以前我爸爸陪我跑步，说要陪我跑到十八岁。他现在是不是已经忘了他说过的话了？"他低下头去，声音几不可闻，"可我记得很清楚。"

林家民不知如何回答。是啊，为什么大人们都说话不算话呢，他也想知道自己是什么时候变成这样子还毫不自知。

林家民想从孩子的眼睛里看出点情绪，无果。梁水只是眯眼看着雾气渐散的江面。

"还有你，林叔叔。你总说做事都要坚持，不能三天打鱼两天晒网。可是你好像也没有坚持下去。"梁水看向他，很困惑，"为什么大人做不到的事情，全要求小孩做到呢？"

林家民："水子——"

梁水："我们巷子里有很多三天打鱼两天晒网的人，子灏、子灏的妈妈、你、七七的妈妈、七七，还有……我爸爸。他就是这样，一会儿要当歌手，一会儿要开小卖部，一会儿要当司机，一会儿要搞聚会。”

林家民想起老婆每日的念叨，想起声声，不知自己在孩子心目中是否也是这德行，正要说什么，梁水说：“但他很开心，他让我也很开心。你也是，你们让巷子里的人都很开心。”

孩子仰头看着他，眼睛乌黑清亮。

林家民感动又难过，摸摸他的后脑勺，说：“水子想爸爸了吗？”

梁水别开眼神看江面：“他为什么很久都不给我打电话了？”他耸了耸肩，一副无所谓的样子，但坚持了一秒，肩膀就塌了下去，“他不想我吗？”

“他很想你。”林家民说，“他不常常打电话，或许因为很忙，或许不知道怎么面对。水子，大人也会失败、解决不了问题，有时候比小孩还无能。但他一定很想你。我是爸爸，我知道。我保证。”

梁水双手插进兜里，运动服口袋上印出孩子小小的拳头，江面上碧波荡漾，他说：“你明天还来跑步吗？”

“当然。”林家民举了下拳头，拿出一贯夸张而抖擞的气势，“这次我一定坚持下去。”

梁水转身往回走，嘀咕：“我感觉不是很相信。”

“水子你这么说就不够意思了啊。”林家民跟上他。

背后，朝霞已漫天。

一天天，日子如流水般淌过，仿佛不断重复上演。

夏天一来，五年级接近尾声。

那天苏起放学回家，巷子里家家户户锅碗瓢盆响。紫菜汤、炒芹菜、回锅肉、海带汤的香味从四面八方传来，一曲钢琴声夹杂其中。

苏起循声望过去。

李枫然坐在窗边练琴，她趴在钢琴边看他，他丝毫不受打扰，只抬眸看她一眼，又垂下眸去。

琴边立着一台落地灯，灯光照在他长长的睫毛上，很柔软的样子。

“风风。”苏起手指在钢琴键上一划，扒拉出一串轻轻的哆来咪发梭拉西哆。余音散去，李枫然的曲子丝毫不受影响。

这些年，他早已习惯她的各种“捣乱”。

“嗯？”

“你弹琴开心吗？”

“没有开心，也没有不开心。”他说，修长的手指在琴键上跳跃。

“那你为什么一直学呢？”苏起问。

“我妈妈说，很多东西小时候不好好学，长大了就很难学会。”

苏起苦思冥想，并不懂：“怎么可能？大人做事情总是很容易呀，小孩子才困难呢。”

李枫然：“你今天怎么了？”

“你知道一个叫韩寒的人吗？他说学习没用，不上学了。我想想，也觉得学习没用。”

“七七。”冯秀英在隔壁听见了，叫她。

苏起背后一麻，赶紧站直，手从键盘上拿下来背在身后，讨好地笑：“我刚刚来，没有打扰风风。”

冯秀英是中学老师，孩子们对她都有些敬畏。她笑：“你过来。”

她递给她一颗苹果。苏起接过来咬了一口。

“七七，你不想上学？”

苏起含着苹果：“我不知道。”

冯秀英：“读书让你很痛苦吗？”

苏起认真想一想，又摇了摇头：“没有。”

冯秀英没深问，走出去，示意她跟过去。

出了门，冯秀英指指巷子口的柳树，说：“你以前很喜欢爬那棵树？”

“嗯。”

“七七你看，风在吹它，多美呀。几个月前它冒新芽的时候，嫩绿嫩绿的，你见过吗？”

“见过。”

“那你会想到什么呢？如果是一句诗的话。”

苏起眼睛一亮："不知细叶谁裁出，二月春风似剪刀！"

"你看，如果不学习，你是不是就不知道这句话？"

苏起一愣，很快又笑着点头。

"所以学习是有意义的对不对？你还小，以后会在学习中发现更多惊喜。不过这个过程很漫长，哪天你觉得痛苦，再来跟秀英阿姨说，我们再想办法好不好？"

"好！"

"学习无意义"的想法自此抛之脑后。

身为小学生的最后一个暑假，苏起玩得格外欢畅。她早早做完暑假作业，作业本在巷子里传阅一遍，解放了整条巷子的小孩。

她早上睡到自然醒，再出门找小伙伴，不是趴在林声家的凉席上看孙悟空，就是坐在梁水的阁楼里玩游戏，又或者在树林子里打知了，在巷子里玩滑板车。

先是康提买了辆滑板车给梁水，接着其他妈妈也买了。孩子们天天踩着滑板车在巷子里堤坝上飞驰，还斗着胆子从坡上往下冲。

快乐的时光过了不久，一本叫《哈佛女孩刘亦婷》的书席卷全国。

冯秀英老师买了书，跟大家聚在一起商量，要测试自己的孩子有没有可能上哈佛。

书上说刘亦婷有很强的意志力，握着冰块能握八分钟。

妈妈们把孩子从滑板车上揪下来排排站好，一人手心放了块大冰块，叫他们握紧。

不到一分钟，苏起就嗷嗷叫着扔了冰块，路子灏紧随其后。

林声坚持了一分半，受不了了。

李枫然和梁水捏到三分钟，也扔掉了。

大人叹息连连，看来他们的孩子没有上哈佛的潜质。

没关系，冯秀英说，可以按书里的方法训练孩子。父母们制订了一套完整的计划，很快开始实施。

暑假提前结束了。孩子们每天要抄报纸背电话本锻炼专注力和耐力，还得跑步、仰卧起坐锻炼体力，学习到晚上十一点还不够，第二天五点就起来锻炼。

孩子们苦不堪言，苏起视刘亦婷为仇敌，每天要咒骂她几遍。

“那个讨厌鬼！为什么上个哈佛要让全世界知道，你有本事上火星呀！”

“黑猫警长、葫芦娃、哪吒、飞天小女警都比她厉害，人家也没有写书，就她最讨厌！”

但炼狱生活很快结束。

路子灏因为睡眠太少生了病，送去医院后被医生训了一顿。陈燕便让他退出了哈佛培养计划。程英英并没指望苏起多成器，跟着退出；康提考虑到梁水很不开心，也放弃了。

大人们的培养计划再一次虎头蛇尾。

家长们商议后的结果是，先让孩子快快乐乐过童年，以后的事儿以后再说。

话虽这么说，暑假一过，几个妈妈忽然意识到明年孩子得上初中了。云西市区最好的初中莫过于实验中学，可按片区划分，他们得去和诚初中。

和诚校风不太好，家长们忧心忡忡。

直到有一天实验中学的老师冯秀英带来消息，为响应国家素质教育号召，实验中学将成立首个艺术体育特长班，招收在体育、美术、音乐、舞蹈方面有特长的学生。

好处是文化课也不落下。上初中后，艺体班的课程表和普通班级一样，只不过每天多一节专业课。

冯秀英说，招生选拔在明年，孩子们正好赶上这拨。只要比同龄学生稍微有特长就行。比如像李枫然这样的，通过选拔轻而易举。哪怕像苏起那样，长相可爱，会唱唱歌跳跳舞，比同龄人强一点儿，也是很有可能入选的。

康提想了下，说：“我刚好认识个教练，让水子练习短道速滑吧，走体育这块儿。”

陈燕说：“子灏可以画画，他书上全是涂鸦，我也找个老师应付选拔。”

林家民抓脑袋：“哎呀我家声声有什么特长，我倒是不知道了。”

陈燕建议：“唱歌跳舞吧。声声长得那么好看，老师一看就会收。”

“她放不开。”沈卉兰叹气，“你们哪里见她唱过歌？”

康提说：“这孩子太秀气。七七那淘气劲儿分她一半就好了。”

“谁说不是呢？”

程英英纳闷：“我听七七说，声声很会画画啊，你们不知道吗？”

散了会回家，程英英一进门，就见林声正趴在桌子边教苏落写作业。

程英英问：“七七呢？”

厕所里传来苏起的叫声：“拉屁屁呢！”

程英英：“你别说话，臭死我了。”

“胡说！”

程英英拉了椅子坐到桌边，问：“声声，你想学画画吗？”

林声诧异。

程英英把事情说了一下。

林声问：“大家都会去那个班读书吗？”

“会努力。”

林声低头，在纸上画圈。

“如果唱歌、跳舞、画画、音乐、运动选一个，你选哪个？”

林声说：“画画要纸、要笔、要颜料，好贵的。我们家里穷。”

程英英心头咯噔一下，看着女孩漂亮的小脸：“为什么这么想？声声，你们家不穷。真的。”

“穷的。程阿姨。”林声说，“我想要娃娃、要琴，妈妈说买不起，说爸爸挣的钱很少。”

程英英默然片刻，说：“不是的。你妈妈只是比较节俭，把钱攒着为了以后的生活。她一切都为了你打算，知道吗？比如，就是为了现在你学画画打算的。”

“真的？”林声不太相信，“但我想要什么，她总说不。”

“爸爸妈妈呢有自己的苦恼，每天都有很多操心的事，不是每次都能考虑到你的感受。但你想要什么，有什么想法，主动跟你妈妈说，好吗？”

“嗯。”

那晚，程英英心事重重。她想着南江巷这破败的环境，这四周简陋的家，再想这一路的艰辛坎坷，心里不安极了。

她走进小房，夏天挂着蚊帐，苏起和苏落露着肚皮躺在凉席上吹电风扇。

程英英掀开蚊帐钻进去，苏起见她来，开心地贴过去箍住她。

苏落也凑过来。

程英英拍了会儿苏起的背，忽然问：“七七，你觉得我们家穷吗？”

“穷？”苏起歪着脑袋，纳闷，“不穷呀。”

“我什么都有。”她说，“我想要的什么东西，妈妈你都给我了呀。”

南江日常

等到春末夏初的时候，冯秀英老师忽然召集了巷子里的大人们开了个会，说是遇到了形势严峻的问题。

会议在梁家举行，康提都特意扔下了家具城的一堆工作，早早赶回来。

冯秀英带来的消息很简单，那个叫韩寒的高中生退学了，不上课了。今天中学的学生们全在闹，说不上学了，还有撕书的。

程英英吃了一惊：“不上学？这孩子怎么能不上学？”

冯秀英：“何止不上学啊，把中国的教育制度抨击了个狗血淋头，什么学数学没用学英语没用物理生物化学历史政治统统没用。他不学了。”

几个家长面面相觑，无法理解。

陈燕道：“这哪儿来的破孩子？年纪轻轻不读书做什么，啊？打游戏爬树刷盘子，这都是些什么妖魔鬼怪呀。我看就是新闻故意夸张，乱写。”

康提说：“他是不是很有名，写了那个什么几重门？”

“三重。”李援平说，“书倒是写得不错。”

“这不是重点。”冯秀英苦口婆心道，“现在有小孩子要跟着学跟着闹，我们一定得有所防范。这不是小事。不过，话又说回来，我家枫然我倒是不担心。”

陈燕一想，说：“我家子灏贪玩是贪玩，但不敢不上学。不上学我把他游戏机全没收喽。”

林家民说：“声声也一直很乖。”

康提叹了口气：“水子应该也没问题。”

一阵沉默。

感觉好像少了一个人。

众人齐齐回头。

程英英没说话，忽然低头扶了下额头。

果不其然，巷子里传来孩子们回家的跑步声。

这帮煞星放学了。

苏起的声音又高又亮，仿佛十万火急：“妈妈！妈妈！”她喊，又兴奋又壮烈，仿佛要宣告给全世界，“我不上学啦！我要退学！不上学啦！”

程英英双手捂住了脸。她女儿有颗鸡脑袋。

……

程英英套着围裙，在灶台边打鸡蛋花，筷子敲得碗壁啪啪响。

苏起围着她转来转去，眼睛亮亮的，慷慨激昂地给她讲述她的偶像韩寒的光辉事迹。这个大人构建的世界是多么错误；他们身为学生、身为孩子要为自己的未来而活；学校是大人给他们的东西，那些数学语文学了也是没有用处的，全是在浪费时间。她要去追求自己想过的生活，再也不会上学了。

程英英格外耐心地听她叽叽咕咕讲了半个小时，她中途还停下喝了杯水，讲述韩寒如何控诉整个教育制度。

程英英心想，苏起恐怕连“制度”这个词的意思都不明白，完全在鹦鹉学舌。但不可否认，苏鹦鹉讲得特别好。

一直到她说要过自己的生活时，程英英才停下手里的锅铲，说："苏鹦鹉，你给我先停下。"

"啊？"苏起歪头，"鹦鹉？"

程英英问："你先告诉我，你想过的自己的生活是什么样子？"

苏起卡了一下壳，转转眼珠，很快给出答案："我想天天唱歌、跳舞，跟你在一起。"她扑上来搂住她的腰，笑容灿烂，"我想天天跟你在一起妈妈。"

程英英拨开她那可爱的笑脸，说："这招没用。"她把辣椒扔进锅里，说，"我就知道你是不想上学。"

"你冤枉我！"苏起说，"为什么你不支持我？韩寒的妈妈就支持他！"

程英英深吸一口气："今天我必须告诉你一个事实，世上所有的妈妈都是不一样的。你拿我跟寒寒或者热热的妈妈比，没有用。而你，苏七七，也跟其他的小孩不一样，是不是？"

苏起满心疑惑，听得一愣一愣。

"每一对妈妈和小孩都不一样，你拿我跟韩寒的妈妈比，那我问你，你要把我和她交换吗？"

苏起不吭声了，眉头皱得紧紧的，终于："我不换。但是我跟你讲，我不换别的妈妈，不代表我现在不生你的气。你一点儿都不支持我！"她依然坚持立场。

"那你能支持我吗？"程英英问。

"支持你什么，你说！"她大方道。

"支持我坚持让你去上学，别说退学，连逃课都不可以。"

"……"苏起说，"哼！我气饱了，不吃你的饭。我告诉你，你做饭一点儿都不好吃！"

……

（苏起不再视韩寒为偶像后）

苏起："妈妈，我要吃饭！"

程英英不咸不淡地看了她一眼。

苏起坐上桌，接过饭碗，说："程英英妈妈。"

"嗯？"

"你说世界上有很多小孩都不一样吗？"

"是的。"

"那你想过跟别人换小孩吗？"

"从来没有。"

"我也是。"苏起说，咧出她招牌式的可爱笑容，"我还是很喜欢你的。"

程英英说："闭嘴。吃你的饭。"

"哈哈，闭上嘴就不能吃饭啦！"苏起得意道。

程英英塞了一块鸡肉到她嘴里，终于堵上了这只叽叽喳喳的小鹦鹉的嘴。

Chapter 5

快长大吧

六年级那年，苏起很少和小伙伴一起放学回家了。大家课后都有兴趣班要上。

程英英请了苏起的小学音乐老师，课外教她简单的声乐和民族舞。苏起学得不太敷衍，但也不见得多刻苦，玩乐的性质更多些。

在那个年代的云西小城，作为小学生，她并没有太大的竞争意识。

林声也跟着小学美术老师学画画。老师都住在学校的家属楼。苏起时不时跑去看林声。林声画的水彩画很美，颜色层层叠叠，千变万化。苏起只会涂大块的颜料色斑，她想调出嫩绿色，往往出来的是鹅黄，那一坨坨颜料不受她控制。

没想到颜色也成了一件困难的事，可小树苗长出嫩芽，变绿、变红、变黄，看上去那么简单。

苏起叹气："我还不如一棵树。"

她还看过李枫然学钢琴。

当初的刘亦婷式培养计划只有冯秀英老师在坚持，李枫然每天要学很多个小时。现在他很厉害了，弹琴的时候手指飞舞得很快，看得苏起眼睛晕。

苏起没去看过梁水，他上课的地方在云西城另一端的体校，坐车过去近半个小时呢。

但那天声乐课老师有事，问苏起能不能取消。她巴不得，乐颠颠跑出学校，一想到回去了小伙伴们也不在，便临时起意去了体校。

苏起的活动范围以北门街为主，很少去城市另一端。她坐在公交车上左右张望，感觉自己像个新进城的乡巴佬。

她在云西第一高中下了车，放了学的高中生在校门附近逗留。高中门口的小卖部和精品店比小学漂亮多了。

苏起没有过多流连，去了隔壁体校。

一进校门，一群高大的男孩子从她面前跑过，迎面扑来一阵汗味，但那味道不讨嫌。和她爸爸身上的汗臭味不一样，和麻将馆里的汗臭味更不一样。

操场上教练带着学生在扔铅球，还有人在长跑。他们穿着短褂短裤，露出精瘦的腰腹和大腿。

苏起转着嘴巴里的桃子味真知棒，一边好奇地打量他们一边往冰球馆里走。

一进馆，一股冷空气袭来，教练的喊声和孩子们的喝声在场馆上空回荡。几个稍大些的孩子嗖嗖从苏起面前滑过，像飞鹤掠过湖面。

苏起跑到栏杆边朝里望，偌大的冰面上小运动员们来来往往，教练站在旁边拍手，大声喊："注意拐弯！"

苏起眼睛扫了一圈，很快看见梁水。他一身红色运动服，脚踩冰刀鞋，身姿挺拔地站在冰面另一端跟教练说着什么，一边说一边整理着头盔的带子。不知怎么回事，他弄了好几下都没系好那带子，最后胡乱绑一下，就滑上了冰面。

这一刻不知为什么，冰面上另外四五个少年全停了，滑去冰池边，要么喝水，要么和教练交谈，但大家都有意无意将目光投向中央空出来的冰面。

梁水恍若未见，立在起跑线上做了个标准的起跑姿势，许是在心里响了下发令枪，突然就奔跑而去。他初跑的步伐并不平稳，但滑过第一个弯道后，他瞬间就加速了。苏起都没看清他是怎么换腿的，就见他的身影如光一样从她面前滑了过去。冰刀割裂的碎冰沙飞溅而起，甚至有一粒扑到苏起脸上化成了凉水。

场馆里鸦雀无声，所有人都盯着他。

他倾斜着身子，手指轻点，几乎是贴着冰面滑过弯道。苏起没见过这种运动，不敢相信人可以斜成近乎和冰面平行却不摔倒。可他速度极快地滑过去了，男孩子漆黑清亮的眼神映着冰面，透出莫名的寒气，让苏起有些陌生。

她还在发怔，他已稍稍直了身子，跑动加速，再次倾斜，飞速滑过下一个弯道。一圈接一圈，他像光轮般急速滑过冰面。

跑完不知几圈，他终于减速，不再发力，人慢慢直起身子，大口喘着气在冰面上缓冲。

周围渐渐又有人开始讲话了。

梁水叉着腰，因惯性在冰面上滑着。他一转眼，看见了某个擅自闯入的外来分子。那外来分子眼神笔直，张口结舌，手里拿着一根明显小了一圈的粉色棒棒糖，跟被点了穴一样。

梁水先是愣了一下，随即缓和了表情，迈动双腿稍微滑两下。他没收力也没减速，人一瞬间就到了她面前，直冲到她面前的护栏上，差点儿没把脸撞到她脸上去。苏起吓得一缩。隔着齐腰的护栏，她被他撞得晃了一晃。

“你怎么来了？”梁水额上全是细汗，眼睛又黑又亮，“出什么事了？”

“没事啊，我来考察你，看你偷懒没有。”

他抹了下汗珠，表情嫌弃：“你是偷懒跑出来的吧？”

苏起刚想跟他顶嘴，可想着刚才他那么奋力的样子，怎么都有点儿心虚。她把棒棒糖塞进嘴里不吭声，抬头瞧他，然后移开眼神去，又抬头瞧他，然后又移开眼神，如此往复。梁水被她瞅得有点烦躁：“有屁快放。”

苏起眉头一皱，蹦起来趴在护栏台子上往里头瞄。

梁水往后一缩，莫名其妙：“你干吗？”

苏起还趴着呢，扭起脑袋看他："难怪你突然比我高那么多，原来是因为鞋子！"她满意地缩回去。

"……"梁水说，"我本来就比你高。"

"才没有！"

"你以为还是幼儿园呢？"他说着，拉了一下头盔带子。

"你怎么这么笨？"苏起含着棒棒糖，伸手扯他带子，梁水被她拉得猛然前倾，凑到她跟前。

他手撑着台子，低着头让她捣鼓，一会儿别眼看看别处，一会儿又低眸看看她粉扑扑的脸蛋。

苏起三下五除二把他带子整理好了，说："笨！"

梁水摸了摸脖子上的带子，没反驳。

他正好到了下课时间，让苏起等他一会儿，他先去脱鞋。

苏起吮着棒棒糖趴在台子上看其他大孩子训练。

棒棒糖吃完了，梁水还没回来。

苏起觉得不大对劲，脱鞋要这么久？

她扔了糖棍子，绕过训练场去更衣室，才上走廊就听到梁水撕心裂肺的惨叫："啊！！！"

苏起的心瞬间揪成一团，冲到更衣室门口，就见梁水趴在地上，一个年龄稍大的男生在狠狠踩他的腿。

苏起只觉得浑身的血气都往脑子里涌，冲上去就把那个男生撞到一边，那男生猝不及防被撞了个趔趄，下一秒就是劈头盖脸的猫爪乱打乱挠加踢踹。

男生起先没站稳，招架不住，抬起胳膊护住自己的头，但他毕竟是高年级的，很快站稳，人比苏起高足足一个头，握住她的手腕把她推了出去。

小学生苏起一个趔趄后退，吓得慌忙回头准备抓起梁水潜逃。

梁水趴在缓冲垫上，眼神吃惊地看着苏起，一副"刚才发生了什么"的表情。

梁水："他是我师兄，在帮我放松肌肉。"

“……”苏起眼里的恐惧生生退了回去。

师兄哭笑不得，问苏起：“你以为我在打他？”

苏起面红耳赤，冲梁水发火：“你叫什么叫？！我以为杀人了！”气得一脚踩上梁水的大腿。

“啊！！！”梁水嘶号，脑袋猛地往垫子上一扎，双手狠狠成拳，手腕上的骨头都快戳出来了。

苏起前一秒还生气，后一秒就被这声哀号吓得没了脾气，心惊胆战地看那师兄。

师兄也是一副“哎哟好疼！”的表情，小心解释：“肌肉放松，确实……跟杀人一样疼。”

苏起愧疚地看梁水，他瘦瘦的一只，保持着握拳埋头的姿势趴在垫子上，跟死了一样。

苏起感觉他们应该是绝交了。

她弄清情况，乖乖跟师兄道了歉。师兄并不介意，只是看看手上被抓出的红痕，问：“梁水，这你谁啊？”

梁水捂住眼，有气无力：“我不认识她。”

出了体校，太阳正好落山，夕阳余晖笼罩着整座城市，暖洋洋的。西天挂着缤纷的晚霞，像林声画的水彩画。

梁水把外套系在腰上，忽然问：“你喝不喝珍珠奶茶？”

“珍珠奶茶？”苏起眨巴眼睛，“那是什么？”

梁水带她走到一家小却精美的店前，要了两杯珍珠奶茶。

苏起见他递过去四块钱，凑到他身边小声：“两块钱一杯？”

“嗯。”

“这么贵啊。”她嘀咕，“一杯可以换一个苦咖啡和火炬，或者一袋鸡味圈和浪味仙，或者四根真知棒。”

“你嘴巴里怎么这么多话，就不能停一会儿？”梁水说，插着兜站在旁边等。

“我从小就很多很多话，有话为什么不说？！”

“行行行，你说你说。苏七七小姐，你慢慢说。”梁水做了个请的手势。

“我不说了。”苏起哼一声。

空气忽然安静。

梁水睨她一眼，感觉她在生气，正想说什么缓和一下逗她说话呢，她注意力忽然被店里吸引了，伸着脖子往里头望，自言自语：“那个黑的是什么？她手里拿的什么？我看见牛奶了，茶在哪里……”

梁水听着她叽叽咕咕，不自觉弯了下唇。

苏起看了半天，看不出个所以然，不看了。

她扭头看梁水，问：“为什么你跑得斜到地上了，却不会摔倒？”

梁水歪着头抠了抠脑袋，说：“向心力、离心力，懂吗？”

苏起坦然地摇头：“不懂。”

梁水咂了下舌，又抠了抠脑袋，想了好一会儿，说：“嗯，反正就是这么个意思。”

“？？？”苏起一头问号。

这两个词对小学生来说太难了。梁水也只是个普通的小学生，但苏起的眼神让他觉得很没有面子。

他叹了口气，把系在腰间的外套解下来，重新穿好，说：“我给你示范一下。你过来。”

苏起走到他面前，抬头，忽然发现他的确比她高出一截了。

“转过去。”

苏起照做。

梁水两只手从她胳肢窝下穿过去，忽然将她抱起来快速转圈，苏起一下子飞了起来，随着他迅速旋转。

他把她放下来，苏起还摇晃了一下。

“懂了吗？这就是向心力。”

苏起有点儿懂了，又觉得并没有太懂。

梁水也觉得自己有点儿懂了，但也并不太懂。

可没关系，他们都假装自己懂了。反正以后会懂的。

苏起很兴奋："好好玩，能再玩一遍吗？"

梁水很鄙夷："想得美。你重得像猪一样。"

苏起正要打他，奶茶好了。

梁水接过一杯，"砰"地戳好吸管递给她，再拿自己的。

苏起好奇地看杯底的黑色圆球："这就是珍珠？"

"嗯。"

苏起吸了一口。

"好喝吗？"

"好好喝。"她惊喜地捧着杯子左看右看，"这是怎么做的？真好喝。难怪那么贵。"

"你快吃里面的珍珠。"

苏起于是一边拿吸管戳着珍珠瞄准，一边含吸管。

"我就说你是个傻子吧。"梁水打她的手，"不用戳，你喝茶，珍珠自己会跑进管子。"

苏起照做，珍珠果然自动滚进了她嘴里，咬起来QQ弹弹，又软又糯。

"珍珠好好吃！这是什么做的？"

梁水拉着她上公交，哼一声："我怎么知道？"

车上人不多，两人找了后排的座位坐下，靠在椅背上喝奶茶，把脚伸到台阶下晃荡。

橙色的夕阳余晖在玻璃上流淌而过，照在他们稚嫩的脸庞上。

"水砸，你以后会当奥运冠军吗？"

"不知道。但我可以当。"

"那你当冠军了请我吃东西好不好？"

"你要吃什么？"

"还是喝奶茶吧。"第一次喝奶茶的苏起觉得这是人间美味。

"太简单了。以后你的珍珠奶茶都包我身上。"

"真的？"

"我说话算话。"梁水轻声说，"我不会答应我做不到的事。"

“好啊。那你加油得奥运冠军。”苏起兴奋完，发觉不对，“奥运会有这个项目吗？”她努力回想，去年的悉尼奥运会刘璇得了平衡木冠军，她长得可好看了。

她摇摇头，遗憾地说：“没有滑冰这个项目。”

“有冬奥会，笨蛋。”梁水说。

“哦。”苏起幻想，“那我就是冠军的朋友了？”

“如果上电视的话，我勉强带你一起上。”

“那我要在电视上唱歌！”

“唱歌？”梁水想想那个画面，他拿着金牌领奖，她在旁边唱歌，怎么都有点儿奇怪，但他说，“唱吧。你要唱就唱吧。舞就别跳了吧。”

“好。”苏起满意地吸着奶茶，晃荡脚丫，却见梁水的眼神有些落寞。

“水砸，你怎么啦？”她歪头。

“所有人都会看电视吗？”他没来由地低声问，“有很多人看吗？”

苏起愣了下，忽然就明白了：“当然啦。尤其是喜欢体育的人一定会看。”

之前世界杯、奥运会、乒乓球，全是梁霄带南江巷的孩子们看的。梁霄最喜欢体育频道。

苏起很坚决地说：“喜欢世界杯、奥运会的人一定也喜欢冬奥会！”

梁水抿唇不语。如果那个人看见他很厉害，会回来找他吗？

“到时所有认识你的人，只要在电视上看见你，都会来找你的！”苏起用力说。

梁水还是不说话，继续喝奶茶。

苏起也不说了，但她忽然想到什么，凑到他耳边说悄悄话，公交车摇摇晃晃，她的嘴巴碰到了他的耳朵边，彼此都不在意。

“那你表演看看。”梁水说。

“你看。”她把脑袋靠在他肩膀上，举起杯子，拿吸管一戳，戳到一颗珍珠。

梁水盯着杯子看。她小心翼翼地把吸管提起来，再一戳，两颗珍珠了。如此往复，她戳了五六颗珍珠到管子里，串成一行。

她低头一吸，在嘴里含一下，张开嘴巴给他看。

她一口含了七颗珍珠。

梁水扑哧笑起来。

她嚼着满口的珍珠，耸耸肩，一边跟着大笑一边晃着脚。

夕阳中的城市如幻灯光影，滑过公交车窗；孩子的笑脸薄薄一层，映在玻璃上，竟有种旧时光的味道了。

秋去冬来，春末夏初。

满城的桃花海棠凋落殆尽时，实验中学首届艺体班招生考试开始了。

由于面试当天父母都有工作（主要原因是心大），孩子们自行结伴去了实验中学。中学在云西市中心一座小山上，从小学过去没有公交线路，只能步行前往。

同年级还有几个去考试的同学，数量不多，有些由家长带着。

五个人一路边走边玩，路过一个卖竹签卷麦芽糖的小摊，还停下来一人卷了一根，吸溜着上路。

过了十字路口，爬上山坡，又走了一段起伏向上的路，路子灏第一个发现身边就是中学的院墙。

由于地势不平，中学的地基比路面要高，五个孩子沿着院墙墩儿往坡上跑，很快，栏杆显露出来，他们看见宽大的篮球场、操场、好几栋高大的蓝色教学楼。

“好大呀！”

苏起趴在外头仰望，说：“有我们三个小学那么大。”

“那边还有。”梁水说。

进了学校，主干道另一侧还有个巨大的足球场。主干道是一条向上的坡道，直通尽头的主楼，背后郁郁葱葱的是燕山。而刚才那栋教学楼后头还有栋巨大的天蓝色教学楼，两栋楼之间每层都有天桥相连。

小学生们张大了嘴巴。

“我想早点儿来这儿上学。”苏起说。

“那你今天要好好考试。”路子灏说。

林声："我们都要加油。一起来上学。"她最怕有人落单。

在她看来，梁水和李枫然的实力完全没问题。而她自己则有些拿不准，现在手心都出汗了。至于路子灏和苏起，她觉得他俩很悬。这叫林声很紧张。

但那两位悬悬的顽劣分子显然是这帮人里最心大的，此刻正开心地趴在主干道斜坡的栏杆边，看操场上的中学生上体育课，仿佛是来一日游的。

梁水抱着手，说："有时我真佩服他们两个的乐观。"

李枫然点了下头。

走上斜坡，进了主楼。各个小学过来的报考生聚集在大厅里分批排队，年轻的老师们举着牌子招呼各科目的学生集合。

苏起叫住小伙伴，伸出一只手，说分开前加一下油。

梁水觉得她纯粹是为了好玩，但还是把手搭在她手背上，李枫然、林声和路子灏把手搭上去，一起"加油"后，苏起这才开心地去了自己队伍。

艺体班主要分体育运动、美术、乐器、声乐舞蹈四大项。

苏起站的这一列全是纤瘦漂亮的女生；路子灏和林声那列，秀气文弱的男女生各占一半；梁水那列则是一堆个儿高又精瘦的男孩，还有几个同样高瘦的女孩。梁水站在里头，竟是个子最高的那一拨。

李枫然那列的学生寥寥无几，在云西小城，学乐器的不多。抛开口琴、竖笛这种，就更少了。

苏起的领队老师是一位年轻很有气质的舞蹈老师，姓范。

范老师扫了眼面前的女生，见林声站在隔壁队，说："这边是舞蹈队。"

林声一愣，小声说："我是画画的。"

范老师诧异，笑："不好意思，我弄错了。我以为你跳舞的。"

舞蹈队的女生都朝林声看，眼睛里流露出不同的情绪。她们已经很漂亮了，但林声比她们都漂亮，苏起很自豪，对站在身边的女生说："她是我的好朋友。"

那个女生"哦"了一下，说："她真好看。"

苏起说："你也很好看呀。"

那女生没料到她的反应，开心笑了："我叫付茜，你呢？"

"苏起。"

"苏起？听着像个男孩。"

"嘿嘿。特别吧？"

正说着，苏起发现几个女生都不约而同往某个方向瞟，眼神有些奇怪，既好奇又矜持的样子。

苏起顺着她们的目光看过去，就见梁水跟一个男生站在玻璃门边讲话，他斜靠在玻璃上，站没站相的。大片的阳光穿透玻璃照在他的白T恤上，他的肩膀看上去有些单薄，头发有些长了，笼着阳光，半遮着他的眼，高高的鼻梁也融化进了阳光里。

苏起不明白她们为什么看梁水，难道是他靠在门上很没规矩？

但也有人在看李枫然。他独自一人，插兜靠在一根大理石柱上，仰着头闭目养神，侧脸的弧线像林声临摹的石膏像。

苏起越发纳闷，难道大理石柱也不能靠？

几位老师拍拍手示意大家安静，要去考试场地了。

梁水他们出了主楼，朝操场去。林声、路子灏去了画室，李枫然去了乐器房，而苏起去了一间教室。

她抽签的序号比较靠前，是第七个。在走廊上等了一会儿，老师就叫她名字了。

教室里坐着四个老师，都是女性。范老师比较年轻，另两位比较年长，还有一位年纪更大些。

"先做自我介绍吧。"

"我叫苏起，是花苗小学六年级的学生。我喜欢唱歌跳舞，很希望来这里上学。"

"苏起？小姑娘怎么叫了个男孩名呀？"年长的老师问。

老师随口一问，但苏起很认真地把"风生水起"组合的来历介绍了一遍，还详细介绍了自己的小伙伴们。

话说完，五分钟过去了。

老师们都安静了几秒，年长的那位说："嗯，小姑娘还是很活泼的。这个，话很多啊。"

苏起笑眯眯地当作夸奖。

"认识五线谱吗？"

"认识。"

"这是什么？"

"高音咪二拍。"

"这个呢？"

"低音发三拍。"

"嗯，先唱首歌吧。"

"我要唱的是《歌声与微笑》。"她开唱起来，"请把我的歌带回你的家，请把你的微笑留下……"

女孩嗓音清澈明亮，一曲唱毕，老师们点了点头。

"再跳一段舞？"

苏起把准备的磁带交过去，放进收音机里播放，是《农家的小女孩》。

"竹篱笆呀牵牛花，浅浅的池塘有野鸭，弯弯的小河绕山下，山腰有座小农家。戴斗笠呀光脚丫……"

苏起跟着音乐跳了段编排好的民族舞，她跳得欢快，笑容又可爱，老师们都笑了起来。

跳完后，范老师问："会劈叉吗？"

苏起摇摇头，摆出她那招牌式的可爱笑容。

另一个问："会弹钢琴吗？"

苏起立刻点头："会！"

"那弹一首吧。"

苏起到钢琴边坐下，弹了首《小星星》。几个老师又笑了起来，低声交流着什么，苏起怕她们嫌简单，赶紧说："我还会弹《铃儿响叮当》。"

老师笑道："不用了。"

苏起出来后，也不知自己表现得到底是好还是不好。

后边的考生唱的是《盛夏的果实》，跳的是韩国劲舞。苏起有些担心自己的选曲和选舞不够成熟。

但她不多想了，往外走，老远听见一曲急速而奔腾的钢琴曲，下了课的初中生成群结队往琴房方向跑。

苏起一听这音乐就感觉是李枫然，她跟着人潮跑去，一群初中的哥哥姐姐在窗口围观。苏起蹦了好几下，惊鸿一瞥，只见李枫然坐在三角钢琴前飞速弹琴的侧影——他逆着光的、黑色的剪影。

果然是李枫然，她很满意自己猜对了。

旁边几个小学生道："他弹得也太好了吧？我感觉我考不上了。"

"你不是拉小提琴的吗？"

"哦，对哦。吓死我了。你呢？"

"我是弹钢琴的，我才要哭呢。"

苏起向那人投去同情的目光，随后心满意足地去视察别的小伙伴。相比这边的热闹，画室格外安静，走廊上一个人也没有。

几十个孩子坐在画室里头，画瓶子和苹果的静物。

林声坐在靠窗这边，苏起瞄了眼，她画得像真的一样，仿佛能从画布上把苹果拿下来。路子灏坐在里头，看不见他的画布。

苏起等了会儿，有些无聊，下楼去操场看梁水。

她沿斜坡往下，隔着绿化带却发现梁水正往坡上走。

他已经考完了。

苏起眼珠一转，猫着身子从绿化带绕去他身后，准备吓他一跳。可没想他一转弯穿过绿化带，走到栏杆边，站在斜坡上俯瞰操场。

一群中学生正在体育课上打篮球。

苏起站在他背后，忽然发现他比去年看他速滑时又高了很多，快高出她一个头了。

她跑上去冲到他背后，双手撑在他肩膀上一下子弹跳而上，撑了起来。

梁水猝不及防，身子猛地往前一弯。他想也不想就知道是她，怕她从前边翻摔下去，双手立刻背到身后虚抱住她的膝盖窝，嚷道："你给我下来！”

苏起手一松，从他背上滑下来；梁水也不客气，一脚踹她膝盖窝，苏起虚跪一下，双手扒拉住栏杆，嘿嘿笑。

梁水狠狠白她，说：“下次把你从这儿甩下去。”

“你才不会甩我呢。”苏起耍赖皮，挂在栏杆上歪头看他，见他额发湿成一簇簇的，说，“你考完啦？”

“嗯。他们呢？”

“风风快了。声声和路造还有一会儿。你口渴不？我请你喝水。”

“这么大方？”

“作为回报，你请我吃雪糕。”

“……”

操场角落里有处小卖部，说是小卖部，其实是校外铺面冲学校里开的一扇窗。梁水和苏起凑到窗前，也没看清里头有什么吃的，就拿了三瓶水和五根冰棍。

两人吸溜着芒果冰工厂，提着塑料袋慢吞吞往综合楼走。经过灌木丛，听见树叶窸窸窣窣的。

他们好奇地往里看，竟碰见一对中学生在亲嘴。

那两人抱在一起，闭着眼睛。

苏起：“……”

梁水：“……”

他俩立刻闪开，加快脚步跑远。

跑上主干道了，苏起说：“吓死我了，差点儿被发现。”说完一掌拍了下梁水的后背。

梁水莫名其妙，说：“你欠揍吗？”

苏起一脸严肃，交代：“水砸，以后你千万不要随便亲别人，知道吗？别人怀孕了，你要负责的。”

“……”梁水说，“你是傻子吗，亲一下又不会怀孕。”

“是吗？那是怎么才会怀孕？”

“……”梁水无语地挠了下脑袋，说，“不知道。”

苏起也不知道。

正想着，李枫然从坡上走下来。他也考完了。

梁水递给他一支冰棍。

李枫然咬了口，说：“七七，你考得怎么样？”

苏起说：“我觉得老师很喜欢我，嘿嘿。”

“那就好。”

她冰棍吃完了，忽然钻到李枫然和梁水中间，挽住他俩的手臂，脚一悬空，叫道：“庆祝考试结束！我要飞！”

李枫然歪了下身子，淡定地咬着冰棍。

梁水估计是刚考完试，心情不错，也没推她。他看了李枫然一眼，两人目光一交流，忽然一笑，拎着双脚悬空的苏起，朝坡下冲了下去。

少女真的就迎风飞起来了。

一个多月后，大家顺利参加了小升初考试。六年的小学生涯画上句号。

苏起没有跟老师同学做太多告别，她收拾好书包，打扫完教室，跟平常放学一样回家了。那时年纪太小，对分别这种事没概念。那时她并不知道，分别就是永别；一句再见就是再也不见。

最后一次的放学路上，他们很开心，原因很简单——没有暑假作业，可以畅快地玩一整个暑假了。

康提为了庆祝孩子们小学毕业，请大家去康提大酒店吃饭。

巷子里的男女老少好好收拾了一番，程英英盘了头发，化了淡妆。苏起穿了她最喜欢的红裙子，连梁水的外婆都穿了件暗蓝色的连衣裙。

一大群人围坐在巨大的圆桌前，欢声笑语。席间不知谁提起说昆明好玩，四季如春，夏天一点儿都不热。

林家民说：“那不如我们去玩啊。”

几个爸爸妈妈都赞同，小学毕业是件值得纪念的事，应该来一次旅行。

孩子们立刻兴奋地拿筷子敲碗：“我们要去昆明！我们要去昆明！”

康提和苏勉勤夫妇、林家民夫妇时间自由；冯秀英是老师，放假了；陈燕是家庭主妇，她老公路耀国可以从广州抽空赶回来；只有李援平是医生，需要请假。

他说跟单位协调一下，定了时间告诉大家。

最后定在七月的第一个星期，陈燕的弟弟在火车站工作，从人挤人的昆明铁路线上买到了靠在一起的十三张卧铺票。

一行人浩浩荡荡出发了。

苏起他们第一次坐长途火车，好奇又兴奋。一上车就跟泥鳅钻进水塘似的不见了踪影。

林家民按票找到位置，把孩子们叫回来分配床铺。

苏起和林声睡一张下铺，梁水带苏落睡对面的下铺，路子灏和李枫然睡中铺，路子深独自睡一张中铺。其他床铺则由大人自行选择。

孩子们等一分配完，立刻脱了鞋爬上床。他们起先特别兴奋，一会儿跑去上铺睡，一会儿歪在中铺上晃脚丫，还在两个中铺间跳来爬去。他们对一切都很好奇，火车上的厕所洞可以看到铁轨，卧铺车厢的座位没人坐时会自动弹上去。还有烧开水的锅炉，苏起觉得很可怕，火车随时在摇晃，开水会溅到人手上吧。

可没过多久，兴奋劲儿散了。六个小孩全回到下铺，伸着脚丫，靠在窗边看窗外流动的风景。路子深趴在中铺观望。

“你们看，好高的山，有小溪，还有白房子！”苏起指着窗外呼喊。

“真美呀！”林声感叹。

几个孩子挤在小桌边朝外望，蓝天白云，青山绿水，一簇簇黑瓦白墙的房屋错落有致地散落山间，袅袅炊烟，宛如世外桃源。

孩子们望得出了神。

李枫然说：“我想住在这里。”

“我也想。”大家纷纷说。

苏起说：“我希望我们大家都住在这里，一起在这里住一辈子。好不好？”

路子灏说："我们可以养小鸡、小鸭，还有鹅。"

苏落："鹅很凶，咬人的。"

路子深慢悠悠说："那就养天鹅。"

"天鹅好。"苏起说，"它们小时候是丑小鸭。"

李枫然说："还有狗。我养小土狗。"

林声说："还要养马、牛、羊。"

梁水："那我去放牛，牵着牛给牛吹笛子。"

苏起："你可以骑在牛身上，笨蛋。"

梁水："我不骑它，牛耕地很累的。笨蛋。"

苏起："那我不让它耕地，只让它吃草。"

路子灏："你们想在田里种什么？我想种黄瓜和丝瓜，还有南瓜。"

李枫然："还要种一棵桃树，我想吃桃子。"

"柑子树！"苏起叫道。

"柑子好酸。"林声说着，感觉嘴巴里酸得口水都流出来了。

路子灏也吸溜了一下口水。他哥指着他哈哈笑。

李枫然说："柑子好酸。"

"那我们种甜的柑子树嘛。"苏起央求，"柑子树叶好香的呢。太阳一晒，睡在树下面，香喷喷的。"

小伙伴们托腮想了想，仿佛闻到了柑子树叶清新的味道。

梁水说："好吧，我们可以种一棵，放在大门旁边，每天进出门都能闻到它的香味。"

李枫然说："屋子后面就种桂花吧。"

林声："我们每天起来就去田里摘玉米和红苕烤了吃，去小溪里抓小鱼和龙虾。"

苏起："我们还可以抓土蛙玩，让它们赛跑，看谁蹦得远！"

苏落也趴到桌上："晚上还可以睡在竹床上看星星呢，还有萤火虫。"

"真好呀！"他们托着腮，睁着亮亮的大眼睛，憧憬地望着窗外的青山绿水。

直到妈妈们过来给他们拆泡面，挤好调料包，孩子们才一串地跟着去冲开水。

梁水对锅炉很好奇，自己拧开水龙头冲面，他不让大人帮忙，端着泡面摇摇晃晃走回去了。苏起跃跃欲试，小心地接了开水；林声也不甘示弱；大家一串儿捧着烫烫的纸盒小心翼翼穿过走廊。

大人们吃了盒饭，但孩子只想吃泡面、卤鸡爪、蛋糕、饼干和葡萄，吃饱了就爬上爬下，还带了飞行棋玩，玩累了就挤在一起呼呼大睡。

就这样一路晃晃荡荡去了昆明。

云南的天空比内陆要蓝很多，阳光灿烂，云层洁白。满城的鲜花绿树在高原清凉的风中招摇。昆明比云西大，楼很高，道路很宽，还有立交桥。

一行人去了动物园和世博园，苏起第一次看到熊猫、大象、老虎和一些曾经只存在于画册里的动物。世博园则是花的海洋。苏起换了民族服装照相。她选了白族的衣服，红白相间的上衣围兜和白裤子，很漂亮；林声喜欢苗族服饰，缀满银器的头饰叮叮当当响。

他们穿着民族服装，走到巨大的花束堆成的花墙面前，齐齐站成一排，对着镜头比了个 V 字。康提拿傻瓜相机留下一张合影。

刚拍完，两个金发碧眼的外国女人走来。

苏起第一次见到活的外国人，盯着她们看。

梁水说："她们手真白。"

路子灏小声讲悄悄话："眼睛是蓝色的。"

李枫然说："你那么小声干什么，她们又听不懂。"

林声说："她们的衣服好小。"

可不是嘛，她们穿着吊带和短裤，露出大片的胸脯和长腿。

苏起说："这叫时尚。电视里外国人都是这么穿的。"

正议论着，康提怂恿道："七七，你们几个去跟她们照相呀。"

孩子们对视一下，又看向那两个外国阿姨，都很好奇，但……

苏起问："我们怎么说呢？"

梁水耸耸肩："我只会说哈啰，三克油。"

李枫然想了想，说：“古德猫宁。”

苏起看他一眼：“现在是下午。”

李枫然再想了想，说：“古德下午宁。”

林声捂了下脸。

路子灏觉得靠他的小伙伴商量出个对策，人都要走了，于是翻了个白眼，跑去两个阿姨面前，用中文说：“请问能跟我们照相吗？”

人家听不懂中文，没关系，路子灏做了手势，他指了康提手里的相机。对方立刻明白了，开心地点头：“OK！”

梁水这句听懂了，对他的伙伴们翻译道：“她们说好。”

伙伴们：“……”

孩子们跑去两个外国阿姨身边，对着镜头咧嘴笑。拍完了，一群孩子争先恐后说：“三克油！”

七天的假期，他们去了滇池看风景，还去抚仙湖玩沙滩。

苏起学着电视里那样躺在遮阳伞下的沙滩椅上晒太阳，心里美滋滋的。

夏风一吹，时间又忽然慢了下来。

不远处，梁水、李枫然和路子灏光着脚在沙滩上玩，似乎在捡贝壳，又似乎在瞎胡闹——梁水扑过去把李枫然扑倒在沙滩上，弄得他一身沙子；李枫然爬起来好不容易把自己弄干净，梁水又把他扑倒在沙滩上弄得他一头沙子；一会儿李枫然又报复回去，把梁水扑在沙堆里；一会儿路子灏又叠罗汉似的堆上去，把所有人滚成沙娃。

苏起摇了摇头，说：“男生真幼稚。声声，你说呢？”

她扭头，林声正在挖沙把小苏落埋起来。苏落站在沙坑里，帮着林声把坑底的沙往外铲，好把自己埋起来。

苏起再度摇了摇头，叹口气，双手交叠在脑后，翘着脚丫摇摇晃晃，面前是碧海蓝天。

作为小学生的最后一个夏天就在那样悠闲散漫的时光中度过了。

他们在昆明看山看水，吃米线、饵块、炸洋芋，吃木瓜、水冰稀饭、烧豆腐。还在昆明听到了北京取得 2008 年奥运会主办权的消息。整个城市都在沸腾，在议论这件事。

家长们说，等 2008 年几个家庭再相约，一起去北京看奥运会。

孩子们都叫好，开始期待起了南江巷的七年之约。

回到云西，依旧是蓝天万里，只不过气候炎热。

但夏天就是要炎热嘛。他们跑去江边游泳，打知了捉蜻蜓，躺在凉席上吹风扇吃西瓜，吃绿豆冰，玩着永远玩不腻的跳棋和《大富翁》，看着永远看不腻的《哆啦 A 梦》和《海绵宝宝》。他们穿着短衫短裤，瘦小的身体横七竖八地躺着，你蹬我一下，我踹你一脚。

通常惹事的是苏起，反击的是梁水，搅和的是路子灏，无辜的是李枫然，叫停的是林声。偶尔苏落和路子深也会加入进来。

栀子花、金银花、凤仙花在巷子里次第盛开，葡萄藤上挂满了青青的果。等石榴花开了又落，结出青涩的硬果子时，夏天又要过去了。

考试成绩下来，苏起、梁水、林声、李枫然的小升初考试成绩不错，同时也通过了实验中学艺体班的招生考试，被正式录取。

路子灏的专业考试没通过，但他的小升初成绩太优异，数学满分。实验中学许是不愿把这好苗子放去和诚中学，也将他录取了。

林声最先从大人那儿听到消息，喊着："我们都被录取啦！"跑去找苏起。苏起听到消息跑出门，李枫然家里传来练琴声。苏起冲进他家，兴奋地叫。

李枫然一脸惊讶地抬头，来不及反应，就被苏起从钢琴凳上扑倒在凉席上，林声紧随其后扑上去，梁水也跳上去。最后赶来的路子灏没太听清楚怎么回事，见大家都叠在一起，也开心地扑上去滚成一团。

那晚，程英英很激动。她一直担心苏起会是落单的那个，现在被录取了，她开心不已，拿出苏起的《小学生手册》翻来覆去地看。

那是读一年级时学校发的红色小本本，翻开第一页，左边写着"小学生守则"，诸如"热爱祖国，好好学习""按时上学，专心听讲""生活俭朴，爱惜粮食""团结同学，不打架，不骂人""诚实勇敢，不说谎话，有错必改"之类的共九条守则。

右边是学生证，表格上贴着小学一年级时苏起的照片，那时的她小小的，脸蛋圆圆，眼神懵懂。

学生姓名：苏起

性别：女

出生年月：1990 年 1 月 20 日

民族：汉

籍贯：云西市

入校日期：1995 年 9 月 1 日

离校日期：2001 年 7 月 1 日

签发学校：云西市花苗小学

学生手册编号：029

再翻一页，后边是每一年级每一学期的期中、期末考试成绩，从思品到语文，从体育到自然课，每学期后面跟着老师的评语，以及寒暑假放假时间和学杂费款项。

从一年级到六年级，老师写的评语大同小异，无非是“该生在学校热爱集体，团结同学，爱劳动，尊重老师，希望继续发扬；但上课爱讲小话，太过调皮，希望改正”。

苏起凑到程英英身边，歪头跟她一起看评语。

“我还看过声声他们的呢。”

“热爱集体，团结同学，爱劳动，尊重老师”这样的话，每个人的本子上都有，但林声有一条“太胆小，希望活泼点”，李枫然的写着“太沉默孤僻，希望开朗些”，路子灏的是“爱照顾他人，但很敏感”，梁水的则是“叛逆，不服管教”。

苏起不懂，她觉得老师并不了解她的小伙伴。他们并不是这样子的。

她看着自己的评语，问：“妈妈，我太调皮了吗？”

程英英说：“你也知道啊。”

“那我要改正吗？”

“缺点才需要改正。”程英英说，“调皮不是缺点，不用改。”

“真的？”

“真的。”程英英摸摸她的头，轻声说，“很多人小时候很活泼快乐，等长大了，慢慢地，自然而然就不会活泼了。”

珍惜现在吧。

南江夜话

梁水：“我妈妈想让我改姓，我才不想改。”

苏起：“还是梁水好听，不要改。”

李枫然：“你妈妈让你跟她姓吗？”

梁水：“嗯，我才不想跟她姓。跟我外婆姓还差不多。”

路子灏：“你外婆姓什么？”

梁水：“温。”

小伙伴们都沉默。

苏起：“温水？你要从凉水变成温水啦？要是姓开的话，你是不是要叫开水？”

路子灏紧张地瞪了她一眼。

梁水不介意，想了一下，说：“我想姓费，叫废水。”

苏起：“我不同意。你才不是废水，你是好水。”

梁水转过脑袋去：“反正我不改了。”

南江日常

第一次捏冰块失败后，爸妈们不肯放弃，决定第二次尝试。

康提把正在玩滑板车的孩子们叫到身旁，从冰箱里拿出一堆冰块，说：“我们再试一次，看你们能捏多久。”

几个孩子面面相觑，梁水说：“为什么又要捏冰块？”

程英英说："考验你们有没有意志力。"

路子灏小声问林声："意志力是什么？"

林声纠结地想了一会儿，说："我知道，但我不知道怎么说。"

苏起古灵精怪地谈条件："有什么奖励？"

程英英瞪了她一眼，苏起吐舌头。

康提说："捏最久的，能得一百块钱。"

四个孩子齐声："哇！"李枫然抬了下眼皮。"

路子灏立刻举手："我能捏五分钟！"

苏起攀比道："我能捏八分钟！"

梁水翻了个白眼，说："你们两个是笨蛋吗？我看你们一分钟都忍不了。"

苏起说："欸欸欸你最厉害，你能捏八十分钟。"

梁水说："八十分钟冰块都化完了，笨蛋！"

冯秀英笑了一声，书上说刘亦婷握着冰块能握八分钟呢。

"好了，把手伸出来吧。"

五只小手齐齐摊开，康提依次放了五大块冰块在他们掌心，孩子的手瑟缩一下，握紧了。

苏起和路子灏表情最夸张，龇牙咧嘴地做鬼脸，梁水和李枫然则很平静。

家长们急切地看着自己的孩子。南江巷的大人们一贯随遇而安，很少攀比也很少给孩子压力，但在这种情况下，也不免希望自己孩子争气些。

可不到一分钟，苏起就嗷嗷叫了，她呼呼吸着气，原地直蹦跶。

程英英心里一紧，就怕她最先松手，苏起一扭头见同伴们都没有认输的架势，又皱皱眉头忍了下去。

她号叫："有没有五分钟啦？！"

"才一分钟。"李援平说。

"孩子们加油呀！"林家民握拳给他们打气。

苏起绝望地翻了个白眼，扭头问梁水："水砸，你的手不疼吗？"

梁水龇了下牙，说："疼。"他抬头看天上，分散注意力。

"我们这是自相残杀。"苏起说，"要不我们现在都松开，然后一百块一个人分二十块。怎么样？”她喜滋滋地说。

梁水说：“你声音要不要再大点儿？”

苏起抬头，撞见大人们尤其是程英英那一言难尽的眼神，乖乖闭了嘴。

她觉得冷气渗进了骨头，疼得快要断掉了。

路子灏在这时大叫一声：“不行，我受不了了，手要断啦。”他甩开冰块，张嘴冲着手心哈气。陈燕笑了起来，不算特别意外，过去握住儿子的手摸了摸。”

剩下四个孩子继续咬牙坚持。

林声也很痛苦，嘴唇咬得惨白，终于坚持不住，松了手。

林家民笑道：“三分钟，很棒了！”

但林声很沮丧。

程英英反而惊讶了——没料到苏起能坚持到现在。

苏起不跳也不叫了，表情扭曲，抱着手一下子蹲在地上，干号：“我要死啦！”

李枫然低眸看她，她的手被冰块冻得通红，他又看看自己已发麻的手，忽然，他无声地松了手，冰块掉在地上。

冯秀英微叹了口气，有些失望。

现在只剩下苏起和梁水。苏勉勤诧异极了，给女儿加油。反倒是程英英，皱眉道：“算了七七，已经不错了。忍不住就算了。”

苏起却不肯，她坐在地上，融化的冰水顺着指缝往地上砸，她一抬头，眼泪汪汪：“疼死我啦！”

梁水嘴唇发白，语气挑衅，说：“那你松手啊！”

“我不！”苏起冲他尖叫发泄，又疼得不行，眼泪直掉，哭道，“我的手要断了。呜呜。”

她一边哭一边咕哝，又不肯松手，实在忍不住了，就双脚在地上踢腾。

时间已过去五分钟。

程英英心疼不已，说：“算了，别捏了。妈妈给你奖励一百块好不好？”

“我不！”她呜呜哭，“我不管，我要赢水砸。”

梁水看了苏起一会儿，叹了口气，什么也没说，忽然就松了手。

苏起一见，眼里还含着泪花呢，立刻破涕为笑："我赢啦！"她甩开冰块，哈哈大笑，"我赢啦！"

这个结果让大人们意外极了。

沈卉兰说："没想到七七赢了。"

康提也说："我以为她会是第一个扔的。"

康提按约定给了七七一百块钱。七七找妈妈换成零钱，回到小伙伴身边，抽出二十块给梁水，说："谢谢你水砸。"

梁水表情跩跩的："干吗？"

"我知道你刚才让我了，是不是？"

"没有。"梁水嗤道，"自作多情。"

"有！我知道！"苏起把钱塞进他手心。

李枫然看了她一眼，没说话。

苏起又给了剩下的三人一人二十块，说："一起分！"

林声接过钱，刚才表现不好的失落得到了一丝平复；路子灏早就不在乎了，白赚了二十块，他别提多开心。

屋内，大人们则叹息连连，他们的孩子没有能超过八分钟的。但刘亦婷可以，看来他们的孩子是没有上哈佛的潜质了。

Chapter 6

你好，少年

上初中这件事对苏起来说，更像是一种形式上的转变。

她扔掉了她那粉色的正面是美少女战士、反面是乘法口诀表、内层贴满小美人鱼和《还珠格格》贴纸的铁皮铅笔盒，换成了可抽拉的印着水滴娃娃的双层磨砂文具盒；她那长短不一的中华铅笔被漂亮的钢笔替代；自动铅笔和笔芯也换成了高级款。

但她那支胖胖的能切换红、绿、蓝、黑的四色圆珠笔留了下来。又硬又粗的白橡皮换成了软绵绵的印着韩文字母的米黄色橡皮，擦笔记又轻松又干净；她的米菲兔小尺子换成了更专业的三角板量角器组合套装。连彩虹色的儿童双肩包也换成了当时最流行的帆布单肩包，挂在背后酷酷的。

最开心的莫过于她儿童时期的粉色小童车退居二线，换成了少年们骑的赛车单车。

南江巷不在实验中学片区，家和学校离得远，又没有直达的公交，只能骑车上学。

家长给他们买了同款单车，只是颜色不同——梁水的是红色，苏起的是黄色，李枫然的是蓝色，林声的是绿色，路子灏的是紫色。

程英英本来想给苏起买女孩款的，但苏起看梁水骑在男生款赛车上潇洒极了，叫着也要男款。林声见大家都买一样的，自然不肯落下。

自此，五个穿着校服的小小少年每天在晨光日出时分，骑着车行驶在长江大堤上，而后穿过城市的大街小巷去上学，又在日落晚霞时，穿过喧嚣的大街行驶到霞光粼粼的江边。

苏起很喜欢初中，她们班是全年级最特殊的艺体班，人数比其他班少十几个。她很快就跟班上的同学打成一片。

每天下午第四节是专业课，苏起接受了比小学时期更专业的舞蹈训练。给她们上课的正是那位年轻的范老师。

苏起很不喜欢基本功，开胯、压腿、踢腿、劈叉都让她苦不堪言；但她喜欢跟老师学跳舞，范老师的芭蕾和民族舞非常优异。除此之外，在练功休息之余，她还会教大家一些流行的韩国舞，比如李贞贤和 S.E.S。

范老师总夸苏起舞感好，但基本功不刻苦。

苏起很羡慕付茜，付茜长得漂亮，且天生筋骨软。付茜说她没练过，天生会劈叉，前后侧各个方向都轻而易举。

可苏起不行。劈叉是她人生一大坎。

尤其是当舞蹈队所有女生一字劈下去，而她半吊子悬着像一把生锈的剪刀支在原地时，她感觉很丢人，人生都灰暗了。

每天回家苏起都站在屋外，把腿搭到窗台上压腿，一边压一边嗷嗷叫。整条巷子都回响着她的惨叫。

梁水他们搬着凳子在巷子里写作业，旁边支一根蚊香，有时梁水看她可怜巴巴的，会端一盘蚊香过来放在她脚边熏蚊子。

秋天一来，天黑得早。梁水他们转战到李枫然家写作业，留苏起独自在户外嗷嗷叫。

苏起问林声："你画画跟美术队的同学比，怎么样啊？"

林声说："中等吧。"

苏起叹："你说中等，就是前排了。"

她扭头看了一眼李枫然，他不用问了；再看梁水，梁水正在转笔，抬眸看她："怎么？"

苏起问："你在你们班体育生里排第几啊？"

梁水说："我们班就我一个学速滑的。"

苏起说："哦。"

梁水说："但短跑能跑第一。"

苏起："……"

苏起万念俱灰，说："我真不知道我是怎么被录取的。我是舞蹈队最不漂亮、基本功最差的。"

梁水转着笔，说："可能老师同情你。"

"你死远点儿！"苏起一本书砸过去，梁水抬手一挡，轻松接手里一转，书本在他指尖转动起来。

苏起下意识学着他转书，但她一转，书就掉下去了。她连转笔都不会。梁水可以把笔转得起花儿，在三根手指间切换自如，李枫然和路子灏也行，连林声都会简单地转，只有苏起不会。

苏起跟程英英说，感觉小伙伴们学特长都很容易，只有她很难。

程英英说："不容易的，七七。你没看到他们背后的努力。不管再冷的天，水子早上五点半都起床训练，枫然没有一天间断过练琴。没有一个人容易的。"

苏起思索了一会儿，说："可路造他跟我一样每天玩，但他考试比我好。"

程英英想了想，无法跟女儿说有人天生就聪明，她说："有些人有他天生擅长的东西。但如果不努力，这种天赋也会渐渐浪费。长大是一场马拉松，后面的路还很长。"

苏起沉默，问："那么，我没有天生擅长的东西？只能靠努力吗？"

"你当然有。"程英英说，"你玩成这样，成绩也不差啊。而且老师不是夸你舞感好吗？你跳舞比他们都好看，当然，除开劈叉。"

苏起忽地一笑："付茜也说我跳舞好看。"

她不再纠结于一字马了，当一个不会劈叉的舞者也不错。

那年国庆，南江巷来了个新玩意儿。

康提给梁水买了台电脑。送货时，邻居们都来围观。

沈卉兰说：“又买电视机了？”

林家民笑：“你这个乡巴佬，这叫电脑。”

那电脑又笨又重，跟电视机一样，还带着一串叫主机、鼠标和键盘的家伙。送货员安装好了，大人们围着观摩半天。

苏勉勤说：“我是搞不懂这种机器的，太复杂了。”

陈燕也说：“什么电脑火脑的，看得我这颗人脑都晕了。还是电视机好用。哎呀，这东西买回来全给小孩子打游戏了。”

程英英提醒康提：“你盯着点儿，别让水子一天到晚玩游戏。”

“放心吧。”康提对儿子的秉性一清二楚，“他玩游戏不上瘾。再说了，现在流行上网，可以看外头的世界。孩子的眼光不能总窝在云西呀。”

康提打开网页，输入 Yahoo 网站：“你们看。”

大人们将脑袋凑过去，果然，网页上花花绿绿全是新闻：

“俄罗斯‘库尔斯克’核潜艇沉没揭秘，118 名官兵遇难真相。”

“9 · 11 恐怖袭击余波：美国民众自发纪念遇难者。”

“乌克兰防空演习击毁俄罗斯客机，78 人遇难。”

“美国报复！阿富汗局势恶化，联合国呼吁多方和平协谈。”

“韩日世界杯场馆建设进入收工阶段。”

“中国男足积极备战，期待迎来首次世界杯出线。”

“腾讯 QQ 注册用户突破 3000 万。”

林家民激动道：“我看看国足准备得怎么样，这周打阿曼队，赢了就世界杯出线了！”

冯秀英低声对李援平说：“我看这电脑确实好，要不也给枫然买一台？”

沈卉兰问：“这得多少钱啊？”

“四千六。”

沈卉兰“啧”了一声。

大人们各怀心思地回了家。

少年们回家发现了电脑，兴奋极了，又开心又稀奇，全跑去梁水的阁楼，挤在一起申请了 QQ。

梁水说：“咦？我的尾号是 120？”

苏起：“我生日？我跟你换！”

梁水看一眼她的号码，嫌弃：“不换。我前面一串连续数字呢。你那个烂号码。”

苏起瞪了他一眼。

苏起起了个 QQ 名，叫“花之露娜 lulu”，被梁水嘲笑了一番。他起的是“Bryant24”，苏起也在心里嫌弃了他一道——你还不是只晓得看科比。

林声叫“绿竹悠然”，路子灏叫“路造”，他说：“李凡，你就叫李凡吧。”

可李枫然想了想，写了个“Flowerdance”。

苏起左看右看，问：“花？跳舞？这是什么？”

李枫然说：“单词表上随便翻的。”

然而申请后，每人都只有四个好友。加上其他人家里没电脑，没地方登录，QQ 形同虚设。

起初苏起总让梁水给她挂号，她要升级星星、月亮、太阳。梁水懒得搭理她。苏起就去李枫然新买的电脑上挂，李枫然从不拒绝。

能在线上碰到的好友只有有电脑的梁水。苏起便兴奋地跟他 QQ 聊天。

花之露娜 lulu：“你在干吗？”

Bryant24：“玩电脑。”

花之露娜 lulu：“又玩电脑！”

Bryant24：“废话。不玩电脑能回你信息？”

苏起想想也是，回了句：“哈哈。”

梁水那边没消息了。

苏起等了一会儿，又问：“你在干吗？”

Bryant24：“无聊吗你？”

花之露娜 lulu：吐舌头表情。

Bryant24：“你又去折磨李枫然了？能不能让人好好练琴？”

苏起便不打扰李枫然了，跑去隔壁找梁水。

她蹿上阁楼，推门进去，不料梁水正在换衣服，T 恤刚脱光，露出精瘦平坦的小腹。他吓了一跳，慌忙抓起一件白衬衫，脸都红了：“不会敲门啊你！！”

苏起不以为意：“又不是没看过。”

梁水：“看你个头，小时候能比吗？”

“我小时候还看过你穿开裆裤呢。”

梁水敞着衬衫，逼近她，说：“那你现在要看吗？啊？要看吗？”作势拉裤子腰带。

苏起躲开：“啊——耍流氓！”

梁水白她一眼，扣好衬衫扣子。

苏起麻溜地在电脑前坐下：“哇，《流星花园》要拍第二部了。道明寺真帅，我长大了要嫁给他！”

梁水不屑一顾：“所有电视剧的第二部都不好看。狗尾续貂懂吗？”

“啧啧啧，学了一个成语不得了。”

“不信？”

“比如？”

“《还珠格格》。”

“第二部好看呀。我喜欢香妃。”苏起还买过香妃的头饰呢。

梁水无语，坐旁边玩《贪吃蛇》去了。

苏起继续上 QQ，她在 QQ 上认识了几个其他城市的好友，开封的、衢州的。还有一个叫南通的城市。

那个南通的男孩已经上大学了，苏起和他聊过几次天。

此刻她问起南通是个怎样的城市。没想到男生忽然说喜欢她，问：“你要不要来找我玩？我给你买火车票。”

苏起还在发愣呢，梁水抬眼见了，起身把她的椅子推滚开，弯腰在键盘上打了几个字："玩你大爷！"

发送，删好友。

苏起表情震惊，盯着梁水看——她想不出他会说"脏话"。梁水已经快高出她一个头了，但无论怎么看，仍然是孩子啊。

她忘了他删她好友的愤怒，第一反应："我要告诉提提阿姨，你说脏话。"

梁水说："我就告诉你妈，你搞网恋。"

苏起吃惊："你胡说！"

梁水学她的语调，细声道："你胡说！"

苏起扬手在他肩膀上打了一拳，梁水没躲，也没还手，甚至没摇晃，完全不在意地重新坐下玩游戏，一只脚搭在电脑主机上。

可苏起却感觉到了不同。梁水依然瘦弱，可不像小的时候那么弱不禁风，推一下能摇晃一下。

他好像有力量了。

似乎在长大的过程中，女生和男生的身体力量越发悬殊了。

苏起心不在焉地看电脑，忽然，弹窗蹦出一条新闻。

"天呀！"她叫。

梁水抬起眼皮，眼神瞬间聚焦："啊！中国队出线了！"

中国队在沈阳五里河以1：0击败阿曼队，世界杯出线了。

明年暑假，五星红旗将出现在韩日世界杯赛场上。

整条巷子的男人们都很兴奋，喜爱足球的林家民大谈米卢，毫不吝啬将所有赞美之词送给这个外国人。

至于苏起，她瞥了眼电视，立刻决定除了中国队，她还要支持意大利队——因为他们实在太帅了。

北风一过，气温骤降。

苏起缠了条毛茸茸的暖黄色围巾，把自行车推出门。

康提站在自家门口喝豆浆，见了她，过来低声问："七七，听声声说，你做了校纪值日生？"

实验中学为规范校风校纪，组织了学生检查员巡逻，发现异常情况及时向教导处报到。苏起踊跃报名，成了每周三的检查员之一。

康提道："很多孩子上初中就学坏了，你要盯着水子，知道吗？我一说太多，他就不高兴发脾气，跟个炮仗一样。"

苏起郑重地点点头。

说来，她也对初中生活忧心忡忡。

不知从什么时候开始，苏起发现中学这件事变得不可控。

似乎所有可爱乖乖的小学生在踏入中学校门的那一瞬间，从内至外都发生了根本的改变。好像穿上那套校服后，就忽然从天真幼稚的小学生变成了张扬翻腾的少年。仿佛田地里齐整整的小禾苗儿忽然之间杂草横生，野蛮生长。

很多事情在悄然变化，她抓不到，某天蓦然回首，才发现量变已引起质变，比如忽然之间蹿高了的梁水和李枫然，比如她慢慢隆起的胸部，比如林声毫无预兆的月经初潮。如果这一切只是让人忧愁怅然，是必将面临的成长，那另一种成长却是她不能接受的——变坏——躲在灌木丛中亲嘴摸身的少男少女，跟老师对杠的不良学生，拉帮结派的混混。

高年级有一些这样的学生，课间来初一教学楼巡视，见林声很漂亮，就说："我收你做妹妹吧，以后在学校我罩着你。"

林声惊得不知所措，那天正好周三，戴着"检查员"红袖标的苏起一大步跨过来挡在林声面前，瞪着来人。

对方懒得跟小女生计较，也不想被记名，放过林声了，但没走两步，又问了舞蹈队的陈莎琳同样的问题。

陈莎琳很自豪地认了那群大哥大姐。

苏起很生气，回教室后一巴掌拍在梁水脑袋上："你要是学坏了，就给我等着！"

梁水正趴桌上睡觉，冷不丁挨了揍，摸着后脑勺抬起头："苏七七你有病啊？"抄起一本书卷成卷就往她脑袋上敲，"是不是欠扁你？"

路子灏睡眼惺忪地抬头，象征性地拦了下梁水，懒洋洋道："哎哟又怎么了你们？”

苏起咬牙道：“还有你路造，你们都一样！”

路子灏一头问号，无辜极了：“城门失火，殃及池鱼！”

一旁的李枫然刚要说什么，见此情景，默默闭嘴，扭过头去远离战场，但来不及了，苏起眼睛抓到了他，说：“还有你这条鱼，做一条乖乖的鱼听见没？不然把你烤了吃。”

李枫然抿紧嘴巴，居然默默点了下头。

梁水打抱不平：“苏七七你别欺负李凡啊。”

苏起便去找林声，向她表达对成长的担忧。

林声说：“我也觉得初中不好，还是小学好。”

苏起很高兴她与自己共鸣：“你也觉得吧？”

“嗯。”

苏起观察她片刻，又觉得哪里不对：“声声，你在班上朋友多吗？”

林声却反问：“你跟付茜好，还是跟我比较好？”

苏起毫不犹豫：“当然是你啦！”她急道，“你为什么这么想，你是最好的！我这么问你是希望你有更多的好朋友，你就更开心。”

林声抿唇笑：“最好的朋友我有四个呢，已经很多了。”

苏起说：“可是除了我们之外，还是要有新的才好呀。”

林声默然片刻，耸肩：“无所谓吧。”

苏起愣了愣。

初一过了大半个学期，她跟班上所有人都混熟了，舞蹈队的不说，美术队、体育队都有她的好哥们儿好姐妹，甚至隔壁班都有熟人。

但林声很少有亲近的同学，连美术队的女孩子们都和她来往不多。但这不妨碍她声名远播，年级流传说艺体班出了个校花，连初二、初三的男生都特意经过教室来偷看她。

也有很多女生过来看校草。

苏起觉得她们眼神有问题，梁水那狗样子根本就不是校草，校狗尾巴草还差不多。她觉得李枫然或许可以当校草。

而这两根草性格迥异。

梁水并不算活泼，成天一副懒懒散散对人爱搭不理的死样子。但从隔壁班到高年级，到处都有他熟人。苏起很费解——他课间不是睡觉就是上厕所或者训练，哪里有空认识那么多人。

李枫然呢，和很多人并不太熟，只是点头之交——因为梁水认识。

苏起有充分理由怀疑，如果有一天他们三个变坏，一定是梁水起的头。

轮到她值日时，她戴着红袖标巡逻。梁水笑话她，说她是太平洋警察管得宽。

苏起道："别让我哪天抓到你，到时候你求我都没用。"

"抓我？"梁水眉毛飞得老高，"你在我眼里跟乌龟一样慢。"

苏起说不过他，决定小女子动手不动口，一拳挥向他肩膀，他轻松一躲，一步跳到楼梯栏杆上，唰地滑下去，半路手撑着一跳，翻身到下一级楼梯上。

她趴在栏杆上，朝下头喊："校规第二十八条，不准滑楼梯扶手！"

可梁水如此几下，几秒就下了四楼，溜走不见了。

苏起说归说，却没把他名字记在值日生日志里。毕竟，滑楼梯只是小事。嗯，至少她觉得是小事。

但抽烟是大事。

那天最后一节课前，苏起正写着值日报告，走廊上隔壁班女生的对话传了过来。

"你觉不觉得梁水很帅？"

"还用觉得吗？"

"连抽烟都很帅。"

"抽烟？真的假的？"

"在器材室里。李枫然跟路子灏也在。"

下节课是体育课，教室里学生所剩无几。苏起迅速合上本子，以百米冲刺的速度冲下四楼，跑过初一教学楼前的空地，冲过主干道，绕到操场，直奔器材室，猛地推开门。

空气忽然安静。

器材室里摆满木架。各种体育器材——跳绳、篮球、排球、足球、羽毛球拍、铅球——杂乱堆放着。

李枫然和路子灏正合力把一筐排球从架子上抬下来，梁水正弯腰将篮球从一个筐扔进另一个筐进行清点。

三人的动作因苏起的破门而入戛然而止，齐刷刷扭头看她。

阳光照在梁水的碎发上，他表情有些奚落：“你干吗？”

苏起眼睛一眯，好歹认识十几年，他尾巴一翘她就知道他想拉什么屎，绝对有鬼。她目光锁定他，大步走过去，双手揪住他校服衣领，鼻子凑上去猛嗅他脖子。梁水被她脑袋挤得被迫抬起头。

路子灏见状，惊掉了下巴。

梁水衣服被她扯变了形，露出一大截锁骨。他仰着下巴，好不容易把她脑袋从自己脖子上推开：“苏起你是狗吗？”

苏起质问：“你抽烟了？”

梁水眼睛亮闪闪的，忽然一笑，扯着自己衣领凑近她：“来来来，闻闻闻，钻进来闻。”

苏起蹙着眉，瞥一眼他领口里纤细的锁骨和一块胸脯，很确定刚才只闻到了他身上原本的体味，好像熟悉又好像很陌生的味道。或许是男生特有的味道，但她此刻无心追究——梁水身上没有烟味。

她扭头看向另外两个人，路子灏脖子一缩，一手揪紧衣领，一手伸出阻拦的手势，哀号：“我还是黄花大闺男！苏七七你到底是不是个女的！”

路子灏站得更远，苏起的第二个目标是离她较近的李枫然。

李枫然一声没吭，盯着她。他已经从她的眼神里预料到接下来她要做的事，他眼睫轻轻颤动了一下，站在原地一动没动。

苏起走过去揪住他衣领，他被她拉得微低了下头，她踮起脚正要故技重施，身后猛然一股阻力。梁水揪住她后衣领，把她提到一旁：“你别欺负李凡啊！”

李枫然看了眼被揪皱的衣领，再看向她，还是没说话。

苏起好不容易挣脱梁水的手，对李枫然道：“你不许跟梁水学坏，听见没有？路造，还有你。”

李枫然看了看梁水，后者无所谓地耸了下肩。

苏起拿梁水没办法，临走前甩了句毫无力量的狠话：“别让我下次抓到你。”

她转身往外走，梁水看着她的背影，忽然忍不住，一脚踹了下她屁股。

女孩的屁股软嘟嘟的。苏起一个趔趄，回头瞪他。

梁水挑眉：“扯平了。”

苏起心知自己抓错，理亏，默默拍拍屁股上的灰，走了。

器材室里陷入安静。

透过玻璃窗，三人目送她走远，路子灏忽然一个大喘气，拍拍胸脯：“妈呀！她是怎么知道的？她是千里眼吗？”他心惊胆战，跳到窗口往外看，一根被摁灭的烟头掉在草丛里。

梁水弯腰继续点篮球，道：“我就说让你别抽。”

路子灏叫屈：“哎，我还不是为了让你们体验一下？”

梁水头也不抬：“谢了，我不用。”

“为什么？”

梁水：“我妈说不让我抽烟。”

路子灏：“嘁！哎，李凡，你觉得味道怎么样？”

李枫然想了想，说：“还行。有点呛。”

路子灏笑道：“我下次……”

话没说完，梁水直起腰，一个篮球砸过来：“你别把他带坏了，小心我告诉你哥，看他不揍死你。”

路子灏天不怕地不怕，就怕他那冰山脸的哥，闭了嘴，转问：“哎，刚好幸好你反应快。你怎么知道苏七七要来？”

梁水懒懒道：“她那咚咚咚的脚步声，我一听就头皮发麻。”他嫌弃道，“我怀疑她上辈子是什么动物变的。”

话音一落，三人同时陷入沉默，似乎在思考什么。

片刻后，路子灏放弃了：“不知道。想不出是什么动物。”

李枫然：“嗯。”

梁水盖棺定论：“那就猪吧。”补充一句，“一只瘦的猪。”

李枫然纠正他的量词：“一头。”

梁水咧嘴笑：“嗯，我要跟苏七七说你说她是一头。”

李枫然：“……”

三人抬了两个球筐往操场上走，班上同学们已经在上课场地集合。几个女生捂着肚子正跟体育老师讨论着什么。

路子灏好奇：“欸，你们发现没有？女生总是请假不上体育课，说什么那个那个，然后体育老师就同意了。”

梁水：“你是说，来月经？”

“对。”路子灏又说，“我发现好多女生都请过假，但苏七七没有，你说为什么？”

李枫然思索一下，说：“七七好像没有……来。”他斟酌了一下用词，觉得很困难。

梁水则觉得很简单：“她就是个男的。”

那天早晨，李枫然起床刷牙。他含着满口的水，扬起下巴咕噜咕噜准备吐出来时，瞥见镜子里自己的喉咙上有一块小凸起。他凑近了看，伸手在凸起处摸了下，隔着一层皮肤，下面是硬硬的骨头。

他想起班上一个叫陈峰的男生，有段时间在男生堆里偷偷哭，说得了绝症，不敢告诉爸爸妈妈，怕他们伤心。大家问他得了什么绝症，他指着喉咙说长了个肿瘤。路子灏笑：“那是喉结！你这憨包，男生都会长，我哥哥就长了，你看，我也有！”

陈峰破涕为笑。

路子灏说：“你要长大变成男人了知道吗？”

李枫然刷完牙，又摸了摸喉结，他并没感到多大的变化。哦，好像声音变了点，不太明亮了。但幸好他不需要唱歌，如果是苏起，她一定会很沮丧。

“风风！要走啦！”苏起在巷子里叫他。

“哦！来了。”他套上校服外套，提起书包。

经过小客厅，冯秀英正收拾教案：“枫然你拿钱去外边吃。”语气一变，怨道，“反正做了饭你爸爸也不会吃。浪费我心情。我都不知道我嫁个不存在的男人干什么。”

李枫然从饼干盒子里拿了三块钱，出了门。

巷子里，路子灏跨在自行车上，在逗一只不知从哪儿跑来的猫咪。那只猫来巷子里有几天了。陈燕叫道：“小心它爪子挠你。”说着，走上前塞了五块钱到路子灏的校服口袋。

高中生路子深没等他们，蹬着自行车先出发了。车轮声在清晨的拐角里一滚，就没了踪迹。

林声刚出门，才踢开自行车脚刹，沈卉兰就跟出来，叹气：“怎么又买学习资料，要多少钱啊？七七！”

林声低头不吭声。

苏起回头：“欸？”

沈卉兰：“老师又让买学习资料了？”

苏起瞪着眼睛：“对呀！”

“多少钱啊？”

林声用手指抠了抠车把手。

苏起说：“十八块。”

梁水刚走出门，见状回头对康提说：“哦，我忘了。要买学习资料，十八块。”

康提给了他二十。

苏起眼神无声地移向他，苦于无法拆穿；梁水极其细微地挑了下眉，跨上自行车。脚一蹬，风一样嗖地从她身边骑过去。

程英英端着一碗面汤出来，皱眉道：“你这孩子怎么就是不喝汤呢？营养都在汤里——你要买学习资料？”

苏起眼珠一转：“我不买，我用付茜的。”

程英英："我看你就是偷懒不好好学。"

"哪有，我昨天测验考得可好啦。"

"自我感觉良好的，成绩出来都很差。"苏落背着书包从她身边经过，说。

苏起伸手扇他后脑勺："你再说一句！"

小学生苏落灵活躲开，跑走了。

沈卉兰还在叹气说资料贵，林声沉默地接过她手里的钱，头也不回地用力踩动自行车，跟着梁水消失在了拐角。

梁水绕出巷子，骑上坡时，放慢了速度，问："你有什么麻烦吗？"

"没有。"林声用力蹬着踏板，憋得脸颊通红。

梁水单手扶着车龙头，踩上江堤，另一只手将康提刚给的那二十块钱塞进她口袋，说："先放你这儿。"

林声一愣，脚下猛的一松——她的车已爬上江堤，地势平坦了。

堤坝那边，江水如练。

晨风吹着梁水的短发和校服，他已骑到前边去了。

"等等我呀！"苏起的声音从巷子里传来，三人争先恐后冲上坡。一串自行车沿着江堤飞驰而去。

"苏七七你慢点儿！给我冲到江里去算了！"巷子里，四个妈妈守在各自门前张望着孩子离去的身影。"回回都火急火燎跟猴子烧屁股似的。"程英英端着面汤碗，训了一句。

陈燕朝邻居们走来，神秘兮兮的样子，忽然说："我家子灏长大了。"

程英英、沈卉兰、康提三人一时没反应过来："什么？"

陈燕脸上笑成一朵花儿，凑过来嘀咕几句，妈妈们心领神会地一笑。

陈燕道："他早上爬起来洗内裤，不让我碰。我说长大了是好事儿啊，他不准我说，我偏要逗他，说恭喜你长大了，奖励你五块钱。哈哈哈哈哈。"

康提叹："我要这么逗梁水，他能把屋顶掀了。"

冯秀英老师终于收拾好从屋里出来，说："自然处理，少逗点儿，孩子这时期心里敏感。"

“我知道。他脸皮薄，我现在先不说，等他长大了，我拿这事笑死他。”陈燕咯咯大笑。

沈卉兰打趣：“你家子灏还脸皮薄呢？”

“话不是这么说，现在是青春期。不管孩子是什么性格，心里头都敏感脆弱得很。”冯老师说。

沈卉兰这才想起来：“声声也是。她来好事，她爸爸搞开明，说了句恭喜，她气得一天没跟他讲话。”

程英英：“这些孩子，以后怕是越来越不好管啰。”

康提侧头，透过玻璃门窗看到自己的脸，忽然说：“孩子们长大了，我们就老了。”

一时无语。

陈燕道：“老什么老？欸，咱们去跳舞呗。我知道一个舞厅。”

苏起、梁水上学骑车大概二十分钟，走过一段长江江堤，连接着一道城内堤坝，下一个小坡进城，穿过四五个杂乱的十字路口，上一个很陡的山坡，进了燕山，再走一道蜿蜒的路就到实验中学了。

早上的中学门口挤满小摊小贩，身着校服的中学生们聚在小卖部、小摊贩周围买早餐和零食。

李枫然停车去早餐店买米粉，梁水在家吃过早餐，但路边梅花糕的香味把他吸引了。那是用模具烤的细长条的梅花形状糕点，里边有红豆夹心，外焦里嫩，脆脆的外皮尤其好吃。

苏起咽了下口水，要一块五呢，好贵。

梁水接过梅花糕，就见苏起的眼神黏在他手上，跟 502 胶似的。

苏起：“水砸——”

“想得美。”

苏起噘了一下嘴。

梁水无语地翻了个白眼，把梅花糕递给她。

苏起张开“血盆大口”，梁水眼疾手快，一把掐住她后脖颈。她这下乖了，缩着脖子咬了不大不小一块，冲他眯眯笑。

梁水说："不拦着你，你能把我手一起啃了。"

苏起说："嘁，你的手一看就没鸡爪好吃。"

李枫然拎着一碗面过来，问："七七你想吃梅花糕吗？"

梁水道："你别给她买，她已经吃饱了。"

苏起冲李枫然摆手："不用买啦。谢谢风风！"

梁水呵呵一声："吃我的怎么没听你说谢谢啊？"

"你刚才掐我我还没找你算账呢。"苏起说，"风风，过会儿回教室，你吃面的时候给我吃一点。"

李枫然："好。"

"放辣椒了吗？"

"放了。"

"棒！"

一行人推着自行车进学校，把车停进自行车棚。

今天来得有点迟，车棚里挤满了车。梁水找到一处空位，勉强把五辆车塞了进去。刚锁上车，身后就传来一道声音。

"梁水，你的赛车好好看哦。"是他们班体育队的张余果。张余果是练短跑的，又高又瘦。天天在跑道上跑，皮肤却很白。

梁水看了一眼自行车，说："还行吧。"

张余果开玩笑的样子："哪次回家的时候搭一路呗。"

"不顺路啊。"梁水说，"再说我车后面没座位，把你绑在轮子上吗？"

路子灏扑哧笑起来。

张余果也笑了："对哦，我都没注意到。哈哈。"

她爽朗笑笑，先走了。

苏起在一旁看着，全程沉默地蹙眉。

梁水瞥见，说："有屁就放。"

苏起果断地说："水砸，你的声音变了。和小时候不一样了。"

朋友们的目光聚焦到梁水脸上，梁水皱眉："你是猪吗？人的声音都会变的。"

苏起眉心舒展，下了定论，她说："你现在说话声音变得像一只鸭子，嘎嘎嘎——"她大笑起来，边说边扑腾"翅膀"。

梁水一巴掌拍在她后脑勺上。

苏起笑得更厉害："本来就像鸭子，嘎嘎嘎——"

梁水不再搭理她了，跟着林声出了车棚。

他不太开心。

变声这件事他自己早就发现了，他困惑而又茫然。他也很反感喉咙上忽然凸起的骨头，嗓子里沉下去的嗓音，身上忽然冒出的几根毛发，这都让他无端烦躁。

李枫然可以和他爸爸讲，路子灏的爸爸在外地，他可以和哥哥讲。梁水不知道跟谁讲，他也不想跟任何人讲。

苏起说他的声音像鸭子。他很少生苏起的气，但这天他忽然不想理她了。至少，一天之内是不会理她了。

而没心没肺的苏起根本不知道他生气了。她照常上课，做课间操，跟同学玩闹，去练功房跳舞，没发现任何异常。

下午放学了，上专业课前，苏起说："我下课了在学校外面等你们。我过会儿要去逛精品店，买一个漂亮的本子。"

梁水说："你弄完就先回去，不用等我。"

苏起说："又不是等你一个人。"

梁水说："哦。"

他拎着运动服和鞋子，将袋子扔在肩后，走了。

苏起有些意外他居然没跟她斗嘴，诧异地问路子灏："他怎么了？"

路子灏茫然："嗯？什么怎么了？"

苏起也没多想，拎着舞鞋去了练功房。

梁水的上冰训练主要在周二、周四和周末，另外几天则在学校和体育队一起体能训练。他练了一个半小时的短跑，跑得筋疲力尽，还不太想走。

他早跟李枫然、路子灏说了不用等他，打算留下多练半个小时，没承想跑了几个回合，美术队的陈峰跑过来，喊："梁水，苏起好像在校外头哭。”

梁水一愣，问：“出什么事了？”

“不知道啊，她坐在精品店门口哭，叫也叫不走。”

梁水脱了跑鞋，迅速收拾好背包跑出去。

他几乎是以百米冲刺的速度冲过足球场，冲到学校门口，就见苏起缩成一团坐在路边的台阶上，安安静静地垂着脑袋，一只手用力抠着鞋子，眼泪吧嗒吧嗒往地上掉，在灰地上砸出一个个小斑点，但没有发出声音。

“苏七七！”梁水陡然间无名火起，怒道，“谁打你了？！”

苏起猛地抬起脑袋，一见他来，顿时哭出声来，眼睛、鼻子、嘴巴全皱成一团：“水砸——水砸！”她哭得撕心裂肺，像是受了天大的委屈。

梁水更是恼火：“谁欺负你了？说完再哭！”

苏起哭得浑身直颤，抬起手指身边，一个路过的男生迎上梁水刀子一样的眼神，吓了一跳，定在原地，茫然四望。

苏起指着空气，哭号：“我的车——”

梁水一愣，四下看，却不见她的黄色自行车。苏起哭得直打嗝：“我的车……被偷……偷走了。我明明停……停在这里。还锁……锁了。一出来，就……就不见了。”她越说越伤心，越哭越惨。

四百多块钱的车，才骑了两个月就被偷，怎么不心疼。

云西市偷自行车的贼多，无数学生深受其害，他们心里清楚——那车是找不回来了。

“我回去怎么跟妈妈讲呀？”苏起站在梁水的自行车跟前，抹眼泪。

“要怪只能怪小偷，你妈妈不会怪你的。”梁水生气道，又缓和了些，“你快上来吧，天都黑了。”

梁水的车没有后座，只有前头一根横梁。

苏起眼泪汪汪爬上横梁，侧身坐着，说：“就算妈妈不怪我我也难过呀。四百多块钱呢。小偷怎么这么讨厌呀？”她一边伤心流泪一边说，“我这么坐着你好骑车吗？”

“可以。”梁水双手拢着她的身子，握紧车龙头，用力一踩踏板，上了路。

前头空间狭小，梁水踩一圈自行车，腿就跟苏起的腿摩擦到一块儿。苏起尽量把脚缩到前边，一边缩着一边委屈道："小偷为什么要偷我的车呢？我只是个学生，又没有钱，他们怎么那么没良心？"

"要有良心还能当小偷吗？"梁水说。

"怎么有这么坏的人呀？一点都不考虑别人的感受。他们没有小孩吗？呜呜。"

"坏人才不会跟你感同身受。"

苏起不吭声了，抬手抹了下眼泪。

梁水不知道怎么安慰她，索性就不说话了。骑到燕山山坡那儿了，坡很陡，平时捏着刹车冲下坡，都有些心惊胆战。

苏起抽了一下鼻子，问："我要不要下来？"

"不用。"梁水问，"你怕？"

"我才不怕。"

梁水极淡地笑了一下。

少年和少女的头贴得很近，他的笑声就在她耳朵边。

"走了哦。"他说，轻轻捏起了刹车。

自行车缓缓冲下山坡，渐渐加速，越来越快，越来越快，像风一样奔驰。苏起坐在他的车横梁上，这感觉和平时骑车不一样，因为她完全不可控制，刹车在他手上。风声呼啸，她的心揪成一团，身体条件反射地朝后仰，肩膀不自觉靠进了梁水前倾的怀抱里。两人的脑袋几乎平行，脸颊挨在近处，在加速下冲的自行车上激动地瑟瑟发抖。

苏起浑身在打战，忽然大叫一声："小偷都去死吧！坏蛋！坏蛋！"

她迎着风叫完后，郁结舒畅了一些。

车已冲下整个山坡，车速达到最大，冲到十字路口前，正好是绿灯。梁水松了刹车，他和她狂风一样嗖地从暂停的车辆面前驶过，飞过了十字路口。

一直到车速降下来，两人紧靠的身体才自然地分开了些。梁水重新踩动踏板，载着她穿过三个路口，到了上行的坡道。这次他也没下车，那个坡并不陡，但他还是费了一番力气。

苏起听见他用力踩车的喘息声，有时他躬起身子，下巴会和她撞到一块儿。但她没有说要下来走，他也没说让她下来。他用力踩着，快到坡顶时，车速越来越慢，越来越慢，某一秒，仿佛静止了。

但熬过那一秒，车就上去了。

高高的大堤上，一边是城区，一边是北门街区。

夜幕降临，万家灯火，星星点点。

苏起脸上的泪痕已干，她揉揉眼睛，说：“哇，真好看呀。”

他们就那样骑行在昏暗无人的大堤上，在最后一丝暮色中回了家。

Chapter 7

情书？挑战书？

和梁水想的一样，苏起的父母并没有怪她，给她重新买了一辆车。

苏起再也不把车停在校外了，连放在车棚里都要和梁水的车锁在一起。

梁水说："你想让人把我的车一起偷走？"

苏起说："苏小黄一号已经牺牲了。我觉得我们所有人的车都应该锁在一起。互相保护！"说着，手指梁水的车，戳它，"梁小红，你要是保护不好苏小黄二号，你就死了，知道吗？"

梁水："憨包。"

苏起："声声，把你的林小绿锁过来。"

"哦。"林声把她的绿车和她的锁在一起。

苏起纳闷："欸？你车上的漆怎么刮成这样啊？掉了好多。"

林声一愣，忙说："摔了几下。"

李枫然跟着把他的车锁过来："人没事吧？"

"没事。"

预备铃响，路子灏："快跑！"

一群少年奔向教室，留下五辆车紧紧锁在一起。

深冬的雪下了一场，上学期转眼就期末了。

期末考试成绩出来，苏起居然考了第二名。虽然他们特长班整体成绩很差，但她还是很开心，深受鼓舞。

林声是他们五个里考得最差的，比梁水都差了三十多分，直接掉到名次表末流。

苏起问林声怎么回事，她说没考好，有大题忘记做了。

第一名的路子灏则十分淡定，他并没觉得自己考得有多好。这成绩放到隔壁班，最多前十。

寒假的时候，路子灏的父亲路耀国从广州回来了。

他拖着巨大的行李箱，挎着大包小包。

巷子里的少年们一窝蜂挤去路家。他们很小的时候，路耀国每年都从广州带很多云西买不到的高级零食和玩具回来。他们吃的喔喔奶糖、薯片，玩的电动陀螺、遥控车都是最先由路耀国带回来的。

康提当年正是从这里得出点子，做起倒卖生意，后来做越做红火，如今在云西开起了大酒店、超市和电器店。

现在很多东西能在云西买到了，但路耀国在孩子们心中“机器猫”一样的神奇光环尚未消失。在曾经的孩子心里，路爸爸是见过大世面的人，一边吃零食一边听路爸爸讲他在广州打拼的光辉事迹，简直太棒了。

现在，他们长成少年了，习惯性地去了路家，排排靠坐在沙发上，只是眼中已不大好奇，平静地看着路耀国打开鼓鼓囊囊的箱子、袋子，拿出各种花花绿绿的东西。

先是一堆零食包，大袋的QQ糖、旺旺雪饼、汉堡包软糖、喜之郎果冻、徐福记小丸煎饼、木糖醇之类，堆在桌子上像一座小山。

梁水没什么动静，他什么好吃的没吃过?

李枫然和林声比较礼貌。

苏起不管那么多，开心地扑上去，特别捧场地抓起一个碗状果冻就开吃，还不忘撕开一个给苏落。

路耀国热情地给李枫然、林声分了零食，又煞有介事地从箱子里拿出一个精致的纸盒子递给路子灏，道：“步步高复读机，以后你学英语就用这个，特别好！”

苏起吃着果冻，伸着脖子看了眼，她早就有了。程英英在康提超市里买的，巷子里的孩子们上学期都买了。路子灏一直用他哥哥的。他接过新的，笑了笑，没说话。

路耀国没注意孩子们的表情，又拿出另一个更精致的盒子给大儿子路子深。

这下厉害了，是步步高的随身听 CD 机，能随身放碟片的那种。小小一个银灰色的圆盘，金属外壳漂亮大气，又轻又便携。路子深说：“谢谢爸爸。”

苏起叫：“快放首歌给我听。”

随身 CD 机里装了份原始碟片，苏起摁开开关，戴上耳机，播放起了一首粤语歌 *Chain Reaction*，左右声道混响的效果让苏起很满意，声音都变得有穿透力了，仿佛电波从左耳穿透脑袋到右耳，又折返而回。

“风风你听！”她把耳机塞给李枫然，“两只耳朵一起！”

响声太大，李枫然缩了一下耳朵，很快又适应了，他也觉得很不错。

林声说：“我听听。”

苏起又把耳机塞给她。

路耀国笑道：“你们都没见过吧？”

路子灏说：“超市里早就有了。你这个是步步高的，梁水的是索尼的，比这个还贵。”

路耀国一愣。

苏起赶忙说：“我听过水砸那个，我觉得音质一样好听。真的。”

梁水嚼着 QQ 糖，没搭话。

路子灏说：“怎么可能比索尼的音质好？”

路子深说：“你废什么话？”

路子灏哼一声：“本来就是。哥哥你不是想要单放机（磁带随身听）

吗？为什么爸爸要买CD机？云西街上到处都是卖磁带的，哪有卖CD的？学校门口，孙燕姿、周杰伦、Beyond、郑秀文、S.H.E、张韶涵、刘德华的磁带想买多少买多少，CD呢？云西就两家CD店，卖的不是宋祖英就是苏联民歌。我们这里是云西，不是广州。再说CD机根本塞不进口袋，还不如买单放机呢。”

一时没人说话。

梁水之前有个索尼的CD随身听，但云西卖碟片的太少，上新速度远远比不上磁带，被他抛至一旁，重新换回了walkman。

路耀国抠抠脑勺，没料到云西是这个情况。他跟孩子们的生活脱节了。

苏起还在打圆场：“但CD机效果真的很好欸，比单放机效果好。”

路子灏说：“嗯，可以天天听《喀秋莎》和《三套车》。哦，还有《大地飞歌》。”说着，抱着他的复读机，哼着“踏平了山路唱山歌，撒开了渔网唱渔歌——”的调子走了。

众人：“……”

苏起竭尽全力：“但是……《大地飞歌》也好听的。”

梁水用胳膊肘戳了她一下，示意她闭嘴。

那晚，大人们小聚在一起玩牌、喝啤酒，说是给路耀国接风。

路耀国本人却提不起精神，很是沮丧。他这一年一年地在外奔波，错过了两个孩子的成长。

林家民宽慰说：“你不也是为了给孩子创造更好的生活条件嘛。”

路耀国老婆陈燕不满道：“光给物质也不够，冯老师怎么说来着？精神。两个男孩子，爸爸不在身边，你们不知道我有多难带。街坊邻里这么多户人家，哪家不在云西过得挺安生？再说，也没见他在广州发了财。”

沈卉兰说：“燕姐你是只看见被子绣花漂亮，不见里头尿了一床。我就指望着林家民出去闯闯，哪怕闯个头破血流回来我都认。不像现在这日子，扯了领口漏袖子的，一点儿不精神。”

陈燕不同意，细数路耀国的精神缺失——不知道路子深没读过六年级，不知道路子灏会画画，又说孩子年幼生病时她如何辛苦，要不是邻居帮衬，早就撑不住了。沈卉兰则数落家中如何拮据，照相馆生意不好，没钱给林声买好的画具画纸。

数落得两个男人对视一眼，互相点了根烟。

眼看着批斗大会要无休无止，康提说："干脆都跟我一样，不要男人得了。"

话语声止，众人齐哈哈笑起来。

陈燕说："我一家庭主妇，这不会那不会，没你有本事，男人不要了，我喝西北风去啊。"

沈卉兰说："现在衣服都是机器做的，便宜又漂亮，我这裁缝手艺也快淘汰了。一个人过，得吃糠咽菜。"

康提笑："看看，就嘴皮子厉害。"

眼看要转话题了，喝了酒的男人们却飘飘然，要一诉苦楚。

林家民说："对，就嘴皮子厉害！不养家不知道我们男人养家的苦。那么多话说，都是闲出来的。"

路耀国借着酒劲，也附和："整天叽叽歪歪，把嘴巴安在我身上了。不是我养的你啊？"

这下子，几个女人脸色变了。

康提扶了下额。这队友——

"一步踏错终身错，下海伴舞为了生活；舞女也是人，心中的痛苦向谁说——"

球灯滚动，光影闪烁。灯光暧昧昏黄的旧舞厅里，音响震天。青年至中年的男男女女搂在一起，在舞池里摇晃摆动，跳着满三中四、伦巴、恰恰。

红的蓝的黄的光线划过舞池角落的卡座，几张稚嫩的脸庞上写着生无可恋。

桌上摆着一堆插着吸管的椰树椰汁，七个大大小小的孩子围桌而坐。

"我们为什么要来这种地方？"梁水一脸冷漠，球灯闪过一抹红光，从他茶色的眼瞳里划过。

李枫然没表情："《中学生守则》上说了，不得进入网吧、歌舞厅。"

梁水瞥一眼舞池里的妈妈们："所以她们为什么要带我们来这种地方？"

"我知道！"苏起兴奋地举手，"因为她们要造反了！"

年纪最大的路子深扶了下额头，纠正："罢工。"

"什么是罢工？"林声扭头问。

路子深叹了口气，耐着性子解释："罢工就是工人们不干活儿了，和资本家谈条件，等满足她们的条件后，再继续工作。"

小学生苏落晃荡着脚丫，吸溜着椰汁，说："但是妈妈本来就没工作呀。"

路子灏说："对呀。"

林声和苏起也赞同地点头。

李枫然想了想，说："我妈妈干活儿了，她在教书。不过她挣的钱没有爸爸多。"

众人齐刷刷看梁水。

梁水耸了下肩："我妈妈也干活儿了。但她是她自己的老板，所以她不能罢工。"

路子深觉得这群小屁孩什么都不懂，说："你们这群白眼狼！"

六个孩子又伴着"美酒加咖啡，我只要喝一杯"的音乐，齐齐将脑袋转过来。

歌曲还在唱："想起了过去，又喝了第二杯。明知道爱情像流水——"

路子深说："妈妈没有工作、没有干活儿吗？苏七七你每天吃的早饭午饭晚饭是谁做的？对，是你爸爸挣的钱，但这些钱会自己变成买回家切好的菜，变成炒好的煮好的菜蹦进盘子里飞到桌子上吗？等你吃完后，它们又把自己洗干净飞进碗柜里？"

苏起和苏落愣住。

"林声你的衣服是谁做的？你以为是灰姑娘故事里小鸟帮忙织的？"扭头看自己弟弟路子灏，更加嫌弃，"家里衣服谁洗的，地是谁扫的，生病了谁带你去医院？你以为只有爸爸养这个家？"

他又看向李枫然和梁水："你们的妈妈要干两份工作，上班一份，回到家里还加班，就更辛苦了。"

卡座里一时鸦雀无声，少年们看着路子深大哥哥，一脸的肃穆、敬畏，甚至有一丝崇拜。

路子深觉得他们根本没懂，叹了口气："你们玩吧，我去找我同学了。"

高中生拿起椰汁罐，出了舞厅。剩下五个初中生一个小学生继续瞪空气，瞪了一会儿，齐齐扭头看舞池。

几位妈妈正分别和陌生的男子跳恰恰，很开心，一点都不像罢工的样子。

李枫然默默看着，有些意外，一贯严肃的冯秀英老师竟然也会有这样热情奔放的样子。如果让李医生看见，恐怕要说这不成体统。

林声也很诧异，沈卉兰女士一贯是妈妈中最缩手缩脚的那位，但在这个简陋的舞厅里，她很有活力，舞姿不算优美，不算有韵律，但别样生动。她忽然觉得她的妈妈有美丽的一面。在其他妈妈中间，并不是那么一无是处。

而陈燕总是那么欢快，欢快本身就很美好。

至于程英英和康提，她们是同龄人中的焦点，在这种场合如鱼得水。

苏起忽然说："我们也去跳舞吧！"

梁水说："你白痴吗？"

苏起狠狠白他："关你屁事！"

梁水："这里是大人跳舞的地方。"

苏起立刻反驳："嘻嘻，你还是小孩子，但我已经是大人了。哈哈！"

梁水："……"

苏起打嘴仗赢了一回，特别得意："风风，你跳不跳舞呀？"

李枫然看看四周，全是成年人，他略微犹豫。

苏起又看路子灏，后者摆手："我不会跳交谊舞。我等过会儿放动感舞曲的时候跳太空舞。"

梁水泼冷水："你觉得这个破舞厅会放迈克尔·杰克逊？"

路子灏："……那兔子舞总该会放吧？"

苏起看向林声，林声立刻道："你知道的，我没有节奏感。"

她扭头看了眼弟弟苏落，小屁孩还没她高呢。

她目光转了一圈，尴尴尬尬的，最后又落到梁水身上。

"……"梁水说，"看也白看。我不跟你跳。"

苏起说："我知道，你是音痴。没有节奏感。肢体不协调。"

"……"梁水说，"你闲得慌，找人吵架吗？"

苏起："本来就是。难道不是吗？"

梁水吸了口椰汁，忽然嘴角勾起一抹笑："激将法没用的。猪。"

苏起趴在桌上喝椰汁："什么激将法？我本来就不想跟你跳。你想想，你脑袋反应慢，四肢不协调，'啪'一下摔得四脚朝天。然后灯光打过来，真丢脸。"

另外四人沉默，集体看戏。反正苏起从小作死到大，都习惯了。

梁水微眯着眼看苏起，她挑眉耸肩，一副"谁怕谁"的表情。

梁水靠进沙发背，沉沉地从胸腔呼出一口气，把罐子重重放在桌上拿手握着，眼神不善地盯着苏起，看了足足十秒后，他松了手，站起身。

苏起咧嘴一笑，得意地跳起来。

林声叹："水子上钩了。"

李枫然喝椰汁："谁上钩还不一定。"

梁水走进舞池，回头看她。苏起笑眯眯跟上，两人面对面站好。梁水扶住她的腰，她的手搭在他肩膀上，另一只手握在一起。

他垂眸睨着她，嫌弃地说："你怎么越长越矮了？"

"瞎说！"苏起一脚踢过去，梁水脚轻轻一抬，躲过了，说，"怎么跳？"

"很简单啊。"苏起一秒转移了注意力，道，"跟着音乐打拍子就好。你听——一二三，二二三，三二三，四二三——你听到了吗？"

她眼睛里光芒闪闪，梁水却一副死鱼脸："哦，听不出来。"

"你怎么这么笨？"

"那我走了。"梁水要松手。

“欸——”苏起把他拉回来，瞬间笑眯眯改口，“你又没跳过，肯定不熟悉嘛。我在你手心打拍子好啦。”她拿手指在他手心轻敲着打节拍，慢慢带着他一二三地走步子。

“三二三，四二三，就这样，懂了吗？”

“懂了。”梁水点头。

“那开始吧！”苏起听着音乐，掐到了音乐点，立刻敲他手心，“开始，一二三，二二——啲——”

梁水一脚踩在她脚上，踩得不轻。

苏起疼得跳脚。

梁水低头：“啊呀，踩到你了？”

“你还不熟嘛，没事的。”她还想跳舞呢，于是拉着他继续。

不到五秒：“啲——”

梁水难得地一脸愧疚：“还是算了吧，我四肢不协调，跳不好。”

苏起就不信了，这么简单的三步走，怎么就跳不好了呢。

结果。

“啲——”

“嗷——”

“呜——”

梁水起先还假惺惺道歉，后来一副“死猪不怕开水烫”的表情：“哦，我不会。”

好不容易一曲跳完，苏起觉得脚都要被他踩掉了。

他问：“还跳吗？”

苏起把头摇得像拨浪鼓。

梁水转身走向卡座，背对她时，嘴角无声放大，笑得眼睛都弯了，差点儿没忍住笑出声。

苏起回到卡座，脱了鞋子揉脚。

路子灏说：“七七你是猪吗？”

“啊？”她不解地看他，再看梁水，后者笑得花枝乱颤，就差没笑岔气。

她抓起鞋子就朝他砸。他抬手接住，苏起扑上去，拿另一只穿了鞋的脚踩他的脚。梁水哪里会任由她踩，他坐在沙发上，两只脚躲得飞快。两人一个跟跳踢踏舞似的跺来跺去，另一个反应极快地躲闪躲避，哪有半点肢体不协调的样子？

苏起踩了半天踩不到他，急得摁住他的腿，梁水呵呵笑，轻松挣脱开。他把她的手抓起来，紧紧捏住她的手腕。她的力气完全被他碾压，气得尖叫。

她越气，他笑得越是停不下来。

苏起被他捉着手，还不甘心地再次去睬他的脚，却再次被他敏捷躲开。

两人踩躲踩躲地闹成一团，直到妈妈们跳累了过来休息喝饮料，才把苏起给揪开。

南江巷的妇女罢工活动很快迎来了一次反抗和升级。

原因很简单，那天妈妈们带着孩子离家，在外跳舞玩乐疯了一天后，南江的男人们并没有因此感受到女人离家后的生活困窘和便利缺失。相反，他们一起去餐馆吃饭、喝酒聊天，非常快乐。女人们的“不务正业”在他们看来，是幼稚且不负责任的。

男人们决定奋起反击。

于是，程英英她们跳完舞回到家，发现男人们都不见了，每个家里都留了一封挑战信。大家拿着信聚在一起比对，全是相同的论调，控诉她们“不成熟”“不顾家”“不心疼男人”“不懂男人的苦”，凡此种种。最后声明，如果女人们不意识到自己的“思想错误”，他们就不回来了。

康提奇了怪了：“他们能去哪儿？”

冯秀英气道：“还能去哪儿？李医生的宿舍呗。行，不回就不回，我还省得伺候呢。我倒要看看那帮大老爷们能熬多久。”

程英英更气，她那封信里还多了条控诉，苏勉勤说她太爱“风骚”。

这场对决究竟因何而起，谁也不记得了。但大家那决不服输的精气神儿却是十分饱满的，可苦了夹在家长之间的孩子们。

苏勉勤在医院里住了几天，打电话回家，碰到程英英接电话，他没敢出声，赶紧挂了。等遇到苏起接电话，他小声叮嘱她给他带一套换洗衣服过来，不能让妈妈知道。

苏起说好，问："爸爸，你的换洗衣服在哪里呀？"

"……"苏勉勤答不上来，说，"问你妈妈不就知道了。"

苏起："啊？问她？"

苏勉勤："哦对，不能问。你自己找一找不就行了？"

苏起："哦。"正要放电话，话筒里传来各个叔叔的声音，"七七呀，你跟子灏、声声、枫然也交代一下。"

苏起："……"

她握着话筒，一头黑线："你们干吗不回来自己拿？"

"回家我们就输了。"

苏起奇怪："可是用妈妈洗过的衣服，不也是输了吗？"

电话那头："……"

苏起还是去医院宿舍看了父亲一趟，当然，她没有带去换洗衣服。程英英发现了她的小动作，声称如果她当小叛徒，她就得搬到医院去。苏起自然不愿意。

她去给苏勉勤和其他爸爸送信，是妈妈们的回信，用数条罪状控诉男人们"不解风情""不正视女性的付出""心安理得享受便利""认为一切是理所当然""看不见家庭工作也是工作"，等等。

程英英给苏勉勤的信里多了一条"我除了是妈妈和妻子，我还是程英英"。

至于这些信的效果如何，苏起不知道。反正爸爸们没有回家。

苏起苦恼地跟朋友们讲，发现大家遇到了同样的问题，林声的爸爸让林声偷偷给他带一罐妈妈的辣椒酱，没那个酱他吃不下饭；李枫然的爸爸则迫切需要冯老师给他制作的便利贴分类笔记本。

"我爸爸昨天问我，马上要过年了，妈妈有没有腌香肠。我爸最喜欢吃香肠了。"路子灏说这话时，和朋友排排坐在冰场的观众席上，底下，少年运动员们正在滑冰。

他撕开一包辣条，苏起凑上去拈了一根：“你妈妈怎么说？”

“让他自己弄。对了，你们家晒年货了吗？”

“没有。”林声摇头，“反正我也不喜欢吃。”

李枫然想了想，说：“年夜饭怎么办？”

三人齐齐扭头朝他看：“他们会打仗到那个时候吗？”

李枫然：“谁知道？”

四人齐齐叹气。

他们看向冰场，梁水戴着头盔，踩着冰刀，背着双手在赛道上高速滑行。

苏起说：“真羡慕水砸，他就没有这个烦恼。”

李枫然扭头看她：“……”

林声扭头看她：“……”

路子灏扭头看她：“……”

几秒后，大家扭头看场中飞驰的梁水，又不约而同地点了点头：“哎……”

训练到了最后阶段，梁水和几个运动员即将一起赛跑。他们从四面八方滑到起点线前集结。

苏起立刻站起来，兴奋地挥舞拳头，喊叫：“水砸——加油！”

这一声吸引了训练场上所有目光，路子灏手脚并用想拉她坐下，没成功。她蹦蹦跳跳，教练和运动员们都笑了起来。梁水远远地看了她一眼。

苏起一瞬间感觉到了他眼神里的杀气。

她住了嘴，默默坐下来，嘀咕：“好心没好报。摔死你！——算了，不跟你计较，还是跑第一吧。嘿嘿。”

运动员们准备就位，教练猛地吹响口哨。

少年如离弦的箭冲刺而出，梁水在起跑之初就占据第一位，飞速滑过第一个弯道后忽然加速，瞬间就拉开一大段距离，他像冰面上的燕子一般，一路遥遥领先，加速、摆腿、倾身、过弯道，身姿敏捷动作流畅，风一般嗖嗖跑完几圈，冲过终点线，甩了第二名大半圈。

苏起激动地跳起来，吹了个响亮的口哨。路子灏、林声他们也高兴地蹦起来鼓掌。

梁水喘着气还在冰面上滑，看一眼他们的方向，这次眼神缓和了许多。

苏起一副语重心长的样子，感叹道：“看来，水砸并不是一无是处呢。”

另外三人：“……”

集训结束了，梁水从教练那边解散，滑到苏起这边来。伙伴们赶紧起身跑下看台迎上去。

梁水拧开一瓶水喝。

路子灏笑着说：“水子，表现这么好，晚上请我们吃肯德基吧。”

苏起和林声立刻举手赞同。肯德基太贵了，一点点东西就要四五十。她们俩才吃不起呢。

梁水问：“你爸爸还在抗争吗？”

路子灏叹气，指了众人一圈：“都在抗议。我们现在跟孤儿一样，没饭吃。”

“水砸！”苏起热情地递给梁水一根手指饼，梁水低头，张口咬进嘴里，说：“行吧。”

苏起开心道：“随便点吗？”

梁水说：“他们三个随便点，你自己付钱。”

苏起垮脸：“……”要抓他嘴边的半截手指饼，“把我的饼干吐出来！”

梁水一仰头，饼干被吞没了。他唇角弯弯，问大家：“现在去吃？”

苏起：“现在才五点。我们刚吃了好多零食，还不饿。”

“我看见了。”梁水不客气地说，“你当是在看表演呢。”

苏起嘿嘿笑：“不是看你表现好，开心嘛。”

梁水想了想，问：“你们想滑冰吗？”

路子灏惊讶：“我们可以滑？！”

“可以啊。现在没人训练了。”

林声很感兴趣，连李枫然都想试一试。

梁水问了鞋码，找来几双鞋子。

大家都是第一次滑冰，身体紧张而拘束，扶着场边的围栏慢慢走，跟婴儿学步似的战战兢兢。苏起胆子比较大，围着冰场走了一圈后，就试着开始滑行。

她毕竟有舞蹈功底，平衡力比较好，渐渐越滑越顺，开始远离围栏，还嘚瑟地跟梁水炫耀："啧啧，也没那么难嘛。我天赋这么高，练几个月就能超过你了。"

梁水还没来得及回嘴，苏起脚下一滑，两只脚开始远离彼此。

苏起瞪圆了眼睛，身体已完全不受控制，两只脚越分越开，可她还不会劈叉呢。"啊——啊——"她慌忙朝梁水伸手。

梁水抱着手站在一旁看笑话，一副纳闷状，说："咦？你是练舞蹈的，居然不会劈叉？"说完脑袋一歪，又道，"咦？四肢这么不协调？"

苏起没想到他这么记仇，气急："梁水——"一秒转音，"啊——水砸！呜——不行啦，坚持不住啦——"

梁水不为所动："求我。"

苏起不肯，猛地往前一够，想抓他。他冰刀轻轻点一点冰面，人悠悠地退滑出小半米，将要滑出她伸手范围。

梁水："走了。"要转身。

苏起嗡嗡："求求你！"

梁水呵呵一声，滑上一步，单手将她捞起来。

苏起眼珠一转，抓住他的手臂就往下扯，想跟他同归于尽。可不承想梁水一来早有准备，二来脚底稳如磐石。任苏起怎么揪扯，怎么把他拉得弯腰弓背的，他就是不倒。站在冰面上比站在地上还稳，仿佛冰刀扎根在了冰面上。

苏起还吭哧吭哧想扳倒他呢，梁水开始了报复。他揪住她两只手腕，一脚踢向她的冰刀，她脚下一滑，彻底失去重心，冰刀带着她的脚滑向远处，她猛地往后仰倒，直挺挺斜在冰面上。身板和冰面成三十度角。

梁水拎着她两只手，要笑不笑的："错了没？"

苏起不认。

梁水弯着腰身，漂亮的脸悬在她上空。他稍一松力，苏起直挺挺往下一沉，得，只剩十五度角了。她慌忙死死揪住他："错啦错啦！"

他哼出一声笑，这才把她拎起来，牵她滑到场边。

路子灏叹气："苏七七你真是死性不改，干吗总是惹他？你以为还跟小时候一样？你已经打不赢他了，知不知道？"

苏起不服气。

林声说："你们肚子饿了没有？"

李枫然说："有点。"

梁水说："把鞋子放边上就行，我去收拾下。"

梁水走了，其他人退出冰场。林声去座椅上拿外套，刚穿上身，一封信掉了出来。

苏起捡起来一看，粉色的信封，封口处还画了桃心，她惊喜道："情书？"

两个男生也投来好奇的目光，林声奇怪道："刚才都没有的。会是谁啊。"

除了梁水，他们班还有两个体育生也在这边训练其他冰上项目。

林声没有隐瞒朋友的意思，拆开一看，果然是他们班的，叫秦磊，个子高高的，平时很活跃的一个人。和梁水关系不错。

"没想到是他欸。"苏起凑过去看信，开头写着"亲爱的林声同学"。

苏起忍不住捂嘴偷笑，林声有些尴尬，那封信乍一看写得非常正式，但初中生词汇量不大，表达有些拙劣和肉麻，却也不乏热情质朴。

一封信看完，林声脸微红。她收到过口头表白，但书面的还是第一次。

苏起羡慕极了，问："你喜欢他吗？"

林声摇头，她对那个男生没有印象。

"那你要回复他吗？"

"怎么回复？"

"嗯，我也不知道。没关系，寒假还有好久呢，可以慢慢想。"

林声点点头，说："但这封信我要扔掉了。"

"啊？为什么？"路子灏感到惋惜。

"要被我妈妈发现就完了。"

大家想一想沈卉兰的样子，心有余悸地点点头。

李枫然说："但这是你收到的第一封情书，扔掉有点可惜，是个纪念。"

苏起自告奋勇："我帮你保管！藏在我家没事的。就算我妈妈发现，她也绝对不会跟你妈妈打小报告的。"

林声想想也是，她很放心程英英阿姨，于是把情书交给了苏起。

吃肯德基的时候，梁水说："啊，原来是这样。难怪秦磊总问我声声的事。原来是喜欢声声。"

苏起吃着炸鸡，忙问："有男生问我吗？"

梁水："问你干吗？"

苏起："……"她默默咬薯条，不作声了。

梁水反应过来，扑哧一笑："哦——"

苏起气急败坏："哦你个头！"

她转头看路子灏，路子灏摇头："没有。"

苏起泄气了，盯着林声看。她很羡慕她有情书，她呆呆地看了一会儿，忽然问："我不好看吗？"

三个男生齐齐抬头，梁水看了眼她满嘴的油，说："要看跟谁比。跟声声比的话，确实不是特别好看。"

苏起眼里的光黯淡下去，路子灏在桌子下踢了梁水一脚，李枫然说："我觉得你很好看。"

林声也说："我也觉得你很好看。你总说付茜、陈莎琳好看，可她们越看越腻。不像你，越看越舒服。"

苏起听不进去："那为什么没人给我写情书？"

"你其实很好看的。"梁水觉得刚才话说重了，找补一下，"真的，还不错。不写情书可能是——哦，你性格不好。"

路子灏又在桌子下踢了他一脚。

梁水看苏起一脸的可怜、沮丧和愤怒，叹了口气："行行行，我给你写一封总行了吧？"

苏起恨死他了："我才不要！"

"嘁！不要就不要。我还懒得写呢。"梁水说，真是狗咬吕洞宾。

到了小年那天，爸爸妈妈的战争还在继续。南江巷看上去却和往常没什么不同。没有男人在，女人们反而更安逸。

上午，脱离了烦琐家务困扰的妈妈们聚在康提家看电影。康提新换了一台 VCD 录像机，还搞到了《泰坦尼克号》的碟片，据说是无删减镜头的。妈妈们特地趁着孩子结伴去街上玩了，才聚到一起看，连大门都上了锁。

《泰坦尼克号》上映了好几年，大家都知道故事走向和结局，但都没看过完整版，如今聚到一起嗑瓜子吃花生嚼奶糖顺手泡杯茶，别有一番悠闲滋味。

不知怎么就提到了男人，沈卉兰说："他们够有骨气的。不回来也好，有种过年也别回来。老娘乐得清净。"

男人们出去快一星期了，双方都不让步，也没有偃旗息鼓的迹象。

陈燕道："就是。这次绝对不认输，不然以后踩在我们头上，翻不过身了。"

冯老师吃着一颗 QQ 糖，认真看电影："啧啧，这个界可（Jack）还是蛮帅的，我要是肉死（Rose）也喜欢他。"

"帅有屁用。苏勉勤年轻时也帅，我就是被他那张脸骗了！"程英英咬着一颗西瓜子。

"苏老板人还是精神的，不像路耀国那个啤酒肚，我看着就糟心。"陈燕说。

起先还吐槽男人几句，待电影进入剧情，就都不说话了。看到船舱开始进水时，连吃东西的声音都没了。一直到结尾，Rose 掰开 Jack 的手，让他沉入海底，她们都默默落了泪。

等到片尾曲响起，大家都有些感伤。

"还是好看的。"陈燕喃喃道。她怅然若失地靠在椅子背里，没来由地说了句，"我上次看电影，是十六年前，路耀国追我的时候。"

姐妹们都沉默，回忆着自己上一次看电影是什么时候，仿佛在上一个时代。

冯秀英老师道："这电影结局写得好。死了好，刻骨铭心。要是活下来，那日子才难过呢。”

众人各自惆怅，她们都是自由恋爱的结果，结果呢，在大过年前闹着分居的戏码。她们齐齐叹了口气。

“以前哪里知道结婚是这鬼样子？”沈卉兰道，“只晓得谈恋爱很开心，结婚了呢，算不完的账，吵不完的架，操不完的心。”

程英英问：“欸你们说，要是界可（Jack）活下来了，他会一直对肉死（Rose）这么好吗？结婚十年了也这么好？”

“怎么可能？”众人齐声。

说完，又都感伤起来。

康提听罢，问：“你们真准备闹到过年啊？”

沈卉兰：“林家民不自己回来，我是不会去请他的。本事了真是！”

其他人都点头。

康提说：“差不多得了，孩子在中间牵个线，给个台阶下不就行了？”

陈燕不服气：“怎么没人给我台阶下啊？路耀国那个死人，一年难得回来几天，也不见多想我，还搬出去气我，我一想到就怄气。”

康提说：“他在外头奔波一年，回来你也没给他好脸色吧？”

陈燕一愣。

康提说：“养家也不容易。女人的苦，男人的苦，我算是都受够了。”

众人没说什么，但那天之后都不说“决不妥协”的话了，只是心里难免抹不下面子。

眼看一天天就要过年了，男人那边也慌了神，更不好意思跟兄弟们说让步，只能僵持着。

腊月二十七那天，程英英忽然给了苏起一封发黄的信，让她去送给苏勉勤。

苏起问：“你要写信跟爸爸和好啦？”

程英英说：“这是你爸爸写的。”

苏起纳闷：“爸爸写的？那为什么又要拿去给爸爸呢？”

程英英说：“你送去就知道了。”

“哦。”苏起送信去了医院宿舍。一群男人熬了七八天，见苏勉勤家最先送来了和平谈判信，都很羡慕。

然而苏勉勤拆开信，脸色变了。他看着看着，眼圈发红，垂头许久，忽然起身和兄弟们告辞，说要回家。

李援平拿来一看，竟是十多年前苏勉勤追求程英英时写给她的情书。字里行间写满了当年那农村青年向少女热情表达的爱意，以及真诚许诺过的未来。

苏勉勤当天就收着情书牵着苏起回家了。程英英见了他，随口问他晚上想吃什么菜，那表情那语气就跟他出门散了个步一样。

另外几个女人见苏勉勤一副低头认错的样子主动回来，有些坐不住了，心想难道自家男人就这么狠心？

陈燕性子急，跑去了医院。刚上走廊就听路耀国跟林家民诉苦，说他知道陈燕一个人带俩男孩的辛苦。可他哪有办法，没什么本事挣大钱，只能去广州漂泊打工，不然哪里养得活这个家。又说他在外头吃了多少苦，受过多少罪，从来没跟家里讲过，怕儿子和老婆觉得自己没用。陈燕听得眼泪直冒，冲进去二话不说把路耀国拉回家了。

林家民拦也不是，不拦也不是，独自凌乱着呢，见沈卉兰抱着手站在门边冷冷瞧着他，头一低，也灰溜溜跟老婆回去了。

李援平医生没了队友，默默回了家。毕竟，过年嘛，医院也都没人了。

南江巷有史以来最大的一场集体家庭危机，就这样被化解。

大年三十的零点烟花从巷子里腾空而起，2002年到了。

年后，苏起实在好奇那封信的威力，央着程英英把信给她看。

“你漂亮的大眼睛就深深地印在了我的脑海……”

“之后的无数个梦里都有你的身影，哎，我太喜欢你了，想你想得几乎睡不着觉……”

苏起鸡皮疙瘩直掉，她实在无法想象大人之间也有这么强烈的情感。放下信，她有些心驰神往，继而又失魂落魄。

为什么没有人给她写情书呢？

这种淡淡的忧伤情绪持续到了新学期开学。

新的学期，苏起忽然变得爱美了。

有一天，苏落放学回家看见她蹲在门口勤勤恳恳地刷她的白球鞋，苏落抬头看了眼门口的栀子花树，确实是他家没错。

苏落问："姐姐，你被电打了吗？"

苏起扬起鞋刷子要揍他，苏落逃窜进屋。

她把校服和鞋子洗得干干净净，还买了漂亮的头花扎头发，编很多条细细的麻花辫。（实验中学女生必须剪短头发，但她们艺体班例外。）

她以前一星期洗两次头，现在隔天就洗一次。路子灏从自家窗口看见她弯着腰在院子里洗头，无语："苏七七你怎么又洗头？是不是长虱子了？"

苏起尖叫："放屁！"

程英英也说："洗发水全让你一个人洗干净了，讲风度不是你这么讲的！"

校规不许打耳洞，她偷偷买了夹子耳环。上下学的时候，课间老师看不到的时候，她就拿出小镜子把"珍珠"耳环戴上，俨然整个班最精致的娃。

课间，梁水和同学趴在栏杆边看楼下篮球场的人打球，一回头见苏起整个人抬头挺胸，头发梳得一丝不乱，球鞋雪白，校服整齐，耳朵上戴着白莹莹的珍珠耳环。那嘚嘚瑟瑟的样子十分欠扁。

梁水觉得她哪不对，吃错了药似的。他狐疑地看着她，苏起见他盯着自己看，以为自己很美丽，姿态越发娇贵。

梁水一直盯着她看，直到她走近了，他伸手把她耳朵上的夹子耳钉给揪了下来。小夹子一咬，苏起痛得捂耳朵跳脚。

梁水揪着那小耳环看了看，皱眉道："你被电打了？戴这么老气的东西？跟大妈一样，丑死了。"

苏起愤愤地抢过耳环："你知道什么好看什么不好看？！你没有

审美！”

“但我能审丑啊。”梁水说，拿手将她上下指了一遭，“喏，审完了。”

苏起气得给了他一拳。

但渐渐地，她沮丧了。快半个学期过去了，春天都走了。她每天都精心地打扮自己，但依旧没有情书。而林声呢，她早就拒绝了秦磊。但很快又收到了其他人的情书，甚至有高年级的。

苏起终于意识到，她不是特别漂亮，至少在美女如云的舞蹈队里，她是淹没其中的绿叶。或许只有长得特别特别好看的人才能收到情书。又或许，她不是一个很可爱的人。

路子灏安慰她：“声声收情书不一定是因为长相，收情书其实跟长相没有太大关系，我是男生，你要相信我。”

李枫然也说：“嗯。你也很好看的。”

苏起不信：“那是为什么？”

梁水说：“因为你很不温柔。”

苏起：“……”

另外三人齐齐看他。

路子灏捂脸：“行，她又要开始了。”

果然，苏起私下认真一想，自己确实不够温柔。总是嘻嘻哈哈大大咧咧，不像林声说话细声细气，她看着都忍不住想摸摸她。

第二天上学，苏起披散了一头长发，吓得梁水和路子灏眼睛都直了。苏起很是温柔地对他们抿唇笑，梁水翻了个白眼，蹬走自行车：“疯了疯了！”

朋友们对新版的苏起十分不习惯，每次后排的梁水不小心蹬到她椅子，她转过头来本该发火时，结果取而代之的是一个微笑，让梁水汗毛直竖。

他说：“欸，我还是比较喜欢旧版的苏七七。”

她咬牙：“旧版被淘汰了！”

苏起其实憋得十分辛苦，而且天气转热，披头发让她脖子上全是汗。

梁水他们觉得她坚持不下去，没想她居然坚持了半个月。一天上完体育课回教室，她的课桌上出现了一个粉色信封。

她尖叫一声冲过去。

梁水等人吃惊极了，没想到她这出滑稽剧真的奏效了。

苏起兴高采烈刚要拆开，就见信封上写着“付茜”两个大字，是给她同桌的，放错了地方。

少女整张脸灰暗下去，她把信封推到隔壁桌上，低着脑袋坐了一会儿，嘴角耷拉着，片刻后，拿皮筋把头发胡乱绑了起来。

梁水托着篮球走过走廊，坐在她身后，拿一根手指转着篮球，转着转着，他瞥了眼她的背影。

她一整节体育课都不肯扎头发，背后全被汗打湿了。

他叹了口气，走到后边问秦磊：“你是不是有那种花花绿绿的信纸，给我撕几张。”

上课铃响了，梁水脚底踩着篮球，对着空白的花信纸想了半天，不知道怎么写称呼，想来想去也没想出个结果，就暂时搁置一旁了。

第二天上午语文课时，他才落笔写了“苏七七”三个字，他拿语文书挡着，起初几行写得有点儿慢，后来越写越飞快，他潦草地书写着，密密麻麻写了两页纸。终于差不多了，他舒了一口气，大笔一挥落下自己的名字。

梁水

2002 年 5 月 13 日

梁水满意极了，正要把它折叠起来，一只大手伸过来将信纸抽了过去。他还来不及反应，抬头就见语文老师兼班主任严厉的脸。

班主任拿着那两张纸，迅速扫了两眼，脸色越来越难看。

梁水坐在原地，手里握着一支笔，表情微微僵硬。

全班同学的目光都聚焦过来，不知道发生了什么。

苏起也回头望了眼信纸，只看到白白的背面，她疑惑地看梁水。两人目光相对，梁水的脸霎时有些红，尴尬地红。

他坐在那儿一动不动，整个人莫名僵住，可放在桌上的右手居然还在转笔。

四周静得可怕。

苏起没看出个所以然来，不在意地回过头去了。

班主任把信纸折起来放进兜里，看了眼梁水，说："下课跟我去趟办公室。"

梁水没说话，垂了下眼皮。

下课后，梁水起身，插着兜懒懒散散地跟着老师去了。

路子灏问苏起："梁水他干吗了？"

苏起耸肩："应该是画了老师的丑照，还写了不好的话。"

办公室里，梁水跟班主任交代实情："她很羡慕别人收了情书，她没有。我看她可怜巴巴的，才跟她写的。学校不是说，要保护学生的自信心吗？我这是在保护她的自信心，真的。我没有早恋，也不喜欢她。"

班主任头一次听到这种狡辩理由，简直大开眼界："你撒谎都不编个更合理的理由吗？！你当老师是傻子，那么好糊弄？！"

梁水抓抓头发，有些无语："真的，我要怎么说你才相信啊？"

"怎么说我都不信！你当老师是三岁小孩吗？！"

"可事实就是这样啊！"梁水抓狂，"我就是看她可怜，我真的不喜欢她。"

"情书都写了两页，还不喜欢？！"班主任一拍桌子，"我告诉你，我们班坚决不允许早恋，那都是要流氓的行为！这是第一次被发现，我先不通知家长，但你必须给我严肃认识错误，好好写一份检讨！"

梁水横竖说不清，叹了口气，一脸生无可恋的样子。

隔壁班的班主任也道："这孩子一看就是小流氓样，我们班一堆女孩给他写情书，全被我没收了。"

梁水扭头，不客气道："这也怪我？我也不能把脸撕下来藏着啊？"

隔壁班主任气极："你这什么态……"

班主任眼见事态要升级："你给我下去篮球场，跑十圈。"

梁水转身就走。

班主任忽然想起跑步对他是小菜一碟："等一下！"

……

课间，苏起跑去操场小卖部买了根冰棍，一边啃一边往回走，上了主干道，走过篮球场，发现整栋楼的学生都趴在栏杆边往楼下看。她一扭头——梁水在教学楼墙前倒立。

苏起举着根冰棍，看他："……"

梁水手撑着地面，倒立着看她："……"

苏起说："你早恋了？"

梁水要被她气晕厥："放屁！"

苏起咬了口小布丁："那老师为什么罚你？"

梁水说："我骂他了。"

苏起看他半晌，忽然弯腰，将脑袋倒着看他。

"……"梁水说，"你有病啊。"

苏起："我看你脸倒着不习惯，这样好了。"

一个倒立着，一个弯腰倒着脑袋，两人大眼对小眼。

苏起看热闹不嫌事儿大："要是我现在戳你肚脐眼一下，你会倒下来吗？"

"你敢！"

"嘻嘻。对了，倒立好学吗？我也想学。"

"……"梁水忽然笑了一声，因倒立而气息不畅。

"你笑什么？"

"你还是正常点儿好。"

苏起皱眉："我什么时候不正常了？"

梁水不说话。

两人继续干瞪眼。

"不行了，我脑袋晕。"苏起说着，抬起脑袋，站直了身子，俯视他，"你还要倒多久？"

"上课铃响。"

"那快了。我走了。"

“滚。”

苏起愉快地滚了。

她回到教室，正要从课桌里拿书，猛的一愣——里头放着一封情书。她拿起来，确定上头写着“苏起”二字。

她心脏怦怦直跳，赶紧拆开，就见——

亲爱的苏起同学：

你好，首先不要猜我是谁，我是你的一位爱慕者。我偷偷喜欢你好久好久了。你是我见过最可爱最善良的女孩子，也是我见过最爱笑的女孩子。你不知道你笑起来多好看，笑声像悦耳的铃铛，你的笑让周围所有人都开心……

那封信整整三页纸，写满对她的赞美和喜爱。苏起全程痴痴地笑，末尾署名是匿名的 S。

看完一遍还不满足，她又喜滋滋地从头到尾又看了一遍，如果不是那字写得太清秀隽永，她都快要猜不出那字出自林声之手。

虽然猜出是林声，但她依然开心极了，她收到了人生第一封情书，满满的全是最真诚的爱意。

苏起以为她这一天够开心了，结果到下午她再次收到一封情书，这次是男生的笔迹：

苏起同学：

很冒昧给你写这封信，但你实在太可爱了，又那么漂亮，我真的好喜欢你。从去年就喜欢你了，一直忍到现在才给你表白……

但现在我们还是学生，最重要的是好好学习，所以我想把这份爱情藏在心里。等考上了好的高中再向你表白我的真实身份。你也要加油！

HHH

她们班并没有名字缩写 HHH 的男生。

苏起把信收好，那晚回家后，她把第二封信和小学的新年贺卡一比对，虽然现在的字迹成熟了些，但那明显就是路子灏的。

苏起把两封信铺在桌上看了又看，心满意足。她再也不羡慕别人的情书了。她收到两封了呢，而且这两个人，她相信他们会喜欢她一辈子的。

她脸上挂着大大的笑容，今晚一定会做美梦。

正要上床睡觉，程英英叫她："七七，枫然找你。"

"哦。"苏起趿拉着拖鞋跑出去。

夏风微凉，灯光铺在巷子里，金黄色的一块。

李枫然背着手站在她面前，抿唇微笑，穿着白 T 恤的肩膀却有些紧张。

苏起跑到他跟前，眼睛闪闪亮："风风，你找我呀？"

"嗯。"他说，但接下来只是看着她，没有行动。

苏起等了一会儿，眼珠一转，忽然一笑："你要给我情书吗？"

李枫然一愣，脸微红："你怎——"

"声声和路造都给我写情书啦。"苏起笑容大大的，仿佛能点亮这个夜，"你也给我写了，对不对？"

李枫然怔了怔，继而温和一笑，说："是啊。"

他放松了，把信封从背后拿出来，递给她。那是一张很漂亮的卡片，上面画着花仙子。

打开一看，内容很简单，只有一句话："七七，我喜欢你。"

苏起开心极了，咧嘴笑："我也喜欢你风风。"

李枫然再度怔了怔，她接着又笑道："我很喜欢你们。特别喜欢你们。我可以喜欢你们一辈子！"

她笑着跑回屋去了。

李枫然在原地站了一会儿，回头看她的背影，忽而也微微笑了。

南江夜话

林家民："声声？"

林声："嗯？"

林家民："感觉你最近不是很开心？"

林声：“没有啊。”

林家民：“你以前上学都会好好梳头发，现在好像不愿意打扮自己了。”

林声：“我觉得很烦。长得好看，很烦。”

林家民：“为什么会这么想？”

林声：“大家看见我，只会说这么一句话。喜欢我的人，只喜欢我好看；讨厌我的人，只讨厌我好看。”

林家民：“声声啊，你要记住爸爸的话，长得好看不是一种罪，也不是你的错。相反，它是一份礼物，是一件很幸运很美好的事情。你现在还小，只能感受到它带来的烦恼，等你长大了，就会知道这个礼物有多好。”

Chapter 8

叛逆是一种态度

夏天才过一半，突然传来一个惊人的消息——北京蓝极速网吧起火导致二十五人死亡，震惊全国。

班主任在课堂上再三强调不许进入网吧。

暑期开始前，学校给学生们发了致家长的一封信。信里就提到了蓝极速事件，叮嘱家长看紧孩子。信全部由家长签字后带回学校。

2002 年的那个暑假，梁水他们几乎都待在南江巷。

梁水偶尔想去网吧打游戏，但架不住苏起这个奸细时时刻刻盯着他，随时准备着跟康提举报，只好就此作罢。

但那个暑假依然热情似火——因为韩日世界杯。

那个夏天，巷子里的天空和以往的每个夏天一样湛蓝，偶尔飘过的云像纱一样薄薄一层。长江大堤外江水滚滚，奔腾东流。

男人们整夜聚在一起，几箱冰啤酒，几盘烧烤串，对着电视机拍手呐喊。连苏起他们也买了小红旗天天对着电视机摇啊摇。

中国对阵巴西队时，肇俊哲那个踢在门框上的球，让南江巷的哀号声撕破夜空。

一个平局，一个积分，进球的美好愿望一个都没有实现，中国队带着三场连败的失利铩羽而归。

大人们失落极了，林家民气得踢烂了一张桌子，被沈卉兰数落了好几天。

少年们虽然也很难过，但转眼就忘了。

苏起喜欢意大利队，因为他们队球员长得太帅了。只可惜由于裁判的帮忙，意大利在八分之一决赛中输给了韩国。但她在转播镜头里看到了一个高鼻梁的意大利帅哥，叫内斯塔。她眼睛一亮，当时就叫道："我长大了要嫁给他！"

林声说："你不嫁给言承旭了吗？"

苏起："你别说话。"

路子灏喜欢西班牙队；李枫然喜欢冷门的土耳其队，他喜欢苏克；梁水则看好德国队，但最后巴西队拿了冠军，变成了五星巴西。

七月过去，世界杯的热情很快烟消云散。这个时候，周杰伦出第三张专辑了，叫《八度空间》。

五个中学生顶着正午火辣辣的太阳，穿着小汗衫，露着胳膊和大腿，踩着塑胶凉鞋，蹬着自行车在云西市的大街小巷里搜刮，终于由梁水在一家音像店里找到了一张盗版 VCD。

他们满头的汗，却兴高采烈，摇着车铃铛，唱着《双截棍》和《简单爱》，一路飞驰回了家。少年们把自行车丢在巷子里，一溜烟轰隆隆蹿上梁水家阁楼。

梁水开电视连音响装碟片，李枫然铺凉席，苏起开吊扇搬落地扇，林声抱西瓜，路子灏倒冰水和绿豆汤。

一切准备就绪，五人齐排排在凉席上坐好，五张青春稚嫩的冒着汗珠的红扑扑的脸庞像沾着露水的水蜜桃。五颗水蜜桃望着电视机的方向。

盗版的 VCD 开始放映了。

磁性而喑哑的男声流淌进整个房间，少年们脸上弯起笑容，风扇鼓起他们的衣衫，薄布在单薄的身子上晃荡，像鼓起的旗帜。

一首接一首，他们听完了整张专辑。

李枫然最喜欢《半岛铁盒》，梁水最喜欢《爷爷泡的茶》，苏起喜欢《回到过去》，林声喜欢《米兰的小铁匠》，路子灏则最喜欢《龙拳》。

后来，路子深也听完了所有歌，他说他最喜欢《最后的战役》，苏起和林声表示听不懂，但感觉很高深厉害的样子。

那天，苏起在自己的 QQ 空间里写下一行状态：“我长大了要嫁给周杰伦！”

很快就收到了评论。

Flowerdance 点了一个支持。

Bryant24：周杰伦不娶你。

路造回复 Bryant24：哈哈哈哈！

花之露娜 lulu 回复 Bryant24：关你屁事！

茜草丝丝：哇！你买了《八度空间》吗！

龙啸九天：我的 Jolin 快出专辑！

紫星迷航：我希望双 J 在一起！

绿竹悠然：七七，对周杰伦来说，你太小啦。他不会娶这么小的女孩啦。

Bryant24：苏七七，你的 QQ 空间太闪了，丑死了。

苏起翻了个白眼，继续装扮她的 QQ 空间。

夏天一过，苏起变成了初二的学生。

上学期还没上几周课，梁水就离开了。他暑假训练时成绩太优异，被市里送到哈尔滨去集训两个月。

消息来得很突然。

苏起他们听说时，正准备去上学，梁水刚从江堤上跑步回来，嘴里叼着袋豆浆。苏起说：“你要去哈尔滨了？”

“嗯。”他含混一声。

林声说：“水子，一路顺利啊。”

李枫然：“加油。”

梁水：“嗯。”

苏起张了张口，又闭了嘴。

梁水："有话就说。"

苏起："哈尔滨有什么好吃的？"

梁水："……"

苏起叹气："确实想不出有什么特产。"

梁水："猪。"

苏起："那给我带一个吧。"

梁水："……"

告别仿佛很不经意，别后才觉幽幽怅然。

梁水走后，苏起莫名觉得生活忽然无聊了很多。

没人跟她斗嘴吵架了，也没人惹她奓毛了。苏起的注意力很快转移到路子灏身上，不是叽叽喳喳找他讲话，就是碎碎念给他讲故事，要么就是指使他做事，央求他帮忙。

路子灏不堪其扰，隔三岔五就痛苦挠头，仰天长叹："水子你回来！苏起她又疯啦！"

路子灏跟李枫然说："我以前总觉得水子对七七不太好，很凶。现在看来，唉，我真是太天真了。水子没把七七打死，我觉得他脾气真好。"

林声说："路造你和水子一样，嘴巴上很夸张，但七七说什么，你还不是立马就答应了。"

路子灏叫："我是迫于她的淫威！"

李枫然说："你是甘之如饴。"

路子灏道："你是站着说话不腰疼。苏七七从来不欺负你，她对你可好了。我看她就是看人下菜碟。"

在路子灏看来，这是一条神奇的食物链。苏起总是从梁水和路子灏那里搜刮各种——零食、玩具、QQ币，包括帮助。而她总是心甘情愿把自己并不多的或者说从梁水和他那儿搜刮来的东西分享给李枫然和林声。不过，梁水虽然被苏起压榨，但他能制住苏起，可他路子灏不行。

路子灏想来想去，怎么都觉得自己在食物链的底端。

李枫然听了，同情地说：“你很想从别人那里抢东西吗？那以后来抢我的吧，我给你。”说着，递给他一大包薯片。

林声也把昨天苏起从他那里抢来的油性笔还给他：“喏。”

路子灏捂脸：“这不是重点。我不是这个意思。”

林声：“那你到底想说什么吗？”

路子灏有气无力地摆摆手：“没事。兔子不会懂青草的想法。”

梁水走了不到一个月，李枫然也走了。他要代表云西市的初中生去北京参加一个国际性的钢琴大赛事。

临走前，林声和路子灏都给他加油打气，苏起还没来得及开口，李枫然就说：“烤鸭。我给你带烤鸭。”

苏起笑：“棒！”

李枫然一走，剩下的三个人更无聊了。

苏起发现她有些无法适应朋友们忽然不在身边的感觉，更让她隐隐忧愁的是，这似乎暗示着未来——等他们长大了，世界也会长大，他们就会天涯海角，各奔东西。

苏起越想越不安，把这个想法告诉了路子灏。路子灏也不开心了，他把零食、小说和漫画全塞给苏起，说：“都给你吃，都给你，你别说这些了。”

林声说：“我们长大了也可以是好朋友呀。”

“但是，”苏起纠结了一会儿，说，“风风和水砸很优秀，他们比我们先看到很大很大的世界。他们会等我们吗？”

林声垂眸，揪着手指不作声了。

三个人沉默一会儿后，苏起忽然想到了什么，激动道：“我们可以加油跑，追过去呀！”

林声和路子灏一愣，豁然开朗：“对哦。”

“从今天开始，我们要好好学习！”

“嗯！”

苏起斗志昂扬，有模有样地认真上了几天课。

只是——

初秋的天气，微风习习，吹进教室，真是睡觉的好时节啊。

苏起打了个哈欠，一手托着腮，一手懒懒地抄着黑板上的题目，写到一半，钢笔没水了。

她回头找路子灏："给我借墨水。"

路子灏受不了她了："不借。"

苏起竖起一根手指："就一滴。"

路子灏无奈，拧开自己钢笔的管子，把钢笔笔尖对准她的笔尖，轻轻挤一下，一滴墨水从他的笔尖渗出来，瞬间就被她的笔尖吸收。

苏起赶紧说："再多一滴。"

路子灏白了她一眼，但还是多挤了两三滴，说："你的墨水呢？是不是你妈妈给你买墨水的钱又被你拿去买零食吃了？"

苏起吐吐舌头。

路子灏说："你的钢笔真可怜，是吃百家饭长大的。"

春困秋乏，无精打采。

苏起提神的方法是看小说。付茜借给她了一本台湾的校园恋爱小说，可好看了。

秋天的树影投进教室，她歪头看着窗外，幻想自己像小说里写的那样，和一个高傲冷漠的校草级男生谈恋爱，成为全校的焦点，被所有的女生羡慕。

她望着窗外痴痴傻笑，梦醒了，又回到现实。

云西城太小了，跟不上潮流，学校根本没有评选出校草这种东西。

有时她在练功房对着镜子跳舞的时候，又幻想自己有一天成为明星。她早已接受自己只是个人类这样无聊的事实，不再做花仙子的梦了。但她可以做明星，而且是初中就出道的那种。一边认真上学，一边要全国各地见歌迷，一边还要去北京、上海拍戏，唉，好累。但为了千万热爱她的影迷，累一点儿也是值得的。

就比如现在，她刚演完一部大制作女一号，就马不停蹄回来学校上课了。学校的同学们既喜欢她崇拜她，又在暗地里羡慕她。

可即使如此，她还是要好好练舞，不能因为自己是大明星就摆架子。

只是，她看一眼大镜子里同样在跳舞的舞蹈队的女孩们，个个盘靓条顺，明艳如花儿，她是最不起眼的那一个。

咔嚓，玻璃镜子碎了。

苏起叹了口气，拍拍自己的脑袋：醒醒！

她不仅得接受自己是个人类的现实，还得接受自己是个普通人类的现实。

苏起没来由地有些惆怅，长大这件事，让她有些不太开心。因为她不能做梦了——她不是花仙子，不是青春美少女队员，不是葫芦娃或飞天小女警，不是明星，很可能不会成为大美女，而她长大了也不想当理发师。

她仿佛站在一个非常尴尬的位置，进无可进，退无可退。

像一朵花苞蓄力盛开之前，孕育着力量，挣扎，挣扎，却又迟迟不盛开，更不知道盛开后究竟是馨香玫瑰还是臭臭野花。

也就是那时，她好像忽然明白了，刚上初中时，学校里那些在她看来奇怪而格格不入的事情是为什么——亲嘴、打架、拉帮结派——因为大家都在迷茫，在探索。

也就是这时，舞蹈队最漂亮的女孩陈莎琳在进入初二后，渐渐成了大姐大。她读初一时就被高年级的男生女生收了做妹妹，被人罩着，谁都不敢惹她。

现在她有了丰富的组织经验，她的周围开始聚集起一群女孩子，她们要么把校服拉链敞开，要么把校服系在腰间，走路的时候昂着头，表情不可一世，十分招摇。

付茜非常羡慕，说这叫叛逆。

苏起不解：“叛逆难道不是不好的意思吗？”

“哪有？叛逆是向大人们挑战，是一种态度。”

“向大人挑战？”苏起更疑惑，“但她们没有向老师挑战啊，她们只是欺负了低年级的同学。”

付茜哑口无言，又说：“反正我觉得她们那样子很酷。”

苏起觉得一点儿都不酷，她们偷偷化妆被老师抓住强行卸掉的样子一点儿都不酷，踢同学的椅子撞同学的肩膀逼同学要零花钱把她们吓得不敢说话的样子也不酷。

但酷是什么，她也不知道。

上舞蹈课，苏起练着芭蕾，对着镜子转圈圈，发现自己也不酷，一点都不酷。

这时，陈莎琳忽然飘到她旁边，问："苏起，你要参加我们吗？"

"参加什么？"苏起以为她们要表演节目。

"你比我小，你可以做我的妹妹。"陈莎琳说。

苏起说："哦，不用了。"

陈莎琳脸上挺挂不住的，说："我不轻易邀请人的。我这是给你面子。"

苏起说："但我不想加入。"

她心想，你连"参加"和"加入"都分不清楚，还好意思当"大姐大"？

陈莎琳于是不多说了。

付茜在一旁心惊胆战，说："你干吗不加入啊，好多人想加入，都加不了呢。"

苏起不开心："你想加入你去加啊。"

"她没邀请我嘛。再说我还不是为你好，你干吗惹她，她今天很不高兴，好像是说她喜欢的男生心里有别的女生，她下课后要去打那个女生呢。"

苏起同情起那个无辜的女生来，但她也管不了，烦躁道："别跟我讲这些事，听着就烦。"

下了专业课，她照例去画室找林声和路子灏，等他们一起下课回家。

结果两个人都不在，一问才知，路子灏刚才被老师叫走了。林声被一个女生叫走了。

苏起于是坐在画室里等他们。林声画了几张武侠彩墨画，刀光剑影的，画得很好看，颜色艳丽又大胆，打架招式凌厉而狠烈。一点儿都不像她表现出来的性格。

苏起很开心，心想林声长大了会是个艺术家。

还在等着，付茜的叫声传来："苏起！苏起！林声——林声——"

苏起跑出画室："干吗？"

付茜上气不接下气："陈莎——"

苏起一愣，忽然反应过来是怎么回事，扯着付茜就冲下了楼。

陈莎琳要打的人是林声。

她喜欢初三的一个男生，但那男生喜欢林声。据付茜说，她早就看不惯林声了。上初一的时候，陈莎琳就总跟林声过不去，在走廊上碰到会故意撞她，刮她的车，还找她要钱。

苏起一边往操场跑，一边气道："你为什么不早跟我说？！"

付茜冤枉极了："我以为你知道啊？我以为林声会跟你们讲啊！"

苏起喉咙中一堵，气得脑子里血管直突突，发了疯似的往操场后边冲。操场角落里有一座水塔，水塔背后是一片荒地，紧挨着是燕山。平时没有人去，是不良学生秋后算账的好地方。

付茜跑到一半不敢过去了，苏起一个人冲到水塔后边，就见陈莎琳她们一群女的围成一圈，林声一个人站在半圆形的中心，低着头，像被猎狗围攻的鹿。

陈莎琳不知说了句什么，朝林声走去，苏起尖叫："林声——"

一群人看过来，苏起冲到半圆形中间，一把将林声扯到身后护住，脸上全是汗，气都喘不匀，叫道："你们干吗？！"

陈莎琳手一抱，冷道："教训教训她，有意见？"

"有意见！"苏起跑得有些岔气了，手撑着腰，还在试图讲道理，"教训什么？你又不是教导处主任。再说，她哪里惹你了，你干吗欺负她？"

"看她不爽。成天摆一副冰山脸，弄个装 × 样儿，老子看着就想打。"陈莎琳吐出一句脏话，气势很凶。

那句脏话把苏起刺激得打了一个寒战。

她这才真正地意识到了现在的情况——陈莎琳不是她的同学，她是个混混流氓。她们全都是。

她突然就害怕起来了，如果真的打起来，她和林声会被打得很惨。

她的手不自觉地紧紧牵住林声的手，掌心的热汗冷汗交替直冒。

她努力让自己的声音听上去不那么弱势，她说："都是同班同学，一起读三年的书呢，没有必要，是不是？"

陈莎琳没有立刻回答，似乎在考虑什么。

苏起和林声站在原地，心如擂鼓。

"行。"陈莎琳说，"我打她两耳光，这件事就算了。"

林声身子一僵。

苏起脸色煞白，眼里骤然闪过一丝愤怒，她盯着陈莎琳，一字一句："不行！"

陈莎琳没料到她有胆子这么回答她，脸色更难看，轻蔑道："那我连你一起打。"

林声拉了苏起一下，往前一步，说："七七——"

苏起知道她想说什么，猛地用力把她扯回身后，再次挡在她身前，说："如果你们打我，我会打回去！"

陈莎琳仿佛听到了天大的笑话："你打得赢我们？"

"打不赢。但我会一直打！"愤怒、恐惧、仇恨、紧张——苏起情绪激动到脸都发青了，说，"以后不管什么时候看到你们，做操的时候放学的时候上课的时候，我一看到你就打。你今天人多，明天上语文课的时候呢？后天上午做操的时候呢？大后天上体育课的时候呢？反正我脸皮特别厚，以后我一见到你就打。我会咬你的手咬你的耳朵，扯你的头发抓你的脸撕你的衣服。就算老师在，就算在上课，我也照样打。是你先打我的，我心里气不消，我看见一次就跟你打一次。就算在教室里把桌子椅子撞烂，在操场上被全校人看，我也要把你拖在泥巴地里跟你打。老师来了也没用！同学拉也拉不开我！"

她恶狠狠看向其他的女生："还有你们，谁要是敢打我，我整个初中都缠着你们。不，以后上高中了在街上遇见你们，我也要拖着你们滚进垃圾堆里打！不信就试试看！"

这下，混混女生们都愣了愣，明显有些犹豫了。恶人就怕更恶的。她们互相交换眼神，可不想被人像野狗一样缠着。

陈莎琳表情僵硬，脸色黑如乌云密布。

苏起梗着脖子瞪着她，绝对不让自己在气势上落输。她突然扫了一眼四周，迅速捡起一块砖头，做出防御的姿势，手指抠在砖头上，关节掐得发白。

寂静。

没有一个人讲话。

陈莎琳恶狠狠地盯着苏起看了好一会儿，居然一句话没说，突然走了。其他女生见状，也很快散了。

她们一走，苏起的肩膀就垮了下去，双脚直哆嗦。

林声哽咽："七七——"

"先别说！快跑。"苏起吓得浑身发抖，一手抓着砖头，一手拉着她就往有人的地方冲，"我怕她们反悔了回来打我们！"

回家路上，路子灏听说了这件事，气得直叫："你们刚才为什么不去找我！"他把自行车撂在半路不肯走，"她们现在人在哪儿！"

苏起："早就不见了。刚才吓死我了，以为真的会被打。"

路子灏说："她敢？！声声，你别怕，她下次要是真的敢打你，你告诉我，我去教训她。——不行，我明天就去找她！"

"别呀！"林声慌忙拦住路子灏，"已经解决了，没事了呀。"林声急得直冒汗，她怕如果有男生参与进来，事情闹大，万一陈莎琳又找她高年级的哥哥姐姐们来打路子灏，那可怎么办？

再说路子灏和梁水不一样，他虽然活泼好动，但个子瘦小，又是娃娃脸，要是成为被混混欺负的目标，更要命了。

"七七已经跟她们说清楚了。她应该不会惹我们了。"

苏起看林声那着急的样子，忽然想明白了。如果路子灏去找陈莎琳，肯定会把事情闹大，万一打群架都说不定。她赶忙说："对呀。听声声的，先这样吧。要是她们再找事，我们再告诉你行不行？"

两人讲了好半天，才把路子灏安抚下来。路子灏说："下次出了这种事，你们一定要先找我。”

“肯定的。”

路子灏这才不钻牛角尖了，过了一会儿，说：“七七，真看不出来啊，你胆子真大。”

苏起本来是有些害怕的，现在一听他那么说，立刻骄傲道：“我从小就胆子大，什么时候怕过？”

“我说的不是那种胆子，我说的是勇气。”路子灏说。

苏起没懂。

路子灏也不解释，又叮嘱了一遍：“声声，七七，你们俩有什么事，一定要告诉我。不能让别人欺负你们，知道吗？水子和李凡不在，只有我能保护你们。要是我保护不好你们，他们两个会骂我的。”

“知道啦。你怎么这么啰唆。”

快进南江巷时，苏起看见那只猫咪又在巷口舔屁股，把林声拉住：“声声，我们先跟啾啾玩一会儿。”

那只小野猫来南江一年多了，苏起给它起名叫啾啾。

两人停下车，蹲在巷子里摸啾啾的毛。

苏起说：“声声，你不要难过好不好？是陈莎琳她们的错，跟你没关系。你不要天天不开心。”

林声抬眸看了她一眼，轻轻点头。

苏起又抠了抠啾啾的尾巴，说：“她们那些人，上初中后会去干什么，谁都不知道。但你上初中后会干什么，我知道。”

林声盯着她看。

苏起昂起脑袋，骄傲道：“你会上高中，上大学，以后变成艺术家。声声，我们班虽然是艺术班，但没有几个能变成艺术家的，不过，你会是其中一个。所以你好好画画，不要难过，好吗？你放心，在你长大之前，我都会保护你的。哦不对，你长大了我也会保护你的。”苏起冲她握紧拳头。

林声愣住。

“喵——”啾啾叫了一声。

苏起：“你看，啾啾都说是的！”

“嗯。”林声也冲她握紧了拳头。

话是这么说，但是第二天，苏起和林声进教室时都有些心有余悸，但陈莎琳没对她们表示出任何情绪，仿佛昨天的事情没发生过一样。

那天下午去练功房跳舞的时候，陈莎琳还帮苏起捡了下被人不小心踢远的舞蹈鞋，还随口聊了句：“你的舞鞋怎么跟我们不一样，上面有蝴蝶结。”

苏起说：“我喜欢蝴蝶结，我妈妈拿粉丝带给我缝的。”

陈莎琳“哦”了一声，没下文了。

这件事似乎就这样和平解决了，但苏起心里始终闷闷的。

她知道林声心里是很难过很害怕的，但她并没有讲太多。这种事想想就觉得很丢脸，羞于启齿。而她更无法理解的是，为什么会发生这样的事。

以前陈莎琳欺负过的人，她熟视无睹，没有在意过。现在发生在她最好的朋友身上，她觉得很痛苦。

为什么会这样？从小妈妈就跟她说，世界上有坏人，要当心坏人。可在她心里，坏人一直都是以大人的形象出现的。

为什么中学生里也会有坏人？为什么她的同龄人里也会有坏人呢？

她们从小就是坏人吗？如果不是，是什么时候变坏的呢？

这些问题苏起想不清楚。因为想不清楚，所以她很难过。

她突然很想念梁水和李枫然，好像自从他们走了之后，世界的运转就不太正常了。

那天她去给康提送橘子，正好碰见康提给梁水打电话，让她跟梁水说几句。苏起接过话筒，忽然之间就很难过，电话那头梁水还在嫌弃：“我没事跟她讲什么话，浪费电话费。”

苏起没吭声。

电话里顿时很安静。

梁水原本是开玩笑，以为苏起会大叫着撑回来的。他愣了一愣，以为这头没人，说：“喂？”

“水砸，”苏起声音很低落，“你什么时候回来呀？”

“谁欺负你了？”梁水说，“路子灏呢？他不管事的？”

“没有！”苏起赶忙说，“我就是觉得无聊了。”

“看来没有我，你过得很不开心啊。”梁水说。

“自恋鬼。”苏起哼了一声，问，“哈尔滨好玩吗？”

“还行吧，我又不是过来玩的。”梁水说哈尔滨很大，有很多外国样式的房子，又说和他一起训练的有全国各地来的运动员。

两人东南西北地扯了一通，讲到最后，苏起忽然说：“水砸，你不要当坏人。”

“坏人也很酷。”少年梁水漫不经心地说。

“一点都不酷，笨蛋！”苏起说，生气道，“你要是变成坏人，我就不跟你玩了。”

“不玩就不玩。我要是当坏人了，第一个就不跟你玩。”

苏起气得挂了电话。

康提不知道他俩怎么讲得好好的，莫名地就吵起来了。不过他俩一直如此，吵了好，好了吵，也不用太在意。

苏起气鼓鼓地走出门，迎面碰上一个潇洒英俊的男人走进梁家。她警惕地看了他几眼，没想到那男人竟温和地冲她笑了笑。

他笑得真好看，苏起一下子又对他没了警戒心。

她好像见过那个男人，好几次了。她越想越不对劲，回家后跟程英英讲，说巷子里来了一个奇怪的人，总往梁水家跑。

程英英说：“小孩子哪儿那么多闲话，不是你该管的事儿。”

苏起于是不管了。可过了几天后，她放学回家，看到程英英在和那个男人聊天，似乎很熟的样子。巷子里的其他大人好像也都和他认识。

那晚，苏起冷不丁问：“康提阿姨要给水砸找后爸了吗？”

程英英还是那句话：“大人的事，小孩子别管。”

“水砸一定会生气的，很生气很生气！”苏起忽然愤怒道。在她看来，那是一种背叛，康提阿姨趁着梁水不在家，把后爸带回来了。

程英英愣了愣，想了一会儿，问："你觉得梁水会反对吗？他跟你说过？"

"没有！但我就是知道。他一定会很伤心！"苏起悲愤地说，"水砸太可怜了！你们这些大人太坏了！"

苏起跟林声和路子灏说起这件事，又伤心又气愤。

路子灏说："难怪！我也见过他好几次。我妈妈让我叫他胡叔叔，看着是个好人，没想到是个坏坯子。"

在他们的世界里，黏上后爸后妈这个属性的都是坏人。

林声说："完蛋了。水砸知道了，肯定会气炸的。"

"肯定啊。"路子灏说，"要是我妈妈给我找一个后爸，我一定离家出走！再也不回来了。"

苏起惊道："真的吗？水砸会离家出走吗，他舍得我们？"

路子灏说："后爸都到家里来了，哪里还管得了那么多。一定会离家出走，表明态度！态度很重要！"

苏起不希望梁水用离家出走来表态，可她也想不出，作为孩子他们能用什么方式向大人表态。

忽然间，她又希望梁水不要那么快回来。她每天都盼望康提阿姨回心转意，不喜欢那个叔叔了，这样所有问题都迎刃而解。

可惜事情并没有朝她的预料发展，那个叫胡骏的叔叔来得越来越频繁，甚至和巷子里的大人们都混熟了。更要命的是，他每次来都带礼物，给每家每户都带。

苏起回家看到家里堆着的哈密瓜和橙子，闭紧嘴巴表示鄙夷。程英英奇怪极了，这个贪吃鬼居然晓得克制了。她不知道，苏起下定了决心，她要和梁水站在统一战线，坚决不被敌人的糖衣炮弹俘获。可怜了苏落，开开心心地吃水果，结果莫名其妙被他姐敲脑袋，一顿揍。

苏起揍完苏落还不解气，她不想在家写作业了，提上书包准备去林声家，忽然听见一串悠扬的钢琴声。

"风风回来啦？"她立刻跑去李枫然家。

少年坐在钢琴边弹奏。夕阳余晖，单薄剪影。他头发似乎长了些，碎发低垂遮在眉前。他听见脚步声，扭头看过来，冲她微微笑了一下，有一种时光温润的味道。

就是那一笑，苏起隐约觉得哪里有了什么变化。

李枫然好像长大了。

“你在北京过得很好吧？是不是把我们都忘啦？”苏起一屁股挤过去，坐上了半边钢琴凳。

李枫然淡淡笑着，给她让了半边位置。苏起的爪子摁在琴键上，又开始胡乱弹奏了。

“没忘。”李枫然轻声说，目光聚焦在她红扑扑的脸蛋上。

苏起还在瞎弹琴，脑袋摇来晃去的：“那你比赛得奖了吗？”

“喏。”李枫然抬手指了下柜子里的奖杯。

吵闹的琴声戛然而止，苏起跳起来看奖杯：“哇。风风，你以后会成为钢琴家。”

李枫然笑笑，没答话。

“欸？我的礼物呢？”苏起想起来了，朝他摊手。

李枫然起身，从箱子里拿出一只可爱的红色布老虎，老虎胖嘟嘟的，憨态可掬，苏起喜欢极了。

“真可爱，你怎么会想到送我这个呀？”

“我觉得你像它一样，凶凶的，但很可——”李枫然闭了嘴，因为苏起的脸色晴转多云，幽幽看着他：“你说谁凶？！”

李枫然摸了下耳朵，低声：“我说你可爱。”

“但是！但是！一开始就要夸我可爱，不能说‘但是’，知道吗？”苏起戳他脑门。

李枫然被她戳得晃晃脑袋，笑了下，点头：“嗯。”

苏起又问：“你给他们买了什么礼物？”

李枫然翻开箱子给她看，林声的是一套油画颜料，路子灏的是游戏盘，梁水的是一张周杰伦的正版 CD，还有路子深和苏落的礼物。

苏起审视一遍，最喜欢自己的布老虎，很满意地抱在怀里，又挤在他的钢琴凳上，说："风风，你弹琴给我听。"

李枫然手指在琴键上随意滑出一串音符，问："你想听什么？"

"什么都可以。我有很高的音乐品位的。"苏起说，"弹你比赛的曲子吧！"

"好。"

他手指拂过琴键，悠扬舒缓的音乐流淌出来，像一条缓缓流动的小溪，溪水清澈，流淌过溪底的鹅卵石，落叶在水面打着旋儿。

苏起起先还像往常一样，强行给它编歌词唱歌，唱着唱着，忽然就不唱了，歪着头静静听了起来。

经典曲目总是有抚平人心的力量。过去几个月的浮躁心绪竟在悠扬的钢琴声中静了下去。

……

李枫然回来后，南江上下学小队伍完整了些，但大家还是很想念梁水。骑车回家时，没有他带头冲刺，都不太有劲似的。

梁水在外训练了足足两个月，直到十一月才回云西。

那时，江水退了，树叶掉光了，苏起换上了厚厚的外套。

那天她刚回到家，程英英跟她说，水子回来了。

她扔下书包就跑出去，"水砸！水砸！"的喊声响彻整条巷子。

她风儿一般冲到他家门口，迎面撞上梁水正要出来，她刹不住车，他也没来得及拦住，她扑上去撞了他一个满怀。

她额头磕在他脸颊上，少年身体的气息清新而蓬勃，像秋天的阳光。

苏起愣了一下，抬头看他，恍然发觉他个头又蹿高了许多，人好像也瘦了些，却更结实有力了。刚才她那一撞，他竟岿然不动，仿佛她是飞进怀中的一只鸟儿。

梁水吃痛地摸了摸脸颊，说："你脑壳是铁打的吗？我牙都要被你撞脱了！"

"我练了铁头功。"苏起说，又不自觉多打量了他一眼。

两个月不见，他的脸庞好像变了些，眉峰更挺了，下颌角越发料峭，连眼神都更加漆黑锐亮，跟星子似的。

苏起说不清楚，感觉就是，不那么像小孩了。

难道——成熟了？

梁水撞见她悄悄探寻的眼神，眉头一皱，说：“你吃错药了？”

好吧，还是那个梁水臭屁孩，一点儿都没变。

苏起翻了个白眼，熟门熟路地伸手：“我的礼物呢？”

梁水一脸嫌弃：“你就不能说点儿别的？”

苏起耸肩：“但是除了礼物，你没有别的价值。”

梁水嘴角一挑，抬手就要揍她。苏起像模像样地躲了一下。

他拿出一个小木盒子，递给她：“拿了快滚。”

苏起喜滋滋接过来，当然不滚，一屁股坐在沙发上打开，里面一个胖嘟嘟的木头做的娃娃，好像是外国人的样子。

“这是什么？”

“俄罗斯套娃。”

“套娃？”苏起问，“你去俄罗斯了？”

“哈尔滨不能买吗？笨蛋。”

“哦。”苏起拿着娃娃左看右看，表情有那么一点儿嫌弃。

很明显，她没有发现娃娃的机关。

她叹气：“我不该对你抱有期望。”

梁水说：“你把它打开看。”

“能打开？”苏起诧异，轻轻一拧，里面冒出小一号的一模一样的娃娃。

苏起张大了嘴巴。

“继续啊。”梁水抱着手，表情得意。

“还能继续？”苏起眼睛放光了，又一拧，果然，更小一号的娃娃出现了。她大笑起来，接着再拧，每拧出一个她都要傻笑上一阵，拧到最后，只剩一个极小如拇指头大的娃娃。

一共有八个。她把它们从小到大依次排成一排，乐呵得不行。

梁水戳了里头最小的娃娃一下，说："我在它底下刻字了。"

苏起翻过来一看："QQ？"

她表情再度变嫌弃："企鹅？"

"……"梁水指头一勾，敲她脑门，"你是猪吗？"

"哦，七七啊。"苏起恍然大悟，捂着脑袋又喜不自禁起来。

梁水看她开心成这样，也很得意，说："我觉得这娃娃长得特别像你。"

苏起喜滋滋："我在你心里这么美呀？"

梁水说："不是。我觉得它看着像颗呆瓜。"

苏起："……"

她放下娃娃，就去扑打梁水。

梁水哈哈笑着躲开，正好林声、李枫然他们也来了，这才停止了一场打闹。

梁水给林声买了个芭比娃娃，路子灏的是机器猫，李枫然的是龙猫，苏落的是一头猪，路子深的是一只长颈鹿。

得，整个一动物园。

苏起深刻怀疑，这家伙完全是按照心里的形象在买东西。

朋友们许久不见，聚在一起叽叽喳喳聊天停不下来，直到康提叫他们去吃饭。

康提说要庆祝一下，因为梁水取得了全国短道速滑少年组的冠军。

"哇！"伙伴们一同叫嚷。

梁水居然有点儿不好意思地脸红了，但假装厚脸皮地点头："低调，低调。"

康提请了整条巷子的人去康提大酒店吃饭。

巨大的宴会圆桌上围坐着十多号人，白餐巾、玻璃杯、青瓷碗、黑玉箸、灯光璀璨，觥筹交错。服务员进进出出，转盘上色香味俱全。

每个人脸上都喜气洋洋。

菜快上齐了，还没人动筷。康提身边空着一个位置。

梁水看了一圈，有些奇怪："还有谁没来？"

苏起心里一个“咯噔”，下一秒，门被推开，胡骏拎着大包小包，笑容满面地进来了。

他礼貌地跟在座的夫妇们打招呼，苏家夫妇李家夫妇都熟络地笑脸相迎。

孩子们集体默不吭声。

梁水还不明白状况，不感兴趣地看着那个陌生人。直到那个人在康提旁边的空位上坐下，还冲梁水笑了一下，梁水的表情这才疑惑起来。

胡骏对康提说：“那是你儿子？长得很帅。”

梁水仍一副“你是谁”的冷漠表情。

康提笑：“他刚从哈尔滨回来，累着了，脸色不太好。水子，这位是胡骏叔叔。”

梁水没表情地看着他们俩，并没打招呼。要是以往，康提会训他没礼貌。但这次，她只是笑了笑，并没有为难梁水，转而跟胡骏和程英英聊天。

梁水心里已有模糊的预感。

苏起紧张地看了他一眼，他脸色很差，但他并没有说多余的话，比苏起预想的要平静很多。

几个伙伴交换眼神，也都无话可说。

这时，胡骏起身给几个孩子分发礼物，意图给少年们留下好印象。

沈卉兰道：“你也太客气了。”

陈燕说：“是啊，干吗给小孩子买这么多东西？”

胡骏笑道：“第一次正式见面，见面礼嘛。”

康提笑容灿烂，看着胡骏拎着礼物忙碌的身影，对朋友们说：“别拦了，是他的一份心意。”

胡骏拿了个变形金刚递给路子灏，说：“你叫子灏对吧，这是送给你的。”

路子灏从没见过那么高级的变形金刚，眼睛亮得跟灯泡一样，兴奋地说：“谢谢叔叔！”

胡骏摸摸他的头。

路子灏高兴地把盒子抱过来，这才后知后觉想到什么，立刻拘谨地看了眼梁水。梁水夹着面前的一盘玉米粒，仿佛没看见这边的情况。

胡骏送给李枫然一套钢琴模型，林声一套玩偶，苏落一辆遥控汽车，苏起一套精美的房子花园拼装模型。苏起也被礼物的精美程度吸引了，一边低声说“谢谢”，一边负疚地看向身边的梁水。

梁水无动于衷。

胡骏最后走到梁水跟前，表情竟有些紧张，拿出最大的一个盒子，是一架巨大的遥控飞机。

孩子们羡慕地瞪大了眼睛，齐刷刷盯着那架大飞机。

胡骏微笑道：“梁水，这是送给你的。”

梁水没反应，跟聋了似的。他不搭理他，却抬眸看了眼圆桌对面的康提，眼神淡到几乎没有。

他在表明他的态度。

四周忽然安静了。

康提没有斥责他，却对苏起说：“七七，你帮水子收一下。”

苏起尴尬地放下筷子，见梁水的侧脸已是极度难看，可再看胡骏，又觉得他尴尬地捧着礼物站在那里很可怜，于是伸手去接。

这一伸手，梁水忽然朝苏起吼了一句：“关你屁事啊！”

苏起吓了一大跳，手一松，盒子掉在地上哐当一声。

偌大的餐厅里骤然没了声音。仿佛连人的呼吸声都没了。

康提脸色一变，像是忍了梁水很久了，正要开口，胡骏忙说：“没事没事，我放这儿了。”

他把盒子扶起来，放在梁水的椅子旁边，重新走回自己位置上。

康提和梁水对视着，两人都冷了脸，一句话不说，在较劲。但当胡骏坐下来时，康提率先移开了眼神。不知是心虚还是招架不住。

她彻底无视梁水，转而和朋友们谈笑风生。

大人们都没把孩子的情绪当真，或者在他们眼里，孩子忘性快，很好哄，闹一下情绪很快就好了。

林家民和胡骏聊起了足球，陈燕问起了股票，苏勉勤聊起共同认识的某个人，苏落开心地吃着菜。

一切看上去都是那么祥和。

直到气氛越来越好，康提笑着拍了下胡骏的肩膀——

“他是谁？”梁水突然开口。

饭桌再度冷寂下去。

胡骏看了康提一眼，正斟酌用词，康提冲梁水笑了一下，有一丝讨好的语气，但更多的是坚定：“他是妈妈的男朋友。”

话音刚落，只听“砰”的一声，梁水手中的筷子砸向桌面，打得餐盘乒乓响，砸得汤汁飞溅。筷子力度极大地在几个盘子里跳跃，最终落在玻璃台上。

苏起惊得屏住呼吸，大人们全都不笑了。

胡骏脸色尤其尴尬，康提呵斥一声：“梁水！”

又是“哐当”一声，椅子倒在地上。

梁水起了身，抓起外套，踢开凳子，头也不回地冲出去了。

☆ 家长夜话

程英英：“听康提说，水子好像明天回来。哎，七七说，胡骏那事，水子绝对不会同意。”

苏勉勤：“这不废话吗？哪个孩子会同意？对了，他们认识多久了？”

程英英：“一年了。一直没敢让水子知道。康提去年试探着提过一回，说找后爸。”

苏勉勤：“水子怎么说？”

程英英：“他说，你要带到我面前来，别怪我动手。”

苏勉勤：“唉……”

程英英：“她这回带胡骏来给我们认识，可能也是想让大家帮忙说说好话。可这帮孩子，都站在水子那边。七七连他买的东西都不吃。”

苏勉勤：“孩子和大人的想法不一样，苦了孩子了。还好，我们家七七跟落落算是过得幸福的。我没什么别的大本事，养他们，爱他们，倒是做到了。”

程英英：“哼，你不提还好。照你这么下去，很快也养不起爱不起了。”

苏勉勤：“欸？怎么又扯到我了？”

程英英：“我问你，你是不是又把三中那个工地交给你弟弟施工了？他又爱偷懒又爱偷材料，把你的工地搞得乱七八糟天天返工，这不是烧你的钱呀？”

苏勉勤：“我爸妈死得早，那时弟弟小，没学到本事，我不管他谁还管他啊。”

程英英：“那你在这行还要不要名声了？啊？这么搞下去，以后谁还把项目交给你？家里得喝西北风了！”

苏勉勤：“哎呀，我今天累死了，我们先睡觉。”

程英英：“你给我起来！我话还没讲完呢，你说，你是不是又背着我给你那个赌鬼哥哥借钱了？嗯？我就说上次那笔收账不对，少了五千块。”

苏勉勤：“……”

程英英：“我跟你说过多少次，赌账是填不满的。你天天让他吸血，这家里人还过不过了？”

苏勉勤：“最后一次——”

程英英：“次次都是最后一次！”

苏勉勤：“真的最后一次，我困得不行了，先睡觉明天再说行不行？”

程英英：“不行。”

苏勉勤：“行行行，快睡快睡。”

程英英：“再有下一次，你就给我睡地上去！”

Chapter 9

拯救失足少年

苏起记得很清楚，好像就是从那时候起，梁水变坏了。

他不再跟他们一起上下学，他有了一群新朋友——初二、初三的都有，全是苏起眼中不入流的坏学生。

他们课后混在一起，去网吧上网，去乌烟瘴气的桌球厅里打桌球，听说偶尔还有“帮派斗争”。

梁水脾气变得更差了，他对路子灏、李枫然，对苏起、林声都很不客气。他不再跟他们一起玩，也避免和他们有交集。

苏起去找他，他会很不耐烦地凶她。

康提依然和胡骏在一起，没有分手。康提很清楚，儿子是在向她示威。但她任他由他，以为他发泄一阵就好了。可有一天梁水回家看见胡骏在，终于爆发了。他把胡骏买的东西——柚子、苹果、草莓、坚果——全扔出门，砸在巷子的水泥地上：“滚！”

康提试图跟梁水沟通，但沟通失败，变成争吵，最后动了手。梁水不知说了什么伤脑筋的话，气得康提抓了根棍子打他。

梁水已经长得比康提高很多了，却还跟小时候那样不还手也不跑，就那么犟在原地给她打。

他这死犟的样子叫康提更是怒极攻心，打得更狠，声音招来了邻居。

众人纷纷劝架。陈燕叫道："你是要把人打死呀？就这么一个崽，刚有点儿出息，打出问题了我看你后不后悔？"

康提本就心疼，陈燕一拦，就只做做样子了，可梁水骨头硬得很，冷道："打死了更好，我今天死了明天那个男的搬进来，你就开心了！"

陈燕："你这孩子，何苦招打呀你！"

康提气得要命，一棍子砸在梁水肩膀上闷声响，梁水疼得面色惨白。

康提还要打，陈燕死命拦着："打不得了，再打真要出事了！童言无忌狗子放屁，他一个破小孩说的话你跟他计较什么呀？自己儿子，你干吗跟他过不去啊？"

"我跟他过不去？是他跟我过不去！"康提忽然停住，冲着陈燕，满心酸楚无处讲，"我上辈子是欠了他们梁家的？我是挖他们梁家祖坟了？老子老子不成器，儿子儿子不安生。我是不是卖给你们梁家了？啊？"康提指着梁水，红着眼道，"我是个活生生的人！我是不是不能有我的生活了？我是不是把命卖给你了？"

"我爸爸还会回来的！"梁水突然冲她吼道。

少年眼圈红了，嘴唇直抖，他愤怒而绝望地盯着她，一如当初那个在这房子里哭着叫着要去找爸爸的小孩。

康提怔了一下，片刻后，下了狠心一字一句说："我早就跟他离婚了，他不会回来了。不管他在电话里跟你承诺过什么，我都不会跟他复婚！你没有爸爸了！早就没爸爸了！"

梁水呼吸急促起来，单薄的肩膀剧烈颤抖着，泪珠在眼眶里滚了又滚，但他死死忍着不肯掉眼泪，像是最后一个士兵坚守着他的阵地，倔强道："我不管，反正那个男的不准进我家。"

康提几乎崩溃，问："你有没有想过你妈妈过的是什么日子？你只想要你爸爸回来，你有没有问过我的意见？有没有问过我想不想要他回来？"

"那你当初生我的时候有没有问过我的意见？"梁水忽然问。

康提一愣。

梁水张了张口，两行清泪滑下来，他轻声说："你们生我的时候，有没有问过我想不想活？"

在场的大人们全吓得脸色变了。

程英英上前一把将梁水拉到怀里搂住，赶紧拍他的肩膀安抚："你这傻孩子说的什么话呀！"

梁水脑袋一低，压在她肩头，眼泪疯狂涌出。康提被吓得不轻，手一松，棍子掉在地上。她后退几步瘫坐在沙发上，忽然拿双手捂住了眼。

自那之后，胡骏再也没出现在南江巷。

康提也再没跟梁水提过胡骏。但她一天不跟梁水说他们分手了，梁水就一天不跟她讲话。

康提曾联系梁霄，让他跟梁水做疏通工作，但梁霄不肯管这件事，也拒绝了梁水想去投奔他的请求。

康提不敢把梁水管太严，怕他生气怕他不高兴，可她不知道她的放纵在梁水眼里是放弃——她不管他了，懒得管他了。

梁水仿佛被父母同时抛弃，越来越频繁地和那些混混搅在一起。

康提担心得不行，只好找苏起，让她在学校里盯着点儿："我知道他心里难受，他要是跟人玩玩闹闹就算了，总得发泄是不是？我也不管着他。但千万不能打群架，这个年纪的孩子下手没轻没重的，我怕他出事。"

苏起表示会盯着梁水的，又问："提提阿姨，你真的那么喜欢胡叔叔吗？"

康提苦涩地笑了一下。

"比喜欢水砸还喜欢？"

"七七，那是不一样的喜欢。你长大了就会知道。"

"不一样吗？"苏起不明白，问，"如果只能选一个，那选谁呢？"

康提愣了愣，说："这不是选择的问题。"

"也对。如果让我妈妈在我和落落之间选一个，我妈妈肯定也不好选。我小时候可讨厌我姑妈了，她总问我妈妈，假如离婚了是选落落还是选我。

真讨厌。还好我妈妈不搭理她。”

康提刚要说什么，苏起又自言自语：“但是，要是妈妈选落落不选我，我就跳江。”

康提怔住。

苏起上完舞蹈课，学校里空空荡荡，安安静静，各个班级做值日的学生都回家去了。

画室和琴房还没下课，苏起去操场找梁水。

体育生们在做体能训练，没有梁水的身影。他又跟他的“哥们儿”出去混了。

苏起轻车熟路，先去网吧找一圈。

她挺害怕进网吧的，里头总有种奇怪的闷闷的臭味。或许因为老师说上网吧的都是差学生，她不由得也觉得里面的男生都不怀好意。

这次，她没找到梁水。

以前他总坐在最里面的角落，跟他的哥们儿一起打《魔兽》。

她不管那些男生怎么看她，就挤过去坐在他身边，说：“水砸，我们回去吧。”

梁水烦她烦得要死，起先会叫她滚。周围的男生就投来嬉笑的目光。

苏起也不脸红，很厚脸皮的样子，眨巴眼睛，不生气，当然也不滚。她执着地说：“那打完这一盘就回去吧。”

梁水当然不听她的。打完一盘，还有第二盘。

苏起就说：“好吧，让你多玩一盘。打完这盘，就真的回去好不好呀？”

梁水把她当空气。

她是一团碎碎念的空气。这团空气对于梁水来说，没有任何约束力。但她是一团执着的空气，每天都来盯着梁水。

梁水起先被她弄得很烦，说：“你能不能滚？”

苏起就说：“我又不是轮胎，怎么滚得动？”

从小一起长大，梁水很清楚她那软磨硬泡的牛皮糖一样的功力，知道对付她最好的办法就是不理她。后来，他连赶她都懒得赶了。

苏起仍执着地黏着他，她也愿意。看到梁水只是放纵玩闹，而不是跟人去打架什么的，她觉得挺安心的。

他没有真的变坏，她要盯着他，不能让他真的变成坏人。

今天他不在网吧，她也知道去哪儿找他。

出了网吧，穿过一条小巷，就是桌球厅。

巷子里隔几步便是卖零食的小推车。已经放学一段时间，推车前没什么人了，只有些还不愿太早回家的学生在逗留。

苏起路过卖梅花糕的摊子，买了两个梅花糕。那是梅花形状的烤糯米团子，里边夹着红豆沙。梁水可喜欢吃了。

她走到桌球厅门口，推门进去。光线昏暗，乌烟瘴气。

每张球桌上都悬着一盏灯，像黑夜中一个个孤岛。每个孤岛四周都围着一群叛逆的灵魂。

苏起捧着梅花糕在昏暗和灯光的交界中搜寻一圈，忽然看到了梁水。

他穿着一件长袖白 T 恤，校服系在腰间，拿着一根长长的球杆斜倚在台球桌边，另一手夹着一根烟。他看着球桌，脸上似笑非笑，忽然嘴唇一动，吐出一团青白色的烟雾。雾气后边，少年的脸清冷俊俏。

他头发里挑染了一抹紫色，衬得那张脸更带了丝邪气。

苏起心里突然刺了一下。不知为何，那一刻的梁水让她觉得很陌生。

就是这一瞬间，梁水朝这边看过来，眼神轻飘飘的，和她的视线对在一起。他的目光寡淡、轻浮，羽毛一般掠过，仿佛她是个陌生人。

苏起心里那根刺又往里头推深了一厘米。

到他了。

他把烟塞进嘴里，两片唇瓣含着，拎着球杆懒懒走到桌边，俯下身，一手支杆一手推杆，眯起细长的眼睛，瞄准了球。

“砰”一声清脆。

撞球入洞。

他唇角一勾，直起身，胸膛鼓起，将嘴里的烟拿下来，又吐了一口雾。

苏起朝他走过去。

“水砸——”几个男生拉尖了语调，嬉笑着学苏起。

有人笑：“梁水，你的小媳妇又来了。”

梁水恍若未闻，拿粉盒摩擦着球杆顶端。他垂着眼，灯光打在长长的眼睫毛上，遮住了情绪。

刚打进一个球，接下来还是归他。

他弯下腰，再次瞄准，但这次打偏了。

轮到别人打了。

梁水撑着球杆站在一旁，弹了下烟灰。

苏起走到他身边了，他不看她。

苏起说：“水砸，你饿不饿？吃个梅花糕吧？”

梁水看也不看，抬手一打，梅花糕掉在地上。

苏起说：“没关系，我买了两个。喏。”

梁水垂眸，看着那雪白的梅花糕，忽然抬手把烟蒂摁在糕上，用力摁了几下。

这下男生们全看过来了。

“哦——”他们看热闹似的瞎起哄。

苏起脸红了点儿，她有些生气，气他浪费食物。

她抬头，说：“两个梅花糕，两块钱。你赔给我。”

梁水于是在裤兜里掏了掏，找出一个五块的，塞到她手里，说：“不用找了。你可以走了吗？”

苏起咧嘴一笑，说：“水砸，你球打得真好，我在这里看你打，给你加油！”

梁水：“……”

他吸了一口气，愣是把差点儿脱口而出的脏话憋了回去，再不理她了。苏起也不介意，搬了个高脚凳坐在那儿笑眯眯地观赛。

陈莎琳也在，过来问苏起：“你喜欢梁水？”

苏起摇头：“不喜欢。”她说，“我现在其实很想打他。”

但她打不赢了。她忽然有些难过——如果像小时候一样就好了，梁水惹了她，她就可以把他推倒在地，打成一团。打完就好了。

可现在别说打他了，她连推他都推不倒。

陈莎琳说：“那你为什么总是找他？”

“我是他的朋友。我要保护他，不让他变成坏人。”

“什么是坏人？”陈莎琳有些轻蔑，“上网吧、打桌球就是坏人？”

“不是。这不是坏人。”苏起扭头看她，说，“你这种欺负别人威胁别人打别人的人，才是坏人。如果水砸变成你们这样的，我会打死他的。不过，哼，他才不会变成你们这样的。虽然他跟你们一起玩，但他跟你们不是一伙的。”

苏起很确定：“他跟我才是一伙的。”

陈莎琳脸色变了，说：“你真欠打，迟早你会挨一顿打的。”

苏起说：“关你屁事！”

梁水站在半米外的桌子旁，拿粉笔磨着杆头，磨了又磨。

这伙人的头头黄原捅他：“欸，到你了。想什么呢？”

那天梁水玩到晚上八点多才回家。苏起像小尾巴一样寸步不离。

她跟着他回学校，在空荡荡的车棚里取了自行车，又跟着他骑车绕过山路，冲下斜坡，骑过十字路口，冲上陡坡，骑行在深冬狂风呼啸的大堤上。

梁水骑得飞快，苏起死命地追。

黑夜，冷风，万家灯火与他们无关，长堤上一片黑暗，只有他们迎风的呼吸声和自行车滚动的声响。

苏起不知道，梁水的心是否像此刻的冬夜一般荒芜，但她决定要做他黑夜里窗口的那一抹昏黄的光，拉着他，绝对不让他被黑暗吞没。

他们骑到江堤上，冲下斜坡，冲进巷子。

梁水捏着刹车，停了车，把车锁在门口，头也不回地进了自家大门。

苏起看了一眼他的背影，锁上车，也回了家。

梁水骑车太快，她追了一路，筋疲力尽，一进门就瘫在椅子上直喘气。

程英英说：“回来这么晚，你干什么去了？”

苏起有气无力道："拯救失足少年。"

又是一个下午，放学铃响了，苏起条件反射地扭头找梁水。

她们班学生要多上一节特长课，但这段时间梁水经常旷课。

她匆忙收好练功服和舞鞋，正要上去和他说几句话，班主任出现在教室门口，喊了声："梁水，你过来一下。"

梁水出了教室，跟着班主任站在走廊上。

苏起假装去接水，躲在饮水机旁偷听。

"梁水啊，我跟你妈妈谈过家里的事情，这些事老师不好讲，大人和孩子的想法是不一样的。但你最近状态很差，文化课不上，专业课也甩手。哎，你刚从哈尔滨回来没多久，学校、市里都对你抱有很大期望。你自己也很有天赋，不要浪费啊。跟谁赌气，都不要拿自己撒气。不划算的。"

梁水一声不吭，不表态。

苏起关上饮水机龙头，知道他根本没听进去。

快到上课时间了，她收好东西去练功房。林声的画室和她顺路，两人一道走。转过天桥拐角时，她看见梁水从楼下经过，往校外去了。

苏起说："他又跑出去玩了。"

林声难过道："我不想水子跟他们混在一起。"

可最近路子灏要参加数学竞赛，李枫然又有钢琴比赛，都忙得焦头烂额。

林声说："你下课要去抓他吗？"

"今天有阶段考试。我学号排在后头。"苏起忧愁道，"要很晚才放学。"

"是天宇网吧吗？"林声说，"我放学了去找他。"

"那太好了。他只会对我凶，你去的话，他说不定会听话呢。"苏起说，"要是不在网吧，就在桌球厅，没错的。"

"好。"

苏起回练功房换上衣服鞋子，压腿。练基本功，练跳舞。上完大半节课后，开始阶段小测。大家按学号一个接一个在老师面前展示基本功和舞蹈。

苏起的学号靠后，留在墙边压腿。

陈莎琳走过来，说："你跟梁水很熟吗？"

苏起不太想理她，"嗯"了一声。

"你们家住在一起？"

"嗯。"

"他喜欢什么样的女生？"

"关你什么事？"苏起说。

陈莎琳瞪了她一眼，说："我喜欢他，我要追他。"

苏起不可思议："你上上个月还喜欢初三那个呢。"

"我移情别恋了。那个男的一点都不好，我觉得梁水比较酷，而且还很帅。"

"水性杨花。"苏起脱口而出。

要不是老师在，陈莎琳怕是要打苏起一巴掌了。

苏起凶巴巴的："他才不会喜欢你。"

陈莎琳正要发作，听了这话，竟急了："为什么？"

"你虽然有点儿漂亮，但不是最漂亮。你也不温柔，像个老巫婆。他喜欢温柔的，才不喜欢白雪公主的恶毒后妈。"苏起说。

陈莎琳脸都绿了，半晌，自我安慰地说："我可以追，女追男，隔层纱。"

"你就算追到天涯海角也追不到。他是练短道速滑的，跑起来飞快。"

"……"陈莎琳觉得她神经有点儿短路，说，"你这个人不讲道理。"

"呵呵，你还跟我讲道理？"

还要争执，老师叫陈莎琳的名字，该她考试了。

苏起忍不住多看了几眼，陈莎琳长得很漂亮，身材也好，但学习不认真，基本功样样不行，舞感也一般。不知怎么被录取的，可能只是因为长得好看？这种人真奇怪，一会儿喜欢这个，一会儿喜欢那个，"喜欢"是那么容易改变的事情吗？

苏起最后一个考试，其他同学早就放学了。测验完，范老师说她跳得不错，基本功有很大进步，居然会劈叉了。要她继续努力，还问她以后想不想考北京舞蹈学院。

苏起说不知道。

不知为何，小时候她每天都幻想自己当歌手，成舞蹈家，做明星，对未来有成千上万种幻想。现在她虽然也想些虚头巴脑的事，但她会醒。

她会意识到现实——她的舞蹈功力只比普通人好些而已，而“专业”是一件很困难的事。不过，没关系，她还能继续努力。而且，现在她觉得语文文言文很有趣，物理很神奇，英语也很好玩。

她有很多条路可以走，未来是什么样子，一切都说不定呢。

但梁水的未来，是一定可以得冠军的。

她换好衣服收好书包，跑去网吧找梁水和林声，没找到，其他地方也没有。她又跑回学校自行车棚，发现梁水和林声的自行车都不在了。

显然是回家了。

她开心地骑了车，踏板踩得飞快。

骑出城区，冲上堤坝的时候，她追上了他们。

“水砸！声声！”

梁水没搭理他，但林声停下来等她。她骑到林声身边时，梁水已到老远开外。

“你们怎么回来这么早？”

林声也很蒙：“不知道啊。我一下课就去找他。他一见我，没过几分钟，就收拾东西回家了。”

“啊？”苏起羡慕道，“果然还是你灵验。”

“不过我觉得他很烦我欸，都不跟我讲话。”林声说。

“他在装酷。”苏起说，但还是很羡慕林声，看着柔柔软软的，谁都不忍心欺负她。

“声声，我们队里要排练，水砸先交给你了，等演出完我再来抓他。哎，还是你好，我一去他就跟我犟，一点儿都不给我面子。”苏起抱怨说。

“好吧。”林声说，“那以后我去揪他。”

范老师要在市里表演节目，组织了半支舞蹈队的人排练。苏起每天都很忙，便放心把这事交给了林声。

林声接了她的班，每天一放学就去堵梁水，说："水子，你今天去训练呗？"

梁水说："苏七七给了你多少好处？"

林声就按苏起交代的说："她给了我一个条件做交换。"

梁水："你别烦我，我也给你个条件。"

林声："好呀，我的条件是你好好上课，不跟那些人混了。"

梁水："……"

活脱脱一个苏起附身。他连白眼都懒得翻，走了。然后林声画完画了又去堵他。

林声和苏起不一样。苏起看着可爱，但眼神很逞强，一副"你要是打我我就咬掉你耳朵"的样子，没人会去惹她。但林声长得太好看了，看着又软，在那种环境下很容易招来一些眼光。

梁水不愿给林声添麻烦，往往就会提前离开，带着一脸的烦躁。

可林声终究还是给自己招来了麻烦。她又开始频繁收到情书，不少来自那些混混学生。她并不在意，像以往一样不予理会。

但陈莎琳再次出现在她的课间，走廊里，楼道上，她总是被那帮人"不小心"撞倒。有次她穿着毛线裙，被她们掀下楼梯，腿都露出来了，路过的男生们全在起哄。

紧接着，她开始收到一些字条，污言秽语、言语威胁和攻击。那些话让人羞于启齿，林声没脸跟路子灏讲。而苏起去演出了，几天不在学校，林声不知该去告诉谁。

她整日精神恍惚，突然称病不肯上学了。

沈卉兰一听她病了，着急忙慌去找李医生。林声害怕被拆穿，死活不肯去医院。

这一闹，沈卉兰发现了她在装病。关切转变成愤怒，沈卉兰失望不已，将她狠狠训斥一道——家里出了那么多钱供她画画，跟烧钱一样地买画具买颜料，可这个不知感恩的女儿却只想着懈怠逃课。

“我省吃俭用是为了什么？还不是为了你！结果呢？果然是有其父必有其女，”沈卉兰痛斥，“你跟你爸爸一样不争气没出息，我这辈子算是白活了，连你都不听话，我活着一点儿指望都没了！”

争吵引来了巷子里的人。

梁水、苏起、路子灏惹妈妈生气挨训骂是常事儿，但林声从小到大都很乖，大人们都意外极了。

程英英过去劝，说孩子年纪小，偶尔想逃课是正常的，好好说就行了。

沈卉兰气不过：“她画画多烧钱啊，啊？可她想画，我是不是就想方设法遂她的意？家里那么供着她，她倒好，学了一堆坏习惯，还撒谎，跟混子一样。我的心血全打水漂了！”

林声不会吵架，说不过沈卉兰，哭着冲出了家门。

其他孩子都在上学，李枫然比赛完，满身疲倦地回家，走到巷子口就碰上这场景，正发愣之际，追上来的陈燕叫他：“枫然啊，声声被妈妈骂了，你去劝劝。”

李枫然点点头，揉了下困倦的脸，收下耳机线转身往堤坝上走。最近都是怎么了？水子在叛逆，连最乖的林声也有叛逆期，难道真像七七说的，拯救叛逆少女？

他上了大堤，四处望，见林声往江边去了。他一愣，飞跑过去。

秋冬季江水退潮，防洪坡和滩涂都显露出来。李枫然跑到江边，林声只是坐在石头上，埋头抱着自己。

他舒了一口气，这一跑，他更累了，轻声：“我以为你要跳江。”

“我想跳！没有胆子。”林声呜咽道。

李枫然觉得这个想法很严重，但他一时不知该说什么，只得坐在旁边的石头上等。林声哭了不知多久，很伤心的感觉。

李枫然不劝她，等她哭声渐渐停了，才说：“谁没跟爸妈吵过架？跳江不至于……”

林声说：“我太讨厌我妈妈了，很讨厌。”

“沈阿姨其实很好——”

“她一点儿都不好！”林声失控道，“一天到晚就是钱钱钱。我从小就觉得家里穷，很穷很穷。我这也不敢，那也不敢，都是因为她！”

李枫然沉默片刻，说：“除了康提阿姨，大家都不是有钱人。”

“不一样。”林声哭道。发泄过后，她声音又小了下去，仿佛那是最难于启齿的羞耻，“枫然……七七家也穷，但七七从来不觉得。英英阿姨把一切她想要的都给她了。可我妈妈只会跟爸爸抱怨。我不敢去别的同学家玩，也不敢带同学来我家玩，好怕她一开口又说钱钱钱。我真的受不了了。”

她声音越来越小，越来越委屈，再度呜呜哭起来。

冬季的江风如狼嚎，似鬼哭，肆卷着他们的衣衫。

李枫然的脸被江风刮得有些森白，他又沉默了会儿，说：“声声，每家都有每家的难处。你觉得，哪家是完美的？”

林声埋着头不作声，只有长发被狂风扯得胡乱飞舞。

“康提阿姨对水子，一没耐心就打他；我爸爸只管医院，妈妈只管学校；就连七七的妈妈，也跟七七的爸爸吵。我想，不能拿自己爸爸妈妈的缺点去比别人的优点，是不是？”

林声抽泣着，不吭声。

“其实我一直很喜欢林叔叔。”李枫然望着江面，任风吹乱头发，“林叔叔是所有爸爸里最耐心最贴心的，他从小就陪你玩，天天都陪你。你妈妈也是，给你做很多好吃的，做很多衣服。”

林声缓缓抬头，她那些比商店里还好看的衣服，全是妈妈一针一线做的。而李枫然呢，有次冯老师给他买鞋尺码大了，结果送给了路子深。

想到这儿，她拿手背擦了下哭红的眼。

李枫然仍是望着江水，眼神很淡：“沈阿姨嘴巴喜欢数落人，但该做的都做了。你别听她嘴上说什么，应该看她做了什么。”

林声早已止住了哭。是啊，妈妈爱抱怨，可画画这么耗钱的事儿，她嘴上说几句，却还是全力支持她。她不说话，他也不说话了。两人就那样并肩坐着，望着江面。

过了许久，李枫然猜测她已想通，终于开口："你还要坐多久？"

"啊？"

"能回家吗？"他声音很低，嘴唇都白了，"我快冻死了。而且我很困，昨晚两点才睡。"

两人刚走上防洪坡，就见陈燕站在斜坡上张望。

走近了，陈燕赶上前来，神情焦急，说："声声，你赶紧去学校。你妈妈冲到学校里去了。"

林声没反应过来："她去学校干什么？"

"她看见你书包里那堆字条了。"陈燕心疼道，"你这傻孩子，受了那么些委屈，怎么都不跟家里讲的呀！你妈妈都气哭了，七七的妈妈陪她去了，你赶紧追上！"

林声一愣，跑回家搬了自行车就朝学校赶去。

天气寒冷。教室里都关了窗，玻璃上蒙着一层薄薄的雾气。

苏起歪头看着书本，昏昏欲睡。她刚结束演出回来，累死了，老师居然也不给她们放假。

这个下午太无聊了。林声不在，生病请假了；梁水不在，被教导处叫走了；李枫然不在，参加比赛去了。

她回头看了眼路子灏，那家伙埋头在做竞赛题。

"苏起，把这段课文朗读一下。"英语老师说。

苏起站起身，抱起课本，教室门突然被推开，狂风骤然涌进来，卷得书本稿纸哗啦啦响，打瞌睡的学生们一个激灵全醒了。

是沈卉兰跟程英英。

苏起愣住，沈卉兰看了眼讲台上的老师，语气很克制，说："老师你好，我找苏起有点儿事。"

老师说："行。苏起你出来一下——"

话音没落，沈卉兰径自走进来，到她跟前，问："七七啊，学校里有哪个人欺负过声声？"

英语老师察觉到了不对："这位家长——"

苏起蒙蒙的，一扭头看向陈莎琳的方向。

路子灏突然从竞赛题里抬头，人还没回神呢，就条件反射般直接道："陈莎琳！"

陈莎琳正偷看小说，抬起头来，沈卉兰已走到她跟前，伸手，问："这些字条是你写的吗？"

陈莎琳奚落一笑："是又怎么样？她那个软蛋，自己没用就回去找妈——"

"啪！"一声清脆的耳光。

整个教室都吓了一大跳。

陈莎琳脸上血红五个手指印，她目瞪口呆。

英语老师冲下讲台："这位家长，你怎么能打人呢——"

沈卉兰"啪"一拍桌子，将一堆字条拍在桌上，问："您是老师，我请您好好看看。如果您的女儿收到这种字条，你会怎么办？老师你告诉我，你会怎么办？！"

老师低头一看："林声你最下贱。"

"回家路上小心点，我会找人把你绑架卖掉。"

"下次划烂你的脸，狗东西。"

老师瞠目结舌，怒斥："陈莎琳这是你写的？！"

陈莎琳捂着脸，指着沈卉兰，叫道："我爸爸不会放过你——"

"叫你爸爸来！！"沈卉兰对吼道，"我看看是什么样的人教出了你这下三烂！你现在就叫他来！别说叫你爸爸，你把警察把市长把省长都叫来，我也要跟他们讲这个理！"

陈莎琳被她吓到了，瑟瑟发抖。

整个教室鸦雀无声。

老师也吓得缓了缓，说："林声的妈妈，有什么事好好说。学生没教好是家长和学校共同的责任，您可以好好反映情况，大家都是讲道理的是不是？我们会管的，但毕竟是孩子，您动手就不太……"

"你们怎么教这个学生我不管。"沈卉兰说，"她是孩子，我家林声就不是孩子了？嗯？我家孩子什么样我心里清楚。从小温和，心地善良。但如果这学校里面有谁觉得她好欺负，那就大错特错！她有个天底下最蛮不讲理最粗暴又打人又骂人的妈妈！谁要是欺负林声，我就跟她拼命！我不管她是大人还是小孩！”

苏起坐在位置上直发抖，一回头，看见林声站在教室门口，望着沈卉兰，两行眼泪挂在脸上。

初二1班的教室乱成了一锅粥。班主任赶来了，他通知了林家民以及陈莎琳的父母，让他们赶快到校长办公室，又在教室里呵斥一声让大家自习，随即带着英语老师、沈卉兰、林声、陈莎琳去了校长办公室。

老师一走，教室跟丢了炸弹一样轰然作响，同学们议论纷纷。程英英留在后边，冲苏起招了下手。

苏起跑出教室：“妈妈？”

程英英忧心忡忡的，说：“七七，声声是你的好朋友，你要保护她知道吗？不能让别人欺负她。”

“我保护了呀。可这次我不知道，我这几天演出，没上课呢。”

“你以后记住就好。”她转身要走。

“妈妈你去哪儿？”

“声声的爸爸还没来，我去帮着声声的妈妈。”程英英说着，快步下楼了。

苏起回到教室，同学们还在议论，付茜凑过来说：“声声的妈妈好厉害！我跟我妈妈说有人欺负我，我妈就说，是不是你先招惹人家了？一点都不护着我，哼。”

苏起不说话，趴在桌子想，如果她被欺负了，程英英肯定也会冲上来保护她。

那节英语课在纷纷的议论声中下课了。

课间苏起跑去校长办公室一看究竟，几个老师站在走廊上讲话，她不好靠近，只得返回教室。有消息灵通的同学说，陈莎琳的父母来了，但双方并没有吵起来，因为主要还是陈莎琳的错。她的爸爸不太服气，但她妈妈知道理亏。

上课铃又响了，文艺委员发了一首歌："让我将你心儿摘下试着将它慢慢融化，预备起——"

苏起跟着全班同学一边唱歌，一边翻开数学课本，抬头就见梁水进了教室。他没看任何人，径自走到自己的座位上，趴着睡觉了。

苏起想跟他讲林声的事，好不容易等到下课，结果放学铃还没响完，他就"哗"地起身出了教室。

苏起心一横，对付茜说："我不上舞蹈课了，你跟范老师请假，就说声声的事，我被我妈叫走了。"她拎上书包，冲出教室，但梁水早没影儿了。

她趁机去校长办公室转了一圈，没人。看来林声的事已经解决，家长都回去了。她放了一半的心，又跑去桌球室逮梁水。他照例跟一帮狐朋狗友在打球，她来得太早，还没开球呢。

那个叫黄原的大哥见苏起来了，笑道："哟？今天来这么早？逃课了？"

梁水抬了下眼皮，但没看苏起，他靠在桌前磨球杆，磨完了放下粉笔，伏在桌上瞄准白球，用力一击。白球飞速而出，堆在桌子另一侧的十个桌球烟花般炸开。

开球了。

黄原过来打球。另外一群兄弟有的在隔壁桌打，有的靠在一旁围观，还有几个女生，画着熊猫眼，披散着蓬蓬头，跟她们的男朋友们靠在一起。

她们看向苏起的眼神奚落而讽刺。或许在她们眼里，苏起和林声都是厚着脸皮轮番来追求梁水却得不到的人。

苏起不管他们，走到梁水跟前，说："水砸，我有话跟你讲。"

梁水看了她一眼，片刻后："说。"

"你跟我出去一下。"她拉他的手。

他挥开她的手："不说你就走。"

旁边，黄原的女朋友笑起来："苏起，有什么话你还怕我们听到吗？"

苏起不搭理她。

她又道："人家不愿理你你就别来了，一天天的，就没见过你这么厚脸皮的人。”

苏起还是不讲话。

该梁水打了。黄原退到一边，梁水沿着桌沿走去对面找最佳位置，经过黄原身边时，盯着他那位女朋友看了一眼，眼神无声，有一丝若有似无的凉意。那女生愣了一下，笑容凝固，闭了嘴。

梁水弯下腰击球，苏起尾巴一样跟上去，说：“今天声声请假没有来上课，声声的妈妈来学校找陈莎琳了。”

几个男生当即笑起来：“回去找妈妈告状？你们还是小学生吗？哈哈哈哈哈。”

他们无情地嘲笑着，苏起的脸一度度变红，她握着拳站在原地，很羞耻，很懊悔，她不该在这里提声声，害声声被嘲笑。她很想反抗，骂回去。但此刻她孤零零站在这昏暗的烟雾缭绕的地方，她很害怕。

她屃了。她一声也不吭，闭紧嘴巴，任他们嘲笑着。

黄原过来打球，嫌她挡着位置了，拿球杆把她拨去一边。她退后几步，静静地看梁水。梁水走到球桌对面去了，他站在桌前观察着桌上的球，研究着如何打球入洞，对周围发生的一切充耳不闻。

灯光灰蒙，仿佛笼着一层烟雾，罩在他头顶上。碎发遮住了他的眉眼，看不清他的神色。他的脸是那么冷漠。

苏起就那么看着他，看着看着，她觉得自己像站在冰窖里。

她从未像那一刻那样觉得他那么陌生。

林声不是他的朋友吗？她不是他的朋友吗？

他怎么会对朋友遭遇的欺辱嘲笑无动于衷呢？

他……真的变了吗？

她像一个无人理睬的背景板一样戳在原地，只有几个男生还偶尔看笑话地瞟她一眼。

苏起握紧的拳头忽然慢慢松开，她想，等打完这一盘球，我就走了。

明天我不会再来了。

水砸，打完这一盘球，我以后再也不会来管你了。

想到这里，她忽然心酸极了，鼻子、眼睛都一道酸了。她用力眨眼，拼命不让泪雾弥漫上来。她抽了下鼻子，用力揉了揉，好不容易缓和了泪意。

再抬头时，“砰”的一声，最后一颗球入洞。梁水站起身，他赢了。

苏起忽然全身都放松了。她要走了。

梁水走到球袋边，低头弯腰，把袋子里的球掏出来扔桌上，就听身后轻轻一声：“水砸，我走了。”

梁水的手在袋子里抓了两下空气，才想起球早就被拿出来了。

他立即回头看她，隔壁桌却起了小风波。

“你没长眼睛啊，球杆往哪儿捅呢？”黄原看了眼自己的腰，冲隔壁桌的两个男生嚷道。

那两个男生似乎是下课了来打球放松的，桌子间隙太窄，拉球杆时不小心撞到了黄原。

撞人的男生还没反应过来，被他这模样吓了一跳，他朋友赶紧道歉，说：“对不起对不起，位置太窄了，他不小心的。”

黄原得理不饶人，声音更大：“道歉有用吗？啊？不小心就没事了？你当我什么人，啊？”

撞人的男生也生气了，说：“又不是故意的，你是留疤了还是瘀青了？发这么大火你有病啊？”

“你再说一句？”黄原上前一步，手一推，那男生连连后退。

一见这架势，旁边几桌打球的弟兄、围观的弟兄全围上来了。对方两个男生一见这么多人，知道碰上混子了，一时间变了脸色。

那朋友求饶道：“他真的不是故意的，我帮他道歉——”

“轮得到你开口？”黄原嚣张地叫道，手朝那人一指，“你给我跪下道个歉，这事就算完。不然——老子抽死你。”

那男生顿时面颊血红，恐惧、羞辱、憋屈、愤怒全写在脸上。毕竟年纪小，愤懑最终转为恐慌，他求助地看向自己的朋友。

他朋友还在挣扎：“都是一个学校的，何必——”

“你闭嘴！”黄原又是一吼，指向那人，“我数一二三。一、二——”

那男生咬着牙，眼睛血红，是绝对不肯跪的，他握紧了拳头，等着下一秒将遭受的毒打。

可——

“你有什么可跩的啊？”忽然传来一道满含厌恶的女声。

这剑拔弩张的气氛仿佛突然被划破一道口子，气势泻了个干净。

黄原不可思议地看过来，苏起站在灯光背后，苍白的脸上写满鄙夷。

她说：“仗着人多，欺负同学，你还觉得很威风吗？你丢不丢人啊？抽根烟打个架逃个课染个头发就很酷了？放屁！有人每天坚持练琴练指法练五六年这叫酷，有人把一个石膏画一千遍这叫酷，有人每天跑步跑几十圈这叫酷，有人花几个晚上解一道奥数题这叫酷。换你们任何一个人都坚持不下来吧？抽根烟点个火就三秒种的事，染个头发一个小时，说脏话一秒钟都不要，这么简单的事有什么好跩的啊？很酷吗？我觉得又蠢又丢人——”

话音未落，黄原脸色骤然冰封，一大步朝苏起逼近。

梁水站在离她五六米远的地方，预料到了什么，立刻扔下球杆冲过来，但来不及了。

“啪！”一声清脆的耳光扇在苏起脸上。

力度之大，苏起没站稳，撞到桌角摔下地面，她瞬间眼冒金星，鼻血直涌。

黄原恼羞至极，还要上来踹她，梁水冲到跟前，一脚踢上黄原的腿，将他撂撞到桌上。

苏起眼前全是星星，双手胡乱在抓，梁水抓着她手一把将她捞起来，她脸颊被打得血红，肿得老高，鼻子上嘴巴上全是鼻血。

他捏着她的手腕，眼睛里寒光直闪，猛地又是一脚踹在黄原腹上。这一脚使了大力气，黄原被踹开一两米远，痛得脸色惨白，骂道：“浑蛋，你打自己人？”

“谁是你自己人？！”梁水面色冷峻，满腔怒火在胸口里烧，他抄起旁边一张高脚凳就要砸，苏起慌忙抱住他的腿，几乎要哭出来，“水砸你别打架！别打架！”

她不懂什么黑白，她的世界很简单，欺负人的、打人的都是坏人。

他不能当坏人。

她绝对不能让他当坏人。

“水砸，你别打架呀。提提阿姨说了，不能打架的。”她呜咽，紧紧抱着他的腿。

梁水甩不开她，又怕把她弄疼，站在那儿拳头攥得森白，胸膛剧烈起伏。

这时，桌球场老板吼了一句：“一群男的打女生？你们要不要脸啊！啊？！都给我滚出去！”

黄原捂着肚子站在原地还不甘心，指着梁水道：“老子今天要废了你！”

梁水手里还攥着那把凳子，他眼露寒光，居然冷笑了一下，只说了一个字：“来。”

黄原眼神示意自己的弟兄们，可不想谁都没有打架的心思——一来他们和梁水玩了这段时间，都挺喜欢他的，毕竟他话不多出手大方做事利落；二来黄原打女生实在不光彩，传出去太丢人。

黄原一个人哪里打得过？

几个弟兄都拉他，说着给台阶下的话，推搡几下，也就散了。

黄原走前撂了句狠话，但也就是虚张声势。

梁水扔了凳子，看了一眼苏起，脸色更差了。他找老板买了水、面巾纸和冰可乐，把冰可乐递给苏起，说：“贴脸上。”

苏起乖乖接过来，贴在发热发痛的脸颊上。

梁水拧开瓶盖，倒了点儿水在手上，说：“低头。”

苏起把脑袋低下去，梁水用水在她脖子后颈上拍了拍，问：“还流鼻血吗？”

“流。”

梁水又拍了几下，说：“现在呢？”

苏起小声：“还是流。”

梁水愣了一下，这是他爸爸教他的，小时候明明很有用的，怎么对苏起不管用了呢?

他说：“仰头。”

苏起又把脑袋仰起来，梁水拿纸巾搓了个小团儿，堵在她鼻子里。

苏起这才低下头来，平视他，眼神有点儿蒙。估计是被人打了还没回过神。

梁水看了她几秒，别过眼神，又拿一张纸擦她脸上的血渍。血渍不那么好擦，他稍一用力，她的脸就被他摁得晃来晃去。

他擦了一会儿，擦不干净，这才想起来把纸巾打湿了擦：“抬头。”

苏起抬头。

他把她脖子上沾的血也擦干净了。

擦完了，他静静地看了她一会儿，忽而伸手，想摸摸她被打的左脸。但他的手只是悬在她脸旁，想碰，又不敢碰。

忽然，他嘴唇微抖一下，表情有些撑不下去了。他张了张嘴巴，无声地做了一个口型，猛地把脑袋一扎，埋进自己手臂里。

苏起看见了他说“对不起”。此刻他蹲在她面前，埋着脑袋，只有肩膀轻轻抖动着，像一只受了伤被人遗弃的大狗。

她伸手摸摸他后脑勺，男孩的头发柔软而温暖，她轻声哄：“我没事哪，水砸。”她拿脑袋靠住他的脑袋，蹭了蹭，“再说，我是见义勇为帮别人，又不是为了你。你不要内疚。”

她小手反复摸着他的脑袋，又轻又缓，给他安抚。

过了好久，梁水闷声问：“站得起来吗？”

苏起说：“我肚子疼。”她刚才摔倒时撞到桌角了。

梁水于是迅速转过身去，可就这一秒，苏起看见他眼眶红红的。

她没有追问，乖乖趴到他背上，搂住他的脖子，他背起她往外走。

冬天黑得早，街道上光线昏暗，路灯已亮起。卖零食的小摊早就收工了。

梁水背着苏起往回走，谁都没有说话。苏起一手搂着他的脖子，一手拿冰可乐罐贴着自己的脸，她脑袋靠在他肩上，和他的侧脸抵在一起。

“我好像没跟你讲过，陈莎琳有次要打声声，还好我赶过去了。”苏起忽然小声说。

梁水不知听也没听，没给回应。

苏起兀自碎碎念道：“但声声心里其实很受伤，所以我特别讨厌欺负同学的坏学生。”

“你知道今天声声的妈妈为什么要来学校找陈莎琳吗？”她嘀咕。

梁水还是不说话。

“陈莎琳给声声写了很多字条，说她是……”苏起说不出那种词汇，但她知道梁水会听得懂，“说要划烂她的脸，还要找人……她肯定不敢这么做，她只是嘴巴厉害，但这不代表这不是伤害。”

“水砸，你累不累？你可以放我下来，我自己走。”

但梁水也没有放她下来。

“水砸，你不要变成坏人。”苏起忽然喉中一哽，吧嗒吧嗒流眼泪，“你要是成了坏人，我会很难过的。真的，我会哭的。”

她的眼泪一颗颗落在他的脖子里，少年漆黑的眼睛在寒冷的冬夜中沉默而清亮。

“水砸，你以后别再跟他们玩了好不好？你跟他们不是一样的。好不好呀水砸？”

“好。”他低声说。

北风呼啸，他声音很轻，但她听得很清楚，很清楚。

家长夜话

程英英：“他还是不跟你讲话？”

康提：“嗯。我这儿子，就没见过比他更犟的孩子。不管哪次吵架，都得是他赢。不遂他的意，就决不服软。我也不知道是造了什么孽。”

程英英：“他要是没这个劲儿，也不会像现在这么有出息了。七七倒是没什么大脾气，做什么事都三心二意的。”

康提沉默。

程英英："你跟胡骏打算怎么办？"

康提："英英，我有时候忽然在想，我能不能就自私一回？"

程英英："嗯？"

康提："我有我的人生是不是？我也可以有那么一次，不为孩子着想，是不是？我也会累啊。都说妈妈伟大，妈妈伟大，可当妈妈，累啊。我能不能就休息一次，自私一次，能不能？"

程英英："你当然可以。说实话，胡骏人真的很好。踏实，沉稳，又体贴。真的不错。"

康提："那水子呢？"

程英英："在他眼里，就是胡骏在跟他抢你。你只能二选一，一旦你选择胡骏，你就是抛弃了他。"

康提："我哪里是要抛弃他，他比我命还重要！"

程英英："水子现在是孩子，你跟他讲不通的。再说他已经被抛弃过一次了。"

康提："就没办法两全了？"

程英英："水子这孩子我看着长大的，真变坏，不会。孩子再怎么闹，时间久了，都得接受现实，就跟当初一样。但心上肯定会挨一刀，就看你要不要捅这一刀了。"

Chapter 10

生活是随机的

天色已黑，冬季的夜空寥寥无星，如一口大锅盖倒扣在江面上。

防洪大堤外江风呼啸。堤坝沿江而筑，蜿蜒而行。大堤转弯处一道斜坡滑下北门街道，斜坡左右两条细小的分支，引向洼地处面向堤坝而建的几户民居。斜坡主道伸进树丛，在一户早餐馆处转两三道垂直的弯儿，便进入南江巷了。

正值冬季，坡底的树丛大都掉了叶子，光秃秃的。只有几棵常青树坚守阵地，却也被来往江边拉运沙石的车辆浇了满头的灰。

树底下火光闪闪。一只小野猫趴在火光边取暖小憩，偶尔摇一摇尾巴尖儿。

梁水蹲在地上，把周围的枯树叶刨开，挖了个小泥洞，在烧烟。他带了十几盒软装香烟，一盒盒往火堆里丢。

火光映在他眼里，明亮而寂静。

斜坡上传来脚步声。梁水抬头，李枫然背着书包慢慢走下坡，江风吹得他的头发乱飞。

两个少年对视一眼。

李枫然过来火堆前蹲下，伸手罩在火苗上烤火。

他们都没有说话，只有几片落叶掉在火苗里烧得噼啪响。小野猫啾啾转转眼珠，看看梁水，又看看李枫然，喵呜一声伸了个懒腰。

李枫然开口打破了沉默，说："全烧了？"

"嗯。"

"给我一包。"

梁水递给他一包。李枫然接过来正要塞进口袋，梁水说："别让七七发现了。她会骂你。"

李枫然眼神询问。

梁水答："她讨厌烟味。她觉得抽烟的都是坏人。"

李枫然的手在空中悬了几秒，把烟扔进了火堆里。

火焰吞掉纸包，骤然茂盛起来，狂舞着散出浓烈的香烟味。

李枫然忽而轻声说："最近在准备比赛，今早刚比完。"

梁水问："成绩怎么样？"

"对手一般。"李枫然说。

梁水点了下头，揪着手里的香烟丝，丢进火里。

李枫然隔了几秒，又没头没尾地说："回来后又练琴到现在。从小，我妈妈就跟我说，一刻都不能停止，停止就是落后。"

梁水垂下眼眸，说："我知道。"

他已经一个月没好好训练了。

李枫然不说了。

坑里香烟烧尽，只剩火星。梁水往上头倒了水彻底熄灭了，站起身。啾啾也打了个滚站起来，一跃跳上矮墙，消失在黑夜中的屋顶。

两人往巷子里走，李枫然说："你还是黑头发好看。紫头发像飞天小女警。"

"明天染回来。"梁水说，片刻后，道，"飞天小女警没有紫头发。"

李枫然："你看，因为不好看，所以没有紫头发。"

梁水："……"

他低头走着，抠了一下打火机：“李凡，你正常点。”

李枫然说：“嗯，我不会讲笑话。”

梁水走到家门口，说：“走了。”

“嗯。”李枫然目送他一眼，也回了家。

梁水上了阁楼，没开灯，他坐在昏暗的室内，脑袋靠在沙发背上发呆望天。忽然，深夜的巷子里传来了钢琴声。悠扬轻缓，是一首歌的调子。

钢琴音清脆，曲调舒扬温柔，没有歌词，但那首歌梁水听巷子里的大人们唱过：

朋友别哭，

我依然是你心灵的归宿。

朋友别哭，

要相信自己的路。

红尘中有太多茫然痴心的追逐，

你的苦，

我也有感触。

梁水静静听着，听着，忽然抬手，遮住了眼睛。

第二天，梁水和小伙伴们像从前那样，一同骑车去上学。

南江小分队已经三个多月没齐整了。路子灏开心极了，把车踩得飞快。那样冷的冬季清晨，他瘦弱的身板迎着风，欢快大叫，呼出的热气像团团的棉花散开。

五个少年一路比赛着冲去了学校。

陈莎琳停课一段时间后，也来上学了，她没再对林声表现出任何异样。

老师把林声调到了第一组，付茜斜前方的座位，陈莎琳则调到了第四组后排。两个人仿佛谁都不认识谁。

风波终于平息。

又是一节英语课，老师讲着李雷和韩梅梅。

苏起上初二了，李雷和韩梅梅也上初二了，还有 Lucy 和 Lily。

她在课本上画画，幻想李雷那个班级是真实存在的，她就在那个班上，坐在第一组第二排的位置，她知道韩梅梅喜欢李雷，但李雷喜欢 Lucy。林涛喜欢韩梅梅，Jim 也喜欢韩梅梅。

那个班上所有同学都相亲相爱，爸爸妈妈也都很棒，可——书上没有说，那个班上会有人欺负同学吗？那个班上会有同学跟父母吵架吗？

这么一想，又觉得英语书写得不全。Lily 打韩梅梅耳光、林涛和妈妈吵架的事，书上都没写。

她在脑海里编了一会儿故事，觉得无聊了，偷偷从课桌里抽出《少男少女》杂志。

这一期的故事她都看完了。她翻开书，查找页尾上的小字，上面刊登了全国各地中学生征集笔友的信息。

她一个个地看，看到一则："王衣衣，女，喜欢小燕子和花仙子，喜欢言承旭和内斯塔，想找一个读初二的笔友。欢迎来信哦，北京市西城区第十五中学初二 1 班。邮编 100032。"

她们爱好一样，居然连班级都一样。

苏起很开心，决定选王衣衣当笔友。

她写了张小字条递给付茜，付茜趁老师在写板书时，扔到林声座椅下。林声"不小心"把橡皮掉在椅子底下，弯腰捡橡皮。她拆开字条。

"声声，借我信纸，我要给笔友写信。"

老师写板书时，林声飞快递了信纸过来，夹一张字条："你选好笔友了？"她装作不经意回头，看了眼苏起。

苏起拿手指头点了一下。

林声又写了张字条过来："下课借书给我，我也要找笔友。"

苏起冲她眨了下眼睛。

拿到信纸，她开始给王衣衣写信，她先介绍自己，说起她的学校，她奇怪的艺体班，各种特长的同学，讲完又说起梁水、李枫然，自然又提到了南江巷和长江。这么一写就文思如泉涌了。

她一边写，一边时不时抬头看黑板，做认真思考状，仿佛聚精会神在抄写黑板上的单词记笔记。老师对她没有任何怀疑。

写到后来她又问王衣衣，首都是什么样子？那里的学生学的什么课本呢？英语书上也有李雷和韩梅梅吗？

她一会儿就写满了四页纸，从来没发现自己如此有“才华”。

写完后她很满意地在桌子下偷偷把信纸折成桃心，塞进课桌。

那天放学，苏起跑去精品店买了水滴娃娃的信封，贴上画着大熊猫的邮票，写好地址后，郑重其事地投进了学校门口的邮筒里。

路子灏吃着一根炸香蕉，咕哝：“你找到笔友了？”

林声把《少男少女》的杂志递给他，说：“这上面好多呢。”

路子灏问男生：“我们要不要也找个笔友？”

梁水懒懒的，说：“要笔友干什么？浪费感情。”

李枫然也摇了下头。

梁水跨在自行车上，拿过《少年少女》的杂志，随手翻了下，说：“全国有多少人看啊。至少有几千个人给上面的人写信，她回复得过来吗？”

苏起很自信，小脸放光：“我的信写得特别有趣，王衣衣一定会回复我的。”

“王衣衣……”梁水低头翻啊翻，看见了，说，“北京市西城区？那我也给她写一封信，说 ×× 省云西市实验中学初二 1 班那个叫苏起的女生写的信都是自夸。她一点都不有趣，贪吃又爱哭，每天做白日梦，还有暴力倾向。”

苏起抬手就要打他，手扬到半路，想起“暴力倾向”这个词，克制地收住了，说：“你敢！”

梁水不屑地“哼”了一声，把书扔给林声，说：“喜欢小燕子？喜欢花仙子？北京的学生也这么幼稚？”

苏起不满地白了他一眼，这家伙自从回归正常后，总一副大人的模样。说别人幼稚，自己还不是个小屁孩。

她骑上自行车准备走，回头看看邮筒，忽然开始焦虑——这邮筒又破又旧，锁都生锈了。

“这个邮筒会不会是废掉的呀？要是没有邮递员来收信怎么办？”

几个少年齐齐看向那个绿绿的铁邮筒，无法回答，他们谁都没见过邮递员开邮筒。

邮筒这种东西真的在工作吗？答案就像路边的消防栓一样。没人见过它们工作。真实性总叫人怀疑。

林声歪头看："上面写了字，好像是……每周一、三、五的时候，十……五点？"邮筒斑驳，白色的字迹难以辨认，"半？嗯，下午三点半来收。"

现在是周五下午七点。

"哎呀，早知道我就等星期一上午来投信了。"苏起懊丧道，她说着又跳下自行车，歪头朝投信口里边看，黑黢黢的什么也看不见，"如果下雨会不会有雨水进去，把信淋湿？"

梁水说："会啊。"

苏起惊讶："真的？"

梁水说："雨是倒着下的，会拐个弯儿绕过投信口上边的挡板，再钻进缝里去。"

苏起："……"

她不情不愿地骑上车，说："那万一有人捣乱，往里面倒水呢？"

梁水说："嗯，不错，我去买瓶水来倒着玩。"说着佯装要下车。苏起赶紧把他拉住。

梁水一副看傻子的表情看了她一眼，蹬着车往前走了。

其他人纷纷前行。苏起也踩动踏板，还不安地回头看了眼那个邮筒。她追着她的伙伴们，朝夕阳落下的方向而去。梁水的身影在最前边，仍是记忆里那瘦弱单薄的样子。

这样的画面好久不见了，她觉得莫名地温暖。

苏起不知道康提和胡骏究竟怎么样了，但那之后，她再也没见过胡骏。她有一次无意听到沈卉兰和陈燕聊天，说可惜了胡骏对康提一片真心。陈燕则说，做妈妈的，没几个狠得下心来只为自己想。

听那意思，应该是断开了。

苏起很开心，水砸不会有后爸了，他就不会不开心了。

一切又都恢复了原样，生活又变成了老样子。

他们照例上课、下课、玩耍、训练、回家。

苏起满怀希望地等待王衣衣的回信，她计算了一下，信从云西发去北京要一周，王衣衣看到信之后给她回信要一周，再寄回来也要一周。这样，一个月左右，她就能收到回信。

然而一个月过去了，王衣衣的信一直没来。苏起每天都跑去收发室看，始终没有她的信件。

她起先一天跑一次，梁水漫不经心地说："那个王衣衣肯定收了四百封信，她一天回一封，要写到一年后。"

路子灏伸懒腰："如果我一天回一封，回到第二十封的时候，我就不想回了。"

苏起很沮丧，说："我再也不找笔友了。"

梁水看她那样子，大发善心，说："你这么想要笔友吗？我可以给你当笔友。"

苏起眉毛揪成一团，说："你不懂。笔友是可以讲秘密的，你当然不行。"

梁水奇怪："你还有我不知道的秘密？"

"……"苏起想了一圈，的确没有，她说，"但我以后一定会有秘密的，而且是不能让你知道的秘密。"

梁水挑了下眉，不以为意："你要是有秘密，我就把它挖出来。"

"我才不给你挖。"苏起叫。

路子灏叹气："挖来挖去，你们挖萝卜吗？"

苏起对笔友的事仍有些惆怅，毕竟，她满怀真心地写了四页纸呢。但时间一天天地过，这件事也渐渐被抛之脑后。

直到有个课间，苏起趴在桌上看一本叫《那小子真帅》的小说。梁水一只手背在身后从教室外走进来，手指在她桌上敲了敲，笑道："这回你要怎么谢我？"

苏起抬头，狐疑："怎么了？"

梁水拿着信封在她面前晃了一下："经过收发室，看见你名字了。"

苏起惊喜地抢过来，是个粉色的同样画着水滴娃娃的信封，果然是王衣衣的来信。

拆开一看，厚厚的四页纸，讲了她的家庭，她在胡同的邻居和朋友。她说她也住在巷子里，但因为北京在发展，很多朋友都搬家了。她说她特别羡慕苏起还和儿时的同伴在一起。

不仅如此，王衣衣还寄来了照片，是一张在北海公园游玩的照片。照片里的小姑娘长相端正，头发短短的。她说，她们学校必须留短发。

照片不仅在伙伴们手中转了一圈，还在南江巷的大人们手中转了一圈。

苏起说她也要寄照片给王衣衣，还要带上和小伙伴们的合影。

林家民终于发挥优势，让五个少年站在那栋荒屋的红砖墙下照了张相。除此之外，苏起还央求他拍了儿时的秘密花园，她们充满生活气息的巷子，栀子花树，臭水沟，葡萄架，还有梁水的阁楼。

照片洗出来后，苏起很喜欢他们的合照，林声长发及腰，笑容微微；她自己束着马尾，笑容灿烂；路子灏只比苏起高一点儿，瘦瘦的，娃娃脸，笑眼弯弯。

梁水、李枫然已经比他们高很多了，一个神情闲散，一个面容安静。

阳光照在他们脸上，灿烂而白皙，如同时光。

年轻的生命，多鲜活啊。以至于谁都没有注意到照片中的背景——南江巷已开始斑驳老去。

得知苏起要写回信，南江巷的爸爸妈妈们都很好奇，提了一堆问题让她写在信里。

苏起选了张特别漂亮的花信封，又怕超重，贴了很多邮票。终于在一个星期一的中午，她在四个小伙伴的注视下，小心翼翼地把那封信塞进了邮筒。

直到很久后，苏起才想起来，那张合照没有备份，胶卷只洗了一份照片，就寄去北京了。那个时代，没有备份。有的，只是唯一。

2003 年春天，王衣衣在寄给苏起的第三封信里说，她可能有一段时间不能给她写信了，因为 SARS 越来越严重，死了很多人。在疫情得到控制之前，爸爸不让她出门了。她说她们家现在每天进门都要把衣服换洗一遍，学校停课了，商店关门了，街上都没人了。她从没见过北京那么空旷。

苏起收到信的时候忧心忡忡，还特意跑去山上的庙里拜菩萨，保佑王衣衣一家不要感染“非典”。当然，拜菩萨只用了十分钟，在山上和伙伴们却疯闹玩了一整天。

那段时期全国上下人心惶惶，连云西小城都紧张起来。程英英她们买了一堆白醋放家里煮，听说醋的蒸汽能杀掉 SARS 病毒，还买了很多板蓝根逼着孩子们喝下，据说能提高免疫力杀病毒。

李援平说他们瞎胡闹，什么白醋和板蓝根根本没用。可“非典”疫情太恐怖，连冯秀英老师都不相信自家老公的辟谣，督促李枫然每天喝板蓝根，说反正喝了没坏处，还能防感冒，再说万一真的有用呢。

苏起一直期待着学校停课，但云西市并没有人感染“非典”，整座城市仍在正常运转。只有老师在上课的时候会偶尔提一下“非典”，跟大家讲诉战斗在疫情一线的医生们的故事。

电视屏幕里那个令人恐慌紧张的疾病世界仿佛在遥远的另一端，与云西无关。

四月的下午，天朗气清，阳光明媚。

苏起坐在操场的看台上，托腮望着天空飘过的云朵。在云西城外有很大很大的世界，比如北京，那么北京的初中生会看到她看到的蓝天吗？

路子深哥哥很快要高考了，陈燕阿姨希望他报考省内的大学，离家近。但路子深说他要去北京或上海，去离家很远的地方。

他说，去很远很远的地方，那才是长大。

苏起也想长大，但以前她想留在云西，每天都去看长江。可现在她的想法开始改变——南江巷好像有些旧了，云西好像有些小了，小到连 SARS 都不来，他们无法参与。

想到这儿，她轻轻叹了口气。

“苏起，过来打排球啊！”付茜喊她。

现在是体育课呢，苏起居然没在体育课上乱跑乱跳，这实在是稀奇。

“来了！”苏起站起身，跳下台阶。不知怎么回事，她今天兴致不高，觉得身体不太舒服，但又说不出哪里不舒服。或许是因为心情惆怅，或许是因为体育课前一口气吃了两根雪糕。

苏起走到球网边，发现女生们都在往篮球场看。

班上的男生们正在打篮球，梁水运着球，绕过防守，转身一个起跳，篮球落进了篮筐。他转过身来跟他的朋友们笑了一下，汗湿的黑发一簇簇在额前跳动。

这家伙有什么好看的？

苏起说：“你们打不打球？”

女生们这才回过头。

苏起抛起排球，纵身一跃，挥手一拍，排球潇洒地发去球网对面。那边的同学抱着手接球，将球高高弹起，付茜跳起来有力一击，球急速飞回来，一下子砸在苏起的肚子上。

苏起猛地坐倒在地，腹部一阵剧痛的痉挛，疼得她眼前一黑。

“对不起！”付茜吓了一跳，慌忙跑来扶她，“苏起你没事吧？”

苏起疼得整个肚子都在烧火，她喘气道：“要不是你是我好朋友，我还以为你跟我有仇。”

付茜难过极了：“我不是故意的。”

苏起挥手：“知道啦，没事，意外意外。”

她不打了，退回一旁坐在树荫下休息。她稍稍缓了一会儿，可肚子里的坠胀感还没消失。

付茜那家伙力气还挺大。

下课铃响。她帮老师把排球收进竹筐，拖去体育器材室。

苏起放好筐子，还是觉得肚子难受极了，皱着眉头站在原地揉啊揉。

器材室门开着，梁水拖着篮球筐进来，一见她背影，愣了一下——苏起的校服屁股沟沟上有一小片血红色。

他第一反应是扔下筐子转身就走，走了一步发现不对，又回身看她，想说什么说不出来，又要走，又没走，往复几下，他烦躁极了，终于叫：“苏七七！”

苏起被他吓了一跳，回过身：“干吗？”

梁水张了张口，不知道该怎么组织语言。

苏起一副看傻子的表情。

梁水憋了一会儿，脸都红了，抓狂地挠了挠头发，急速道：“你裤子上有东西。”

苏起回头看，跟狗咬自己尾巴似的转了一圈，什么都没看到：“什么东西啊？”

梁水火了：“什么东西你自己不知道？”

“你不说我怎么知道？”苏起莫名其妙，“到底是什么呀？”

正说着，器材室的门被推开，别班的同学来还排球。

梁水突然一大步上前，抓住苏起的肩膀，将她扭过身来，推到墙边紧紧摁在墙上。

苏起猛地被他罩在墙边，条件反射地要推他，挣扎两下推不动，压低声音：“你干吗——”

还球的人偷偷打量，梁水回头，眼神很凶：“看什么看？！”

那人立刻扔下球筐跑了。

苏起把他推开：“你到底干吗？”

“你裤子——”梁水一张脸通红，别过脸去，“红的！”

苏起一愣，陡然明白过来，吓了一跳。不知所措之际，器材室的门又被推开，他们班体育委员拖着跳绳筐子进来了。

苏起背身贴墙站好，体育委员看见梁水，还打了招呼，说：“回教室吗？”

苏起目光求救地看梁水——别走！

梁水没看她，但跟体育委员说：“我等会儿，你先走吧。”

体育委员便先走了。

苏起急得跟热锅上的蚂蚁一样，刚才她只以为是被排球打了，现在晓得是怎么回事后，也不知道是不是心理作用，觉得内裤里越来越湿稠。

“水砸——”苏起脸皱成一团，扭过身去，“你看是不是又多了？”

梁水眼睛瞪圆了一瞬，别过眼睛去，不肯看。

苏起以为他没看见，急道：“你看呀！”

梁水别着脑袋，炸了：“我不看！”

“怎么办呀？我怎么回教室啊？”苏起正说着，器材室的门再度被推开，刚上完体育课，正是还器材的高峰期。

门推开的一瞬间，苏起还没反应过来。梁水迅速转身，一把摁住门沿，一手拉过对方手中的球筐把筐子扯进来，门被关上，上了锁。

这下只剩他俩了。

苏起脸上红一片白一片，哀声：“完蛋了。”

梁水扭头看她，不客气道：“你是猪吗？来……来，这个，你不知道吗？”

苏起也急了：“它第一次来，我怎么知道啊？！”

“第一次？”梁水好奇了一秒，嫌弃道，“你发育真慢。”

苏起简直想敲爆他脑壳：“我比班上的女生都小一两岁，我不慢！”

她气道：“我肚子疼死啦，你要这个时候跟我吵架吗？”

梁水哽了一下，烦躁地抓了抓头发，说：“你说你，怎么这种好事次次找上我？能不能让李凡跟路造也分担点儿？”话虽这么说，却忽然一抬手把自己的校服 T 恤脱了下来扔给她，苏起慌乱接住，衣服还有些湿，毕竟才上完体育课。

苏起说：“一股汗臭味。”

“你还嫌弃？”梁水眉毛差点儿飞上天，上前去抢，“还回来！”

苏起赶紧把 T 恤系在腰上遮屁股。他一步上前逼近她作势要抢衣服，手不经意揽住了她的腰。少年光露的胸膛抵在她眼前，男孩子的皮肤居然也很细腻，从胸膛到腰杆都瘦瘦的，肌肤上还沾着汗珠，有一股蓬勃的青春的气息。

苏起愣了愣，不知为何，一瞬间觉得他和以前不太一样。

梁水一低头，也觉得两人挨得太近了。她的脸就戳在他下巴前，红扑扑的，睫毛很长，眨巴眨巴，他也有些不自在，立刻后退一步，转过身去，说："我走了。"

苏起见他光着上身，只穿了条长运动裤，小声："校规不准光着……"

梁水已走到门边，回头瞟她一眼："那你把衣服还给我。"说着，拉开门走了。

苏起腰间系着他的 T 恤，回教室找女同学借了卫生巾，又拿卫生纸把裤子上的血擦了好多遍，总算擦干了点才回教室。

她上课迟到了，但林声帮她跟老师说了，老师没为难她。她进教室坐下，发现梁水的座位是空的，便在草稿纸上写"梁水呢"，然后又戳了戳付茜的胳膊。

"他没穿上衣，被罚跑圈去了。"付茜写完，又加了一行，"十五圈。"

苏起："……"

那节课上到一半的时候，梁水回来了，也不知是从哪儿借了一件湖人队的紫金色篮球服。他走进教室时，面色潮红，嘴唇都是干裂的。

他看都没看苏起一眼，从通道走过，苏起听见了他重重的喘气声，人一过，带起一阵带着体味的风，并不臭，有种说不清的荷尔蒙味道。

苏起回头看了他一眼，见他篮球服后背写着 Bryant24，衣服套在他单薄的背上，有些空而大。

他坐到自己座位上，人跟塌了一样陷进椅子里，趴在桌上没动静了，如一摊泥似的。只有肩膀的剧烈起伏显示着他还在呼吸。

苏起回过头来，看到语文课本下角的注释上写着"沾衣欲湿杏花雨，吹面不寒杨柳风"。

四月的尾巴一甩，南江巷的第十三个夏天到来了。

这个夏天有着格外不同的意义——路子深要高考了。

2003 年调整了高考时间，从七月提前到六月。这将是高考日期调整后的首次高考。

妈妈陈燕一会儿说调整了不好，复习时间生生少了一个月；一会儿又说还是调整了好，七月热死人，谁有心思考试啊，影响发挥。

路子深自己很淡定，和以前一样上下学，复习到深夜。

苏起从妈妈们的聊天中听说，路子深月考模考一般都考 580 分左右，能上个很不错的一本。

不过那时填报志愿是在分数下来之前，自己预估分后填志愿。陈燕觉得悬悬的，怕他估错了掉档，责怪说制度不好，为什么不能等分数出来了再填报志愿呢。

又听说明后年政策要改，出分数之后再填志愿。

苏起听了，跟林声说，感觉高考像一场赌博。

林声却摇头，说："不是赌博，还是靠实力的。子深哥哥一定能考得很好。"

苏起耸耸肩，不在意了。

高考对她来说还是很遥远的事，她更在乎《金粉世家》的结局。不知道金燕西和冷清秋会不会和好了重新在一起。

可看到最后一集，他们最终错过了，各奔东西。苏起难过地哭了，心想，为什么世界上要有悲剧存在呢？写悲剧的人真讨厌，一定是心理变态。

不过还好，高考来了，他们学校要拿去做考场，能放假三天。苏起对平白多出来的假期很开心。高考前一天上午，她去学校帮忙布置考场。

男生们忙着摆桌椅，把多余的桌椅搬出去堆在操场上。

苏起和林声拿着名字条和糨糊在桌子上贴考试条儿。

林声刷糨糊，苏起贴字条，两人仿佛工厂流水线般默契。每贴一次，苏起都拍拍字条上的名字，对那陌生的高考生说一声："祝你好运"。

直到——

"咦？路子深哥哥欸。"苏起兴奋地拿起那张字条给林声看。

林声也很开心，摸摸那张字条，说："没想到他在我们教室考试。"

"我要给他注入好运气，"苏起念咒语，"摩尼摩尼哄！"

林声笑起来，给课桌角刷糨糊，忽然说："咦？这是我的桌子。"

"哇，你们真有缘分。"

林声耸了耸肩膀，说："我也祝他好运。"

那天回家后，苏起和林声把这个奇妙的缘分告诉给了路子深。但路子深那个冷漠脸只是淡淡地“哦”了一声，并不在意的样子。

到了八月，路子深的高考通知书寄来了。他高考超常发挥，被同济大学录取。（苏起坚持认为，她的“摩尼摩尼哄”起了一小点作用。）

子深的妈妈陈燕笑得一天到晚合不拢嘴，各家妈妈都以路子深为榜样，让孩子们好好学习，争取将来考个好大学。

那段时间，路子深成了南江巷甚至北门街区的明星人物，走到哪儿被夸到哪儿。那个年代的云西，大学生很少，名牌大学生更少，考上同济大学是多么风光啊。

因为毕业了，考上了好大学，路子深有了很多豁免权，比如他可以去网吧打游戏，可以和同学去 KTV 唱歌喝酒，甚至可以外出通宵不归。

总之他做什么都是被允许的。

梁水等人羡慕极了，开始打着“我和路子深哥哥去玩了”的幌子跑出去撒野，但无一不被妈妈们揪了回来。

那时，一部叫《加勒比海盗》的电影上映了。苏起用梁水的电脑上网，被预告片震撼。可云西没有电影院。

苏起于是跟程英英说，她要坐火车去省城看《加勒比海盗》。路子深哥哥说了，那个电影特别好看，又宏大，能够开发孩子的想象力，而且锻炼英语。

程英英根本不信她的鬼话，刚好路子深从门口经过，程英英就问了一嘴。路子深说：“那个电影的演员我都很喜欢，约翰尼 · 德普，还有精灵王子。”

因为考上了好大学的路子深说了他喜欢德普，妈妈居然就同意了。

苏起顿时觉得考上好大学像是一把尚方宝剑！如果她考上了清华，简直是十把尚方宝剑轮着用。

不过程英英给了个前提条件——必须有小伙伴跟她一起。

苏起去找林声，可暑假林声找了路子深给她补习数学。她数学成绩太差。马上要初三，再不补就来不及了。

“七七，子深哥哥超凶的，我要是不上课跑去看电影……”

苏起想想路子深那张冷冰冰的脸，都不忍心难为林声了。

她去找路子灏，可路子灏家里要给路子深办升学宴，一堆亲戚，他走不开。

苏起便去找李枫然，李枫然当下就答应了，还订好了往返的火车票。

到了出发前的晚上，李枫然练完琴正准备睡觉，冯秀英对他说，要他准备一下，明天上午跟她去隔壁市见一个业内著名的老钢琴家。如果有缘，或许能拜师成功。冯秀英说，在国内出名除了实力，还需要人脉。

她收拾着家里，念叨着这些话。

李枫然一句没听进去，他坐在钢琴凳上，脑子里干干净净，什么都没有想，钢琴、老师，什么都没有。

他说："妈妈，我明天想去看电影。"

冯秀英正拖着地，愣了一下，立即道："不行！"她走过来，很不可思议，这孩子一贯是她最听话守纪的学生，怎么也叛逆起来了？

"枫然，你最近有什么压力吗？"冯秀英问，一副解决学生心理问题的语气。

李枫然抬头，只问："为什么不行？"

"这还用问为什么？"冯秀英很意外，这不是应该的吗？从小就教育的这么简单的道理还用问为什么？

"这么重要的机会你去看电影？你练了这么多年，要放弃懈怠了吗？枫然，你记不记得妈妈从小跟你说过，逆水行舟不进则退，少壮不努力老大徒伤悲。你现在荒废了学业，长大了生活困难的时候有你后悔的。"

李枫然手指摁在钢琴沿上，声音很低："就这一次。就放一天假，行不行？"

"不行！你没听懂我的话吗？人家老师不会为了你调整时间，电影想看下次可以看。再说了，玩物丧志的东西，看了做什么。"冯秀英扭头，"李援平你能不能说几句，这儿子是不是我一个人的？！"

李医生从学术文献里抬起头来："枫然啊——"

"我知道了。"李枫然打断他的话，起身离开了。

李枫然站在苏起家门口，昏黄的灯光从窗户里漫出来，照在栀子花树上。夜里的栀子花花香袭人，虫儿在草丛里叫嚷。身后，林声家林爸爸在唱歌。巷子尽头，路子灏家传来电视机播放电视剧的声响。

每家的灯都亮着，只有他独自立在夏风微凉的夜里。

他终于敲了门。是程英英来开的门。

苏起已经睡觉了，她想着明天要玩一整天，早睡便精神好点儿。

“枫然你有什么事吗？”

李枫然张了张口，没作声，如果程英英知道他明天去不了，肯定也不会准许苏起去了。

他几乎能想象出她失望的样子。

“没事。”他努力笑了一下，说，“我明天早上要先出去一趟，让她在火车站等我。”

“好的。你也早点休息啊。看你这脸色，最近又累着了吧？”程英英说，“练琴别太狠了，也要休息放松，知道吗？”

李枫然轻轻点头。

程英英关了门。

那道温暖的黄色的灯光从少年脸上消失，夜幕重新将他笼罩。

李枫然站在原地，脑子一片空白。

明天，明天，正对明天不知所措之际，巷子口传来脚步声。

梁水单肩背着运动包，插着兜走过来，见他戳在那儿发呆，奇怪道：“你站这儿干吗？晒月亮？”

云西开往省城的火车每天一班，早上八点半发车。

苏起起得有点儿迟，八点一刻才赶到火车站。她没看见李枫然，倒是老远看见了梁水。他一身运动服，插着兜，肩膀一高一低的，斜站在路边。明明是搞运动的，人很挺拔，却总爱歪歪扭扭地站着，不知从哪里学来的松垮痞子样。

正值夏天，早上的太阳也很大了，照得他眯起眼睛，不悦地打量着四周，一副等得极度不耐烦的样子。

苏起走过去，奇怪："你怎么来了？"

梁水劈头盖脸一顿训："几点了都？火车都要开了！"

苏起被他训得不太高兴，嘀咕："怎么是你啊？我想跟风风去，你脾气太差了。"

梁水本来就不好看的脸色又灰了一度，说："我走了。"

苏起心里翻白眼，手却把他拉住，往火车站拖："哎呀，赶火车啦！"

时间果然有点儿紧，两人检了票跑上站台，离发车不到五分钟了。

苏起把票递给车厢门口的检票员，回头却见梁水站在一旁，扭头望着站台的尽头。

好几年过去了，站台的尽头却仍是当初的荒地和碎石堆，火车站的院墙破破烂烂。很小的时候，他们曾从破洞里钻进火车站，跑到铁轨上玩。

他看着那块破了洞的墙壁，仿佛看见一个小男孩拼命奔跑的身影："爸爸！"

少年神色落寞而寂静。

火车响起的汽笛声让他回过神来。

苏起刚要说什么，检票员狐疑地说："你们两个干什么去？家长呢？"

"我们去看《加勒比海盗》，晚上回来的返程票都买好了呢。"苏起赶忙把回程票给检票员看。

检票员看她不像是要离家出走，但多打量了梁水几眼，最后还是让他们上了车，嘀咕："现在的父母也是心大，让小孩跑去省城看电影，稀奇。"

车上人不多，两人找了靠窗相对的位置坐下。

梁水把肩上的单肩包取下来，拉链拉开，拎出一大袋子零食丢到小桌板上。

苏起惊喜："买给我吃的？"

梁水说："嗯，够堵上你的嘴了。多吃东西，少说话。"

苏起："……"

她白他一眼，戳开一盒旺仔牛奶，又拆开一包话梅和卤鸡爪："你吃吗？”

梁水摇头，他懒懒地靠在椅背上看窗外。

“水砸，你觉不觉得你特别像一个人？”她往嘴里塞着旺仔小馒头。

梁水眼神移过来，示意她接着说。

“《没头脑和不高兴》里边的不高兴。”

梁水面无表情地盯着她看了一两秒，倏然一笑：“我就说你蠢吧。你这是在说你自己是‘没头脑’了？”

“才不是，”苏起说，“我跟你又不是一对。”

梁水不在意地弯了下唇角，不讲话，扭头看窗外的大片田野。

苏起啃着鸡爪打量他，觉得他跟平时不太一样。

他额头上戴了一个黑色的男生束发带，上头印着 NY 的白色字母。由于发带束着，露出饱满的额头，整张脸都格外立体清晰起来。火车窗外风景流动，晨光照在他脸上，在一侧打下阴影，苏起发现他皮肤很白，睫毛很长，鼻梁也很高。

她看了他一会儿，被他发现，他皱了眉，眼神在问：“你干吗？”

苏起趴在小桌上，问：“水砸，你在学道明寺吗？”

梁水：“……”

他低头随意抓了下头发，又抠了抠发带，眼神躲闪，说：“学你个头。”

“没学吗？”苏起见他头发根处有些湿，这才明白，他来火车站前去训练过。

体育队要求男生剪寸头，梁水不肯，犟着死活不剪。老师拿他没办法，任由他了。训练时头发长了麻烦，他就用发带箍着，老师也不管他。

火车在铁轨上哐当哐当。

苏起问：“水砸，你为什么不剪寸头呢？”

青春期的少年回答：“丑死了。”

苏起：“但剪不剪你都丑啊。”

梁水：“……”

苏起报了仇，咧嘴笑。

梁水不是那么大方任由她欺负的人，起身逼近她，要挠她胳肢窝。苏起猛地往座位上缩，却没躲掉，梁水手伸到她胳肢窝下挠了一下，苏起一团蜷在角落里，又是笑又是叫，她穿了件过膝的玫红色七分裤，露出一截光滑白嫩的小腿。

打闹中，她拿脚蹬他，小腿擦过他的手臂，滑滑的柔柔的触感。

梁水忽然不闹她了，中指勾起在她脑壳上敲了一下算结束，退回来坐在自己位置上。

苏起笑得脸都红了，脚放下来，这才认真说："我刚逗你呢，你还是长得很帅的。"

她这么一发自肺腑地夸他，他反而不知怎么接招了，不自在地看向窗外茂密的树林繁花，居然有些不好意思。

苏起："真的，你别不信我——"

梁水拧开一瓶水给她，忍够了："来来来，喝水，闭嘴。"

"我要喝营养快线。"

"行行行。"梁水堵上她嘴，水留给了自己。

火车哐当了一个半小时，抵达省城。

省城火车站高架林立，人流如织。两个少年站在巨大的站台上，一时找不到方向。梁水四处看，看见出口了，交代苏起："跟着我，别走丢了。"说着把书包带子递给她。

"哦。"苏起乖乖揪住他的带子。

他们像两片小小的树叶，夹在滚滚的人潮中下楼、上楼、过天桥、下地道，终于出了火车站。

站外的世界越发辉煌，四周高楼耸立，鸣笛阵阵，广告牌五颜六色晃人眼，连公交车都比云西市的小公交要大一倍。

"水砸你看，有天桥！"

两个少年跑到天桥上，趴在栏杆边看宽阔的街道、茂密的梧桐、川流不息的车流人群。

"真大。"苏起说，"哈尔滨有这么大吗？"

“我感觉这里人更多。”梁水说。

“我长大了要去很多城市看。水砸，我们一起去吧。”

梁水耸耸肩：“可以。你记不记得，我们之前去昆明，约好了一起去北京看奥运会的。”

苏起数了一下年份，说：“那时候我们上大学了。一起去呀。”

他微微笑了笑，说：“希望当初去过昆明的，都能一起去。”

苏起知道他在说谁，语气肯定地说：“可以啊，那时候你长大了，你有发言权了，可以把你想见的人都接过来。”

“我想也是。”梁水说。

他们又看了好一会儿，苏起忽然问：“电影院在哪里啊？”

他们下了天桥，找人问了电影院的位置，朝那个方向走。经过一个广场，苏起看见移动厕所，说刚才水喝多了要去上厕所。梁水跟着她走。

苏起说：“你在这儿等我就行啦。”

梁水说：“算了，跟着你吧。万一你丢了，我去哪儿找啊？”

苏起指着那个厕所：“就在那儿，怎么可能丢呢？我又不是猪。”

梁水说：“可你是啊。”

苏起：“……”

她狠狠剜他一眼，扭头跑了。

等苏起出来，发现梁水站在附近，脑袋上方半米处多了个粉色的氢气球，气球憨头憨脑的，随风轻晃。

梁水在绳子上打了个小结，穿在她手指上，说：“这里人太多了，万一走远了，我可以一眼就看见你。”

苏起正感动呢，梁水说：“主要是你太矮了。”

苏起叫道：“我已经很高了！而且还能长呢！你不能拿我跟张余果比呀。”张余果是体育队的女生。才读初二就已经一米七五了。

梁水“呵”了一声。

气球缠在苏起手指上，跟着两人颠儿颠儿地飘去电影院。

刚走过广场，两人就看见一家音像店，店口贴着《叶惠美》的海报。

两人对视一眼，立刻钻了进去。

这家音像店比云西的大多了，木架上摆满了CD、VCD，像一个巨大的图书馆，有上下两层。

还有一个试听区，可以戴着耳机试听。

苏起和梁水戴上耳机，选了专辑《叶惠美》。

苏起兴奋地搓手："我们先听哪首歌？"

梁水："女士优先。"

苏起说："那我想听《晴天》！"

"行！"

两人选了《晴天》，曲调一出来，少年少女便相视而笑了。

听到"Re So So Si Do Si La So La Si Si Si Si La Si La So"时，苏起忍不住打着节拍，跟着摇头晃脑起来。

偌大的音像店，周围的世界突然不存在了，只有他们两个在同一个《晴天》的世界里。

梁水和她对视着，彼此眼里都闪着光，听到歌曲复调时，两人已经会哼高潮部分了："从前从前，有个人爱你很久，但dadadadada……"

只是唱了一两句，就不知道歌词了，但他们跟着"dadada"唱完了这首歌。

摘下耳机，苏起兴奋地蹦起来："周杰伦从来不让人失望！"

梁水心情也很不错，说："我送你一张碟。"

"真的吗？"苏起惊讶，看一眼价格，正版的，"好贵呀。还是算了。"

梁水并不太在意价格，把碟片买下来，说："你也不用不好意思，虽说是送给你，但我也会拿来听的。"

他们几个的东西从来都是流通使用的。苏起于是愉快地接受了。

从音像店出来，直奔电影院。

梁水买了两张票，发现看电影的都是附近的大学生，一对一对，应该都是情侣。

他们两个小小少年站在人群里，格外稚嫩青春。

苏起又要上厕所了，把气球交给梁水牵着。

梁水接过气球，道："果然像我妈妈说的，懒人屎尿多。"

苏起抬脚踹他，他轻轻一滑，脚步就躲开了。

苏起排队上完厕所，发现洗手台上居然有洗手液，她第一次见洗手液，好奇地挤了几滴在手上搓泡泡玩。正搓着，两个女大学生走进来排队，议论：

"哇，刚才那个男生好帅。"

"你好意思吗？那么嫩，一看就是初中生吧，你还发花痴。"

"个子那么高，万一是高中生呢？就算是初中生，也只比我们小四五岁好不好？你不觉得很帅吗？"

"是好帅哦，但肯定有女朋友啦。"

"哎……也是，他拿着粉色气球——"话音戛然而止。

苏起透过镜子，撞见了那两个女大学生的眼神——她是这个洗手间里年龄最小的一个。

她默默冲掉手上的泡泡，关了水龙头出去了。

梁水靠在墙边等她。他一身黑色运动服，刚好靠在影院一整面红色的墙壁上，粉气球浮在上边，像一幅招贴画似的。

见她出来，他站直了身子，把气球套在她手指上。

苏起抬手给他闻："我手特别香。"

梁水条件反射地弹开："拉屎了没洗手吧？"

"不是！他们这里有洗手液，就是像水一样的肥皂。很香。"苏起自己嗅了嗅，又递给他闻。

他再次嫌弃地躲开："臭。"

说着，却走到柜台，给她买了爆米花和可乐。

两人检了票进影院，苏起要吃爆米花，没工夫管气球，梁水把气球拿过去搁在身前，以免挡到后边的人。

电影两个半个小时，剧情精彩，特效震撼，放完后，两人都有些意犹未尽，走回火车站的路上一路都在讨论。

苏起喜欢杰克船长，觉得他聪明鬼机灵，也很喜欢黑珍珠号；梁水喜欢巴博萨船长，觉得他不死之身特别酷。他们讨论黑珍珠出水的那一幕，讨论后边的海上大战，一直到坐上了火车，夕阳余晖透过车窗，照得彼此的脸颊光彩熠熠。

今天这一趟来得太值了，他们从没看过那么好看的电影。大荧幕比用VCD放映在电视里看的震撼多了。

苏起说："我特别喜欢威廉，他长得真帅——"

话音未落，梁水拉细了声音学她的语气："我长大了要嫁给他——"

"……"苏起鼓着嘴巴白他一眼，继而又扑哧一笑，说，"风风说他还演过什么精灵……哦，精灵王子！"

"我家有《指环王》的碟子，你要看吗？"

"好呀！"

苏起回家后，气球都没放就直奔梁水家阁楼，坐在凉席上看《指环王》。

看着看着，她瞪圆了眼睛——那个演员在《指环王》里更加帅气了，是真正的精灵王子。

看到一半，康提在楼下喊："水子，西瓜切好了，端上去给七七吃。"

梁水坐在原地不动，苏起拿脚踢他："去端西瓜。"

梁水："谁要吃谁去端。"

"去啊。"苏起又拿脚踢了他一下。

梁水淡淡道："你再踢我对你不客气了。"

苏起是典型的吃软不吃硬外加作死不信邪，又是一脚踹过去。

下一秒，梁水陡然起身抓她。苏起反应极快，跳起来就要逃，却不及梁水更快，一把抓住她的手臂："今天不信收拾不了你了。"

苏起赶忙挣扎，一不小心没站稳倒在了床上；梁水攥紧她两只手，紧跟着将她摁在床上，居高临下俯视着她："还踢吗？嗯？"

苏起不服输，可双手被他捏得死死的，她一脚踹过去，梁水一只脚跪在床上，膝盖一挪，把她的腿也压紧在床上，他一挑下巴："再踢啊？来！"

苏起还要反抗，猛的一挣扎，大腿一扭，梁水的膝盖从她腿上滑下来，他一个没支稳，人骤然往下一垮，整个人扑下去压倒在她身上。

男孩子的身体精瘦的、有力的，带着蓬勃的夏天的气息，重重压在苏起身上；他的脸撞下来，和她的脸一擦而过，她的脸颊出乎意料地细腻，柔软又坚硬的感觉。

他的胸膛紧压在她身上，她似乎能感觉到他剧烈的心跳。

或许那是她自己的心跳。慌乱的，紧张的。

苏起浑身都僵硬了，什么痒啊，笑啊，闹啊，全忘了，只剩下热，仿佛全身的血管都在燃烧。

梁水也愣了一下，只觉得她软嘟嘟的会被他压坏，他立刻撑着床单，手忙脚乱地从她身上爬起来，一扭头，李枫然端着一盘西瓜站在门口，静静看着他们俩。

空气有一瞬间安静得十分可怕。

几秒后，李枫然走进来，把盘子放在茶几上，寻常地说："你们怎么又打起来了？"

梁水稳了稳，说："她找打。"一屁股坐在沙发上，看着电视里的精灵王子。

苏起也立刻坐起来，假装是平时玩闹的样子。但她脑子里一团乱，为什么乱她也不知道，只知道心跳像要爆炸一样。

李枫然问："今天电影好看吗？"

"好看。你没去看可惜了，那个特效……"梁水和他讲起了电影。

李枫然听着，看了眼苏起，从她坐起身之后，她一直没说话，她太安静了。

她坐在一旁很认真地吃西瓜，很认真。她脸上潮红潮红的，像西瓜一样红。

李枫然心里忽然闪过一丝说不清的刺痛。

他感觉到，什么事情在悄悄地不可阻挡地发生，而他错过了。

仿佛在暗地里什么地方，花苗破土而出，却不是为他。

家长夜话

程英英："我听冯老师说，枫然被那个老艺术家收作学生了，说是一见枫然就很投缘。"

康提："是吗？那挺好啊。"

程英英："以后他会跟着老艺术家演出，圈子里的人一认识，新闻一写，慢慢地就会出名了。"

康提："真好，也不白费那孩子辛苦练了那么多年。"

程英英："水子也不错啊，回回比赛拿第一。我看这么下去，我们巷子里还真会出一个奥运冠军。"

康提："唉，水子身体素质还是差了点，太瘦了，也增不上去。他教练都说稀奇呢，居然能跑那么快。我得跟教练商量下，找找国外的短期培训。"

程英英："欸，说实话，你是不是挺希望把他培养成冠军？"

康提："哪儿啊，他喜欢我就让他弄就多支持呗。要是他哪天突然不想搞了，我也不拦着。人活一次嘛，想干什么，尽兴就好。"

程英英："你就放心吧，水子这孩子争气。"

康提："争不争气我不指望了，就希望他开心，多笑。哎，你说这人吧，梁霄当年不争气，只晓得搞开心，我嫌弃得要死。对老公，跟对儿子，要求还真不一样。"

程英英："废话，那能一样吗？"

Chapter 11

秘密

时间是一件神奇的东西。身在其中，它慢如蜗牛；回首一看，它快若流星。

苏起觉得，在无数个上课打瞌睡的时刻，时间慢得仿佛凝固一般，那该死的下课铃仿佛在一个世纪之后，迟迟不响。上学的每一天都格外漫长，一节节的课程像永远看不到尽头的火车厢。每个星期一盼望着星期五下午到来的心情，正如在冬季等待候鸟归来般绝望。

可暑假一过，当她上了初三，她忽然发现初一、初二的时光仿佛一瞬如流水般从指间漏走了。

第一次穿着校服走进学校，听到高年级的学生说："哇，小弟弟小妹妹们来了。"那一刻仿佛还在昨天。一眨眼，他们已变成初三的大哥哥大姐姐。

她走在学校里再不会缩手缩脚，她悠然自得，十分自在，看一眼低年级学生露出那犯傻的样子，心里不免叹一句：呵，小学生的稚气都没退呢，傻乎乎。

这么想的时候，她正吃着浪味仙，和付茜一起去小卖部买零食回来。

几个初一新生笑闹着在她们周围跑过来冲过去。

“小屁孩。”她说。

付茜道：“你也没多大，好不好？”

苏起走到楼前，一抬眸，看见四楼的栏杆边趴着几个学生。

梁水也在。

她的心忽然就静了一秒。

苏起他们三年都在这个教室，这栋楼的楼梯间是镂空外挂的，与 1 班的走廊刚好平行。

苏起上到四楼，迎面就看见了梁水。

他趴在栏杆边，双手闲闲地搭在围栏上，手指很长，不安分地乱动着。侧脸轮廓分明，碎发落在眉上。长长的黑黑的睫毛低垂着，看着楼下。

不知是此刻的阳光太灿烂，抑或是别的，她觉得梁水整个人都变得耀眼了。刚才在楼下隔那么远，她都能一眼从那么多人里认出他。

苏起咬着浪味仙，心想，她从楼下经过时，他有没有看见她呢。

不过——她不由自主地摸摸自己的头顶——应该没什么好看的。

楼梯间和教室形成一个 L 形的走廊拐角，苏起也到栏杆边趴着，梁水似乎是感觉到她的目光，眼神朝她移过来。

她的心轻轻拨动了一下，像微风拂过水面。

梁水只是寻常地看她一眼，又移开了眼神。楼下有体育队的人经过，他忽然唇角一勾，笑了起来，朝下边吹了个响亮而清脆的口哨。

下边人抬起头，打了个招呼：“哟！水哥！”

怎么以前没发现他吹口哨很好听呢。

苏起若有所思，一个没注意，手上的浪味仙掉地上了。

她捡起来，觉得可惜。要不是周围有人，她就自己吃掉了。

她忽然眼珠一转，走到梁水身后，梁水正侧身跟朋友说话，眼角的余光看见了苏起，瞟了她一下。苏起把浪味仙递到他嘴边：“啊——”

梁水一时没反应过来，竟无意识地乖乖把脑袋凑过来，张嘴接住了她的喂食。

苏起狡黠一笑，扭身就走。

梁水话说到一半，嘴里含着浪味仙，忽然意识到她行为反常，皱了眉，含混道：“是不是掉地上的？”

苏起拔腿就跑，梁水已迅速把东西吐出来包进纸里团一团，起手一扔，精准地砸在苏起的太阳穴上。

他呵呵道：“跑呀。”

苏起捡起纸团，瞪了他一眼，回过头来，笑容却不自觉放大，差点儿没笑出声来。她溜进教室，蹦着跳着把纸团扔进了垃圾桶。

上课铃响，她心情很不错地回到座位上。

是节历史课，苏起早把历史书当故事书看完了，对老师讲的课便不那么感兴趣。

她心不在焉地靠在椅背上犯懒，窗外几个隔壁班的男生经过，唱着周杰伦的歌：“不知不觉，一节课过去鸟——”

课堂上响起笑声。

苏起扭头看外边，她厚厚的长长的马尾一甩，后排的梁水“嗞——”一声。

苏起赶紧回头，看见自己的马尾尖尖再次从梁水脸上打过去。

“……”梁水微抿着唇，表情平静，眼神一副要砍死她的样子。

苏起冲他吐吐舌头，回了头。

不到三秒，头发被人一扯，她猛的一仰头：“啊！”

正讲课的老师抬起头来，苏起赶紧闭了嘴，低下头去。老师继续讲课。苏起回头，狠狠瞪了梁水一眼，生气地搬着椅子往前挪，以示和他划清界限。

可没想到梁水腿长，两只脚都蹬在她的椅子后栏上，她这一搬椅子，梁水力没收住，惯性往前一蹬。

“哗——”一声椅子摩擦地板的巨响，苏起跟坐着滑椅一样迅速往前一滑，胸脯撞到课桌上“砰”的一声。

她成了夹在椅子背和课桌间的一块瘪瘪的夹心饼干。

老师再度抬起头来。

同学们都看过来。

苏起红透了脸，恨恨地回头看梁水。

梁水耸了下肩，一副“sorry 啊”的样子。

苏起把椅子摆好，低头看书。不知过了多久，背后被人用笔戳了一下，她抖了下肩膀，不理他。他又戳了一下，她又抖了下肩膀，还是不理他。

他不戳了。苏起气得鼓起嘴巴。

可两三秒后，那支笔再次碰到她的后背上，轻轻地在她背上画了三下。笔头痒痒地隔着校服摩擦着，那三下是一个笑脸：

^_^

苏起心软了，微微回头。梁水歪着头，一边肩膀斜挨着桌面，一边冲她挑了下眉——他的手伸在桌子底下，有东西要给她。

苏起慢慢往后坐好了，一边盯着老师，一边偷偷把手从背后伸过去，摸到桌子底下，忽然触碰到了他的手指，凉凉的，细腻的，她的心莫名一紧。下一秒，梁水迅速塞了包东西在她手里。

她拿出来一看，是一小袋花花绿绿的 Sugus 瑞士糖。苏起吃过这种糖果，含在嘴里像果汁融化了一般浓郁。一见到那黄色的柠檬味，她嘴巴都酸了。

忍不住了。她趁老师拿着教材从通道走过，偷偷撕开袋子，拿出一颗黄色的糖果，撕开包装纸。

她假装铅笔掉在地上，弯腰去捡，趁机把糖果塞进嘴里，然后从课桌下抬起头来，一下子迎上了历史老师的眼神。

苏起：“……”

唔，嘴巴里柠檬味在融化。

历史老师：“苏起，到讲台上去，带着你的糖。”

苏起低着脑袋，抓着一包糖走上讲台。

历史老师放下书，抱着手：“来，在讲台上把这包糖吃完，吃完了再下来。”

苏起冲老师尴尬微笑，但老师不心软。她红着脸，拿出一颗来，刚撕开糖纸，瞥见梁水坐在底下笑，她忽然说："老师，糖是梁水刚刚给我的。"

全班同学齐齐扭头。

梁水微微瞪了下眼，一副不敢相信她居然拖他下水的神情。

老师："是吗，梁水？"

梁水没否认。

老师："你也给我站上来！"

梁水没抗议，抓了抓头发，无奈地起身，居然还跺了跺脚把裤子抻了下。他走到讲台上，看了老师一眼。

"快吃啊，别耽误同学们的上课时间。"

梁水又扭头瞥了眼祸害自己的犯罪分子苏起，她居然很平静，反正这是她经常会干的事儿，他丝毫不意外。她自然也丝毫不内疚。

两人对视一下，无声地默默地剥开糖果纸，把糖放进嘴里。

梁水稍稍挑了下眉，一副"嗯，真的还蛮好吃哦"的欠扁样子。

前排有同学笑了起来。

一包糖果只有七八颗，两人一分，很快就可以吃完。

苏起吃到第三颗，看梁水那认真享受的模样，忽然没忍住，别过头去笑了一下，又赶紧调整好表情。

但老师还是看见了，说："这么好笑，都给我站到教室外头笑去。"

苏起："……"

梁水瞥了苏起一眼，带着"成事不足败事有余"的淡淡神情，转身走出了教室。

两人一高一矮齐齐在走廊里罚站。

梁水看着面前的楼梯间，说："苏七七你恩将仇报，我送你吃的，你拖我下水。"

苏起说："我说的是真话，本来就是你给我的。"

梁水说："你给我等着。"

身旁一道阴影，历史老师站在侧后方。

“罚站还讲小话，啊？！”老师简直忍无可忍了，指了下楼梯间的台阶，说，“梁水，你给我站到那里去。”

“……”梁水明白是什么意思，挠了下头，走到台阶前，前脚掌站到台阶上，后脚板悬空，他人晃了一下，便站稳了。

苏起看他这么站着，忍不住想帮他求情：“老师，其实——”

老师转过头：“你也照他这么站。”

苏起：“……”

梁水这下开口了：“老师，她是女生，站不稳的。”

老师毫不留情：“都给我站到下课！”说着进了教室。

苏起默不吭声，一半脚掌踩上台阶，罚起了站。

这下两人都不说话了，各自面对楼梯，半只脚掌踩在台阶上站着。

苏起起先还觉得站一站不要紧，可渐渐就开始吃力了。她不知还有多久下课，她脚板心越来越酸痛，背后都要出汗了。

实在太酸了，忍不了了。

她身体微微前倾，想移动重心缓解一下。忽然，梁水伸手过来，指尖钩了下她的手心。她一愣，他已将她的手紧紧握住，一股向上的力量涌上来，将她撑了起来。

苏起被他的手掌撑着，脚上的压力瞬间减轻。

她微微扭头看梁水，他正视着前方的楼梯，侧脸平定而淡漠，仿佛没事人一样。但她的手和他的手紧紧握在一起，她能感觉到他手臂因发力而轻轻震颤着，一股紧绷的力量源源不断托举着她，支撑着她。

苏起眨巴眼睛，看向前方。她觉得有些热，他的手好热，滚烫而有力。那股热度顺着手心直抵心间。太热了，她的手心出汗了，心也快沸腾了。

奇怪，小时候不是这样子的呀。

阳光在招摇，风在吹，老师在讲秦始皇。

世界好安静啊。

她的心跳声在耳边扑通扑通，扑通扑通。直到丁零零，下课铃声终于响起。

梁水松松地往后一落，下了台阶，手还撑着她，问："脚麻了？"

苏起握着他的手回头，活动一下腿脚，摇了摇头："没有。"

"那就好。"他松了她的手，回教室去了，一边走一边无意识地甩了甩酸痛的手臂。

她却站在原地，脑袋空空的，好几秒都没反应过来。

秋风一卷，窗外的树叶又掉光了。

苏起最后压了一下腿，抬头时，见练功房外的树木光秃秃的。

下课了，她换衣服鞋子时冷得瑟瑟发抖。

付茜忽问："苏起，你以后想读哪个高中？"

云西中心城区有五所高中，好学校只有云西市第一高级中学。另外几所升学率低，学风也差。

苏起想也不想，说："我要上一中。"

"除了体育生，高中不招其他特长生了，你知道吗？"付茜忧伤地说。

艺体班只有一届，更像是个试验。在她们之后，实验中学没再招过专门的特长生班。艺体班里很多是低分进来的，如今面临高中，没这个优惠了。

"不过你成绩好，肯定能考上。"付茜说。

苏起说："还有一个多学期呢，你加油复习嘛。"

"但学习好难呀，我的脑袋转不动。"

苏起不知道怎么接话，就抬手摸了摸她的脑袋。

走出练功房，天色昏暗。

其他班的学生早放学回家了。

苏起今天要做值日，得回趟教室。

她有些忧心，路子灏和李枫然的成绩都不错，梁水马马虎虎，但他拿了好几个短道速滑的奖项，上一中是板上钉钉的。她担心林声，林声的成绩一直在中游徘徊，数学尤其差。路子深给她补了一个暑假后，这学期好点儿了。要是寒假能继续补就好了。

教室里一个人都没有。

四十几张椅子齐齐倒立在课桌上，四脚朝天的样子。

苏起看其他人下课时间还早，也不急着做值日，把自己的椅子放下来，拿出刚买的新本子。她最近喜欢收集漂亮本子，总忍不住买，零花钱都花光了。

下午她给王衣衣写了封信，现在检查下错别字，就可以寄了。

她看着看着，发现“梁水”出现的频率有点儿高。从生活小事到心情感叹，哪儿都有“梁水”。

她愣了一下，心跳有点加快。

梁水……

这两个字真好看，她无意识地在空白信纸上写，写了一遍，觉得“梁”下边的“木”写大了；又写一遍，“水”字的一撇撇远了；她一遍遍地练，写啊写，终于写了一个完美而潇洒的“梁水”。

真好看。

那两个字飘逸地站在纸上，像一个挺拔的人儿。

她很满意，原来她这个手残也能把字写得这么好看。

正开心地瞧着，走廊上有人走过。苏起猛回神，原来只是隔壁班逗留的同学。苏起一看满纸的“梁水”，吓了一跳，赶紧把纸撕了，丢去垃圾桶。她怕被倒垃圾的人发现，又把那张纸撕成了无数个写着“梁”和“水”的小方块，再把每个小方块撕得粉末状，跟下雪似的撒进垃圾桶。

最后拿扫帚把里头的垃圾跟炒菜似的翻了一遍，这才长出一大口气。

她放下扫帚走回来，经过梁水的课桌，心头忽地一动。一个小小的心思冒出来。

她跑出教室，在走廊上、楼梯间、栏杆边望了一遭，到处都没人。

她回到梁水课桌前，丢了本自己的书在地上，打算如果有人进来，她就假装捡书。一切准备好，她把挂在课桌上的椅子往旁边挪了挪，偷偷往里边瞄。

梁水的课桌抽屉不算整齐，但也不凌乱，左边胡乱堆了一摞课本，右边一摞作业本和《灌篮高手》还有《犬夜叉》漫画书。上头放着一包薯片和绿箭口香糖。

很普通的男生抽屉，并没有什么特别的地方，但苏起觉得很稀奇，甚至觉得他抽屉里有木头香和书香，她好奇心爆棚，仿佛这里是秘密花园。

她抽出他的数学书翻看，上头居然有很多笔记和公式，男孩的字飘逸潦草，看着很利落，特立独行。他的数字，尤其是 4、5、9 写得特别好看，还有字母 xyz π α β 都写得很潇洒。

她仿佛在欣赏名家大作，开心地看了好一会儿，又翻出英语课本，只见很多分辨不出来的鬼画符和蚊香乱圈圈，一看就是上课打瞌睡手指不受控制留下的印迹。

但她忽然看到了她的名字："Su Qiqi"。

是用艺术体写的，字母 S 写得尤其洒脱漂亮。她还来不及惊讶欣喜，突然发现下面还有其他人的。

"Liang Shui"

"Li Fengran"

"Lin Sheng"

"Lu Zihao"

原来是上课的时候无聊在画字体。

苏起把他的课本原封不动放回去，捡起自己的书，起身，又见他课桌上画了个憨头憨脑的光头小和尚，旁边站着一只狗。

苏起："……"

再一看，前边自己的椅子背上有一行字："苏七七是只猪。"旁边画了个小猪头。

苏起："……"鬼知道那是他上什么课的时候刻上去的。

她坐回座位，掏出草稿纸，学着梁水的笔迹在上头练习 a、b、c、d 英文字母，写了没一会儿，窗外楼梯间传来脚步声，一步两台阶，很轻跃。

苏起听得出脚步声是谁，假装没听到，飞速掏出英语单词本抄单词写作业。

等等，她为什么要装？

脑子还没转过来，梁水已走进教室。

她没抬头，仿佛此刻写的是重大机密，必须全神贯注全力以赴。

梁水走下讲台，穿过通道，纳闷道：“今天不是你值日吗？还没扫地？”

苏起陡然想起正事，猛地抬头。

梁水刚训练完，一脸潮红，发带箍在额头上，头发湿成一簇簇的，手臂上还挂着几滴汗珠。

苏起说：“你别着凉了。”

他呼吸声很重，把运动包放在桌上，拿毛巾擦了下汗，又把发带扯下来，揉头发。空气中顿时弥漫着一股运动过的蓬勃少年的味道。

她回头看他，他拿毛巾搓着自己的头发，像搓着一只大狗头。

他拿眼角斜她：“看什么？”

苏起眼神慌忙落在桌上，见他的腕带和发带堆在那里，胡乱说：“臭死了。”

“臭吗？”他漫不经心地随口说，“你帮我洗啊。”

苏起：“行啊。”

梁水倒愣了一下，狐疑：“真的假的？”

“真的。”苏起一把抓住那团黑色，手心的触感温热而湿润，塞进自己的书包里，“明天给你。”

梁水还不相信：“你是不是背着我干了什么坏事？”

苏起不搭理他，也不看他的眼神，继续假装非常认真地写作业。

梁水收好毛巾，灌了瓶水进肚，见她还坐在位置上写作业，走到教室后头去，拿起扫把，从一组开始扫地。

苏起听到动静，这才想起自己又忘了，忙起身说：“还是我来扫吧。”

“少给我装。”梁水哼了一声，他弯着腰扫地，头也不抬，“一值日就偷懒。我算摸透你了。”

苏起吐吐舌头，偷笑着拎了拖把出去。她轻快地走上走廊，哼起了歌：“我的世界变得奇妙而难以言喻……”

水池在走廊尽头 3 班的门旁，她拧开水龙头冲洗拖把，一边冲一边晃着拖把杆扭腰跳舞："一开始我只顾着看你，装作不经意心却飘过去，还窃喜你没发现我，躲在角——"

梁水拎着垃圾桶过来倒垃圾，一副看着傻子的表情。

"……"苏起闭嘴，收表情，用力地挤拖把，水龙头流水哗哗。

梁水对她这样子早习以为常，白眼都懒得翻，他把垃圾从楼道里倒下去，见她洗拖把洗得费劲，从她手中拿过拖把杆，说："我来。你把垃圾桶拖回去。"

"哦。"苏起拖着空桶子回去，脚步轻得能起飞。

回到教室，李枫然刚好上楼来。不到半分钟，梁水拎着拖把回来了，路子灏、林声和他一起。

大家收拾好教室，关上门窗回家。

深秋初冬，夜风寒凉。

梁水用力拉紧了脖子上的围巾。

苏起刚把自行车推出车棚，猛的一顿："完了，我手套忘在教室了。"

梁水皱眉："你怎么不把自己丢教室啊？"

李枫然正要说什么，梁水已褪下自己的手套，不客气地砸在苏起脑门上。苏起哀怨地瞪他一下，捡起掉在地上的手套戴好："哇，你手怎么这么大？"

梁水没搭理她。

"感觉你手套也是臭的。"她故意说。

梁水忍不了她了，回头要抢自己的手套。苏起已迅速溜走，一踩自行车骑过了操场。

她心情很好，踩着单车，忽然提议："我们去玩赛车机和篮球机吧。"

路子灏说："唉，不行。我爸最近在家，回去迟了会训我的。"

大家同情地叹了口气。

暑假路子深上大学时路耀国回来过一次，国庆假期回来一次，前段时间又回来一次，回来得特别勤。

林声说："看来你爸爸很想你和你妈妈。"

路子灏吐苦水："但他管我管得太严了。"

一路聊着天回了家。

苏起一进门就拿了水盆和香皂，蹲在厕所里给梁水洗腕带和发带。

苏落走进来，说："姐姐，你在干吗？"

苏起吓了一跳，说："不要你管。"

可苏落那小崽子眯着眼睛打量几下："这是水哥的吧？"

苏起心里一惊，慌得像做贼一样。没承想苏落接下来说："你怎么这么好，还帮他洗东西？是不是你干了什么坏事，被他抓住把柄了？"

苏起说："大人的事你问那么多干什么？嗯？作业写完了吗？课文背诵了吗？明年小升初考试准备好了吗？"

苏落挠挠头，说："操心你的中考吧。嘁。"

苏起扬手："你跟我说什么？'嘁'？苏落你是不是没大没小了？！"

苏落抱着脑袋逃走了。

"下次给我等着。"苏起重新蹲下洗带子，洗着洗着，想起苏落说的话。

抓住了把柄？

嗯，如果她是一只猫，她一定被梁水揪住了尾巴。

苏起："喵——"

她开心地喵喵叫着，把腕带洗得喷喷香，又担心天气冷迟迟不干，把小太阳拿出来烤火。

她守在旁边跟翻煎饼一样，又怕烤不干又怕烤坏。

隔着门窗玻璃，巷子里几个妈妈在交谈。

"转过年就中考了，又不能特招，我快急死了。"这是沈卉兰的声音，"等寒假再请子深帮她补习。最近在家也别画画了。"

康提不担心梁水，问："七七成绩还行吧？"

程英英说："考一中应该没什么问题。她最近学习也勤奋了点儿，不过老师说她上课还是喜欢讲小话，还偷吃零食。这孩子啊，说不听。"

正说着，突然传来一声巨响，仿佛是花瓶砸在电视机上。

谈话声戛然而止，巷子里各家的窗户都静了一秒，只有李枫然的窗口传出钢琴声。

下一秒，女人愤怒而悲怨的哭号声刺破夜空："路耀国你这个狗杂种，我捅你先人！"

琴声骤停。

漆黑的冬夜，昏暗的巷子，尽头那户人家，椅子砸墙声，玻璃崩裂声，仿佛要拆了家。

几个妈妈们对视一眼，大事不好，立刻赶去路子灏家。男人和孩子们也随即赶去。

路子灏家中一片狼藉，被砸得稀巴烂，陈燕把能看到的一切都砸了，还不满意，抓起凳子往桌子上砸；路子灏站在墙角，呆若木鸡。路耀国则垂着脑袋坐在一旁，一副犯了大错的模样。

康提和程英英拦住情绪激动的陈燕："这是怎么了？"

陈燕已哭得满面泪痕："路耀国你个没良心的，你以为自己是皇帝啊？给我搞个婊子和杂种出来！我给你们路家生了两个儿子还不够，你还在外边做窝。你在广州跟人家庭美满，我在云西给你守活寡，你这挨千刀的也不怕报应！"

在场之人全都震住了。白炽灯照得人面色惨白如鬼魅。

"九岁了。"陈燕抓着程英英的手，号哭，"广州的那个都九岁了！我被他骗了十几年！"

邻居们满脸惊骇，谁都不知该如何劝了。

陈燕怒极攻心，上去扑打路耀国的头："我嫁给你十几年，做过半点对不起你路家的事没有？你这花花肠子怎么不烂穿了你？你老子是这种货色，你也是这种货色，你们路家全是！"

"你跟老子别骂长辈啊！"路耀国被她打骂着，终于忍无可忍，抬手把她一推，"我在外头拼死拼活养家你管过我的心思没，你在家里头做太太吃喝玩乐谁给的你钱？"

"我吃喝玩乐？你——"陈燕气急，指着他的鼻子，忽然——

"畜生。"角落里，路子灏脸色铁青。

陈燕吓得震住了，在场的父母皆是心惊。

屋子里一片死寂。

屋外北风呜咽。

路子灏一字一句："流氓。混账。下三烂。"

路耀国惊愕，不敢相信这些话出自儿子之口。儿子骂老子，大逆不道啊。顷刻间，震惊转变为羞辱愤怒，他抄起被砸断的凳子腿就朝路子灏打下去。

林家民冲上去拦住："你这是干什么？！"

梁水立刻将路子灏扯过来，扯到众人所站的区域，双手将他护住，路子灏已是泪流满面，号哭着吼道："你就是个伪君子！"

这一声控诉悲愤而绝望。

路耀国怔怔地站在原地，手一松，棍子掉在地上，人也忽地瘫软在地。

嗯，你说什么都对。

寒冷冬夜，江风肆虐。

长江似一条宽阔而黑暗的荒原，荒原边上灯光点点。那是北门街道的灯火。

北门街道挨近防洪堤的地方是南江巷，两排面对面的平行矮房屋，几道黄色的灯光从各屋门窗里铺陈出来，交错连接着对门的房子。

有一处红瓦上，漏出一个亮着日光灯的小阁楼，像黑夜中的一个小灯笼。

那是梁水的房间。男孩的抽泣声隐隐约约。

路子灏趴在梁水床上，脸埋在枕头里哇哇直哭。

梁水和李枫然垂着脑袋坐在床边，不知怎么安慰他。

路耀国一直是路子灏的骄傲，或许正是因为爸爸常年不在身边，孩子只能通过自我美化——我爸爸去大城市工作，去闯荡，去干大事了——来满足那块缺失的心。陈燕是这么告诉他的，路耀国也是这么做的，他每次回来都带着最新最好的零食、衣服和玩具，跟巷子里的小伙伴讲天南海北的故事，是一位神奇的见多识广的爸爸。

可今天，这个闪闪发亮的形象破碎了。

路子灏哭得声嘶力竭，小伙伴们互相交换眼神，都不知该怎么办。这是一件大人都无法处理的棘手的事。

苏起看他哭得头上、脖子上全是汗，找了梁水的毛巾，从他后脖颈塞进去，隔着衣服和后背吸汗，以免他感冒。

林声干巴巴地说：“路造，我爸爸也很烦的，嘴上说很多大话，但其实他没什么了不起。你看，我都没钱买好的画笔。”

苏起也赶忙说：“我妈妈上次还跟我爸爸吵架了，我叔叔又把我爸爸的工程搞烂了，保修费都收不回来。我妈妈很生气。”

李枫然默然片刻，说：“我爸爸……从来不管家里的事，一周四天住医院。不住的时候，也很少看见他。”

梁水耸了下肩：“我爸爸跑了。”

路子灏哭声小了，终于开口，赌气道：“我要去上海找我哥哥，我再也不回来了！”

虽然是气话，但大家依然担心。

李枫然轻声问：“那你妈妈呢？”

路子灏这下不吭声了，又涌出一行泪，他忽然翻身坐起来，满脸通红：“我要去广州打死那个叫路子程的人！”

那是路耀国在外头生的九岁男孩。

这时，苏落跑上楼来，把自己新得的变形金刚塞到他手里，说：“子灏哥哥，送给你的。”

路子灏抹了下眼泪，握着变形金刚的拳头攥得紧紧的。

苏起从背后搂着苏落，愤愤地说：“要是我爸爸在外面给我生了个弟弟，我一定打死他！”

苏落扬起脑袋望着姐姐：“可你也总打我。”

苏起：“你懂什么？我是带着爱打你，那个的话，我会带着恨打死！”

苏落：“你能不能带着恨不打我？”

苏起“啪”一下打在他手背上。苏落摸摸手背，闭了嘴。但隔了一秒，他问：“子灏哥哥，你的爸爸妈妈会离婚吗？”

这一问，屋子里没了声响。

路子灏也愣住了，迷茫而又惊慌地看着自己的伙伴们。

梁水低声问："你希望他们离婚吗？"

路子灏眼泪一下子又出来了，那是他的爸爸，他哪里能真的希望爸爸去广州那个家再也不回来了呢？

但他很快坚定道："我听我妈妈的，我妈妈说什么，我都支持她。"

他话音一落，梁水道："不管他们怎么样，我们都支持你。"

苏起和林声立刻点头："我们都支持你！"

李枫然："对。"

苏落挥挥拳头："我也支持你子灏哥哥！"

路子灏嘴巴一揪，又哭了起来。

陈燕最终没有跟路耀国离婚。

陈燕的弟弟、路子灏的舅舅上门来把路耀国狠揍了一顿，还找来路耀国的父母兄弟让他们给个交代。路子深也从上海请假回来了。路耀国把家里的房子过到陈燕一人名下，所有存款转到陈燕卡上。待收的工程款合同也悉数上交，以后由陈燕弟弟去广州收款。家中财政大权全交到陈燕手里。

当然，这些事发生在孩子们上学期间，他们不知道过程，只知道结果——路耀国再不去广州了，留在云西做生意。路子灏的奶奶过来带孙子，陈燕去超市上班。

大概经历了一个月，这场风波就散了。南江巷又恢复了平静。

苏起起先在想，大人们会不会看不起路耀国，对他冷眼相看，因为他做了丑事，欺负了陈燕阿姨；而路耀国会不会闷闷不乐，因为他再也见不到广州的那对母子了。

但并没有。

大人们像什么事都没有发生过一样。路耀国生病的时候，李援平给他介绍了医生；他做生意，苏勉勤给他介绍了人脉；林家民还帮他修了摩托车。

路耀国在南江巷生活得很开心，老家的风土人情、饮食气候他都觉得舒适，见到孩子们依然笑眯眯的。

苏起不理解，为什么他做了坏事却被原谅了，尤其是陈燕阿姨，为什么那么轻易原谅了他。

她问程英英，得到的结果自然是：“大人的事，小孩别多嘴。”

苏起愤愤地说：“你们大人分不清楚是非对错。哼！”

之后一天，苏起和林声无意听到程英英和康提的对话。

程英英说：“你啊，别什么都写在脸上。下次对路耀国客气点儿，燕子既然选了忍，我们旁人就什么都别说了。成天不给他好脸色，这不是帮她出气，是在天天提醒她这道疤啊。”

康提道：“我见他就烦。燕子昨天又跟我哭了，说一想到广州那个，心里头就恨，恨不得捅死路耀国。想离又怕养不起两个儿子，怕影响子灏读书，怕他叛逆变坏，怕子深上大学没生活费，怕他找媳妇人家嫌弃他单亲，更怕路耀国把钱都给那头，自己儿子吃亏。这女人哪，一当了妈就什么都只为孩子想了。”

程英英：“好在两个孩子都争气，又孝顺，不然真是没半点指望了。我倒没看出子深这孩子有这么大担当。回来说要改姓陈，不当路家人了，把路家亲戚吓得不得了。居然还说要告他爸什么事实重婚。”

“路家就出了这么一个高才生，谁舍得？”康提叹道，“子深长大了啊。要不是他，路耀国能那么乖乖听燕子的？子灏成绩也好，都是读书的料。不像广州那个，听说学什么都不上道。哼，”说到这儿，康提刻薄道，“智商遗传妈，估计那女的就是个蠢货。”

苏起并不明白大人的话，说得家庭像是一个利益集合体一样，做决定不是出于爱或恨，而是各种权衡。反正她理解不了。

林声也理解不了，只说了句：“子深哥哥好酷。”

到了寒假，路子深在上海打工，不肯回来，表达对他爸爸的不满。路耀国给他打电话不接。陈燕心疼得在电话里哭，说过年怎么能一个人住在宿舍。路子深拗不过他妈，腊月二十八回了家。之后本想提前走的，但路耀国表现很好，在家里忙上忙下，对妻子是又道歉又买礼物。毕竟是至亲，路子深便没再摆脸色下去。

他寒假待了一段时间，又给林声补习了数学。

寒假一过，初中只剩下最后一个学期。

新学期刚开始，除了体育生，艺体班其他特长课全停了。提供场地，不再强制上课。

班主任说，大家好好复习，准备中考。但班上学生文化成绩差，很多人都不指望上一中，很多人已准备上中专。气氛倒也并不紧张。

梁水依然在训练，李枫然也依然练琴。

但苏起不跳舞了，路子灏更是从画画课中解放了。两人每天留在学校，一边等梁水和李枫然，一边帮林声补习数学——她也暂时不画画了。

林声数学成绩差，只考四十几分。他们几个里，就属她考一中最悬。

苏起现在最大的愿望是林声能考取一中："声声，你看你，是个软咚咚，"说着戳一下她的脸，戳得她脑袋晃了晃，"要是不跟我在一个学校，别人欺负你怎么办？那些坏男生骚扰你怎么办？所以你一定要加油听见没有？和我还有大家在一个高中，我才能保护你。听见没？"她握紧拳头竖在她面前。

林声也学她握紧拳头，点头："我加油！"

路子灏严肃道："七七你能不能别打岔，抓紧时间！"语气温和，"声声，看这一题！"

苏起翻了个白眼，林声微笑着低头看题。

路子灏的数学成绩最好，多半时候由他给林声讲题，苏起偶尔跟着听，大部分时候自己在一旁写作业。

写完了时间还早，就去操场练习立定跳远、仰卧起坐和 800 米——中考要考体育。

那天苏起蹦跶着去操场，路过琴房，听见李枫然在弹一首很简单的曲子《永远同在》，是那年夏天小伙伴们一起看的《千与千寻》片尾曲。

音乐很神奇，听着曲调，过去的回忆就自动浮现在眼前——梁水的阁楼里，孩子们排排坐在席子上，望着盗版碟播放出来的画面。

她偷偷猫进去，坐在琴房后头的椅子上听。

李枫然背对着她，背脊挺直，头颅微垂，他的脸映在黑色的钢琴漆面上，变成了黑白色，苏起听着音乐，走了神，她试图回想小学毕业时李枫然的样子，梁水的样子，他们所有人的样子。

可奇怪的是，明明才过去三年，她却记不太清了。

她记得发生过的事情，但已记不得他们当时的样子。

只是发现不知不觉中，忽然大家都长高了，发育了，挺拔了。

不知什么时候，钢琴声停了。

李枫然弹完最后一个音符，余音袅袅中，他手指离开琴键，坐了几秒后，回过头来。

苏起和他对视，眼神已穿透他，看向了更远的方向。

“七七？”

苏起回过神，说：“真好听，想起去年夏天了。”

李枫然说：“我会想起每个夏天。”

苏起又歪头回味了一会儿，跑过去趴在琴边，说：“怎么忽然弹这么简单的，课间放松？”

他淡笑：“算是吧。”

苏起垂眼，拿手指戳一两个钢琴键，忽然问：“风风，你觉得辛苦吗？”

李枫然微愣：“什么？”

“练琴啊，每天练琴辛苦吗？孤独吗？”苏起歪着头看他，漆黑的眼睛像水洗过的玻璃珠子。

他怔了一会儿，不知如何回答。没人问过他这个问题。

他不答，苏起也不在意，她戳着哆来咪发，说：“音乐有开心的调子，也有悲伤的调。但音乐是幸福的。风风，我是这么觉得的，嘻嘻。”她吐了吐舌头，觉得自己是瞎说一气。

李枫然微微笑：“我知道。”他看着琴键上的她的手指，细细的，长长的，轻快地胡乱地跳跃地弹出一串不成曲调却很好听的钢琴音。这样的音乐也是幸福的。

过了好一会儿，他问："你怎么经过这里？"

苏起瞪圆眼睛，一拍脑袋："啊我要去练体育。跟水砸约好了的，完了完了，他要骂我了！你跟我一起去吧！"

李枫然道："水子带我练过了，我中考体育没问题的。"

"……"苏起惨叫一声，"我先走啦，风风拜拜！"

她一溜烟儿地跑出去，李枫然才慢慢说了句："拜拜。"

估计这冒失鬼是没听见的。

苏起冲到田径场上，人都快跑断气了，但也比约定的时间晚了十分钟。

梁水果然没给他好脸色，眼神跟刀子一样，斥："苏七七你有没有时间观念？！"

苏起眼珠一转："我去找风风了，想拉他一起来练！"

梁水冷着脸，抱着手，一副"我倒要看你编出什么花样儿来"的样子，说："然后呢？"

"然后风风一首曲子弹了好久好久好久才弹完，等弹完了他才告诉我，他练过了。"苏起叹气，"你看他这个人，也不早跟我说，害我等那么久。我刚刚已经说过他了。"

梁水看着她："……"

他才不信她的鬼话，但也懒得追究，板着脸领她去沙坑。

她尾巴一样跟着他，讨好地说："水砸，你生气的样子真好看。"

"……"梁水的脸有些绷不住。

苏起再接再厉："真的，水砸，你——"

梁水："给我闭嘴。"

"噢。"她知道已经把他哄好了。

两人走到沙坑边，他教她立定跳远的正确姿势。

"双脚与肩同宽，预摆的时候腿站直，下蹲，手臂尽量后摆，跳的时候前脚掌用力蹬地——"

话音未落，梁水向前跃起，身体舒展，划出一道美妙的弧线，落到了两三米外的沙地里。他落下后，又往前轻跳几步，出了沙滩。

苏起看得满心佩服，她学着他的样子摆臂，蹲起，用力一跃。

咚。

她只能跳一米多。

梁水站在一旁，扑哧一下笑得弯了腰："苏七七你跟只猪一样。"

苏起气得跑过去打他，梁水一边笑得直不起腰一边抬手挡她的袭击。两人正闹着，一道身影从立定跳远处飞跃过来，身子矫健，跳了近两米。

是梁水他们体育队的张余果。

她转身拍拍裤子上的沙子，跳到一边，笑道："好久没跳远了，成绩居然还不错。"

苏起跑过去看看沙地里自己的脚印，再看看她的脚印，有些羡慕，说："我要是能跳那么远就好了。"

梁水隔着沙地瞅她半晌，说："没事。你这个已经达标了。只要姿势对，多练几次能跳更远。"

苏起有了信心："真的？"

"真的。"梁水说，"不过跳我那么远不可能。"

苏起忍不住笑着跑过沙滩，冲到他面前推了他胸口一把。

梁水被她推得后退两三步，笑着转身，扬了扬下巴示意她跟他走。

张余果问："梁水你去哪儿？"

梁水指了下苏起："给她记仰卧起坐。"

张余果热情道："要我帮忙吗？苏起，我来帮你吧。"

虽然梁水和她很熟，但苏起和她不熟，她摇了摇头："谢谢啦，不用。"

"那好吧。"张余果也不强求，自己去训练了。

梁水拖了个垫子过来给苏起练仰卧起坐。

苏起坐在垫子上，瞥了一眼远处的张余果，忽然问："水砸，你为什么没找女朋友谈恋爱啊？"

梁水好笑："你以前不是说，上网、抽烟、打桌球、谈恋爱，都不好吗？"

苏起让自己看上去很随意的样子："我看你们体育队谈恋爱的很多，

好奇嘛。明明一直都有那么多人给你写情书。你就没有一个喜欢的？”

梁水被她这么一问，竟认真想了片刻，最后摇头：“没有喜欢的。”

“怎么会一个都没有呢？给你写情书的人真可怜。”苏起话这么说，心里却窃喜，“那这样吧，你说喜欢什么样的女生，我去帮你找好不好？”

可梁水只想了一秒，就说：“不知道。”

“啊？”

“我不知道喜欢什么样的。我只知道，反正到现在，没有哪个让我觉得我喜欢。”

苏起不知是喜是忧，又见张余果看着这个方向，于是小心地问：“我觉得张余果很好看，和你还是队友，你这都没考虑啊？”

梁水正弄着秒表，随口说：“我觉得你很好，和我还是邻居，我是不是也得考虑你？”

这十足的漫不经心的玩笑话，却叫苏起心狂跳不止。

好呀！考虑我呀！

但她故作嫌弃地“喊”了一声，梁水瞧她片刻，唇角一勾，道：“让我猜猜，你在这儿跟我磨磨叽叽说闲话是为了什么。”

苏起心一紧，他猜到了？

梁水站在垫子旁俯视着她，似笑非笑的样子：“是不是又想偷懒不做仰卧起坐？”

苏起：“……”

嗯。你猜对了。真棒。

“行了。开始！”梁水给她计时数数。

苏起躺在垫子上仰卧起坐，做了没几个，她的脚不自觉往上翘起。

“10，11，12——”梁水瞟了眼她翘起的不安分的脚，数着数着，单膝跪下去拿膝盖和小腿压住她的脚背，“13——”他无意中扭头看她，苏起正好一下子用力坐起来，差点儿撞到他脸上。

两人的鼻尖只差几毫米，她的心突的一跳，霎时面如火烧。

他的脸近在咫尺，眼睛清澈澄明，眉心微微蹙着，呼出的热气撩在她嘴唇上。她脑子里空白一片，但只是一瞬间，他自然地扭过头去了，看着表继续："14——"

苏起也瞬间倒了下去，只见天空蓝得像宝石。

"15，16——"

她近乎机械地起起落落，每起一次，都能凑近他的侧脸，看他仿佛如一幅画映在她眼前——他低垂的睫毛，高挺的鼻梁，弯弯的耳朵，连头发的长度都很完美。

苏起觉得自己像是脑子出了问题，紊乱了，他的声音在她耳朵里都混乱了。

"30，慢了，"他语气不佳，"31，苏七七你给我快点儿——"

煎熬，心跳。

每起一次，都能闻见他的气息；每起一次，他的声音也更清晰，心跳得要疯了！

好不容易——

"时间到！"梁水松开她的腿，站起身，"44 个，不够满分。"

苏起坐在垫子边喘气，心脏跳得像要爆炸，一句话也说不出来。

梁水瞧她片刻，说："苏七七你不行啊，还要多练。就一分钟的仰卧起坐，你看你脸红成这样。"

☆ 家长夜话

程英英："现在路耀国跟那边没联系了？"

陈燕："说是没了。联不联系我也不关心了，反正钱我都管着，他一分也别想弄出去。"

康提："你也宽些心吧，既然选择继续走，这事儿就别总在心里磨，气伤了自己不好。大不了你也玩你的，谁怕谁啊？"

陈燕："你们是不是觉得我很没用，被欺负成这样也不离婚。"

程英英："不是没用。谁的生活不是一地鸡毛，跟各种事情妥协低头呢？

我知道你的心思，你想捞着路耀国的钱，以后都给子深和子灏攒着。都是女人，哪里会不懂？”

陈燕：“都怪我自己没本事……”

康提：“怎么好好的又哭起来了？你当他路耀国是个屁啊。你就按我说的，每天好好上班，开心跳舞，烦了就跟我们说。熬过这段时期就好了。之后你就会明白，男人啊，不是生活的全部。”

程英英：“擦擦泪。不说这些了，我们叫上卉兰姐，上街买漂亮衣服去。”

Chapter 12

一日不见兮，如隔十八秋

五月底六月初的时候，整个初中三年级卷起了写同学录的风潮。

苏起买了个漂亮的封皮上有扣子的同学录，让老师同学给她写毕业寄语。她的课桌里也塞满了其他人的同学录。

她给每一本写上自己的姓名、小名、英文名、出生年月、QQ号、喜欢的颜色、运动、食物，等等。虽然并不知道这些小信息有什么意义，但她不仅耐心详细地写了，还拿水彩笔画了图。

其他同学也是如此，大家都很热情，连过去三年里有过矛盾不和的同学也会交换，把最好的夸赞和最美的祝福全写上。

毕竟，毕业就分别。以后会不会同校甚至再见面，都不得而知。

像陈莎琳就在苏起的同学录上写了一句："你是一个勇敢善良的女孩，希望你幸福快乐。"

梁水和李枫然也有，他俩的同学录被人写得满满当当，很多女生在他们本子上贴了漂亮的照片。

苏起拿到梁水的同学录时，偷偷带回家看了一晚上。有几个和她玩得不错的女生，写她的同学录都没那么用心，却在梁水的同学录上长篇大论，把那一页装点得格外精致——别说彩笔，银粉、金粉的笔都用上了，贴的照片也比贴在苏起同学录上的漂亮许多。还有好多隔壁班的女生呢。

苏起心里有些酸。她翻箱倒柜，把自己所有照片翻了个遍，选出一张最好看的。可左看右看，又觉得不如舞蹈队其他女生好看，她纠结半天，还是把照片贴了上去。

反观梁水，收到的同学录最多，但他回给同学的一律没有扩写内容，信息只填姓名那一栏，寄语是清一色的“一帆风顺，万事如意”，仿佛多写一个字能累断了他的手。

那天梁水来还苏起的同学录，见她正给付茜写，写了密密麻麻两页纸。梁水咂舌：“我只知道你嘴巴话多，没想到字也多。”

“……”苏起白了他一眼。

梁水扔下她的同学录就走，苏起赶紧翻开：“你站住！”

梁水站住。苏起翻到他那一页，只见“一帆风顺，万事如意”八个字，外加一个张牙舞爪的“梁水”。

苏起要气疯：“我给你写了整整一页纸！”

“一页废话。”梁水歪着脑袋抠抠额头，“我眼睛都看花了。看你那字我都能想到你的声音，在我耳边叽叽咕咕叽叽咕咕停不下来。”

“你给我重新写！”

“不写。”梁水甩下两个字，走了。

如果眼神变成刀，苏起能把他的后背戳出洞来。

她把同学录递给李枫然，凶凶地警告：“你要是只写八个字，我就——”她恶狠狠地挥了下拳头。

李枫然笑了一下：“好。”

一节课后，李枫然就把同学录还回来了。

姓名：李枫然

小名：风风、李凡

出生年月：1990 年 1 月 3 日

英文名：没有

喜欢的颜色：黄色

喜欢的电影：《千与千寻》

电话：没有

……

寄语：七七，你是我见过的最可爱的女生，希望我们永远在一起。

寄语依然很短，但苏起很满意，李枫然这只闷葫芦写出“可爱”“永远在一起”，她已经很开心了。而且他还学着现在流行的同学录签名写了三个艺术字，拆开看是“一帆风顺”“勿忘我”之类的。

“风风，你真好。”苏起开心地说，又在他的同学录里加了一行，“风风，我们一定会永远在一起的！拉钩！”

同学录写完满满一本时，中考进入倒计时。

布置考场前一天下午，全年级进行了清洁大扫除。

课桌讲台早就清空，椅子全部倒立在桌上，大家从来没有那么积极自觉过，抢着扫地拖地，擦玻璃擦窗台洗黑板。没有劳动工具的同学只能趴在栏杆边看楼下——像曾经度过的无数个课间一样。

他们三年没换过教室，看不出教室是否老了破了，但教室里的人长大了，再也不是当初从小学里走来的满眼好奇的孩子了。

初三1班在四层，同层有三个班级，是一个L形的长走廊。打扫到半路，梁水弄来一根长水管，接住水池的水龙头，管子往地上一扔，清水哗啦啦冲洗着水磨石地板。

几个班的男生欢叫着，脱了鞋子，光脚卷起裤腿，拿拖把和扫帚把水往教室里扫，要把曾经学习过的这片地板清洗得干干净净一尘不染。

苏起也兴奋地脱了鞋子卷起裤腿，任清凉的水从脚趾间冲过，舒爽极了。男生们哇啦哇啦嘻嘻哈哈拿拖把推着水流清洗地板，还有人掀起水花玩水仗。水流顺着楼梯间淌下去。楼下的班级纷纷效仿，一时间，整栋教学楼变成了水楼。

镂空的楼梯间跟漏水似的哗啦啦掉水，淌过大半个操场。光着脚丫的学生们满楼跑，已不知是打扫还是玩耍。

浑浊的泥水一层层往下淌。

直到渐渐水清澈了。教室和走廊清洁如新。窗台无尘，玻璃明亮，连栏杆都冲洗得干干净净，从来没那么干净过。

所有人都开心极了。

这时，梁水却忽然朝楼外喊了一句："实验中学——我走啦！"

各楼层的初中生全附和着喊起来："实验中学——我走啦！"

苏起也跟着大喊一声，喊完却忽然难过起来。她要走了，而她的学校，要留在回忆里留在过去里了；她的同学们，不知下次再见是什么时候了。

楼道清洗干净，男生们关了水龙头。操场上出现了陆陆续续放学回家的学生们。蓝白色的校服这边一堆，那边一丛。

还有人舍不得走，在学校逗留。

付茜拉着苏起问："看成绩那天你几点来呀？我们约一下，我怕到时候见不到你。"

"我上午十点到。"

"那说好了哦。"付茜说，"你以后不要忘记我呀。哎，我还想一直和你做好朋友呢。"

"我们本来就是好朋友啊。"苏起立刻说，"我给你同学录上写 QQ 号了，你快去申请 QQ，加我就可以啦。"

"嗯，我第一个就加你。"

太阳西斜，楼梯间的水流早已干涸，只有几处台阶边缘悬着几颗水珠，将滴欲滴。

逗留的学生越来越少。教学楼空荡起来，一间间教室窗明几净，连黑板都洗得清透发亮。

桌椅整整齐齐倒立在桌上，地板光洁如新。

橙色的阳光折射在玻璃窗上，将教室照得暖融融一片。

苏起跟着伙伴们慢慢走下台阶，忍不住回头望。隔着楼梯间，她看了眼自己教室的门窗玻璃和黑板。

她心里有种莫名的怅然。

“七七？”梁水、李枫然、林声和路子灏站在下一道楼梯上，抬头看着她。

梁水说：“走了。”

“哦。”苏起揪紧书包，加速下楼跟上他们。

幸好，他们还在，没跟她分开。她这么想着，忽然就像被风抚平了心上的褶皱。

“我们以后一直在一起不分开，好不好？”苏起追上去，急切地说。

路子灏说：“我们本来就不会分开，以后老了也在一起玩。”

林声用力点点头。

梁水却抬了抬眉梢，转弯走下一级楼梯。

苏起不高兴：“水砸，你不同意？”

“不是我同不同意的问题。”梁水语气散漫，“没有人会永远在一起。时间久了都会分开。也不会有谁为了谁留下。”

苏起一下子难过极了：“我们可以约好，然后努力呀。”

林声也说：“我一定好好考试，争取考上一中，和你们在一起。”

梁水呵呵两下，反问：“然后呢，以后还有高考，毕业还有工作。大家都会去一个地方？”

苏起愣了愣，坚持说：“我可以去你们都在的城市。”

梁水说：“如果我们都不在一个城市呢？”

苏起被问住了，不开心了，但她很快又说：“你怕你想去的地方和我们不一样吗？那你说你想去哪里，我跟着去总行了吧。我再说服风风、声声和路造。”

路子灏说：“我不用说服，我要紧跟大部队。”

李枫然说：“我去哪儿都无所谓。”

林声道：“我跟七七一样！”

苏起得到朋友们的支持，鼓起勇气又看梁水，眼神坚定。

梁水这下不说话了，径自下楼，走了一截，忽然道："苏七七，你别答应得轻巧，到时候说话不算话。"

苏起蹦起来："说话不算话是小狗！"

李枫然说："第一步，后天好好考试。"

众人："好！"

苏起考试过程中并没太紧张，当作平时测验应对了。考完后问其他人，连林声也不觉得紧张。

那时的少年没有太大的学业压力，也没有想过中考会对未来造成的影响。在他们眼里，中考的意义更在于"能否和伙伴在一个学校"。

和小学毕业时一样，他们有了一整个无忧无虑的暑假。

和小学毕业时不同，他们感受到了一丝淡淡的分别愁绪。

或许，人只会在长大之后，才能渐渐体会到分别的苦涩意义。

不久后成绩出来，少年们去学校查成绩。

早上九点，学校空而静。

低年级的已经放暑假，初三学生则很多还没来。

几个人走到公告栏边，初三1班的成绩单贴在第一张，按序号、姓名、性别、单科成绩、总分数、录取高中的信息排列着。

梁水视力极好，在几米远外就看见了，笑起来："哇！苏七七！"

苏起跑过去一看，惊呆了。

序号：1

姓名：苏起

性别：女

总分数：501

录取高中：云西市第一高级中学

她居然考了他们班第一名。

第二名是李枫然，497。

第三名是林声，472。

录取高中：云西市第一高级中学。林声尖叫着跳起来抱住苏起，两人兴奋得又蹦又跳。

第四名 470，同样录取云西一中。

梁水是第五名，考了 469，也是“云西市第一高级中学”。但考了相同分数的美术生陈峰是云西二中。

他们班 470 分以上的只有四人，其余全部没上线，成绩表上一大片两三百分。

路子灏排在第七位，他也考了 469，差一分。英语只考了 50 分。

片刻前的欢喜气氛瞬间凝固。

李枫然说：“你是不是把答案填错了？”

路子灏说：“我英语本来就差。”

苏起：“你以前考试不这样啊。”

路子灏：“抄答案了。”

众人：“……”

林声：“那怎么办呀？”

路子灏挠挠脑袋：“我也不知道。你们说，有没有人不去上学，然后我就去把空位补上啊？”

梁水：“怎么可能？”

“不过……”李枫然说，“我妈妈说实验中学招生的时候，有的学生分数线不达标，是买进来的。不知道一中……”

路子灏：“那要多少钱啊？”

李枫然摇头：“不知道。”

苏起说：“要是我是个大富翁就好了，我就出钱把你买进去。”

梁水说：“我觉得可能按分数算，路造你只差一分，要不了多少钱。”

大家点头，觉得有道理。

看完分数要回家了，苏起说：“不行，付茜还没来呢，她要我等她的。我怕以后见不到面了。”她还带了她保存多年的小贝儿，准备送给付茜做纪念。

她不走，梁水便说：“我们去操场上走一圈吧。”

大家于是走到田径场，绕着跑道一圈圈地走。那是三年来上体育课的地方。

刚升学那会儿，觉得田径场巨大无比，如今熟悉了，便觉得不过如此。

走着走着，路子灏忽然问："你们说，我们以后会经常回来吗？"

林声说："我们可以经常回来。"

李枫然点头。

梁水在微风中眯了下眼睛，说："我觉得，一次都不会回来。"

众人："……"

苏起拿手肘戳了他一下，梁水没还手，安静地走着。

苏起环顾四周："我们学校还是蛮漂亮的。"

正值夏天，田径场上草皮青葱，围墙边树木茂盛。

他们走到健身器材边，梁水撑着双杠轻松一跃，跳上去坐着。李枫然和路子灏也跳了上去。

苏起走到边上，用眼神指了一下。梁水往旁边挪了挪让位置，苏起爬上去坐他旁边，发现手脚没有小学时灵活了。

林声则被梁水和路子灏一起拎了上去。

蓝天上有一丝云彩，晃悠悠滑过。

五个少年安静地坐在操场一角的双杠上。

夏风轻拂，树摇草长，校园里安静极了。远处的教学楼也静悄悄的，耳边却莫名响起了上课时期的喧闹。

谁也没有说话，各自将此刻的一切刻在心里。

苏起看着偌大的操场，忽而想起了小学，原来她在不知不觉中长大了。

曾经小学操场的双杠在她眼里像大人一样高，需要仰望。如今却不是了。她还记得小学时他们几个坐在双杠上吃冰棍，等上课铃响，就齐齐跳下双杠，比赛谁先跑回教室。那时，她的速度和男孩子们势均力敌。

苏起忽然说："看谁先跑回教室？"

话一出，伙伴们心知肚明，互相对视着笑了起来。

梁水大方道："让你三十秒。"

苏起和林声相视一笑，立刻跳下双杠，奋力朝操场另一头跑去。

两个女生用尽全力，以百米决赛的速度奔过操场。三十秒，她们冲上主干道，所到之处刮起一阵风，来看分数的学生们迅速避让，好奇观望。

操场那一头，三个男生从双杠上跳下来了。

两个女生全力朝坡上跑，三个男生如疾风飞旋而来。女生还不放弃，尖叫着跑到教学楼前，男生们飞速拉短距离。

苏起、林声首先冲进楼梯间，爬到第二楼时，男生们也冲进了楼。苏起占了内道优势，拉着扶手借力往上爬。她手酸脚软，毫不气馁，竟死死咬着，和梁水一同冲进教室，撞到讲台上。

李枫然和路子灏冲到一组前排座位上。林声直接坐在了门口。

讲台课桌哗啦啦地响。

五人跑得满头大汗，或坐在地上，或趴在桌上大口喘气。

少年们看着各自的狼狈样子，忽然间哈哈大笑了起来。

仿佛又回到了童年。

南江夜话

康提："你这同学录，我的天。这么厚一本。"

梁水："我都没看完。"

康提："你这小子，在学校蛮受欢迎啊，嗯？"

梁水："喊。"

康提："跟妈妈说实话，是不是在学校里收到了很多情书？有没有喜欢的？你妈妈我很开明的，真的。"

梁水："哎呀，你别管。"

康提："说嘛，这同学录里有没有你喜欢的女生？"

梁水："没有。"

康提："没有？一个都没有？一点儿心动的都没有吗？"

梁水："没有。"

康提："啧啧啧，你这傻子是不是不知道什么叫喜欢？"

梁水："走了。"

康提："回来回来。就没有你想对她好，想照顾保护的女生？"

梁水："如果这么说，起码得超过苏七七，才算是喜欢。"

康提："你们从小一起长大，那哪能比啊？"

梁水："那就，反正没有喜欢的。"

康提："哎……咦？七七这张照片真可爱。"

梁水："像只猪。"

康提："……"

2004年的暑假和想象中完全不一样。

假期刚开始，李枫然就跟着那位老艺术家去国外进修了。梁水要去韩国集训，集训前有两周休息时间，康提带他去英国玩了。

陈燕通过冯秀英老师牵线，找关系花了两万块"赞助费"把路子灏送进了一中。路子深暑假在上海打工做家教，路子灏因为中考失利，情绪不太高，跑去上海找他哥哥了。

巷子里的孩子走掉一大半，只剩下苏起、林声和苏落。

林声靠自己考上一中，沈卉兰特别骄傲，趁着放假，干脆全家回乡下，逢亲戚就夸自己女儿争气。画画画得好，还光凭文化课考上了一中。

苏起在南江巷待了几天，不用做作业，不用考试，每天都有大把大把的时间，她却忽然觉得时间慢下来了，巷子也忽然安静下来了。除了烈日暴晒，连风都没有。

苏起没电脑，联系不到任何人。她拉着苏落去过一次网吧，但梁水、李枫然、路子灏、林声的头像都是灰暗的。只有付茜加了她的QQ。苏起通过验证，立刻跟她讲话，但没有回应。她也不在线。

那天，苏起抱了半个冰镇大西瓜，坐在凉席上拿勺子舀，才吃了五分之一就饱了。她看着剩下的大西瓜，觉得很孤独。

她很想念李枫然、林声和路子灏，尤其——想念梁水。

她一想到他，脸就不自觉发烫。只能想一两下，要是再多想几下，人就捂着脸嗷一声在凉席上滚来滚去，滚停了就盯着天花板上的吊扇发呆。

发完呆，忽而又翻身坐起来跑到窗边，翻出最漂亮的信纸给王衣衣写信。她忍不住了，她一定要找一个人告诉她，她喜欢梁水！

窗外，金银花在微风中摇曳，丝丝清香渗进窗户。

苏起不知不觉写了十几页信纸，全是些细碎的琐事，做课间操时，他从她身边经过，踢了下她的膝盖窝，回头时的笑容很嘚瑟；她正吃着零食走在走廊上，他从后边经过，伸手从她袋子里抓出一把薯片，扬着眉梢大步走了；她上体育课时从篮球架旁走过，篮球朝她脑袋砸来，他冲上来伸手将球捞走，眼神紧张……

仿佛含在心里一整年的酒酿终于找到出口，源源不断倾倒出来。

天气太热，她写得脸都红了。好几次忍不住趴在桌上把脑袋埋进手臂里，她想变成一只小狗在地上打滚然后咬自己的尾巴。

她没有细想，仿佛在高考考场抢时间写作文一样，慌张忙乱，搜刮着脑中的珍贵记忆，迫不及待将它们一个一个记下来，生怕写慢了就忘了。

直到最后记完，再也想不起更多细节了，她也不检查，红着脸飞速把信纸塞进信封。

烈日当头，苏起顶着大太阳，踩着单车，汗流浃背跑去邮局寄信。

听到信封落进筒底“咚”的一响，她又㞞了，无意识地在投信口扒拉了两下，有点后悔。

要是被梁水知道了怎么办？

苏起越想越不安，围着邮筒瞎转圈圈，又一想，王衣衣又不认识梁水。

再说，就算梁水知道又有什么好怕的？

这个突如其来的想法，叫苏起一个激灵。

如果水砸知道了，他会怎么样呢？

骑车回去的路上，苏起揪着眉毛，想来想去想不出结果。梁水喜欢她吗？好像没有。如果他知道她喜欢他，他会讨厌她吗？会吧。

那么热的夏天，她的心忽然凉成了一块冰块。

还是不知道结果比较好，她心想。

苏起没在南江巷过太久，她很快带着苏落去乡下外婆家了。

乡下轻快的夏风将她的愁绪吹散了一丝。她每天跟着外公外婆去地里摘苞谷，抱西瓜，菜园子里新摘的黄瓜和西红柿比市里买的清甜多了。

中午最热的时候，她把摇椅搬到巨大的柑子树下，吹着风，嗅着树叶的清香午睡。

苏落很调皮，跟附近的孩子们偷苞谷烧烤，也不管烤不烤熟就往嘴里塞；还去抓鱼抓螃蟹钓龙虾，玩得一身泥，还拿炮仗丢进水里，炸得水里的鱼受惊之下蹦得老高。胆子更大的时候还去草丛里抓小蛇，结果被毛毛虫扎得满手包。

苏起以前来乡下也这么玩，但这次她蔫儿蔫儿的，没什么兴致。只有在苏落跟其他小孩下河扎猛子的时候，她才折一根竹条子去抽他："苏落你玩水不怕淹死！"

大部分时候她躺在柑子树下的摇椅上发呆，柑子花随风飘落，恰好一朵入怀，她捡起来一片一片揪花瓣，计算梁水喜不喜欢她。

但柑子花瓣数少，一眼就看清楚了，是作弊。她于是摘一堆兜在裙子里一片片揪。

"喜欢——不喜欢——"好不容易数到半路，满手芳香扑鼻，她不小心打了个喷嚏，花瓣散落一地——得，不记得数到哪儿了。

趁外公外婆去种地了，趁苏落去玩了，她拿出她的小书包——她买了十几叠彩色的折千纸鹤的纸。每想起梁水一次，就偷偷在纸的背面写上一句"我喜欢你"，再把它折成千纸鹤，将里边的字藏起来。

苏落回来看见，好奇地拿起一只，揪着它的尾巴晃动两下，千纸鹤振动翅膀扑腾起来。

苏落正开心呢，苏起一掌拍在他脑袋上，把千纸鹤夺走了。

苏起折到五百只的时候，不折了。书包塞不下了。

她又孤独起来。

她躺在摇椅上，看天上的云朵一片片飘走，忽然觉得伙伴们就像那些云朵。她曾以为小伙伴会永远在一起，但现在还没长大呢，就分开了。虽然只是短暂的分别，但苏起也觉得空茫，她意识到，这样的分别在将来成长的路上会不可避免地越来越多，越来越久……

她心里难过极了。真希望他们所有人立刻出现在她面前，或许她会激动得哭一场。可面前只有几只鸡漫无目的地啄食小石子，那只大黄狗趴在阴凉处呼呼大睡。

此刻地球上的另外几个伙伴，他们正在干什么呢？也在想她吗？也在等周杰伦的新专辑吗？

答案是不知道。

没有电话，没有通信，没有信件，只有缓慢流淌的时间。

为什么那么亲密的人却忽然之间都没了联系呢？苏起想不明白，纳闷又苦恼。

这样孤单地思考人生却无所得的苦闷日子一直持续着，直到七月末的一个下午，苏起抱着一把蒲扇在摇椅上睡着了，睡梦中依稀听到林声的呼声：“七七！七七！”

苏起迷迷糊糊睁开眼，以为在做梦，可远处的鱼塘边，有人骑着自行车：“七七！七七！”

她一下子惊醒，那可不就是林声？

她奋力蹬着大人的女式自行车，戴着个草帽，小脸热得通红。

“声声！”苏起尖叫着扔下蒲扇，跳下摇椅，冲过禾场，吓得鸡飞狗也跳。林声已跳下车，站在菜园篱笆边。

天，篱笆上蓝色、粉色、紫色的牵牛花开得多鲜艳呀，一朵一朵像满篱的小喇叭！

“你怎么来啦？从哪里来的呀？”

“我外婆家。”林声上气不接下气。

“你外婆家那么远！”苏起惊诧。

“对呀，我骑了三个小时呢。”林声冲她比手指头，“我要渴死了。”

苏起把她拉到压水井边，用力压了铁手柄三四下，清澈的井水汩汩从管子里涌出来。林声弯腰把嘴巴凑到管子边，咕噜咕噜喝了好几大口。

苏起继续给她压水："你再洗洗脸。"

林声拿冰凉的井水洗了红彤彤的脸，冲了手臂，又把小腿和脚丫子冲洗了一遍，凉快极了。

苏起说："声声，你今天跟我一起睡吗？"

林声指指背上的书包："一天可不够，我带了换洗衣服来啦。"

苏起开心极了。苏落睡午觉醒来，脸上还印着凉席印子呢，睡眼惺忪地出大门，见林声来了，立刻兴奋："声声姐姐！"

苏起说："来客了。还不去抓螃蟹和龙虾。"

到傍晚，苏落满身泥巴地拎回来一个小桶，满满的全是湖蟹和龙虾。中间还有几只泥鳅和小鲫鱼呢。

苏起找来簸箕，坐在压水井的水泥池子边洗湖鲜。林声光脚站在石头上给他们压水，苏落这个小泥人被井水冲得头发丝儿衣服缝儿全在淌泥。清透的水冲着泥巴在布满青苔的水泥池里流淌。

那晚，外婆给她们做了一大碗湖鲜汤。

夜里洗完澡，外婆把孩子们的衣服洗了晾在禾场的竹竿子上吹晚风。苏起和林声躺在竹床上看漫天星空。

苏落坐在床尾，摇着蒲扇给姐姐赶蚊子。

苏起和林声一聊，发现彼此的心境一模一样。最近林声也过得格外忧郁，她很想念他们。直到今天她忽然决定要来找苏起，心里立刻就畅快了。

她找大人问了路线，把苏起外公外婆的名字和地址写在字条上，骑车而来。那么热的天，她开心极了。一路经过无数重复的鱼塘、菜园、禾苗地、玉米地、平房屋、禾场。

她都不知道骑了多远，怕超过了，就停下来问。

就这么一路蹬踩着踏板，仿佛要山穷水尽，她心里却坚信柳暗花明，直到——

"我看见那棵超级大的柑子树了，想起你说过你外婆家门口有。结果就真的看见你了。"林声激动地说。

"声声你真棒！"苏起紧紧搂住她，两人抱在一起咯咯笑。

笑完了，林声坐起来要拿苏落的蒲扇，说："落落，我来扇吧。"

苏起赶紧拉她，说："让他扇，小孩子要多运动的。"又说，"去，抱个西瓜来。"

苏落："你为什么不去？"

苏起扬手。

苏落于是又去抱西瓜。

几只萤火虫在草丛中飞舞，苏起别扭地在竹床上翻滚了两下，趴着跷起小腿，忽然问："你说——"名字刚到嘴边，又换了一个，"路造会想我们吗？"

林声点头："会吧。"

苏起"哦"了一声，抠着竹床，问："那风风呢？"

"也会吧。"

她又"哦"了一声，却再也不问了。

夏夜很安静，小虫子在草丛里鸣叫。苏起的小腿在空中轻轻摇了摇。

林声等了一会儿，见她不问了，忽而继续问："那水子会想我们吗？"

苏起心里咚咚两下，硬着头皮，假装平淡的语气，说："他那脾气，谁知道会不会想？"说完，心里却又酸了下。

"我觉得他会想的。水子很重感情的。"林声说，隔了一会儿，又问，"子深哥哥会想我们吗？"

苏起说："不会吧，在他眼里我们就是小屁孩。"

"也对。"林声抬头望星空，说，"不知道大家那里是不是也有这么多星星呢。"

苏起又翻了个身，躺着看星星。前段时间，年级里有女生开始研究星座这种事了，苏起并不懂。

星座？

她听女生研究说，梁水是摩羯座，是一个很慢热很难走进他心里的星座。

苏起并不清楚摩羯座是什么。

天上的星座吗？

她一个都不认识，只知道北斗七星像勺子。

她看啊看，忽然坐起来，趴在林声耳边说悄悄话：“你有没有亲过别人？”

林声脸一红：“当然没有。”

苏起戳她脸蛋：“你没有背着我偷偷谈恋爱吧？”

“我要谈恋爱一定跟你讲。”林声说。

“那好吧。”苏起很满意，又小声说，“付茜跟陈峰亲过。”

“哇。”林声并不太奇怪，她们班很多女生都私下跟人谈恋爱了。

苏起抠了抠腿上的蚊子包：“声声，亲人是什么感觉呢？为什么大家都喜欢亲呢？”

林声歪头想了会儿，想不出。

两人目光一对视，忽而偷笑起来。

她们在竹床上坐好了，互相靠近，轻轻地亲了亲嘴巴。

咦？软软的。

两个女孩亲了一下，立刻捂着嘴巴笑起来。

原来这就是亲亲啊。苏起想，很有趣，很好玩，但可能会腻。她以后不用跟水砸天天亲亲。

南江夜话

路子灏：“妈妈，去一中要两万块赞助费吗？”

陈燕：“大人的事，小孩子别管。”

路子灏：“我不想去一中了，我就去二中读书，去哪里读书都一样的。”

陈燕：“不一样。二中学风不好，会把人带坏。再说，你难道不想跟七七水子他们一个学校了？”

路子灏：“我不想用他的钱！”

陈燕："……子灏，这是妈妈自己的私房钱。"

路子灏："……那我也不想用你的钱！"

陈燕："你这孩子，这么点儿事，有什么好哭的呢？钱攒着放银行也没用，就是等着这种时候用的。我晓得，你整个初三心情不好，影响学习了。但没事，还有三年。子灏啊，你妈妈我没读过什么书，也没什么本事，就是吃了没读书的亏啊。我不指望你考什么名牌大学给我争光，但你必须读书，必须努力，将来才有更多的选择，才不会被生活逼得没有退路，只能弯腰，只能跪下去。这些话，你现在听不懂。但你相信妈妈一次，按妈妈说的来，好不好？"

路子灏抽泣："嗯。"

回到云西后，苏起买了漂亮的绳子，把几百只纸鹤串起来。一串挂上十几只，一共二十串，漂亮极了。

她把它们挂在自己床边，每晚睡觉前都拨弄几下。

八月末的一个下午，她正往冰棍模具里倒绿豆沙，忽然听见巷子里拉杆箱滚动的声音。

陈燕笑着说："哟，水子回来啦！"

梁水："是啊燕子阿姨。"

少年的声音又清又朗，像是从很远的天边传来。

苏起扔下绿豆沙冲出门，就见梁水走进自家大门的侧影。

苏起叫："水砸！"

拉杆箱停在门边，他稍稍往后一倾，露出脑袋来，挑着眉毛冲她一笑，仍是那副散漫不羁的样子，也不说话，笑完就进屋去了。

苏起心里乐开了花，笑着跑过去。

梁水在饮水机边接水，他仰起头喝水，喉结上下滚动。

近一个暑假不见，他好像又长高了，脸庞的棱角更明晰了，眼神也更清定了些，略有心事的样子。她看着他，脑子一空，忽然不知该说什么。

刚才的轻快劲儿一下子没了，她以前不是这样的呀。

他也有一会儿没说话，好像一个暑假不见，生疏了一点儿？

他放下水杯，去收拾箱子。

她站在一旁看，心里暗自琢磨。

屋里一时陷入安静。

梁水拉开箱子拉链了，抬头看她，说："你怎么晒这么黑？去挖煤了？"

苏起想回嘴，却不知为何突然间有些沮丧。她摸摸自己的脸，她变黑了？变丑了吗？

她没回嘴，梁水倒有些意外，笑了下，说："你傻站那儿干吗？"

苏起走到沙发旁坐下，又发现他头发剪短了点儿，挺好看的，更加利落清爽了。但不知为何，她有种陌生的局促感，不太自在。

梁水无意识地哼着歌，在收拾他箱子里的收纳袋。他穿了件白 T 恤和黑色运动裤，看着十分简单干净。他很自在地走来走去，站起蹲下，整理自己的物件，这是他的家。但他没有特意看苏起，也没有像以前那样跟她噼里啪啦讲一堆旅行见闻——哪个城市很大，哪个建筑很奇怪，哪个运动员口音如何如何，都没有。

仿佛过去的近两个月，他出去蜕变了，成长了，看见了更多的风景，心里装下了更多的东西，不需要也没必要跟她分享了。

抑或是大家都长大了，自然而然就会保持距离？付茜说男生和女生长大了是不能继续做朋友的。

是吗？

她低下头，有点儿难过。

"你最近看奥运会了吗？"梁水忽然问。

"看了。"她立刻点头，"我看了跳水。"

"你有没有看中国队那个刘翔？"男孩眼里闪过一道光，"110 米跨栏进决赛了，我感觉他能拿冠军。"

"我没看那个……"她声音低下去，心里懊恼，为什么她刚好就没有看到刘翔呢？

"黄种人还没在这个项目拿过冠军呢。"梁水说到这儿，掩饰不住兴奋，“我希望他能夺冠。”

苏起忙问：“决赛什么时候啊？”

“27 号晚上，28 号凌晨。”

苏起说：“那决赛的时候我们一起看呗？”

“好啊。”梁水说，“你觉得他能夺冠吗？”

苏起脑袋点得像小鸡啄米：“他一定能夺冠！”虽然她还不知道刘翔是谁，也不知道 110 米跨栏是什么东西。

梁水笑起来：“算你有眼光。”

苏起看着他的侧脸，忽然开玩笑地说：“水砸，你在国外那么久，有没有把我们忘了？肯定没想我们吧？”

梁水随手翻着箱子里的零碎物品，笑：“那是。”

苏起的心往下一落。

梁水一扭头，表情茫然：“这位朋友，你叫什么名字来着？”

苏起说：“不告诉你。”

梁水皱眉，食指抠抠太阳穴：“我想想，哦，好像叫朱八八。”

苏起板着脸看他。

梁水粲然一笑，初见面的模样，说：“朱八八你好，你是猪八戒的妹妹吗？”

苏起扑哧一笑，捶了他肩膀一下。

他蹲在地上，没防备也没用力，被她推得轻轻晃了一下，人却是笑着的。

以前的他们又回来了。

苏起坐在沙发上放松地晃荡脚丫。

他忽而问：“七七，你听《七里香》了吗？”

她赶忙说：“没有！我想等大家回来了一起听呢。我在街上看见海报了，好漂亮呀！”

正说着，梁水从箱子里拿出 CD 机来，蹲在地上转身看她：“我跟你讲，这首歌绝对——”

他不说了，怕剧透似的。

苏起坐在沙发上，他蹲在一旁，将一个像耳罩似的红色耳机套在她头上，罩住了两只耳朵。苏起没见过这种耳机，好奇地摸了摸。梁水摁下了播放键。

前奏一出来的瞬间，仿佛整个夏天扑面而来，苏起惊喜地瞪大眼睛。梁水知道她听到了，咧开了一个大大的笑容，他抬起手指，轻轻为她耳中的音乐打起了节拍。

耳机封闭了苏起的耳朵，但歌词出现的一瞬间，梁水无声地唱出了口型："窗外的麻雀——在电线杆上多嘴——你说这一句，很有夏天的感觉——"

他一下站起，潇洒地转了个身，哼着歌继续收拾行李，或走或站或蹲，每个动作都带着音乐。

雨下整夜

我的爱溢出就像雨水

院子落叶

跟我的思念厚厚一叠

……

苏起听着耳机里宛如立体声的《七里香》，眼神跟着梁水走，耳中的音乐和他嚅动的嘴唇他轻点的手指他轻踏的脚板无缝重合。她忽然想到，和他去省城听《叶惠美》中《晴天》那首歌，居然已是一年前的暑假了。

"你是我唯一想要的了解——"

最后一句歌词唱完，那优雅的后奏再度响起，苏起仿佛在一首歌中度过了一整个雨水充沛连风都带着香味的夏天。

她意犹未尽地拿下耳机，梁水说："怎么样？"

苏起的眼睛亮着星星："太好听了。周杰伦从来不让人失望！"

"我现在很好奇他下张专辑还能不能更上一层楼。"梁水说，递给她一盘没拆封的新 CD，"送给你的。"

苏起开心地接过来，又说："你买的我就可以听啊，干吗多买一个？"

梁水抠抠脑袋，说："我懒得找别的礼物了。"

苏起一看，还有几盘《七里香》估计是给伙伴们的，不知道的以为 CD

批发呢。

苏起："……"

她还是很喜欢的，爱不释手地观赏 CD 封面照片，忽而问："水砸，你在韩国训练得怎么样呀？"

"还行吧。"他张了张口，却没说太多，只道，"有点提高。"

"真好。"苏起满意道，又问，"韩国好玩吗？"

梁水摇头："不好玩，也不好吃。你以后旅游千万别去。"

苏起说："出国要很多钱吧，我只能等长大自己挣很多钱了再出去玩。"

梁水叹气，一副勉为其难状："要是你长大了挣不到钱，我就挣钱带你去吧。你想去哪儿随便说。"

苏起不满意了，控诉："为什么我长大了挣不到钱呀？！"

"……"他抓抓脑袋，"行行行，你挣很多钱，你带我去行不行？"

苏起说："那还差不多。"

两人你一句我一句闲扯了一会儿，康提喊梁水去洗澡，苏起抱着 CD 和 CD 机，开心地准备回家。

梁水一见，皱眉："欸，我都送你 CD 了，你不把我的拿出来？"CD 机里装着的是梁水的碟片。

"听多了磨花了怎么办？"苏起搂紧自己的《七里香》，"我这个一直不拆，以后我都听你的。"

"……"梁水挥了挥手，"滚。"

"好嘞！"苏起笑眯眯地滚了。

苏起回到家后，听完整张碟片，觉得每一首都好听。她趴在凉席上晃脚，忽然看见挂在床边的千纸鹤，咬着嘴巴微红着脸想了半天，终于心一横，溜下了床。

梁水刚洗完澡，套了件白 T 恤，清清爽爽。他头发湿漉漉一簇簇的，看着很柔软的样子。

他一脚踩着沙发边，坐在沙发上拿毛巾搓头发，就见苏起拎着几十串鸟儿过来，愣了愣，眯眼问："那是……鹅？"

“……”苏起说，“千纸鹤。”

她给自己找了个很冠冕堂皇的理由：“你给我送了《七里香》，这是给你的回礼。”

梁水擦头发的手停在半空，眼神直了几秒，说：“我不要。”

那断然拒绝的表情让苏起深受刺激：“不能不要！”

梁水也抓狂，从沙发上跳起来：“这么多鸟？我放哪儿啊？”

苏起拎起小锤子和一袋小钉子，说：“不用你操心，我给你挂在房门上，当门帘。”

梁水想象了一下那个场景，嫌弃：“女的才挂这种东西。我又不是娘娘腔。”

苏起不理他，要往楼上走。

梁水将毛巾往茶几上一甩，说：“我警告你啊，你敢敲钉子，我敲掉你脑壳。”

要是以前，苏起就跟他杠了。反正梁水最后都拗不过她的。

但这一刻，她忽然停在了楼梯口，不敢去了。她有些不确定，怕他真的会把这些鸟儿抢过去扔在地上。

一想到那个画面，她的心就像被猛地扯了一下。

她站在那儿，进也不是，退也不是，忽然之间，十分难堪。

确实是自己不对。折这些东西纯属自己开心，他家又没地方放。早知道就折星星放进玻璃罐子里了，又漂亮又节省空间。

那这些千纸鹤怎么办呢？挂在家里要是哪天苏落拆了发现秘密就完了，那……丢进臭水沟？

她想到那个画面，心一抽抽地疼。

可好像也只能这样了。

她拎着千纸鹤的手慢慢垂了下去，绳子末端无数只千纸鹤落在地上。

她垂着脑袋，准备走的时候，听到梁水叹了口气，气道：“挂吧挂吧。你去挂吧！”

苏起扭头看他，他一脸郁躁：“一分钟！给我挂完了滚啊，小心我后悔！”

苏起眼睛一亮，噔噔噔蹿上了楼。

她迅速搬了把椅子放在门口，踩着椅子站在门廊下，手忙脚乱地把绳子放在椅背上，又去拿锤子和钉子。

好不容易钉了一颗，一分钟到了。

梁水插着兜上了楼，神色冷酷，像一个前来抽鞭子验收的包工头。

苏起竖起一根手指："再给我一分钟？"

梁水居然很配合："只要一分钟？"

"……"苏起说，"一个小时。"

梁水脑袋往旁边一指："滚下来！"

苏起以为他要赶她走，还犹豫着。梁水把她从椅子上搬了下来。苏起猛地趴在他肩上，心里一惊，下一秒就被放置落地了。他踢掉自己的拖鞋，黑着脸站上去给门框钉钉子。

"一共多少串？"

"二十。"

苏起拎着二十串千纸鹤，仰着脑袋望他。

他微抿着唇，目光盯着门框，语气不耐烦，但眼神却很专注。他拿手指量了一下门框的宽度，大致分了二十等份做标记，开始敲钉子。

刚敲一下，他就低头看她："仰着脑袋干吗？接灰呢？"

苏起："……"

他说："木渣渣掉眼睛里别怪我啊。"

苏起于是后退一步，低下了头，背过身去抿着唇笑。

砰砰一顿敲，梁水很快把二十颗钉子钉好，说："拿过来。"

苏起小心地把千纸鹤分开一条递给他，他把绳子绑在钉子上，用力打了结。

一串接一串，他挂好一半了，忽而问："你折这些东西用了多久？"

苏起脱口而出："一个星期。"

梁水正弯腰接她手里的一串千纸鹤，反应过来了："你不说这是回礼吗？”他突然笑起来，散散地蹲在椅子上，“我说怎么你一回家就拿了这么多来，你早就折好了是不是？”

苏起怔住，张口结舌。她心跳加速，惊慌失措。此刻他的脸近在眼前，她呼吸都困难了。

下一秒，梁水脸色一变，猛地戳她脑门：“我就知道你无聊瞎折了一堆没地方放，你妈妈要扔掉，你就全扔我这儿来了？”说着站起身，一脚就要踹她，“我就说你往我这儿扔破烂呢！”

苏起没反应过来，一动不动。梁水本就没用力，脚丫子踹在她手臂上，她轻晃了晃。

梁水俯视着她那灰土般的表情：“被我说中了吧？不行，我要把它都扯了——”

“哎——”苏起慌忙去拦。

但梁水没有真的要扯，而是把又一串挂在房门上。

苏起气得一掌打在他光露的小腿上。

“啪”的一声清脆。

苏起：“……”

梁水：“你没吃饭吗，这么点劲儿。”

苏起不搭理他，不动声色深吸一口气，平复心跳。

终于全部挂好了。

梁水从椅子上跳下来，退后一看，还不错，不算难看。

隔着清风拂动的千纸鹤帘，苏起看着他的脸，少年嘴角含着一丝笑。他伸手拨动一下帘子，尚有好奇心，他说：“苏七七，你一天到晚就搞这些无聊的东西？”

“你知道个鬼。”苏起说。

两人隔着几百只摇动的千纸鹤，梁水看着那些鸟儿，苏起看着他，有一会儿没说话。

很安静。

他背后是红瓦、绿树和蓝天，很美好的样子。

苏起觉得，如果时间停在这一刻，她也会很开心。

巷子里又传来箱子滚轮声，梁水扭头往下看，说：“我去看看是不是李凡回来了。”他快步下了楼。

苏起在原地站了一会儿，等他的脚步声消失在楼梯间，她才掀开帘子出来。一串串千纸鹤被她扰动，窸窸窣窣，她将食指放在嘴边，对它们做了一个“嘘”的手势。

她悄悄说：“不要告诉他哟。”

千纸鹤随风拂动着，慢慢静了下去。

从梁家出来，苏起脚步轻快。一想到梁水每天都能看见那些千纸鹤，她忍不住转了个圈儿。

一进家门，发现桌上一个精致的礼盒。

苏起奇怪：“这是什么？”

“枫然回来了。送给你的礼物。”

那是个精致的白色三角钢琴音乐盒，拧动发条，芭蕾舞者便在琴上转圈跳舞。苏起虽在学校精品店见过类似的，但大都粗制滥造，不像这个精致。播放的是《千与千寻》，而不是清一色的《致爱丽丝》。

苏起喜欢极了，跳起来：“我去找风风。”

进了李枫然家，梁水也在。两人在聊各自训练的事。

南江巷里真正理解“坚持有多苦”的，就只有他们俩了。

两人神色都很平淡冷静的样子，聊到一半，苏起进来，就停了。

苏起小心地把八音盒放到茶几上，拧了发条让舞者跳舞。她喜气洋洋的，两个少年脸上都褪去严肃，含了丝笑。

苏起欢乐道：“风风，谢谢你啊，我好喜欢这个。比我在精品店看到的都好看。”

李枫然淡笑：“不客气。”

梁水歪在沙发上，揪着手里的卫生纸揉成一个小团儿，砸她脑门上：“怎么没见你谢我啊？”

苏起摸摸额头，瞪他一眼，又对李枫然说：“风风你想要什么？我给你送个回礼吧？”

李枫然垂眸想了会儿，摇头：“我没有想要的。”

苏起央求道：“你想一个嘛。我会努力的。我现在没钱，但我可以攒。等我上高中，我每天就有五块钱了。”

李枫然笑：“你送的都行。”

苏起一转眼珠：“那就看我了哦。”

梁水拿脚碰了下李枫然，颇有传授经验的架势：“别随便，小心她送你一堆纸鸟儿，放都没地方放，到时你就哭吧。”

苏起甩他一个凶凶的眼神。

李枫然笑了笑，忽而说：“七七。”

“什么？”

“万花筒吧。”

“你要万花筒？”现在的万花筒并不贵，“这个简单！”

“你的那个。”李枫然说，“你小时候经常玩的那个，说你的仙国的彩色玻璃跟那个万花筒一样，那个。”

家长夜话

程英英：“欸？我好不容易收好的旧东西，谁又给我从床底下翻出来了？这一地的灰！苏七七呢？！”

苏勉勤：“去李家了，说是送什么万花筒。”

程英英：“她怎么不把这一箱都送去啊，一堆破烂。上次找那个什么贝儿，也是翻得一团糟。咦？小红云的衣服居然没褪色，还是这么鲜艳，你看，她的眼睛还会闭起来。”

苏勉勤：“我试试这个电动陀螺。哈哈哈，还能转。七七读幼儿园的时候最喜欢这个了。”

程英英：“哎呀你别翻了。你们爷俩翻着容易，又不用你们收拾打扫！”

苏勉勤：“好好好，不翻了。欸？那个盒子是什么？”

程英英：“我看看。——哎呀，这！”

苏勉勤：“这不是你过生日康提送的高跟鞋吗？五六年了吧？”

程英英：“这鞋子好贵的，又好看，我舍不得穿嘛。想留着等重要场合再穿，谁知道一留，留忘记了。现在也——唉，不流行这个了。”

苏勉勤：“所以有什么好东西啊，尽早用，千万别攒着。攒着攒着就过时了，不是当年的滋味了。——欸？这只鞋怎么断了？”

程英英：“不可能啊？我收起来的时候还好好的呢。”

苏勉勤：“可能是被其他箱子挤压了。”

程英英：“我怎么觉得是苏七七踩断的？”

苏勉勤：“别瞎说，又赖七七。”

程英英：“我这鞋盒当初放在床腿边，现在挪到最里头去了，肯定就是她。那个小兔崽子！”

Chapter 13

我是高中生

云西市一中坐落在长江边的东侬小山上，位于北门街与和诚中学的延长线上。走路需二十多分钟，也可以搭公交——需步行走过一段四五百米的大堤，下一个入城的坡道，才到公交起点。

第一天去学校报到，南江巷的五个少年骑了自行车。

骑行约十分钟，老远看见一中校园，比实验中学更大，街道也更繁华。

校门口挤挤攘攘，全是新学生和家长。五人把车停好，进了学校。

一中和实验中学一样也是渐高的山坡。主干道右侧有前后两栋大楼，为高二、高三教学楼。每栋楼前都有活动操场。

主干道左边也是两栋楼，靠前的是高一教学楼，靠后的是图书馆。

教学楼再往左，是巨大的足球场、篮球场和大看台，以及住读生宿舍。

主干道旁的公告栏上一字排开，贴满了名单纸。

路子灏道："居然有十五个班！"

梁水说："我们一人看三个。"

"行。"

伙伴们分头行动。苏起负责看 13、14、15。

15 班是重点班，第一名竟有 601 分，班上 49 个人，最低分是 510。

再看 14 班，第一名是 509，依次往下，501 是第四名。

苏起不继续看了，看 13 班。她一眼看见了自己的名字：

班级排名：5

姓名：苏起

性别：女

成绩：501

学号：041305

她往下扫，希望看到熟人……但李枫然、梁水、路子灏、林声都不和她同班。

“我在 13 班！”苏起说，“你们找到了吗？”

梁水：“我在 10 班。李凡，你在 12 班！”

路子灏：“声声，你在 9 班。我还没看到我。”

林声：“路造我看到你了。6 班。”

五个人挤到一起，苏起丧气道：“我们都不在一起。”

梁水笑：“我们总算从你的魔爪里逃出来了。”

苏起瞪了他一眼。

李枫然说：“七七，我们是隔壁班。”

林声叹：“我离你们好远呀。”

路子灏叫：“我更远。”

几人闲聊着上楼去，路子灏和林声在三楼和他们道别。

上到四楼，梁水往左一转，进了 10 班教室。苏起和李枫然往右走。李枫然在 12 班。

苏起经过 13 班，考察了一下地形。她们班后边还有一道楼梯间。过去是教师办公室，再过去有个小走廊，可以看见足球场、篮球场和校园外的江水。

他们这边的楼梯间半层处有条外置的走廊，是厕所。

苏起有些开心。

10 班的人上下楼或许会走那边的楼梯，但上厕所一定要经过她的教室。

苏起进教室找了个空位，坐在第二组第四排。她身后坐了两个女生，一个叫徐景，一个叫张可欣。

“我叫苏起。”

“我对你名字有印象！是不是我们班考第五名的那个，你是女生第一名欸，前面都是男生。”张可欣大咧咧地说。

“我刚也在楼下看见你了。你长得真好看。个子又高。”徐景说。

我好看？

苏起心想这个同学心地真善良。高中真好啊，大家都爱夸人，还友善。

正说着，过来一个女生，笑眯眯的：“这里有人吗？”

苏起摇头：“没有。”

女生一屁股坐她旁边，兴奋道：“你们在讲什么？我能加入吗？班上的人我一个都不认识，我要赶紧跟你们搞好关系。”

大家笑成一团自我介绍，新来的这位叫刘维维。

刘维维一来就分享八卦：“我在 10 班后门口看到一个男生超级帅，个子特别高，瘦瘦的。穿了套阿迪达斯的运动服，很有型。”

在那个穿衣不讲牌子的年代，阿迪达斯是家境宽裕的小孩才会穿的。一套衣服好几百块呢，太贵了。

“那个啊？我刚在下面也看到了，他身边还有个朋友，也很帅。不知道会不会是我们班的。”徐景说，“哦，还有个超级大美女跟他们一起，应该是他们哪个的女朋友。”

苏起大概知道她们说的是谁。

她在心里默默地同情了自己和路子灏一把。

班上同学才到了一半，苏起走出教室，在栏杆边趴了会儿，有意无意地往旁边望。这层楼尽头的教室是 10 班，走廊上一个人也没有。

她百无聊赖地抠着栏杆上的油漆，眼角的余光看见 10 班教室后门有人出来，她立刻看过去，是别的男生，转进楼道一下子不见了。

不过有两个女生过来了，应该是来上厕所的。

两人手挽着手，互相说着悄悄话，笑得面颊绯红。

“这回校草肯定是我们班的。”一个女生嬉笑道，“你刚听见没？他说话好有意思啊。”

“是啊，感觉好酷。”她们咯咯笑着从苏起身后经过，仿佛刚经历了格外开心的事。

苏起好奇，水砸跟他的同学们说了什么好笑的话呢，她不知道。

仿佛从此刻起，他的生活她无法参与了。不只如此，朋友们的生活她都无法参与了。

以后，他上课打瞌睡、看漫画、罚站、讲笑话，她都不会知道。虽然这不是什么大事情，她以前也没多在意。可意识到她无法再知道，又不免有些惆怅。

可转眼一想，就在同一层，她可以去找他们呀。

她跑到12班窗户边看，李枫然不在。她又跑去10班。

梁水坐在二组倒数第四排的位置，手里拿着个苹果在抛啊抛，他在跟周围的同学讲话。男生们都在笑。

苏起还没开口，梁水前边的男生反坐在椅子上，看见她了，好奇地打量。

苏起赶紧指了下梁水，那男生也跟着指了下梁水，眼神在问：他？

苏起点头，梁水已回过头来，看见她了，起身走出来。

他懒懒散散的，问：“干吗？”

“我来巡视一下，考察你们班情况怎么样。”

梁水好笑：“多谢领导。”

苏起望了眼教室里，他的同学们都在看她。她心虚地别过眼神去，说：“你跟周围同学都熟了吗？”

“还行，你呢？”梁水走到栏杆边，伸了个懒腰，T恤被扯起来，露出一角瘦瘦的平坦的腰腹。

苏起眨巴眼睛：“我同学都很好。你们老师来了吗？”

“还没有。听说我们班主任是个女的。”

“啊？”

“明天要军训你知不知道？”梁水伸完懒腰了，眼神松松的，人也斜靠在栏杆上，悠悠地看她。

苏起也不知为什么，不太好意思直视他：“啊？我不知道欸。”

“过会儿你们老师应该会讲。”

她也走到栏杆边：“过会儿要不要一起吃饭啊？不知道食堂饭好不好吃。”

“肯定不好吃。”梁水哂笑一声，又说，“我跟我同学一起去。我们俩可能下课时间不一样。”

苏起想想也是，还要说什么，一大拨学生进教室了，纷纷向他俩投来好奇的目光。

梁水不太自在地站直了身子，说：“老师应该来了，你先回去吧。”

“嗯，好啊。”苏起开心地跑回了教室。

进教室的学生越来越多，苏起这才发现后边坐了两个熟人。一个是张余果，她体育特招进来的。另一个是程勇，是初中隔壁班的班长，苏起记得他和梁水很熟。

没过一会儿，班主任来了，姓鲁，是个个子不高模样周正的年轻男老师。

老师问有谁想当班长，后排的男生们起哄说“程勇”。结果他就成了班长。不过他在初中就是个个性爽朗大方真诚的男生，当班长很合适。

老师给班长分配了任务，组织男生去楼下搬书搬校服。明天开始有五天的军训。三十多个男生浩浩荡荡下楼去了。

苏起朝窗户外看，隔壁半个班的男生从他们班经过，也下楼搬书。一群快步走过的男孩子里边，李枫然格外显眼，他很高挑，很安静，朝教室里瞥了眼，目光很淡，水一样滑过，直到看见苏起。

两人对视一下，他眼神略有缓和，走过去了。

男孩子们闹腾的声音消失在楼梯间里，走廊安静下去。

梁水他们肯定也去搬书了，但他们教室旁就有楼梯间。

没过多久，书搬回来。每个人都发了书，比初中的课本大很多厚很多，一摞摞特别重。每天背着得累死，只能放在课桌里。

高中的桌子和初中不一样，侧面没有开口，但桌面可以掀开，像个大口袋。老师说可以在课桌上装锁。苏起掀开桌面，把书按大小摆好。

老师又说食堂在高三教学楼后边，吃完晚饭回来上晚自习。明天军训，下周开课，课表贴在黑板旁。

苏起跟梦游似的，一时还切换不了身份。

这……这就高中了？

下课了，徐景她们约上苏起一起去食堂吃饭。苏起有一瞬的犹豫，她还准备叫上李枫然、梁水他们呢。可这想法一闪而过，不现实。

他们都有各自的伙伴了。

苏起说："好啊。"

下到三楼，林声跟一个女生站在栏杆边等人，她知道她在等自己，立刻招手："声声！"

林声冲她笑，拉着她的新同桌过来加入她们。林声班级在苏起正楼下，挨着楼梯间，近极了。

刘维维小声："哇，你朋友长得真好看。"

一群人浩浩荡荡去了食堂。食堂占地面积不大，每个窗口都挤满了学生。包子、馒头、面条、油条、烤饼、米饭、炒菜糅合成一股奇怪的味道，飘在空中。

苏起和林声没见过这阵仗，愣愣地跟着同学在卖包子、麻团的窗口排队——米饭那边人实在太多了。

好不容易买了东西挤出来，座位也极其稀缺。很多男生或站或坐在门口的台阶上吃面。

林声说："我们还是回教室吃吧。"

苏起赞同，她可不想站在墙边吃晚饭。

她啃着包子往回走，和林声分了手。回到教室，包子也吃完了。

离晚自习还有段时间，苏起没事干，渐渐坐不住。她一会儿去厕所，一会儿站在栏杆边看风景，怎么都不自在。

忽然到来的高中新环境，明明在一栋楼却见不到的熟悉伙伴们——这都叫她坐立不安。

刘维维说：“苏起，我们去小卖部买吃的吧，我晚饭没吃饱。”

徐景说：“四个包子你还没吃饱啊。”

刘维维说：“你看我的体形。”

徐景扶额头。

苏起说：“小卖部在哪里呀？”

刘维维说：“我打听清楚了！在高二教学楼前边。”

高二教学楼，可以走 10 班那边的楼梯。

苏起立刻起身：“走吧。”

一出教室，她的心便怦怦直跳，仿佛要完成什么特殊的秘密任务。

经过 12 班，她瞄了眼，李枫然不在。

走过 11 班前门，转弯下楼。苏起只瞥见了 10 班的后门和窗户。可即使如此，她心情也忽然就不错了起来，仿佛那是一扇特别漂亮的后门和窗户。

小卖部店面不大，吃的喝的应有尽有，里头挤满了学生。还有人买泡面呢，但泡面三块一碗，好贵。

苏起花三块买了瓶鲜橙多，又花一块钱买了纸盒包装的汇源橙汁。

刘维维买了一包干脆面和饼干，看着她的鲜橙多，说：“哇，真有钱。喝这个。”

回到四楼，苏起说：“维维你先回去吧。我有点事。”

刘维维先走了。

苏起走到 10 班后门朝里面瞄，一眼就看见了梁水。他前边坐的那个男生见了她，笑了一笑，轻车熟路地拍了下梁水，示意有人找。

梁水回头见是她，起身走来。那个男生笑着说了句什么，梁水没搭理他，眉心却细微地皱了一下。

苏起尽量让表情看上去平静而寻常，把鲜橙多塞到他手里，说：“喏。

请你喝果汁，祝你变成高中生了。”

梁水虚握着瓶子，还没接，班上就有人起哄，议论纷纷，笑嘻嘻的。

梁水不太爽地回头看了眼同学，将那瓶子推回来，说：“你自己喝吧。”

苏起见大家都在笑，本来就心头一紧，现在他这么一说，她更是心里又一凉，感觉自己冒失了。脸上却还挂着无所谓的笑，大咧咧推道：“送给你的干吗不要？你不是总说我吃你东西，不请你吗？”

她稍用力一推，梁水没接住，瓶子“砰”地砸在地上，凹下去一块。

班上更多的人回头看过来了，一副“哇，刚开学就有人来追梁水”的看热闹表情。苏起心里有鬼，脸霎时血红。突然之间，她想捡起那个瓶子转身逃走。

但这不是她的性格。

梁水见瓶子砸地上，也有些意外，准备捡起。

苏起快一步把瓶子抓起来，迅速站起，梁水伸手去拿瓶子，但苏起躲过他的手，将它抱在怀里，一副满不在乎的样子：“送你不要，算了。我还舍不得给你喝呢。”

说着，转身要走。

梁水叫她：“苏……”一个男生从后门出来，梁水侧身给他让位置，说，“起。”

苏起一愣，记忆中，他从没叫过她全名。

只是上了高中而已，怎么就忽然变生疏了呢？

她嘴巴都是僵的：“干吗？”

梁水挑了下眉，开玩笑的语气：“别跟初中一样，没事总跑来找我。别人还以为我们什么关系呢。”

苏起脑子空白，都有点儿结巴了：“什么什么关系啊？”

梁水挠挠耳朵，挺为难的：“我刚去帮林声的桌子安锁，结果被人盯了半天，回来又被问了半天，烦死了都。没什么大事就……”

“嘁，我还以为是什么呢。”苏起笑道，“我巴不得。”

梁水放松一笑：“嗯，有事回去说。”

“没事跟你讲。”苏起一吐舌头，笑着转身走了。

她一转过身，嘴角就垮了下去，几乎是一秒间鼻酸到了极致，差点儿没酸了眼。

她眨巴眨巴眼睛，对自己说，唉哟，你怎么这么娇气，又不是什么大事。

这么一想，又好些了。

她抿抿嘴角，调整了下面部肌肉，抱着两瓶饮料朝自己班级走去。

经过12班教室，苏起忽然看见了李枫然，坐在三组倒数第五排的位置。

她笑眯眯跑进去，把两个饮料放在桌上给他挑：“鲜橙多贵点儿，好喝，但掉地上了，这里砸了个坑。汇源果汁便宜，没有鲜橙多好喝。但没有掉地上。你选吧。”

李枫然拿了汇源果汁，又拿纸巾把鲜橙多的坑擦了一下，拧开给她。

苏起劝说：“鲜橙多比较好喝哦。”

李枫然微笑：“我觉得都一样。”

苏起抱着瓶子咕噜咕噜喝了几口，明明就更好喝。于是她小心翼翼往瓶盖里倒上一小盖子，颤颤地举到他面前：“给你一口。”

李枫然有些好笑，接过那小小的瓶盖，微一仰头把果汁喝完了，盖子还给她。

苏起：“再来一杯？”

他摇头：“够啦。”

苏起还不走，打听他情况：“风风，新班级怎么样呀？有没有认识新朋友？”

李枫然笑了下，说：“我同桌是个话痨。跟你一样。”

苏起好奇：“女生吗？”

李枫然：“男的。”

苏起看看四周，小声：“你不喜欢他吗？是不是想换座位？”

李枫然：“没有。他蛮有意思的。”

苏起诧异：“原来你喜欢话痨。我以为你喜欢安静的人。”

李枫然看她片刻，忽然问：“你以为我不喜欢你？”

苏起耸肩："我又没说我。你肯定喜欢我啦，我那么讨人喜欢。嘿嘿。"

李枫然笑："那倒是。"

苏起早已转移注意力，观察教室："高中真好，还有电视和空调。"

李枫然说："电视应该不经常用。"

"我猜也是。"

聊了没一会儿，教室人多了。

苏起准备走了，说："风风，放学一起哦。"

"嗯。"

很快，晚自习铃声响起。

作为高中生的第一节晚自习，并没有课上。鲁老师带大家做游戏，快速熟悉班上的同学。

游戏叫名字接龙："我是坐在 A 后边的 B 后边的 C 后边的 D——"

二三四组的人一片哀号。

一组的人比较幸运，即使如此，玩到第六排时，一个女生记不住前边所有人的名字，卡了壳。

鲁老师叫她上来表演节目。可那女生太害羞，低头红脸就是唱不出歌来。鲁老师也不为难她，说先记着，每四个人一起唱首歌。

接龙传到第二组，卡壳的人越来越多，到了苏起前排，已经第三个人卡壳。

轮到苏起，她好不容易把一组所有人的名字说对了，却忘了自己前排的男生名字。

全班起哄："哦！！！"

苏起也被揪了出来。

四个女生一起站上讲台，小声商量合唱什么歌。

鲁老师在一旁看——苏起是几个女生里个子最高的。她扎了高马尾，穿着最简单的白 T 恤和牛仔裤。背脊挺直，肩膀舒展，腿又长又直，哪怕低着头跟同学商量，身形也很舒展。

他忽然问："苏起是学跳舞的？"

苏起抬头："鲁老师怎么知道的？"

鲁老师笑："看着像啊。"

全班的目光都聚焦到她身上，觉得她的确有哪儿和其他女生不太一样。加之她皮肤白皙，细眉大眼，高鼻梁小嘴唇，越看越清丽耐看，很舒服，叫人一时不想移开目光。

可苏起看看自己，看看身边的同学，并不觉得自己有什么特别。

鲁老师说："你就当我们班的文艺课代表吧。"

小学和初中叫学习委员，高中叫课代表。真神奇。

最神奇的是，高中课表上明明没有音乐课，要什么文艺课代表呢。

但苏起还是点了下头："哦。好的。"

四个女孩合唱了一首 S.H.E 的《波斯猫》。苏起一点不害羞，唱得很自然；其他女孩对班级还不熟，比较腼腆放不开，声音很小，像是苏起的伴唱。合在一起却也十分好听。一曲唱完，掌声雷动。

苏起也激动又开心地红着脸下了台。

游戏继续。

走廊上，远处几个班的笑声接连传来。整栋楼的高一新生都在做类似的热场游戏。

苏起忽而好奇，梁水在他们班会是什么样子呢。

她想，他站在讲台上时，估计是平时那副散漫不羁的样子，低头抠一下额头，眼神漫不经心的，而全班同学尤其是女生的目光都会聚焦在他脸上。

第一节晚自习下课，走廊里沸腾了。

新生们经过一节课的了解，迅速打成一片，走廊上教室里全是热情的讲话声笑闹声。

可第二节晚自习一上，鲁老师就收起了玩闹的姿态，交代大家自习看书，提前适应高中生活。

"你们再也不是以前玩玩闹闹的初中生了。很多人可能觉得时间还早，但你们可以开始想以后要上什么大学了。你们现在把每一天过成什么样子，你们的未来就是什么样子。”

然而对于这番话，现在的高一新生并没有太深的体会。

高考还是太遥远的事。

这是人类的通病——懂得道理的时候总是迟了。

苏起倒是认真想了会儿，她虽然喜欢唱歌跳舞，偶尔做梦当明星，但她并没有考舞蹈学院的想法。中考的好成绩让她发现，或许她是个聪明的人，考个好大学也是不错的选择。

至于跳舞嘛，她任何时候都可以跳，只要她愿意。

晚上九点四十分，下晚自习了。住校生还要上第三节晚自习。

苏起是走读生，她背上书包去隔壁班找李枫然。

李枫然走出教室，说：“去找水子吧。”

苏起没吭声。

李枫然见她没回应，看了她一眼。

苏起一副我什么也没听见的神情。

还没走到楼梯口，就见梁水从他们教室后门出来，跟他的同学一起下楼。他们有说有笑的，并没注意这边。

隔着走廊上重重人影，李枫然没有喊他——这是苏起会做的事。

但苏起也没有喊他，梁水的身影消失在了楼梯间。李枫然又看了苏起一眼，苏起一副“我什么也没看见”的寻常神情。

两人走到楼梯间，刚好梁水下了楼梯拐角往下一级走，楼道的灯光打在他脸上，他唇角含着淡笑，眼睛又黑又亮。

苏起心不在焉地下楼，走过他走过的拐角。

路子灏和林声一边在三楼等他们，一边在和各自的同学讲话。梁水跟他们说了句什么，和同学继续往下，没等他们。

路子灏也跟他的同学一起走了。

苏起忽然想，早知道我就跟刘维维一起走了。

五人隔得并不远，各自跟各自的同学聊着天出了校门，挥手告别后，才在停车的地方相聚。

苏起开着车锁，看都不看梁水一眼。

她的车就停在梁水旁边，踏板跟别人的车缠在一起了，掰不开。梁水见状，伸手去帮忙。

苏起侧身拿肩膀一挡，拒绝了他。

梁水愣了一下，不知她怎么了。

她憋红了脸，用力将两辆车分开，可越是扯，越缠在一起。梁水没动，还站在一旁谨慎观察她的表情。

路子灏见她简直要把车给撕了，赶紧上去帮忙把车分开。

苏起把车推下台阶，一蹬踏板，骑走了。

路子灏叹为观止："开学第一天欸，你们又吵架了？"

梁水不说话，骑着车跟了上去。

第二天早上出门，路子灏说他想搭公交。他同桌住在坡下公交车起点处，正好一起上学。

李枫然要去学校练琴，认为走路加公交浪费时间。梁水则更喜欢骑车。两人骑上车，等着苏起和林声。

没承想苏起跟林声说："太阳好晒，我们也搭车吧。"

林声赞成："好呀。"

陈燕听了，开玩笑道："哟，你们这上学小分队要散伙了？"

梁水看了苏起一眼，没说什么，和李枫然骑车走了。

苏起没看他，听着车轮从巷子拐角滚过，很快消弭下去。

三人走上堤坝时，梁水和李枫然的身影已消失在堤坝通往城区的坡道下。

路子灏说："七七，你跟水子吵架了？"

苏起："没啊，我跟他吵什么架？"

路子灏："那你们为什么不讲话？"

苏起："我跟他没话讲啊。"

路子灏："……"

不对，这逻辑不对。路子灏坚持："嗯，你们吵架了。"

苏起凶凶道："我都说了跟他没话讲，没话讲能吵架吗？！"

路子灏："我错了。"

开学第一天军训，云西一中场地不够，1 到 8 班留在本校操场，9 到 15 班步行去两条街外的和诚初中。

高一新生们按班级排好队，每班排四列，行进时两列两列地走，首尾相接，浩浩荡荡像一条长蛇往和诚中学方向走。

道路蜿蜒，队伍也随之蜿蜒。

苏起一抬眼就能看见几十米开外梁水的背影。他站在他们班最后，身后跟着 11 班矮小的女生，断层太明显。

少年头发漆黑，高高瘦瘦的，很挺拔，像棵小白杨。

某一刻，他忽然不经意回头看。苏起立刻移开眼神，又觉自己心虚，他只是随意一瞥，哪里能一眼看得见她呢。

到了和诚初中，各班在各自教官的带领下练习站军姿。

虽说烈日炎炎，但苏起并不觉得苦。她不是娇气的人，站站军姿而已。

太阳火辣辣的，照得她眯上了眼。

她一动不动笔直站着，和操场上所有的高中新生一样。

偌大的操场鸦雀无声。

时间一分一秒度过，每个人都像兵马俑一般死寂。

苏起忽然很喜欢这种状态，很安静，安静得能听到自己的心跳。

她立正在原地，忽然想起梁水。她后知后觉地意识到一个问题——他并不喜欢她。当然，他喜欢她，但，不是那种喜欢。

怎么办呢？

她在想，我要怎么办？

究竟是什么时候变成这个样子的，她不知道。从哪个时候开始的呢？

她忽然很难过，很想回到过去无忧无虑打打闹闹的单纯日子。如果是过去的自己，他开的玩笑说的话，她一定不会伤心难过。可见这是她自己的问题。

可见，喜欢不是一件好事，它让人的心情阴云密布，伤感又悲哀。

怎么办呢?

要是不喜欢他就好了。

为什么人的感情不能像水龙头那样，用力紧紧拧住，就可以关了呢?

夏日的正午，那样热的天，她心里疼得倒抽了一口冷气，冰凉冰凉的。

“向后转——”他们班的教官发令了。

苏起集中精神向后一转。隔着一瞬移动的人影，她忽然又看见了梁水。

他们班的方阵在她们班后方，正好也转了过来。

他在第四排倒数第二的位置上，站着军姿，身板挺直，表情肃穆。眉心极轻微地皱着，看上去竟有种陌生的坚毅的味道，不像平时散漫踑踑的样子。

他目光始终正视着前方，没有偏移。

苏起却偷偷看了他好久，直到斜对面的人晃了一下，将他们挡住了。

也好。

练了一个小时后，教官让学生们放松休息二十分钟。

一帮笔直的小白杨立刻化身蔫韭菜瘫在地上。

苏起口渴了，去操场边的小卖部买水。

正值中学下课，军训的高中生和和诚的初中生挤在一起买东西。

苏起意外地撞见刚上初一的苏落，皱了眉：“下课铃都没响完，你就跑这儿来，你有没有好好上课！”

苏落抠抠脑袋，没搭话，看一眼她身后，眼睛一亮：“水哥，请我喝冰红茶！”

苏起一怔，却没回头，赶忙扭头看货架上的零食。

眼角的余光却见梁水过来她身边，他的校服系在腰上，腿杆子又长又直。

他从架子上拿了两瓶冰红茶，给苏落一瓶，问：“还想吃什么？”

苏落这家伙毫不客气：“辣筋、苏打饼。”

梁水给他拿了，转头看苏起：“你喝什么？”

苏起已经拿了瓶水，一块钱递给老板，转身要出去。

梁水横移一步，挡她面前，低头瞅她半刻，有些好笑：“啧啧啧，你怎么这么大脾气啊？你以前不这样的啊？”

他拿着一瓶鲜橙多，戳戳她的手：“哎——苏七七——”

苏起本来要软了，一听他这么叫她，突然气道：“苏起！”说着打开他的手跑了出去。

“姐姐！”苏落喊她，她头都不回。

梁水看着她的背影，笑容收了回去。他手指抠了抠鼻尖，把鲜橙多放回货架上。

苏落奇怪：“你们又吵架了？”

梁水皱眉，说：“回去上你的课。”

苏起气鼓鼓回到自己班的队伍里，盘腿坐在地上，拧开瓶子咕噜咕噜喝水。

结果一口气喝完半瓶，她又懊丧起来，觉得自己变小气了。刚才开个玩笑就好了，大家就又跟以前一样了，她干什么发脾气呢。

她真不喜欢这样的自己，矫情又敏感，一点儿都不爽朗。

一点儿小事，就让它过去呗。她以前的确不是这样的。

她长长地吐出一口气，倒在草地上望天，她朝天空伸手，仿佛空中有个曾经的苏起，她用力抓“她”，念咒语：“你给我回来……”

刘维维的脸出现在蓝天上：“苏起你在干吗？”

“……”苏起立刻起身，尴尬地拍拍头上的草，“没干吗。”

喂喂！你是高中生了，正经点儿啊！

教官吹响集合口哨，苏起放下水瓶，站军姿吧，最好站上一整天，累死算了。

军训到下午四点半结束，学生们重新排好队列往回走。虽然累了一天，但有教官在，大家走路的姿势反而比上午更挺直。

过马路时，车辆停下来为他们让路，大人们笑看着经过的高中生们，眼中一副羡慕青春的样子。苏起不知道他们在羡慕什么。

至少，此刻的她觉得，晚上还要上晚自习，她很疲乏。

回到一中操场，队伍就地解散。学生们饿了一天，蚂蚁似的往食堂里涌。

刘维维哀叹："完了，肯定要排很久的队。"

苏起说："那我们过会儿再去吧。"

刘维维："也行，我们先去小花园里转转。"

两人往小花园里走，刚转到一丛竹子后，就见一个男生跟猴子爬树似的一下子蹿到院墙栏杆上，翻了过去。紧接着，苏起看到了梁水。

他后退了一两步，忽然朝栏杆冲过去，起跳，手抓栏杆一跃而起，嗖地翻过顶上的尖刺，轻盈地落到校外，拍了拍手。一回头，看见了苏起。

他先是愣了一下，继而冲她勾唇一笑，迅速和他同学跑走了。

刘维维哇了一声，戳苏起的手臂："就我上次说的那个很帅的，你看见没看见没，笑起来好好看。"

苏起："丑死了。"

刘维维："你是斗鸡眼吗？"

苏起没绷住，哈哈大笑。

两人爬到小花园的双杠上坐着望天，吹晚风。过了大概二十分钟，去食堂的同学陆陆续续回教室，两人才去食堂，但只有剩菜剩饭了。

回到教室，刚坐下，程勇在后边唤了声："苏起，刚才梁水来找你了。"

苏起心中微讶，又微喜，表情却很平淡纳闷的样子："他找我干什么？"

"问哪张是你桌子。但不好意思，我没记住。"

既然他又主动了，那还是和好吧。她才不想扭扭捏捏阴阳怪气的。

苏起藏住开心，脚步轻快往10班走。她凑在后门口瞄了眼，教室里没什么人，也没见梁水，应该是去吃饭了。

没关系，过会儿她去找他吧。

她回到教室，把厚厚的语文课外读本翻出来看。汪曾祺写的《受戒》，讲了一个小和尚和小女孩的故事，真可爱。

她正看得津津有味呢，脑袋上传来一道声音："这么爱学习？"

苏起抬头，梁水不知什么时候进来了，坐在她前排的椅子上，手指在她书上敲了一下。

那表情，仿佛两人完全没闹过矛盾一样。

全班女生的目光都若有似无地移过来。

“你来干吗？”苏起语气还有点儿硬邦邦，但眼神软了。

梁水抬起另一只手，一把金色的小锁在他小指上晃，他站起身：“起来。”

苏起知道他是来给她安锁的，这下更不想较劲了，立刻起身，把书抱起来。

梁水在她位置上坐下，扭头看了眼一旁直瞪眼的刘维维，随口打招呼：“你好。”

刘维维呆了两秒才反应过来：“你好！”

梁水早不等她回答了，他低头看苏起的桌子，从口袋里掏出一个很小的透明塑料袋，里边有安锁的上下搭扣，和几根小钉子。

他拿出一根很小的螺丝刀，先把底座固定在桌壁，孔上装好螺丝，螺丝刀对准钉子。

苏起脑袋凑过来，质疑：“不用锤子能弄进去？”

话音未落，梁水拧着螺丝刀，把那颗螺丝钉拧进去了一半。

他抬眸，无声地看了苏起一眼。

苏起：“……”

她小声嘀咕：“力气大了不起哦。”

“哦，了不起。”他说。

苏起：“……”

她抿着嘴，偷偷笑了一下。

他很快把四个螺丝钉都拧进，安好底扣，又把桌盖掀起来，人也倾身到前边来安搭扣。

苏起坐回椅子上，板凳还是热乎的。

她偷偷看他，他弯腰站在桌边，认真拧着螺丝钉，侧脸十分专注。

这人无论平时多么散漫松垮样儿，做事总是极其专注的。

正看着，梁水换钉子时，无意瞥过来，目光和她的对上。浅茶色的眼瞳，苏起心里一突，压住心中一丝紊乱，赶忙说："你从哪里弄来的锁？小卖部都卖光了。"

梁水眼眸垂下去，拧钉子，说："外头买的。"

苏起心头一暖，原来他刚才翻墙去买锁了。

唉，算啦，你这个臭屁孩，我不跟你计较了。

梁水弄着最后一颗钉子，估计是两天没损她，他嘴痒了："你看你，人际关系不行，你们班同学都不知道你坐哪儿。"

苏起说："声声那么好看，当然引人注目了。我就是棵不起眼的小草。"

梁水听了这话，嘴唇弯起一抹笑，抬眸看她："不错，有点儿自知之明。"

苏起卷起草稿本，敲在他肩膀上："你吵架吗？"

梁水："这你自己起的头！"他把搭扣安好了，"啧，上门服务，水没喝一口，还挨了一顿揍。苏七七也就是你。"

苏七七也就是你。

一句玩笑话，苏起的心忽然一个扑通，掉进了糖水罐。漂漂荡荡，晃晃悠悠。

他把桌子盖翻过来："试一下，能不能扣上？"

苏起一试，搭扣扣在底扣上，正好，那金色的小弹簧锁一推，锁好了。

苏起开心道："钥匙呢？"

梁水狡黠一笑，说："十块钱。"

苏起变脸。

梁水转了下手里的钥匙，起身："不给我走了。"

苏起去抢："拿来！"

梁水本就没躲她，手被苏起挠了一下，钥匙抢走了。

"你这狗爪子。"梁水看了眼手心的红痕，扬手做了个要揍她的手势。苏起挑眉，都懒得假装去躲——她怡然自得得很。

正要走，张余果在教室后边叫了下："梁水，帮我安下锁吧。谢谢啦。"

梁水闲着没事，大方地过去帮忙了："你也在这个班？"

他一走，徐景和刘维维立刻拉苏起："他是你谁啊？"

苏起说："我邻居啊，从小就认识。"

"那你之前不说。"

"我又不知道你们说的帅哥是他。"苏起心虚。

"你是不是没有审美观？"徐景说。

刘维维道："她是斗鸡眼。"

苏起扑哧一笑，推她："你没完没了了。"

张可欣问："哇，天天见面，你不会喜欢上他吗？"

苏起一愣，跟踩了尾巴似的，立刻道："喜欢个头。他只是长得还行，脾气特别差。真的，我太了解他了。一点都不值得喜欢。"

三个女生无语看她。

刘维维："脾气差会帮你安锁？"

张可欣："脾气差让你拿书打他？"

苏起："……"

徐景："哎，我也想跟脾气差长得好看的人做朋友。"

刘维维："苏起同学，我觉得你应该从自己身上找问题。"

找什么问题？找我为什么看不惯他不喜欢他？

我喜欢呀。

"受不了你们了。"苏起摇摇头，起身去厕所。回来刚好撞见梁水从她教室里出来，他手里抛着个苹果，见了她，把苹果给了她。

苏起也不跟他客气，拿水冲一下就啃了起来。

吃到一半，张余果进来，盯着她的苹果看了几眼。

苏起奇怪："怎么啦？"

张余果摇头，笑笑："没什么。"

下了晚自习，苏起跟李枫然打了声招呼，就跟路子灏、林声去赶公交了。

云西的公交车又小又破，夜里九点就停运。但因为一中的晚自习九点四十下课，所以各个线路都会留最后一班车接学生。

晚间的公交车非常挤，林声、苏起和路子灏没抢到位置，跟夹心饼干似的夹在一起在昏暗的车厢里随车晃荡。

夜间车少，公交车在路上横冲直撞，行驶很快。这条到北门街的线路不长，只有三站地。第一站停的时候，就下了一半。

有了两个空位，路子灏让林声和苏起坐下。车开动时，苏起忽然看见窗外梁水和李枫然骑车的背影。

苏起拉开车窗，欢快道："水砸！风风！"

话音未落，公交车超过去了，两个少年齐齐投来默然的一瞥，很快就被夜色罩住。

车在终点停下，三人下了车。离家还有一道坡和一条大堤坝。

三人爬坡到半路，梁水和李枫然骑车来了，两人没有要下车的意思，骑着车冲坡。

那坡虽长，却并不陡。

苏起偷偷猫上去，跟到梁水身后，拿手钩住他的自行车座板。梁水的上坡路越走越慢，他费力地踩着踏板，苏起用力地拖着后腿，憋着笑。

路子灏和林声看着，都无声地笑了起来。

李枫然骑到前边去了。

梁水还在用力踩车，越踩越难，踩到半路，他头也不回，说："苏七七你就没点儿自觉？我不说你就不松手是不是？"

苏起终于忍不住哈哈大笑，松开手，梁水的车轻松上行。

苏起眼见他要走了，赶紧把书包取下来扔给他："你把我书包驮回去。"

梁水嫌弃："懒成这样，你怎么不把你骨头甩了？"

苏起站在原地，扭着小腰抖肩膀："我想甩呀，甩不出来。"

"你别把腰扭断了。"梁水把她的书包挂在把手上，居然有点儿重，再度嫌弃，"你把学校的砖偷回来了？"

苏起白他一眼，她带了厚厚的语文课外读物。

梁水扭头看林声："声声，把你书包也给我吧。"林声每天要背厚重的速写本和笔。

林声也不跟他客气，把书包挂他把手上，说："还能平衡两边。"

梁水笑："那是。"

他骑着车，很快消失在夜色里。

苏起和林声没了书包，一身轻松地在大堤坝上吹着江风，蹦蹦跳跳回了家。

梁水去洗澡了，客厅沙发上放着三个一模一样的黑色单肩包。

苏起和林声拎上各自的书包回了家。

等梁水洗完澡出来，拿上书包准备上楼，发现不太对劲。他书包的拉链破了口的。拉开一看，是林声的东西。

他拎着书包去敲林家的门："声声，书包拿错了。"

很快传来脚步声，林声拎着他的书包开了门，两人交换。

梁水回到阁楼，把书包扔一旁，却忽然发现书包侧面装水瓶的网袋里多了颗彩色的星星。

上初中的时候他见过班上女生折这些东西，似乎是当装饰品的。

他把星星抠出来，可能因为撞击，星星瘪了一半，字条散了。

梁水有些好奇那折纸的机关，拿手指一钩，星星彻底散了。

梁水："……"

他索性把星星拆成长字条，准备扔垃圾桶，却发现上面写了一行字。

"我喜欢你。LS。"

南江夜话

冯秀英："哎呀，真可惜。我们班陈潇这孩子，以前成绩不错的，就是早恋给害的。上学心不在焉，只晓得恋爱。早就跟他爸妈说过，结果他爸妈说管不住。这都什么家长啊。哎，我说半天话你听见没？"

李援平："听着呢，我不是忙呢嘛。"

冯秀英："是是是，我错了，你就没有一天不忙的。枫然。"

李枫然："嗯？"

冯秀英："追求你的女孩子应该不少吧，妈妈都知道。"

李枫然："……"

冯秀英："要是哪个女孩缠着你，骚扰你，你跟我说，我去学校给你解决。"

李枫然："没有。"

冯秀英："那就好，你呢，你有没有喜欢的女生？"

李枫然："……"

冯秀英："枫然，你现在还小，早恋只会影响学习，要是荒废了专业，以后什么爱情都不会牢靠，一捅就散了。等你长大了，成功了，会有很多优秀的女孩子等着你。知道吗？"

李枫然："……"

冯秀英："怎么不说话？你这是学你爸爸呢？"

李枫然："知道了。"

冯秀英："你可别搞出早恋的事儿，让学校叫家长啊。那我可得跟那女孩子的家长好好谈谈。"

李枫然："嗯。"

李援平："哎呀，你想那么多干什么？枫然成天都在弹钢琴，哪有空闲去早恋啊。"

冯秀英："我知道，我不是叮嘱一下，怕他犯错嘛。专业发力，就这几年最关键。要是早恋影响了，可就废了。枫然啊……"

李枫然："我去练琴了。"

冯秀英："哎，我话都没讲完呢。"

Chapter 14

两个告白

第二天一早，苏起出门时正好碰上梁水也出门。

苏起纳闷："你今天不骑车啦？"

梁水说："嗯。"

李枫然还在练琴，苏起喊："风风，我们先走啦！"

"好。"窗户里传来他的回答。

四人出了巷子，走上堤坝，往城区内走。苏起一路叽叽喳喳，跟伙伴们讲她们班的同学和老师，路子灏时不时回应她几句。

林声很安静，梁水也不说话。

两人沉默地走在后边。

一直走到下坡，走到公交车站了，苏起才意识到不对劲，打趣地问："水砸你今天好安静。你在扮酷吗？"

梁水说："放屁！"

"你不要装深沉哦，我会笑死的。"苏起说。

梁水懒得搭理她，伸手把她推上车。

昨晚下过暴雨，路边全是积水。公交车离站台有半米多远，苏起被他推着差点儿没掉水坑里，好在她反应快，一大跨步上了车，回头叫："烦死你了！"

梁水紧随其后，跨上公交车，回头看林声。

林声揪着校服裤子，面对着一摊泥水，有些犹豫和试探。

梁水朝她伸手，林声抬眸看他一眼，握住他的手。梁水用力一拉，林声一大跨步跨上了公交。

苏起看见了，说："你对我怎么一点儿绅士风度都没有？"

"废话那么多。"梁水说着，推她，"里边去。"

苏起冤枉地叫："又推我！"

车上没座位了，苏起往通道里边走。

走了一半路程停站，涌上来一大帮学生，狭窄的车厢里挤满了人，跟沙丁鱼罐头似的。

苏起站在梁水背后，被周围的人挤得紧紧贴在了他的后背上。他身上有舒肤佳香皂的味道，很好闻。她默默地，听见自己的心跳在加快。

咚——咚——咚。

她想，幸好他背对着她，看不到她的表情。

她现在肯定脸都红透了。

唉，公交车好挤啊，不过，她有一点点开心，嘿嘿，可以贴在他的后背上。

好奇怪，水砸的后背给她一种很安心的感觉呢。

还有人没上来，师傅不停地回头催促："后边的人再挤挤，再挤一挤啊，都是要上学的同学，再挤挤！"

苏起身后又是一股力量，她的前胸压贴在了梁水后背上。

呃，这个，过头了。

她脸烧了起来，想分开一点儿距离，但实在找不到发力点。

她被挤得太难受了，呼吸困难，便仰着脑袋，鱼吐泡泡似的吐出一口气。不想吹到了梁水的后脖颈上，撩动了他的短发。

梁水被她吹得一个激灵，扭头，瞟她一眼："你再乱动。"

苏起用表情表达不满："我又不是故意的。"

梁水不搭理她了。

林声站在梁水那边，她身后是座位和扶杆，苏起担心她会被挤到，就伸着脖子望——就见梁水两只手环着林声，用力撑着扶杆，并没有挤到林声身上去。他微绷着下颌，用力抵抗着来自四周强大的推力，双手硬是撑出了一方空间。

林声神情淡然，微低着头站在那里，垂在肩上的长发有几缕落了下来。

苏起松了口气，还好林声没被挤瘪。

她有些怅然，有些羡慕。水砸从来不对她这么温柔呢。唉，不过她也不需要保护，还是林声比较需要。

而且，比初中时更需要了。因为高中是一个更加复杂的环境。

开学后不久，苏起就很快适应了高中生活，她发现对比小升初时的懵懂好奇，初升高更像是一种驾轻就熟的驰骋。他们这些田地里的禾苗野草早就生根发芽，吸收着阳光朝各自的方向肆意生长。

他们不再像初中那样谨慎、试探、好奇、礼貌，他们比初中时期更冲动、大胆、有目的、无所顾忌。

他们不再像初中那么青涩，他们更爱去模仿成熟，追逐成熟，所以男生聚在一起总会比谁敢说脏话，总试探着挑战权威——给班主任起外号，笑话老师们的发音、衣着、口头禅。

而更明显的是外形的变化——男生们挺拔了，健壮了；女生们苗条了，丰满了。就像枝头好奇的花儿终于结出了青涩的小果儿，惹人忍不住去摸摸果子上嫩嫩的绒毛。

相比初中，这是一个更加蠢蠢欲动的时期，不论是对恋爱，对未来，还是对生命本身。

而一切好奇和探索的最初表现形式，是初恋的萌芽。

早在军训时期，林声就在全年级出名了。她在一众灰头土脸的女学生里清丽得像出水的仙女。休息时、排队回校时，男生们都忍不住看她。

开学好久了，仍有人趁着课间专程去高一9班的教室外一窥容颜；更有人在完全不了解她的情况下，就表白追逐。

那天晚自习课间，苏起和刘维维跑出教室在走廊上吹夜风。和往常的所有课间一样，学校热闹非凡，充斥着学生们叽叽喳喳的讲话声。

三栋教学楼像夜里的三个大灯笼，而高一教学楼旁的足球场一片漆黑。

突然，那片漆黑中传来一声男生的呼喊：“高一 9 班的林声——林声——我喜欢你！”

整栋教学楼骤然安静，仿佛几千只鸭群的鸭子忽然被点了穴。所有人望向那片黑暗，一秒的安静后，突然被解穴，几千只鸭子呱呱叫，楼顶都快被掀翻。

与此同时，黑暗中闪过一丝火光。

“砰”的一声，五彩斑斓的烟花腾空而起，点亮整个夜空。

高中生们沸腾了，全挤到栏杆边看热闹，吹口哨。只见两个保安从门房冲过来，冲过小花园，直奔操场去捉拿“犯罪分子”。

楼上的学生立刻通风报信，大叫：“保安来了！快跑！快跑！”

那男生逃窜上篮球场，保安紧追不舍，跟上篮球场。烟花仍在绽放，整栋楼在呐喊助威：“快跑呀！快跑呀！”

那男生绕过植物园，冲进教学楼，保安誓要捉拿他，跟着跑上楼。

苏起站在走廊里，和所有同学一样，兴奋而激动地看着那个男生跑过来，所有同学都给他让道，给他加油。

仿佛一只鲇鱼搅翻整个池塘。他满脸通红地从苏起面前跑过，转弯进了楼梯间；保安追在他后面，气喘吁吁，满脸的威严和愤怒。

鲇鱼游走了，剩下池塘一池涟漪。每个人眼里都亮晶晶的。

苏起开心道：“高中太好玩了！”

她们班正下方就是 9 班，苏起立刻下楼去找林声。就见那个男生不幸绊了一跤，被保安抓住了。保安要把他拎去教导处，这下是逃不掉处分了。围观的男生们在楼梯间里立成两行，吹口哨给他示意，向他挑战权威的行为致以最崇高的敬意。

苏起也向他投去同情的一瞥。

背后，那男生还喊了一句：“林声，我真的喜欢你！”

林声就站在走廊上吹风，倒没有多尴尬羞赧。这种事她习惯了。但梁水也在她旁边，两人讲着什么。

梁水看见苏起过来，停了话，说了句什么，林声回过头来，冲她一笑。

苏起跑过去，挤在栏杆上，问：“声声，你没事吧？”

林声摇头。

“那就好。我还担心你不开心呢。”

“没有啊。烟花很好看。”林声轻声说，“我还蛮感谢他的。”

苏起奇怪：“感谢他？”

林声望着楼外的黑夜，微微一笑，正要说什么，旁边几个男生议论：“姜勇像个傻 ×，花这么大力气表白，还不是被拒绝了。”

他们无情地嘲笑起来。苏起听这话不太舒服，要说什么。

林声定定开口：“我不觉得他傻 ×，我觉得他很可爱，比你们可爱多了。”

那几个男生都是她同学，只知她平时温柔话少，没想到也会说厉害话，一时之间都没反应过来。

一个男生回过神，调侃：“他可爱你怎么不答应做他女朋友呢？”

“同学之间除了做男女朋友就不能是同学了？”林声反问，“你喜欢别人，别人不喜欢你，这没什么丢人的。相反，喜欢一个人就大胆表白，知道结果，给自己一个交代，这不是很有勇气的一件事吗？我很佩服他。至少，我没有他那样的勇气。我想，你们也应该没有。”

这一方走廊上安安静静，仿佛在场所有人都在偷偷听她讲话。

梁水始终斜靠在一旁，表情淡然。

苏起太喜欢此刻的林声了，冲她咧嘴笑，竖了个大拇指。还要说什么，可上课铃响了。

梁水起身离开栏杆，说：“先走了。”

苏起跟林声打完招呼，也回了教室。

第二节晚自习，她却有些心不在焉。林声的话一直在她脑子里回荡。

要表达出来吗？

只有表白，才能知道结果吗？

她忽然希望快点收到王衣衣的回信，看看她会给出什么建议。

可才过了半节晚自习，她忽然决定，她不要等任何人的建议了。

她要向梁水表白。

至少，可以知道结果，给自己一个交代。

如果他也喜欢她，那就……呃，其实她根本没想好如何与梁水进行另一种关系的转变。想一想，感觉还有点儿——尴尬。嗯，怪怪的感觉。

但如果他不喜欢她，她就放手呗。何必纠结纠缠呢，回到朋友状态也不赖嘛。

她觉得自己想通了，很轻松，翻出自己最好看的一张信笺，握着笔盯着信纸看了很久，斟酌着各种语言。想到快下课了，最后，只在上边写了一句话："水砸，我喜欢你。"

晚上回家，挤在公交车上，苏起攥着那封情书，攥得手心都出汗了。

虽然之前心理建设很充分，可临到这一刻，她还是有一丝胆怯。

她脑子像高速运转的计算机，想象着、害怕着、期待着梁水看到之后的反应。

万一他说，他不喜欢她，怎么办呀？她得想好给自己下的台阶，应该说点儿什么大方开朗的话。

可——万一喜欢呢？又怎么办？两人面对面干瞪眼吗？需要抱一下吗？太奇怪了。

又万一……

天哪，不能一直这么纠结下去呀。苏七七，你不是胆子很大的吗？怎么这么一件小事却表现得像个胆小鬼？

别想了，一咬牙，冲呀！

车厢拥挤，光线昏暗。苏起的心剧烈跳动着，她鼓起勇气，抬起手，装作不经意的样子，准备把那封信塞进梁水的书包。

她心跳如擂，快从耳朵里跳出来了，就在她的手快要触及他书包时。

梁水忽然转过身来，苏起吓得魂飞魄散，立刻收回手，将拳头塞进校服口袋。

梁水身边的人起身了，他挡住了周围的人，将空道留给苏起，下巴指了指那个空座位，示意她坐。

苏起知道这是他一贯的行为，但心里还是暖得不行，笑着摇头："给声声坐吧。声声——"苏起拉她，林声道："七七你坐吧。"

"哎呀，让你坐就坐，我比你站得稳。"苏起把林声摁在椅子上。

梁水没说什么，随意抬手握住了她身侧的扶杆，另一手抓着车顶的横梁。苏起被他无意间半拢在了手臂里。

她眨巴眨巴眼睛，眼前他的下颌近在咫尺。车厢摇晃着，她几乎能感受到他的鼻息，温热又柔软，羽毛一样滑过她的脸颊，她都不敢抬眼看他了。

车轮滚过水坑，颠簸了一下。苏起没站稳，慌忙抓住他手臂，她的脸也撞到了他肩膀上。她慌忙站稳，松了手。

梁水低眸看她，晃了下手臂示意，说："抓着啊。"

她"哦"一声，轻轻揪住了他的校服袖子。

幸好光线昏暗，谁也看不见她红透的脸。

公交车晃动前行，梁水随着车身时不时摇晃一两下，和她的距离忽近忽贴的。

苏起揪着他袖子，站在他怀里，心里偷偷想，她可以在这里站一晚上。

只可惜了她另一只手心里攥紧的信纸，都被汗湿透了。只能重新写了。

第二天是中秋节，学校放假。梁水去体校训练了，苏起过得有些度日如年。

到了傍晚，巷子口终于传来梁水的自行车轮声，她立刻跑出去，见梁水骑车绕进巷子，后边却跟着汽车的声响。

他停下来，单脚撑着车，对身后的人说："别试了，开不进来的！"

苏起好奇地跑过去，一辆白色宝马车堵在巷子口，缓慢而谨慎地试探着。驾驶座上的康提试了几下，终于放弃——巷子里那几道弯曲的小拐弯，车根本开不进来。

苏起朝巷子里大叫："提提阿姨买车啦！买车啦！宝马！"

梁水看她："啧啧啧，南江牌大喇叭。"

苏起才不管，拉开车门，开心地坐上去。

巷子里一阵骚动，邻居们全跑来看热闹。他们还是第一次近距离见到这么漂亮的宝马车。

林家民跟自己买了车一样兴奋："哎呀，所以我说最喜欢宝马了，你看这车型，低调大气又有内涵，太适合女士开了。康老板，有品位啊！"他竖起大拇指。

沈卉兰道："一开口我以为你搞推销的。这么喜欢宝马，也没见你赚钱去买。"

林家民说："我还喜欢坦克呢，也得买辆坦克？"

沈卉兰不理他。

路耀国更关心价格："这车要多少钱哪？"

康提说："上税办证弄下来，四十万吧。"

大家都咂舌，但也不奇怪，反正她有钱。

苏起"哇"了一声，她对四十万没有概念，感觉是很多很多钱。一笔巨款。

苏勉勤摸着那车，有些艳羡，跟程英英商量："要不咱们也贷款买一辆。"

程英英道："疯了吧你。手里才攒了多少钱，尾巴要翘上天。"

冯秀英笑道："苏老板买车还是买得起的。"

程英英说："哪儿呀，他是事情做得风光，落到腰包的少。"

路耀国也有些羡慕，看陈燕。

陈燕道："想都别想，钱留着给儿子买房子的。你可有两个儿子，别光顾着自己享受了。"

路耀国心里也愧，不提了。

苏起早已等得不耐烦，叫道："提提阿姨，带我们兜风！兜风！"

路子灏、李枫然、林声早已坐上车，四人挤在后座上："兜风！"

“行。”康提等着梁水上了副驾驶，带着孩子们上堤坝兜风去了。

一伙人玩了一个多小时才回来。康提说今天中秋，干脆晚上一起过节。其他家庭纷纷同意。

到了傍晚，各家买了各自的拿手菜，拎着食材提着饮料水果来到康提家。

“大厨们”聚在厨房里各显神通。林家向来是林家民做饭，他厨艺极高。程英英做饭不好吃，冯秀英水平更差，也就陈燕做饭还行。于是几个女人给林家民打下手。

冯秀英羡慕地说：“就这样，卉兰还成天数落。我要有家民这样的老公，做梦都笑醒。”

沈卉兰说：“我还羡慕你呢。”

陈燕则道：“我现在谁家老公都不羡慕，我就佩服康提能挣钱。”

康提捻起一片生黄瓜放嘴里：“你是只见强盗吃肉，没见强盗挨打。我一天天的心累死了。管人管场子就不说了。现在做生意，成天跟当官的打交道，巴结这个，打点那个，一点儿没照顾上就找你麻烦，今天检查明天整改的。”

程英英知道做生意的不易，说：“苏勉勤不也是那样？挣的钱一半拿去疏通了。唉，男的做生意都苦，别说女的了。”

几人闲扯，各说各的累，又听对方的苦，算是找点儿安慰。

这人生不就如此嘛。得到什么，总得失去什么；想要什么，就得拿什么交换。哪有事事称心如意的？不过是权衡之下，你更想要什么而选择舍弃什么罢了。

饭做好了，各家特色菜摆上康提家的大餐桌，大人们围坐一桌，孩子们没地方坐，端着夹满菜的饭碗坐在沙发上看《金粉世家》。

吃完饭，男人们去洗碗，女人们聚在沙发上喝茶聊天，看中秋晚会。看到半路，沈卉兰嫌中秋晚会不好看，不如听歌。

康提切换 VCD 频道，塞了张碟片进去。

又是那些老歌，苏起他们没兴趣，和往常一样去阁楼上玩。

路子灏进门时看见那一串千纸鹤门帘，嚷：“天啦苏七七，又是你搞的吧。”

苏起心虚，不跟他拌嘴。

李枫然看了一眼，淡淡说：“挺好看的。”

苏起冲梁水道：“你听听！”

梁水对李枫然说：“好看送给你。你明天就拿走。”

苏起狠狠剜了他一眼，梁水哈哈笑起来。

伙伴们盘腿坐在地上，他们现在不玩飞行棋、《大富翁》了，玩起了复古的跳棋。

玩到一半，梁水踢苏起的脚：“下去拿橘子吃。”

要是平常，苏起会跟他斗嘴，但今天她有正事，于是乖乖跑下楼。

她回到家，从书包里翻出一张新信纸，一笔一画写上六个字：“水砸，我喜欢你。”

她心怦怦跳，又把信纸折成桃心，每一折都很用力，仿佛要把自己的感情都倾注在折痕上。

她把那颗桃心揣在兜里，趁着夜色重回梁水家。

客厅里，电视播放着《恋曲 1990》的曲子。

程英英似乎心情不错，随着前奏轻摇，轻声唱：“乌溜溜的黑眼珠，和你的笑脸。”

康提无意识接着唱：“怎么也难忘记你，容颜的转变。”

室内的谈话声默契地消弭下去。

林家民动情地接住：“轻飘飘的旧时光，就这么溜走；转头回去看看时，已匆匆数年……”

苏起正拿橘子和零食，听到这句歌词，忽然抬起头，心里有种莫名的动容。她恍惚回到数年前，那时她还是个小孩，也在这个客厅里拿零食和橘子。

大人们一个接一个唱下去，合唱起来：

或许明日太阳西下倦鸟已归时

你将已经踏上旧时的归途

人生难得再次寻觅相知的伴侣

生命终究难舍蓝蓝的白云天。

他们深情地唱着，脸上光彩熠熠，眼中闪着回忆往昔的光芒。苏起并不懂他们的眼神，可小小的心里有种莫名的感动。

歌声在并不算宽敞的平房里回荡。

窗外，夜已深，星光灿烂。

一曲唱完，大家互相对视，一同鼓掌大笑。

苏起抱着零食快步上楼，回到阁楼上，李枫然他们扔了跳棋，又开始玩《大富翁》了。

梁水和苏落在比赛遥控小汽车。小汽车横冲直撞，碾过大富豪的棋盘，撞得骰子、棋子、卡片、纸币满天飞。

众人齐声呵斥："梁水！"

苏起过去分水果，心事重重地说："你们觉不觉得，爸爸妈妈一聚会就好奇怪。"

路子灏咬了一口苹果："什么奇怪？"

苏起想不出个所以然来："他们总是唱歌。"

林声说："可是你妈妈一直都唱歌。做饭的时候、洗衣服的时候都唱。"说到这儿，她想了想，"我妈妈也开始唱歌了。"

梁水说："因为他们高兴吧。"

李枫然默默整理着棋盘，说："因为他们的心还年轻。"

几个小伙伴齐齐扭头看他，并不懂他的意思。

李枫然没解释，看了一眼手表："再过十分钟，我要睡觉了。"

他每晚十一点睡觉，雷打不动。

程英英上来给他们打地铺，问："你们谁睡床上，谁睡地铺？"

苏起立刻举手："我要睡地上！"

他们小时候就经常一起挤在地铺里，五个小孩子争先恐后钻进去，在被子里蹬腿打闹。通常来说，苏起、梁水和路子灏打得最欢，林声和李枫然属于无辜受累。

大人管不住，路子深就说："路子灏你再吵一下？"

路子灏最怕他哥哥，会瞬间没音儿。

每到这时，苏起就会在被子里偷偷说路子深的坏话，叽叽咕咕的，五个小孩在被子里笑成一团。可没过一会儿就瞌睡来袭，呼呼大睡。

只是现在，路子深远在上海。而他们几个少男少女也不好再像小时候一样挤在一起睡觉了。

梁水说："苏七七你睡床上去，我睡地铺。"

程英英说："七七和声声睡床上，你们几个男孩睡地铺。"

就这么定了。

程英英把地铺铺好，四个男孩子钻进去齐排排睡好，少了苏起这个捣乱分子，倒不至于在被窝里打架了。

苏起和林声睡床上，趁程英英关灯时，苏起偷偷摸了下椅子上的衣服，从口袋里摸出那颗信纸折的桃心，握在手里。

她小心地把桃心放到枕头底下，心想，明天他就会发现了。

可下一秒，她立刻把它拿出来——要是康提阿姨来换洗床单发现就糟了。

她心跳怦怦，在黑暗中不安极了。

借着窗外朦胧的天光，她眼珠直转，打量房间四处。忽然，她看见了床头柜，她记得梁水的袜子都放在柜里，他明天早上穿袜子就会发现了。

临到这一刻，苏起又胆怯起来，一颗心在放与不放间疯狂摇摆。她像是在做一件极大的坏事，惊恐充满了她的脑子，浑身的血液在沸腾，神经在撕扯。

终于，她微微抬起身，伸手去抽那抽屉，却见床头柜第一格的开放抽屉里有一小团纸，和口香糖、小浣熊卡片、转笔刀等陈旧的零碎物件散落在一处。

那纸揉成了一团，是废纸吗？

可……是彩色的。看着像——女生折星星的纸？

苏起拿过来，有些费劲地把纸团捻开，朦胧的夜色中，上面写着：

“我喜欢你。LS。”

我喜欢你。梁水。

是林声的字迹。

苏起脑子里轰的一声，片刻前沸腾的血液在一瞬间凉透。

她僵在原地。

楼下再度传来歌声：“春风不解风情，吹动少年的心……”

梁水在地铺上翻了个身，抓狂：“他们要唱多久！”

苏起吓了一跳，慌忙把字条揉成团，重新放回去，缩到被子里躺好。

路子灏说：“你们觉不觉得大人也很无聊，没有别的事情干，就天天唱歌。”

林声不同意：“他们有很多事情干啊。”

路子灏：“我是说，快乐的事。”

伙伴们议论纷纷，苏起一句没听见，她侧身背对着所有人，睁大眼睛望着窗户，眼前忽然浮现出一幕幕画面：公交车上的梁水护住林声的样子，她低头的样子；晚自习出现在林声班级走廊上的梁水，他见到她时停止说话的样子。

原来……早就……

一行泪滑过鼻梁，滚进另一只眼睛，和另一行泪一起滚进枕头。

她呆呆地睁着眼睛，眼泪一颗一颗掉落。

但她不敢动，不敢出声，甚至不敢抹泪。她害怕极了，怕被他们发现。她又急又气，气自己在哭，她不想哭，可眼泪根本控制不住，心太疼了，疼得要麻木了，疼得她的喉咙都快无法呼吸了。

黑夜中，梁水冷不丁唤了声：“苏七七？”

伙伴们突然停止了议论。

楼下的歌声还在继续：“让我们的笑容充满着青春的骄傲，让我们期待明天会更好。”

梁水纳闷，说：“苏七七怎么不讲话？”

苏起吓得魂都要掉了，牙齿紧咬着被子不吭声，眼泪哗哗地流得更多了。

她手里的桃心早已揉成纸团。

路子灏说："可能睡着了。"

"这才几秒钟？她真的是猪吗？"梁水不信，坐起来，"我去看看。"他玩心大起，"要真睡着了，我就在她脸上画猪头。"

苏起惊恐不已，竭力装作平常的样子，居然含着泪笑了起来："哈哈，被骗了吧！我在假装睡觉！"

梁水已绕到床这边来，苏起慌忙将脑袋埋进被子。

梁水不轻不重地在她后脑勺上挠了一下，走回去重新躺下，说："你们有没有发现苏七七越来越像个傻子？"

苏起本想回撑他，但嘴巴张了张，什么声音都发不出来，又是两行清泪滑下。

幸好，幸好天晚了，幸好关灯了。

睡觉吧，明天就好了。

真的，明天就好了。

"从来不怨命运之错，不怕旅途多坎坷——"

前屋的歌声还在继续。厨房里，程英英清洗着一串葡萄。洗手间的门拉开，李枫然关了灯，走出来。

程英英看向他，问："枫然，吃葡萄吗？"

李枫然说："我刷牙了。"

程英英笑起来："刷牙了也可以吃啊。"

李枫然愣了一下。想起小时候爸爸妈妈曾因他刷牙后吃糖，严厉批评过他。

程英英说："苏七七呀，刷了牙还躲在被子里偷偷吃豌豆呢。"

李枫然想，那的确是苏起会干的事。

他走过去，拿起一颗葡萄放进嘴里，饱满多汁。

“向着那梦中的地方去，错了我也不悔过——”康提和陈燕拿着麦克风在合唱。

程英英笑起来：“不是我们把你吵醒的吧？”

“不是。”李枫然摇头。他今天睡不着，脑子里一直想着某首曲子的指法。

程英英看他片刻，叹了口气：“枫然每天练琴辛苦吗？”

李枫然不知如何回答，好像除了苏起，就没人问过他这个问题。

“应该很辛苦的。”程英英说，“你练琴的时候，七七总跑去捣蛋，我说过她好多次，她说你一个人练琴太孤单辛苦，她去捣蛋是在陪你逗你开心。这家伙正事儿不干，成天一堆歪道理。”

李枫然含着葡萄，没说话。

程英英揪一小串葡萄放在他手心，说：“吃完快去睡觉吧。”

李枫然原地站了会儿，忽然回头：“英英阿姨，你们多大了？”

程英英刚走到门边：“什么？”

“你，还有水子的妈妈、声声的妈妈，你们多大了？”

印花玻璃窗开着，夜风微凉。

浓浓夜色中，歌声飘荡：“我不怕旅途孤单寂寞……”

程英英无意识地在门框上靠了一下，说：“三十五，怎么了？”

“我才十四岁。三十五岁听着好老，像年纪很大了。我要长很久很久才到三十五岁。”李枫然轻声说，程英英不以为意地一笑，却听他接下来道，“但其实，三十五岁很年轻，是吗？”

程英英一愣。

那晚回到家中，只有程英英和苏勉勤。

程英英洗漱完毕，坐在镜子前擦脸，忽然说：“我想去学唱歌。”

“想学就学。”苏勉勤说，“你唱歌好听，当初搞那组合的时候，你就唱得很好。”

程英英打断：“不是拿卡拉OK唱，是跟专业的老师学。”

苏勉勤没反应过来：“少年宫那种？”

“我想去学校里找专门的声乐老师教。”

“多少钱一学期啊？”

“问过了，两千五。每周一、三、五上午上课。”

苏勉勤迟疑片刻：“我工作那么忙，孩子谁来带呢？”

程英英拿郁美净搓着双手，有一会儿没说话。她吸了口气，终于问：“是不是当了妈妈之后，我就不是我自己了？”

“这什么意思？”

“意思是，当了妈妈，我就不是一个‘人’了。我不是‘程英英’了，我只是一个标签，一个称呼。我没有想法，没有喜欢不喜欢，没有性别。”

“你怎么这么想？没有人这么说啊。”

“还用说吗？七七、落落，我什么都为他们想，把最好的都给他们。给他们多买一斤荔枝，我愿意少穿一件衣服。给她买一架琴，我攒了四年的私房钱。我不是说不公平，我心甘情愿。但我就是在想，是不是……”她低下头去，几秒后才抬起，“他们还有很多种的可能，但我已经没有未来了是不是？除了妈妈这条路，我没有别的路走了，是吗，苏勉勤？可我，”她哽住，“我明明还……很年轻啊。”

苏勉勤怔住了。

那晚，夫妻俩都没再多说话。

第二天一早，程英英照例给一家人做了早餐。

苏勉勤一夜没睡好，精神很差。程英英眼睛又红又肿，苏起眼睛也肿得跟灯泡一样。

苏落咬着油条，大气不敢出，甚至不敢跟苏起对视，怕招来天降之灾。他匆匆吃完，拎着书包赶公交车去了。

苏起把门后的自行车搬出来，准备骑车去上学，一出门撞见梁水。

梁水纳闷：“你眼睛怎么了？”

苏起别过脸去：“昨晚没睡好。”

“昨晚你睡得最早，我们聊到半夜就你不吱声。”梁水拨她脸，“你是不是被什么虫咬了？”

苏起心乱地打开他的手，却撞见林声也出门来："七七，你今天骑车吗？我跟你一起呀。"说着就去推车。

苏起不知该说什么好，眼圈又红了，硬着头皮在原地等。

难得五个人又一起骑车上学，路子灏兴奋得不行，站在车上猛蹬单车，梁水也跟他比起了速度。

苏起没精打采落在后边，她看着前头的伙伴，看着梁水和林声的背影，嘴角一压，眼泪又弥漫开来。

她赶紧眨巴眨巴眼睛——还好他们都没看到。

路子灏回头："苏七七，你今天怎么慢得像个蜗牛？"

她眼睫湿漉漉的，却拉出一个笑容："来啦！"

苏起用力蹬着自行车，驶过大堤和他们一起冲下斜坡。

林声的长发在风中飞扬，她回头冲苏起笑，和以前一样温暖。

苏起忽然有点儿讨厌自己，有什么好哭的呢。他们是她最好的朋友，如果在一起，是多好的事情呀。至少，苏起相信，梁水肯定不会像别的坏男生一样欺负林声。

他们其实很般配的。

她加速踩着自行车，经过一个垃圾堆时，用力将口袋里早已揉成纸团的桃心扔了进去。

由于前一晚没睡好，苏起头两节课都在打瞌睡，老师的话犹如天外之音，留在本子上的笔迹是鬼画符。

一直到第二节化学课下课，她才清醒了点儿。

眼睛上的肿胀消除了些，心情也平复了很多。她望着窗外的蓝天，心想，如果回到过去，和梁水是朋友，那样也很好。

只不过需要一段时期默默调整吧。

正想着，《运动员进行曲》响起。要做课间操了。

苏起和刘维维一起下楼。楼梯间里挤满了去做操的学生。刚走到二楼，就听见几个男生笑着议论："张伟航那个神经病又去堵林声了。"

"林声真造孽。"另一个男生说，"前天放烟花那个姜勇被处分了，处分完还被张伟航打了，说他骚扰林声，张伟航他自己才骚扰林声了好不好？跟个神经病一样天天堵教室门口。”

“她们班老师说，班上出了这么个学生，烦都烦死了。”

“为什么要怪林声？”男生为她抱不平。

“徐老师就是个母老虎。对男生热情，对女生很严。”

苏起转身就往楼上跑。

刘维维：“你去干吗？”

“你先去做操吧。”苏起逆着人潮往上，好不容易挤到高一9班门口，就听见林声又细又急的声音：“你能不能别这样啊？耽误我做操过会儿老师又要骂我了。”

那个叫张伟航的是个身材壮实的大个头，拦在她面前：“那你答应做我女朋友嘛。”

林声被来往的同学看着，脸通红：“我说了不行！”

“那我要等到你同意为止。”说着，他拿出一瓶冰红茶，“天气热，你先喝茶。”

林声不接。

苏起气得咬牙，一把将林声拉到一旁，不客气地瞪着张伟航，说：“麻烦你让开。”

张伟航不让：“你谁啊？”

苏起：“我是她朋友！”

张伟航脸色变好了些，从口袋里拿出一条口香糖：“请你吃。”

“……”苏起无语至极，拉着林声就要绕过去，张伟航一下堵在她们面前，“不准走。”

苏起火了：“你这个人讲不讲道理？”

“我喜欢她，喜欢是没道理可讲的！”张伟航大声道，说着就要拉林声，苏起还没来得及反应，一只手伸过来握住张伟航的手腕猛的一推。

张伟航被推得一个趔趄，撞歪了一排桌子。

苏起惊讶回头。梁水伸手一拨，把她俩拨到身后，说：“你再骚扰她一下，我对你不客气。”

张伟航有些警惕地打量他，道：“你谁啊？”

梁水不答，一脸烦躁：“叫你滚。”

“我追林声关你屁事啊！”张伟航叫道。

梁水看了一眼窗外，下颌咬得紧紧的，忍了忍，终于看向张伟航，说：“我是她男朋友，你说关不关我的事？”

苏起心里狠狠一刺，强撑着让表情保持平静。外头经过的同学投来惊讶的目光，交头接耳，窃窃私语。

张伟航满目惊讶，不肯接受，叫道：“那她为什么不早说？”

梁水冷漠道：“学校不准谈恋爱，她怕我被处分。”

苏起站在他身后，手还护在林声身前，保持着护她的姿势。她觉得自己麻木了，像是冰在原地的冰雕。

林声瞪着眼睛看梁水，一声不吭。

张伟航气急攻心，忽然挥舞拳头上前来，梁水眼神一暗，上前握住他手腕再度将他猛的一推。

张伟航摔倒在椅子上，周围课桌被撞得歪七扭八。

梁水拉开校服拉链，把校服脱下来扔课桌上，冷道：“要打架吗？出去打！”

张伟航脸憋得通红，知道打不过他，羞愤地抓起他的冰红茶冲出了教室。

梁水原地站了几秒，表情郁结，回头看林声：“你没事吧？”

林声摇头：“没事。”

苏起突然间心痛得像千万根针在扎，鼻子骤然发酸，她怕自己哭出来，匆匆说了句：“快去做操吧，过会儿老师要骂了。”立刻跑出了教室。

她冲出教学楼，跑到台阶边大口喘气，想努力平复心里的刺痛。头顶上方的喇叭发出刺耳的声响。台阶下，操场上，同学们已整齐列队，要开始做操了。

她深呼吸好几次，忽然又不想哭了。

只是，她茫然站在台阶上，一时竟不知道自己要干什么。

有哭声传来——张伟航坐在灌木丛边的台阶上，埋头在哭。他高高壮壮的，看着很大一坨，着实违和。

苏起心里也很悲哀，慢慢走过去，一屁股坐在他身边，歪着脑袋呆呆地望着操场。她不去做操，老鲁肯定要说她的。不过老鲁很喜欢她，不会说得很严重。

呆坐了一会儿，广播体操开始了。

张伟航还在哭，还一直哭个不停。

苏起叹气："失恋而已，有什么好哭的啊？"

张伟航抬头见是她，更难过地抹眼泪，气愤道："他们一定会分手的！"

苏起说："他们分不分手，跟你有什么关系呢？"

"为什么没关系？分手了我就可以追林声了。"

"可林声不喜欢你啊。"

"我可以追。"

"你是可以追，可以给她送礼物，给她写情书，但你不能骚扰她是不是？你有追求的权利，她也有拒绝的权利。"

张伟航一愣。

苏起望着台阶下做操的同学们，怅然道："喜欢是什么？不是满足你自己的欲望，让你自己感动。喜欢应该是让你喜欢的人开心，如果你让她很不开心，那你这个喜欢就是假的喜欢。"

张伟航立刻反驳："我不是假的喜欢！"

苏起反问："你的喜欢让她开心了吗？你让她很烦恼，让老师天天骂她，你真自私，我觉得你是假喜欢。"

张伟航被她驳得哑口无言，气得猛的一挥拳头，可挥到半路理亏，扬在半空中落不下来。

苏起吃惊地瞪眼，猛一巴掌挥在他拳头上，"啪"地打开他的手，气道："你还想打我？！你这个痞子！狗咬吕洞宾！"

张伟航被她驳得无言以对，埋头又开始哭了。

苏起表情呆滞，无语望天："你看着这么壮实，怎么心理这么脆弱啊？"

张伟航闷声委屈得直哭叫："你别说了！我都失恋了你还说！"

苏起闭嘴，不说了——行行行，你会哭，你最大。

她看向操场，她的同学们正在做操。

"第七节，转体运动，一二三四——二二三四——"

两个失意人谁都不说话，就在台阶上坐着，一直坐到广播体操结束，同学们潮水般涌上台阶，返回教室。

有人向他俩投来好奇的目光，有的则在议论八卦——一个课间操而已，梁水和林声是一对的消息就跟长了翅膀似的飞遍整个年级。

苏起也不能一直坐下去，跟张伟航告了别，慢吞吞爬上四楼。一群女生趴在栏杆边看田径场。

她扭头，看到了一个绕着田径场跑圈的身影。

再熟悉不过了，是梁水。

不用想都知道，因为谈恋爱的事，被老师罚了。

刘维维咂舌："要跑三十圈呢。"

徐景道："不过真的很帅啊，挺身而出保护女朋友。"

张可欣说："哎，果然帅哥配美女，好搭的一对哦。"

苏起脑仁疼得厉害，从没像现在这样期盼着上课铃快点响起。

一节课上到快下课的时候，刘维维戳了戳苏起的手肘，眼神往后边瞟了下。

苏起回头看，就见梁水从教室外头经过。他的头发湿了，脸上脖子上全是汗，校服 T 恤也湿透了黏在身上。

班上的女生都好奇地打量，老师敲了敲黑板："看什么看！"

苏起收回目光，眼角的余光看见他高瘦的身影从教室门口移过去，不见了。

家长夜话

第二天一早，苏勉勤就出去办事了。直到傍晚才回来，他风尘仆仆的，进门喝了一大杯水，说：“我今天去找爸妈了。”

他父母早亡，说的爸妈自然是程英英的父母。

“找他们干什么？”

“问他们能不能帮忙带孩子，”苏勉勤惭愧一笑，“但……”

程英英白了他一眼，脸色却缓和了，说：“我两个弟弟的孩子他们都照顾不来呢。”

“但我找了你二姨，一个月给她五百的工资，她愿意带孩子。你就可以去上课了。”

“你说真的？”

“那还有假？”

程英英又惊又喜，却又犹豫起来：“那家里开销也太大了。”她说，“我再想想吧。”

“别想了，就这么定了。”苏勉勤拍拍腿站起来，说，“钱我抓紧挣。时间一过就回不来了。”说到这儿，他叹了声，“当初生七七的时候，说等孩子会走了，你就去唱歌。后来说等上小学了再去，这一年年地等，十几年了。今天你再想，又得想到十年后。”

程英英扑哧一笑，别过头去抹了下湿润的眼角，说：“行！”

Chapter 15

不过误会一场

梁水趴在桌上睡了不到五分钟，下课铃响了。他累得要死，瘫在课桌上起不来。

前边同学推推他的手臂，他抬头，跟着同学的示意回头看，林声站在后门口，手里拿着一瓶水。

有男生笑："梁水，你女朋友来了。"

梁水烦躁："你妈来了！"

同学们都一愣，闭了嘴。

他起身出去，"砰"地关上后门，脸色缓和了半点："有事？"

林声把水递给他。梁水渴得要死，拧开了咕噜咕噜灌下去大半瓶。

他抻了抻酸痛的肩膀，走到栏杆边，回头看她："你怎么样？"

"谢谢你帮忙。不过……"林声迟疑一下，说，"班上同学问的时候，我还是说了实话。嗯，不太好嘛……也不想把你搅进来。"

梁水一副不在意的态度，扬扬眉毛："我无所谓。你想好了就行。"

"张伟航跟我道歉了。还说以后有谁骚扰我，让我去找他。他真是个奇怪的人。"林声颇感意外，又说，"而且你已经帮我很多了水子。真的谢谢你。”

梁水没接受她的感谢，忽然说：“声声，你记不记得上初中的时候，有段时间，那个叫——我不记得她名字了。她要打你？”

林声一愣，她当然记得。不过那是两年前的事情了。

“陈莎琳，怎么突然说这个？”

梁水拧着手里的瓶子，看着楼下的小花园，低声：“有几天，你每天放学都去网吧找我。”

但那时的他是个浑蛋，只晓得发泄自己的苦闷，却没想过会害得关心他的朋友被人欺负。

梁水挠了下额头，很是亏欠：“我后来才知道你因为那件事不去上学，还跟你妈妈吵了一架。”

林声释然一笑：“不是因为你啦。陈莎琳本来就讨厌我。”

梁水并没多说，或许没组织好语言。林声清楚他性格，于是道：“那这次刚好扯平啦。”

梁水亦笑得释然，转了话题：“不过，你居然喜欢他？”他一副看好戏的姿态，“以后有你好受的。”

林声拜托：“这秘密你千万别跟任何人讲。”

梁水挑眉：“你自己小心吧！没事儿搞那些小星星干什么？还好是掉进我书包里，要是掉你家地板上，被你妈妈看见，你还有命？”

林声：“……”

梁水再补一刀：“而且我觉得星星很难看，放着占位置又没什么用。不如送吃的。”

林声：“……”突然就不想要这个朋友了呢。

正说着，梁水目光一瞥，看见苏起和刘维维拿着刚买的零食上楼来了。

梁水脸色变嫌弃：“我看你嘴巴就没停过。”

苏起莫名其妙，简直“锅从天降”。她拿着妙脆角站在原地，走也不是，停也不是。她也没料到他俩连课间都在一起。也对，男女朋友嘛。

她很快换了随意的表情，说：“关你屁事。”

林声说："快上课了，我先走了。七七，放学一起回去哦。"

苏起："好啊。"

她转身往自己班上走。

梁水："苏七七！"

苏起回头。

梁水："你过来。"

刘维维先走了。

苏起不过去，隔着一段距离，警惕地看他："干吗？"

梁水头发还是湿的，跑了几十圈，人疲乏地靠在栏杆边，说："你过不过来？"

苏起只好走过去，不耐烦："有话快说。"

梁水上下打量她："我又哪儿惹你了？一副吃了炮仗的样子。"

苏起看着他手里的水瓶，心想原来是林声上来给他送水了。

她说："没有。"

"没有？你鼻子都冒烟了。"梁水纳闷极了，却很肯定，"你这几天就是不对啊。哪儿都不对。"

苏起："你才哪儿都不对！"

梁水微微歪头，观察了她好一会儿，低声问："不是早就和好了吗？"他的记忆还停留在为她课桌安锁的时候，"我不都道歉了嘛，嗯？行动上。"

苏起懒得理他，转身要走，梁水扯她的手："喂，苏七七——"

她猛地甩开他的手："你别碰我！"

梁水愣了一下，这下更认真地看了她几秒，完全搞不懂了："欸，你到底怎么了？"

苏起也觉得自己反应过激了，舒缓了表情，故作生气的样子，说："你不把我当朋友，跟林声谈恋爱，都不告诉我。"

梁水张口结舌，盯着她看了半秒，似乎要笑，又没笑出来。他重新靠在栏杆上，气得鼻子哼了一声，说："你脑壳有问题？我还是你男朋友呢！"

苏起愣住，还没来得及说什么。

梁水一脸嫌弃："你是猪吗？"

苏起傻眼半秒，忽然明白了，霎时又为他的举动感到很温暖。

可想起那张字条，她又摆出淡漠的态度，小声试探："哦，那是她喜欢你，没告诉我。"

"……"梁水无语，简直想敲她脑壳，"她喜欢我个头。"

苏起脱口而出："我看见她给你写的字条了。"

梁水愣了愣，眉梢微挑："不是给我的。LS 是林声，不是梁水。"

苏起又呆了下。

对哦，LS 也是林声的缩写。这么说，是林声跟别人表白，不小心被梁水看到了？

"那是谁啊？"苏起瞬间八卦心起。

梁水不感兴趣："我怎么知道？"

苏起一看他表情就知道他撒谎："你知道但是不告诉我！"

梁水抓脑袋："你自己去问她。"

"我当然会问。"苏起说，心里忽然明朗起来。她一失言，又追问了句，"你也不喜欢她啊？"

梁水更无语："这还用问？"

"可公交车上……"苏起闭了嘴，觉得自己话多了。

但梁水已经忘了，想了好几秒才想起来，说："不然呢？我挤到她身上去？面对面的，不奇怪吗？"

苏起意识到八卦太多，赶紧又耸耸肩，一副打趣的样子："唉，真可惜，还以为会成一对呢。"

"喊。"梁水不屑地说，"你不觉得喜欢好朋友很奇怪吗？比如说我喜欢你——"

苏起心一紧，盯着他看。

梁水刚要说后面那四个字——"就很奇怪。"可那一瞬，他张了张嘴却没说出口来，脑子里空了一秒。

我喜欢你——

他看着苏起清亮的双眼，不知为何竟莫名地有些心乱，心虚，好像有哪儿不太对。但他没细想，他很快调整过来，匆匆地说：“太奇怪了。”

苏起的心又轻轻一落。

上课铃悠扬响起，热闹的校园很快恢复平静。只有鸟儿在竹子梢上蹦跶，漾起一园秋意。

秋天的阳光稀薄地洒进教室。

班主任鲁老师在黑板上写着物理公式，苏起随手翻着书，觉得自己的心像书上画的小方块，一会儿加速，一会儿减速，一会儿冲到波峰，一会儿跌落低谷。

她觉得梁水说得对。喜欢好朋友这件事，的确有些奇怪。

就如最近的她，因为喜欢他而心神不宁，不再像以前那么坦荡坦然，还生出一堆的误会和自我折磨，将朋友间简单的事情复杂化了。

再次可见，喜欢真是一件不好的事。

她长长地叹了一口气，落在安安静静的教室里。一瞬之后，同学们轻笑起来。

鲁老师站在讲台上笑：“苏起对我讲的课有意见啊？”

苏起吐了吐舌头。

老师也没怪她，说：“认真听讲啊。”

苏起乖乖点头，也乖乖收了心思，认真听讲了。

最后一节课上完，放学了。

苏起去9班找林声，她跑进教室坐她前面，戳她脑门：“你这坏家伙，是不是偷偷喜欢别人没告诉我？！”

林声一下红了脸：“我本来想等表白了再告诉你的。”

苏起惊讶极了，再次戳她脑门：“你这软咚咚，看不出来呀。”没想到林声居然有勇气表白。

林声抿唇笑，忽然又问：“刚好我想问你呢，你最近是不是有烦心事啊？”

苏起也不撒谎，说：“嗯，我也有喜欢的人。”话一出口，心里竟莫名地喜滋滋的，她忍不住晃荡起了脚丫，但很快又遮掩道，“是我们班的。”

“谁呀？”

“等你告诉我，我再告诉你，我们交换。”

“好呀。”林声背书包起身。

“你什么时候表白？”苏起伸出手臂，林声自然挽住她的手往外走。

“我在折纸星星，先折一千个。”林声缩缩脖子，凑她耳边，“上次我有颗星星不小心掉进水子书包里，被他发现了。幸好，要是掉家里被我妈看见，就完了。”

苏起自告奋勇：“以后我帮你把星星收着。”

“嗯嗯。对了，你会表白吗？”

苏起一时语塞。

“不会吧？你会胆小？”

“我之前想过，但现在觉得……”苏起咂了下舌，“就这样挺好的，表白会让事情变得很复杂，每天去想一些复杂的事，就更复杂了。还是维持现状，顺其自然吧。”

“你说得真高深。”林声点头，“胆小鬼。”

苏起狠狠打了下她的手，两人挽在一起咯咯笑着下楼。

林声要去洗手间，苏起在楼道等她。

等了不到半分钟，张余果从洗手间出来了。她看了苏起一眼，走下一级楼梯后，忽然回头，问：“苏起，你是不是喜欢梁水？”

苏起瞪圆了眼睛。

她怎么知道？难道，每次梁水从她们班经过时，她的目光太明显？

苏起正想要不要否认时，张余果笑道：“我也喜欢他，从初一就喜欢他了。”

苏起闭了嘴，心里算了一笔账：咦？她比我还多喜欢他两年呢。

她不高兴道：“你跟我说这个干什么？”

“哦，我就是告诉你，我准备跟梁水表白了。我跟他做了三年的队友，不想做朋友了，我要追他。”张余果说，“我只是告诉你一声，公平竞争嘛。”

苏起感觉她下一句就要说出“友谊第一比赛第二”的口号了。她看上去真大方，但苏起很生气，她不喜欢她宣战的语气。

谁要跟你竞争啊，我报名参赛了吗我？

她说：“你追你的，关我屁事。”

张余果耸耸肩：“好吧。原来你要退赛，是我多想了。”说着下楼去了。

林声出来，见她气呼呼的，奇怪：“怎么啦？”

苏起：“声声，你觉得张余果怎么样？”

林声：“挺好的呀。哦，她个子好高，身材跟模特一样。”

苏起凶凶地说：“我不喜欢她。”

林声沉默了一秒，说：“她个子太高了，跟个巨人一样，不好看，像根竹竿。”

“……”苏起“噗”的一下，哈哈大笑起来：“你要不要变这么快！”她拧了下她的脸。

林声也笑：“哎呀别生气啦，理她干吗？”

回家路上，苏起偷偷观察了梁水一会儿，但没看出任何异样。

如果张余果跟他表白，他会怎么想？他对她有好感吗？会接受吗？

她踩着单车，望着他的背影。她很喜欢看他骑车的样子，敞着校服，风鼓起他的外套，衣角翻飞，好像装着整个夏天整个青春的样子。

梁水骑到红灯路口停了车。

苏起没反应过来，朝他冲过去。

“啊——”她一声尖叫，梁水诧异回头，苏起猛撞在他身上，力道太大，梁水单脚没站稳，被她这么一扑，歪歪斜斜挣扎几下，连人带车哐当摔倒。

梁水后背砸在地上，手却掐着她的腰把她托举着，她没摔太重，但整个压到了梁水身上。

四只车轮在空中翻滚。

梁水哀号：“苏七七你想谋杀我！”

苏起趴在他胸膛上，想爬起来，可她的腿跟车搅在一起，无处使力，刚起身又是一摔，再度砸在梁水身上。

苏起："……"

梁水："你一刀捅死我吧！"

路子灏跟李枫然过来把车拎开，这才把两人扶起来。

李枫然问梁水："你腿没事吧？"

苏起也忙道："你腿没事吧？"

梁水摇头，拍拍裤子上的灰，说："苏七七你脑壳里想些什么，骑车还开小差，你以为在上课呢？"

"……"她打了他一下，"你才上课开小差。"

梁水把车扶起来，跨上去，问两个男生："下周运动会你们报什么项目？"

李枫然说："跳高。"

四人齐齐看向他："……"

苏起说："你运动又不好，干吗报名啊？"

李枫然想了想："没人报名，体育委员求了我半天。"

林声捂脸。

路子灏同样一脸生无可恋："别说了，我还报了400米呢。肯定最后一名。"他忧伤道，"我们班一个体育生都没有，绝对倒数第一。"

林声鼓励他："还有一个星期，你每天晚自习前去锻炼下！"

路子灏叹："人果然不能十全十美，上天给了我聪明的脑袋，就拿走了我矫健的体魄。"说完看了梁水一眼。

梁水说："你找死吗？"

红灯转绿，少年们哈哈笑着，你追我赶骑行过了十字路口。飞扬的校服在风中拉成一朵朵蓝白相间的花儿。

苏起长得好看，个子又高挑，自然是他们班举班牌的代表。

离运动会还有三天，晚自习前，体育老师将各班代表集合到田径场，跟着进行曲排练入场路线。

晚自习前也是体育队训练的时间，田径场的跑道上全是做速度和耐力训练的体育生们。

相邻的篮球场上，每个篮球架下都挤满了打球和看球的高中生。

正是一天最活力四射的时刻。

苏起举着班牌，昂首挺胸在跑道上走步伐，走了没多远，身边突然刮起一阵旋风，梁水从她身边冲过去了。他今天没在冰场训练。

他飞速冲过终点，开始减速。下一秒，一个女生从苏起旁边冲了过去。是张余果。

张余果冲过终点，似乎没来得及减速转向，就要撞向梁水的后背。梁水许是感应到什么，一回头，迅速一闪躲了过去，还拍了拍胸口，似乎说了句脏话。

张余果也很快刹停，回头笑着对他说了句什么。

梁水亦笑着回了一句。

苏起收回目光，笔直往前走。

走到附近，梁水看见了她，笑道："啧啧，像个模特。"

她听出他是夸赞的意思，继续摆着温和微笑的神情走步子。

梁水又说："你居然也有这么乖的时候，真不习惯。"

苏起瞬间破功，狠狠白了他一眼。

他成功惹了她，哈哈笑着走了。

她围着田径场绕一圈，回到指定地点站着，见梁水在跑道的起点处跟教练说着什么。张余果站在一旁听，她递给梁水一瓶水，梁水很自然地接过来，拧开喝了几口。

苏起微微蹙眉，他们不会已经在一起了吧？

不对，他们只是关系比较好的队友而已。

可——我不喜欢张余果。

苏起对着空气翻了个白眼。

体育老师把班代表们叫到一起，交代大家记住路线和队形，运动会那天不要出错，然后就地解散了。

苏起拖着班牌，慢吞吞往回走，又看了眼梁水的方向。他们在那边做拉伸。

她忽然想散散心，就没回教学楼，独自进了小花园。她坐在花坛上，抱着班牌，脑袋搭在牌子上发呆。思绪却有些飘忽，如果她和水砸在一起，会是什么样子呢？

他们会每天课间一起在栏杆边玩，她陪他去冰场训练，看他打篮球，给他买水喝。全校都知道他们是很般配的一对？如果有人欺负她，水砸会把她护在身后，说：“你再敢碰我女朋友一下试试！”

醒醒！

苏起拍了下自己的脑门。

现实是，她一个人坐在花坛上，面前只有几只麻雀蹦蹦跳跳啄食着学生丢喂的面包残渣。她要是变成一只麻雀就好了，就可以飞到梁水肩头，在他耳朵边唱一百遍“我喜欢你”。

可惜她不是一只麻雀，她也不想表白。

啊，这该死的水龙头，谁能告诉她怎么关。

呃，真无聊，与其在这儿做梦，还不如去写物理题。

她收了心，正要回教室，脑袋突然被人戳了一下，身旁坐下来一个人，熟悉的少年气息：“我看着就像是你。发什么呆呢？”

几只麻雀受了惊，振翅而起，飞到竹子梢上晃晃悠悠荡秋千，小脑袋转来转去。

苏起：“我看麻雀呢。”

梁水抬头，看着那几只麻雀鼓鼓的肚皮，说：“你想吃它们？”

“……”苏起推他一把，“你烦不烦？”

梁水笑起来，并不是多好笑的事，但他笑得很开心，笑得眼睛弯成了月。

苏起心头一动，忽然说：“水砸，我会说麻雀语。”

梁水扭头看她，一副“我倒看你能编出什么花儿来”的眼神。

苏起：“你知道麻雀语怎么说‘我喜欢你’吗？”

梁水挑眉："你说。"

苏起："唧啾啾啾——"

梁水霎时笑起来："放屁！"

苏起望着他没有怀疑的笑容，松了口气，她眼睛亮晶晶的，放松中带着认真和坦然，说："真的，水砸，唧啾啾啾——"

他笑个不停，站起身，揉了揉她的头，又替她拿起重重的班牌，说："走吧，苏小麻雀，请你喝饮料。"

苏起跟在他身后："我要两瓶！"

"你怎么不要两箱？"某人嫌弃。

"好呀。谢谢！"某人厚脸皮。

"滚！"某人暴躁。

拌嘴的声音渐渐远去，小麻雀在翠竹枝头蹦跶，扭着小脑袋，叫："唧啾啾啾——"

在云西一中，体育生要训练，是不上第一节晚自习的。

苏起解题到半路，回头望了一眼张余果的座位，空的。她稍稍收了心思，继续解题。

做完几道题，她看看手表，第一节晚自习过去半个小时了。通常这个时候，梁水会从操场回来，从她的教室经过。

她一边写作业，一边分了心听教室后边的动静。忽然，她听到了楼道里的谈笑声。

梁水似乎在笑，心情不错的样子："有那么厉害？"

"当然，不信明天等着呗。"这是张余果的声音。

两人上了走廊，声音放低了。梁水又说了句什么，听不清了。

下一秒，后门推开，张余果进教室坐在自己的位置上。苏起仍低着头，却抬起眼角瞥了眼窗外，梁水的校服搭在肩上，从窗外经过了。

他并没有往教室里看。

不管了。

苏起重新看向稿纸，明天要开运动会，赶紧把题都做完。

晚自习下课的时候，她做完了一大堆习题，非常满意，抻一抻肩膀，放松放松。

明天不上课，开运动会真是一件叫人开怀的事。

可路子灏并不这么想，他加强锻炼了一周，然而短跑实力没有本质提高。他觉得自己肯定会被嘲笑，很苦恼。

苏起说："跑输了不会笑话你啊，重在参与嘛。"

这话安慰不了路子灏，他说："就不该开运动会，运动会是一个让人丢脸的地方。要是明天下雨就好了——"

"闭嘴闭嘴！"苏起和林声齐叫道，"运动会多好玩啊！"

有两天不上课，还能吃零食，看比赛，简直跟春游一样。

"要是真下雨我就打死你。"苏起说。

路子灏叫："我宁愿被打死也要下雨！"

结果两人蹬着自行车在夜晚的空旷道路上狂追了起来。

梁水落在后边，说："你们觉不觉得他们像《猫和老鼠》？"

林声想了想，说："我觉得你和七七像《猫和老鼠》。"

梁水幽幽瞥了她一眼。

因为运动会，苏起特意找妈妈要钱买了一堆零食——上好佳、大白兔、乐事、妙脆角、仙贝、徐福记、喜之郎果冻、统一奶茶——塞了满满一书包。

那晚，她将书包放在床头，幸福地睡着了。

可到了夜里，电闪雷鸣、狂风暴雨的样子，苏起在睡梦中忧愁地皱眉，依稀祈祷了一下，希望第二天天气能放晴。

但早上起来，雨还在下。

砸得屋檐下的泥地里一连串小泥坑。

苏起套着雨衣骑上车，说："路造你这个乌鸦嘴！"

路子灏放声大唱："今天天气好晴朗，处处好风光啊好风光！"

林声说："路造，你再唱我都想打你了。"

来到学校，早自习时全班同学都没精打采，像霜打的秧苗儿，没几个人背得进去书，全趴在桌上看窗外，祈祷雨停，哪怕变小一点儿。

老天爷，运动会啊！这可是运动会啊！

早自习结束了，雨还没停。学生们不放弃，仍在巴巴盼望，但这希望越来越渺茫，终于响起的上课铃声浇灭了大家的热情。

语文老师拿着教案走进来，见全班一副蔫瓜儿样，笑道："这老天要下雨，也不能怪我呀是不是？"

同学们唉声叹气，掀着桌子准备拿课本。

正说着呢，教室广播里忽然响起《运动员进行曲》的音乐，并夹杂着教导主任的声音："请各班迅速到操场指定场地集合，八点半准时开运动会。"

"哦！！！"一瞬间，整个教室、整栋教学楼、整个学校都沸腾了，仿佛鱼塘里丢了大炸弹。

学生们拍桌的拍桌，跺脚的跺脚，大叫的大叫，不知道的还以为地震了。

苏起也哈哈大笑。

语文老师摇摇头，收起教案："运动会加油啊孩子们！"

老师的声音被淹没，同学们早就起身开始搬椅子了——学校看台位置有限，留给高二。高一新生得搬椅子去操场的班级指定地点排列。

走廊上，隔壁几个班早按捺不住，男生们已经拎着椅子飞驰而过，像刮过的一阵阵旋风。

苏起背上装满零食的书包，搬着椅子往外走，刘维维带了韩寒和张悦然的小说，徐景带了纸笔去画五子棋，还带了红绳子去翻花绳。

走廊上已全是学生们和椅子们，苏起夹在其中，椅子腿和别人的椅子背碰撞着，艰难前行。

要转进楼梯间时，她的椅子又和别人的卡在一起，好不容易分开，身后突然伸过来一只手，把她的椅子拎过去轻松举过头顶。

苏起回头，就见梁水仍是一贯的嫌弃样："笨手笨脚。"

苏起冲他噘了下嘴巴，用表情回撑。

张余果扛着椅子从后门出来，看见这幕，笑道："苏起真娇气呢。椅子都搬不动，太瘦了。"

苏起微微皱眉，刚想回嘴，梁水也笑起来，说："是，特别娇气。"

她自然知道水砸是开玩笑的，至于张余果，她懒得搭理。

她接过梁水的话，一贯耍赖的语气，道："对呀，就娇气，怎么了？"

"谁还能把你怎么了？"梁水淡淡回眸，瞟她一眼，一副"行行行你爱怎么娇怎么娇"的表情，唇角勾着淡笑，下楼去了。

苏起亦忍不住一笑。

张余果却落在她身后，轻声到只限她一人听到："所以说娇气很好呀，有男生帮你搬椅子嘛。"

她说着，见前边有空位出来，快步追上梁水下楼去了。

苏起一头问号：这人说话怎么阴阳怪气的?

但她转眼就抛到脑后，丝毫不影响好心情。学生们好似井然有序的工蚁，迅速上了操场把椅子摆得整整齐齐，随后列队进行开幕式。

走方阵的时候，天空还飘着雨丝，但少年们脸上一派喜气洋洋。

苏起是高一13班的，倒数第三个班。等她入场时，其余班级早在田径场上列队完毕，目光纷纷聚集她身上，只见女孩一袭白色及膝连衣裙，头发束得高高的，背脊挺直而舒展，举牌的姿势跟跳舞似的轻柔和谐，走起路来轻快而不失沉稳，很有气质。

她身材高挑匀纤，并没有化妆，但在霏霏细雨中一张脸蛋格外清丽，尤其是一双眼睛，扑闪扑闪的，含着笑意甜甜的，让人忍不住跟着微笑。

有同学窃窃私语："哇，13班的。"

"我知道，她叫苏起。"

"长得真好看。"

"个子好高啊，羡慕。"

"听说她成绩也很好。"

苏起自然听不到这些，她绕到田径场另一端，领着班上同学去列队，经过10班末尾时，梁水抱着手，歪歪斜斜地站着，他嘴角含着一抹看热闹的笑容，把她上下打量一遭，说："今天还有点儿淑女样子。"

苏起维持着表面的温和笑容，冲他做口型："闭嘴。"

梁水笑了起来，笑得肩膀都在抖，转过身去了。

苏起也去了自己的位置。

校领导开始开幕致辞。

等到开幕式结束，各班回到各自场地坐好，运动会项目正式开始。此时，天已淡淡放晴，薄薄的一层粉蓝色抹在空中，叫人心情格外舒朗。

每个班级都是一个小集体，参赛的，加油的，写加油稿的，分工明确，高速运转。

主席台上播音员持续播报着加油稿件："在这个秋高气爽万里无云的日子里，云西一中秋季运动会正式开始了。我们班的张志涛同学参加了男子跳高项目，看哪，他像一只飞扬的海燕……"

苏起站在田径场一角的跳高比赛场地，看着那只叫张志涛的"海燕"起跑、减速小碎步、蹦起来、哐当撞了杆，连人带杆摔到垫子上，"咚"的一响。

苏起："……"

她扭头看李枫然："风风，你退出吧。你会变成一只海豚的。"

李枫然想了一想："我还蛮喜欢海豚的，还有鲸鱼。"

"蓝鲸吗？"苏起问，忽然停住，打了下他的手，"这不是重点！"

路子灏在一旁捂脸。

李枫然淡笑："没事的。"

轮到他了，路子灏检查了一下他背后的号码布，拍拍他肩膀："加油。"

李枫然走到比赛场地，加速奔跑，到了杆前，背身一跃，如一条平躺着的鱼从杆上游过去了——很标准的跳高动作。

周围的观众纷纷赞叹。

苏起："哇！"

路子灏："水子找了个跳高的体育生教他，但他好像只学了两次就会了。"

不过李枫然只是姿势很好，毕竟不是专业的，跳不太高，横杆升了之后就跳不过去了。

他走下场，苏起冲他竖大拇指："风风，你是海燕！"

李枫然拍拍路子灏的肩："我的任务完成了，你加油。"

路子灏丧气："我跑不快。哎，马上要跑了，我好紧张。"

苏起这才发现要进行长短跑比赛了，她赶忙往自己班级跑："我先走了，路造我会给你加油的。"

苏起班级所在的区域刚好在田径场赛道的终点尽头，很多同学都涌到赛道边给同班的加油。

苏起和几个女生抱着矿泉水，摇着彩带当啦啦队。尤其苏起，她活力四射地冲去了场地内圈，站在田径场赛道的终点线附近，陪着他们班每一个长跑经过这段赛道的同学冲刺，给他们呐喊加油。

隔壁班的老师都笑起来，对鲁老师说："你们班的苏起真是热情洋溢啊。"

苏起刚陪刘维维跑完 800 米，在终点线给她送水，张可欣过来搀着她，拿小扇子给她扇风。

每个班的运动员都受到了热情的接待。

周围人挤人的。

梁水在一旁报到 200 米，看见她了，问："过会儿你给我加油，还是给你们班刘涛加油？"

苏起想也不想："当然给我们班加油。"

梁水说："吃里爬外。"

苏起道："我跟你又不是'里'。"

梁水质问："你不跟我是'里'，你跟他是'里'啊？"

苏起被问住了，纠结地想了想，最终："我还是要给我们班加油。"

梁水一挑眉："哼。那我把他甩十几米你信不信？"

苏起："你甩你的呗，反正我要给他加油。"

梁水佯作生气，拿手指了她两下："你给我记着。"

苏起被他逗得扑哧笑："我不记，明天就忘。啊，我现在已经忘了。"

梁水一指头敲在她脑门上，说："我回去就改 QQ 名字，'苏起吃我东西还不给我加油，苏吃里爬外七'。"

他 QQ 上全是学校同学呢，苏起叫："你敢？"

他眉毛飞得老高："就敢。"

苏起捶了他手臂一下。

张余果不知什么时候来了，在一旁道："那我给你加油吧梁水。"

"好啊。赢了请你喝饮料。"梁水说着，冲苏起抛了个眼神，一副"看着吧我才不稀罕你"的神情。

苏起知道他是逗她呢，但心里莫名地刺了一下，不太舒服，她看向张余果，张余果很友好地对她笑笑，走去梁水身边跟他一起去报到处了。

她微吸一口气，收回目光，去找他们班的刘涛，帮他报到完毕，有人戳了戳她肩膀："七七。"

梁水不知从哪儿冒出来的。他微低着头，一只手绕在背后，拎着衣服一角，说："号码布歪了，帮我别一下。"

苏起转到他身后，从他手里拿过小别针："你们班怎么用这种别针呀，又没力又容易坏。"

"谁知道呢？"梁水回头瞄。

那别针又小又滑，很难捏住。参赛者已跑去起点处集合，苏起见了，赶忙加快速度："是不是要集合了？"

"没事。你别急。"梁水说。

苏起挤开一枚小别针，把号码布一角别在他衣服上，也不知怎么急得心跳加速，她慌忙把四角都别好了，赶紧推他："快去快去，要起跑了！"

梁水倒不急，抻了抻衣领，慢悠悠瞧她一眼："真不给我加油？我走了哦。"

苏起这时候还顾得上什么斗嘴呀，忙道："加油加油加油！"

话音未落，少年嘴角扬起，冲她笑笑，再一转身朝起点处飞驰而去。

苏起立在原地目送他离开，也不知怎么，加速的心跳并未平复，脸却也有些发热了。

发令枪一响，男子 200 米比赛开始了。陪跑的苏起完全跟不上速度，就见男生们像一阵风一样从眼前刮过。

200 米仿佛在几个眨眼间就结束了。

梁水速度最快，轻松将所有人甩在身后冲过了终点线。

刘涛跑在第五名，苏起过去给他送水，赞道："已经很棒啦！非体育生里的第二名，好棒！"

刘涛开心地笑起来。

她回头找梁水，就见他站在数米开外，张余果笑吟吟跟他讲着话，递给他一瓶水。

梁水拧开瓶盖，仰头喝了几口，听着她的话，又笑了起来。

苏起想起刚才梁水跑步时，张余果在一旁高速陪跑，她的速度很快，勉强可以跟着他。

那时，张余果从苏起身边冲过，也带起了一阵狂风。

苏起本想过去祝贺梁水，但体育队的一大帮人都围着他。她便先去看路子灏跑步去了。

路子灏跑的是 400 米，绕田径场一圈，和他同组的有体育生，也有平时就经常活动打球的男生，他跑了个倒数第一。

苏起去终点线上接他，给他水，又拍拍他的后背："完成任务啦。不错不错。"

话音未落，他们班一个男生说："路子灏你跑得比女的还慢。你该不就是个——"

路子灏突道："董方你烦不烦？"

苏起一愣，她还从没见路子灏发过火呢。

那个叫董方的不屑道："还开不起玩笑，呵呵。"说着就走了。

苏起问："这个神经病是谁啊？"

路子灏挥挥手，寻常语气："不值一提的人。妈呀，终于跑完了，我解脱了！"

接下来的田径赛没有她们班同学了，苏起回去操场，坐到自己的椅子上。

路子灏跟着她过来做客。座位区大半都是空椅子，只有比较文静的同学坐在那儿或看书或吃零食聊天。

苏起翻开书包，请路子灏吃零食。

路子灏眼珠子快掉出来："你把小卖部搬来了？"

苏起美滋滋的："嘻嘻，齐全吧？你吃不吃？"

路子灏拿了条果丹皮，苏起拿了碗果冻，两人一边跷着腿，一边吃零食看风景——田径场上扔铅球的、跳远的、赛跑的、加油的，年轻的学生们满场飞奔。天空呢，似乎又放晴了一点儿，那一抹粉蓝色变成了水蓝，清透得像能再次滴出水来。

路子灏慢悠悠跷着椅子，忽而道："难怪你喜欢运动会，这么一看，很不错嘛。只要不让我参加项目。"

苏起递给他一包辣条，路子灏开心收下。

"我就觉得嘛，坐在操场上吹风真是——"她跷着二郎腿踩在前边空椅子的横杠上，自己坐的椅子翘得只有后头两只脚接地。摇摇晃晃正舒服呢，椅子被人一摁，猛地往后一倒，苏起"啊"地失声尖叫，惊慌乱抓，却不想那人猛地又握住椅子，阻止了它的倾倒。

苏起一落一停，心脏狂跳。

梁水恶作剧成功，笑得不行。

苏起气得扭身就要打他，他手再度一松，苏起没打到，连人带椅子猛地下坠："水砸！"她条件反射地双手抓住他手臂。

路子灏说："小学生苏起、梁水，你们好。"

苏起叫："他是！我不是！"

梁水手刚要动，苏起更紧地抓住他手臂，一副再不反抗的乖模样："都不是都不是！"

他稍一用力，把椅子稳稳握住，这下不逗她了，慢慢把椅子竖直放回去。可一等他放好椅子松了手，苏起瞬间跳起，在他手臂上狠狠打了三下：“啪！啪！啪！”

“啊，你够狠哪苏七七。”梁水夸张地揉着发红的手臂，控诉着，又冲她稍稍一抬下巴算是打招呼，往自己班上去了。

苏起重新坐好，嘴唇眉梢全是笑，往嘴里塞了颗瑞士糖，就听一旁的张余果慢慢说：“苏起打人好狠哦。”

正排坐的苏起和路子灏同时奇怪地回过头去。路子灏在吃辣条，并没有搞清楚状况。

苏起不想跟她争执，就摆出一副假笑：“打是亲骂是爱，我跟朋友都是这么相处的。”话题结束。

张余果追道：“照你这么说，打是亲，那我也可以打你了？这不瞎说吗？”

苏起有点儿忍不了她了，说：“你当然不能打啊，我们又不是朋友。”她才不管她脸色多难看，回头继续吃面包。

路子灏没听懂她们到底在讲（争）什么，无意识地拍拍苏起的手背表示加油。刚好他同学经过叫他，他拿了点零食就告别了。

苏起拉上书包拉链，一抬头见张余果仍是盯着自己。

“你干吗？有事直接说行不行？”

“那我直接说了。”张余果过来坐她对面，“不是你说，我追梁水不关你的事吗？那你干吗总在他身边晃？那天我问你要不要公平竞争，你说随便我，现在又搞这种手段。我都看不出来你心机这么重啊。”

苏起觉得她简直莫名其妙：“我在他面前晃？是他在我面前晃好不好？还有，我没跟你竞争，竞争什么？我跟他就是朋友，不行吗？你要追追你的，跟我较什么劲啊？”

张余果说不过她，气得脸通红，道：“朋友却搞得那么亲密，男女界限都不分，我看是没教养。”

最后这话让苏起一肚子火，正要骂她，张余果见她真生气了，迅速起身跑开，刚好篮球场边几个男生在叫：“余果，快来！”

“来了！”张余果立刻跑去了。

苏起留在原地，气得头疼。

没教养?

她气得鼻尖儿都红了。

你才没教养，你全家都没教养!

她深吸一口气，勉强压住心里的烦躁，翻开书包，拿出一袋仙贝，可还没拆开就觉得索然无味。

没心情了。

她什么都不想吃了。

又准备看书，可忽然间光线昏暗下去，一阵大风刮来，冷飕飕的。苏起眯了眼抬头，早上还很好的天气，现在又卷了厚厚的云层。

阳光被遮住了，若隐若现的。

希望不要下雨才好。

苏起赶紧套上校服，她今天举班牌，穿的裙子，腿露在外面好冷。

刘维维在看小说，她凑过去跟着看了会儿，觉得无聊。

这时，篮球场上传来欢呼声。苏起循声看，就见体育队的男生在打篮球，不少同学在围观。

苏起依稀看见梁水的身影，走了过去。

结果，张余果也在。

两队人马里就她一个女生，她个子高挑，身手敏捷，动作舒展，毫不扭捏，是此刻这项男生运动中最靓丽的一道风景。

她在梁水的对手队中，两人一对一互防。

梁水队发起进攻，篮球越过半场，到了梁水手中，张余果立刻上来防守，梁水运球上前，她便跟着后退，他左她左，他右她右，如此几个回合后，梁水忽然一个背转身绕过她，三步上篮。

张余果跳起去够，但梁水已高高跃起将球扣进篮筐，砸得篮球架哐当响。

全场爆发“哦”的喝彩声。

张余果蹦到半空和他撞在一起，又掉落下来，没站稳，梁水伸手扶了她一把，说了句什么，张余果一副佯作生气的样子，拍着篮球——轮到她这一方运球进攻了。

阵地迅速转移回梁水的半场，张余果运着篮球，想要突破梁水的进攻，但梁水防得很严，她稍往左他便迅速左移堵住去路，她想背身拿球，结果梁水轻松拍掉了她手里的球。因她是女生，梁水并没有把球抢走，放了她一马。张余果把被他拍掉的球又抢回来。

突然，她朝梁水正面硬冲上去，起跳就要投篮，可梁水轻松一跃，高高跳起，将她手中刚飞出的篮球一打，盖了她的帽。

两人运动轨迹眼见要撞到一起，梁水竟刹住车，侧了个身躲避开了她。

跳起、打掉她的球、迅速落地、利落转身、拉开彼此的距离，一串动作做得行云流水，潇潇洒洒。

全场又是“哦”的喝彩声和笑声。

张余果差一点儿就要撞去他身上，可他一闪，她踉跄几下只撞到了空气，捂着脸笑得满脸通红。

苏起站在人群后看着，不太喜欢。她希望现在跟梁水一起打篮球的是她。

和他对攻的时候，会是什么感觉呢？

正想着，张余果进了一个球，全场的男生们都给她鼓掌。

苏起转身离开。

天色又暗了点儿，太阳完全被云层遮盖。狂风刮过树梢，卷过操场，吹得纸屑乱飞。她裹紧校服，沿着围观人群往外走，经过场边，见球筐里放着几个篮球。

她拿出一个球掂了几下，好像不是很难掌控。

她反手砸在地上拍一下，这下倒好，篮球根本弹不起来，全然不如梁水打得轻松。

他拍球的时候，仿佛篮球是个很轻很乖的东西。

苏起试着用力拍了几下，那球跟她作对，就是蹦不起来。

她撸起校服袖子，抓起那球猛地往地上一砸，篮球触地弹起，砸到一旁来人的头上。

“啊！”张余果捂着被砸到的下巴，吃惊地看着苏起。

苏起吓了一跳，愣怔片刻，立刻道歉：“对不起，我不知道有人，我应该没用太大力——”

话音未落，张余果已气得抓起篮球朝苏起砸去，力量很大，砸得苏起肩膀和胸口疼得要裂开。她所有的火气也骤然集中，抓起球筐里的球用力砸向张余果。

张余果扭头一躲，球擦着她脑袋过去，撞歪了她的马尾辫，人顿时披头散发。

狂风一卷，她看上去格外狼狈。

“你干什么？！”体育队一个男生赶来，指着苏起怒吼道，“你怎么打人啊？”

张余果是体育队里最好看性格又最好的女生，一帮男生都很喜欢她，见状全围过来：“怎么了？啊？怎么了？”

他们见张余果下巴红了，头发散了，被欺负成这样，都怒目看向苏起。

张余果气得要死，现在有队友撑腰，更火大了，拿着篮球要把刚才那一砸还回去——

忽然，一只手摁在了篮球上。

梁水刚打完半场球赛，头发上全是水，眼神有些莫名，问：“你们干什么？”

张余果一下子眼睛红了，哽咽道：“她拿篮球砸我。”

梁水看向苏起，表情很平静：“怎么回事？”

苏起手指抠着校服拉链，咬着嘴唇，声音很低：“我不是故——”

“你就是故意的。”张余果激烈地打断她。

另一个男生也说：“我看见了，她就是故意砸的。你看把余果脑袋砸成什么样子了？”

体育队其他男生也都说："都是同学，你怎么心那么毒啊？"

张余果抓着篮球："你松开！"

梁水不松，他神色微冷，手仍摁在她的篮球上，稍稍使了力，张余果根本敌不过他。

梁水道："她说了，她不是故意的。"

张余果死死抬着那个篮球，眼泪直下："人不犯我我不犯人！但她先打的我，我必须打回去。今天不管谁来，我都要打。还有你，梁水，你是体育队的队长，我知道她是你的好朋友，你就这么包庇她的是吗？！"她放声号哭起来，"别人都看到了是她先打的我！我凭什么不能还手！！"

她哭得整张脸都湿了。

她哭声太大，四周的人全围过来看热闹。

队里其他男生也怒道："梁水你是队长，别偏私啊！"

"我看见了就是这女的先打的余果！"

"你包庇她了兄弟们不乐意。"

"凭什么让余果受委屈？"

风更大了，天更暗了。有的班级怕下雨，已陆续飞快地搬着椅子往回赶。

苏起站在一圈人中央，冷得瑟瑟发抖，她站在他们的目光里，又羞又怒，可她词穷了，脑子里居然连一句反驳的话都讲不出来。

她抬眸看着梁水的眼睛，想从他的眼神里看出他究竟是否相信她，但她看不出。他只是蹙着眉，很棘手的样子。

他仍是摁着张余果手里的篮球，最终，他看向苏起，眼神里有些为难和无奈，低声说："七七，你跟她道个歉。"

苏起抿紧唇，忍着心头的刺痛，一字一句说："该道歉的地方，我已经道过歉了。再道一次也行，对不起！但后面的事，我没错，我不道歉！"

这话一出，周围男生们全怒了。她身后一个男生冲动地想上前来拉拽她，怕是要动手。

梁水见状一惊，松了摁在篮球上的手，想去拉苏起，可还没来得及——

就是这一松手，成了他允许张余果砸苏起的信号。

他手上力道刚松开，张余果瞬间拿球砸向苏起的脑袋。

“砰”一声，篮球砸在头上的闷响。

梁水一瞬间血都凉了，冲张余果吼道：“你有病啊？！”

张余果惊愕，不敢相信他对自己爆粗。

在场之人也全都惊得突然间鸦雀无声。

篮球重重砸在苏起侧脑勺上，砸得她一瞬间眼前黑光闪过，头痛欲裂。她整个人都蒙了，身板原地晃荡了两下。

大风吹得她额前的碎发张牙舞爪地飞着，凌乱而凄楚。

梁水人在发抖，回头看苏起，想上去扶她，却看见了她陌生的眼神。

苏起没看任何人，只是盯着他。那双黑白分明的眼睛里似乎没有任何情绪，只是那么执拗地盯着他，直到她眼眶里一点一点浮起泪雾，泪水漾动着。忽然，两行泪滑了下来。

梁水的心毫无预兆地，突然像被利刃刺过。

“要下雨啦！”有人叫起来，所有人散开去搬椅子往回跑。

乌云密布，垃圾飞舞，狂风席卷，扯动着学生们的校服。

梁水站在原地，看着苏起。

他都不明白心里这突如其来剧烈的疼痛是为了什么。可那一瞬间，他莫名想起了两年前，他还在桌球厅当“混混”时的一个画面。

那是什么时候?

隔着烟雾缭绕的灯光，他看见了另一端苏起在等待在守候他时，那安静的却有一丝忧伤的眼神。

那个片段早就模糊在了记忆里，他没了印象，却在这一刻骤然清晰起来。

明明是一个只有快乐的人，为什么会出现那一刻的眼神?

豆大的雨点密集地砸落下来，周围全是忙乱奔走的学生。

苏起站在原地一动不动，任泪水雨水迷乱了眼。

梁水的心再度抽疼，他走上前，朝她伸手：“七七——”

可苏起猛地打开他的手，头也不回地跑开了。

教学楼外狂风大作，暴雨如柱；楼里兵荒马乱，同学们拎着椅子往教室跑。

苏起满脸泪痕回到教室，才意识到她那可怜的书包和椅子还在操场上淋暴雨。她坐在地上，抱着脑袋默默流泪。越来越多的同学进了教室，她甚至都不能再哭了，只好翻出一本书，假装坐在地上看书。

可她看着《受戒》那篇文章，想着曾经幻想她和水砸是文里的英子和小和尚，眼泪又吧嗒吧嗒砸下来了。

“你也没来得及搬椅子呀？”刘维维回来了，一屁股坐在地上。

苏起赶紧低头在校服袖子上摁了下眼睛，克制道：“嗯。”

“不搬也好，我觉得是阵雨，过一会儿就雨过天晴了。”

不知哪个班传来合唱声：“天空啊下着沙——也在笑我人傻——你就别再追寻——看不清的脚印——”

歌声穿透哗哗的雨声，竟有种空茫的感觉。

鲁老师不知什么时候走进来了，说：“文艺课代表也发首歌吧。”

苏起还坐在课桌底下呢，清了下嗓子，随便一想，就唱道：“我要你陪着我，看着那海龟水中游，预备起——”

班上的同学，坐在椅子上的、桌子上的、地上的，一起大声合唱起来：“我要你陪着我，看着那海龟水中游——慢慢地爬在沙滩上！！！”

男生们爱捣蛋，一唱到尾音就用力嘶吼：“你不要害——怕！！！你不会寂——寞！！！”

四周笑声不断，苏起也破涕为笑，一边笑一边抹眼角的泪，却忽然看见梁水的身影从窗口闪过。

下一秒，梁水出现在教室门口，他拎着她的书包和椅子，大步要进来，见班主任在，刹住了脚步，低声：“老师，苏起的椅子。”

鲁老师点了下头。

梁水被雨水浇透了，从头发丝到校服衣角都在滴水，他走到苏起座位边看了她一眼。苏起抱着腿坐在地上，头发被淋得半湿，她垂着眼不看他，眼睫毛湿漉漉的，鼻尖儿红红的。

同学们还在唱："日子一天一天过！我们会慢慢长大！我不管你懂不懂我在唱什么哦哦！"

"我知道有一天！啊你一定会爱上我！因为我觉得我真的很不错哦哦！"

又是一滴泪从苏起脸颊坠落，她慌忙抱紧手背，埋下头去。

梁水眼睛一眨不眨地盯着她看，很慢很慢地把那椅子放好，仿佛那是件一碰就会碎的旧朝文物。他放好椅子了，接着又放书包。可苏起自始至终不看他一眼。

老师还站在讲台上。

他只好不小心把书包弄倒在地上，假装蹲下去捡书包，迅速伸手，隔着椅子碰了下苏起的手臂，低声："七七——你跟我出去下。"

苏起不理他，躲开他的手。

"美女变成老太婆——"刘维维唱着歌，奇怪地看了他们一眼。

或许是被暴雨淋过，梁水神情很狼狈，他又轻轻拉了苏起一下，抬眸却见鲁老师站在讲台上盯着他俩看。

梁水没办法，只能极低极迅速地说："对不起。但当时你身后有人，我是去拉他的。不是故意松的手。"解释完便起身走了。

他一走，苏起脑袋便空了。她抱着自己的头坐在地上。

其实不该他说对不起。他没有做错任何事。不过是因为她情绪不稳，把片面的事情放得无限大。

这么想着，情绪彻底平复了。

隔壁班和他们对唱似的，唱起了《挪威的森林》。苏起于是发了一首《看我 72 变》。

教学楼里歌声此起彼伏，楼外雨水如幕。

雨天，音乐，这个运动会倒也不错。

鲁老师待了一会儿，回办公室了。同学们也唱累了，一小丛一小丛聚在一起讲话聊天，有的还跑去走廊上看雨。

直到下午四点多雨势才转小，运动会是没法继续了。

雨小了，细蒙蒙的。

梁水照例去田径场做体能训练。体育队的人在做热身，见梁水走来，都避开眼神不和他目光接触——他脸色极差，写着“闲人勿近”。

队友们不敢招惹他，刚才发生的事情确实超出了他们的预料。虽然他们想为张余果讨“公道”，但把球砸人脑袋上这个“公道”显然过头了。

刚才伸张正义的男生们这下都当无事发生过，专心做着热身。

梁水坐在缓冲垫上，给腿上绑沙袋。

张余果走过来，说：“梁水对不起啊，我刚才让你为难了。我实在是太生气了，一下子冲动，但是她——”

“你不该跟我道歉。”梁水抬眸看她，神色寡淡，“你该跟她道歉。”

张余果心头一凉，立刻道：“是我冲动，但她先打我的呀！你现在不相信我了？”

“我从头到尾就没相信你。”梁水站起身，眼神凉薄，“我要没猜错，是她的球不小心砸到你身上，你报复打回去，她才反击又打了你。对吧？”

张余果哑口无言，强撑道：“她第一次打我就是故意的，不是不小心。”

梁水笑得挺讽刺的，说了句：“哦。”

他不想跟她站一块儿了，转身去拿自己的外套。

张余果追上去：“你不相信我？”

梁水看都不看她：“我相信她。”

张余果定在原地，还不肯让步：“就算她第一次不是故意的，那她后面那次是故意的！”

梁水停下，忍着烦躁看了她两秒，唇角凉凉地一弯，说：“那不是你活该吗？”

张余果怔在原地。

几秒后，她脱口而出：“我喜欢你。”

梁水就跟没听见似的，他缠着腕带离开，说：“以后你少招惹苏起。”

晚上还有晚自习。苏起怕食堂太挤，早早和刘维维去吃了晚饭。回到教室却发现她的课桌钥匙丢了。

她翻遍校服口袋和书包，死活找不到那枚小钥匙的影子。

“恭喜你中招。”刘维维说，“我上周才丢了钥匙，现在轮到你了。”

苏起抓着课桌盖用力掀了一下，掀不开：“没钥匙怎么弄开呀？”

“等哪个男生回来了帮你掀吧。”

教室里学生寥寥无几，不是去吃饭就是去打篮球了。苏起正费力捣鼓着，梁水从教室外经过，他平时从食堂回来是不走这边楼梯的。

他特意往里头看了一眼，苏起见到他，愣了愣，移开了眼神。

梁水走进来，看了眼她的桌子，说：“钥匙丢了？”

苏起点头：“嗯。”

梁水说：“你起来。”

苏起于是从座位上起来。

梁水站在她课桌前，一脚踩在底踏板上，双手抓住课桌盖子，看苏起：“我要弄开了。”

“嗯。”

“后退一点儿。”

苏起照做。

梁水双手用力一掀，“砰”的炸裂声，钉在课桌上的搭扣和钉子崩裂开，课桌被掀开了。

盖子是掀开了，但搭扣的另一半还牢牢定在桌壁上。梁水表情很差，徒手揪住搭扣和锁，竟生生用力一扯。苏起看着都手疼。

钉着底扣的四枚钉子松了一点，但没有脱落。

苏起忙拦道：“你别——”

他跟自己赌气，抓着铁扣再度发力一扯，这下底扣和钉子全被扯了出来。

他的手顿时通红，食指都蹭破皮了，挂着血丝。

苏起不吭声，闭了嘴。

梁水把废弃的锁放在手心，另一手清理着桌上的碎木屑，匆匆瞥她一眼，极低地问：“还生气吗？”

苏起摇了摇头。

梁水面色缓和了一点，看了下四周，说：“你跟我出来一下。”

苏起跟他出去。

两人站在栏杆边，苏起垂眸看楼下的小花园。刚下过雨，竹子、铁树都焕然一新。只是已近黄昏，天色略暗沉了。

梁水观察了她一会儿，深吸了口气，说：“七七，我真不是故意松手的。”

“我知道。当时我身后有人。”苏起抬头，微笑道，“水砸，我没生你的气。真的。你也别再跟我道歉啦，你没有错。”

她望着他，眼睛清澈，仿佛被刚才的暴雨冲洗过。

梁水一下子不知道该说什么了。

不对，一口气仍是憋在胸口。

梁水将手搭在栏杆上，捂了一下眼睛。

好像有哪儿不太一样，可他想不明白——如果是以前，像曾经的打打闹闹发脾气，他会嘻嘻哈哈逗她两下就好了。但这次不知为何，他没了那份轻松的心情，或许怪这该死的下雨天。他的心布满阴云，潮湿而又沉闷。

一见到她，他心里就格外难受，难受得他无法像以往那样轻松地去哄她消气。

他不明白这到底是怎么了。

他心里憋闷得慌，忽然说：“我保证，以后绝对不让任何人欺负你。”

这话说出口，苏起心头一震，又忽然间释然。

是啊，他是水砸啊。

从小到大他一直都在保护她啊。

就像刚才，他也尽力了，甚至做得很好了。

而她呢，因喜欢而不客观，因不客观而误会，差点儿被蒙蔽。

她不喜欢总和他生闷气，她更喜欢曾经快乐大方的七七。

她站在雨后清新的空气里，忽然醒悟，她的喜欢很自私，把他们之间的相处弄得无限复杂。

一缕稀薄的阳光从云层的缝隙里漏出来，灿灿地在教学楼上画了条金线。

苏起落落大方地拍了拍他的肩膀，说："水砸，真的没事了。我们和好吧。"

她冲他笑了，真心的。

她还是想和水砸做朋友的，从小到大到以后，到一辈子，很好很好最好最好的朋友。

嗯，我以后不想喜欢你了。

这样就能回到从前了吧。

Chapter 16

我的声音，你会听到

玫瑰花，丘比特，一箭穿心，小天使，I LOVE U……苏起随手翻着货架上的十字绣图案。

最近年级里很流行这个，她陪林声来挑。

离下午上课还有段时间，精品店里不少女生来往穿梭。

苏起拿起两个小屁孩亲嘴的图案：“这个？”

林声立即摆手，都结巴了：“哎呀太……太……太不行了。”

苏起哈哈大笑，又找了个英文字母“LOVE U”，字母上钩着花边绿叶：“这个总行了吧？”

林声捧着看了一会儿，仍是觉得太露，说：“先留着，我再找找看有没有更好的。”

苏起不管她了，转身去看明星贴纸货架。最近店里新上了一批刘亦菲的贴纸，有很多《金粉世家》的造型，真好看呀，跟仙女一样。

但她只看不买，她得留着钱买漂亮本子，店里各种本子设计赏心悦目，害得她总是忍不住掏钱，弄得荷包空空。可给王衣衣写信哪里需要那么多纸呢，买了还来不及用，下一批漂亮本子又上市了。

苏起又看中了两个，在理智和情感中挣扎之时，林声唤她：“七七，我选好了。”

她选了个很简单的图案，白底红心，绣好之后可以做钥匙扣。

苏起觉得大方简洁，表白正好。但林声还是拿了刚才苏起选的那个。

“你买两个干什么？”

“这个绣了送给你呀，你喜欢吗？”

“不用啦。”苏起拦住她，“我有足球小将和犬夜叉的钥匙扣呢。”

“好吧。”林声说，“你不买吗？你也可以绣了表白呀。”

苏起想了一秒，说：“我决定不喜欢他了。”

“啊？为什么？”

她耸耸肩，一副无所谓的样子：“他不喜欢我呀。”

“好吧。你别难过。”

“我现在不难过了。”苏起说。

“可是，喜欢不喜欢，是可以决定的？”

“不能。”苏起又想了想，说，“好吧。我理智上不喜欢了，可情感上，”她耸耸肩，承认了，“还是喜欢的。但我可以让自己不去想这件事。我现在有好多别的事情可以做呀，伽利略、牛顿、孟德尔、门捷列夫就够我想的了。反正，以后总有一天，会慢慢放下的。”

林声感叹：“我好佩服你。”

“啊？为什么？”

“我不行。我脑子里总会想。”

“主要是每天都要面对他，太影响了。”

“那也是。”

林声去结账，苏起跑去那两个本子面前继续纠结，旁边两个女生小声说着话：

“哇，刚才那个就是林声，真的好漂亮哦。”

“漂亮有什么用，听说思想很肮脏，有人看见她在画室画的画，女的衣服都只穿半截，很下流。”

“我也听说她不检点，跟人开过房呢——”

“再乱说我就撕烂你们的嘴巴。”苏起冷不丁道。

那两个女生惊讶地看过来，见苏起表情很凶，以为她是太妹，没吭声。

苏起拿起本子要走，还不解气，道：“说人坏话的丑八怪！”

高中真烦。她想，总是有小圈子抱团讲别人坏话。

一中门口，离上课还有段时间。学生们三三两两或在校外店铺流连，或正往校园里走。

校外沿着院墙有一排枫树，树下是学校的自行车停放处。

梁水坐在车上，单脚蹬地，另一脚踩着踏板，无意识地拿钥匙一下下地敲着车龙头。

咚——咚——咚——

他不知在想什么，眼神放空，只是拿钥匙敲着铁皮。

咚——咚——咚——

路子灏抓脑袋：“水子，我买个木鱼给你？”

“……”梁水回过神来，不敲了，把钥匙塞进兜里。

他表现得太过安静，居然没回撑，路子灏瞧出端倪：“你有心事？”

李枫然正坐在车上看琴谱，抬起头来。

梁水稍微调整了下坐姿，张口：“我问你们——”

两个朋友看着他。

“……”梁水说，“没什么。”

李枫然低下头继续看琴谱，路子灏很惊悚：“你不是我认识的水子。”他抓住他的肩膀摇晃，“你到底是谁？！”

梁水拨开他，叹了口气，抓抓脑袋，一咬牙，忽然问：“怎么才叫喜欢一个人？”

李枫然抬起头来。

路子灏叫：“你喜欢谁了？！”

“没有！”梁水条件反射地说，“我只是……”他眼神躲闪，又掏出钥匙敲车龙头了，“好奇。随口一说。”

这一问，两人都沉默了少许。路子灏摊手，表示无力解决。

秋风吹得梧桐树、枫树窸窸窣窣，三个少年坐在单车上相对无言。

李枫然忽然说："一见到她就很开心，见不到她的时候总是想见到，应该就是喜欢吧。"

梁水不同意，皱了皱眉："可好朋友之间也会这样。"

"不一样。"李枫然说，"好朋友只会在见到的时候很开心，不会在见不到的时候总想见。"

路子灏赞同："比方说我跟你水子，我要是一两天不见你呢，我不会想你。"

梁水歪头思忖片刻，又挪了下坐姿，很困惑地继续求解："那你说的想，又是哪种想呢？"

"就是别人不提，周围都是陌生人，没有任何人提起，你都会忽然想起她。喜欢的话，想见面会想得心会疼。"李枫然说，"她开心，你跟着开心；她难过，你跟着心疼。喜欢，会疼。"

梁水怔了怔，不说话了，蹙着眉不知在想什么。眼前忽然浮现出那天在操场上的情形，那一刻的感觉此刻还很清晰。

喜欢，会疼？

所以他帮助林声帮助其他朋友的时候，只是关心，并不会疼。

李枫然看了他一会儿，低下头继续看琴谱，却一时忘了自己看到哪儿了，仿佛谱子已经乱了，接不上了。

三人又陷入沉默。

这时，几个学生经过，笑嘻嘻地喊了声："路小号！"

路子灏匆匆瞥他们一眼，表情尴尬而羞辱。

那几人还在笑呢，可一撞见梁水冷飕飕的眼神，收了笑就跑了。

梁水不爽地问："他们给你起外号？"

路子灏苦恼道："何止啊，他们还……"

"还什么？"

路子灏手指抠着座板，抠了好一会儿："说我喜欢男生。搞得郑云帆都跟我疏远了。”郑云帆是住在坡下，经常跟他一起搭公交上下学的同桌。

他难过道：“要是我长高一点、壮一点就好了。我现在跟七七一样瘦。我好讨厌我的娃娃脸，秀气得跟女生一样。”

“这跟你有什么关系？”梁水皱眉道，“那么多矮子、胖子、笨蛋、长得不好看的，就活该被取外号被笑话吗？”

路子灏不吭声。

李枫然则轻声问：“那你是喜欢男生还是女生？”

路子灏目露迷茫，说：“我不知道啊。很多人都早恋暗恋，但我谁都不喜欢。我怕被人笑，所以在班上都不跟女生讲话，我觉得跟男生玩自在点儿。”

梁水说：“你喜欢男的、女的、不男不女的，都不关其他任何人的屁事！”

路子灏正要说什么，见苏起和林声站在一旁，眼睛一眨不眨地看着他，不知她俩什么时候过来的。

“路造，有人欺负你？”苏起走上台阶，生气地问，“你告诉我是谁！”

路子灏忙说：“也没有欺负，就是说些闲话，很烦。他们觉得是开玩笑，但一点都不好笑。”

苏起皱了眉，正要说什么，梁水忽然打断，转移了话题，问林声：“你们买的什么？磨蹭那么久。”

苏起一愣，却见路子灏神色松缓下去，霎时明白了梁水的用意。

林声说：“十字绣。路造你要不要？我绣一个送给你。你可以说，是女生送给你的。”

路子灏说：“好啊。”

梁水看苏起，稳住心虚，说：“你也给我绣一个。”

苏起别开眼神：“我没买。”

梁水说：“那我买了你给我绣一个，我刚好差一个钥匙扣。”

苏起还是那句话：“我不。”

梁水纳闷了：“为什么？”

苏起反问："什么为什么？我为什么要给你绣？"

梁水被问住了。

是啊，为什么？从小到大，他们从来都是互相提要求，毫不避讳，对方都会嘴上说几句抱怨几句然后就去做了。但这次不一样，他感觉到苏起是真的不想做。

还是因为张余果那件事吗？他以为跟她解释清楚了，她也消气了。

他于是采取他最常用的手法："我请你喝可乐，这总行了吧？"

可苏起不为所动："你让声声弄吧，我不会。"说着就往校门口走了。

梁水目光追着她的背影，一时竟有些蒙。

路子灏拍拍他的肩膀，说："算了，你想要的话，我给你绣一个吧。"

梁水："……"

下午第一节是语文课，也不知道谁设计的课表。

秋困时节，下午上语文课，不是摆明了叫人打瞌睡吗？

苏起撑着重重的脑袋，瞥一眼身边的刘维维，她坐得很端正，精神抖擞地看着讲台和黑板——手藏在桌下绣十字绣。

学生时代真神奇啊，干什么都有精神，唯独听课叫人昏昏欲睡。

刘维维手上拿着一根小小的针，引着彩色的线在绣布上穿梭，来回几下就出来花纹了。

苏起忽然想起了梁水。不知为何，理智上想友好大方，情绪上却做不到。

想到这儿，她又觉得梁水可怜，无辜被她撒气。他明明什么都不知道。

回到之前的状态，哪有一瞬间就能达成？

唉，只能慢慢来吧。

她深深叹了口气，蔫儿蔫儿地趴在课桌上，转头看见窗外的蓝天上似乎有风筝在飞。

她真想变成一只风筝，飞到很高很高的天空，将所有的烦恼都抛在地下。

但她只是看了十几秒，便收回心思认真听课了。

风筝飞再高，线仍拉在地面不是吗。

语文老师在讲《故都的秋》："这呢，是北京的秋天。现在，我们云西的秋天也到了，不知道大家有没有注意观察……”

教室里安安静静。

老师看着讲台下的学生们，仿佛能看见他们各自的神思变成一团气体在脑袋上方飘荡，所有人表情呆滞、困倦、游离。

老师将课本放在讲台上，笑起来：“要不，我先让大家睡上两分钟？”

这下，教室里醒了一半。

后排有学生叫道：“两分钟太短啦。”

“你们中午不睡午觉吗？啊？都在这儿打瞌睡，”老师很遗憾，“《故都的秋》，多美的一篇课文啊，好的文章是财富啊同学们，一个个不知道珍惜，不好好欣赏。你们学会了语文，将来在生活里遇到类似的体验，才会有更深的感悟。”

又有学生叫道：“老师，我们想出去看云西的秋。课本上写的，要出去体验了才能感受！”

这一通现学现用的歪理引得课堂上哈哈大笑。

老师居然没生气，翻着教案想了一下，说：“那这样，今天这节课你们全部给我好好上课，好好听讲。后天上午两节连课，我带你们去找秋天，放风筝。”

这话一出，整个班的人都醒了，大叫起来：“好！”

“我有条件！”老师抬手示意安静，但大家一时安静不下来，老师提高音量，“回来之后，都给我写一篇作文《云西的秋》！”

“好！！！”

第二天中午，苏起找程英英拿了二十块钱。她刚把自行车推出门，就见隔壁梁水单手推着自行车出来。

两人对视一眼，不尴不尬的。

她有些奇怪他为什么这么早出门，但她没问。

倒是梁水问了句：“去干什么？”

苏起骑上自行车，脚一蹬：“买风筝。”

梁水也跨上自行车，追上她一起去。

苏起骑上堤坝，一扭头见梁水单手扶着车龙头，跟她并驾齐驱。她起先骑得不快，他也不快，慢悠悠跟着她晃；后来她加速了，他也跟着加速，影子一样随在她身旁。

她奇怪地看了他一眼，他神色从容，被阳光照得微眯着眼。秋风吹起他的额发，露出光洁饱满的额头，从眉骨到鼻梁的弧线仿佛水墨勾勒出来似的。很青春，很稚嫩，又有一丝萌芽的成熟。

苏起收回目光，继续前行。

“你还在生气吗？”梁水忽然问。

苏起立刻道：“没啊，生什么气？”

她目光坦然。

梁水一时不知怎么回答。就是在那一刻，看着苏起黑白分明的清澈眼睛，梁水发现有什么东西变化了，或许是他们长大了。

因为长大，所以开始撒谎了。

他忽然很怀念小时候的苏起，那个时候他要是惹了她，她要么哇哇大叫，要么嗷嗷挥拳，愤怒控诉，倒豆子一样噼里啪啦表达不满。

不像现在，很平静地说没事。

梁水有些无力，漫不经心地跟着她的速度踩着单车，想了好一会儿，最终说：“我还是觉得你怪怪的。”

苏起翻白眼：“你才怪怪的。”

骑到下坡路段，梁水不踩踏板了，稍稍捏紧了刹车，说：“你现在有秘密了，我不知道。”

“哈！”苏起得意地笑起来，“我早就说过吧，迟早有一天，我会有你不知道的秘密！”

她这爽朗大方的样子，又似回到从前了。

梁水被她感染，稍觉轻松地笑了一下，说：“那是什么？”

“你觉得我会告诉你？”苏起眉毛挑得老高，似乎觉得逗他很好玩。

梁水不屑：“看来得我亲自来挖。”

苏起笑容收了一丝，说："你挖不到了，因为这个秘密快要消失了。"

她说着，松了刹车，风一样冲下坡去。

梁水看了她一眼，也跟着冲了下去。

风吹着坡道两旁泛黄的梧桐树，阳光轻薄，落叶窸窣。

苏起迎着风，畅快地蹬了一会儿自行车，发现梁水又跟上来了。这下，她狐疑地看他："你总跟着我干什么？"

梁水好笑："我也买风筝啊。"

"啊？"

"语文老师跟数学老师换课了，后天上午跟你们班一起去放风筝。"

他们两个班是同一个语文老师。

苏起没有开心，也没有不开心，从容地接受了事实。

和诚中学的精品店里有风筝，两人停了车，前后脚进店。

一面墙上挂满了风筝，各种造型，各种材质。梁水心思本就不在风筝上，匆匆扫一眼，随便挑了个孙悟空，又轻又薄，老板说十五块一个。梁水给了钱，十几秒钟就完成了交易。

苏起好奇地摸了摸，那风筝薄薄一层塑料，上头涂着美猴王，套着竹竿骨架，下边挂一条长长的黄色尾巴，她说："你这风筝太薄了，风一吹就要撕破。"

梁水说："你懂什么，越轻越薄的风筝，飞得越高。"

苏起才不信他，她要选漂亮的。

她伸着脖子望了半天，看见了美少女战士。那风筝漂亮极了，美少女战士的黄色长发和修长的大腿随风飘扬，骨架也厚实，拿在手里沉甸甸的。

苏起一眼看中了它。

老板说要三十块钱。

苏起只带了二十块，于是凑到柜台边，小声跟老板砍价："老板，便宜点吧。二十块钱好不好？我只带了这么多钱。"

老板摇头："小姑娘，你选的这个风筝是进价最高的。你看这里写的什么？"他指着墙上的"谢绝还价"，道，"我们店里的东西都是明码标价，一分钱都不少的。”

苏起拿着那只风筝，有些不舍；一面纠结要不要回家找妈妈要钱，一面又觉得，就放一次呢，三十块钱太不值了。

她还不肯放弃，冲老板咧嘴笑：“好不好嘛，便宜点卖给我呗，以后我买文具都来你这里好不好？”

“小姑娘啊，你这是为难我——”

老板抬头看她，忽见梁水在她身后，冲他做了个手势。

老板明白了，说：“行吧。看你可爱，这也是最后一个，就便宜卖了。”

“谢谢老板！”苏起兴奋地跳起来，赶忙付了二十块钱，“我下次买本子也来你这儿买。”

她抱着风筝乐颠颠跑出门去。

梁水落在后边，一手拎着孙悟空，一手递给老板十块钱，跟着她出去了。

南江日常

语文老师：“今天呢，我们要讲的课文是《故都的秋》。”

梁水：“老师，听说您要带13班去放风筝？要一视同仁啊！”

全班同学：“就是。放风筝放风筝！”

语文老师：“你们这些孩子，知不知道带出去两节课我得申请啊，分头搞个两次学校不会同意的。”

梁水：“您跟数学老师换个课，两个班一起去呗！”

做完课间操，全校学生们散开队伍，回教室准备上课。

13班和10班的学生们快速从风筝堆里捡起各自的风筝，排队站好，去上校外语文课——《云西的秋》。

在周围同学羡慕的目光里，两个班列队跟着语文老师出发了。

10班的队伍走在前边，苏起一抬眼就能看见梁水，他的美猴王风筝挂在背上，黄色的长尾巴随风飞扬。

苏起移开眼神，在秋风中深吸了一口气。秋天的早晨，空气沁凉，她专心观察着一路的风景，思考着如何写作文《云西的秋》。

出了校门，沿着学校东边的小山坡往东依山上走。

正值秋季，山上树木开始变色了。黄的，红的，橙的，绿的，交融点缀，苏起心叹，大自然果然奇妙，哪怕最好的画家面对此番山色，都得费上一番心力吧。

翻过几条山路，到了后山，视野突然开阔起来——10 班的同学们不知看见了什么，全叫着往前涌去。

那是东依山上的一处石头凭栏。

栏外，长江蜿蜒而过，在东依山处环抱出一块滩涂，正好形成了长江在云西市的一处巨大拐角。

天地之间，山高水阔，近处滩涂显露，芦苇依依，青的黄的野草遍布荒野，和江水融为一体。远眺而去，长江如练，江心似有绿洲，江的那一边更远处似仍有滩涂，却已分辨不清，消失在茫茫水天相接处。

“哇！”学生们叫道，“这就是云西的秋天！”

“我爱云西的秋！”

“比书上写的北京的秋天还要美！”

语文老师淡笑：“对啊，最美还是故乡的秋。”

苏起趴在栏杆边看风景，听到这话有些纳闷——老师去北京看过秋天吗？怎么能拿北京和云西比呢？

虽然此刻江水共蓝天，芦苇草绵延，但天地之大，山外有山，世上一定有比家乡更美的风景啊。

云西只是个小地方而已呢。

她还在想着，同学们已雀跃不已，手中扬着风筝，沿着山脊上的石头阶梯跑下山，朝江水滩涂而去。蓝白色的校服和五彩的风筝连成一条蜿蜒的长龙，爬满了青黄相间的山脊。

天地开阔，苏起心情也爽朗起来，挥舞着风筝，小跳跃地下阶梯。她脚步轻快，一下冲出好多步。她跑得恣意忘形，转过一道弯，哗啦啦往前冲，却猛地发现梁水走过阶梯拐角处时突然停下来，驻足远眺江景。

苏起一个没刹住车，撞去他身上。梁水始料未及，晃荡两下往前倾，下头是布满灌木丛的陡峭山坡。苏起大惊，慌忙一手抓住他后背的校服，一手搂住他的腰，用力把他钩回来。她吓得一身冷汗，松了手：“吓死我了妈呀！”

梁水站稳了，回头看她，微皱着眉，说：“你要谋杀我？”

“对啊。”苏起说着，做了一个要推他的手势。

不想梁水眉梢一挑，抓住她手腕用力往外一推，苏起只觉自己像只轻飘飘的风筝一样被他挥了出去，上半边身子已悬出台阶外。底下是陡坡，她本能惊慌之际，梁水用力一拉，又将她扯了回来。她条件反射地慌忙抓紧了他的腰。

他唇角弯了起来，一副恶作剧抑或是报复得逞的样子。

不知为何，他心情格外舒畅，甚至夹杂着一丝说不清的喜悦。

苏起气得用力推打了他一下。他笑得眉眼舒展，心情很不错，踏着轻快的脚步下台阶去了，仿佛一下回到了年少打闹的时候。苏起还不甘心，又在他背后捶了他一下。他肩膀松松地晃了晃，自得地往下走。

队伍越往下走越分散——总有学生一群一群在路上流连。

苏起和梁水一路下了山，走过一片荒草地，芦苇花开如雪，随风轻飞。不远处江水青蓝，迎风起碧波。

先到的同学等着后来的同学和老师，无事可做，童心忽起，玩起了老鹰捉小鸡的游戏。

梁水班上一个同学喊：“梁水，来玩啊。”

梁水折腾着他的孙悟空，不太感兴趣，苏起却放下美少女，兴奋地跑去，自告奋勇：“我要当老鹰！”

其他同学都想当被抓的人，自然乐得其所，原本的“老鹰”愉快地让出位置。

苏起卷起校服袖子，一副要干大事的模样，从地上捡起几块石子，却见梁水走来，站在原本的“母鸡”前边，看她一眼，似笑非笑的，也卷起了袖子要干大事儿。

“……”苏起揪起了眉毛，正犹豫着。

梁水已伸开手臂，挑衅地说：“今天你一只小鸡也抓不到。”

这话一出，苏起像被逆着薅了毛儿的猫，斗战心起，石子在手中抛了两下，弯腰往母鸡和小鸡们的腿下一扔，石子从少年们的腿下滚过。

苏起说：“小鸡小鸡吃饱没有？”

梁水身后的小鸡们大叫：“没有！“

苏起又扔了一颗石头，问：“小鸡小鸡吃饱没有？”

“还是没有！”

“小鸡小鸡吃饱没有？”

“吃饱啦！”

话音一落，苏起拔腿奔去抓“小鸡”，可梁水比她更快，飞速一大步挡她身前拦住去路。苏起立刻掉转方向，逆向进攻，梁水行动敏捷，紧贴着她飞驰，再度拦住她的身子。

“小鸡”同学们哈哈笑着，尖叫着，扯着前边人的校服，拉成一长串大尾巴，在梁水身后摆来摆去。

掉头转尾，往复两次，苏起被梁水封堵得严严实实，她往左，他就往左；她往右，他就往右。不管她跑到哪里，他都张着手臂拿自己的胸膛把她堵得进无可进。她好几次上手用力推也推不开。她跑得气喘吁吁，气急败坏；他轻松从容，笑个不停。

这哪里是老鹰抓小鸡，简直是公鸡戏小鸟儿。

她可不就是一只小鸟儿嘛，在他怀里瞎扑腾，撞得他心思紊乱，扑得他心里开了花儿。

终于，苏起改变战略，朝一个方向穷追猛赶。“小鸡们”尖叫着围在梁水后边转大圈。

梁水虽跑得比苏起快，可架不住身后一帮人死死拖着拽着，苏起朝一个方向猛追了两三圈，“小鸡”跑得越来越快，突然，尾巴上的“小鸡”跟不上，拉不住了，断开了手——三只“小鸡”落单了。

苏起兴奋地扒拉开梁水的手臂就去追，不想梁水忽然伸手钩住她的腰肢，女孩的腰细细软软的，他控制住她简直轻而易举，只差没将她单手抱起。

苏起猛地撞进他怀里，额头磕在他的下巴上，听见他的喘气声落在耳边，羽毛一样发痒，连风声都似乎静了一瞬。

三只“小鸡”已迅速回归队伍，“小鸡们”哈哈大笑起来。

苏起气得大叫，打他的手臂：“你赖皮！”

梁水笑得眼睛都弯了，松了她，道：“行行行，下次不碰你了。”

正说着，老师和其他同学陆陆续续都来了，苏起拉开距离，不玩了，“小鸡们”也都散开。

梁水走到一旁捡起自己的风筝，觉得心跳得有点儿快。

这点儿运动量，不至于啊。

想想刚才她抵在他怀里跑来转去，急得小脸通红，却死活绕不开他的模样，不知怎的，心情莫名愉悦，仿佛能飞上天。

他都没意识到自己笑了一下，开始拉起风筝线。

同学们聚在一起，老师交代了一些注意事项，又规定了集合时间后，大家分散开去放风筝了。

苏起把她的美少女放起来，风筝迎风飞舞，飞到四五米高，却忽然坠落。她屡次尝试，拉着风筝线不断往上扬，想迎风而起，可美少女总是在半空中打旋儿栽跟头。

抬头一看，梁水的美猴王已轻飘飘飞到高空，在蓝天下潇洒恣意地飞翔，长尾巴直转悠。

苏起羡慕地看了几眼，梁水扭头看她，笑道：“我就说吧，你那风筝就是个空架子。”

苏起不信邪，她觉得是她站的位置不好。

刘维维的风筝也放不起来，她说：“苏起，我们往江边走一点儿吧，那里风大。”

苏起于是跟着刘维维往江边走，她们绕过芦苇地，走到滩涂边，重新起放。

江风汹涌，刘维维试了几下，风筝很快起飞。她兴奋大叫：“果然是风的原因！”

秋风涌动，扯着她的风筝直上高空，刘维维拉着风筝线，快乐地随风跑远。

湛蓝的天空中，几十只五颜六色的风筝在盘旋。

苏起艳羡不已，可她试了好几次，风筝还是飞不高。滩涂上的风虽大，但总是把她的风筝刮到半空又栽落下来。

或许因为风还不够大，苏起这么想着，不经意朝江边湿地靠近。

江风夹着湿润的泥土气息吹来，苏起拉着线，扬起风筝，正好一阵风吹来，风筝迎风而起。

苏起激动而小心地拉线，一松一拉，风筝乘着风慢慢飞起来了，越飞越高，她刚兴奋一秒，手上的风筝线忽然松了一丝力，她害怕它又掉下来，慌忙往滩涂深处跑。

她望着空中的风筝，丝毫没注意脚下的泥巴开始变软。风筝越飞越高，她越跑越快，忽然脚下猛的一陷。

一低头，两只脚已没入泥泞，顷刻间脚踝都看不见了。

苏起想走出去，可刚一抬脚，两条腿迅速下陷，整个人如在沼泽中下沉，淤泥瞬间淹没到小腿肚。

苏起骤然想起书上沼泽里丹顶鹤女孩的故事，吓得尖叫起来：“维维！老师！”

不远处芦苇花飞，依稀能见到那一头的同学们跳着跑着，风筝飞着，没人往她这边看，也没人听见她的呼喊——风声太大，将她的叫声淹没殆尽。

苏起跪在泥地里，拼命想往边上爬，可她的腿仿佛被水泥浇灌，根本拔不出来，反而这一挣扎，淤泥迅速吞没她的膝盖。

她吓得不敢动了，一动也不敢动了，可不动也没用，身体仍在缓缓下沉。

“老师！维维！救我！”苏起惊恐至极，大哭起来。她拼命喊叫，可没人听到她的声音。她离他们太远了，大家都望着天上的风筝，没人注意到她落单。

她的美少女也早已不知飞到何处。

“救我呀！”她越来越害怕，跪在泥地里号哭不止，“妈妈！老师！”

淤泥一点点淹没膝盖，她心头的恐惧成百上千倍地放大。完了，她要完了。

“苏七七！”突然，远处有人奋力朝她飞奔而来。

苏起满眼泪水，大哭：“水砸——水砸——”

梁水冲到泥地边，朝她伸手，苏起几乎是同一时刻也奋力地朝他伸出手去。

梁水一下抓住她的手腕，一只脚在地上用力一蹬，使尽全身力气将她提了出来。苏起只觉得自己像一根种在地里的萝卜，被人连根拔起。她的双腿从黏稠的泥地里艰难拔出。梁水一只脚已陷入泥泞，但他迅速换脚后退，连连后退几步将苏起从泥地里连滚带爬地扯了出来。

梁水用力过大，猛地摔倒在地，苏起扑倒在他身上，惊魂未定。

她抱着他的腰，蒙蒙地发现自己安全了，眼泪越发哗哗地往外流：“水砸——”

梁水吓得脸都白了，满腔的惊恐转为怒气，吼道：“你一个人跑这里来干什么，啊？！你是猪吗！大家都在那边，你跑到这儿干什么？！你脑子里进水了吗！”

苏起张了张口，一句话也说不出来，只是后怕地掉眼泪。

梁水本来一肚子火气，一见她那样子，又嗖地灭了个干净，闭紧嘴巴，不说她了。

她手上校服上全是泥巴，尤其膝盖以下，裤腿成了泥塑。鞋子也掉了，脚丫子黑黢黢的缩成一团瑟瑟发抖。

她站在秋风里，低头抹眼泪。

梁水一把打开她的手：“手脏死了。别揉眼睛！”

苏起抬眼看他，泪汪汪的：“那怎么办呀？”

梁水板着脸，抓了抓头发，说：“我带你去那头江边洗一下。”

不远处有一堆乱石，江水翻涌。

苏起点点头，跟着他走。她脚上没了鞋子，走在泥巴地上还好，一上礁石，就疼得放慢了脚步。

梁水一声不吭，忽然回身，单手搂住她的腰将她抱了起来。

苏起条件反射地箍住他的身子，被他夹抱着前行。他快速走到江边，将她放到一块大石头上。她裤筒都是脏的，不敢蹲下，人也呆呆的没有反应，着实被吓蒙了。

梁水蹲在她身旁，牵住她的手，把她轻轻拉得弯下腰，将她的小手和袖子浸在清凉的江水里洗。

她手指上、指甲里都是泥巴。

梁水低着头，给她揉着搓着，女孩的手又细又软，像小孩子的手。他刚才还有些焦躁的心又莫名平静了下去。

洗着洗着，吧嗒，吧嗒，几滴眼泪掉在梁水手背上。

他仰起头看她，她嘴巴瘪成一条线，睫毛湿漉漉的，他轻轻一叹："我刚又不是真的想凶你，这有什么好哭的？"

她哽咽："不是你。"

他明白了，又说："已经没事了。别怕了啊。"

他在江水中摸了摸她的手指，说："我小时候就说吧，你是个好哭鬼，你还不承认。"

吧嗒，吧嗒，吧嗒，吧嗒。

她不作声，眼泪掉得更凶。

"……"梁水拿她没办法，叹，"好好好，你不是你不是。我不说了总行了吧，别哭了啊。"

他把她的手和袖子洗干净了，轻轻托一托她的手，她站起了身。梁水仍蹲在一旁，抓住她的小腿往更低矮的石头上轻推一把。

苏起乖乖站过去。

江水翻涌，冲洗着她的裤腿。

苏起呆站在石头上，梁水蹲在她脚边，一只手紧抓着她的一只脚踝，生怕她被江水冲走似的，另一只手往她裤子上泼着江水，给她洗裤腿。

她的裤子内侧、小腿上的泥巴太厚，跟涂的糨糊一样。他很认真，很耐心，一遍遍拿手搓着揉着。

污泥顺着涌动的江水慢慢散开，起先她的周围全是泥水，渐渐淡了。污迹泥块越来越少，他仍是一丝不苟，把她腿上的泥点小斑都抠得干干净净。

苏起低着头，看着蹲在脚边的梁水，看江风吹着他的黑色短发，她忽然就不哭了，慢慢止住了眼泪。

抬起头，天地辽阔，风筝飞舞。

洗完了，他叫她坐在石头上，把她的脚丫子也洗干净了，洗得白白嫩嫩的。她还是有些愣怔迟钝，没什么反应，乖乖任他处置。

最后，梁水又把她的裤腿用力拧干了几道。

他忙活了一个小时，天上的风筝越来越少，要回校了。

梁水拧着她裤腿上的水滴，抬头看她，见她小脸还是蒙蒙的，问："好了吗？"

苏起机械地点点头，抹了下脸上风干的泪痕。

梁水把她的裤腿抻了一下，弄平整，说："行了。"

苏起转身走，梁水却一下抓住她的脚踝。

她低头，梁水已脱下自己的鞋子，握住她的脚一提，苏起没站稳，慌忙将双手摁在他肩膀上，下一秒，他已将她的脚塞进了鞋子，又给她穿好了第二只鞋。

他这才站起来，说："走吧。"

苏起不吭声，小心踩着凌乱的石头前行。他的鞋子像条船一样大，晃悠悠的，鞋子里很温暖，还有他的体温。

她嘀咕："你怎么知道我掉进泥巴里了？"

梁水没答话。

他不好说，他一直都在看她的风筝，直到她的风筝忽然断了线飞远，他才好奇地过来找她。

他光脚踩在碎石上走了，苏起想，他的脚心很疼吧。

她默默跟着他，走过碎石、滩涂、草地，回到集合地。同学们都很开心，拿着风筝热情讨论着，没人注意到梁水没穿鞋，也没人注意到苏起的裤子全湿了。

只有张余果往这边看了眼。

语文老师点了人数，带大家往回走。

苏起穿着大了好几码的鞋子，走在碎石子遍地的山路台阶上，前头不远处，梁水插着兜，光着脚，淡定地爬着台阶，一副无所谓的样子。

哦，他的风筝早就不知道飘到哪里去了。

他的裤腿也湿了，有条裤腿后面还沾了厚厚的泥，但他忘了洗。

光着脚的梁水走路也仍是平时那副散漫松垮的样子。

她的心突然温柔地放松了下去，像被秋风中的芦苇花拂过一样。

水砸真好，和他做朋友真好。

她想她还是会喜欢水砸的，像小时候一样喜欢他，一辈子。

“唧啾啾啾，懒虫起床！懒虫起床！”

梁水从被子里伸出一只手，“啪”地摁停了床头的孙悟空闹钟。他保持着摁闹钟的姿势，呼吸急促而凌乱，脸埋在枕头里，好半天没有动静。露出的半截脸颊通红，红到了耳朵根。

“嗯——”少年鼻子里呼出沉沉的一口气，翻身平躺在床上，望着天花板出神。

被闹钟叫醒那一刻狂热的脉搏没有半点平复，此刻一颗心在胸腔里怦怦乱撞，而内裤里的湿热黏稠更是叫他羞耻不已。

“苏落我杯子呢！”苏起的叫声从隔壁传来，梁水猛的一个激灵，脸红如血，一扭头将脑袋扎进被子，又烦躁又慌乱又羞愧，无处发泄地在被子里猛蹬了几下腿，闷哼：“啊——”

他最终还是起了床，红着耳朵，洗了内裤。

苏起在外头叫：“水砸！你今天怎么慢得跟蜗牛一样？”

梁水拎着单车走出门，余光瞥见她便立刻弹开，他看都不看她一眼，骑上车。

苏起说：“水砸，今天会下雨欸，又冷。我们坐车吧。”

梁水一声不吭把车拎回家去，仍是不正眼瞧她。

苏起纳闷，问路子灏：“他怎么了？”

路子灏：“没睡醒吧。”

苏起：“哦。”

梁水听见他俩对话，心虚，再出门时，耷拉着眼皮，一副没睡醒的模样。

出了巷子，走上大堤，江风冷冽，吹散了梁水面颊上的热意。

苏起跟路子灏聊着天，像往常一样叽叽喳喳，眉飞色舞的。

他忍不住瞥她一眼，少女的侧脸光洁清秀，小小的弯弯的耳朵如玉琢一般。

梁水心头一磕——梦里他亲过她的嘴唇，她的脸颊，她的耳朵，那柔软滑腻的触感似乎还在唇边，这一想，腹部又是莫名一热。

他做贼般立刻移开眼神，又烦躁又无措更无辜，怎么会做这种梦？！

真不要脸！

他无意识地皱紧眉，难堪极了。

苏起扭头见他这模样，道：“水砸你不舒服吗？”

梁水一愣，匆匆对上她关切的目光，心跳得更加厉害，慌乱移开眼神：“没有。”

苏起凑过来：“可你脸特别红，是不是发烧了？”她碰了下他的脸颊。

女孩的手指冰冰凉凉，他触电般弹开：“别碰我！”

苏起一怔，梁水反应过来，缩了缩脖子，故作嫌弃说：“你手跟冰块一样。”

苏起于是冲自己手心哈了口气，问：“你是不是昨天晚上没睡好？做梦了？”

梁水跟踩了尾巴的猫似的，烦躁道：“你话怎么这么多？！”

苏起冤枉：“我关心你啊。这次是你先发的脾气！”

路子灏哀叹："怎么又吵起来了？"

苏起："他一早上就发神经！"

梁水绷着红彤彤的脸，快步走到前头去，边走边把外套帽子套在头上，低头遮住了侧脸。

苏起只当他没醒发起床气，翻了个白眼。

上了公交车，两人互不搭理，梁水拉着吊环，眼神放空望窗外；苏起抓着扶杆，面无表情鼓着嘴巴。

中途停车，车门打开，冷风涌进来，吹得苏起的长马尾在风中飞扬。梁水看着，忽想起梦中她的长发是散落的。

他又是怔了一怔，猛又抬起头逼自己深呼吸，疯了疯了！

汽车晃荡着到了云西一中。学生们陆续下车，脖子缩进围巾里，迎着寒风往校内走。

苏起从后门跳下车，一个没站稳："啊！"

正下车的梁水伸手抓住她手腕，将她一提，化解了一次摔倒。

苏起后怕地拍拍胸脯，看向他的眼神亮了一亮，无声地表示感谢。

片刻前的小矛盾便如烟云般消散。

梁水鄙视："眼睛长了当装饰的，走路不看路？"

苏起吐舌头："就不看。"

刚进校门，有人从苏起身边跑过，不小心擦了下她的肩。

"对不起。"那人急匆匆道歉，看见苏起的一刻却愣住，脸上一瞬写满惊喜，"是你？你也考来一中了？"

那是个模样清秀的男孩，但苏起对他没有任何印象，眨巴了下眼睛。

梁水也奇怪了。

对方盯着苏起，很激动："你不记得我了？"

苏起尴尬地摇了摇头。

"我也是实验中学的。打桌球那个，你帮过我啊，你不记得了？"

"啊——"苏起想起来了，"是你呀！你也考来一中了？"

"你想起我来了？"男生开心极了，"我在 15 班。"15 班是重点班，在苏起楼上。

“哇，真厉害。我在 13 班。”

“那隔得太近了。”男生已放慢速度，跟着苏起并肩往教学楼走，“我一直没来得及跟你说声谢谢。你太……”他挠了挠头，搜刮了半天的形容词，最终羞赧地说，“你太好了。”

“没有啦。只是随手帮个忙。”

“我特别感谢你，真的。”男生说着放下书包，掏出一瓶水晶葡萄汁，说，“送给你喝。”

苏起本想推辞，但他实在太热情，她便愉快地接受了。

他开心地背起书包，问：“你叫什么？”

“苏起。”

“苏琪？王字旁？”

“不是，起来的起。”

“哦，苏起。”男孩由衷地夸赞，“名字真特别，真适合你这样的女孩子。对了，我叫欧阳李。”

“哇。我第一次见到复姓的人。你妈妈姓李吗？”

“对啊。”

两人一路聊着走上楼，梁水插着兜跟在身后，时不时打量欧阳李一两眼。但欧阳李没注意到他，目光始终热切地聚焦在苏起脸上。

苏起也没注意到他，她真诚而开心地和她的新朋友交流着，神采奕奕。或许刚在户外吹了冷风，现在进了楼梯间，她整张脸变得红扑扑的，眼睛也亮闪闪的。

梁水抿了下唇，眉心不经意蹙起，跟着她走上四层，结果那家伙居然忘了和他打招呼，就跟那个叫欧阳李的人一起走了。

梁水忍了忍，叫她：“苏七七！”

苏起正跟欧阳李讲话讲到一半，回头：“啊？”

她拿眼神问：有事？

梁水说不出话来，他总不能说你没给我打招呼就走了，憋了两秒，说：

“你头发乱了。”

“哦。”苏起眯眼一笑，摸摸头发，和欧阳李聊着天走了。

梁水踱步到自己教室门口，再度扭头看了眼她的背影，莫名气不太顺地进了教室。

“烛之武退秦师。晋侯、秦伯围郑，以其无礼于晋，且贰于楚也——”梁水兴致恹恹地翻动着语文课本，无心背诵。

像是过了漫长的一天，早自习下课铃终于响了。同学们有的从课桌里翻出从校外带进来的早餐，有的去食堂吃早饭。

梁水和几个同学往食堂走，出了教室后门，大家要走就近的楼道，梁水说想去趟厕所，一行人于是往13班那头的楼道走。

经过她们班门口，梁水寻常和朋友聊着天，眼神无意往教室里头瞟，瞥见了苏起。

她将展开的书本反压在桌上，双手端正地放在书上，仰着脑袋，认真地背诵课文。她眼睛睁得大大的望着天花板，嘴巴慢慢念诵着，还不时轻轻点几下头，仿佛这样子就能努力挤出课文似的。

梁水正跟朋友讲着话，莫名就扬起一丝笑意，他从一扇又一扇的玻璃窗前走过，直到余光再也看不见她了。

转过楼道时，他又无意透过后门看了眼她的背影，她束着高高的马尾，随着背诵时的摇头晃脑，长发调皮地在她肩上晃来晃去，只一瞬，就不见了。

他心情不错地吃完早饭，去小卖部买了瓶鲜橙多，瓶子在手上抛来抛去，脚步轻快，一步三台阶地上了四楼。

他快步走向13班，胡乱想了个理由——别人给他的鲜橙多，他不想喝，勉强丢给她算了。

这理由真不赖。他挑了下眉梢，正要走进13班，脚步猛的一刹。

欧阳李也在。

他坐在苏起前边的座位上，正给她讲题目。苏起眉心紧蹙，拿笔在稿纸上写写画画，欧阳李也在稿纸上画着，两人的笔尖碰缠在一起。

梁水在门口定了一秒，瞬间拔脚走向后门，脚步却不自觉慢了下去，恐怕也没意识到自己脸上的光芒也暗淡下去。

他从后门进去，走到程勇桌旁，说："干吗呢？"

程勇正看漫画书，笑道："哟，你怎么来了？"

梁水淡笑："刚好经过。你看什么呢？这么认真。"

程勇说："我跟你讲，这本漫画特别好看，《海贼王》，讲的是一个想当海贼……"他滔滔不绝讲起了漫画剧情。梁水听着，嘴角含着礼貌的淡笑，慢慢点头，眼睛一瞬不眨盯着他，仿佛对剧情很感兴趣。

可他眼角的余光却不自觉瞥向教室前边的苏起和欧阳李，想听他们讲话。但他听不太清，直到某一刻，苏起"哇"的一声，语气崇拜："好厉害！"

梁水深吸了一口气，忍在胸腔里。

那头，欧阳李笑起来，低头继续给她演算，苏起也认真趴在一旁，两人的脑袋就差没碰到一起了。

梁水无意识地转着手里的鲜橙多，手一松，瓶子差点儿脱手，他猛回神把瓶子抓了回来，程勇笑眯眯看着他，说："怎么样，剧情很精彩吧！"

梁水点了点头，说："嗯。很精彩。"

程勇很热情："要不要我借给你看？"

梁水只好收下，又把手里的鲜橙多递给他，说："这个送给你喝了。"

"谢了。"

梁水拿着《海贼王》走出门去，隔着窗棂，看了苏起几眼，收回目光。

他回到教室，瘫在座位上，心不在焉地翻了几下漫画书，觉得哪里都不太自在，但又说不清楚到底是哪里。

下午上课上到一半，正值深秋，教室窗户紧闭，空气沉闷，叫人昏昏欲睡。他有些打瞌睡，正迷糊着，忽然想起昨夜梦里的画面，人又打了个激灵。

梁水低头捂了下眼，早晨那种羞耻如做贼的心虚感退散下去，此刻涌起一股说不清道不明的惆怅，跟旧屋角落扯不干净的蛛丝网似的。

下午的课上完，梁水不想去吃饭，约了几个同学去打球——正好，让他肆意发泄一番。

苏起吃完晚饭，和刘维维绕到篮球场散步，就见某个篮球场旁围满了人，女生数量还不少。

苏起以为打比赛呢，挤进去一看，正好看见梁水持球进攻，一个假动作晃过防守队员，背身一转拿球，迎着另一个起跳的防守球员，高高跃起，嚣张地将球砸进篮筐。少年身姿舒展而洒脱，轻松落下，唇角扬起一抹张扬的笑。

场边一片喝彩声。

他又戴上那黑色的发带了，额头饱满，黑发飞扬。

苏起一时目不转睛，蓦地想起了初中时的他。

刘维维戳戳她肩膀："哇，好帅！"

正看着，梁水方再度发起进攻，男生们涌到这边半场来，苏起正看得眼花缭乱，就见一个男生举着篮球朝这边一抛，可他队友跑位错误，忽然露出空当，那球直直朝苏起砸过来，她愣愣的还没反应，几米开外的梁水就冲过来，一手将球打飞出去。

苏起惊魂未定，梁水已刹停在她跟前，他满头汗水，喘着气："没事吧？"

她赶紧摇了摇头。

梁水跟旁边一个男生说："你上吧。"就把自己换下来了，再看苏起，说："你过来。"

"哦。"

她以为他找她帮忙，跟他走到球场边，他却从篮球架下捡起一个篮球，问："想学吗？"

苏起眼睛一亮："现在？"

"嗯。"

"好呀。"

苏起扭头准备找刘维维，梁水说："我不教你同学。"

苏起："……哦。"

刘维维在几米开外冲她招招手，示意她要继续看球赛。

梁水带她走到一个空场，把衣服挂在篮球架上。他走到球架下，拍了两下球，说：“拍球要用五指发力，就很容易拍起来。”

苏起试着拍了两下，并不太熟练。

梁水说：“体育课多试几下就好了。”

苏起蹦了下：“教投篮吧，我对投篮比较感兴趣！”

梁水本想说学篮球应该从拍球开始，但……算了，她说怎样就怎样吧。正好，他可以演示给她看——

他拍打篮球一两下，举球轻轻一投，篮球轻松入筐，坠落而下；他追上去，揽球入手，跑动着拍打几下，转身又是一个投篮，入筐。他再次接住球，拍打着跑到三分球线上，潇洒一个跳跃投球，再度入筐。

一连串表演如行云流水。

苏起看得眼睛亮光闪闪，梁水瞥见她眼神，心情不错地把球捞回来，递给她，说：“你先不用跑，原地试着投几下，找下感觉。可能一开始不会进——”

话音未落，苏起抱起篮球，蹦起来一投，篮球砸进球筐里。

梁水：“……”

苏起开心地跑过去，捡起篮球，跑回罚球线上，又蹦起来一投，入筐。

梁水：“……”

苏起哈哈笑：“也不是很难嘛。”

梁水无语：“这叫新手运气，懂吗？”

苏起哼一声：“这叫我很有天赋。”说着，举球就要投，没想到梁水忽然平移到她身前，一抬手将她手里的篮球打掉了。

苏起：“哎呀！”

梁水几步将篮球追回来，拍打两下抛给她，挑着眉梢：“来，投啊。”

苏起不信邪，绕过他就要投篮，他轻松而敏捷地移身到她面前，单手一打，她球又丢了。

梁水这下得意了，笑得露出一口白牙。

苏起叫：“不算。”

梁水拍着球：“怎么不算？谁打球没对手？”说着，把球往她身前一拍。

苏起赶紧把球接住，抱着篮球想了想，往左边挪了几步，梁水站在原地，想笑却不笑地看着她，她感觉不对，又往右边挪了几步，梁水还是优哉游哉地睨着她，颇有敌动我不动的淡定架势。

往复几次，梁水感觉好笑："你在跟我表演圆规画圈圈呢？"

话音未落，苏起自认逮住了他注意力松懈的空当，不绕圈进攻，也不迎面冲刺，她直接起跳投篮，篮球顺利从她手中飞跃而出；可没承想梁水忽然启动，朝她冲来，迎面高高跃起，竟飞到半空中挥臂将篮球拍飞，人一落地惯性之下直冲她而来。与刚起跳落下的苏起正正撞了个满怀。

他惯性太大，没刹住车，眼见要把她撞倒，他单手搂住她的腰，抱着她往前小跑了几步才刹住。

苏起被他揽着连连后退，只觉人被笼着，扑面全是他的气息。好不容易站稳了，心却乱了。

两人都有些蒙，立刻互相松开对方，对视一眼，又匆匆移开眼神。

梁水抠了下发带，低声："你没事吧？"

苏起连连点头，眼睛不看他："啊，球滚到看台那边去了。"

梁水过去找球，苏起忙不迭转身小跑向篮球架，连连拍了拍剧烈起伏的胸口，正大口深呼吸呢，见欧阳李在一旁的田径场上跑步，他刚好跑过来，见了苏起，说他跑完这圈准备回教室学习，要不要他给她讲数学题。

苏起今天下午发了数学卷子，有几个大题错了还没改呢，就说好。

梁水拿着篮球走过来，见欧阳李边跑边跟苏起打招呼："过会儿见！"

苏起说："我马上回教室。"

梁水问："不玩了？"

苏起说："我要找欧阳改卷子。"

"欧阳？"梁水不爽她对他的称呼。

苏起不解："对啊，他姓欧阳，你忘了？"

梁水面无表情："嗯。忘了。名字太难记。"

苏起没听出他说反话，自言自语："多好记啊这个复姓。"她快速穿上外套，说，"你先玩吧，我回教室啦。"说着也不等他，就跑掉了。

梁水拍了几下篮球，骤然没了兴致。他穿好外套，把球还回去，去食堂吃了晚饭，回教室时从13班那道楼梯走，经过她们班，就见欧阳李还在给苏起讲题，两人凑在一起，讨论得很认真的样子。

梁水冷淡地瞥一眼，收回目光，回到自己教室，翻出运动包去隔壁体校训练。好不容易打了场球，心气儿顺了点儿，现在又堵上了。他感觉今天能跑一百圈。

背着运动包去冰场的路上，他想了很久，他不喜欢那个叫欧阳李的人，具体也说不清，但直觉告诉他，他不是个好人。

他想，苏七七应该会很快意识到这一点。

但事情的发展完全出乎他的意料。

不过一个星期，欧阳李就成了苏起的好朋友。而且，他和他们所有人都不同，他格外特殊——他总来给苏起讲题，早自习后，晚自习前，他会带着苏起一起学习。

上学放学路上，苏起跟伙伴们的聊天话题也渐渐从十字绣、钢琴、速滑、画画、刘维维、孙燕姿、林俊杰、中华小当家，变成了欧阳李。

欧阳李英语成绩很好，所有单词都背得出，选择题读一遍题目就能凭感觉选出正确答案；欧阳李数学成绩很好，教给她的解题方法一目了然，林声可以一起来跟着他学习；欧阳李物理成绩也好，公式记得住，原理也能举一反三。

初冬的夜里，下了晚自习，苏起走在堤坝上，冷风吹得她的脸有些苍白，但她很兴奋，说得停不下来，呼出的热气像棉花团团散去。

她开心地对梁水说："水砸，我怀疑他能计算出你跑步的加速度和时间，哈哈。哦，还有离心力和向心力。"

现在，他们知道离心力和向心力是什么原理了。

他们不再是幼时只会抱着转圈圈却说不清楚的小学生了。

梁水一声不吭，沉默了一路。直到走下坡道，江风被堤坝拦住，小了不少。他不咸不淡地说："是吗？"

"是啊。"苏起说，"下次我可以带他去看你训练，给你计算计算。"

梁水寡淡地弯了下唇角，说：“不用了。”

他语气太过冷淡，苏起兴致稍减，奇怪看他：“为什么啊？”

梁水意识到自己态度不太好，转圜了一点，说：“我不喜欢别人看我训练。”

苏起抠抠围巾，纳闷：“那我经常去看你呀。”

梁水心里有些生气，语气却平淡，问：“你是别人吗？”

苏起想了想，又说：“欧阳也不能算别人。他是我好朋友。再说他人很好。真的，你跟他熟了就知道了。”

老子才不想跟他熟！

梁水咬了下牙不说话，觉得刚才呼吸太沉，一口气噎在了胸口，凉飕飕的，还闷得很。

一旁，路子灏说：“你天天欧阳李欧阳李的，感觉他都要超过我们了。”

苏起叫：“怎么可能？瞎说。”

“是吗？”路子灏说，“你以前总是水砸水砸，现在都是欧阳欧阳。水砸的地位一落千丈。”

梁水甩了路子灏一个白眼，却莫名地很想听苏起回答。

苏起看他一眼，梁水：“……”

他一副无所谓的样子移开眼神。

苏起笑：“水砸是可有可无的。”

梁水不说话，知道是玩笑，但心在下坠，却听她下一秒爆笑着抓了下他的衣袖：“怎么可能呢？我跟水砸都认识十几年啦。”

梁水抖了下手臂，抖开她的手，嫌弃：“不熟。”

话虽这么说，内心却愉快地算了笔账，他跟苏起认识快十五年了，认识那个欧阳李才十五天。他不是数学很好吗，那就用数学算，他在苏起心中的分量还不如他一根小指头。

这么一想，他又挑了下眉。

回了家，脚步轻快地上了楼，他看到那一帘千纸鹤，心情不错地拨弄了一番——苏七七送了我几百只千纸鹤，那个叫某某某的，一只翅膀都没有。

南江日常

梁水：“你上次是不是说梦见凯特·温斯莱特了？”

同学：“对啊，最近又梦见了。”

梁水：“哦。”

同学：“怎么突然问这个？”

梁水：“没什么。”

同学：“嗯。”

梁水：“那个……”

同学：“啊？”

梁水：“梦……梦见她在干吗？”

同学：“嘿嘿，还能干吗？就她跟杰克在马车里那段。我觉得梦里她的身材比电影里还好。”

梁水：“哦。”

同学：“怎么了？”

梁水：“没怎么。你梦见过认识的人吗？”

同学：“有啊。”

梁水：“谁？”

同学：“就我上次跟你讲的，我喜欢的那个女生。”

梁水：“……”

同学：“不许跟任何人讲啊！当你是兄弟才说的。”

梁水：“知道。你就没梦见过不喜欢的人？”

同学：“这……这种梦，不喜欢我梦见她干吗？”

梁水：“……（一头扎在课桌上）”

同学：“你怎么了？”

梁水：“……”

Chapter 17

长大 = 责任

十二月底又一波冷空气来袭，云西本就严寒的气温一降再降。

早上六点，天还没亮，苏起钻出被窝那一刻，顿觉寒气侵袭，手脚冰凉。

她悲伤地在被子里打滚，哀叹："不想上早自习！"

没人理她。

由于天气太冷，程英英也不起来给她做早餐了，照例用两块的早餐钱和三块的晚餐钱打发她。

连苏落都睡得香喷喷的——今天是周六。

但高中生没有周六日，他们每月才放一次月假。

苏起折腾了几分钟，耷拉着眼皮起了床。

冬季冷风肆虐，她洗脸刷牙时，听见风吹着天花板上的油毡布起起落落，仿佛要把这间小平房掀倒似的。她叼着牙刷看看四周，墙壁上的白色涂料层已斑驳脱落多处，露出底下灰灰的水泥面。

前屋里，程英英咕哝："康提准备把她家房子简单修整一下，到时我们也跟着弄一弄吧。"

"行。听说她在城东新区买了块宅基地，准备盖别墅了。"

程英英说："那块地皮两万多呢，盖房子估计还得花个三四十万。"

苏勉勤琢磨着，道："我们哪天也去看看吧，是得想想搬家的事儿了，不能一直住在巷子里。这块越来越破，再说孩子大了，以后更住不下。"

苏起整装完毕，出了门。天空灰白，北风萧瑟，屋檐上的红瓦片早在经年累月的风吹日晒中褪色了，整个巷子萧条无比。

梁水戴着手套，裹着围巾，站在屋檐下望天。

听见开门声，他回头看过来，面颊干净，眼神清亮，冲她扬了下眉。

苏起揪揪眉毛，困困地说："今天太冷了，不想骑车。再说，感觉要下雨的样子。"

梁水耸了下肩，说："那就搭车吧。"

另外三人都没有异议，一行人缩在棉服里，被肆虐的江风推着往前走，背后凉丝丝的。

苏起忽然问："水砸，你要搬家了吗？"

其他小伙伴也有听说情况，都好奇地看过来。

梁水转眸盯着她看，反问："你不想我搬走？"

苏起愣了愣，理所当然的语气，说："我当然不想你搬走呀，我们大家都不想你搬走。"

梁水唇角勾起一丝愉快的弧度："房子建起来要一两年，高中毕业前不会搬的。再说，李凡妈妈也准备在园丁新村买单元房，不过那里离一中远，暂时也不会搬。"

李枫然点了下头。

路子灏叹气："我爸妈也在说买房的事，现在云西建了很多新楼房，可我一点都不想搬走。我最喜欢南江巷。"

林声说："我也是。要是搬了新家，也想离得近一点。"

"我也希望。"路子灏说，"真不想分开啊。"

几个人议论着，上了公交车。

今天天气太冷，加之他们几个出发得早，车上人不多，还有四个空位。

大家都坐下，梁水独自站着，靠在苏起的座椅后背旁。苏起趴在前排的座椅后背上，看路子灏绣十字绣。

上次梁水找苏起要十字绣的事，路子灏当了真。

马上要圣诞节了，他买了五个一模一样的圣诞树十字绣，说要绣五个钥匙扣分给大家，算是他们的友情信物和纪念。

上初中那会儿，他们还不太熟悉圣诞节的概念，但高中忽然流行起来。学校外的精品店橱窗上画满了圣诞树和圣诞老人，到处用雪花喷雾喷写着“Merry Christmas”。

路子灏正绣的这个是苏起的，他在角落里绣上了 SQ。

苏起趴在靠背上，歪脑袋：“水砸和声声的首字母缩写一样，怎么区分呀？”

路子灏说：“给水砸的 S 大写，声声的小写。”

“哦。”苏起嘀咕，“我发现你们四个人的姓，首字母都是 L，就我一个人是 S，哼。”

路子灏教她：“你以后跟一个姓 L 的人结婚，你就是 L 苏氏。”

苏起转着眼珠想了想，哈哈笑起来：“好吧。”

苏七七会嫁给 L 姓氏的人吗？

他姓梁。而那个姓欧阳的显然没戏。

梁水弯了下唇角，他靠在椅背上，随着车身慢慢晃荡着。他微低着头，看着苏起叽叽咕咕和路子灏讲着话。

上学路上的无聊时光，莫名竟有些惬意了。

汽车停靠站台，一群同学挤了上来。一个男生走在最前边，看见路子灏，忽然笑起来：“路小号又在做女红啦，哈哈。”

路子灏只当没听见，不搭理他们，专心玩着手里的花样。

苏起见他是上次那个董方，气势汹汹回了句：“关你屁事！”

董方脸色骤变，提高音量，说：“你再说一句？”说着就要抵上前来，梁水一侧身，人挡在苏起面前，握着那人肩膀轻轻一推：“你再说一句。”

清清淡淡的语气，平平静静的神情，却透着一股说不出的冷厉。董方是个欺软怕硬的，居然什么也没说，走到车厢后边去了。

梁水回头俯视苏起，她两手抓着椅背，脑袋趴在手上，大眼睛巴巴看着他，一副惹了事的不好意思的神情，冲他吐了吐舌头，做口型“谢谢水砸”，然后默默鼓起了嘴巴，像一只小河豚。

梁水：“……”

他忽然就很想戳一下她的脸颊，女孩子的脸蛋是什么触感呢？梦里似是……软嘟嘟的。

他移开眼神，随口低声说了句：“你这脾气，是不是找打？”

苏起不服：“有你在，谁敢打我？”

梁水一顿，一时没作声。

苏起也忽然不太好意思，垂眼继续看十字绣去了。

梁水将手插进兜里，重新靠在她座椅边，看了眼窗外。

冬季灰败的街景在窗口流淌，似乎有一片雪花飘过，他忽然想叫她看初雪。“苏——”字的音还未成形，他定睛一看，什么也没有。

好像只是幻觉。

可圣诞节那天真的下雪了，从下午开始，雪花濡湿了整个校园，一直到晚自习第二节课的时候，成了积雪。

苏起班正在上老班的物理课，同学们央求老班，说想去玩一节课雪。鲁老师一开始没同意，结果全班同学扭着身子趴在桌上齐声哀求，就差在地上打滚了。

鲁老师拗不过他们，想着这些年云西逐年雪少，就准许了。

一整个班的人蹿去操场上打雪仗，打到第三节晚自习快结束，才被老师叫回教室。

圣诞一过，2004 年便近了尾声。

很快到了2004年的最后一天，街上却放着一首叫《2002年的第一场雪》的歌。

南江小分队又骑了自行车上学——那晚每个高一班要开新年晚会，到时上街买东西什么的，单车比较方便。

梁水骑着车从凋落的枯木和萧瑟的街道上穿过，时不时瞥一眼苏起。

她骑行在他身旁，面容轻松而愉快，耳朵里塞着耳机，似乎哼着孙燕姿的歌。

北风吹着她额前的碎发，毛茸茸的，她迎风笑着，连上学路上也很开心，像一朵小向日葵。

半路上，小向日葵忽然转过头来："水砸，你今晚要表演节目吗？"

梁水没兴趣："不表演。"

路子灏说："我要唱林俊杰的《美人鱼》。"

苏起："哇，真好。你唱林俊杰的歌都很好听。风风你呢？"

李枫然："弹电子琴。"

四个伙伴："……"

也对，不可能搬个钢琴去教室嘛。

林声说："我和几个女生合演节目，她们唱歌，我画画。她们唱完的时候，我把画画完。"

苏起叫："真棒！"又幽幽拿眼角看梁水。

梁水："把你的眼珠子转过去！"

苏起哈哈笑。

新年前夕，按照云西一中的传统，高一新生班级可以用一整个晚自习的时间开元旦晚会，全班同学唱歌跳舞、表演节目、茶话娱乐。

虽然要等到晚自习，但一到课间，同学们就迫不及待开始装扮教室。画板报的画板报，吹气球的吹气球，贴彩花的贴彩花。英文字写得漂亮的则负责给玻璃上喷上"Happy New Year 2005"的雪花图案。

到了下午最后一节课时，整栋高一教学楼的玻璃窗上都是雪花和气球，节日气氛浓烈了起来。

13班的最后一节是语文课，老师走进教室，看着满教室的彩纸气球，笑道："哟，手脚这么快啊？"

有同学叫道："汪老师，晚上来我们班看节目呀。"

"行。我也提前祝同学们新年快乐。"

"为了庆祝新年，这节课不上好不好？！"

老师笑眯眯："想得美。"

教室里一阵哀叹。

老师翻开教案，讲起了课文。

苏起一心二用，边听课边像其他同学一样偷偷拿出新年贺卡。

她买了好多贺卡送朋友。除了四个小伙伴，和班上玩得比较好的同学，还要给王衣衣寄，一共有二十五张呢。

语文老师讲课讲到一半，放下教案，笑道："看来，是没人听我讲课了。"

五十多个学生齐齐抬头，不好意思地哈哈笑。

老师叹："行吧，还有半节课，交给你们写贺卡吧。都写得有文采点儿，听见没有？"

同学们欢呼："好！"

老师也怡然自得，在通道里穿梭，看孩子们写贺卡。

"刘维维，苏起。"老师点了名，"怎么上高中了写字还用尺子比画啊。"他抬起头，跟全班同学说，"这习惯都得改啊。以后我检查作业，谁写字用尺子比着，当心我拿尺子敲手板。"

苏起收掉了尺子。这习惯从初中学的，一时半会儿没改掉。但老师说不好，她就改呗。

一节课就这么过去了。

下课铃一响，班级热闹起来，同学们全开始搬桌子——他们把桌椅搬到四周，围成圆形，给教室中间留出表演空地。几个字写得漂亮的同学开始画教室前头的主黑板，写"新年快乐"的字样。班长和团支书则去采购晚上整个班级的零食水果和饮料。

整栋楼忙得不亦乐乎，林声负责了他们班前后的黑板，连晚饭都没时间吃；梁水和李枫然也参与了黑板画——他们字写得很好看。

时值深冬，下午六点天就黑了，教学楼里亮堂堂，像个涂满了彩色涂鸦的玻璃灯笼。

晚自习铃一响，各班开始了班级跨年晚会。

苏起和刘维维挤在一张椅子上，桌上摆满了分发的零食饮料。

英语和数学课代表拿着两筒纸礼花“砰”的一抽，班长和团支书在纷飞的礼花中走到场地中央，充当主持人，宣布晚会正式开始。

同学们什么都不管，先喝彩鼓掌为敬。

第一个节目是小品，由班上两个贫嘴的男生女生表演，完全照搬赵本山和宋丹丹的《昨天今天明天》。两人拿粉笔把头发涂了一头灰，穿着爷爷奶奶的老旧衣服，操着一口蹩脚的东北话。虽然全是些耳熟能详的梗，但还是逗得全班同学捧腹大笑。

有的同学笑得拍桌子敲椅子，往场地中央扔徐福记或阿尔卑斯糖果，表示喜爱和支持。

小品在一阵欢笑和掌声中结束，晚会气氛嗨了起来。

接下来有诗歌朗诵、男声合唱、女声合唱，徐景还表演了一段二胡。

张可欣唱歌很好听，唱了一首飞儿乐队《我们的爱》。那首歌可流行了，小卖部电视里播放的 MV 感动了好多人。全班同学啃着橘子嚼着口香糖跟着她合唱。结果——明明很悲伤的一首歌，愣是给唱得喜气洋洋。

张可欣唱完，轮到张余果表演，她准备了一段简单的《挥着翅膀的女孩》舞蹈，跳得中规中矩。由于表演跳舞的女生太少，大家都觉得稀奇，男生们很捧场地喝彩加油。加之大家都会唱，她跳着舞，众人合唱，气氛也不赖。

张余果唱完之后，轮到苏起——她和刘维维几个女生排练了一组韩国热舞。

班长为她报幕：“现在，有请苏起为我们表演韩国街舞，蔡妍的《两个人》。”

同学们原本在闲聊张余果的节目，一听这报幕，纷纷转移了注意力。这段时间最火的一首歌莫过于韩国蔡妍的《两个人》，好多人都买了磁带听，还都在学校门口的店里看过 MV 呢。

很多学生，尤其是男学生，都被那首 MV 画面惊呆了，颇有人生之初体验的启蒙架势。

那是一首很性感的舞曲，不知苏起会跳成什么样子。

苏起起身脱了棉衣，穿一件紧身白 T 恤，配宽筒牛仔裤。高挑纤细而又匀称的身材展露无遗。

她和另外几个女孩走到场地中央，背对众人排好队形。

苏起把其中一只牛仔裤腿卷起来，露出一边纤长的小腿，又把 T 恤掀起来绑在胸下边，露出整段平坦纤瘦的小腹和盈盈一握的细腰。

这下，全班同学都看过来了，悄声议论。

其他几个跳舞的女生不好意思这么干，羞涩地捂脸笑。

苏起却十分坦然，扯掉头上的橡皮筋，潇洒地甩了甩长发。

团支书把碟片放进 VCD 播放机。前奏滚动而出，伴着"NA——NA NA NA——NA NA NA NA NA NA——"的性感女声，就见苏起抱着手，纤细的腰肢像条小水蛇一般扭动起来，翘翘的小屁股随之灵活摆动。

她背身扭着，等前奏一过，迅速转过身，跳起了劲劲儿的舞蹈动作。

整个教室都安静了，同学们都眼睛一眨不眨地看着，谁都没见过这个架势，眼睛都直了。

窗外路过的别的班同学一下子全趴在窗户边往里瞧。

几个喧闹的教室之外，梁水坐在角落里心不在焉嚼着口香糖，他们班一个女生正唱王心凌的《第一次爱的人》，语调很是凄怨——

"总以为爱是全部的心跳，失去爱我们就要，就要一点点慢慢地死掉。当我失去你那一秒，心突然就变老——"

梁水有些出神。

后门被推开，深冬的冷风涌进来，他一个激灵。跑进来一个男生戳了戳他们几个，兴奋道："快去快去，13 班苏起在跳舞，跟韩国明星一样！"

梁水愣了愣，本还想装模作样矜持下，但身边几个男生满眼放光地起身从后门溜走，他也跟着去了。

走廊上寒气袭人，教室里灯火通明，热闹喧天。

13 班教室窗户外挤满了人，全一脸兴奋地盯着窗内。

梁水走到窗外，隔着"New Year"的雪花字母往玻璃里头看，就看见了跳舞的苏起。

她随着快节奏的韩语歌，跳着动感的舞蹈——女孩两只手妖娆地伸向天空，将细细的腰肢拉得掐指可握，腰细臀翘，柔中带力地转圈扭动着。女孩的头发像波浪一样随着她的身体而舞动。下一秒，她忽然蹲下去，两手沿着大腿抚摸上腰部。

这个动作惹得全班同学男生女生都拍桌子尖叫起来。

隔着一层玻璃，梁水不经意间屏住了呼吸，心跳乱了。女孩子的腰竟会有那么细，从侧面看薄薄一层，仿佛一掐就会断掉似的。

那腰肢灵活地扭动着，没露出任何关键部位，却有一种说不出的性感。

她的小脸被灯光点亮，因舞动而红扑扑的。很快，音乐变得有力起来，她的动作也跟着充满力量，呈现出另一种美感。

音乐到达高潮，她抬膝轻轻一跳，甩动着头发，走到场边，领着身后的女孩子们沿着圆圈场地肆意走一遭，她肩膀舒展，甩动手臂，潇洒地跟同学互动起来。

绕场一圈回到中央，迅速摆好队形。

在越来越快的节奏中，她抬起手臂握紧拳头，侧身迅速抖起了腰臀。在全班同学的喝彩声中，她一个转身，猛地抬头，一手伸向天空，完成了舞蹈的收尾。

教室全然沸腾，课代表扎着彩带礼花，同学们纷纷往中央扔糖果扔果冻，拍桌子尖叫："再跳一遍！再跳一遍！"

苏起跳得满脸通红，开心地抹了抹额头上的汗，又略显害羞地吐了吐舌头。

"苏起我爱你！"一个男生扯着嗓子吼叫道。

哄堂大笑。

苏起笑得弯下腰，捂住了嘴巴。

"我也爱你！比他爱！"

"给你给你都给你！我把糖果都给你！"又有人叫。

苏起大方地弯腰谢幕，却又不太好意思地搓搓手，小跑溜回自己座位上坐好，不影响接下来的同学表演。

梁水无意识地后退几步，靠在走廊栏杆上，隔着一段距离凝视教室里头的她。

或许因为太过兴奋，她回座位后并没把棉衣穿上，反而拿了本书扇风，和身边的同学开心地讲小话。

他们班的同学在演唱林俊杰的《江南》："不懂爱恨情愁煎熬的我们，都以为相爱就像风云的善变——"

天气太冷，围在窗外观看的同学们陆续散去。

梁水仍插兜站在原地，好几个表演节目过去了，寒意从脚边侵袭。他却不知为何，还不想走。他自个儿尴尬地抓抓头，觉得留在这儿有点儿蠢，但脚实在挪不动，干脆转过身去，看楼外浓郁的夜色。可仍是难为情得要死，便拿脚来回踢了栏杆好几下。

身后，整栋楼灯火通明，喜悦欢腾，与他无关。他微吸着冷空气，心脏却热烈地跳动着。

走廊上没什么人了，各个班级的窗户里传来阵阵笑声，像一曲新年协奏曲。他扭头看一眼教室，苏起已经穿上外套，一边吃果冻，一边被同学表演的相声逗得哈哈大笑。他盯着她的笑脸看了几秒，也不禁跟着微笑了下。

只是一秒，他又立刻回头看夜色，心跳莫名很快，仿佛再多看一会儿就承受不住了似的。

他兀自无措地挠了挠脑袋，难耐又无奈地低低"啊"了一声，趴在栏杆上赖着不走。

一阵寒风吹来，灌进他口鼻，仍是吹不凉他心口的热度。

可渐渐地，手指冰冷，脸颊微僵了。

梁水往手中哈了口气，终于站直了身子准备回教室。

离开前又看了眼窗内，苏起却不见了。

忽然，13 班教室后门猛地拉开，苏起逃了出来，冲身后的人喷雪花喷雾。她后边一群男生女生拿着喷雾互相喷洒，原来是男生和女生打

“雪”仗。

一条条雪花喷雾飞洒空中。

虽然有多个女生参战，但苏起成了男生围攻的重点对象——这种游戏不就这么简单嘛，被攻击最狠的往往是最受欢迎的。

苏起哪里招架得住，毫无还手之力，只能拿手挡住脸，一转头看见了梁水，立刻朝他跑过来：“水砸救命！”

梁水一愣，条件反射般地朝她伸手，苏起扑过来，抓住他的手臂，迅速躲去他身后，探出一只脑袋来，举着喷雾朝“敌人”们进攻。

男生们穷追不舍，对着苏起直喷，苏起藏在梁水身后，抓着他的袖子他的腰身直转圈圈。

梁水被她抓得原地转，伸开双手挡住她，像护崽的母鸡似的。

苏起借着他的阻挡，成功占据有利地形，“噗噗”几下喷得敌人满头白雪。如此绕了几圈，男生们终于发大招，兵分几路，左右夹击，眼见苏起要被攻陷。

梁水忽然转过身，将她搂进怀里，他用手掌捂住她的眼睛，深深低下头去，用自己整个儿身体将她护住了。女孩的身体软软的，细细的，抱起来竟会是这种感觉——很小心，很忐忑，生怕会把她弄疼似的。他闭紧眼睛，埋头在她脑袋边，听见自己心跳如擂，像从耳朵里要蹦出来。

下一秒，四面八方的雪花喷雾朝他袭来，喷在他头上，耳朵上，后脑勺上，脖颈上。

他不在乎，也不管，只是紧搂着苏起，用自己的身体将她护得严严实实，仿佛那是他俩的密闭空间，没有任何人能闯入。刺鼻的雪花里，他竟闻到她身上的馨香，仿佛幻觉。

他不是不忐忑的，也以为她或许会推开他，但她没有。

她只是乖乖地抓着他腰间的衣服，任他搂着护着。

她什么都没反应过来，就被他的手臂抱住了后脑勺，手掌遮住了眼睛——防止喷雾进眼。她只觉眼前一片黑暗，人就被他揽进怀中。

很黑暗，很幽静，很安全，外界的一切都被屏蔽，与她无关。

少年的怀抱很温暖，很坚实，他的呼吸炙热而急促，喷在她的耳边，撩得她心痒痒。她心跳很快，怦怦怦，仿佛要蹦出去撞上他的胸膛。

或许，或许因为刚才玩得太兴奋了？

她发蒙了，待在他的怀里，一动不动。

直到那群男生喷光手中的武器，如鸟兽散去，梁水才松开苏起，他保持着低头的姿势，头上肩膀上已全是白色的雪花喷雾带。

苏起手忙脚乱地帮他清理，他头低得很低，脸离她很近，她脸有些发烫，却爽朗地笑着说："水砸，幸好有你在，不然我就完蛋了。"

梁水也作寻常的欠扁语气，说："你是不是又手贱招惹别人了？"

苏起笑："过节嘛，欢快点儿啊。"

梁水甩着手上的雪花，说："帮了你这么大忙，怎么谢我？"

苏起刚摘下他头发上几团雪，看着他近在咫尺的俊俏的脸，也不知怎么想的，忽然将满手的雪花抹在他脸上："这么谢你！"抹完哈哈笑着逃往自己教室。

梁水被她抹得满脸白雪，吃惊得愣了愣然后就要去抓她，可她跟小泥鳅似的钻进门缝，老远还冲他吐了下舌头。

梁水在门外指了她一下，示意你给我记住。他转过身去，摸摸脸上的雪，却自顾自扬起了嘴角。

这个跨年夜真不赖。

冷风卷上走廊，他不在户外流连了，擦着脸颊上的雪渍走向教室，半路听见她唤："水砸！"

梁水回头，苏起笑着跑过来，递给他一张贺卡："新年快乐！"

那是一张粉色的新年贺卡，画着满园的鲜花，还有几只立体的蝴蝶在振翅。

打开一看：

2005 年要来啦，希望水砸新年快乐，天天都快乐。

希望水砸速滑取得突破性进步。

希望水砸梦想成真。

希望以后一直和水砸一起过新年。

重点的重点！

希望和水砸是一辈子的好朋友！Forever！

苏七七

2004年12月31日

梁水抬起头，她的身影早已消失。他把贺卡合上，回了教室。

苏起坐回位置上，紊乱的心跳迟迟不得平复。晚会还没结束，班长和团支书合唱起了《七里香》。

苏起不跟同学讲话了，安静地听着他们唱歌："雨下整夜，我的爱溢出就像雨水……"

歌曲真的好神奇，听着曾经听过的曲调，就能将你带回往昔。

她坐在灯光灿烂的教室里，扭头看窗外漆黑无边冷风呼啸的冬夜，却仿佛一瞬间看到了那个播放着《七里香》的绿意盎然暴雨倾袭的夏天。

那个夏天，她喜欢上了一个人。

高一上学期的期末考试，苏起依然是他们班第五名。不同的是年级排位有了变化，从入学时的一百二十多名上升到八十名。

反倒是路子灏，经过中考的意外失利后，成绩并没升起来，仍在年级中游徘徊。

陈燕很担心，又不敢和路子灏讲，便来向程英英取经。程英英说没管过苏起，也不知她是怎么搞的。再说苏起现在也没有太勤奋，照样玩得不亦乐乎，上课还跟小时候一样讲小话，班主任还说过她呢。

只不过班主任很喜欢她，与其说责备，倒不如说是念叨。

陈燕叹："七七从小就机灵聪明，我看啊，她就是脑瓜灵光。"

程英英道："子灏更聪明啊，是不是别的问题叫他分了心？"

"当初就是他爸爸那事儿。孩子就是这样，成绩一垮，就很难再上来。"

"路耀国这几年表现挺不错的，看看是不是别的事，你再观察观察。"

之后程英英去问苏起，路子灏在学校有没有什么不开心的事。

苏起想起他们班男生总取笑他，说他长得太秀气像女孩，说他喜欢男生是同性恋。可苏起不好把这些跟妈妈讲，她知道路子灏不会愿意让家长知道，所以她耸耸肩，说：“没什么呀。”

话是这么说，但是她也很担心，跑去找梁水和李枫然。

彼时，李枫然要去邻市见他的老师——老艺术家何堪庭，正在家里简单收拾行李，梁水反骑着一把椅子，在跟他聊天。

苏起跑进去，把妈妈跟自己说的话转达给了他俩，忧心道：“你们说，路造是不是很受这个影响？”

梁水趴在椅背上，说：“应该是吧。”

“那我们做点什么帮他呀？”

“怎么帮？”梁水转眸看她。

“谁说他坏话，就去警告他。”苏起说，“我都可以去帮他吵架！”

这下，梁水不吭声了。

两个男生都没讲话，沉默地表示着不赞同。

苏起看看梁水，又看看李枫然，道：“你们怎么都不说话？路造是我们的朋友。”

李枫然放下手中的衣物，抬头：“七七，你不懂男生的想法。我们帮不了的，只能靠他自己。”

梁水说：“我们插手，只会让事情更糟。还有你，你要真帮他去吵架，他会变成大笑话。”

苏起一愣，想明白过来了，忧愁道：“那怎么办？我感觉路造自己也处理不好这个问题。”

梁水说：“只能尽量开导他，多陪着他。其他的，真的只能靠他自己。”

苏起揪了揪眉毛，不讲话了。

李枫然收拾好行李，出门了，他要去赶火车。

苏起、梁水跟着他一道出去。

梁水拍了下他肩膀，说：“好好学。”

李枫然“嗯”了一声，忽地停住脚步，说：“我有份琴谱忘带了。”

一摸兜，“钥匙也忘了。”

苏起咧嘴笑：“我妈妈总说我丢三落四的，要我跟你学习呢。”

李枫然：“……”

梁水鄙夷：“啧啧啧，可算让你抓到一回了，尾巴要翘上天。”

苏起瞪他一眼，扭了下屁股：“就翘！”

梁水心痒，没忍住，一脚轻踹了下她的膝盖窝。

苏起差点儿跪下去，他又赶紧伸手拎住她，她气得在他手臂上啪啪啪连打了三下。

梁水被她打得心情愉悦，也不知怎的就是爱招惹她，还做嫌弃状：“说你有暴力倾向你还不信？”

苏起又打了他一下，他也不躲，悠悠笑着让她打，转而又问李枫然：“那你现在怎么办？”

苏起问：“风风你几点的火车？”

李枫然说：“两点。我爸爸下午有手术，应该找不到他。”

梁水说：“去学校找你妈妈拿钥匙吧。”

苏起：“实验中学那么远！”

梁水：“没事，我找路叔叔借摩托车，送他去。”

路耀国听了缘由，借了摩托给梁水，再三叮嘱路上要小心。苏起也围在一旁念叨：“水砸，你骑车注意哦。”

梁水跨上摩托，挺舒畅的，笑问：“这么关心我？”

苏起眨眨眼睛：“你摔了不要紧，别把风风摔坏了。”

梁水变脸：“滚！”

苏起哈哈笑。

李枫然上摩托后座坐好，梁水拧动把手，发动摩托，一溜烟就开上堤坝。

摩托车在大堤上飞驰，吹得两个少年的头发在风中张牙舞爪。

李枫然说：“你什么时候会骑摩托的？”

梁水挺不屑的：“这跟骑自行车不是一个道理吗？”

李枫然默然片刻，问："你是第一次骑？"

"嗯。"

"希望我们不要上社会新闻。"

"……"梁水道，"这就是你对帮助你的人的态度？"

李枫然在风中极淡地笑了一下，没说话。

梁水微弓着身子，看了一眼手表，缓缓加速，说："放心，过会儿送你回来了再送你去火车站，不会错过的。"

李枫然没答，看看四周，说："好久没走这条路了。"

读初中时，五个人每天一起骑车上下学的时光仿佛在昨天，却又仿佛已经很遥远。

高中和初中，似乎已过了好多年。

"以前骑自行车觉得上学好远。现在一会儿就到了。"梁水说着，下坡进了城区。

李枫然有会儿没说话，等迅速过了三个十字路口，他忽然问："去年你从韩国回来跟我说，感觉遇到上限了？现在还这么觉得吗？"

到红灯了，梁水减速刹停，一只脚蹬住地面。

他低头摇了下被风吹乱的头发，说："嗯。"

李枫然没说话，等他继续说。

"我身体素质不够，可能没法支撑再往前一步。要想再进步，很难。"

李枫然一时不知该说什么，却又听他明朗地说："但我从来没打算放弃。"少年的手无意识地握紧了车把手，"还要再冲，至少，还会最后再冲一把。"

"最后？"

"今年夏天，看能不能入国家队。"

李枫然说："加油。"

梁水笑了一下。

李枫然又说："我和你一样。"

这下，梁水回过头来了，眼神诧异："你上次说的时候，我以为你谦虚。”

李枫然淡笑：“没。真的遇到瓶颈了，练到一定程度，手指好像没办法更快更协调了。”他说，“我妈妈希望我成为郎朗那样的钢琴家，但是——”

他的笑容在秋风里有些苦涩。

梁水皱了下眉，说：“你就是李枫然，不是郎朗。你会有你自己的路。再说，除了郎朗，也有很多其他的钢琴家，或许没他出名，但人家也过得好好的，为什么非要当郎朗？”

李枫然沉默不语。

红灯变绿，梁水行驶过十字路口，问：“李凡，你想当郎朗那样的钢琴家吗？”

李枫然抬眸看他，只看到少年被风吹乱的后脑勺。

“我觉得，你要做你特别想做的事，而不是爸爸妈妈叫你做的事。”梁水的声音从风中吹来，“只有做自己想做的事，你才会开心，才会心甘情愿为它一直努力下去。”

李枫然沉默许久，无意识地点了点头。

摩托进了燕山，道路空旷无人，梁水放肆地加速驰骋，北风冰凉扑面，吹得少年的心开阔起来。

车子很快拐进学校。

现在是寒假，校园里没人。梁水冲进校门，沿着坡道一路呼啸着冲到主楼前停下，马达声嚣张极了。

梁水笑道：“爽！”

李枫然：“过会儿保安来抓你。我先跑。”

梁水哈哈笑。

两人下了车，进楼，爬楼梯，跑到教师办公室前。

李枫然还想礼貌地敲一下门，梁水嫌耽误时间，直接推开门，他一愣——

冯秀英老师坐在办公桌前，手里翻着教案，盈盈笑脸上有一抹孩子们从没见过的妩媚温柔；一个男老师站在她身边，斜靠着她的椅子，弯腰指着教案上的内容，他另一只手虚搭在她肩上。

骤然推开的门让两人同时抬头，神色一瞬慌张。

冯秀英脸上的微笑撤得干干净净，语气不稳："你没去赶火车？"

那个男老师立刻收回搭在她肩上的手，忙和她拉开距离，走去一旁接水。

梁水头皮发麻，看了李枫然一眼。

李枫然面无表情，仿佛什么都没看见。他平静地说："我忘收琴谱了，来拿钥匙。"

冯秀英心神不宁地捋了下耳边的碎发，在包里翻找了好一阵，才过来把钥匙递给他。

李枫然收了钥匙，转身就走。

梁水跟着他离开。

两人刚走下一道楼梯，冯秀英追过来，唤了声："枫然。"

李枫然停下，手握着楼梯扶手，几秒后才回头。

冯秀英表情坦然，说："我没做任何对不起你爸爸的事。我希望不管我和他怎么样，都不要影响你。"

李枫然只说："我要赶火车了。"

回去的路上，两人一路无话。

梁水不知该说什么，也知道这种时候最好什么都不要说。

两人回家拿了琴谱，赶去火车站。

苏起还从家里探出脑袋："风风加油哦。"

梁水载着李枫然往火车站去，行驶到半路，他用力挠了挠脑袋，终于干巴巴地说："李凡，你别难过。"

李枫然很平静，说："我妈妈要离婚了。"

梁水一愣："为什么？"

李枫然说："我感觉。"

到了火车站，广场上风很大，吹得两个少年衣衫直鼓。

李枫然下了摩托，拎着自己的小箱子，叮嘱："你回去的时候开慢点儿。"

"嗯。"梁水坐在摩托上，看着他孤独萧瑟的背影，心里有些难受，忽地下了车，"李凡！"

李枫然回头，梁水冲上去，一把将他抱住，用力握了握他的肩膀，说："没事儿。别怕。有我们在。"

李枫然轻轻拍了拍他的肩膀，还是那句话："开车慢点儿。"

梁水跨上摩托，回头再看，少年的背影已消失在进站口。

他望了一眼火车站上方"云西"两个鲜红的大字，映着冬季这阴霾的天空，格外刺眼——他真讨厌这地方。

和李枫然料想的一样，2005年的春节刚过没几天，冯秀英老师向李援平医生提出了离婚。

巷子里其他几对夫妇诧异极了。在他们眼里，李家简直是南江巷最完美的存在。夫妻双方都是高级知识分子，一个救人一个育人，精神层面的匹配就不说了。李医生为人正直和善，乐于助人又有责任心，工资又高又稳定。冯老师呢，有知识有礼貌有涵养，培养出李枫然这样出众的儿子，多好的一个家庭，怎么就能散了呢。

李援平医生不愿离婚，也不肯离。街坊邻居都去劝，尤其是陈燕和沈卉兰，在她俩眼里，李医生是再好不过的丈夫。

康提和程英英虽明白李援平不太顾家，但考虑到李医生的人品，着实可惜，也都劝和。

可冯秀英像吃了秤砣，一定要离，她细数李医生的十大罪状，什么不顾家，不关心她，把家当旅馆，把她当保姆，凡此种种。

李医生也好脾气，低着头一一认错，可话又说回来，让他丢下医院的病人不管，他也做不到。

冯秀英气得要死："你少跟我扯这些冠冕堂皇的，谁叫你丢下病人了？啊？我是个不明事理的歹毒巫婆，让你不管病人？你没错，真的，我不怪你，我就是跟你过不下去了，不喜欢你了。我们都是受过教育的，好聚好散，离了婚也还都是亲人。”

李医生愁苦道：“我不离。我还喜欢你呢。”

这话一出口，差点儿没把冯老师气得笑起来：“你喜欢我个屁！你就是喜欢过这背后有个完整家庭，这家庭不给你添半点麻烦不要你付出，什么都顺着你做你后盾的舒服日子。我跟你讲，以后这日子没了。我算是看透了。”

李医生还想跟她理论呢，可医院来电话了，只得又去加班。

李医生忙，冯老师也忙，两人也没机会凑在一起商量离婚，何况李医生死活不同意呢。

结果扯到春天了，这婚也没离成。

但冯秀英态度依然坚决，就看她跟李医生谁熬得过谁。

李枫然身处旋涡之中，仿佛一切与他无关，他每天照常练琴，上下学，冯秀英对他的管教依旧严苛，没有因为闹离婚而丝毫懈怠。

那天上晚自习前，苏起从食堂回来，经过琴房，听见李枫然在练琴，曲调急速而宏大，却透着一丝悲鸣与凄凉。

她猫在窗边朝里看，他微垂着头颅，坐在黑色的三角钢琴旁，细长的手指在琴键上飞速移动。

少年低着头，额发遮住了眼，仍是那个清瘦而单薄的身影。

苏起不经意蹙了眉，被这悲伤的钢琴曲搞得有些难过。

同行的刘维维却在赞叹：“哇，弹得也太好了吧。”

徐景说：“我觉得他也好帅，还很优雅。”

少女们开心地观摩了一阵，就走了。

只有苏起留在原地，蹙着眉。

一曲弹完，他突然起手，猛地在琴键上砸出一道浑厚激烈的杂音，震音在空气中回荡。苏起心一惊，他极少有这样情绪失控的时刻。

但那浑音终究散去，他手指不轻不重地在琴键上敲下一个尾音。袅袅余音中，他微抬起头，望着天空，也不知在望什么，手指缓缓滑落下去。

琴房彻底陷入安静。

苏起轻推开门，探出脑袋，见他扭头看过来了，冲他粲然一笑：“风风。”

李枫然很平静，说：“吃晚饭了？”

“嗯。”苏起跑进去，和以往一样趴在琴边，“你呢？”

“我过会儿去。”他说，目光落在琴键上，双手重新搭上去，要开始练琴了，却又没开始。

他看了眼琴谱，眼神有些空洞，似乎在看别的地方。

苏起抿抿唇，“咚”一下摁了个琴键，说：“风风——”

“嗯？”他抬眸。

她小声：“你最近是不是很不开心？”

因为家里的事。

李枫然默然片刻，说：“还好。”

苏起说：“你不希望爸爸妈妈离婚吧？”

他说：“正常人都不会希望吧。”

苏起歪头：“我觉得你的爸爸妈妈不会分开，真的，我有感觉。”

“……”李枫然起先没说话，片刻后，微笑了下，说，“你的感觉作数吗？”

“当然。我的感觉很灵的。”

李枫然于是看向她的眼睛，目光笔直，直视着她，苏起迎着他清黑的眼珠，莫名被看得有一丝心乱：“干吗这么看我？”

李枫然说：“你的感觉不是很灵。”

苏起纳闷了：“啊？为什么这么说？”

李枫然却不解释了，随手在琴键上弹了几个清脆动听的音符。

苏起看着他低垂的眉眼，也不知怎么安慰他，忽然说：“风风，我跳个舞给你看吧，好不好？”

这下，李枫然再度抬眸，眼神带了丝好奇。

“嗯——你弹钢琴，我跳芭蕾好不好？啊，我一年多没跳了，不知道还行不行？”她试着立了下脚尖，少女舒展手臂，立了起来，“哇！还行的！”她双眼放光。

李枫然弯了下唇角，轻拨着音符：“你要跳哪支舞？”

“我只会跳老师教过的。”她想了想，“《水边的阿狄丽娜》，你会弹吗？”

李枫然起身掀开钢琴凳，在里头翻找，找出了别人的练习曲，上边有这首曲子。他飞速看了几眼，说：“能弹。”

“那就这首吧。”苏起在一旁压了下腿，初中毕业时，她已经会劈叉了。现在有些退化，但不算明显。

李枫然把琴谱展开，弹奏起来，轻缓悠扬的曲调弥漫而出，苏起迎乐而起，立起脚尖，展开手臂跳起了芭蕾。

少女穿着宽松的校服，却不妨碍她脚尖绷直，舞步轻盈，身段舒展，如水边一只优雅的白天鹅。

李枫然抬眸看一眼黑色的钢琴漆面，就见她立着足尖，一条腿高高扬起，一手向前探，似欲飞去。

夕阳余晖从网格的教室窗户外洒进来，金色的粉尘在光线中飞舞。弹到高潮处，她迅速旋转起来，时而舒展手臂，时而抱于前胸，少女的足尖如立于冰面，灵活而轻盈，她的马尾飞扬，在光线和阴暗的边缘时隐时现。

阳光照在她清透细嫩的脸颊上，粉嘟嘟的。

窗外，经过的学生惊喜地围观。

但谁都打扰不到他们，在那温暖的洒满阳光的琴房里，只有他和她。少年坐在琴边，醉心弹奏着一首曲子；少女辗转流连，忘我地跳着一段舞蹈。

阳光反射在透白的玻璃上，金灿灿晃人眼，将一切光影变得虚幻，竟显得不太真实了。

直到一曲弹毕，最后一个音符落下，李枫然还摁着琴键，眼睛一眨不眨地看着黑色漆面上她的影子。

看着她在一束光中，落脚，弯腰，收臂，做了个完美而优雅的收尾动作。

少女再一抬头，又是那张笑盈盈的脸。

李枫然也冲她笑了。

她开心地跑去他身边，脸颊红扑扑的：“风风，你喜欢吗？送给你的。”

他点头，垂了垂眼睫：“喜欢。”

“喜欢就好。”她道，“你要开心哦。”

李枫然轻声：“嗯。”

这一刻，他很开心。

还要再说什么，窗外忽然有一群人急速跑过，大喊大叫着：“快找老师！”

“找医生！”

“找教导主任！报警啊！”

两人目光一对，摸不着头脑。

李枫然并没有出去一看究竟的打算，准备继续练琴；苏起拉开门，伸脖子张望，一群男生冲过去，慌慌张张的样子。

苏起认出一个是郑云帆，忙问：“出什么事啦？”

郑云帆见是她，立刻道：“路子灏！他把别人的脑袋打破了！”

高一教学楼三层走廊上人声鼎沸，学生们叫着喊着，围在6班教室门口往里看。

苏起和李枫然挤进人群，就见一个男生倒在地上，人已昏迷，他头上校服上、地板上全是血。正是多次取笑过路子灏的董方。

林声拿校服外套堵着董方头上的伤口，喊：“都别围着了，快叫医生！”

路子灏瘫坐在地，双目呆滞；梁水蹲在他身边，一手紧握着他，一手保持着护他的姿势。

董方的血仍汩汩地往外冒，李枫然脱了校服冲上去堵住他伤口，鲜血温热黏稠，渗进他指缝。他和林声对视一眼，彼此眼里都是惊慌。

苏起吓得腿都麻了：“这怎么回事啊？”

路子灏脸色惨白，嘴唇直颤：“我就推了他一下。”

讲台一角鲜血淋漓，应是董方摔倒在地，头撞到了水泥尖角。

苏起害怕地抓紧路子灏的手，他手指冰凉，抖得厉害。

几个男生要去拉路子灏，梁水挡在他身前，吼："谁敢动他一下！"

男生嚷："是他害的，他杀人了！"

梁水冷冷道："老师、警察会调查的，轮不到你们说话！——声声，你摁严实了！"

林声手中全是血，颤抖着直点头："嗯。"

四周乱成一团之际，救护车的鸣笛声响起，梁水抬眸："苏七七！"

苏起立刻起身，拨开人群冲到走廊上，朝楼下大喊："这里！！人在这里！！"

医护人员看见她了，抬着担架冲进楼。苏起驱散同学："别挡住医生，求求你们让条道！"

一些懂事的同学跟着号召大家让道。医护人员顺利上来将昏迷的董方抬上担架送下楼。

救护车飞驰而去，鸣笛声消弭。

路子灏仍呆坐在原地，声音发颤："水子，七七，他会死吗？"

谁都不作声，都吓坏了——董方被抬走时，脸色灰白得跟死人一样。

路子灏吓得连眼泪都不会流了，只是摇头，喃喃："我不是故意的。我就推了他一下，就推了一下。"

话音未落，老师、教导处主任、警察都出现在了教室门口。

教导主任面色铁青，上来就要打路子灏。梁水挡在前头，道："他是不小心推的，是同学打架，失手而已。"

教导主任斥："失手？！董方要出了事，路子灏你就背人命了你！"说着看了一眼围观的同学，吼道，"看什么看？这就是教训！不引以为戒，都是这种下场。全给我回教室去！"

学生们赶紧散开。

警察想跟路子灏聊聊，但他精神恍惚，答不出任何问题。几个民警在同学间走访一圈，了解了基本情况，考虑到路子灏还未成年，暂时不带他去派出所，借了教导处办公室，又联系了家长过来。

晚自习铃响了，梁水他们没法跟着去教导处。路子灏被警察带着往楼下走，不停地回头望梁水、李枫然他们，眼眶里泪水直滚。

苏起上前讨好道："警察叔叔，我们陪他去好不好？"

梁水也央求道："他真的不是故意的，他自己都吓坏了。"

那位民警还算和善，拍拍路子灏的肩膀，说："别怕，你爸爸妈妈很快就过来了。我们会调查的，如果只是意外，不会冤枉你。"

但他拒绝了梁水他们陪同前往的请求。

四人只得目送着路子灏被带下楼。

苏起问林声怎么回事，林声说她也不知道，她上楼时听到有人说路子灏和董方在打架，还没靠近呢，两人推搡着，董方摔到地上，脑袋砸在水泥尖角上，瞬间就昏迷了。她吓得要死，怕他会死，赶忙脱了校服堵住他的伤口。

林声忧心道："你们说，他不会真的死掉吧？"

伙伴们都不说话，这个可能性叫人极度恐慌。

这种恐慌持续了一整晚。晚自习第一节课，全校都没有上课，各班的班主任都通报了这起恶劣事件，严肃重提了校规校纪。

鲁老师说："你们谁要是不想读书，以后就不用来了，别在学校里为非作歹！"

苏起斗着胆子提问："老师，路子灏会被开除吗？"

"看情况。他这行为很恶劣。"

苏起争辩道："如果是别人先欺负他呢？"

鲁老师说："这件事警察和教导主任会调查，你们就别操心了。你们要做的是跟同学和睦相处，不要起冲突动手脚，一个个都是高中生了，还以为这是小学吗！"

苏起不作声了，她担心路子灏的处境，更担心董方的安危。

晚自习一下课，四个伙伴就蹬着单车飞驰去了医院。一到医院，果然南江巷的爸爸妈妈们都在。陈燕已哭成泪人，几个妈妈正围在她身边宽慰。

手术室的灯还亮着，董方抢救很久了，至今没出来。

他的父母也在，母亲似乎哭累了，父亲眼眶通红。

几个民警带着路子灏坐在角落。路子灏深深低着头，看不清表情。

陈燕攥着冯秀英的手不松，哭道："冯老师，求求你了，李医生一定要把那孩子救活，一定要救回来啊。不然我家子灏就完了，完了啊。你是看着他长大的，他不是杀人犯，他真不是故意的冯老师。"

冯秀英拍着陈燕的手背，眼睛也湿了："燕子你放心啊，李援平他一定会尽力的，不会有事的，一定不会有事。"

话虽这么说，可谁都拿不准——人进手术室已三四个小时了。

冯秀英看了一眼陈燕，又看了一眼不远处的董家父母，难受极了。她做教育这么多年，还没遇到过如此危机时刻。她深知这两个孩子、两个家庭的命运都悬在手术室里。

活了，都还有希望；没了，两个孩子、两个家庭就都毁了——不管路子灏是无心还是意外，就都毁了。

手术室门突然打开，家长们以为手术结束，涌上去问结果，但李援平只是出来吩咐家长补签手术同意书。

董家父母拿着笔颤巍巍签字，陈燕比那母亲哭得还厉害："李医生，你一定要救活这孩子，求求你了。"

冯秀英也急切道："援平，你一定要救回来——两个家庭啊。"

李援平坚定点头："你放心。我是医生。"

手术室门再度合上。

路子灏坐在地上，埋头抱住自己，眼泪直流。他什么也没看，但他听见了陈燕的乞求。

梁水、李枫然、苏起和林声坐在他旁边，梁水紧搂着他的肩。

那头，父母们也围在陈燕和路耀国身边，紧握着手。

时间一分一秒过去，大人们、少年们靠在一起，沉默等待着、期盼着、祈祷着，熬到凌晨一点。

手术室的灯终于熄灭，护士推着移动病床出来——人抢救回来了。他的父母扑上去哭了起来。

陈燕几乎是一瞬间跪到李援平腿边，号啕痛哭。李援平吓了一大跳，慌忙将她扯起来："燕子，你这是干什么呀？！"

陈燕大哭："你救了子灏的命，你救了他的命呀！"

不远处，路子灏抬起头，后悔、恐惧、悲戚、侥幸，所有情绪糅杂成一团，少年的眼泪疯狂涌出。

梁水用力将他抱在怀里，握紧他的肩。李枫然脸色苍白，紧搂住他俩。林声、苏起早已后怕得眼泪直流，扑上去跟他们抱成一团。

民警们也都松了口气，这件事的性质算是转为单纯的校园纠纷了。

……

深夜的医院里，李援平刚换掉手术服，满身的疲惫和汗水。连续手术五六个小时，他几乎要虚脱。

才上走廊，就见路子灏站在墙边等他。

少年神情憔悴，眼眶通红，这一天对他太过惊骇。

他走上前来，深深地给他鞠了一躬："谢谢李叔叔。"

李援平拍拍他的肩，微笑："跟我客气什么？"他还想说什么，但实在太累，索性挨着墙根一屁股坐在地上，他望向少年，拍了拍地板，路子灏跟着坐下。

李援平眼里全是红血丝，目光却很温和，说："子灏啊，你倒是让我意外了。怎么会跟人打架呢？"

路子灏眼睛一红，哽咽道："他总是取笑我，说我像女的。"

"所以就打架了？"

"他也推我了啊，只不过我撞到墙上。他撞到了水泥尖尖。"路子灏委屈地哭起来。

明明大家做了一样的事，为什么结果大相径庭？他成了施暴者，董方却成了受害者？

李援平耐心等他哭完，才慢慢说："子灏啊，我知道你委屈，但这世上很多事情，它的结果不是平均分配的。你可以说自己运气不好，你倒霉。但不管运气好不好，你引发的结果，都要自己承担。"

他口干舌燥，舔舔嘴唇，继续道："你现在不是小孩子了。小孩子可以不懂分寸，但大人不行。你跟人争吵，就该料到会起冲突；你跟人冲突，就该料到会起伤害。这次幸好他没事，幸好啊。当然，真出了事，还有父母为你担责。因为你还是孩子。就像现在，他的医疗赔偿都由你父母承担。但将来有一天，你会长大，这种免死金牌，下次就用不了了。下次，你就得自己扛责任了。这种责任，有时候是承担，有时候是惩罚。你要记住，人可以犯错，可有些错是万万不能犯的。"

路子灏眼泪再度涌出。他什么也不说了，所谓的委屈所谓的辩解都不说了，只是含着泪用力点头。

"好了。这件事过去就过去了，你也要重新振作起来。未来的路还很长，我知道你是个好孩子。"李援平摸摸他的脑袋，"早点回去休息，安慰安慰你妈妈，她今天被吓坏了。"

路子灏点头，又闷声说了声"谢谢"，然后跑开了。

李援平疲惫地扶着墙，捂着酸痛的膝盖站起来，就见冯秀英站在不远处看着他。

她脸色不太好，过来扶了他一把，说："臭死了，今天别住医院了，回去洗个澡睡觉。"

李援平被她挽着手臂，有些受宠若惊："你……怎么突然对我这么好？"他忽地挣开她手臂，"我不回去，你是不是又要跟我说离婚？"

冯秀英把他手臂扯回来挽着，没好气道："离你个头！你要不回去我就跟你离！"

李援平一愣，转圜过来，忙乖乖道："回回回，现在就回。"

"对别人这么耐心，也没见你分一半给自己家里。"冯秀英嘴上还不饶人，愤愤嘀咕着，搀扶着他，走过那深夜长长的走廊。

待绕过拐角，女人絮叨的声音便渐渐消弭了。

经民警协调，路耀国夫妇在支付伤者医疗费用后，给了九万多后续赔偿款。双方就此达成了和解。

学校原本给了路子灏一个月的停课处分，但陈燕不接受。她跑到教导处理论，承认路子灏有错，他们家也承担了相应的责任；但董方长期欺辱路子灏，也有错，不能因为他受了伤，他的错就一笔勾销。

学校坚持要停课，可陈燕脾气更硬，坚决不接受停课处分，甚至说如果停课，她要上书教育局，告一中的老师没能处理好学生矛盾，导致事件恶化差点儿引发大案。

考虑到警方的调查走访笔录里，确实有董方长期欺辱路子灏的记录；且案发当天，两人也的确是互相殴打。学校最终没给路子灏停课，但通报批评是最后的底线，坚决不能让步。

伙伴们得知教导主任会在全校师生面前对路子灏进行批评，有些忧心忡忡。

路子灏却安慰伙伴们说他没事，他已做好心理准备。况且比起这个，更叫他难受的是，班上同学对他更疏远了。

苏起很难过，却又不知该如何帮他。现在这种局面，简直比坐牢还可怕。

星期一早上如约到来。随着《义勇军进行曲》响起，全校师生在大操场上集合，举行升旗仪式。

高一至高三共四十几个班，学生们整齐列队，在国歌声中注视着国旗缓缓升起。

礼毕之后，是校长讲话。无非是无聊冗长的校风校纪问题，和往常一样重复着老掉牙的一套。各班同学早就无心听讲，纷纷讲起了小话。

校长许是习惯了，也没在意。之后轮到教导主任讲话，主任讲话到一半，忽然停了发言，操场上全是学生们窃窃的聊天声。

主任有十几秒钟不讲话，聊天声便慢慢消下去，渐渐地鸦雀无声。

“你们还是一中的学生吗？！有没有规矩！！！”教导主任突然呵斥，那严厉的声音仿佛能把广播喇叭给炸了。

操场上静悄悄的。

“上周发生在高一6班的恶性事件，就是因为某些学生顽劣不堪不守规矩造成的！现在在这里，对高一6班的路子灏进行全校通报批评！”教导主任语气尖锐，滔滔不绝地抨击痛斥着路子灏的恶劣行径。

苏起听得面红耳赤，脸如针扎，不敢想象此刻路子灏的心情。

他有错，可董方也有错啊！但主任通篇只骂路子灏一人，仿佛这样就能撇清某种关系似的。

她咬着牙，握紧了拳头。

教导主任痛斥了十几分钟，终于发言完毕。可那激烈的言语仿佛还在大家脑门上震荡。

十几秒的缓和之后，台下的学生们才松散下去，各队伍末端的人再度低声讲起了小话。

主任发言完毕，是学生代表发言。那是枯燥的“尊师重道爱学习”环节，所有人都不在意，讲小话的声音更大了。

这时，苏起看见梁水上了主席台。这周是10班出学生代表，但不知为何临时换成了梁水。

梁水并没有拿演讲稿，他走到台子中央，将话筒拉高了一点，因为用力太猛，话筒发出刺耳的声响。

操场上安静了一瞬，又旧态复发。

梁水调整好话筒，说：“大家好，我是高一10班的梁水，我今天要演讲的题目是——给我闭嘴。”

这下子，操场上安静了，所有人的目光都集中到那个高高瘦瘦的男孩身上。

等等，你让谁闭嘴？校长？教导主任？我们？

下一秒，他清沉的声线顺着广播传遍整个操场：“昨天我听有的同学在背后说我跟人出去开房了，我不知道说这话的人，你是眼瞎还是嘴痒。我虽然长得好看，但嫉妒人不是这种嫉妒法，对不对？”

这一番言论听得全校师生目瞪口呆。

有人传过他梁水跟人开房吗？没有吧？

等等，这是升旗发言的内容吗？！不是啊！

他在说什么？！这是升旗仪式啊！

可苏起忽然懂了，她一下子激动得浑身的血液都沸腾起来，心脏狂跳。

“上周我听人在背后说我太胖了，吃得太多，跟头猪一样。请问，我吃多吃少，关你屁事？”

完了，众人更是一头雾水了。

他梁水那么瘦，哪里有人说过他胖啊？

这到底怎么回事？

教导主任要疯了，在一旁低喊：“梁水你在上头讲些什么？！”

所有人瞪着眼睛面面相觑，正在摸不着头脑之际，又听他淡淡道：“上个月我们班同学当面跟我开玩笑，说我很袖珍，很矮，这一点儿都不好笑，毕竟，你也没有多高，你还是个塌鼻子，满脸青春痘。说我长得丑的那个同学，他成绩排倒数；说我成绩差的那个同学，他打球迟钝得像只王八；说我长得像女生的那个同学，他长得实在太丑了，眼睛太小了。”

忽然，有人懂了。

渐渐地，大家都懂了。

“有人说我没有男子气概，像个女人，说我肯定喜欢男人；有人说我一点都不淑女，像个男人，以后肯定嫁不出去；我喜欢男的女的，我嫁不嫁得出去，关你屁事，老子又不喜欢你。”

操场上死一般的寂静，只有少年坚定的声音在回荡。

苏起站在同学们中间，激动得浑身颤抖，几乎要热泪盈眶。

教导主任低声呵斥：“梁水你给我下来！”

梁水微低着头，语气很凉：“对不起，我没有要攻击你们任何一个人的意思。我想说的是——你们可不可以给我闭嘴。那些在背后说人闲话、挖人隐私、当面开一些一点儿都不好笑的玩笑的人，你们可不可以给我闭嘴。如果你不是一个完美的人，如果你也有缺点，如果你也有秘密，那么，就给我闭嘴。”

他语气极淡，几乎没有用力，但这话却如一击击重拳般捶在每一个人心上。

“说人闲话，言语伤害同学，算不得任何本事。高中三年，你可以好好学习，可以玩玩闹闹，可以拼搏，可以交朋友，可以享受自由，但自由不是你们伤害别人的理由。记住，言语也是伤害，伤害就是暴力。我鄙视、看不起一切对同学施加暴力的行为。在这里，我想对所有言语欺凌校园暴力的人说，给我闭嘴！”

一番讲话完毕，全场鸦雀无声。

四五十个班级，上千名学生，没有一丝声音。

梁水转身走下主席台，教导主任气得面红耳赤：“马上跟我去教导处！”

这时，苏起用尽全力喊出一声：“言语也是暴力！我反对校园暴力！”

女孩的声音划破天空。

一时间，接二连三地有同学喊起来：“言语也是暴力！我反对校园暴力！”

骤然间，如一道声音穿透重重迷雾，终于抵达空荡幽深的山谷，引发巨大回响。整个操场都喊了起来：“言语也是暴力！我反对校园暴力！”

“言语也是暴力！我反对校园暴力！”

教导主任控制不住场面，迅速解散集合。梁水被叫去教导处。不到十分钟，广播里传来对梁水的通报批评：“高一 10 班梁水，在升旗仪式上言行不端，口出狂言，蔑视师长，违反校纪校规——”

可没人听这番通报，学生们的喊声此起彼伏。

林声把她所有速写本纸撕下来，拿胶带粘成一张巨大的白纸，写上“言语也是暴力！我反对校园暴力！”一行大字，挂在教学楼栏杆外。

此举一出，其他班纷纷效仿，写大字报，贴满教室窗户和栏杆。高二、高三也声援起来，他们教学楼上还出现了“加油啊高一的！我们支持你们！”“高一的你们有些跩哦！”“反对校园暴力！”等一系列标语。

李枫然飞速写了封给校长的信，控诉学校和稀泥的处事态度，不问缘由，非黑即白；抨击老师对学生间摩擦的轻视，以及治标不治本的愚蠢行为。他将那封信贴在学校公告栏上，引得同学们全跑去围观传播。

至此，整个学校的学生都造反了，他们发起了一场声势浩大的反抗运动。

第一节上课铃响，没有一个班乖乖上课，学生们全坐在教室里，敲桌子跺地板，喊着："言语也是暴力！我反对校园暴力！"

三栋教学楼里的喊声此起彼伏，能掀翻楼顶。他们气势汹汹，连校外的街道上都能听见，不知一中今天这是怎么了。

苏起班上第一节是班主任的物理课。

她原以为鲁老师会狠狠训斥他们，可鲁老师只是笑了笑，任由他们喊。苏起这才发现，鲁老师似乎是支持他们的。

这让她感动极了。

可没过一会儿，隔壁班的班主任出现在门口，朝鲁老师招手。

鲁老师出去之后，很快不见了。

班长程勇跑出去打听一番，回来报告战况："好多老师去教导处商量对策去了！"

团支书问："那他们到底是支持我们，还是要压制我们呀？"

这话一出，同学们都有些心慌。他们的运动可不能输掉啊！

"言语也是暴力！我反对校园暴力！"后排的男生更大声地吼了起来。

苏起一边跟着喊，一边也忐忑了。如果他们最终失败，梁水因带头而受到的处罚会更严重，恐怕林声、李枫然都无法幸免。

如果是那样，苏起发着抖，心想，她一定要和他们共进退！

正想着，教室里的广播忽然响了起来，里头传来校长温和的声音："同学们，请都安静一下。你们的声音我都听到了。你们的控诉书，我也看见了。"

这话一出，校园里的喊声消退不少，大家都静静听着结果。

"对于在管理过程中出现的失误，我们深表遗憾。我承诺，我们一定会努力为大家重建一个良好友爱的学习和生活环境。希望同学们耐心等待。我也很感谢一些同学把心里真实的想法勇敢地表达出来。最后，关于梁水同学的处分，予以撤销。"

话音一落，全校沸腾。

刘维维尖叫着扑上来抱紧苏起，她其实没那么深的感触，纯属被环境感染。但苏起不同，她已激动得眼泪直流。

一下课苏起就往梁水教室跑，可他不在，李枫然也不在，据说他俩在教导处和校长、教导主任交涉，一直没回来。

苏起在走廊上听到无数人对他的夸赞，说他勇敢、正直、大义，说他敢于挑战权威，为朋友两肋插刀。

苏起自豪不已，开心地往回走，迎面碰上了欧阳李。他来送笔记给她。

她正要和他讲朋友们的光辉事迹，欧阳李却叹了口气，说："烦死了，不知道那帮人闹什么，搞得今天一上午都没好好上课。"

苏起愣了，问："你什么意思啊？"

欧阳李说："你不觉得这帮人很傻很无聊吗？弱者才会在乎别人的看法和眼光，强者只要心理强大，就没有任何人能给他施加暴力。有这时间搞英雄主义运动，还不如好好学习提高成绩。分数才是学生的后盾。"

苏起有些吃惊，说："照你这意思，成绩不好的，没有后盾，就活该被欺负了？"

欧阳李意识到她并不赞同自己，忙说："我只是说，提高自己，才能抵抗别人的敌意，而不是搞这种无聊的抗议——"

"我的朋友们比你强大多了。"苏起突然打断他，"成绩好没什么了不起的，自私和冷漠更可怕。你别忘了，当初正是我和梁水这两个无聊又愚蠢的人在桌球厅救了你，不然，你要么给人下跪了，要么给人打趴下了。"

欧阳李目露惊诧，仿佛不相信她会说出如此激烈的话。

苏起耸了下肩："哦，你不是我朋友，所以不了解我，我这人嘴巴特别坏。你看，梁水说的'给我闭嘴'，现在你是不是觉得挺赞同的？"

她头也不回地进了教室。

上了大半截课了，苏起还是很生气。她写字条问刘维维："你觉得梁水很傻吗？"

刘维维看见字条，吃惊地瞪了她一眼，飞速画上三个感叹号："！！！"然后她补上一句，"他很了不起，好吗！！！"

苏起欣慰极了，又在心里默默对自己说，她会好好学习做个成绩好的人，但同时，她绝对绝对不要做一个冷漠又自私的人。

直到中午放学，苏起才见到梁水。

五个小伙伴在校外的停车处集合。取车时，不少经过的同学，甚至不认识的高年级同学都热情地给他们打招呼，冲他们竖大拇指。

连路子灏都收到了同班同学善意的招呼和微笑。

路子灏说，今天上午，班上好多同学都跟他示好了。

“那就好。”苏起开心道，“水砸你真棒！”

梁水挑挑眉毛，骑车上路，说：“李凡，我没发现你文采那么好，十分钟写了篇高考作文。”

这话逗得几个伙伴哈哈笑。

李枫然淡淡道：“你给声声赔钱吧，她写大字报费了三本素描本。”

梁水回头：“改天还你。”

林声笑：“不用啦。素描本我还是买得起的。”

少年们骑着车，一边聊着，一边穿过春日阳光斑驳的林荫道。

路子灏落在后边，忽然唤：“大家——”

前头四人齐齐回了下头，见他停在原地不走，也不约而同停下来，纳闷地看着他。

路子灏眼睛红红的，说：“谢——”

音还没发完，四人齐声说：“给我闭嘴！”

话音一落，路子灏的泪意消散得干干净净，五个人同时哈哈大笑。

他们踩着单车，迎风蹬着，飞驰在街道上，任那春风将他们的校服吹得飞扬了起来。

南江夜话

李枫然：“所以，你到底是喜欢男的还是女的，你知道吗？”

路子灏苦恼：“我不知道，好像都没什么感觉。但大家都那么说，搞得我也不知道了，万一我真的喜欢男的怎么办？”

梁水：“真喜欢也没什么。但我觉得，你现在根本搞不清楚状况。”

路子灏叹气："唉，是的。我也不知道。"

苏起歪头："路造，这件事让你很困扰吗？"

路子灏："对啊，特别烦。其实本来没什么，但大家笑话多了，我都怕了。"

苏起转转眼珠："我有个方法可以帮你确定，你是喜欢男的还是女的。"

路子灏："什么方法？"

苏起耸肩："我亲你一下呗。"

梁水和李枫然齐齐扭头看她。

苏起很坦然："你要是不好意思，你就喜欢女的；你要是没感觉，你就喜欢男的。"

林声道："这个方法好。我也可以亲你。"隔几秒，回过神来，"啊不行，我不能亲你。"

苏起看了她一眼，忽地就明白了，笑了一下，继续看路子灏："要不要试一下？"

路子灏想了想，这个办法的确可以解决他的困惑，于是点点头："好啊。"

苏起正要起身，梁水一把将她拉开，灰着脸说："我来。"

众人目光聚在他脸上："你？"

梁水无所谓的样子："很简单啊。路造，你要是紧张，你就喜欢男的；你要是觉得恶心，你就喜欢女的。"他扶了下额头，说，"我现在已经觉得恶心了。"

路子灏嫌弃他："你都恶心我了，我才不亲你。我要亲七七。"说着就朝苏起凑过去，没想到梁水抓住他肩膀把他拧过来，迅速在他嘴唇上亲了一下。"

苏起："……"

林声："……"

李枫然："……"

三人瞠目结舌，苏起"嘫"了一下嘴巴。

梁水已迅速把路子灏推开，后者表情凝固状。

梁水亲完了，微抿着唇，脸色很差，暴躁道："你们三个谁要是说出去，别怪我灭口！"

路子灏突然醒过来，浑身鸡皮疙瘩，说："我确定了，我不喜欢男的，我喜欢女的。妈呀，恶心死我了。"

梁水一巴掌挥他脑袋："你还嫌恶心！"

苏起突然爆笑，笑得直不起腰，笑得快岔气。刚才那一幕太刺激了，她能笑疯。

梁水阴森森看着她，心想我这是为了谁啊，于是一巴掌呼在苏起后脑勺上。

苏起举手："对不起，实在是太好笑了，哈哈哈哈！"

李枫然看热闹不嫌事儿大，慢悠悠说："安全起见，再试一次？"

梁水："滚！"

Chapter 18

少年不识愁滋味

六月的第一天，上午第一、二节课是老鲁的物理课。

天气开始炎热了，但学校还没准许开空调。同学们在“上课——起立——老师好——”的和声中，松松垮垮地坐下，翻开物理课本。

鲁老师笑道：“你说你们这群祖国的花朵怎么回事啊？大早上的第一节课就没精神。”

后排的男生调皮道：“太早了！花还没开呢！”

哄堂大笑。

鲁老师说：“祝你们节日快乐啊。”

今天是儿童节。

一帮高中生们自觉认领“儿童”身份，叫嚷：“谢谢老班！”

鲁老师：“今天跟大家讲个事，高二要分文理科了。大家好好想想，跟父母商量商量，主要呢还是以自己的兴趣为主。”

有人问：“老班，那你是理科班的班主任了？”

“我教物理的，这不废话嘛。”

“那我选理科，我舍不得你！”

又是哄堂大笑，鲁老师笑得眼睛弯成了月牙：“我谢谢你。但这事还是要认真考虑，月底团支书统计一下志愿。”

一下课，同学们就热烈讨论起来。13班班风很好，同学团结友爱，相处融洽，想到要重新分班，大家都有些不舍。

张可欣物理和化学不好，是一定要学文的；徐景还在犹豫；刘维维则确定选理科，她说：“苏起你也选理科吧。或许我们能继续同班呢。”

苏起喜欢理、化、生，本就要选理科。

回去一问伙伴们，林声数学、物理太差，要学文。李枫然和梁水嫌政治头疼，决定学理。路子灏也选了理科。

苏起道：“太好了，或许重新分班，我们又能在一个班呢。”

路子灏说：“我觉得可能性不大，要不要算一算概率？”

林声说：“我最怕概率统计，你饶了我吧。反正我选文科，同班概率为零。”

临到期末，苏起偷偷跑去问鲁老师分班怎么分。

鲁老师好笑：“说吧，有什么鬼主意？”

苏起笑眯眯的：“你把我留在13班呗，我不想去别的班。”

鲁老师哈哈道：“行，知道了。”他本就要把苏起留下的。每个班主任都能选一批固定的学生，其余随机分配。

苏起说完，又转转眼珠：“那……你能把梁水、李枫然和路子灏也抢来我们班吗？他们是我的好朋友。”

鲁老师想了想，说：“梁水和李枫然有点儿困难，优秀的学生，别的班主任也想留，是不是？”

苏起于是叹了口气。

是啊，水砸和风风太优秀了。这个暑假，风风要去上海陪何堪庭老艺术家开演奏会；水砸也要去上海参加国家队选拔。

云西历史上还没有运动员入过国家队呢，最好的也不过是入了省队，拿过国家级别的冠军。因此，学校和市里都很重视。

苏起想着他俩一走，这高一的暑假又无聊了，她忽然萌生了去上海给他们加油助威（实则游玩）的想法，便跟程英英讲说她也要去上海。

程英英大感意外，她年纪还小，独自出远门太荒唐。可她也不想掐掉女儿想去外头见世面的心，便找到陈燕，问能不能让路子深照看一下苏起。陈燕表示完全没问题，又道这样的话，也让路子灏去上海玩。

林声听说了，忙跑去跟妈妈讲。沈卉兰得知几个孩子都去上海，不想自家女儿落单；加之有路子深坐镇，便也同意了。

五个小伙伴欢快地收拾好行李就出发了。梁水原本是有报销车旅票的，但他提前了几天出发以便和朋友们游玩，就放弃了。

暑假高峰期，没买到卧铺，只有硬座。

但兴奋的少年们并不觉得辛苦，能和伙伴们一同出游，别提多开心了。苏起一上车就坐在靠窗的位置，她拍拍身边的座椅刚要叫林声，结果梁水一屁股坐到她旁边。

她愣了一下，奇怪地看他；他瞥她一眼，一副无知无觉的寻常模样。苏起便把嘴边的话吞了下去。路子灏坐梁水旁边，林声和李枫然坐小桌对面。

火车一开动，苏起就拆开塑料袋翻找零食。

她撕开一袋卤蛋，问："风风、声声，你们吃吗？"

大家摇头。

梁水嫌弃道："刚吃完晚饭，你是猪吗？"

苏起瞪他："我没吃饱不行吗？"说着又拆开沈卉兰给他们做的卤鸡爪、卤鸡胗。

梁水不说话，拧开一瓶矿泉水放在她手边。苏起又愣了一下，拿眼角的余光瞥他一眼，默默啃着鸡爪。

很快，小铁盘子里就堆了一小堆垃圾，苏起准备去倒，梁水先起了身，端着盘子去倒垃圾了。

苏起吃饱了，喝足了，向伙伴们提议玩纸牌。

林声不喜欢玩牌，和路子灏换了座位。他们四人轮流斗地主，轮到苏起被换下时，她便靠在一旁看梁水出牌。

这一局他是地主，手气特别好，一堆的连子，还有王炸呢。

苏起饶有兴致地看他手里的牌，看着看着，目光便不经意落到他修长的手指上，看了一会儿，又抬眸看看他的侧脸，他额前的碎发似乎留长了些，有几缕散乱地垂在眉间。少年额头饱满，眉峰很高，鼻梁英挺，睫毛很长，连嘴唇的弧度都很好看。或许对这一盘牌局很有把握，知道一定会赢，他唇角微微勾着，含着一丝意气风发的笑容。

恰好有阳光照在他脸上，明媚，干净，又美好。

苏起觉得呼吸有一丝紊乱，匆匆移开目光，微侧了个身朝向窗外。夕阳刺眼，她把窗帘拉上，歪头靠在帘子上出神。

她也不知自己在想什么，渐渐地，有些昏昏欲睡，就闭了眼。

梁水打完一局，路子灏输了，该苏起上场，一回头，她歪着脑袋睡着了，睫羽低垂，嘴唇微微张启着，软嘟嘟粉嫩嫩的样子。

梁水定了定，看了她足足三秒，才低声说："让她睡吧。"

路子灏开始洗牌。

火车晃荡，苏起靠着车壁打瞌睡，脖子怎么放都不舒服，脑袋在车壁上一磕一磕的，咚咚响。她在睡梦中难受极了，揪紧眉心咕哝着，有些烦躁地揉了揉被撞的脑门。

梁水扭头观察她半晌，李枫然也看着她，说："要不要拿衣服给她垫一下？"

林声探头："会不会把她弄醒？"

梁水一想，忽然轻轻伸手过去，托住她后脑勺，往自己肩头一拨，她脑袋乖乖地一歪，靠在了他肩上。

林声："……"

李枫然："……"他看向梁水，少年微抿着唇，有些紧张，还稍稍调整了坐姿，肩膀往下缩了缩，想让她靠得舒服。苏起睡得熟，跟着他的肩膀晃脑袋。

李枫然收回目光，一时忘了该谁拿牌了。

梁水把她安置好了，不动声色地起牌，她却突然动了两下子，他心里一惊，以为她要醒，没想到她只是拱了拱，在他身上找了个舒服的位置，将脑袋更深地埋进了他颈窝里。

梁水："……"

他的手僵了一下，他的整个身子都僵了一下——她钻得有点儿深，鼻尖都抵住他锁骨了。他能清晰地感受到女孩柔软的脸颊贴在他脖颈处，呼出的气息柔柔的温热的，钻进他领口，撩着他胸膛。

这夏天轻薄的衣衫啊，拦不住肌肤间交流的热度。

他微吸一口气，调整着注意力，继续拿牌。

一副牌展开，他努力专注着手中的牌面，眼角的余光却忍不住垂下来瞥她的脸，只能看见她乌黑长长的睫毛、小小的高高的鼻子和一边粉嫩嫩的脸颊。

梁水完全不知这一局自己拿了什么牌，反正他是输了，输得一塌糊涂。

李枫然也一直输，路子灏赢了一溜儿，纳闷了："你们俩怎么了？断电了？"

李枫然不说话。

梁水也不说话。

林声困倦地睁开眼："很晚了，你们不睡吗？"

两个少年本就心不在焉，见已夜里十点。就准备睡觉了。

车厢里空调开得很低，苏起轻轻打了个冷战。

梁水让路子灏从他箱子里拿了件外套，盖在苏起身上。

衣服刚上身，苏起就好像寻求温暖似的往他外套里缩了缩，人也不自觉地贴近他热乎乎的身体，朝他身上挤了挤，紧紧地贴着。

"……"梁水抿了下嘴唇，感觉紧挨着她的那半边身体都有些僵。

他微抬起头，朝着天空呼出一口气——完了，今晚都别想睡觉了。

李枫然将头偏去一旁睡了，不知过了多久，缓缓睁眼——对面两人裹着同一件大外套，少女熟睡着，只露出一颗脑袋，挨在少年的颈窝里。少年头靠在椅背上，微仰着头，喉结滚动了一下。

他终是闭了眼。

窗外夜色无边，车厢内安安静静。

苏起好似在做梦，呼吸间全是他身上熟悉的少年的气息，很温暖，那是个很安宁的梦。

直到第二天清晨的阳光照进来，她才懒懒地睁开眼，感受到梁水胸膛随呼吸起伏的律动近在她耳边，她才猛地惊醒，盖在身上的外套滑落下来。她慌忙捞住，顿时懊恼自己的失态。

梁水本就醒着，见她这避之不及的态度，热乎了一晚的心有些失落。

他抻了抻被她压了一晚上的发痛的肩膀，有些泄愤地睁眼说瞎话，道："你自己靠过来的，睡得跟头猪一样。"

苏起信了他的话，心里理亏，不吭声。

梁水还是气不顺，接着诬陷："你还流口水了。"

"胡说！"苏起把外套扔给他。

梁水没跟她闹，他困得要死，昨晚几乎就没怎么睡。

她挨得他那么近，他怎么可能睡得着。

他把外套披在身前，头一歪，补觉去了。

苏起扭头，闭紧嘴巴，托腮望着车窗外。金色的晨曦薄薄一层，铺洒在大地上，轻柔的，软软的。

原来，昨晚不是做梦啊。

她不动声色地吸了口气，又缓缓呼出来，热气喷在玻璃上，罩上一层薄薄的雾。

她看见自己微红的脸颊倒映在里边。雾气一散，转瞬即逝了。

火车到了上海，路子灏把梁水推醒，众人收拾行李下车。

梁水困得不行，表情不爽地走在后头。

路子灏凑过来，问："欸，你是不是……"

梁水懒懒瞥他："什么？"

"喜欢苏七七？"

梁水一下子惊醒了，炸道："我喜欢她？！你脑子有问题吧？"

路子灏："我就随便一问，你那么激动干什么？"

梁水："这不是激动，这是烦躁。"

路子灏："七七说得对，你果然有起床气。"

梁水："……"

他心虚，一巴掌呼他脑袋："赶紧走。"

路子深在出站口等他们。大家一会合，苏起这才发现，平时看梁水他们不觉得有什么，如今有路子深一对比，他们还是稚嫩的青葱少年。

路子深过来帮苏起拿书包，苏起赶忙摆手："我书包很轻，声声的很重，你帮她拿吧。"

路子深便去接林声的书包，林声低声："谢谢。"

路子深说："呵，你这书包里装了什么，这么重。"

林声没吭声。

苏起跟在后头，偷偷一笑。

能有什么，十字绣、星星罐子呗。

还在笑着，背上突然一松，梁水卸了她的书包，拎在手上，一句话没说，在前边走着。

苏起心怦怦跳，又有疑惑，但转念一想，他一直都是这样照顾她啊，于是坦然。

梁水回头："你跟上，别走丢了。"

"哦。"苏起快步上去，揪住书包背带，和他牵在一块儿走。

这一牵，蓦地就想起两年前，她便是这样跟着他一起去省城的。不知不觉，那一天居然过去两年了。她还记得那天跟他一起在省城的音像店里听着新发布的《晴天》，歌曲犹在耳边：

"从前从前，有个人爱你很久……"

真的很久了哦。

正想着，有旅客匆匆走过，撞了她一下。她回过神。

梁水回头，皱眉不悦地看了那人一眼，又握住她的小手臂往身边拉了拉："你走路小心点。别又撞了。"

苏起鼓起脸颊："噢。"

上海火车站的人潮比省城更加汹涌，出了站，街景也越发繁华喧闹。苏起站在偌大的广场中央，被夏日的阳光照着，汗流浃背地四处张望。

路子深打电话给约好的商务车司机。

苏起好奇地凑过去看他的手机，是诺基亚翻盖的。

苏起的爸爸妈妈也有手机，是步步高的，有点儿重，不像路子深的那么轻薄。

梁水也对手机很感兴趣，问："这个多少钱？"

"一千多。算是一般的。诺基亚还有滑盖的手机，夏普和黑莓也有，哦对了，索爱的手机特别好看。你可以网上查了好好挑一挑。"

男生们包括李枫然都很感兴趣，围着研究了会儿手机，车就到了。

路子深根据梁水要去的体育馆和李枫然要去的演奏厅，选了个折中的靠近地铁的酒店，游玩也都方便。

梁水没意见，反正过几天他会搬去市里给他订的酒店，而且他以家属同行的名义申请了三间房，够伙伴们一起住了。

苏起趴在车窗边，望着窗外的高楼、洋房。成片的绿树遮天蔽日，阳光在树枝上跳跃。这座城市精致而漂亮。

苏起问："子深哥哥，你喜欢上海吗？"

路子深坐在副驾驶上，回头看了她一下，说："还行。你喜欢吗？"

"喜欢。子深哥哥，你毕业后是回省城工作，还是留在上海工作呀？"

路子深说："我会读研究生。"

研究生？她以前没想过这个问题，读完大学不就该工作独立了吗？

路子灏说："我哥哥还想去美国读博士呢。"

"哇。"苏起说，"去哈佛吗？你会变成刘亦婷的同学。"

路子深说："具体还没想好，先努力完这几年再看。"

苏起思索，子深哥哥已经上了那么好的学校，还在为未来努力。

商务车经过 CBD 区，白领们下班了，光鲜亮丽地从楼中走出来。

这座城市太繁华，而他们生活的世界，和南江巷截然不同。

她不禁想，他们是生来就在这座城市，还是靠自己努力而来的？

不论如何，对她来说，没有“生来”。想要未来有无限的可能，想要走出南江，走出云西，只有努力拼搏这一条路。

她小小的心在这一刻也期盼着将来能来上海，去北京，甚至去美国，去世界上更多的地方。

很快到了酒店。路子深订了连在一起的三间房，他和路子灏一间，梁水、李枫然一间，苏起、林声一间。

一进房间，苏起就怂恿林声：“你赶紧去表白啊。”

林声吓了一跳：“你知道了？”

苏起笑得贼兮兮的：“你那天不亲路造，我就怀疑了。昨天在火车上，我看见了你书包里的星星罐子了。背过来想表白的吧？”

林声微红了脸，有些胆怯了：“我感觉子深哥哥不会喜欢我。”

“怎么会呢？声声，你知不知道你有多好看呀？没有男生会拒绝你的。”苏起肯定地说。

林声不太乐观：“可是一个人喜欢另一个人，不是只看外貌的。就像之前水砸以为我喜欢他，他不也拒绝我了吗？”

“……”苏起说，“别理他，他脑子不正常，是个傻子。或许他喜欢男的都说不定。”

林声：“……”

她说：“七七，我觉得水砸是喜欢女的的。”

“哎呀这不是重点。”苏起说，“重点是你要不要表白的。过了这次，下次又不知道什么时候了。反正，就看你想不想知道答案，想不想知道你们究竟是有可能呢还是没可能。”

林声陷入沉思。

苏起说完，发现自己也就是嘴巴厉害。

不过她转念一想，我不一样，我并不想要结果，不知道结果反而相安无事。学习最重要。嗯，就是这样。

……

隔壁房间，路子深洗了把脸，走出洗手间，路子灏正收拾行李。

路子深倒了两杯水，放一杯在他跟前，问："期末考得怎么样？"

路子灏低着头："一般般。"

"我听妈妈说了你在学校的事。子灏，不要因为周围的人影响你往前的路，那样你才是真的输了。知道吗？"

路子灏不吭声。

"你很聪明，以前成绩也好，高中还有两年，赶得上来的。"他握了下弟弟瘦弱的手腕，"我相信你的。我甚至认为，你比我还聪明。真的。要加油，知道吗？"

路子灏眼圈红了，别过头去："嗯。"

这时响起敲门声，路子深过去开门。

苏起笑眯眯地探出脑袋："路造，你过来一下。我有事找你。"

"哦。来了。干吗？"路子灏调整好表情。

"你跟我过来。"苏起拉上他的手，跑回房间去了。

林声抱着个书包，局促不安地立在门口，看路子深。

路子深奇怪："有事？"

林声涨红了脸："子深哥哥，我……有道数学题要问你。"

"进来吧。"

路子灏陪着苏起下了会儿五子棋，无聊道："你找我就是为了这个？"

"我没事干嘛，你哥哥又不带我们出去玩。"

"刚到酒店欸，总要先收拾一下吧。"路子灏拿笔在纸上画着，说，"喏，我又赢了。"

苏起正要说什么，门开了，林声走了进来。

这么快？

她一扔笔，说："总是输，我不玩了。"

路子灏无语："你还是多练练再来找我玩吧。"说着就出去了。

他一走，苏起把林声拉到一旁，问："怎么样？"

林声表情很平静，说："不怎么样。"

苏起纳闷了："什么叫不怎么样？你跟他表白了吗？"

林声点点头：“我把星星和十字绣都给他了，然后说……喜欢他。”

“那他怎么说？”

“他说：哦。”

“哈？”苏起摸不着头脑了，“就‘哦’？”

“还有一句。”

“什么？”

“你数学成绩太差了。”

苏起：“……”

“然后……没了？”

“没了。”

苏起一屁股坐在床上，路子深这家伙，果然脑子和正常人不太一样。

第二天，路子深带着一群弟弟妹妹游上海，从黄浦江到城隍庙，从东方明珠到复兴路。一路所见之风景在现代与古典、热闹与幽静之间无缝切换。少年们都玩得十分尽兴。

苏起起先特意观察了一下，以为路子深在林声面前会有些尴尬，不料他跟个没事人一样，对待林声和之前一般寻常，仿佛表白的事从没发生过。

苏起不免暗叹，子深哥哥果然厉害。

可转念一想，大家从小一起长大，就算告白失败又能怎么样，也不可能因此绝交老死不相往来呀。

再看林声，她也很淡定，并未因此难过消沉，而是很专心地欣赏着周遭的风景。

那天回了酒店，林声忽然说：“七七，你记不记得初中毕业的时候，我跟你说，你去哪个城市我就跟你去？”

苏起点头：“记得呀。”

“我决定要考上海大学了。”

“它有美术学院吗？”

“嗯。”

苏起虽有些怅然，但很快说："你有了明确的目标，我替你开心。不过，我还不知道以后要去哪里。"

林声说："不管去哪里，我们都是好朋友的。"

"那当然。"

苏起发现，不过短短一年，她已能接受伙伴分开的未来。难道这就是长大吗？虽然她仍希望大家尽可能在一起。但未来的事，谁都说不好。现在最主要的是好好学习，以后才会有更多的选择，不至于捉襟见肘。

在酒店休息了没一会儿，李枫然要去找琴行练琴，梁水则想提前去适应场地训练。

路子深要给路子灏和林声上补习课。苏起想到路子深那张冷漠脸就头大，赶紧跟着李枫然和梁水出了门。

梁水跟酒店前台打听，在一条街区外找到了琴行。苏起热情地跑去问老板能不能借琴。

琴行老板见他们是孩子，指了指门口一台老旧的立式钢琴。

苏起拧拧眉毛，觉得那架钢琴不太好，刚想说什么，李枫然已过去坐下，开始弹奏。

一串音符流出，琴行老板的目光立刻移了过来。

李斯特的《钟》才弹了一半，琴行外已有不少路人驻足聆听，老板走过来，低声笑道："小朋友，你弹完这首了，去那架钢琴上练吧。"他指了指不远处一台崭新的三角钢琴。又对苏起道，"你这朋友厉害啊。"

苏起昂起小脸："那当然，他是何堪庭老先生的弟子呢。"

"嗬！"老板叹道，"前途无量啊。多练会儿多练会儿。能不能拍张照？"

"签名可以，照相不行。"苏起自作主张，当起了经纪人。

梁水在一旁好笑。

苏起开心地趴在钢琴边歪头听李枫然弹琴："风风，弹完了这首换琴哦。"

李枫然："嗯。"

梁水听了会儿，看看手表，他要走了。

他低声说："我先走了。"

李枫然点了下头，苏起没有任何反应，乐颠颠随着琴声摇头晃脑，还是小时候那副德行。

梁水看了她一眼，转身往外走，走了两步，见苏起毫不在意他，停了停，拔脚又要走，但又一次停住，唤了声："苏七七。"

苏起扭头："啊？"

梁水说："你过来。"

"哦。"苏起跟着他走出琴行，站在烈日下，眯眼瞧他，"干吗？"

梁水一副理所当然的表情："你跟我去体育馆。"

苏起眉心一揪："不要。"

梁水一愣："为什么不？"

苏起说："我要听风风弹琴。"

梁水说："那你为什么不看我训练？"

苏起说："我看腻了。"

梁水说："你怎么没听腻呢？"

苏起："……"

苏起觉得他简直胡搅蛮缠，说："反正我不想去。"

梁水噎了一下，忽然道："苏七七你有没有良心？"

苏起莫名其妙："我怎么没良心了？"

梁水说："来上海的时候，你脑袋压过来靠了我一晚上，重得跟铅球一样，搞得我没睡好，这几天精神不行。影响了我训练，你是不是该负责？！"

苏起瞠目结舌："那都是几天前的事情啦！"

梁水说："你看，给了你几天的时间，你都没承担你该承担的责任。"

苏起："……"

她发现说不赢他，脸蛋一扭："反正我不去。"

梁水抿嘴唇，换了套说辞："你还把不把我当朋友？"

苏起皱眉："我看你训练几百次了，难道每次都要我陪啊！"

梁水一计不成，神色黯淡，说："行吧。别的运动员都有家长和朋友陪同，可我就一个人。我妈妈那么忙不能来，我——"

他没继续说下去，声音低了，表情还挺平静的，可苏起怎么看怎么觉得他失落又无助。

她心软了，犹豫起来。

梁水拿眼角偷偷瞥她，见她有些松动却迟迟不做决定，别过头去，生气了："你这朋友一点儿都靠不住。一个人就一个人，我就当你没来上海。"说着就要走。

苏起叹了口气，赶紧追上："哎呀跟你去啦。"她皱着眉，不高兴道，"我去跟风风说一下。"扭身进了琴行。

梁水眉毛一抬。

苏起进了琴行，李枫然早已换到新钢琴旁，手指在键盘上飞速移动。

苏起说："风风，我先走了。水砸非要我去看他练习。他练完了，我再来找你。"

李枫然垂眸看着琴键："嗯。"

她刚走，又转身叮嘱："不许跟人照相，听见没？"

他点了下头。

她一爪子伸过来，拨弄了两下他的头发，帮他整理发型："好啦。"

人走了，他拿眼角的余光瞥了一眼，室外，阳光灿烂。

苏起出了门，一见梁水就板起了脸。

梁水："你对我怎么没对李凡那么客气啊？"

"就你最计较！"苏起一边走一边不满地咕哝，"你早说就叫上声声、路造啊，真是的。那么多朋友，朋友的责任是不是也要找他们分担一点儿啊？总是说我一个人，我哪次不是最积极的？一次不去你就说说说，烦死了……"

小麻雀叽叽咕咕叽叽咕咕。

梁水不吭声，任她说，不经意地挑了挑另一边的眉梢——

苏七七你个傻子。

去体育场要坐公交，两人上车没位置了，便扶着吊环站在一处。那吊环松松垮垮的，路上红灯多，汽车走走停停，两人的身板随之晃来荡去，仿佛要撞到一起。

苏起被他时不时晃近的身体弄得不太安宁，后退吧，奇怪；转身背对他吧，也不好，只得默默移开眼神去看窗外。

梁水心里也有些微妙，可他更不想离她太远，便装作很寻常淡然的样子，随车摇晃，偶尔凑近了她，瞧着她的额发从他下巴上撩过，跟微风拂面似的令人心情愉悦。

两人对站了一会儿，渐渐也就适应了。

苏起这才扭头，问："水砸？"

"嗯？"他声音慵懒，低低落在她耳边。

她看着他近在咫尺的粉红的嘴唇，又匆匆移开眼神去，说："你这次比赛有信心吗？"

梁水另一只手也伸过来握住了吊环，低头问："你想听真话还是假话？"

苏起扭头望着他："当然是真话了。"

这一面对面，他正好随车晃荡着朝她一倾，她猛地迎上他俊俏的脸，少年琥珀色的眼瞳清亮而深邃，近距离笔直地看着她。她心尖儿咚的一颤。

他心头又何尝安宁，以为自己差点儿要碰上她鼻尖了，暗暗吓了一跳。

夏天的阳光照得车内透亮透亮的，她的脸颊白皙粉嫩，很细腻的肌肤，甚至能看到极细的少女的绒毛。

他干涩地咽了下嗓子，在一瞬的空白后从脑子里搜刮出了刚才的谈话内容，说："一半一半。"

苏起惊讶："啊？我以为你会很有把握。"

梁水深吸一口气，说："国家队标准很高，我一直都在努力去达标。但结果怎么样，还不知道。"他说完，忽然低眸问，"我要是落选，你会失望吗？"

苏起立刻摇头，摇得跟拨浪鼓似的："水砸，我觉得你已经特别特别厉害了。真的。再说，我觉得你一定会入选的。"

梁水弯了下唇，眼睛也笑弯了。

苏起被他的笑容弄得心跳漏了一拍，匆匆别过头去看窗外，却蓦地感觉他随着车晃近到她身旁，温热缓缓的气息落在耳边："要是进了国家队，我就要走了哦。"

这一声低低的，不似他以往的语气，竟有种说不出的柔软。

苏起只是耳朵听着，却莫名地浑身麻了一下。眼角的余光瞥见他的脸在耳旁，她按捺住咚咚乱跳的心，垂了垂眼睫，低声："走去哪里呀？"

"北京吧。"

苏起手指抠紧吊环，"哦"了一声。

梁水歪头瞧她片刻，问："你会舍不得我吗？"

"当然啊。"苏起匆匆看他，有些难过的样子，补充道，"你们谁走我都会舍不得。"

梁水见不得她那模样，心也跟着扯了一下，立刻不聊这个话题了，安慰说："没事，也不一定入选。"

苏起急道："不行。还是要入选的。"她说，"我可以放假了去北京看你。"

梁水愣了一愣，倏然笑了，说："那好吧。"

一路聊着到了体育馆，进了冰场，和他们料想的不一样，来提前训练的人并不多。

教练已经到了，梁水换了身衣服，跟教练做起了热身。

苏起坐在看台上观看，光是热身就做了半个多小时，随后是极其漫长而枯燥的拉力训练。

教练将一根黑色的塑胶拉力带套在梁水腰上，另一头套在自己身上。梁水以过弯道时的姿势侧身贴伏在地面，用力拉着一步步走——教练在拉力带另一头，身子后倾，蹬着地面，用自己已成年的强壮身体给他增加阻力。

梁水倾斜在地面上，一手拉着带子艰难挪步，少年手腕上青筋暴起，面颊通红，额上早已渗出汗水，打湿了鬓发。

苏起看着都觉得又累又苦，很心疼。

但过去那么多年了，他就是这么一天一天过来的，以非人的毅力和耐力坚持着。从小学时那个瘦弱单薄的孩子一直训练到今天这高挑颀长的少年。

这一刻，苏起忽然很希望他能入选国家队，哪怕他们会分开，她也希望他有个美好的结果和光明的未来。

这一刻，她又想到了自己。她的未来呢？她有没有像水砸这样努力呢？每天无忧无虑快乐轻松地过，固然很好，可为了一个目标吃着苦却坚持拼搏，那种感觉也会很棒吧。

水砸、风风，他们都开始越来越好，声声也有了明确的目标。她不能落下，一定不能输给伙伴们。

梁水训练了三四个小时，苏起始终安静地坐在一旁，托腮看着他，时间就这样慢慢过去。

训练结束，教练给梁水交代了些注意事项，先回更衣室了。

梁水还不走，留在冰面上继续练。

他似乎对自己过弯道之后的加速不太满意，反复练习着。

苏起也不催他，耐心等待。

他终于练得差不多了，扭头看了她一眼，滑到边上来，冲她招了招手。

苏起立刻跑下去："怎么啦？"

梁水满头的汗，眼睛却亮晶晶的，问："很无聊吧？"

苏起立刻摇头："不无聊啊，挺好玩的。"

梁水笑了笑，他拧开一瓶水，灌了半瓶进肚，拉开门，说："你进来。"

苏起愣了愣，低头看冰面。

"不用换鞋。"他说，"你进来帮我个忙。"

苏起蹑手蹑脚地站上冰面："干吗？"

梁水见她那样子，有些好笑："没事的，就你这重量，还怕把冰踩碎了？”

“不是——”没穿冰刀嘛，感觉总怪怪的。

梁水将一条长长的拉力带套在她腰上，带子塞在她手里：“拉住了。”

苏起好奇：“这是要干吗？”

“增加阻力。”梁水说着，将另一端套在自己腰上，说，“今天带你看一下速滑的风景。”

速滑的风景？

苏起正纳闷呢，梁水已迈步，滑到起跑线前。她明白了，他要拖着她赛跑。

少女顿时兴奋了，一定很好玩！

“身体后倾。”他回头看她一眼。

“哦。”她立刻照做。

一条拉力带连接着两人，梁水做好起跑姿势，突然发力冲出终点线，滑上赛道。苏起只觉猛的一股力量来袭，人瞬间被绳子拉出去，在冰面上高速滑行。

苏起尖叫：“好好玩！”

“水砸，你再跑快点儿！”

梁水在前头倾斜了身子过弯道，带着苏起以抛物线飞了出去。

“哇——”苏起被他甩出去，眼见要撞上护栏，可他在前头直起身子猛一加速，绳子又将她拉了回去。

太刺激了。

苏起双手抓紧拉力带，高速尾随在他身后，只觉周围的一切——围栏、看台、棚顶——全部化成马赛克，融化在刺眼的光线里，所有色彩变成了流动的河流。原来高速下竟是如此视觉，仿佛超越了时间，扭曲了世间一切。

只有他冰刀划出的细细的冰晶颗粒喷撒在她脸上，冰凉凉的；他的奔跑带起了风，冰凉的风涌进她的口鼻，清爽极了。

这就是速滑的风景吗？

原来，他想让她看到他高速滑行时见过的景色吗？

“好漂亮啊！水砸！再跑快一点！”

一根带子拉着他们。少年在前头飞跑，少女在后头快乐尖叫，开怀大笑。他冰刀割裂的声响、她清脆的笑音在冰面上回荡。

直到他终于跑够了，她也玩够了。

他忽然松了力，站直了身子，一个转身惯性向后滑动着，后面跟来的苏起在高速之下，随着惯性向他冲去。

他没有躲。

她猛地撞进他怀里，推动着他加速后退，两人搂在一起，哐当撞上场边的栏杆。

“啊！”梁水撞到后背，叫了一声。

苏起差点儿没撞进他身体里去，巨大的惯性把她推挤到他身上，和少年的身体严丝合缝贴在一起，那触感实在太过亲密暧昧。虽只是一瞬，苏起却红透了脸，慌忙撑着他的胸膛拉开距离。

“你干吗突然转身呀？”她叫道。

梁水被她一推，捂着后背又叫了声：“啊——”

苏起又慌忙摸他后背：“撞疼了吗？”

梁水低头看她，她一脸惊慌地给他揉着脊背，完全没有揉对位置，梁水说：“你跟头猪一样，能不撞疼吗？”

苏起气得打了下他的肩膀。

他心里乐得不行，嘴上却“嘶”了一下：“啊，真的疼。”

她一听，又凑到他身后帮他揉，位置依然没揉对。但他也没纠正，反正——他刚才是故意的。活该呗。

想起刚才她撞进他怀里的那一刻，他忍住笑，那一刻疯狂跳动的心到现在都未平复。

……

从体育馆出来，已是傍晚。

街上人来车往，夕阳在树梢上跳跃，仍是闷热得厉害。

苏起走到坐公交的地方，意外看见一家精品店，她想给刘维维挑点儿特色礼物。

梁水跟着她进去，他是无法理解的——为什么女生那么爱逛精品店，有什么好玩的。

他抠抠额头，百无聊赖地在货架间流连，目光落在一株奇怪的植物上。那是一个极小的盆栽，里头种了颗绿色的豆子，怪就怪在那颗豆子上写着一行小字：

“IU。”

梁水凑过去摸摸那颗小豆子，他看看四周，没人注意到他。他轻轻一捏，居然是真的植物。他稀奇不已，又偷偷抠了抠豆子上的字，不是写上去的，竟是长上去的。

他戳了戳它圆滚滚的肚皮，豆子憨头憨脑地摆动，看着竟有点儿像苏七七。

货架上放着很多盒一模一样的豆子草。

梁水扭头找苏起，她走到商店深处去了。他迅速拿起一盒走到柜台前问老板娘：“这个怎么弄的？”

老板娘：“浇水就可以了，大概半个月就能发芽长出豆子。”

梁水不太确定，又不太好意思，抠着脑门，眼神躲闪，低声问：“长出来的豆子上会有字吗？”

“会啊。”

梁水仍是狐疑。

他想起苏起小时候在学校门口买的泡在水里的塑料球，说泡水里能生出一个小球，但买回家发现根本不会；还有泡在水里的枯草根，说能开出彩色的花儿，但也并不会。

梁水因此嘲笑过苏起无数次。

他于是问：“为什么会长出字来？”

“为什么？”老板娘头一次遭遇这种学术性问题，呆了半秒，说，“这——是科学家研究的。”

梁水皱眉：“我觉得科学家不会研究这种问题。”

老板娘："……"

要不是他长得好看，她真想把他撵出去。正要说什么，不承想梁水迅速掏了钱，将那个小盒子塞进兜里，淡定看向别处。

老板娘莫名其妙地收下钱，刚关上抽屉，苏起走了过来，她给刘维维买了一串漂亮的头饰。

老板娘明白了，意味深长地一笑，说："放心吧，会长出来的。"

梁水一愣，立刻别过脸去，一副"不是我，没人跟我讲话，我在看风景，我很不耐烦，苏七七你赶紧结账"的表情。

苏起纳闷地左看右看，没明白老板娘在说什么，付完钱拎着纸袋子出了门。

隔壁刚好有家奶茶店，梁水请苏起喝了杯奶茶，说是今天的回报。

苏起吸着珍珠，说："好吧，算你有良心。"

晚高峰的公交车十分拥挤，梁水将苏起护着，等到有人起身下车时，将她摁在了座椅上。

苏起想着他训练了一天很累，想让给他坐。梁水哪里会坐。她便把屁股往一旁挪了挪，留出大半截空位："坐呀。"

梁水有些好笑，但还是坐下去，和她挤在了一起。

余晖在玻璃窗上流淌，苏起靠在窗边，喝着奶茶看街景。忽地想起了小学时第一次去看他训练的场景。

她扭头，说："水砸，你一定要加油哦。"

梁水看她："怎么了？"

苏起："我看到你一直在努力啊，所以我很希望你能进国家队，真的。"

少女的眼睛亮晶晶的，满是真诚："虽然我很舍不得你，还想能一起读书，但我更希望你好，你能实现你的梦想，拿到冠军，那一定特别棒！有你这样的朋友，我会特别骄傲的。我也会努力加油。反正，不管怎么样，我们都永远是好朋友的，对吧？"

梁水眼睛一眨不眨地盯着她，听着她讲完这一段话，每个字他都听得清清楚楚。

车内空调很低，凉飕飕的，但梁水却忽然觉得玻璃上余晖的温度沁进了他的心底，他微微一笑：“好。”

他说：“未来，不论任何时候，都不要忘了我哦。”

苏起心里泛酸，却又很开心：“不会的。你也一样啊，拉钩。”她朝他伸出细细的小指头。

少年伸出小指头，和她的扣在一起，拉钩；大拇指相对着紧紧一摁，盖章。

两天后，梁水搬去了市体育局给他订的酒店。

那酒店比他们之前住的豪华许多。大厅金碧辉煌，客房宽敞雅致，能望见东方明珠和黄浦江。苏起他们第一次住五星级酒店，都稀奇不已，还在酒店餐厅吃了顿非常精美的自助晚餐。

苏起第一次吃自助餐，什么海鲜、烤肉、寿司、水果都往盘子里塞。

梁水怀疑她起码吃了六盘，说：“你要把这家酒店吃垮吗？”

苏起一通歪理：“我帮风风和声声吃了，哦？”

林声点头：“嗯。”

李枫然也点头：“嗯。”

梁水翻了个白眼：“你俩有多少把柄在她手里？”

苏起“嘁”一声：“没有把柄。他们爱我。”

梁水放下筷子：“吃饭呢，你想让我吐吗？”

苏起立即在桌下狠狠踢了他一脚。

梁水被她踢得心情愉悦，也不还手，笑着拿起筷子继续吃饭。

他说：“李凡，你就住我们这儿吧，反正离你那里近。”

恰好何堪庭老先生住的酒店在同一条商业街上。

李枫然：“嗯。”

之后一周，李枫然去练琴，梁水去训练，路子灏和林声偶尔补习，偶尔去陪练；苏起则在他们各处任意流动，一副“我来监督你看你有没有乖乖”的教导主任模样。

直到有一天，她去监督路子灏和林声学习，路子深盯着她，来了句："还说他们呢，你不要学？"吓得苏起一溜烟跑掉，再也不去了。之后全心全意"检查"李枫然和梁水。这俩家伙比路子深好对付多了。

何堪庭演奏会那天，苏起、梁水等一群小伙伴去了现场。作为亲友团，他们坐在右侧第三排的好位置上。

伙伴们甚至包括路子深，都是第一次听钢琴演奏会，多少觉得有些奇妙。在苏起心里，钢琴是高雅却冷门的艺术，却不想偌大的三层音乐厅内竟坐满了听众，各个年龄段的都有，甚至有像程英英一样年纪的中年人。

苏起想起在云西，她陪范老师表演舞蹈时，那么小的剧院里，人都坐不满。而云西市的大人没事干的时候也不会逛公园听音乐，他们都去麻将馆。

她想，大城市果然不一样啊。

听众陆续入场就坐。晚七点，场内灯光熄灭，大幕拉开，台上灯火辉煌，摆着两架漆黑的三角钢琴，后排黑色帘幕处坐着四个拿着小提琴的女生。

在众人的鼓掌声中，何堪庭老先生走上台来，他一头银发，身形清瘦，精神矍铄，笑容和煦地对听众挥手示意；李枫然一身西装，神容淡静，跟在老先生身旁，对观众鞠了一躬。

强光打在他脸上，照得他的脸格外英俊白皙。伙伴们也是第一次见到他穿西装的模样，少年虽身材瘦薄，但人高腿长，肩膀挺直，把那一身西装撑得格外潇洒。

后排有人窃窃私语："哇，那是何堪庭的弟子？真是一表人才啊。"

连林声也偷偷在苏起耳边赞道："李凡好帅。"

苏起："你今天才知道吗？我早就发现了。"

一旁的梁水淡淡瞥了她一眼。

老先生和李枫然分别在两架相对的钢琴前落座，彼此都将手指放在琴键上，没有任何招呼，仿佛心有灵犀一般。老先生才弹响第一个音符，李枫然便迅速跟上，一曲急速而轻快的音乐流淌出来，溢满整个音乐大厅，是《匈牙利狂想曲第二号》。

苏起他们在南江巷听李枫然弹过无数遍，此刻在音乐厅里，每个音符都更加清晰饱满，像雨后翠绿欲滴的树叶，叫人心情分外爽朗。

苏起想，钢琴并不是什么有着高门槛的艺术，只要是美好的音乐，所有人都能感受到并沉浸其中，哪怕街边的流浪汉也能听出好心情。

李枫然和何堪庭合奏一曲后，是老先生的独奏，李斯特、贝多芬，等等。

上半场快结束时，由李枫然独奏了一曲经典的《肖邦圆舞曲》，少年的手指在琴键上飞速弹奏，眼花缭乱，像淙淙急流的溪水，拐进小沟里又舒缓地打着旋儿，继而再度坠落沟壑，疾疾飞流。

全场观众都专注地听着，对这个低头弹琴的少年投去欣赏赞叹的目光。

舞台的灯光笼在他头顶，像罩着一层洁白的光晕。

所有人陶醉其中，直到他手指轻轻一扬，最后一个音符落下，一曲完毕。上半场结束了。

李枫然起身走到前边，冲现场观众深深鞠了一躬，表情依旧清淡无波。

掌声雷动，上半场结束。

梁水靠进椅子里，回味了半天，说："厉害，这家伙绝对谦虚了。"

林声感叹："我一直都知道李凡厉害，现在才发现他有多厉害。"

路子灏道："我们还能一直做朋友吗？"

三个人齐齐扭头看他："废话！"

苏起道："风风不是那样的人，他才不会抛弃朋友呢。"

路子灏蹙眉："朋友不一定是抛弃，最可怕的是距离。我不想大家的距离越来越远，太远了，就看不见朋友了。水砸，你得了冠军会忘记我们吗？"

梁水受不了他了，站起身，越过苏起和林声，用力敲了下他的脑壳。

路子深则幽幽道："你们长大了就会知道，朋友如果不在一条水平线上，就只会越走越远。这是谁都改变不了的现实。"

几个人不吭声了。

苏起思考片刻，忽然说："我会努力追上去的。"

林声点头："我也会。"

路子灏咬牙："还有我！"

路子深看了他们几个一眼，挑挑眉梢想说什么，可略一迟疑，最终什么也没说，只是弯了下唇角。究竟是支持还是不屑，不得而知了。

直到整场演奏会结束，大家在厅外等待李枫然时，还在讨论着以后要如何努力奋发向上和朋友们手牵手的事。

李枫然出来得很晚，观众都散去一个多小时了，他才出来，应该是何堪庭留他讲了很久的话。

苏起、林声他们迎上去："风风你真棒！"

"李凡你真棒！"

李枫然淡淡一笑，起先没说话，走了一会儿，才说："谢谢你们来看我的演奏会。我刚在台上看见你们了，很开心。"

"说什么呢？"苏起轻轻推他一把，"那你有没有看见我们听得超级认真啊？"

李枫然笑："看见了。"

路灯光透过树影，在少年们身上流淌而过，如滑过的时间。

苏起开心地在他身边蹦跳，迎着微热的晚风，说："风风以后会是大钢琴家，以后你的每一次演奏会我都要坐在前排听，嘻嘻。"

李枫然只笑不语。

梁水看了他一眼，没说什么。

那晚回了酒店，洗漱完毕各自上床睡觉，关了灯。

梁水睁着眼，渐渐适应黑暗后，忽然问："你还是不满意？"

"嗯。"隔着一条通道，李枫然躺在隔壁床上，说，"你们不是专业的，听不出来。但我自己知道。"

"知道什么？"

"离最顶尖的钢琴家还有一小段距离。而这一小段距离……你应该懂。"

霓虹灯光从窗帘上滑过，隐约能听见楼下车流的响动。

梁水沉默许久，说："我最开始训练的时候，教练跟我说了'一万个小时’定律。不论做哪一行，必须专注投入一万个小时，你才可能做到那一行的上层。

“但走到上层后，再往顶尖走，会有很多外行人看不到的坎。提高一点点，哪怕一点点，一秒，半秒，都很难。哪怕重复无数次，又再花一万个小时。”

李枫然低低“嗯”了声，说：“但你好像还没放弃。”

梁水拿手枕住后脑勺，忽然故作成熟地说：“我的字典里没有‘放弃’这两个字。”

几秒的安静后，黑暗中传来李枫然扑哧一笑。他转了个身子。

梁水问：“那你准备怎么办？”

“有何老的名声和教导，我能走到很不错的位置。可我不确定那是不是我想要的。”

梁水不语，过了一会儿，说：“需要帮忙找我。”

“嗯。”李枫然问，“明天的选拔赛，心里有底吗？”

梁水长叹一口气：“不知道。我反正尽全力了，究竟是个什么水平，明天看。至于后面，走一步算一步。再说。”

李枫然听他讲着，忽然也释怀不少，说：“早点睡，明天有比赛。”

“嗯。”

第二天一早，南江的伙伴们全部到齐，一起陪同梁水去体育馆的比赛场地。

这一回，大家没了昨夜看演奏会时的自在，都有些莫名紧张。

尤其苏起，进馆前围在梁水身边碎碎念，一会儿关心他肚子饿不饿，一会儿又担心他吃太饱；一会儿关心他渴不渴，一会儿又担心他喝太多水。

梁水见她忙前忙后围着自己绕圈圈，有些好笑，说：“我要真入国家队了，请你当我助理。”

苏起一愣，说：“喊，我才不要呢。每天看见你，我心情都不好了。”

梁水一指头敲在她脑门上：“一会儿不吵架你皮痒是不是？”

苏起捂着脑门就要跳起来揍他，可一想他今天要比赛，磕着碰着不好，便忍住了，说："比赛完了我再收拾你。"

入场馆后，梁水跟着教练走了。

苏起这才发现市里的领导还有学校领导也都在。

苏起瘆得慌，避开他们的目光，拉着李枫然、林声他们去了看台另一侧，找了个指定区域坐好。

看台上的不少观众，都是运动员的领导和家属亲友。

苏起坐下后，搓搓光露的膝盖，抖了一下，说："馆里好冷。"

林声打哆嗦："我也觉得。"

苏起扭头问伙伴们："你们紧张吗？"

林声和路子灏齐齐点头。

路子深和李枫然不作声。

正说着，第一组比赛选手出来了，里头没有梁水的身影。

看台上没开灯，只有偌大的冰场上亮堂堂的，像一面巨大的白镜子。

一组五个选手站在起跑线上，发令枪一响，齐齐飞奔。

看台上有一片观众瞬间站了起来，但没一个人喊加油，整个场馆内鸦雀无声，只有冰刀划地的声音。短道速滑本就速度极快，一组比赛眨眼间就结束了。

率先冲过终点线的两个选手用力握了下拳，后头三个则垂下头，耷拉着肩膀在冰面上慢慢滑行降速。

一时间，苏起为那些落选的少年难过极了。

这样的比赛持续了十几组，过了近一个小时，苏起才终于看到梁水的身影。

他踩着冰刀滑进场内，微抬下巴，系着头盔上的扣子。他眼神专注地盯着冰面，表情严肃，没有看任何人。

他滑了几圈热身，等裁判召集了，他沉默地滑到起跑线前站好，微微躬身，做好备跑的姿势。

发令枪一响，他如箭一般飞驰而出。

苏起一瞬间从座位上跳起来，却紧咬牙关没发出声音，她握紧拳头，眼睛一眨不眨地盯着在场地中央飞速疾驰的梁水，看着他加速，斜身过弯道，加速，超越，斜身再过弯道，再直起身子，加速，超越……一圈一圈，少年面色冷峻，眼神如刀，光电一般在冰面驰骋。

苏起心里突然涌起一阵潮水般的感动——他就是属于这块冰面的。

过去那么多年，他的热血，他的激情，他的坚持，他的忍耐，他的韧劲，全都挥洒在了这块冰面上。只有在这里，他才是那个最认真专注最意气风发的梁水。他就该是属于这里的啊。

正想着，梁水以小组第一的成绩冲过了终点，他直起身，放松了下去，人还在冰面上随着惯性飞速滑行着。滑到伙伴们所在的这边看台，苏起终于忍不住，叫了声："水砸！"

这是今天场馆里的第一声大叫，吸引了全场目光。苏起才不管，她太激动了，她就是要叫，还冲他挥了挥拳头。

梁水朝她看过来，眼神淡淡的，面容尚余着比赛时的冷酷紧绷，却没了一贯的嫌弃，轻轻瞥她一眼，滑到另一头去了。

一轮下来，参加选拔的运动员少了一大半，看台上的观众也跟着少了大半。馆里气氛简直比冰面还冷。

但比赛还没结束，仍有第二轮。

路子灏深呼吸，说："不行了，这么比下去，我心脏要爆了。比我参加奥数还疯狂。我能出去躲一会儿吗？过会儿声声来告诉我结果。"

林声哀叹道："想得美，我现在脚都软了。"

李枫然仍是不作声，盯着场地边的梁水，握紧的拳头用力摁在膝盖上。

第二轮比赛，梁水又一次在他们小组跑了第一，苏起他们紧揪的心稍稍落下了半点。

场上的运动员再次少了一半，苏起旁边几个领导、家长起身走了，很失落的样子。

苏起刚缓和的心又忐忑起来，她看了眼电子显示屏上的成绩。初始有一百多个少年，两轮比赛下来，梁水的平均分名次一直在十和十一之间徘徊——这次选拔只有十人能入选。

终于到最后一轮。两人一组，十组比赛，按整体名次排名淘汰后十位。

梁水仍是最后一场。

上场——发令枪——赛跑——冲刺——出成绩——离场——上场——发令枪——赛跑——冲刺——出成绩——离场。

一场接一场的比赛高速进行，无缝衔接，没有任何失误和惋惜的机会，仿佛最冷酷无情的运转机器，只有少年们在冰场上奋力拼搏的身影。

一场场比赛下来，电子屏幕上运动员们的名次不断发生变化。

所有人盯着电子显示屏，大气都不敢出。直到最后一组上场，苏起他们早已紧张得脸色发白，全身直抖，互相都握紧了手。

梁水滑到起跑线上站好，仍是冷定严肃的模样，看不出任何情绪。

最后一声发令枪响，他冲出去，瞬间占据领先位置，飞速滑过第一个弯道。他的对手紧随其后，死咬着他，滑过第二圈时，那少年突然加速钻了个空子超过了梁水！

苏起他们惊得一下子站起了身。

梁水伏在冰面上，稳定而高速地滑过弯道，趁着直道想重新超过去，但对方卡住了赛道。他尝试未果，又试图从弯道超车。他在外围跑出一个大圈，眼见要加速超过，可前头的少年竭力提速再度稳住了领先地位。

整个场馆里死一般地寂静，只有冰刀划在冰面上刺耳的声响。

苏起仿佛赤脚站在冰面上，整个人冰冻凝固了，只有心脏疯了般搏动着，祈祷着，呐喊着，恨不能用自己的意念自己的心跳冲上去，去推他一把。

只剩最后一个弯道，梁水还不放弃，竭力再度冲刺，竟奇迹般地追上了对手的身位！

苏起捂住嘴巴，瞪大眼睛，几乎要尖叫。可他最终没有超过对手，和他几乎同时冲过终点，却差了一把冰刀的距离。

苏起等人一声不吭，盯着显示屏。几秒之后，名次再度刷新，梁水的成绩出来了——第十一名。和第十名差了 0.01 秒。离第七名也只差 1 秒而已。

看台上的五个伙伴凝望着那个排名，都僵住了。

梁水扭头看了眼显示屏，目光定定的，像是要把它看清楚似的，足足五秒后，他扭回头去。

他并没有像其他落选者一样垂头丧气，他只是叉着腰，深呼吸着，微微抬头望向天空，像要找寻某个声音某个答案。这一刻，只有他的冰刀带着他在冰面上缓缓地漫无目的地滑动着，看不清他的眼神究竟是茫然抑或是失落。

苏起也不知为什么，突然别过头去，眼泪就下来了。

……

一个多小时后，大家在体育馆外等到了梁水。他换了身 T 恤牛仔裤，洗过澡后，整个人清清爽爽的，就头发还有点儿湿。

他看上去挺平静，平静得有点儿不像他。

他扫了伙伴们一圈，见大家都很低落，尤其是苏起，眼睛红红的，肿得跟核桃一样。林声也是泪汪汪的，纯属被号哭的苏起招惹的。

梁水静静看着苏起，眼神里似乎有很多情绪，却一句话也没说。

路子灏说："七七刚才哭得可凶了，废了我两张面巾纸。"

梁水竟淡淡笑了笑，眼神很静，说："让你失望了。"

苏起急道："我才没有失望！你这个笨蛋！"

她只是心疼，很心疼。

她不是没听康提讲过，对专业运动员来说，梁水太瘦，他先天的身体素质无论是耐力和抗疲劳力都比北方运动员差，能走到今天已经是奇迹。可她觉得这根本不是奇迹，明明都是他一点一点拼出来的，却偏偏——

她眼睛又湿了。

梁水张了张口，想说什么，最终什么也没说出来，抬手揉了揉她的头。

倒是路子深说："你年纪还小，多的是机会。再说，你进省队了，以后从省队再选，也不是不可能的事。"

梁水没回答，苏起反倒是很急切："真的吗？"

路子深："真的。"

苏起这才稍稍安慰了些。

但梁水什么也不说，拔脚走了。

第二天，他们坐上了回程的火车。回程不是高峰期，他们买到了卧铺。

和来时不同，回去的火车上没人玩闹，他们一起吃了泡面，就躺回各自的卧铺上睡下了。

已是深夜，卧铺车厢灯光熄灭，只留下昏暗的廊灯。

五个少年躺在昏暗的车厢里，谁都没睡着。

路子灏想着哥哥说的话。

林声想着上海大学这个目前看上去遥不可及的目标。

李枫然想着难以再突破的瓶颈，无法更快的手指。

梁水想着那 0.01 秒。

有些事或许曾在潜意识里做好了准备，料想过会失败，可当它真的到来时，接受仍是件困难的事。

苏起躺在黑暗中，想着路子灏，想着林声，想着李枫然，想着梁水，最终想到了自己。

努力、拼搏都不能保证一次就走到高处，还要再一次的努力，再一次的拼搏。

而她呢，上课听讲了，完成作业了，是班级前几名，年级前列，就满足于这样的现状了，从没想过出了云西，天外有天人外有人。

还是小时候好啊，会做一点点小事，就是天才儿童。可长大了，就不得不面对现实——他们离真正的天才，差了很远的距离。

少年们在各自的床铺上辗转反侧。

苏起不知什么时候睡去的，第二天醒来，车已到了云西。

下了火车，面对小而旧的火车站，苏起有种时空变换的错觉。昨天还在繁华大都市，今天就又回了破落小城。

回家了。

心情和脚步却不再轻松。

走出火车站，夏天的阳光铺天盖地，晃人眼。

伙伴们都不讲话。

苏起深吸一口气，振奋地说：“我决定从现在起，高中两年别的什么都不想了。好好学习，天天向上！”

伙伴们都看过来。梁水微眯着眼看着她，若有所思，片刻后将手塞进兜里。

路子灏被她感染，用力道：“我也是！”

林声：“还有我！”

李枫然：“我！”

苏起举起拳头，伸向蓝天：“冲呀！”

深夜的南江巷，家家户户的窗口亮着白炽灯的光。窗外，夏夜的蚊虫绕着光柱飞舞，蛐蛐儿在草虫里叫嚷。

夜风微凉，仍散不去燥热。

梁水从巷子里走过，到了苏起家门口，悄悄绕到那株栀子花树下。他手中捧着一个袖珍的花盆——出门前，他已将花盆敲碎。

此刻轻轻一掰，花盆碎成两瓣，他用瓦片在栀子花树下挖了个小坑，将手中那团泥土埋进地里，合上土，拿矿泉水瓶浇了点儿水。

头顶的窗户里传来苏起和苏落抢遥控器的声音。

他不受干扰地做完这一切，拍拍那片泥土，轻手轻脚地离开了。

那颗豆子，真的会长出来吗？

家长夜话

程英英：“水子还好吧？”

康提：“哎，他说还好，但我看得出来，他心里头是难过的，不肯说而已。我倒希望他能跟我吵吵架发发脾气，就怕他憋着难受。你说吧，小时候嫌他不听话，总跟我吵；现在希望他跟我吵吵发泄一下吧，他又不愿惹我生气了。”

程英英：“孩子长大了，懂事了。这下，他准备怎么办呢？”

康提："他还不想放弃呢。"

程英英："这孩子，看着什么都不在乎不放心里，但还是挺执着的。"

康提："就是性子犟，跟我一样。"

程英英："可……万一，我是说万一，那不是又是打击一场？"

康提："唉哟你就先别说这万一了，我心里头慌。其实我也不指望他拿什么冠军，是他自己要争气。可出人头地哪儿那么容易啊。他现在这水平已经很拔尖了，却非要走到第一去，唉。"

程英英："也别太悲观，孩子有拼劲儿是好事。"

康提："有拼劲儿是好事，太执着了就怕万一啊。你们啊，以后都别再提什么冠军不冠军的了，看他自己能不能把心理预期降一降。我什么都不怕，就怕他接二连三的……唉，我就怕，人被多打击几次，气性就……"

（上卷完）

Best Time

白 马 时 光

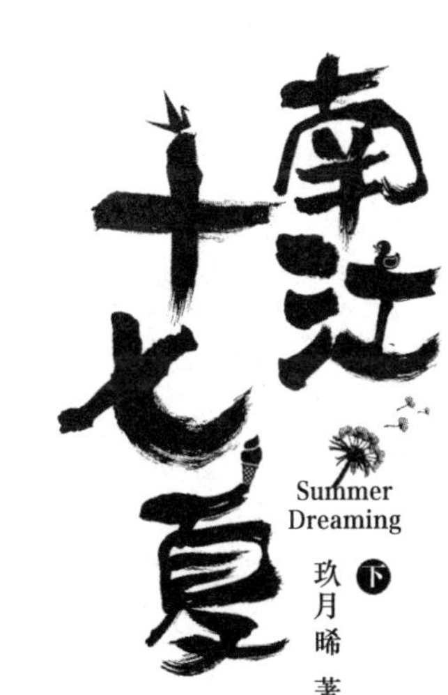
南江十七夏
Summer
Dreaming
下
玖月晞 著

百花洲文艺出版社

目 录

--Contents--

目　录

--Contents--

Chapter 19

发芽吧

唰——冰刀划过冰面的刺耳声响。

教练有节奏的拍手声："啪！啪！"

教练的呵声："注意节奏！节奏！"

苏起趴在围栏边，看梁水踩着冰刀在冰面上高速滑行。少年的眼睛映着冰面的白光，亮亮的，冷静而坚定。

他在冰面上一圈一圈地跑着，目光始终凝聚在他的赛道上，丝毫没注意苏起的方向。

苏起看了眼远处的玻璃窗，窗外暴雨倾盆，树木倾摇。

这个夏天真叫人沉闷啊。

梁水从上海回来半个月了，他看上去和以前没什么太大的不同，却又似乎有哪儿不一样了。

他忽地从她面前滑过，少年的脸被冰面反射得越发白皙冷俊。

苏起觉得有点儿冷，搓搓手臂走上看台，坐在路子灏和林声身边。

林声看了下表，说："七七，我再等十分钟要去画画了。"

路子灏说："我也要去背英语了。"

“好啊。”苏起点头。

“水子交给你啦。”

“嗯嗯。”

不一会儿，他们两个走了。

苏起又趴到围栏边看梁水训练。她忽地心想，他心里会不会有那么一丝丝担忧：“我会不会已经到极限了，会不会再努力也无法更好了。”

他心里应该有过这种感觉吧。

带着这种不愿承认的隐隐恐慌继续日复一日地熬着，熬着那痛苦而漫长的体能训练和永远跑不完的赛道，会是什么心情？

她的心莫名地一刺一刺地疼。

正想着，却见梁水不知什么时候已结束赛跑。他看向她，迈动两下步子，高速朝她飞驰过来。

体校和一中挨着，自上高中后，苏起常来这里看他训练。原以为他会习惯，然后不搭理她。但每次他都会来跟她打招呼，每一次都会。

苏起趴在栏边，以为他会减速，所以没躲；梁水以为她会躲，所以没减速，他一下子撞到她面前，差点儿和她的脸碰到一起。

少年身上带着冰沁沁的凉意，扑到苏起鼻尖上。她瞪大眼睛，愣了愣。

他也愣了愣，撑着围栏，和她拉开一丝距离，说：“他们走了？”

苏起解释：“声声要画画，路造——”

他打断：“七七，我有事跟你讲，跟你一个人讲。等我收拾完。”

苏起微讶，迎着他沉黑的眼睛，点了下头：“好啊。”

梁水滑到另一端，推开围栏，取下冰刀，消失在了更衣室走廊。

……

两人从体育馆出来，暴雨停了，空气中散发着泥土的清香。前几日还灰扑扑的树木被冲洗得恢复了绿意。

梁水把苏起领到那家奶茶店，给她买了杯奶茶。

苏起一时有些恍惚，想起了小学。

那时的梁水还是个小男孩，将将比她高小半个头；现在他已长成翩翩少年，高她一整个头了。

梁水拿吸管扎进奶茶杯，递给她，淡淡道：“说了要包你的奶茶，没忘。”

苏起微微笑，观察他的侧脸，他很平静地喝着自己杯里的奶茶，嚼着珍珠。看上去没有开心，也没有不开心。

但……这不是他。

她试探着，小声说：“水砸，我感觉，你最近好像不是很开心的样子。”

梁水看着路的前方，见她前边有个水坑，握着她的手臂往身前带了带：“没有，你想多了吧。”

苏起不作声了。

自上海回来，谁都没跟他谈过失败的事，那件事仿佛就扔在地上，扒扒土灰，随便给埋上了。

暑假里，他不仅在训练，还开始补习了。在家的时候也不玩游戏了，在认真看书。

他是害怕自己没有出路了吗？苏起想到这里，莫名地心酸。

正想着，“吧唧”一脚踩进一摊水里，她回过神，赶紧跳到一边。

“苏七七你真行。”梁水叹道，“我就回了下头看那只鸟，一秒钟没盯着，你就往水里蹦……”

说着，人已蹲下去，拿纸巾胡乱擦掉她小腿上的泥水。

苏起捧着杯奶茶站在原地，红着脸眨巴眼睛。

很快，他站起来了，睨着她，眼神不悦。

纸扔进垃圾桶，继续前行。

苏起一跳一跳避着水坑，跟上去：“你要跟我说什么事啊？”

梁水嘴唇搭在吸管上，又松开了，说：“明天我想去林东，你陪我去。”

林东是离云西两个小时火车程的城市。

“行啊。”苏起一口答应，又问，“去干吗？”

梁水说：“找我爸爸。”

苏起惊了惊，小碎步凑到他旁边，压低声音：“你爸爸在那儿？我以为在南宁呢。”

“我找到他地址了。”梁水语气一转，“这件事不能让任何人知道，就我们俩。”

苏起立刻小鸡啄米般点头：“我保证。”

梁水不说了，一手插着兜，一手捧着奶茶，往家的方向走。

苏起跟在他身后思索，梁水的爸爸这些年一直在省内，就在林东？住得这么近，难道他经常偷偷回来远远地看梁水？

苏起看了梁水一眼，他目视前方，有些安静而漫不经心。

她想，水砸现在对未来很迷茫吧。他很需要找人倾诉，找人指路，但不知该找谁。

如果这次梁爸爸能给他一些指引，一定会很好。

第二天，苏起跟家里撒谎说去刘维维家玩，梁水撒谎说去程勇家玩，两人一大早跑去火车站，搭上车就往林东出发了。

虽是暑假，但昨天刚下过大暴雨，很是凉爽，还有微风习习，再好不过的天气。

两个小时的旅途，梁水虽摆着一如往常的淡漠神情，但明显有些坐立不安。他不是靠在椅背上放松，就是趴在小桌边睡觉，猛然意识到压到头发了，又弹起来拨弄发型，继而托腮望窗外，又起身去走廊里转转，又回来趁着窗外绿树成荫在玻璃上形成镜面时，凑过去认真观察自己的模样。

苏起见状，坏笑：“水砸，你很好看呢。”

梁水拨着头发，不太好意思地躲开她的眼神，说：“好看个屁！”

“真的。”苏起哄他开心，“梁霄叔叔看见你，一定会很喜欢你的。他肯定会说：‘哎呀，我的宝贝儿子长这么高这么帅啦！’真的。”

梁水白她一眼：“傻子。”

话虽这么说，但又抿着嘴笑看了下玻璃镜面。

苏起趴在小桌上，凑近他，道：“不过我猜，他肯定隔三岔五就来云西偷偷看你，早就知道你长得比小时候还好看了。嘻嘻。”

“是吗？我倒觉得他不常来。”梁水说，一副满不在乎的样子，却掩饰不住眼里一闪而过的暖意，和一点小骄傲。

苏起轻轻“嘁”了一声，这个口是心非的家伙，你心里要不这么想，你会在这时候过来找爸爸?

果然，他在她面前没有忍住，说：“好吧。其实，有几次我感觉训练的时候有人在看我，偷偷在看。”说完，实在没绷住，唇角弯了一下。

这一抹笑容竟有些腼腆羞涩。

让苏起心头一动。

她想了想，轻声说：“水砸，其实我最近也感觉不是很……唉，不知道怎么说，就是从上海回来后，我总是想‘未来’了。想要奋力一搏，可又在害怕什么……你呢？你会有这种感觉吗？”

梁水收了笑，低头拨弄着头发，说：“有点儿。”

苏起抠抠手指，有些惭愧，说：“我也不知道怎么帮你。还有爸爸妈妈们，好像他们也没有特别的办法。但你别难过啊，什么事情都能找到出路的。”

梁水轻轻点了下头：“嗯。”

既然话已说开，苏起又道：“水砸，之前在上海，你说让我失望了。其实没有的。你是我见过的最厉害的人，而且，”她有些不好意思地笑笑，“我从你身上学到了很多。真的。”

梁水静静看着她，斑驳的阳光透过窗外的树影，星星点点洒在她脸上，少女的眼睛黑白分明，清澈明亮，很真诚，很温暖。

那股暖意似乎能抵达他心底。

没想到啊，直来直往的苏七七也学会了迂回战术。

他不经意地笑了下，移开眼神看窗外，说：“矫情。”

苏起瞬间变脸，“咚”一脚踢到他腿上：“烦死你了！”

“啊！”梁水表情痛苦，惨叫一声，俯身去摸小腿。

苏起吓了一跳，慌忙弯腰往小桌底下看，伸手去摸：“啊？踢到腿了吗？我明明很轻——啊！！！”

梁水一手摁住她后脑勺，将她死死摁到桌子底下。

苏起这才知道他又骗她，气得双脚乱蹬，双手乱抓，可她哪里敌得过他的力气，跟只鸡崽儿似的直扑腾：“梁水！你再不放手！”

梁水逗她一阵，放了手。

苏起坐起身来，憋得满脸通红，这下不踢他腿了，起身“啪啪啪”在他肩膀上狂打了三下。

梁水靠在椅背上笑得直抽抽，任她打。

苏起打完了，消气了，一屁股坐回去，脸颊红扑扑的，头发早已散乱得不成样子。

她一把将头绳扯下来，随意甩了下长发。

少女亚麻色的长发有着自然起伏的波浪弧度，凌乱地散落肩头，阳光照耀着，给发丝染上了莹润的光泽，衬得她的脸越发巴掌般小巧白皙。

梁水安静地看着这一幕，忽然间，心跳漏了一拍。眼见苏起眼神要移过来，他匆匆别过头去，缓缓长吸了一口气。

两个小时后，火车到达林东。

那座城市和云西差不多，小小的，旧旧的。

梁水从兜里掏出一张字条，上头抄了份地址：“林东市沿湖大街103号水电院12楼1单元403。”

苏起问：“你从哪里搞来的地址啊？”

梁水说：“我妈的笔记本。”说到这儿，他有些不满，“她一直没告诉我。”

苏起鼓鼓嘴巴不吭声，大人的选择，她也不好讲。

而梁水也没太介意，他不再是当年那个总爱跟妈妈吵架的孩子了。

这些年康提过得多辛苦，他不是不知道。所以很多时候，即使有些小摩擦，争执几句就算了，他不愿惹她伤心。

苏起也不知怎么想的，忽然伸手过去，摸摸他的后背，像哄小孩似的安慰他：“不气不气哦。”

梁水有些好笑，拦了辆出租车。

去水电院的路上，他一言不发地望着窗外，观察着父亲生活的城市。

这里看上去和云西没什么太大的不同——不算宽敞的大街，矮旧的楼房，杂乱的店面。

苏起不打扰他，让他一个人待一会儿。

林东不大，很快就到了水电院。

下车时，梁水不经意抿了下嘴唇，手无意识插进兜里，过一会儿又放出来，走进院子里了，还把外套拉链给拉了起来，又低头整理了下领口。

苏起这回没笑话他紧张了，她沉默而坚定地陪在他身边，在老旧的单元楼里搜寻12号楼的位置。

很快，她看见树梢后一个鲜红的12："水砸，那里！"

梁水微吸了口气。他和苏起走到楼下，朝楼上望了眼，只望见家家户户的厨房外墙上挂着生了锈的空调挂机，感觉随时会坠下来。

各家的紫菜蛋花汤、回锅肉、芹菜炒肉、辣椒炒猪肝等香味飘散下来，跟一串菜谱似的。

苏起率先走进楼道，梁水跟在她后面，脚步似有犹豫。但苏起回头看他时，他很淡定的样子，迅速低头穿过低矮的门廊，走进来了。

他双手插兜，跟她走过灰尘遍地、小广告满墙的楼道，一直上了四楼。没有门牌，只有圆珠笔在某扇门旁的墙壁上写了个"403"。

苏起站到门口，回头看梁水。

楼道里光线昏暗，梁水的脸苍白而安静，苏起似乎能听见他略显急促的呼吸声。

他走到门边，抬起手指，犹豫了两秒，开始叩门，咚，咚，很轻的两下。

随之是安静。等了几秒，没人应门。

他再度敲门，加大了力度，咚，咚，咚。还是没人。

梁水眼里的光芒黯淡下去，苏起见了，刚要说什么，可他再次敲门，一下接一下，敲了近十下。

家里的确没人。

终于，他垂了手，不知是如释重负，还是失落至极，转身下了楼。

一出楼道，阳光铺天盖地，梁水被晒得眯起了眼。

苏起跟上他，说："可能临时出去了，或许去买菜了呢？"

梁水低声："应该是暑假出去玩了，走吧。"

苏起知道他心里其实不想走，于是挽留："再等等吧，我们等一个半小时好不好？反正有的是时间。"

梁水扭头看她，仍有最后一丝希冀："火车什么时候开？"

苏起眼睛一亮："最迟一班下午五点呢，真的有很多时间。四点再走都不要紧，我们可——"

等等，一辆停在路旁的桑塔纳小轿车莫名引起了她的注意，车上下来的那个人好像有些——眼熟？

彼时，梁水正扭头看着她，而苏起忽然就看清了那个男人的脸——梁霄锁了车门，和一个女人牵着一个约四岁的小男孩从梁水身边走过。

苏起心头一凉，想抓住梁水，可来不及了——偏偏就是那擦肩而过的前一秒，梁水已顺着她惊讶的目光回过头去，看见了梁霄。

他脚步猛地顿住，停了下来，可父亲和他依然擦肩而过。

梁霄眼角的的余光无意瞥了他一下，但没认出他来。

一瞬间，所有那些父亲曾偷偷跑去云西看他上下学看他训练的美好幻想，如肥皂泡般破灭。

他就生活在离他很近很近的地方，但过去的那么多年，他一次都没去看过他。

他迎面开车过来，停了车，下了车，都没有看见梁水。

或许已经忘了他长什么样子吧。

苏起心都僵了，就见梁水如点了穴般立在原地，脸在一瞬间变得灰败可怜。

身后，小男孩跳着叫着："爸爸，我要看《快乐星球》！我要买《快乐星球》里的玩具！"

"买买买，都给你买。"梁霄把儿子抱起来，许是感受到身后的人停在原地，他回过头来。

苏起正回头望梁霄，梁水突然搂住她肩膀将她揽进怀里，他飞快地低下头，额头紧紧压住她的鬓角——

他不想让梁霄再看见他们。

梁霄见状，以为是少男少女在亲热，扭头走了。

爸爸和儿子的聊天声消失在楼道里。

梁水僵硬地保持着将苏起搂在怀里的姿势，他紧紧搂着她，牙齿咬得咯咯响，从手臂到身体到双腿，整个人都在剧烈发抖。

苏起从没见过有人会颤抖成这样，她甚至害怕他下一秒会像一面玻璃般碎裂。太痛了。他额头死死抵着她的太阳穴，仿佛能把她揉碎进去。

她也不管了，慌忙抱紧他的身子，拍拍他的后背。她眼圈红了，眼泪浮起来，她咬着牙，安慰："没事的水砸，没事的啊。他没什么了不起的，真的。住这种破地方，还有烂得跟废铁一样的烂车，他没什么了不起的！"

她从没如此尖酸刻薄过。

梁水突然松开她，面容惨白，转身就走。

苏起气不过，捡起一块石头，用力摁在那辆桑塔纳上，将车身狠狠划出一条长线，还不解气，又画了三个字："王八蛋！"

梁水表情冷灰，眼神空洞地看着她做这些，直到有邻居出来，叫道："你们干什么？！"

苏起吓了一跳，梁水拉住她的手就跑，那邻居在后边追了几步，架不住少年脚力好，很快就追不上了。

他扯着她飞跑出院子。

他拉着她一路飞驰，不肯停下来。苏起跑得满头大汗，脉搏乱跳，心脏要爆炸了，可她咬牙陪着他跑，死死坚持着，不肯叫停。

夏天的阳光透过茂密的树梢，照得世界明亮清新，多美好多盛大的一个季节啊。

他和她凌乱的脚步声在青石板上回荡。

避让的路人回头看他们，感叹：哟，谈恋爱的少男少女吧，真是青春无忧啊！

两人竟这样生生跑去了火车站，买了最近一班的车，逃亡似的上了车。

梁水已经虚脱，他满头满脸的汗，呆呆靠在座椅靠背上望着窗外。

苏起拿纸巾给他擦汗："水砸你别难过了，他不值得的。你看他这个人，"她越说越气，"他就是个王八蛋！"

梁水嗓音跟蛛丝一样虚无，低问："他是王八蛋，那我是什么？"

苏起斗着胆子："蛋蛋？"

她想逗他开心，但他笑不出来，有气无力地看了她一眼，眼神便空空移向窗外。

她低声："我说错了，对不起。"

梁水却说："谢谢你。七七。"

苏起难过极了。

梁水又说："七七，今天的事，永远不要跟任何人讲。任何人。"

包括南江巷所有人。

"你放心，我绝对不会的。"她很用力地说，仿佛想给他力量，"我保证。我发——"

"不用发誓。"他打断，"你答应了，就够了。"

苏起忽然明白，他或许根本不相信誓言这种东西了。她越发难受，却说不出别的新鲜话："水砸，你别难过。"

"嗯。"他应了一声，将棒球帽扣在脑袋上，遮住了大半张脸，只露出鼻尖和嘴巴，说，"跑累了，我想睡一会儿。"

"你睡吧，我不打扰你。"

他将脑袋歪在车壁上，不动了。

苏起趴在小桌上，心生悲凉。难怪康提阿姨从来不提梁霄，还撒谎说他去很远的南宁了。原来是她早就看透了，不想水砸难过。

但他还是发现了。

本来想来疗伤，结果又捅一刀。

她心疼地抬眸看他，猛的一愣——

梁水歪头靠在车壁上，安静，无声，一动不动；棒球帽遮住了他的脸，他下颌紧紧咬着，两行清泪在下巴处汇聚，一滴接一滴地往下砸。

苏起突然握紧拳头，刚才她就该砸了梁霄的车玻璃！

对面的少年静默不言，眼泪却如雨下，越来越多，他肩膀直抖，微张着口颤抖着吸气，眼泪疯了般不停地从脸颊滑到下巴，珠子般滚落。

苏起扑上去一把将他揽过来抱进怀里，他脑袋埋在她肩头，泪水滚滚，瞬间就濡湿了她的衣衫。

他哭得浑身都在颤抖，却仍是执拗地不肯出声，只有那重重的颤抖的抽气声，压抑在喉咙里，闷哼出来。

苏起什么安慰的话都说不出来了，只是咬着牙，含着泪，紧紧抱着他。

水砸，你以后一定会很有出息的！

他一定会后悔的！

一定！

正值暑假，校园里一个学生都没有，只有教师办公室门外时不时有老师进出。

苏起轻车熟路跑去高一教学楼四层，猫到办公室门边，探出脑袋往里看，鲁老师正坐在办公桌前写东西。其他老师不在，时机正好。

她刚要敲门，鲁老师抬头看见她，说："苏起你进来，我刚好看到你的卷子。"

呃，期末卷子。

苏起走进去站一旁瞄，咦，就错了一道题呢。

但鲁老师不满意，红钢笔在卷子上画了一圈："你看，这个地方是不是粗心了？库仑定律公式，你自己看看？"

苏起凑过去："$F=kq1q2/r^2$，没错呀？"

鲁老师拿钢笔敲了下她脑袋："你看看你算错没？"

苏起捂着头一瞧："啊！r忘记算平方了！"

100分的卷子，得了97分，鲁老师说："下次再犯这种错误，要罚你了。"

苏起："噢。"

鲁老师："说吧，跑学校来干什么？"

苏起先冲他笑笑，说："鲁老师，你能不能帮帮水——梁水啊？我知道你也是他的物理老师对不对？再说，他下学期或许来我们班呢，你就是他的班主任了。"

鲁老师说："他怎么了？"

苏起把上海的挫折说了一遍，鲁老师蹙眉："这事我知道。他已经非常厉害了。可这地球上多少人哪，不论竞技体育，还是做其他事，要走到顶尖，不是常人能想象的难度啊。他家里人没好好开导他？"

"老师，梁水他——爸爸不在，妈妈又忙。这次，我感觉他很迷茫，好像心里一直有目标，却抓不到了，就看不见方向了。"苏起难过道，"我还在读高中，很多事我自己都搞不懂呢，哪里帮得上他呀？但你是老师，所以——哦，你可千万别说这是我说的。"

鲁老师思虑片刻："我会找他谈的，联系方式呢？"

苏起立即把梁家的座机号、康提的手机号都写了下来："谢谢老师。"

苏起回家后只字不提找过老师的事，假装什么都不知道，只每天偷偷观察梁水的精神状况。

自那天火车上痛哭后，第二天他就恢复了正常，依旧每天一大早去训练，碰上巷子里的人会打招呼，碰到啾啾也会蹲下来摸摸它的猫爪。中途有几天还出去参加比赛了。

苏起稍松了口气，心想，虽然难过，但终究都会过去的。这不就是长大嘛。

直到离暑假结束剩不到一周的时候，几个孩子在梁水家蹭零食，妈妈们在一旁闲聊。

陈燕无意间说起路子灏的老师，她说希望高二分班能分个好班级，遇到好老师。以前那高一6班班风太差，老师也不管学生。

苏起正在嗑杏仁，忙说："我跟老鲁讲了，要他把路造选到我们班来，不知道能不能成功。我还想把水砸和风风也选来呢。"

陈燕笑："要是那样就好了。跟你们一个班，子灏会很开心的。"

路子灏拉苏起："你真跟你老师说啦？"

苏起："对呀。老鲁很喜欢我的，嘿嘿。"

路子灏："要是成功了我请你吃炸鸡柳、炸里脊！"

"好呀。"

康提问："老鲁？鲁老师？"

苏起："鲁 ×× 老师，阿姨你认识啊。"

康提一笑："他是你们班主任啊，他是水子的物理老师。半个月前他给我打了个电话，帮了水子大忙了。"

大伙儿的目光都聚过来。

"我们云西地方小，没有先例，很多人不知道。但省城一些定点学校有体育特招，高考能去全国前十的大学，清华、北大都有可能的。"

刚好梁水从阁楼上走下来，一瞬间，全屋上下所有人齐齐看向他。

苏起举着颗杏仁指着他，大叫："你藏得这么深！都不告诉我们！"

"……八字没一撇的事儿。"梁水坐到苏起旁边，看了他妈康提一眼，说，"大嘴巴。"

康提抓起扫帚要揍他："你个没大没小的，说谁大嘴巴？！"

梁水坐在凳子上，一只脚踩着横杠，略一抬手，轻轻握住她手腕。

康提使不上劲，扫帚落不下来了。

梁水好笑。

康提又使了使劲，还是动弹不得："你个臭小子，放手！"

梁水不放，哂道："你现在还打得赢我？"说着把她手里的扫帚拿下来扔到一边，松了她的手。

康提又好气又好笑，拍了下儿子的肩膀算是打了。

一旁的妈妈们笑个不停："儿子长大了，管不住了。"

苏起仍执着于刚才的话题："水砸，你真能上清华、北大？"

梁水表情不太自在，尴尬地说："有人……有人上过。不是我。"

沈卉兰也纳闷："稀奇了，还能靠体育进大学？"

冯秀英说："太多了，只不过学校和学校之间的差距也大。"

陈燕："对，我听说过靠体育进一些普通大学的，没想到还能进清华、北大、复旦、浙大的？这我倒是头一次听说。"

冯秀英："相对应地，要求也很高。但水子我相信是没问题的，要是真能进前十的学校，就太好了。水子你要加油啊。"

梁水脸都红了，咬着块海苔不吱声。

康提叹："只能说尽力。现在的特招啊，只招些固定学校的生源，还有些关系户。具体也说不好。"

程英英道："不怕。我们水子厉害得很，能上的。"

苏起全神贯注地听着，咬着瓣橘子，亮着眼睛用力点点头。

梁水瞧着她那开心的表情，心里又莫名轻松了少许。

康提说："现在水子能尽力的，就是多参赛，多拿奖。"

苏起扭头："水砸，你的奖还不够多吗？你的柜子里一堆，卖废品都能卖十块钱呢。"

梁水被她逗得扑哧一笑，说："你是猪？奖多有什么用，你给我发一个南江巷速滑一等奖？云西高一年级一等奖？"

苏起："……哦。"

林家民问："你刚说云西没有先例，难道水子是第一例？"

康提摇了下头："云西太小了，是没路子的。我要给水子转学去省城二十一中。"

二十一中是省里最好的名校，文化课就不说了，体育生生源极好，甚至还有跳体操上北大的。那地方离省体校也近。

康提说："我早一两年前就该送他去的。怪我，在孩子的教育上没什么远见。要不是鲁老师提醒，就差点儿耽误了……"

"哎呀吃东西。话那么多。"梁水把一块西瓜塞她嘴里。

康提知道他的意思，笑笑不说了。

四个小伙伴都静静地听着，互相交换了一下眼神，又变得坚定而鼓舞，齐齐看梁水。

路子灏和林声很激动："太好了！真的太好了！水子，你要加油呀！"

李枫然也冲他用力地点了下头。

梁水什么都明白，看了他们每个人一眼，抿紧嘴唇低下了头去。

西瓜吃完了，苏起跑去厨房拿甜瓜。

她把甜瓜用凉水冲干净，削掉了蒂把和瓜屁股，切开，身后传来脚步声，是梁水。

苏起笑："水砸，你要偷吃吗？"

梁水过来案板边，和她站一起，忽地低声解释了一句："七七，没有确定的事，所以我不想说。"

苏起正切瓜呢，没反应过来，抬头："啊？"

她离他很近，夏天的阳光晕在雕花玻璃窗上，她的脸颊散着莹莹的光，很柔和的样子。梁水看着她，一时没说话。

苏起眼珠转转，这才想起她刚才说"你藏这么深！"。

她恍然大悟："那个呀！我刚开玩笑的呀，我懂的水砸。"

她知道。她很明白他的心思，他不想一次次让人失望，让自己失望。

"我刚还担心你妈妈提前说出计划，给你心理压力了呢。"苏起拧眉，"所以现在到底确定了没有？"

梁水说："中午确定的。我上周去二十一中参加了体育考试和文化考试，一直没结果，今天才说通过了。可以转校了。"

"哦！"苏起握着菜刀激动地跳了一下，又如释重负地拍拍胸口，"那太好啦水砸。真的。我特别开心。"她无法表达自己此时的感情，"你简直不知道我有多开心。"

梁水笑看着她，说："其实我知道。"

她激动得差点儿把手里的菜刀挥出去，梁水接过，开始切瓜，就听她又开始碎碎念："我之前一直没敢跟你讲，我知道这段时间你不开心，很迷茫，很苦的吧。我又不敢说什么，也不会说，因为我也不懂呀。不过现在好啦，你能转去二十一中，还能走特招去名校，真是太棒了。真的！"

梁水听着她说话，切着瓜，忽然说："那你会想我吗？"

苏起立刻道："肯定会啊。我们都——"

“会有多想？”梁水忽然扭头看她，眼神很认真。

苏起站在一米开外，迎着他清黑的眼瞳，一时愣了愣，无意识地拿手指抠了抠嘴巴，才发现手指上沾了一颗甜瓜籽，赶紧扒拉下来，模糊地说：“反正会想的。”

梁水不满意，但也没为难她，说：“我裤兜里有张纸，你拿一下。”他手上拿着刀和瓜，不好动。

苏起上前，一手拎着他的裤兜边儿，一手轻轻钻进去，男生的裤兜里头好热啊，可能因为是夏天吧。

她抿着唇，睁大眼睛望墙壁，手在他兜里小心摸索。

梁水瞥一眼她的脸蛋，又瞥一眼她的小爪子，好笑：“这里头没炸弹。”

“……”苏起抓到了一张字条，抽出来一看，是一串号码。

“我妈妈给我买手机了。”梁水说，“记得给我打电话。”

“好呀。”苏起开心道，“你手机在哪儿？给我看看。”

梁水微微侧了侧身，苏起从他另一个裤兜里掏出一个索爱的手机，黑色的，居然可以旋转出键盘来。

苏起赞叹：“你这手机好高级。”

梁水不在意：“不就是打电话发短信嘛，也没别的用处了。哦，能定闹钟。”

苏起胡乱摁了几下，说：“等我有手机了，就把电话号码告诉你。不过，我要等到上大学才有。我妈妈现在才不会给我买呢。”

梁水把切好的甜瓜放进盘子里，说：“七七，你给我打电话就用学校小卖部的座机打。打给我的话，响三下挂断，我给你打回来，这样你就不用出电话费了。”

苏起眼睛一亮：“真的？”

“真的。”

“什么时候都能打吗？”

“对。”

“那太好了。”

苏起把手机重新塞回他裤兜，手撑着案板看他切甜瓜，忽然问："水砸，我有个问题。"

她一用这种语气，梁水也懂，抻了抻肩膀，一副做好了准备的模样："问吧。"

苏起轻声："国家队，你还想吗？"

梁水垂着眸，咽了下嗓子："想也没用了。"

苏起不解："难道，不可以又上大学，又进国家队吗？"

梁水说："可能性不大。"

"那，你确定上大学，而不是……"她些微犹豫。

梁水看向她："那天在上海，是我跑出来的历史最好成绩，训练都没跑出来过。"

他之前所谓的二战国家队，是骗妈妈的，他不想让妈妈知道，那段时间，他的内心世界已经崩塌了。

苏起无法想象这些天他是怎么过来的，再次伸手摸了摸他的后背，无声地给他安抚。

他却忽地说："哦，忘了告诉你，我要换项目了。"

"啊？"

"短跑。"

"为什么？"

"速滑没有特招。"

苏起点了下头，心里莫名地遗憾极了，可……是不是因为父亲的事，他对冠军的执念已经放下了呢？但又听梁水说："就算换项目，我也能搞好的。"

苏起一笑，知道那个梁水又回来了。

那天聚会之后不到一周，梁水就走了。康提的妹妹，也就是梁水的小姨刚好回省城，开车把他搭去。

巷子里的人都出来送，叮嘱梁水在外头要吃饱穿暖，别饿着冻着。

到了分别时刻，苏起难受极了。长这么大，她还没和水砸分开过那么久呢。

梁水见她眼圈红红的，嫌弃道："你这人假不假，嗯？之前还喊着叫着说希望我好，现在看见我要好了你就哭。"

苏起要被他气死，"啪""啪"在他手臂上打了两下。

梁水揉了揉手臂，目光始终笼在她脸上，又说："以后没人打我了，怕要不习惯了。"

苏起只是哽咽："水砸——"

他揉揉她的头，自己也微抬头看了眼天空，心情远远没有外表看上去的那么轻松随意，他说："手伸出来。"

苏起伸出手，梁水拿食指在她手心点了一下，把她的手虚握起来。

苏起："……"

她疑惑："这什么？"

"秘密。"梁水说，"你可以慢慢挖，我的这个秘密不会消失。哪怕你的慢慢消失了，我的也不会消失。"

苏起捧着手掌心，云里雾里，没懂。

但梁水已去跟其他人告别了。李枫然倒还好，他总去省城，能经常见到；林声说了一堆"注意安全注意休息"的话，路子灏沮丧得眼泪都快出来了，但他不会再说"我们说好了要一直在一起做朋友"这样的话了。

因为他知道，现在的分开，是为了以后能永远和朋友们在一条路上。

大人们也都不舍，陈燕心疼地说："水子，在外头有什么事，一定给家里打电话啊。要是有什么委屈别一个人受着。"

程英英则道："没事也多给你妈妈打电话。"

梁水说好。

林家民上来拍拍他的肩，说："以后叔叔不用陪你晨跑了，你自己好好跑下去。有什么话没处讲的，跟我说。"

梁水点头。

康提是所有人里头最淡定的，踩着高跟鞋抱着手在一旁看着，催促："行了行了快上车，过会儿堵车了。你这兔崽子走了也好，成天在我面前晃荡惹我生气。赶紧滚！”

梁水笑笑，微眯着眼看她。夏天的阳光金灿灿的，在他的眼睫上流动。

他走上去将康提搂进怀里，轻轻摸了摸她的头，说：“妈妈，我不会让你失望的。”

康提一愣。

梁水已迅速坐进车里，朝她挥手：“妈妈，我走了。”

康提眼圈一红，强忍着，点了点头。

汽车冲上大堤，一转弯就朝城区奔驰而去，瞬间没了踪影。

沈卉兰伤感地叹：“省城那么大，这孩子就这么一个人去了。”

康提抱着手慢慢往巷子里走，没走几步就泪如雨下，拿手捂着眼睛直流泪。程英英来安慰她，她只是摆摆手，平静地说：“没事。”

这时，程英英手机响了，接起来一听：“咦？水子？东西忘带了吗？”

程英英开的免提，里头梁水的声音有些清沉：“不是。我妈妈手机静音了。英英阿姨，你跟我妈妈说，让她别哭了。想我来看我就是了。”

康提道：“放屁！没人为你哭。”

电话那头笑了一声，说：“那就好。拜拜。”

话音未落，四个伙伴齐声：“拜拜水子！”

那头的少年又是一声朗笑，挂了。

南江夜话

康提站在桌边叠衣服，梁水走过去，从她身后抱住了她，下巴搭在她肩头。

康提顿了顿：“咦？今天这是怎么回事？我都不习惯了。”

梁水：“妈妈。”

康提：“嗯？”

梁水：“你孤单吗？”

康提：“……（重新叠衣服）一把年纪了，什么孤单不孤单的。”

梁水低声：“我错了。”

康提怔了怔，笑：“……你这孩子，今天是怎么了？”

梁水：“我今天去找胡骏叔叔了。”

康提：“……”

梁水：“他搬家了。我给他家门缝里留了一张字条，但……应该也不会有人看到了。”

康提：“他以前说要去深圳，估计是真的去了。”

梁水低头，脑袋埋在妈妈的脖颈里。

康提：“哎呀，这……”

梁水哽咽：“我错了。我后悔了。”

康提打断：“我不后悔。”

梁水：“妈妈……”

康提：“那时候你还小，没什么错不错的。我不知道当初和他在一起，我和他会是什么样子；但我很确定，现在的你是什么样子。水子，现在的你特别好，是个特别好的孩子。妈妈很骄傲。一点儿都不后悔，知道吗？那时候你就想知道我是选他还是选你，水子，我只会选你啊。”

九月一日开学，高二文理分班结果出来了，1 到 5 班是文科班，6 到 15 班是理科班。

林声去了 5 班，苏起留在 13 班，梁水、路子灏也来了 13 班，李枫然仍在隔壁 12 班。

只可惜 13 班名单上的梁水被画了一条杠——他人已不在云西。

苏起看着那条杠，有一丝惆怅。不然，还可以同班两年呢。

初中毕业的时候怎会想到，同班的缘分，竟在那一年就已经尽了。

就像谁都不会料到他们和梁水同校的缘分也在高一这年尽了。

13 班有二十个从高一升上来的同班同学，还有三十多个从其他班分来的。这个年纪的少年们正是乐于交友吸纳一切的时候，很快就打成一片。

苏起稍感宽慰的是，刘维维和徐景没被分走；但她们没能成同桌，鲁老师给苏起安排了个男生同桌——吴非。

吴非是他们班第一名，瘦瘦弱弱的，和路子灏有些相似，却比路子灏沉默冷淡得多。他是从三合院乡上来的，是个住校生。

刚同桌那天，苏起就开心地对他说："你是我读书这么多年遇到的第二个男生同桌。幸会幸会啊。"

吴非说："哦。"

"……"苏起耷拉下半截眼皮，心想老班安排这么个同桌给她，难道他不清楚她是什么性格？想来想去，或许正是太了解她，所以安排了个吴非来阻止她上课讲小话写字条。

真是用心良苦。

路子灏进了13班，兑现了当初的诺言，请苏起去校门口吃炸鸡柳和炸里脊。

两人坐在路边，吃着里脊肉，看着校门口来往的同学们。

梁水在省城，李枫然最近又去北京，去了两个星期了。林声呢，抓紧课余的时间跑去画室画画了。

苏起嚼着鸡肉，扭头看了一眼停在一旁的三辆同款不同色的自行车，看着看着，忽然说："我们的车是不是有点儿旧了？"她起身拍拍屁股上的灰，走去抠了抠座椅下的螺丝，"噫，你看，都锈了。"

路子灏满嘴的油，说："天天风吹日晒的，能不旧吗？"

苏起惋惜："颜色也褪了呢。"

明黄色变成米黄，亮绿色变成浅青，紫色变成淡蓝……

路子灏说："没事，车还是好的，再骑两年没问题。"

苏起用竹签从纸袋里挑出一条沾满番茄酱的鸡柳进嘴，说："我有点儿想水砸，要是水砸在，我刚刚说要买鸡腿他就会给我买的。"

"……"路子灏转身往台阶下走，"行行行，给你买。"

苏起笑着拉他："逗你玩的！"

路子灏也笑："我也逗你的。给你买个屁，看你吃多少了？！"

进校前，苏起跑到小卖部找了个公用电话，拨了梁水的号码，听到嘟嘟嘟三声之后，她挂了电话。

路子灏无语："你挂那么快干什么？让它多响几下呀！"

苏起："要是他不小心接了怎么办，一秒都要收钱的。"

路子灏："可你只响三下，万一他没听到呢——"

"丁零零……"电话响了。两个高中生同时眼前一亮。

苏起开心地抓起电话："水砸！"

那头梁水似乎心情不错，挺轻快的，唤了声："苏七七。"

"你在干吗呢？"

"你在干什么呢？"

两人同时问出口，停了一秒，同时扑哧一笑。

"我在——"

"我在——"

又是同时开口，停了一秒，这下，那头传来他轻轻朗朗的低笑声，透过话筒传来，有一丝撩人心弦的感觉。

苏起心怦怦跳了两下，听他止了笑说："你先说。"

苏起朗声汇报："刚路造请我吃鸡柳呢。他现在跟我一个班了你知道吧？你要不去省城，你也跟我一个班呢。我看到你名字了。"

梁水说："是哦，差点儿又成同学了。"他亦有丝遗憾和怀念的样子。

路子灏在一旁叫："不过还是去了省城好！"

梁水问："路造也在？"

苏起："在呀，我还是摁免提吧——"

话筒里，梁水唤了声："苏七七——"

苏起的手悬在半空："嗯？"

她等了几秒，但那边没人讲话，苏起拿着话筒看了看，又重新听，以为坏了，又听他说："摁免提吧。"

苏起摁了免提，放下话筒。

就听他的声音传来，低低的，轻而缓："有没有想我啊？"

苏起一愣。

路子灏已开心地趴在电话边："想啊水子，我想死你啦。"

那头笑了起来："敢不想，不想敲掉你脑壳。"

苏起无意识地摸了摸脑袋。

她放松地趴在小卖部放电话的冰柜旁，一只脚在地上打点点，抬头一看，中午阳光正好，街道上光线斑驳绿树成荫，不少穿着校服的同学正往学校走，对面便是绿意盎然开阔大气的一中校园。

两个男生闹了一会儿。

梁水比较关心的是："路造，13班同学都挺好的吧？"

"超级好。我读高一的时候就羡慕13班。"路子灏说了一堆近况，无非是老师都和蔼同学都友善的话。梁水听了，很放心的样子，交代路子灏好好学习，争取称霸一中，他说："我一直记得，你是我们花苗小学的小升初第一。就因为成绩好，实验中学才破格录取你的。"

路子灏眼睛有点儿湿了，又笑着问他怎么样。梁水说他也很好，他的新学校里同学和老师都很好。

苏起歪头插了句嘴："那当然啦，水砸你到哪里都很受欢迎。"话说到这里，忽地来了心思，"有没有收到情书啊？"

梁水："……"

路子灏替他答："肯定啊，二十封打底。"

苏起揪着眉毛，抿抿嘴巴，但下一秒又跟着路子灏笑起来："哈哈，肯定的啦。"

那头，梁水并不在意的样子，说："我又不是来谈恋爱的，搞这些无聊的事情做什么。"

苏起很赞同："高中只有两年了，我们要加油。嗯，谈恋爱会影响学习，也影响锻炼。嗯。"

梁水笑了声，反问："现在很多人追七七吧？"

苏起瞪圆了眼睛："没有啊。"

"有！"路子灏立刻指证，"有人喜欢她，好多。但都是暗恋，没有表白的。我有个住读生朋友说他们宿舍每晚都聊七七。”

苏起捂路子灏嘴巴：“你别瞎说！”

路子灏呜呜：“没瞎说……”

两人闹成一团，电话那头梁水没作声，无声地等着他们闹够了，才说：“苏七七。”

“嗯，干吗？”苏起放了路子灏，弯腰凑过来。

梁水说：“你要是早恋影响学习，我对你不客气。”

苏起翻白眼：“你先管好你自己吧！别有女生一追你，你就去谈恋爱了。”

“行啊，赌不赌？”梁水挑衅。

“赌就赌。”苏起哼哧。

“谁要是高中跟人谈恋爱了，谁就是狗。要在屁股上贴上‘我是狗’的大字条，还得被踢屁股。”

路子灏劝架：“成熟点朋友们，成熟点！”

苏起叫：“一言为定。”

梁水：“行。”

路子灏捂脸：“我觉得我还在花苗小学。”

三个人东拉西扯，讲了快半个小时，苏起看了下时间，离上课只有十分钟了，她推路子灏：“要上课啦。”又问，“水砸，打电话前你在干吗呢？”

梁水沉默了一下，说：“睡午觉。”

苏起：“……”

路子灏：“……”

乖乖，今天居然没有起床气。

苏起赶紧补一句：“你住宿舍习惯吗？”

“还行。”

“那就好。”

“我也要去上课了。”他说，“下次再聊。”

路子灏说：“那我们挂电话了哦。”

梁水停了一下，苏起把耳朵凑过去以为他要交代什么，就听他说：“嗯。”然后挂了电话。

“嘟——”

“……”苏起直起身，“走吧。哎呀，我的鸡柳都冷了。能不能重炸一下？”

路子灏：“你都吃过了怎么可能？”

苏起：“这包还碰都没碰呢！”

路子灏：“你这个嘴巴看得比命重，快走啦，进学校了！”

苏起伸着手，被路子灏拖着袖子，哀叹：“要是水砸，他会让老板娘给我重炸的。”

路子灏：“炸你个头，要上课了！”

进入高二后，苏起自觉了很多，学习意识也有所加强。她课间仍会跑出教室玩耍，但课上比以前认真了许多，加之吴非成了她的同桌，占据有利地形，她一有不懂的题目，就找他问。

吴非虽然平时话少表情少，但在同学需要帮助讲解题目时，会耐心解答。

一段时间相处下来，苏起发现吴非心地很好，脑子也灵光，还总有一些稀奇的视角和思路，让人受益匪浅。

有一次，吴非给她讲完一道概率统计题，苏起佩服得五体投地，不知为何，她忽然想到欧阳李，问：“吴非，我们高一的时候，搞的那个反暴力运动，你还记得吗？你怎么看啊？”

吴非当时正在草稿纸上写公式，听言，说：“那个男生好像叫梁水。”

“嗯。我不是问人，”苏起不知道为何，莫名心虚，“我是问事。”

吴非说：“我看分班名单时，原本很高兴和他成为同班同学，但他不在一中了。”

哇，评价很高。嗯，三观一致。

苏起觉得吴非这个朋友可以交。以及她有些想念梁水了。至少，如果有他在，她的值日和零食都是不成问题的。

南江巷里时不时有梁水的消息，康提说，去了二十一中后，梁水参赛的次数多了，开始更频繁地参加一些国家级别的专业比赛，听说拿奖的数量和质量都会为将来的择校加分。只不过，他是新转的项目，要付出的精力和汗水可想而知，只能比其他人更拼命更刻苦。

李枫然呢，他也更频繁地出去学习和演出，几周甚至几月不回来。

南江小分队自此陷入缺兵少将的境遇，但苏起他们不像初中时那样失落孤单了。

林声每天除了上课就是画画，下了专业课，曾经用来玩闹的空余时间几乎都泡在画室。

路子灏和苏起也是，除了课间和上学、放学斗斗嘴皮子，更多的精力都放在学习上了。

一天一天，日升日落。

树叶黄了，卷了，落了；白雪飘了，散了，化了。

每个人都在为自己的未来拼搏着。

忽地想到这句话的时候，苏起正在晚自习上写语文卷子的作文题，她无意识地一抬头看了眼窗外，黑夜无边。

路子灏在她隔壁组，林声在楼下的楼下，李枫然在参加一个新年演奏会，梁水今天要跑一个锦标赛。

伙伴们的窗外，都是同样的深夜啊。

忽然，她听到隔壁高一教学楼传来欢闹的声音，隐隐约约、欢欢喜喜的。哦，原来是在弄新年晚会呢。

那是高一的特权。

高二没有的，只有学习。

一年前跳舞的画面还历历在目，没事儿，已经经历过了。

苏起淡淡一笑，瞬间就收了心，低头认真做起了卷子。

2006 年，新的一年又要来了。

南江夜话

苏落：“姐姐，我给你看个神奇的东西。”

苏起：“什么东西？”

苏落：“你来呀。”

苏起：“你慢点跑。”

苏落：“这儿，你看。”

苏起：“怎么有颗豆子长在这儿？”

苏落：“不知道啊，特别神奇，它上面还有字呢！你蹲下来，看，‘I（心）U’。”

苏起：“……”

苏落：“啊，你干吗揪我？”

苏起：“是不是你在上头写的字！”

苏落：“我字有那么好吗！我画的桃心有那么正吗！”

苏起：“哦……（摸摸）欸？”

苏落：“你别把它捏碎了！”

苏起：“哎呀我就摸摸。真的是长出来的，奇怪。这里怎么会长这个呢？”

苏落：“是不是有人跟你表白？！”

苏起：“万一是跟你表白呢！”

苏落：“我们班同学又不知道我家住哪里。”

苏起：“我们班同学也不知道啊。”

苏落：“唉，看来这是不小心掉落了被风吹来的种子吧。”

苏起：“我觉得也是。居然发芽了，（戳）它真可爱。嘟。”

Chapter 20

候鸟

高二上学期期末成绩出来，苏起班级第三名，年级第三十六名。路子灏半学期爬到他们班第七名，全年级第七十名。

陈燕开心极了，说孩子只要想学习了，不用大人管他都会自己努力，又夸幸好分班换到了 13 班，鲁老师找路子灏谈话鼓励过好多次。有一个好老师真是太重要了。

苏起对妈妈们的谈话没兴趣，百无聊赖地咬着西瓜子，叹："水砸怎么还不回来呀？"

康提探了下头，说："他去北京集训了，还不知道过年能不能回来呢。"

三个小伙伴："啊？为什么！"

康提："他换新教练了，以前在国家队当教练的，管得特别严。"

陈燕道："严也不能不过年吧？"

康提道："水子也愿意，就随他吧。他本来就是新换了项目，不比别人用功点儿，哪里追得上？再说，这教练厉害，水子在他手下进步挺大的。教练看着凶，心里其实特别喜欢他。"

程英英笑："肯定呀。谁会不喜欢水子？"

沈卉兰也说："我以前看水子天天穿着校服上下学啊，啧啧，这孩子真是好看。不知道多少小姑娘喜欢呢。"

苏起眉头一皱，正想插嘴，结果程英英对康提说："你多盯着点，这一两年的时间关键得很，千万别分心。"

苏起眯眼笑，把杏仁嚼得咯咯响。

冯秀英老师也道："我多少学生是吃了早恋的亏。"

康提说："放心吧，我儿子我清楚。他不是那么好哄的，女孩想追他啊，比他进国家队还难。"

一群女人笑成一团，沈卉兰打了她一下："有你这么说儿子的吗？"

康提道："实话呀。"又扭头，"七七你说是不是？"

苏起一愣，莫名地心怦怦跳，赶紧咧嘴一笑："对呀，他速滑那么快，短跑也那么快，肯定追不到嘛。"

大人们又笑起来。

苏起抠抠自己烫烫的耳朵，又问："秀英阿姨，风风什么时候回来啊？"过去的四五个月，李枫然也就跟他们相处了一半的时间。

"估计也得到春节了。"

"唉……"三个伙伴齐齐瘫进沙发里。

又听冯秀英说："枫然也准备转学了。"

三人对视几眼，都不说话，默默听着妈妈们聊天。

冯秀英打算把李枫然转去省城，一方面和梁水家是一个考虑，说什么资源多人脉多；另一方面是云西地偏，平白增加了李枫然两倍的旅途奔波。

冯秀英说："那些坐车的时间全浪费了，拿来练琴多好。"

苏起不作声，往嘴巴里塞了一大颗八宝糖，鼓起了面颊。

2006年的中国新年没有年三十，日历上只有腊月二十九。

那天云西下了很大的雪，苏起早上起来发现窗外一片雪白，听程英英叫："七七，落落，下雪啦！"

她冲到门口一看，果然，整条巷子里、树上、屋檐上全是厚厚的白雪。

林家民拎着把铲子，正要铲雪，苏起叫道：“林叔叔给我们留着！”

林家民比了个“OK”的手势，铲出了一条细细的供人走路的通道。

苏起立马换上新棉衣，蹦出门踩雪玩。路子灏、林声都在睡懒觉，苏落也没起，没人跟她打雪仗，她就蹲在胖嘟嘟的雪堆边，拿手指在雪地上戳洞。戳了一个又一个，戳成一个桃心图案，忽地发现李枫然的窗户里有熟悉的少年身影闪过。

咦？

苏起踏着雪过去敲敲玻璃窗，里头的人推开一条缝来，迎着白雪的光芒微眯了下眼，冲她微笑。

果然是李枫然，昨晚回来的。

苏起抓起窗台上的雪就往他脸上一砸，砸到他下巴上散开，几粒雪花掉进脖子里，冰冰的。

李枫然“嘡——”一声，摸摸下巴上的雪水，说：“七七，新春愉快。”

苏起跑进他家，绕进他房间，这才看清他穿了件灰黑色的大衣，许是那大衣的样式太正，衬得他看上去成熟了些。

“哎呀，今天过年，你要穿鲜艳点嘛。”一身红毛衣的苏起熟络地在小沙发上坐好，“风风，你家年货呢？”

李枫然从客厅拎来一大包吃的，全是瓜子、花生米、花糖、萨其马、橘子、糖果之类的，小孩子爱吃的零食不多。

苏起说：“算了，你还是去我家吃吧。”说着抓了一把瓜子。

李枫然把东西放好，又回来坐到钢琴凳上，准备练琴。他的手刚刚抬起，苏起说：“风风，过年呢，弹一首应景的吧。”

李枫然想一想：“应景？”

“就每年过年中央电视台都放的那个。”苏起哼起来，“登登登登，登登登登，登登登登灯等灯登——”

李枫然忍俊不禁：“那叫《春节序曲》。”

“对对对，就弹那个。”

他刚抬起手，突然又转过身来，商讨：“你不觉得这曲子跟钢琴不太搭吗？”

苏起抓起一颗瓜子要砸他：“你弹不弹？”

他举手投降，无奈地一笑，摇了摇头，手指却是轻快地弹奏起来。

那热情洋溢的曲子的确和钢琴不太搭调，但苏起听着开心，站起身，握着拳头拿到嘴边，朗声道：“中央电视台，中央电视台，欢迎您收看2006年春节联欢晚会！”

李枫然好笑，唇角扬起。

苏起：“现在有请我们的钢琴王子李枫然为大家表演！”

李枫然实在没忍住，笑得停了音。

苏起拍拍他的肩，说：“好啦，现在该你表演了。别弹什么练习曲了，就弹你现在最想弹的。”

此刻的心情？

少年略一思索，悬着白皙修长的手指，对着钢琴静了两三秒，落手弹出一串快速却悠扬的音符，音乐时而空灵，时而缠绵，时而娓娓道来，时而激越倾诉，时而又温柔得像一个小心的秘密，一个温暖的怀抱，一个轻轻的吻。

苏起忘了嗑瓜子，全然沉浸其中，她托腮望着李枫然的侧影，外头的大雪把玻璃窗衬得像个白色的大灯箱，晕染得他周身似在发着柔柔的光。

一曲弹完，苏起不由得深深呼了一口气，她说：“真好听，好像被人很用心地抱着，摸了摸头。”

李枫然颔着首，微不可察地弯了下唇角。

有的人，天生就有敏锐的感知力。感受到的，丝毫不差。

他说：“你喜欢就好。”

“啊，你是弹了送给我听的呀。”苏起开心道，“这是什么曲子啊？”

“*Corazon De Nino*，孩子的心。”李枫然说，他没告诉她这曲子还有个名字叫《亲亲宝贝》。

“名字也好听。”苏起咬了颗瓜子进嘴，问，“风风，你妈妈说你要转学了？”

“嗯。”李枫然回头看她，眼神安静。

“我别的不担心你啦，就是你在新的地方，要交朋友，要跟别人说话哦。你不要总是一个人，我怕你孤单。”

李枫然默然片刻，说：“七七，我不孤单。”

苏起：“我担心嘛。反正不要一个人，每天都要跟人说话。”加上一句，“跟琴说话不算。”

李枫然点头：“好。”

“你妈妈也给你买手机了吧？”

“嗯。”

“我把你电话记下来。”苏起拿了张纸在旁边写，又交代，“这是学校小卖部的号码，看见没，有云西的区号。我一给你打电话呢，响三下，我就挂断，你看到是云西的，就给我打过来，懂吗？”

李枫然没懂，疑惑道：“不能直接接吗？”

苏起揪眉毛，戳他脑门：“我不要电话费的呀！我一天才五块钱，还包括了早晚餐呢。”

李枫然淡笑起来：“好。”

“对了，你存水砸的号码了没有？”

“存了。”

“那就好。你在省城有事要找他。”

“嗯。”

还聊着，路子灏在外头喊：“苏七七，打雪仗！”

“来啦。”苏起问，“你玩吗？”

李枫然说：“我先练习半小——”苏起已把他从凳子上拖起来，“今天过年，放假放假！”

李枫然被她拖着走：“那你还问我。”

苏起：“嘻嘻。礼貌礼貌。”

林声也出来了，四个人加上苏落在巷子里打雪仗，打得屋檐上的冰凌子啪啪往地上掉，打得树枝上的雪哗啦啦地落，打得墙壁上、玻璃窗上砸满了雪花。几个孩子玩得哈哈大笑，大人们也不管，忙着弄食材准备年夜饭。

直到林声一个雪球砸向苏起，苏起敏捷躲闪，雪球砸到刚出门的路子深头上，啪地裂开。

路子深微微闭了下眼，睫毛上眉毛上全挂着雪。

伙伴们都安静了一秒，林声说："对不起子深哥哥。"

路子深抹了抹脸上化掉的雪水，说："没关系。"弯腰抓起一团雪就砸林声头上。

林声："……"

大战一触即发。雪团漫天飞。

陈燕拿筷子打着鸡蛋走到门口看了一眼，笑着摇摇头，又回厨房了。

苏起玩到中途跑回家喝水，喝完一满杯了，又瞧见晚上年夜饭要喝的椰汁，跑去问程英英："妈妈我现在想喝椰汁。"

"喝吧。"过年这天，大人对孩子们都是有求必应，"但椰汁和果粒橙只能开一种，晚上要喝新的。"

"知道啦。"苏起给自己倒了一小塑料杯，正慢慢喝着，听程英英说："忘了告诉你，我叫了康提来吃年夜饭。"

苏勉勤说："这还用告诉。"

苏起探头问："水砸真的不回来了吗？"

程英英说："回不来。他们初二就要开始训练了。"

苏起有些惆怅，偷拿程英英的手机，给梁水拨了个电话，嘟嘟嘟三声之后挂了。她等了一会儿，没人回。

苏起又拨了一遍：嘟嘟——

还没来得及挂，那头接起来了："喂？"

苏起急道："你接起来干吗呀？"

梁水一愣："七七？我以为……是妈妈。"

苏起："我挂了你再给我打过来。要是电话费少了，我妈妈要骂我的。"

梁水："好。"

苏起："哎，等等。"

梁水："怎么了？"

苏起："嘿嘿，还可以讲四十三秒呢。现在才过了十七秒，哇，十八秒了。赶紧说别的！"

梁水在那头轻笑了一声。

苏起问："水砸，你过年一个人在外面，想家吗？"

梁水没答，问："你说话声音怎么这么小？"

苏起："笨蛋。我在偷偷打电话。"

梁水跟着小声："哦。"

苏起无语，忍着笑："我刚问你话呢。"

梁水："还行吧。啊，五十六秒了。我挂了给你打过来啊。"

苏起："噢。快点挂。"

她趴在床上等了不到十秒，手机屏幕亮了，在它响起的前一秒，苏起接起电话："喂？"

梁水说："你在干吗呢？"

苏起："喝椰汁。你有没有给自己买很多好吃的？"

梁水："没有。我教练现在控制我的饮食，很多东西不让吃。"

苏起并不太懂："好吧。我听提提阿姨说，你现在有进步了是吗？"

梁水在那头似乎无奈又不太好意思地笑了下："她啊！还行吧，没她说的那么夸张。"

苏起在自己的小床上打了个滚，这头传来爸爸妈妈切菜洗菜的声响，那头是伙伴们打雪仗的笑闹声，而她的手心里是水砸清润的嗓音。

她的小房间和电话里都是安安静静的，雪光天色映在花纹玻璃上，朦胧安逸。

苏起说："你要每天开心哦，开心就好。"

梁水有几秒没说话。

苏起歪头："水砸？"

梁水说："大家都在吗？"

苏起说："都在呢。要是你回来就好了。我想让你回来的。"她说到这儿，声音低下去，有点儿难过。

梁水说："那你许愿吧。"

苏起纳闷："许愿就能灵了吗？"正要再说什么，程英英唤："七七，拿手机过来我给外婆打个电话。"

苏起吓了一跳，小声："我挂啦。"

梁水声音也低："好。"

"水砸新年快乐。"

"嗯。"

苏起挂了电话，删了记录，把手机还给程英英。

程英英奇怪："怎么烫烫的？"

苏起："我屁股坐上头坐了好久才发现。"

程英英："难怪臭臭的。"

苏起："你胡说！"

除夕白天就在一整天的孩子玩闹和大人做饭，以及CCTV-1全国各地过大年的背景音中过去了。

路家和李家的亲戚兄弟姊妹多，不到中午各路叔伯都来了。巷子里热闹非凡。

苏家两个叔伯在外地，只有一家四口团年。沈卉兰跟林家人关系不好，也自家过年。两家一合计，加上康提，八个人一起过年了。

饭桌上自然是一派喜气洋洋。面对满桌的佳肴，孩子们大快朵颐，吃饱喝足就溜去看春节晚会了。

大人们仍在饭桌上喝酒吃菜，话家常。

苏起看晚会看到一半，没兴趣了，去找李枫然和路子灏。他们那边也是孩子们在看电视，大人们仍在桌上喝酒。年夜饭不吃个三四个小时是散不了场的。

几个人一商量，找康提要了钥匙，又跑去梁水的阁楼上玩《大富翁》去了。

苏起拿塑料袋拎了两大包零食，对李枫然说："吃我的。"

李枫然："好。"乖乖拿了一袋旺仔小馒头。

上了楼，苏起看到那一帘千纸鹤仍挂在门上。不知不觉，好像已是两三年前的夏天。到如今，纸鹤都有些褪色了。

秘密仍在。

她推门进去，梁水的房间很久没人住了，迎面扑来一股潮湿的木香，但衣柜、书桌、床单依然干净整洁。可见康提忙成那样，也时常打扫。

苏起进去放下塑料袋，笑道："以后这里或许会变成梁水故居。哈哈。"

林声说："水子要成了冠军，记者一定会来采访他住的地方。"

苏起环顾四周，二十多平米的阁楼，对南江巷这群房间只有几平米的孩子来说，简直是豪宅。

记得她很小的时候，第一次进梁水的房间，看到崭新的闪着原木色油漆光芒的大衣柜、大书桌、大木床、床头柜、五斗柜、电视机柜还有大沙发时，她觉得这是她见过的最好的房间。他的阁楼前后都有窗户，一头看南江巷的红瓦，一头看堤坝背面的青草坡。夏天两头门窗打开，穿堂风吹得衣衫鼓鼓囊囊，比电风扇都清爽。

如今时光荏苒，十多年就轻飘飘地过去了。

曾经墙上贴的儿童拼音表、整体认读音节表早被科比、林俊杰、周杰伦的海报覆盖，曾经崭新时髦的家具也掉了漆。但因漆掉干净了，露出里头实木的颜色，反而有另一种岁月抚过的至简之美。

路子灏坐下来，叹了口气，说："我想水子了。"

大家不约而同都叹了口气。

然而，成长必将是个分别的过程。这个道理，他们比儿时明白。

孩子们玩了不知多久，快到深夜时，各家亲戚散去，大人们又到康提家集合，南江大分队的男人女人们再度摆上水果、干果、啤酒、红酒、卤菜、小食，唱起了卡拉 OK。

楼下的前奏一响起，苏起就无意识地跟着唱："天地悠悠，过客匆匆，潮起又潮落。"

林声也哼起来："恩恩怨怨，生死白头，几人能看透。"

"红尘呀滚滚，痴痴呀情深……"大家都跟着唱了起来。

玩游戏，听歌，吃零食，晚会小品当背景音。夜越来越深，窗外似乎又开始下雪了。

楼下，程英英喊："七七，叫大家下来，准备吃汤圆了！"

除夕零点前吃汤圆是南江巷家家户户的传统，寓意团团圆圆。

一串少男少女奔下楼，爸爸们忙着清理餐桌茶几，妈妈们把热气腾腾的米酒汤圆端上桌。

一阵脚步声中，传来敲门声。

苏落耳朵最尖："有人敲门。"

安静了一秒。

咚咚咚。

没听错。

"谁呀？"陈燕离得最近，拉开门，梁水一头的雪，黑眼睛亮晶晶的，脸颊冻得通红，打招呼呼出一团热气："燕子阿姨过年好。"

陈燕尖叫："康提！看看谁回来了！"

整个屋子沸腾起来："哎呀，水砸！"

"水砸回来了！"

"还端什么汤圆啊，快过来！"

"今天南江巷真团圆啦！"

康提循声从后屋过来，一见着梁水，眼圈霎时红了，上去就轻轻打了他一下："也不说一声，还给我搞惊喜呢！"

梁水搂着他妈妈，摸了摸她的头，说："临时请的假。"

程英英笑："你妈妈刚才煮汤圆的时候想到你，还哭了呢。"

康提："放屁，明明是烟熏的。"

"你居然哭？羞不羞？"梁水低头看着自己的妈妈，毫不客气地鄙视她，气得康提又打了他一下。

林家民："梁水是落的哪个机场啊？"

李援平："火车票是……"

梁水一边应承着各位叔叔阿姨伙伴们的问候，一边目光不经意扫向苏起。

苏起站在餐桌边，微笑等着。

刚才梁水一进来她就冲过去喊了声："水砸！"梁水刚回头看她，目光匆忙对上还来不及说话，林家民就拉着他问候，大人们都围着。苏起挤不进去，就退到一边了。

他今天穿了身红色的外套，里头是白色的高领毛衣，好看极了。也不知是半年未见，还是户外天气太冷，他的眼睛清亮清亮的，像被冰雪洗过一般，脸颊也被风吹得有些冷冽，人似乎比半年前更清俊了，眉峰鼻梁的弧度更挺拔了。

苏起还在偷偷观察着，就见他跟人说着话，目光却移过来，看了她一眼，很轻的眼神，停留了足足三秒，才移开。

苏起被他那眼神看得心跳微乱，不自觉地摸了摸脸，又赶紧扭头看了眼镜子，确定自己脸上没有饼干渣、辣条油、芝麻糊之类的才松了口气。

一转头，程英英递了碗汤圆在她手里："快吃，过会儿冷了。"又大声，"新年快乐万事如意啊！"

"新年快乐万事如意啊！"

大人孩子们全捧着汤圆碗祝福，梁水刚放下行李，手里便被塞了个碗。康提咂舌："你看你手冻的，衣服穿得太少了！"

苏起瞥他的手，红通通的。

沈卉兰忙叫："水子，来这儿烤火，赶紧来烤火。"

"欸。"梁水往沙发那头走，经过苏起身边，低头说了句，"长高了。"

少年清沉的嗓音落在耳边，苏起心一磕，似乎闻到了他身上的香味，还带着冰雪冷沁的气息。

她不自觉蹦了一下，说："上次学校测身高，我已经一米七了你知道吗？而且我还能长。"

梁水站在沙发和烤火架之间的夹缝里，冯秀英收了腿给他让位置，他端着碗汤圆，一边往里头走，一边淡笑："那你加油。"

苏起喝了勺米酒汤，说："路造又长了三厘米，他现在一米七二了。"

梁水扭头看坐在他旁边的路子灏："不错啊。"

路子灏道："对啊，穿个厚底的鞋就一米七五了。"

李枫然："里头再加个垫子就一米七八了。"

梁水："头发再弄蓬一点，就一米八了。"

林声扑哧呛到，众人笑成一团。

吃完汤圆，妈妈们收了碗去洗碗，男人们在餐桌上打起了牌。

苏起还坐在沙发边的小板凳上剥橘子呢，梁水拍了拍沙发，说："过来啊。"

"哦。"苏起坐过去，梁水掀开烤火箱上的被子，苏起把脚伸进去烤火，梁水又拿了个靠枕给她垫背。

不知是许久不见，还是别的什么，她有些不自在，匆匆瞥他一眼，说："你不是说不回来吗？"

梁水低声："你不是说想让我回来吗？"

苏起心里一震，抬头看他。

他清黑的眼睛安静地直视着她，她心乱如鹿撞，他静静地看她半晌，忽然得逞似的一笑："逗你的，你打电话的时候我已经在机场了。"

"……"苏起一拳打在他手臂上，"又骗我！"

梁水笑起来，懒懒地歪进靠枕里，说："七七，给我剥个橘子。"

苏起哼一声："你自己又不是没长手。"

梁水正要说什么，路子灏拉了他一下，他又跟路子灏、李枫然聊天去了。苏起拿起砂糖橘，给他剥了两个："喏。"

梁水正跟李枫然说着话，随手接过橘子放嘴里，看都没看她，仿佛空气一般自然而然。

苏起心里莫名地甜甜的。

没想到沈卉兰见了，在一旁打趣："七七，被我逮着了吧。只给水子剥橘子，枫然和子灏却没份儿，一起长大的小伙伴，还偏心啊。"

大人们都笑了起来。

苏起脸霎时红得跟墙上的福字和中国结有一拼，她反应极快，忙道："我又没长六只手，是不是要一个一个来？"说着飞快地扒拉了两个砂糖橘，说，"这个是路造的，风风的还得等。"

大人们原本是打趣，自然就不闹她了。

她低头剥着橘子，心里头做鬼似的虚。

梁水在一旁讲着话，故作无意地靠进靠枕，调整了下位置，边调整边名正言顺"无意"地看了她几眼，女孩的脸红得快要滴血，连耳朵根都红了，红得——感觉摸上去应该是热乎乎的软软的。

梁水心里没来由地热了一下。

其实刚才他一进屋就看见她了，她一身红毛衣，微微瞪着眼睛，惊喜又开心的样子。脸上褪了点儿婴儿肥，衬得那双漂亮的眼睛更大更亮了，闪闪的像星星一样。

周围有大人走来，梁水立刻移开眼神，假装靠垫已安置好，人也重新歪好了。

苏起给路子灏、李枫然、林声和苏落一人剥了两个砂糖橘，又见路子深淡淡瞥她一眼，便又给他也剥了两个砂糖橘。

她感叹自己成了一个剥橘子机器，便说："都是你害的。"

一扭头，见梁水靠在几个大靠枕上，微仰着头，闭着眼，似乎睡着了。

少年仰着下巴，脖子修长白皙，喉结凸起，下颌的线条很是清俊。黑发肆意颠倒散落，露出饱满的额头。那低垂的眼睫有种说不出的柔软。

苏起看着他的睡颜，心跟着莫名地安静下去。

她坐了一会儿，想喝水，她小心掀开被子一角，把脚从烤火箱上放下来，穿上鞋准备起身。梁水猛地醒来，一下子抓住了她的手腕。

苏起被扯回沙发上，有些惊讶地看着他。

他也愣了一愣，立刻松了手，移开眼神去，尴尬地低头挠了挠头发。

"做梦了吧？"苏起笑着，起身去拿水。

走到厨房里，刚拿出两个塑料杯，却又无意识地握了握刚才被他抓过的手腕，脉搏怦怦跳动着，仿佛他手心的热度还留在上边。

过了零点，爸爸妈妈们坐上了麻将桌，要打牌玩个通宵。

五个小伙伴抱着厚厚的棉被挤去梁水的阁楼，照例是苏起、林声睡床上，三个男生睡地铺。

冬天天冷，康提在地铺上垫了三四层棉絮才算完。

关了灯，雪光夜色从窗外透进来，室内光线朦胧。楼下时不时传来麻将声、笑闹声和歌声。

五个小伙伴缩在暖和的被子里聊天，说不完的话题。

梁水讲他的新教练如何专业厉害，讲比赛中遭遇过哪些天才少年，哪场比赛失之毫厘，哪场比赛风光无限。

苏起默默听着，这个刚满十六岁的少年已经成长得能淡看成败起伏了。

李枫然说起他的音乐会，哪次在演奏中弹错了一个音符，哪次轻重转圜没有连接好，哪次很完美得到了何堪庭的表扬。

路子灏、林声和苏起的生活则比较简单，日复一日地上下学。

路子灏说了一堆班上的趣事，有一次一个男生打瞌睡把整张桌子都带倒了，有一次广播站播放 S.H.E 的 *Super Star*，苏起拿着一个拖把在讲台上模仿 MV 里的持麦动作疯狂摇摆，逗得同学们哄堂大笑；还有一次英语老师讲到分手的英文说法，苏起记着笔记，无意识哼起来：“我们能不能不分手，亲爱的别走……”又是哄堂大笑。

李枫然说：“*Super Star* 那次我在学校看见了。后来好多班都跟着拿拖把玩，教导主任在升旗仪式上还专门说过一次。”

梁水睡在地铺靠近床的这一边，踢了踢床腿，说：“苏七七，很风光啊。”

苏起睡在靠近地铺的一边，听他开口，裹着被子凑到床边往下头一瞄，对上了少年的眼，在昏暗的光线中格外黑白分明。

两人谁都没说话，静静对视着，苏起的心跳在不经意间加速，她想缩回去，但又不太想，就那么把下巴搁在被团里，巴巴地看着他。

路子灏在那头笑道：“可不风光吗？喜欢她的人能排满两个楼梯间。

追她的就不说了，暗恋的更多。”

梁水仍跟苏起对视着，说：“是吗？”

苏起受不住他的眼神，溃败地缩回去，叫：“哪有很多，他瞎说！”

路子灏：“本来就是，那次 ×× 跟你表白的时候，你都烦死了。你忘了？”

苏起：“那也没很多。”

林声：“有的。我们班都有男生暗恋你。”

梁水哼一声，说：“苏七七，你要变成狗了。”

苏起一下子又把脑袋探出床沿：“你才变成狗！”

梁水只是无声地看她一眼，就闭上了眼。这人吧，一闭上眼，面容就自带了丝说不清的柔软，苏起打量他两下，缩回被子里，小声说：“反正我高中是绝对不会谈恋爱的，我要好好学习。”

林声说：“我也要好好学习。”

话题一转，又聊起了未来，林声明确表示要考上海大学；苏起还没有目标学校，先学习再说；路子灏则立志每天都努力，把以前落下的补回来，看自己能冲刺到什么程度。

李枫然作为少年钢琴家，他的名家之路已开启，但他仍在考虑是否还有别的可能。

至于梁水，目前重心仍在于提速和拿有分量的奖项。虽然他没说具体哪个大学，但苏起猜测他的目标应该很高。只不过他性格如此，心有鸿鹄之志，表面却永远收敛。他最怕像他父亲一样，一堆高谈阔论，结果一败涂地。

一聊到未来渐渐就开始憧憬，什么长大有钱了要一起去哪里玩，吃好吃的，什么李枫然在维也纳开演奏会，伙伴们全部坐头等舱过去。一堆梦话说到不知几点，也不知是谁先睡去的，聊着聊着，五个少年相继入了梦。

窗外，雪依然在下。

一伙人睡到大年初一上午十点半还没醒，被各自的妈妈喊叫起来。

“路子灏！”

“李枫然！”

“林声！”

“苏七七！”

大年初一要去爷爷家拜年的。这是规矩。

四个秋衣少年从厚厚的被子里钻出来，手忙脚乱地穿上毛衣毛裤棉服裤子。

路子灏跳着脚穿鞋，问：“水子你什么时候走？”

梁水仍埋在枕头里，睡眼惺忪：“下午五点。”

没法告别了。

李枫然说：“加油。”走过来，朝梁水伸手，梁水把手从被子里伸出来，跟他握了一下，又握了下路子灏伸过来的手。

林声：“水子拜拜啦。”

梁水打哈欠：“拜拜——”

一连串咚咚咚的下楼的脚步声。

苏起落在最后面系鞋带，梁水埋头睡了两秒，忽然不甚清醒地从地铺里爬起来钻到床上，瘫睡在苏起昨晚睡过的位置。沉沉闭眼两秒，又缓缓睁开眼轻轻嗅了嗅，枕头上被子上还残留着女孩身上淡淡的香味。

他闭上眼睛，困倦地说：“把地铺收拾好再走。”

“又支使我！”苏起咕哝着，绕到床这边来，路子灏和李枫然的两床被子都抱走了，只剩下梁水那一床。苏起把它叠好放柜子里，又一层层叠地铺。

梁水在半梦半醒间听着她的窸窣声响，忽然睁开眼，静静地看着她不慌不忙叠被子的身影。室内的光线很柔和，罩在她身上，散着一层柔光，有种时间很久远的味道。

正看着，她已经叠好了，拍着棉被，开心地回头，快乐的眼睛撞上他凝望的眼神。

他一愣，心头一突，立刻假装翻身平躺了下去。

苏起也默了默，慢慢把棉被塞进柜子里，说：“我走啦。”

梁水再次翻了个身，这次侧身朝着门的方向，问："你也要出门？"

苏起没有爷爷奶奶。

苏起说："对呀，我要去外公外婆家。"

梁水说："不都是初二去吗？"

"……"苏起看着床上的那一团，觉得他忽然像个小孩，说，"我家都是初一去的。"

梁水把脑袋埋进被子里，拿脸瞎蹭着被子，含混地说："你别去了。明天再去吧。"

他声音有些软，像一只脑袋在打滚的大狗。

苏起心里咚的一下，问："为什么呀？"

梁水脸埋在被子里，静静的没说话，只露个黑黑的脑勺。

片刻后，他抬起头来，面容仍是未醒，眼神却有一丝莫名的依赖，一闪而过，变得淡定，说："陪我玩一天呗。你看我们都多久没见了。你就没什么想跟我说的？"

苏起眨巴眼睛，抠手指："昨天夜聊，不都说了吗？"

梁水眼睛一闭，微蹙着眉心，有些困倦，竟忽地带了点儿脾气："我不管。"

苏起心头一软，低声说："我去问我妈妈，看她同不同意。"

梁水才不信，把她摸得透透的，不高兴地在被子里一滚："你要坚持，她肯定会同意。"

"……"苏起说，"那我去问下。"

梁水这下伸了个懒腰："让我妈妈煮两碗汤圆，过会儿你也来吃。"

苏起："……"

她咕哝："你怎么不叫其他人啊？"

梁水："谁让你留在最后头了。"

苏起气得打他，他裹紧被子像条大虫，闷声直笑。

苏起一出门，阳台外的冷风吹来，她脸烫得厉害，一边摸摸脸一边飞快地跑下楼，碰见康提说了声："提提阿姨新年好！"又说梁水要吃汤圆，她没好意思说自己还要来，因为她还没回家问妈妈呢。

巷子里一串大人孩子的打招呼声："新年好啊！"

苏起跑进自家，跟程英英说让他们先走，自己下午再坐车去乡下。程英英同意了。

苏起心跳得七上八下，踏着厚厚的白雪又跑回梁水的阁楼。

梁水仍裹在被子里睡觉，床头柜上放着一碗汤圆。他微睁开眼，喃喃道："不是跟你说叫她煮两碗吗？"

苏起撒谎："我忘了。"

他叹了口气，说："你先吃吧，剩的留给我。"

苏起刚要拒绝，他闷声命令："叫你吃就吃。"

她于是坐在一旁，舀了一颗汤圆进嘴，边吃边打量他。他侧躺着在睡觉，只露出一颗好看的脑袋。昨晚旅途奔波，又讲话到凌晨三四点，他应该很困吧。正想着，他忽然睁开眼睛，黑而亮的眼珠定定地看着她。

苏起跟他对视一秒，立马垂下眼帘默默吃汤圆，再抬眼时他又闭上眼了。

她吃了四颗，还剩八颗："吃饱了。"

她把碗一推，他皱着眉睁开眼，伸着懒腰，从被子里坐起来。她把那件红棉衣递给他，他披在肩上，三下两下就把剩下的酒酿汤圆吃完了。

苏起把碗拿下去的时候才想起——他俩用的一个勺子。

再跑上楼的时候，梁水又窝在被子里睡觉了。

你不是说要跟我讲话吗?

苏起不满地盯了一下他的睡颜，却也看得出他的确累坏了，仿佛始终都没太清醒。她便开了电脑，登 QQ 刷 QQ 空间。

身后，梁水咕哝："给我挂 QQ。"

刚给他登录上，一堆信息在闪，嘀嘀嘀嘀响个不停。

"帮我看看，没什么重要的事就别管。"

"哦。"苏起点开信息，有个高一 10 班的群，一个体育队的群，一个教练群，都没什么重要信息，剩下一堆私聊，问他最近过得好不好之类的。

苏起坐在电脑前跟他念，他不搭理。

又蹦出一个女生头像，网名“唯秋风与月”，问他：“咦？居然碰到你在线？在云西吗？出来玩啊。”

梁水说：“你没隐身？”

苏起忙把状态换成隐身，问：“要回吗？”

“非本人。”

苏起于是回了“非本人”，说：“她谁啊？”

“高一同学。”

正说着，嘀嘀两下，对方问：“你是他女朋友？”

苏起愣了一下。

梁水：“她说什么？”

“她说哦。”苏起慌忙关了对话框。

苏起玩了会儿电脑，忽然意识到周围没声音，就回头看了眼。天光明亮，梁水斜睡在床上，歪头看着她，眼神很安静。

“……”苏起小声，“你看我干什么？”

“你是不是瘦了？”他问。

苏起看看自己胖胖的棉服：“哪儿啊？”

“脸。”梁水在枕头上找了个舒服的位置，说，“脸瘦了。”

苏起摸摸自己的脸，没什么感觉。

梁水问：“你现在学习很辛苦吗？”

苏起转了身趴在椅背上，晃了晃脚：“还好欸。反正，在学校的时候就学习做题，回来嘛……之前晚上还看《大长今》呢。”

梁水：“就那个‘乌拉拉乌拉拉’的？”

苏起笑起来：“你也知道？”

梁水：“街上那首歌很火。哦，我有一次听到《江南》，就想起南江巷了。”

林俊杰的《江南》出来时，他们即将初三毕业，正全班流行着同学录。

那时，小伙伴们说，以后要去一个城市。

梁水忽然问："你想好去哪个大学了吗？"

"还没。"苏起抠抠脸颊，"但我想去北京。"

梁水微一挑眉，语气有些得意："和我想的一样。"

"真的？"苏起兴奋道，"那我们都去吧。我觉得路造也想去北京。到时候我们又可以一起玩了。"

"好啊。"他说着，忽然倦倦地一叹，"就是太累了。"

苏起微怔，第一次听他说累："训练很辛苦吗？"

"嗯。"他鼻子哼出一声，"每天都像要死了。"

苏起也听康提说过，他太拼了。她说："你要注意休息啊。"

"没事。都去北京，不错。"

梁水微眯着眼，懒懒地笑了一下，在被子里打了个滚，歪头又睡了。

这一次，他真的睡着了。

苏起也不打扰他，趴在电脑前装扮 QQ 空间，又把梁水的 QQ 空间也装扮了一番——全黑的酷酷的界面，带着银光闪闪的装饰。

那个大年初一的下午，雪后的世界很安静，没有一丝声响，也没有风，只有苏起时不时轻点鼠标的声音，偶尔她停下来，歪头聆听，似乎能听到梁水绵长而均匀的呼吸声。

她回头看他，少年沉在安稳的梦里。

就这么过了一下午，梁水醒来时已经快四点，匆匆收拾完就得赶去火车站了，他晚上还得从省城坐飞机去北京。

陪他出门时，苏起莫名地有些不舍，抱怨："把我留下来干吗呀？说是讲话的，结果你睡了一下午。"

梁水："该讲的重点都讲了。"

苏起："讲个鬼。"

梁水走到半路，一摸兜："啊，我身份证忘了。你等我一下。"

苏起站在树下等他，不满地踹了踹他的箱子，眼见他箱子滚开，又赶紧拉了回来。

梁水重新出了门，少年的红衣映在雪地里，格外鲜艳。

他隔着十多米的距离走来，突然嘴角勾起一抹笑，朝她冲过来。苏起吓了一跳，以为他要抱她，正发蒙之际，他跑到她身边猛的一脚踹向树干。

满树的积雪如瀑布般砸落！

“啊！！”苏起尖叫着，本能地抓住他的衣服往他怀里躲。

他顺势一手将她揽到怀里，抬手护住她的脑袋，一手迅速戴上帽子低下头去埋在她脑勺上将她罩住。

厚厚的积雪稀里哗啦，砸了两人一身。

彼此身体青涩的气息在那一小方空间里缠绕着，夹杂着初雪冰凉的味道，心跳怦怦，盈满了流连与不舍。

待枯树静止，四周重归寂静，苏起狠狠打了他肩膀一下，他笑得眉眼弯弯，雪光衬得他的脸格外清澈明亮，他帽子上肩头的雪还在落，一边笑一边还拍了拍她衣服上的雪。

巷子外头，康提在唤：“水子，别磨蹭了！”

苏起刚要走，梁水摁住她肩膀，笑容收了一点，说：“就这儿吧，别送了。”

苏起一愣，也明白了，轻轻点了点头。

他说：“走了。”

她说：“嗯。”

少年拎着箱子，快步踩在雪地上，没有回头，身影绕过拐角不见了。

苏起的心像那渐去的脚步声，缓缓无声下去。她听见汽车发动，上了堤坝。她悄悄绕到巷子口，隔着几道弯儿偷看，就见白色的宝马沿着堤坝疾驰而去了。

寒假一过，课业繁重的高二下学期到来了。

和班上其他同学一样，苏起桌上堆的复习资料越来越多；上课铃下课铃如同虚设，各科老师的拖堂以及“我再讲两点就下课”的句式越来越频繁；当然，体育老师也开始持续“生病”，由物理老师、数学老师、语文老师等各位身体健康的老师轮番接班。

高一曾有的秋游、篮球赛、课外活动，统统与他们无关。

苏起很认真地用心上学，但也没到辛苦熬夜的地步，每天上完三节晚自习就回家睡觉了，偶尔还看一集电视剧。

一个学期迅速走过，2006年的暑假和南江巷往年的夏天截然不同——作为准高三生，学校要补课，没有暑假了。

还好高中有空调，不然三伏天恐怕要中暑一大片。

那个暑假，无论梁水还是李枫然都没回来过，就像初三毕业后的那个暑假一样，但苏起不是那个在乡下百无聊赖睡摇椅的少女了，她每天忙着上课学习高三的内容，无心顾念其他。

只是补课之初，男生们都在讨论德国世界杯。苏起也关注了比赛，她喜欢的内斯塔第三次在世界杯小组赛阶段受了伤，不过还好，意大利拿到了冠军。

世界杯结束，八月末的时候，李援平和冯秀英搬家了，搬去了离实验中学和医院比较近的园丁新村，住上了新建的商品房，听说还有电梯呢。

大人们都很不舍，冯老师走的时候都哭了。半年前李枫然转学时她就该搬家的，实在是不舍得一帮邻居才拖了半年。

面对分离，每个人都眼圈红红的。

康提笑："没事儿。云西就巴掌大点儿地儿，再说现在都有手机，哪天聚会唱个歌跳个舞，多简单的事儿啊。"

那天中午上学前，苏起、林声和路子灏走进空空的李家瞄了一眼。以前不觉得，房子空了之后才发现，这房子很破很旧了。

涂料黄了，墙漆掉了，地板裂了，窗棂锈了，天花板上还有漏水的黄渍。

而李枫然房间窗户那儿放琴的地方也空了，只剩下一个长方形的印记。

夏天中午强烈的阳光照进来，照得视线有些虚幻，苏起眼前一晃，仿佛又看见了那个弹琴的少年的身影。

去上学的路上，三人走得汗流浃背，默不作声。

许久，路子灏难过地说："为什么不能永远在一起呢？我希望和我的朋友们能永远在一起。”

林声低迷道：“我也是。”

苏起也很难过，但她说：“没事啊。我们努力就好了，等高考完了，我们就可以又在一起了！”

路子灏想想：“也对。”

林声：“啊，车来了，快跑！”

三个少年收了思绪，他们迎着烈日和夏风，穿过斑驳树影，朝着坡下的公交车站奔驰而去。

特长生艺术生报考比普通招生早，高三开学才一个多月，学校就给艺术生准备了报考指南。

林声跟父母说明了志愿——上海大学美术学院。

沈卉兰心里觉得悬，怕她文化课跟不上，但想着女儿学习很努力，进步虽慢但也稳定，就随她了。

至于李枫然，听冯秀英阿姨说，他准备申请去美国读书，好像叫什么茱莉亚音乐学院，据说世界顶尖。

苏起没想过还有人读完高中就直接出国，她问李枫然，出国不会孤单吗？李枫然只说还好。

梁水的消息更是叫整个南江巷都震了震，他打算报考清华。

苏起哇啦啦一通叫唤，第一时间给他打电话。

梁水挺谨慎的，说只是打算闯闯。他已拿到国家二级运动员证，还在冲一级。这一年多来重大奖项拿了些，但数量上还差点儿。如果要报考，他得保证在今年十一月的锦标赛上再拿个第一。

等达到报考资格，再准备次年三月的体育素质测试和六月的高考就行。

苏起道：“你肯定没问题的！我听提提阿姨说，你又有进步了。”

梁水道：“也不一定。比赛嘛，都有万一。”

可苏起一听他那话，就知道他十拿九稳。别看他平时吊儿郎当闲散不羁，却是个有十分确定也只说七分的性子。

放下电话，苏起幸福地感叹：“哇，我们水砸真的长大了。”

路子灏无语："你还不是个小屁孩？"

苏起拍拍他的肩，说："路造，我感觉你也会上清华。"

路子灏"哔"了一声："从哪儿感觉的？"

苏起歪头："就是感觉。"

路子灏："嘁。"

高三学期第一次月考，路子灏分数已达到 657 分，比高二期末考试升了 50 分。虽说月考卷比较简单，可他每次考试都在提高，无论分数还是排名。他在班上名次已超过苏起，和吴非轮流前两名。

苏起猜，当初放走路子灏的 6 班班主任应该挺后悔的。

也就是在这时，她意识到，过去多年的努力之后，最近一两年的奋力之后，他们的未来渐渐有了雏形。

从高二到高三，她始终走在不断前行的氛围里。

是啊。成长好像有很多的不确定，但那段时间却是最确定的时候。他们有着最明确的目标，最想到达的地方，于是就心无旁骛地朝那个方向飞奔。

这样专注一心的劲头，在之后的人生里或许很难再有第二次。

南江小分队虽然人在各地，但他们都一样，怀着相同的信念，一点点朝着最想去的地方前进。

真好啊。苏起想。

秋天一来，气温一天天下降，苏起却开始自发地上第四节晚自习了。

路子灏听说后，跟她一起上。他之前是回家后再学一个小时，现在挪到了学校——苏起回家太晚，堤坝上没有路灯，挺危险的。林声也留下来了，还跑来 13 班教室跟路子灏一起学。

江水退潮，防洪堤乱石滩漫漫一片显露出来，又是秋去冬来。

转眼十一月初，冷空气再度来袭。

早起上学时，天还是黑的。三人在黑暗的大堤上走着，江风呼啸如鬼哭狼嚎。

苏起忽然感觉背后凉飕飕，很可怕。她比小时候怕黑了，不过幸好身边还有两个伙伴。

那天苏起上课到中午，总觉得有什么事情忘了做，把便笺本上的待办事项检查一遍，没有遗漏。下午把近期错题分析了一遍，仍感觉忘了什么。

高三的体育课已默认变成自习，没有老师，但13班学风好，没老师管也安安静静。

苏起戳了戳坐在她前头的路子灏，小声："今天是不是什么日子啊？我总感觉有事情忘了。"

路子灏说："水砸今天比赛。"

苏起恍然："哦。"看手表，"现在比赛完了吗？"

"不知道。晚自习前给他打电话吧。"

晚自习前，三人跑去小卖部。苏起心情比较激动，没有响三下挂断，而是等着他接。

但一直打到"您呼叫的用户……"，也没人接电话。

苏起试着打了第二遍，依然没人接。

她纳闷了："没人接哦。"

林声说："可能在跟教练讲话吧，或者在洗澡。"

路子灏说："等晚上回去问康阿姨吧。"

结果那晚回家，康提家黑灯瞎火的。苏起莫名地有种不好的预感，进门一问，程英英说，梁水在比赛中受伤，跟腱撕裂了。

苏起只觉得脑子轰了一下："什么是跟腱撕裂？水砸现在在哪儿？"

程英英说："你别急啊。还好是在北京，已经找专家做了手术。刚才你康阿姨说了，手术很成功，休息四五个月就好了。"

苏起蒙蒙的，心缓和了一点，又急道："四五个月，那不就错过招考了吗？"

程英英道："放心吧。他教练跟学校商量，给他办了高中伤病休学，明年再考是一样的。"

"耽误一年时间，哪里是一样的？"她伤心极了，"水砸肯定很难过。”

程英英：“事情已经发生了。能有什么办法呢？”

苏勉勤则叹：“做运动员的，都不容易啊。伤病失败，是他们必定要经历的坎。没有哪个顶尖运动员是没有经历过伤痛和低谷期的。他选了这条路，就应该要有这样的准备和觉悟。”

苏起听爸爸一说，心头更酸，哽咽道：“你跟我说有什么用？你跟他说呀。他又没爸爸教。再说，水砸又不是大人，哪里有你懂？”

程英英道：“刚你爸爸在电话里安慰过他了。你林叔叔也跟他说了很久。”

苏起忙问：“那我能跟水砸打电话吗？”

程英英：“明天吧，他刚做完手术，今天应该睡着了。”

苏起一晚上没睡好。第二天课间操，她才有空跑去小卖部给他打电话，这次她依旧不挂断，等着他接。

可梁水挂了她的电话，她吓了一跳，以为他不接，但一秒后，他回了过来：“七七？不是说响三下挂的吗？”

少年的声音有些含混，苏起眼眶一热，问：“我是不是吵醒你了？”

他低声说：“没有。”

苏起却眼圈红了，问：“水砸，你是不是很疼呀？”

梁水沉默了，从昨天到现在他接到无数的关心和开导，而她是除了妈妈外，第一个问他疼不疼的。

他淡笑了一下，说：“不疼了。”

她不信，不吭声。

“真的。”他说，语气竟有些在哄她。他在被子里翻了下身，窸窸窣窣的，又清了下嗓子，声音明朗了些，淡笑说，“蛮好的，我本来还担心文化课成绩，刚好可以多复习一年。”

苏起被他逗得扑哧一笑，也不说安慰的话了，只说：“你手术很成功吗？之后就没问题了吗？”

“嗯，很快就可以出院。”

“你还要回学校上课吗？你这样子谁来照顾你呀？要是在一中就好了，有我在。”

梁水说：“我办了伤病休学，会回云西。我妈妈也不想我在家闲着，找鲁老师帮忙，让我去一中插班读一段时间。”

苏起喜道：“那我们又要同班啦？”

“嗯。”梁水忽然说，“苏七七，你刚说要照顾我的，别忘了。”

苏起心头一震，道：“我说话算话。”

周末，梁水回了南江巷，他左脚上绑了厚厚的绷带。康提的车停在巷子外进不来，林家民跟苏勉勤两个爸爸把梁水架回了家。

梁水在家休息十多天后，拆了绷带去上学。他左脚还是不能发力，只能拄拐杖。康提每天送他上下学，苏起、林声、路子灏刚好蹭车——这会儿天气冷，骑车走路等公交都冻得慌。

到了学校，路子灏负责给梁水背书包，梁水撑拐杖，苏起和林声围在他身旁小心盯着。

上楼梯时，梁水嫌拐杖碍事，丢给路子灏拿着，一手扶着栏杆，单脚往上跳。他体力很好，连跳几个台阶不费劲，可到二楼，他放慢了速度，跳几下就停，时不时侧身，一副很不顺手的样子，扭头看苏起：“你过来。”

苏起凑过去：“怎么啦水砸？”

梁水说：“扶着我。”目光微躲闪，“栏杆不舒服。”

“哦。”苏起乖乖站到他身边，握扶住他的手掌和小手臂，下一秒，他握紧了她的掌心。她呼吸微滞，只觉一股力量压过来，但不算重，他有收力。苏起抿紧嘴巴，用力托着他，往台阶上跨一步等着，梁水便往上头蹦一级。

她走一步，他蹦一步。

少年和少女的手掌紧握在一起，手臂绑在一处，彼此心内都有一丝涟漪微荡，但他们谁都不看对方，齐齐专注地盯着他脚下的台阶，甚至很默契地连头都不抬起来。

好不容易走上三楼，刚跳上最后一级台阶，楼上有同学快速冲下来，不明情况地绕过时，不小心撞到了单脚站立的梁水。

梁水一晃，身子忽然朝后仰，苏起吓得立刻扑上去抱紧他的腰身用力将他拉回来。梁水被她拉得一个前倾，下巴轻磕在她额头上，胸口一滞——她把他搂得太……紧。

他还怔怔地没回过神呢，她已迅速松开他，拍胸口："吓死我了吓死我了，我以为你要掉下去了。"说着冲楼道下头喊，"你跑慢点儿啊，都撞到同学啦！"

楼道里传来回音："不好意思啦。"

苏起这才看向梁水，后知后觉地眼神躲闪；梁水的目光也有些无处安放，倒是故作镇定坦然地重新朝她伸出手，她亦再度握搀住他的手，慢慢将他扶上楼去。

之后那段时间，梁水在学校内的"移动"需求，全部由苏起来满足。

他要喝水了，他要出去栏杆边站站，他要去厕所……他不要任何人帮忙，就找苏起，只找苏起。

他召唤她的方式很简单——他折了只白色的纸飞机，哈一口气，往她的方向一投，戳她背上，落她肩膀上，简直和投篮一样准。有时他会忽然想戳她的马尾辫，有时她侧头时，他觉得她耳朵好看，就不自觉瞄准她的耳朵。

苏起都不知道他那纸飞机怎么就那么准，她毫无怨言，甚至很是心甘情愿，只不过她自己都没意识到这份心甘情愿。

但是梁水这个家伙吧，得寸进尺，且召唤她的时机越来越不适合。

每当她和吴非沟通题目时，那纸飞机就会戳她脑勺上，力度还不小。她回头，他面无表情抬一下水杯，这是要她给他打水了；侧头看一下窗外走廊，这是要出去透风；侧头看另一边窗外，这是要去厕所。

苏起觉得他受伤挺可怜，所以对他有求必应。但她渐渐发现，他在故意使唤她。

那天她趴桌上跟吴非讨论题目，纸飞机飞来，苏起回头，梁水举起他的空水杯。

苏起帮他打了水，飞机还给他，回到座位上，刚拿起笔要跟吴非讲话，那飞机又飞来了——梁水的水杯已经空了。

苏起微微冲他瞪眼，这大冬天的，喝这么多水干什么？！

她又去给他打了一杯，杯子放他桌上时，给了他一个幽幽的眼神，他熟视无睹。她回去刚坐下，纸飞机再次飞过来，落在苏起头顶上，还停稳了。

梁水没忍住，一笑，苏起脑袋上顶着个纸飞机回头。

梁水头往厕所的方向侧了侧。

吴非懒得跟她讲题了，起身去厕所。

苏起板着脸走到梁水跟前，问："你没事干专门支使我玩吗？"

梁水说谎不眨眼："刚吃辣小鱼辣到了。"

"你不是不喜欢辣小鱼吗？"苏起扶他站起来，搀着他出了后门。刚好吴非从厕所回来，跟他们擦肩而过，目不斜视。

梁水蹦下一级台阶，没来由地说："苏七七，离高考没多久了，好好学习别早恋啊。不然你就是狗。"

苏起莫名其妙，顶嘴道："你才早恋！"说完还不解气，手指着他的左脚，愤愤道，"你赶紧好起来，我已经想揍你了。我现在真的十分怀疑你的主人在仗伤行凶！"

梁水不作声，瞥一眼她那生气的样子，莫名地松了口气，心情也明朗起来。他光明正大"不经意"握紧她的手，又往下蹦了一级台阶。

蹦的时候，他假装没控制好重心没站稳，身子不由得往她身前靠了靠，和她挨挤在一起，下颌差点儿贴在她额头上。

苏起还在控诉呢，忽地就闭了嘴，笔直地盯着地面上他的脚，睫毛扑扇扑扇的，却也没松开他，没拉开距离，按捺着不可控制的心跳，假装她只是帮助一个受伤的同学。

两人都不说话了，不抗拒彼此，不再看对方的眼，却也不松开彼此，缠在一起"我走一步，你跳一步"地下楼朝厕所走去。

十二月，梁水彻底从拐杖的束缚中解脱出来，但他还无法训练，哪怕是正常的跑步，连走路都一瘸一拐。他能做的只是和苏起一样上课学习，体验一把非体育生的生活。

2006年至2007年之交，正是特长生艺术生报考的时候，梁水没有报考任何学校，他原来10班的班主任建议过他去一些职业体校，他没考虑。

伙伴们都清楚那不是他能接受的结果，康提自然也没劝他，只想着如何帮儿子恢复身体，增强体魄。

林声则顺利递交了上海大学的报考申请。

而这时，李枫然突然干了件叫所有人意外的事——他报考了中央音乐学院的作曲系。

他不当钢琴家了，要去学作曲。冯秀英老师急疯了。

听巷子里的大人说，冯老师苦口婆心地劝说，但李枫然不为所动，一贯采取“谆谆教诲”模式的冯老师大发雷霆，严厉抨击警告李枫然，但依然没效果。

冯老师下了死命令——决不允许他去考试，也不允许他去读什么作曲。

冯秀英憋得难受，跑回南江巷跟姐妹们哭诉，说李枫然从小听话，也有天赋，何堪庭老先生很重视他，眼看要培养成中国乃至世界的著名钢琴家，他却突然要搞什么作曲。

“都是那些狗屁选秀节目害的。”冯秀英道，“什么《快乐男声》《超级女声》，搞得现在孩子都不好好学习，只想着当明星一夜成名。”

程英英轻声：“你这就扯远了。枫然不是那种孩子。”

“我知道。但是他现在脑子里在想什么？我决不同意！”她看沈卉兰，“声声画油画的，她现在跟你说不学了，去路边画人像你同不同意？！”

沈卉兰劝：“他可能是一时叛逆，你好好跟孩子说。”

冯秀英苦涩摇头：“不是叛逆。”

在南江巷所有妈妈眼里，整条巷子的生物，甚至连那只野猫啾啾都会叛逆，但李枫然不会。

他从小内敛温沉，心思深厚，做这个决定绝不是“叛逆”二字可以解释的。

冯秀英哽咽："我就怕他真的铁了这条心，那就完了。"

寒假李枫然回云西后，冯秀英抽空带他回了趟南江巷，说是看看老朋友老邻居们，其实是想让同龄孩子们做做李枫然的工作。

苏起得知李枫然在梁水家，准备去时，程英英说："七七，冯阿姨的意思是你们能劝劝枫然，茱莉亚是全球最好的音乐学院，再说申请都递交了。"

苏起皱眉："我还不知道风风怎么想呢，我不能先答应你。"

程英英还想说什么，苏勉勤拦住她，笑道："行。你先去见枫然吧，很久不见了，都开心点儿啊。"

苏起出门遇上林声和路子灏，三人交换眼神，明显都得到了家长的教育和命令。

上了楼，李枫然坐在沙发上看着，梁水坐在他身旁，跷着左脚给他解释跟腱在哪儿以及它的作用。

他现在能正常走路了，但不能太快。

李枫然说："怎么在这个时候受伤？"

梁水道："前段时间太拼太累，身体消耗大了，就容易出问题。不过运动员嘛，都得面对。"

苏起忽地发现他说这话时，或者说他跟李枫然说话时，更像一个成熟的大人，一点儿不像那个跟她交流时脑子跟瓜一样的少年。

他们三个坐在茶几对面的地毯上，齐刷刷看李枫然。

李枫然知道他们好奇什么，但不作声。

于是三人又齐刷刷看梁水。

梁水放下脚，直接问："你要去学作曲？"

李枫然："嗯。"

梁水："你想好了吗？是你想做的事？"

李枫然郑重地点了下头。

梁水说："行吧，我支持你。"

另外三人齐齐瞪梁水："？？？"

梁水看苏起："有屁快放。"

苏起挽留："风风你不做钢琴家了吗？不可惜吗？"

林声焦急："钢琴家多好啊。现在还有人知道作曲家的名字吗？"

路子灏也说："对啊。李凡，我们上次在上海看你演奏，真的很棒！你想放弃吗？太可惜了。"

梁水不说话，注视着李枫然的侧脸，在思考什么。

面对伙伴们的挽留，李枫然只说："我想做一件自己喜欢的事，不是我父母想让我喜欢的事。"

苏起愣住，林声和路子灏也都闭了嘴。

这时，梁水说："考试是二月底？到时我陪你去北京。你妈妈要是不给你路费，你先记我账上。"

苏起叫："我也要去。"

梁水白眼："好好上课吧你。"

南江夜话

冯秀英："作曲？你说认真的？枫然，你跟妈妈说说你怎么想的。好好的为什么忽然想什么作曲？"

李枫然："我对作曲有兴趣，想去学。"

冯秀英："你可以学啊，但那只是兴趣，你要当一个钢琴家的。等你真的成了大钢琴家，那时候有空了你可以学作曲，但现在你还是要再努力。"

李枫然："我没那么想当钢琴家。我也当不了。"

冯秀英："你说什么？你最近到底是怎么了？你是受什么刺激了吗？谁说你当不了，何堪庭都说可以！"

李枫然："我不想说了。"

冯秀英："你给我站住。枫然啊，你为了弹钢琴，付出了多少努力啊，怎么能轻易放弃呢。有的孩子，没有天赋，努力也没有用，可你不一样，你怎么能放弃呢？我决不会同意的。”

李枫然：“当初让我弹琴的时候，你没问过我的意见；现在我不想弹了，你也不管我的意见。”

冯秀英：“那是因为现在的你简直是在无理取闹！”

李枫然：“妈妈，这么多年，你问过我指法练习得怎么样，节奏怎么样，琴怎么样……但是你问过我累不累吗？你问过我开不开心吗？”

冯秀英：“枫然，学习从来没有轻松的捷径能走。水子训练不累吗？声声上学开心吗？你看看你的朋友们，他们都在为自己的梦想努力。你呢，原本是孩子里最听话最有天赋的，结果呢？偏偏在这个最关键的时候闹叛逆？！”

李枫然：“哦。原来我是叛逆了。”

冯秀英：“你回来，枫然，我绝对不允许你放弃梦想。”

李枫然：“妈妈，钢琴家究竟是我的梦想，还是你的梦想？”

Chapter 21

十七夏

2007年二月，元宵节还没过，高三生已开始寒假补课，正式进入高中最后一学期。

各地艺术生考试陆续开启。沈卉兰陪林声去了上海。

冯秀英下了死命令不准李枫然去北京，没收了他所有零花钱，说考上了也不准他去。但李枫然坚持要走，梁水买好了两人的火车票。

冯秀英气得去找康提，要她管管梁水。结果梁水跟冯秀英单独讲了十分钟，也不知他说了什么，冯秀英一言不发地走了。第二天，她没有阻拦李枫然。李枫然和梁水一起上了火车。

梁水的腿好得差不多了，正常行走已完全没问题。两人次日抵达，在中央音乐学院附近找了家酒店住下。其他艺考生都有家长陪同，李枫然身边只有梁水。

那天北京风很大，天空阴霾，整座城市看上去灰蒙蒙的。

梁水陪着李枫然走到学校门口，说：“进去吧。”

李枫然看他：“你去哪儿？”

梁水说：“四周转转。”

李枫然说："别在外面等我。太冷了。"

"嗯。"

李枫然随其他考生进去了，他裹着件黑色羽绒服，冷风吹得他的头发在飞。

梁水原地站了会儿，一旁有个家长瞧见了他，好奇地问："你也是特长生？"

梁水说："是啊。"

这个家长问："你是不是中戏、北电也都报了？上海的要去试吗？"

"啊？"梁水说，"我是体育生。"

这个家长一愣，笑起来："我以为你报考表演的，长得真的挺好看的。"

梁水不大好意思地笑了两下，站了几秒，略尴尬地挪走了。

他不想回酒店待着，便四处晃悠。街上北风萧瑟，参加艺考的女孩子被吹得瑟瑟发抖。他好奇地打量，猜测她们是学什么的，偶尔对上目光，对方表情也很友善。

他忽就想起了苏起。

想起小时候她披着床单，假装是公主；戴着蝴蝶发卡，假装是香妃；拿着魔法棒，假装是仙女。

想起她蹦蹦跳跳唱着 *Happy Baby*，假装是青春美少女队的成员，是红极一时的少女偶像。

她现在还有这个梦想吗？

冷风吹过，梁水从兜里掏出手机，他忽然很想听听她的声音。但这个时候，她应该是在门窗紧闭的教室里认真上课。

他迎着冷风吸了口气，坐到路边的花坛台子上发呆，动了动自己的左脚踝。

他的伙伴们、全国各地的少年们都在努力着。他却忽然停下来了。

他插着兜低着头，又动了动左脚踝——你啊，怎么这个时候给我拖后腿？

手机突然响起，竟是学校小卖部。

这默契！

他立刻接起："七七？"

"水砸！"她声音一贯地明媚清亮，梁水抬起头，面前冬季灰暗的小巷明朗了起来。

"你干吗呢水砸？"

梁水拿右脚踢了踢水泥地："李凡去考试了，我在等他。"

"外面啊。不冷吗？"

"我先转转，过会儿再找家咖啡馆。"

苏起安静两秒，似乎在判断什么："咦？你坐在路边？"

"啊。"梁水听见她那头的《运动员进行曲》，是课间操时间。

"水砸。"苏起说，"路造刚跟我开玩笑，说要是高考考不好，就复读一年呢。"

梁水不作声。

"我们上学本来就比别人早一两年，明年再上也不迟，就算明年上，都还比同学小一岁呢。"苏起开朗地说。

梁水淡笑："我知道。"

"你不要一个人在外面瞎想听见没？明年你去考试的时候，我可以陪你呀。路造应该也在北京呢。"

"知道了。废话那么多。"

"嘁！"

他心思一动，忽然问："你小时候想当明星的，现在还想吗？"

"哎，你知道我嘛，三分钟热度哈哈。我现在觉得上大学很好欸。"

"挺好。"

"不跟你讲了，我要去做操啦。你别在外头吹冷风啊。"

"好。你慢点跑。"

"拜拜。"

闹哄哄的话筒安静下去，梁水眯眼望天空，深吸一口气，起身走了。

待李枫然考试完毕，两人返程。

回去仍是睡卧铺，夜里两人坐在小桌板旁吃泡面，李枫然忽然开口："你早就有话想跟我说了吧？"

梁水抬了下眸："嗯。"

"说吧。"

"李凡，你确定喜欢作曲？"

李枫然拿叉子挑起一团泡面，说："喜欢。"

梁水点点头，又问："那你确定不喜欢弹钢琴？"

李枫然沉默。

梁水继续："钢琴家是你妈妈希望的。但你真的不喜欢，很讨厌吗？"

面汤的热气飘浮在两人之间，彼此的眼神都有些氤氲。

李枫然低头吃面。

梁水说："你想做的事，我一定支持。但我怕你只是为了抗议你妈妈，就忘了你的想法。你可以做你喜欢的，但不要故意去抵触她喜欢你做的。"他说完觉得很绕口，胡乱挠了下脑袋瓜，皱眉看他，"听明白了吗？"

李枫然轻点头："明白。"

梁水点到为止，松了口气，拿起叉子继续吃面。

李枫然看了他半晌："憋了很久吧，来的时候怎么不说？"

梁水从碗里抬起眼皮，笑容有些散漫狡黠："来之前说你会听吗？好歹我陪你一趟，有苦劳，说话也更有分量了，是不是？"

李枫然一想，竟然无奈地笑了下，说："所以你希望我选择茱莉亚，继续弹钢琴？"

"也不是。"梁水收了笑，思索片刻，说，"我在网上查过，茱莉亚也有作曲专业，比央音更厉害。你可以选修，先了解再做决定。你虽然自学了作曲，但还是门外汉的眼光。别急着把钢琴这条路堵死。"

火车在铁轨上晃荡，窗外黑夜无边。

"李凡，你要一条路走到金字塔顶尖。天赋、机遇、运气、提携，不是每个人都有的。你离那里很近了，现在掉头，我怕你过几年后悔。如果我是你，我会先去更大的舞台看看，我的钢琴是不是真的无法突破瓶颈了，我喜欢的作曲是不是真的就能做到比弹琴好？”

李枫然默然片刻：“我怎么觉得你是有感而发？”

梁水一笑，竟有些苦涩：“记不记得在上海，我们说，离最顶尖还有一点距离？”

“嗯。需要很长很长的时间磨炼。”

“钢琴家、作曲家，你可以磨炼一辈子，但运动员不行。说白了就是吃青春饭。留给你争取荣耀的时间，只有那么几年。过了，就永远没有了。”

李枫然不知该如何安慰他，说：“考大学也挺好的。”

“是啊。”梁水挑挑眉毛，又是那副不羁的模样了，“明年试试中戏、北电。”

李枫然一愣，继而扑哧一笑。

火车哐当，晃荡着驶向云西。

李枫然回了省城上学。剩下三个人继续高考冲刺。

梁水今年不高考，也不能剧烈运动，只能保持基本的体能训练，顺带跟着上上文化课。

离高考还有一百天，云西一中举行了高考百日誓师大会。高三年级十五个班在操场列队，进行升旗仪式、校长讲话。

鲁老师是优秀教师代表，他在台上说：“求学之路，千难万苦，老师为你们保驾护航；攻坚克难，决战百日，老师与你们同在；同学们，加油，我们高三教师团队一定会为你们倾尽所有！”

之后是学生代表讲话，对三好学生、优秀学生干部进行表彰。

苏起是三好学生之一，和另外十几个三好学生、优秀学生干部一起上台领奖。

梁水站在队伍里远远地瞧她，她笑得很灿烂，像太阳花儿一样。

大会进行到最后，是高考誓师。

高三学子齐声呐喊：“十年寒窗，百日苦战，为梦想终生不悔；厉兵秣马，勇攀高峰，博未来一生无憾！”

豪气冲天的喊声在操场上空震荡，高考正式进入百日倒计时。

每个班很快分出了几拨阵营，有奋力拼搏的，中规中矩的，一切随缘的。有人向“985”“211”冲刺，有的在一本线挣扎，有的想努力考进二本，有的则完全放弃。

初中毕业时，大家还很懵懂，对学校没有太多的概念，大家永远是平等的。如今三年过去，他们已走到高考——人生最大的分水岭前。

只不过那个时候身处其中的很多学生并没意识到这一点，仍按着儿童时代的模式随波逐流、一切随缘地往前走着。

就像苏起，她虽努力好学，想考名校，但她并没深究过这背后的缘由和意义。

那时的高中生们，多半仍是懵懂的，没有功利心的——刘维维只能考三本，这并不妨碍她和苏起是好闺密。

成绩已然无望的同学也没多沮丧，仍旧每天快乐地上学。高考在大家眼里不过是一个节点，过了这个节点，去另一个阶段而已。

在苏起眼里，就是接下来要上大学了而已。

和班上其他同学一样，她订了《求学》杂志，时不时翻看学校信息。那天路子灏转过来跟吴非和她讨论《求学》。

梁水恰好经过，问：“你们想考什么学校？”

吴非说：“华科。”他现在的分数，考华科没问题，还能选顶尖的专业。

路子灏说：“人大吧。”他现在在他们班稳定第一，连吴非都追不上。

梁水看苏起，苏起飞快地翻动着杂志，忽然一指，抬起头来，眼睛亮亮的：“我要考北航！”

三个男生一看，就见杂志上写着：北航男女比例极度失衡。

苏起眼睛亮得像灯泡：“这个学校全是男的！肯定有很多帅哥！”

梁水：“……”

吴非：“……”

路子灏：“……”

路子灏捂脸：“我感觉回到了花苗小学，你说要嫁给乖乖虎的时候。”

梁水鄙视一句："花痴！"

苏起："我就要！"

梁水哼了一声，回到座位，看了一眼苏起，她翻着书，很兴奋的样子。

他身处坐满了同学堆满了复习资料的教室，觉得一切都与他无关。

他憋闷得慌，起身走出教室，去栏杆边吹风。

如今已是三月末，春意盎然，清风正好。

苏起翻着杂志，不经意扭头看梁水，座位是空的，再寻一眼窗外，见他趴在栏杆上。清风拂动他的发梢，他的侧脸莫名地有些寂寥。

她扔下杂志，蹦出教室去，跳到他身边："水砸，请你吃糖！"

她手心有一颗淡黄色的柠檬八宝糖。

梁水接过来，撕开塞进嘴里，脸颊上顿时鼓了个大包。

苏起把两只手伸出栏杆外，抓着风，说："你是不是快要走了？"

梁水说："嗯。下周回省城。"

苏起歪着头想："休息了半年，还跑得动吗？"

梁水含着糖笑了下，看着风中她的手，细细的，白白的，不知在胡乱抓些什么。

他不答话，她也不说了。

走廊上，同学们走来跑去。

两人静静吹着风，苏起把手收回来，忽然说："迟一年也没关系的，我会在北京等你。"

梁水的心忽然如熨帖的春风拂过，转眸看她，碰上她匆匆瞥来的眼神。她极力装作友好的语气，但话已出口，莫名地心虚，眼神也闪躲，抓在一起的手指更是扭得无处安放。

好在忽然响起的上课铃解救了她，她快步跑回教室坐下，翻开课桌盖埋头找书，余光瞥见梁水从她身边走过去了。

梁水回到座位，多看了几眼她的背影，教室里充斥着忙碌开桌拿书的响动，莫名有种熟悉的暖意。

正想着，苏起放下课桌盖，忽然无意地回头看他。

两人目光恰恰碰上，都愣了愣，一秒间移开。

他抽出课本翻开，开始听讲。

苏起低头做笔记，微微呼气。

教室里忽然喧闹起来："哇！"

苏起抬头，一只燕子误入教室，横冲直撞。

高三枯燥无聊的课堂迎来一线生机。一张张面无表情的脸上重焕光彩，期盼地望着那只燕子。

那可怜的燕子受了惊吓，振翅乱撞。好心的同学赶忙开窗，可燕子哪里分得清，频频撞上玻璃，看得苏起一阵肉疼。

一帮同学仍在瞎指挥，老师说："大家别乱动，别吓到它。"

大家纷纷回到座位坐好。

教室安静下去。燕子飞到窗棂上站好，扭着小脑袋，眼睛滴溜溜地转，或许是撞累了，也不飞了。

坐在一组后排的梁水忽然慢慢起身，爬上课桌，他极缓地站起来，众人屏住呼吸，他朝窗棂上的燕子伸出手。那燕子正扭头看别处，没注意到他的手伸过来。正当它扭头时，梁水眼疾手快，迅速抓住了它。

燕子立即挣扎，梁水迅速跳下桌子，手伸出窗外一松，燕子振翅飞去。

班上同学发出"哇"的感叹。

隔着重重移动的人影，苏起又看了眼他的方向，两人目光刚对上，就被闪动的人影遮住了。

一场风波消停，又恢复了正常的上课秩序。同学们都埋下头，奋笔疾书。

梁水记着笔记，看向黑板。前边同学一晃，他看见了苏起的侧脸。她正凝神听讲，眉心微蹙，微抿着唇。少女额头饱满，鼻尖小巧。

他鬼使神差地在稿纸上画了一笔，那弯曲柔软的弧线是她的头发，一笔下去，没忍住又画了一笔，一发不可收拾。她的额头、眼睛、睫毛、鼻梁、嘴唇、下巴……一点一点，全出来了。

直到下课铃响，同学们都去吃饭了，他还坐在教室里修改描绘。他并不是专业画手，但一点点琢磨出来的模样，竟和真人有七八分神似。他越画越像，忍不住反复润色把她画得更像。

给她耳朵画阴影时，突然一只手伸过来："哎哟！这画的谁啊？！"

程勇拿起来一看，眼睛瞪得滚圆，给周围同学看："这是我们班谁？"

一圈同学凑过来。

梁水霎时红了脸，扔下笔起身去抢，程勇躲开，笑道："是不是苏起？"

男生女生都抢着看，梁水又是尴尬又是气恼，又想抢又怕把那纸撕坏，捏着根铅笔站在原地，简直进退两难。

他本就是风云人物，教室里的人全围过来：

"画得好像啊。"

"真的是苏起。"

"哦——"大家起哄大笑。

梁水："给我！"

"梁水脸红了！梁水脸红了！"有人叫道。

梁水脸红到了耳朵根，只道："还给我。"

同学们也不闹他，还了回来。

梁水接过画纸，埋头坐下。几个同学还凑在他身边，围观欣赏。

"真好看！"

"你怎么画的？"

"画得真的很像啊。"

梁水心乱如麻，拿书挡住了，轰人："走走走，看什么看！"

就在这时，苏起和刘维维吃饭回来，苏起从后门进来，扔给梁水一碗打包的米粉，说："你怎么没去吃饭啊？"

梁水猛的一见她，吓了一跳，一张口，竟结巴了："我——"

一旁，程勇叫道："他没时间吃饭，谈恋爱去了。"

苏起莫名其妙："啊？"

梁水满脸通红，起身去揍程勇，程勇大叫着跑出去，两人追杀着拐进了楼道。

苏起站在原地，一头雾水："他们干吗？"

后排几个女生大都是张余果的朋友，没作声。

有个男生笑道："他桌上那本书你翻开。"

苏起翻开一看，就见一幅黑白铅笔画，画中的女孩侧脸仰望着，神情认真，面容姣好。

苏起一怔，心跳都乱了两下，转身就往自己座位上走，走了两步发现手里还拿着画儿呢，又赶紧小跑塞回去。

男生们全起哄了："在一起！在一起！在一起！"

苏起面红耳赤，手忙脚乱之际，男生们不知看到了什么，忽然都安静下去，各自坐好，翻出书本。

苏起回头，教导主任不知什么时候巡视到他们班来了，正一脸阴沉地看着他们。

……

梁水追着程勇在操场上跑了整整一圈，倒不是多生气，只是满心的尴尬、忐忑、无措，不知该如何发泄。

程勇跑不动了，筋疲力尽："我输了，别跑了。"

梁水追上他，却也意兴阑珊，满腔的忐忑羞赧无处得解。一想到要回教室，头皮就直发麻。

怎么跟苏起解释？

送你的生日礼物？屁，生日早过了。

最近有什么节日？

清明节。

梁水捂了下脸，烦躁地哼出一声："啊——"

程勇钩住他肩膀，问："你真喜欢苏起？"

梁水跟踩了尾巴似的，条件反射般地就要否认，可话到嘴边却说不出来。

我不喜欢她，这话他说不出口。

这一刻，心忽然就定了定。

尘埃落定般。

他不作声，不爽地掀开他的手，往楼上走。

程勇跟上："我跟你讲，等高考完，起码有五个男生要跟苏起表白。连吴非都喜欢她。"

梁水扭头看他。

"别不信。我同桌是他舍友，说他在宿舍总提苏起。"

梁水没说话。

"不过啊，我觉得，苏起喜欢你。"程勇拍拍他的肩膀。

梁水心头一震，想信又不敢信，故作洒脱道："嘁。她对我一直这样，初中就是，你又不是不知道。"

程勇叫："所以我初中就觉得她喜欢你啊。"

梁水彻底不信了："放屁。"

程勇无语摇头，还要再说，梁水却无心听了。他走到后门边停下，手足无措，不知如何进去。

他探头看了眼，教室里学生来了一半，苏起不在。那碗米粉还在他桌上。

他稍松了口气，脚步很轻，几乎是飘进了教室，刚落座，旁边男生就说："苏起被教导主任叫走了，还有你那张画。"

梁水一愣，立刻冲出教室。

他飞奔过走廊，冲到楼道口，差点儿撞上迎面来的同学，"对不起！"他飞速冲下教学楼、小操场，直奔高二副楼而去。

教导处办公室内一溜儿三张办公桌，两个副主任刚吃完晚饭，正坐在桌旁喝茶。

教导主任面色铁青，将那画拍在桌上："你是高三的学生吧？啊？！高考还有几天，还有心思谈恋爱？能上清华、北大吗？啊？"

苏起耳朵血红，争辩："我没有谈——"

"还狡辩！苏起你别以为我什么都不知道，你就是个问题学生，你要我一笔一笔跟你算账？你读高一时跳的那个什么流氓舞蹈，我听人说都害臊！你在你们班天天没事跳舞扭腰疯疯闹闹的，有没有点学生的样子？一堆男生喜欢你就挺得意是吧？你也就成绩好点儿，你们班主任护着。但我告诉你，现在的考试成绩都不作数，高考才算！你这么搞下去，我看你连你班主任也要辜负！”

苏起被这劈头盖脸的一番话训得脸如针扎，冤枉道：“老师你血口喷人！我怎么是问题学生了？我跟班上所有人关系都好，大家可以给我做证。我……”她喉中一哽，道，“跳舞怎么就是耍流氓了？现在又不是封建社会！”

教导主任一拍桌子：“还顶嘴？知道封建社会是什么吗？半吊子搬出来用。这画怎么回事？年纪轻轻的不好好学习，尽想些情情爱爱，才多大就搞对象？”

苏起又气又愤，又羞又耻，攥着拳站在原地直发抖。目光瞥了一眼剩下的两个女老师，她们都冷冷地看着她，仿佛她也是偷偷摸摸做了禁事的不要脸的女生。

她眼睛红了，愤怒反驳：“我没有！就算你是老师你也不能冤枉我！”

“好！我不冤枉你。现在叫你班同学来问，叫你家长来问！”主任道，“证据都在，我看你怎么抵赖，等着全校通报批评吧。”

苏起一听要叫家长，更气更急，脑子蒙得不知该说什么，窗外一阵急速的跑步声，突然一个身影闯进门，将她一把扯过去拉在身后护着。苏起一瞬间就被那熟悉的身影罩住。

梁水喘着气：“画是我画的，跟她没关系。你有什么冲我来！”

苏起满心委屈，眼泪一下子就涌了出来。

“冲你来？”教导主任见识过梁水，两人当年就较量过好几回，他往位上一坐，指着画，“承认早恋了是吧？那就叫家长，通报批评。”

“谁承认早恋了？”梁水说，“我就画了幅画怎么了？您哪只眼睛看到我跟她谈恋爱了？”

主任一拍桌子，气势汹汹：“都画了这种画还狡辩！”

“哪条校规规定不准画画？！”梁水略抬高音量，比他还硬。

“画这种画就是思想肮脏。”

“淫者见淫，您思想肮脏，看东西就肮脏。这就是给我好朋友画的画。”

主任气得指着他的鼻子要说什么，梁水已迅速开口：“叫家长？您叫。我还是那句话，我跟苏起是从小长到大的朋友，我们家长都清楚。主任，如果你冤枉了我们，家长来了，告诉你搞错了，你就在周一升旗仪式上跟苏起道歉！”少年斩钉截铁，“你想好了就叫家长，在那之前，我要叫校长来做证！”

“你——”主任火冒三丈，却被他堵得讲不出别的话，转道，“梁水你给我搞清楚了，你在我们学校借读！不守规矩你就——”

“我是没交借读费赞助费吗？”梁水问，“我哪里不守规矩？我是跟人打架了欺负同学了还是辱骂老师了？我给我朋友画了幅画怎么就不守校规了？您把校规拿出来指给我看，哪条说不能画画？”

主任气得人站起来：“你——”

“哎呀，算啦，我看就是个误会。”旁边的女老师终于开口，打圆场，“主要是上个月学校出了不好的事，我们也怕你们做错事影响未来。主任脾气是急了点，但出发点是好的。你们没早恋就好，现在快高考了，好好学习才是最重要的。”

教导主任一屁股坐在凳子上，别人给了他台阶下，他就不浇油了。

但梁水绷着脸，说：“老师，你骂错了人，就该给苏起道歉。”说着把苏起从背后扯了出来。

苏起脸上还挂着泪，慌乱而惶然，梁水一见她那样子，刚才一番对质下去的火又噌地冒起来，恼道：“老师做错了事不道歉吗？！”

苏起拉了下梁水，眼泪又涌了出来。

教导主任皱了眉，那女老师又说：“梁水啊，这事儿呢大家都退一步，我看——”

梁水冷道：“为人师表以身作则这句话是狗屁？！”

女老师一怔，不讲话了。教导主任冷脸数秒，终于说：“苏起，这次是老师误会了，你别往心里去，继续好好学习，争取考个好成绩。”

梁水对这“道歉”不满意，还要说什么，苏起用力拉了下他的手，忙说：“知道了。走吧水砸……”

梁水表情很差，抓起桌上的画就走。

“梁水！”教导主任说，“你不用在我面前横！你自己是个什么样子，有没有耍流氓，有没有思想肮脏，你心里清楚。你这混子性格不改，要吃大亏的。”

苏起一听这话，就要反驳，梁水却不搭理他，拉着她走了。

一路走到小操场旁的枫树下，梁水才停下来，原地深呼吸好几次，才稍稍顺了口气。

回头一看，苏起耷拉着脑袋，眼圈红红的，一滴眼泪吧嗒掉下来。

梁水看得心里难受，烦道：“他是不是骂你了？”

苏起原本还好，他这一问，她更委屈了，眼泪汪汪道：“就……他说我喜欢故意勾搭男生，”她眼泪哗哗地掉下来，颤声哭道，“我哪有呀？”

梁水恼火了：“他就是一个傻 ×，你别理他。你是什么样的人，大家心里都清楚。”

苏起抽了抽鼻子，“嗯嗯”地点头。

梁水瞧着她，眉心越皱越紧，说：“你别哭了。”

苏起又点头：“嗯。可是——他好烦啊，每次都污蔑人。刚才他说你，我就想说他的。你根本就不是他说的那种人。”她眼泪又出来了。

梁水一愣，倒没料到她会在意这句话。

“他说话真的很难听，他凭什么说你耍流氓思想肮脏？”苏起抹着眼泪，呜咽道，“他凭什么冤枉你早恋，冤枉你喜欢我呀？”

世界忽然静了一瞬。

下一秒，他低了声音：“要是，他没冤枉我呢？”

苏起一愣，猛一抬眸，撞上他的目光。那一刻，正好晚风轻拂树梢，夕阳从摇动的树叶缝隙里漏出来，一片片如蝉翼在视线中闪烁。

梁水的眼神又清又亮，认真、忐忑、笃定、紧张，什么情绪都有。

她脑子全然蒙掉，呆呆地和他对视数秒，只觉得心越跳越快，呼吸困难，慌忙就别过眼神去。呆滞一瞬，又觉得眼上的泪痕干疼得很，低头揉了揉眼睛，揉完不自觉地再次迎视他。

正巧到了校园广播站时间，忽然响起许巍的歌："曾梦想仗剑走天涯，看一看世界的繁华，年少的心总有些轻狂……"

两人就那么你看着我，我看着你。

梁水以为自己天不怕地不怕，但那一刻，他㞞了。

他也后悔自己一时太冲动，这个时间点，不该搅乱她心绪。

"当我没说。"他微吸一口气，确定道，"回教室吧。晚上有测验。"

苏起不吭声，跟在他背后默默走。他的背影沉默而紧张，手插在兜里，背脊挺直。

怎么可能当他没说，她其实心有窃喜。只是这个时机……

走了好久，才听见他在前头说："班上的男生，我会跟他们讲，不要开你的玩笑。再说，我下周就走了，应该没什么事。你不要受影响。"

苏起跟他走进楼梯间，轻声："你去省城了要照顾好自己。"

梁水沉默，又听她声音细细的，因为刚才哭过，鼻子仍塞着："累了就要休息。别勉强，别再受伤了。"

许巍的歌仍在唱："曾让你心疼的姑娘，如今已悄然无踪影，爱情总让你渴望又感到烦恼，曾让你遍体鳞伤。"

梁水走在前头，一步一个台阶，没有回头。

"Dilililidilililidenda……"悠扬辽远的歌声在校园上空回荡。

楼梯间里洒满余晖，他说："你高考之前我应该没空回来了。你要加油。"

苏起点头："你也是。"

两人一前一后走到教室后门口分开，梁水从后门进去，后排的男生开始起哄。他给了个眼神，大家都消停了。苏起从前门进了教室，坐到自己位置上，翻开物理练习册，坐了好久好久，才收了心，提了笔。

三天后，梁水回省城重新投入训练了。听康提说，他成绩不错，伤病修养这段时间虽有些影响进度，但再练一两个月，能追上伤前水平。

苏起和路子灏、林声仍会时不时跑去小卖部给他和李枫然打电话。她和他的对话多半有伙伴们在场，一切都很自然，仿佛那天的事没有发生过一样，更像是达成了某种默契。

只是偶尔夜深，苏起坐在书桌前，想起他，便偷偷翻开高二下册的物理书，看一看夹在里头的那幅画。

台灯下，铅笔迹闪着荧光，画上的她很漂亮。她想，原来她在他心中是这样的。

看着看着，又不免心跳加速，面红发烫，便赶紧合上书继续写作业了。

四月初，林声和李枫然的艺考成绩出来——都通过了。接下来只看文化课。

沈卉兰得知林声过了艺考，激动得哭了，反倒是林声，到了这一步开始紧张起来，怕文化课有失，学习更加努力了。

春去夏来，花落叶茂。五月一来，高考近在眼前。这次毕业，大家目标都聚焦高考，并没有多少人注意到“离别”。班上也不像初中那样流行同学录，毕竟费时又费力。

但苏起还是准备了带锁的小本子，让跟自己玩得好的同学写了临别寄语。

五月末，做课间操时，广播里没再播放《运动员进行曲》，而是放了首《二十年后再相会》。

来不及等待来不及沉醉，噢来不及沉醉。

年轻的心迎着太阳，一同把那希望去追。

我们和心愿心愿再一次约会，

让光阴见证让岁月体会，我们是否无怨无悔。

音乐激励人心却又怀旧怅然，苏起跟着刘维维下楼做操，说：“哎，学校最近总放这种歌。”

什么《曾经的你》《睡在我上铺的兄弟》《同桌的你》《一生有你》，搞得人无端怅然。

晚自习前广播站的歌曲越来越煽情，高三教室里的书本资料越堆越高。直到进入六月，学生们才开始把复习资料往家搬。

六月六日布置考场，五日没有晚自习了。那天下午，高三的教室课桌恢复了高一时期的干净清爽，没了成堆的书本资料。每个同学的脸都格外清晰。

到了下午，高三学生们已有些心不在焉。各自什么水平，早已尘埃落定，倒是离别的愁绪姗姗来迟，潮水一样慢慢涌来。

下午最后一节课前，团支书在黑板上写了一句："老鲁，我要走啦。高中三年，谢谢您了！——付遥"

渐渐地，越来越多的人跟着在黑板上签名、写寄语：

"13班的同学们，我爱你们！高考加油啊！"

"十年后我们再相会！"

"老班，高中三年，承蒙照顾，谢谢你啦！还有大家，我爱你们！——苏起"

上课铃响，苏起坐回座位，面对着满黑板的留言，忽然就有了丝留恋和伤感。

最后一节课是语文课，但来的是鲁老师，他走进教室，像往常一样随手拿起黑板擦要擦黑板，一转身看到满黑板的留言，顿了一顿。

他长久地看着黑板，像要记住上边的每一句话。

教室里很安静，大家都看着讲台和老师，仿佛过去三年的每一节课都没有如此认真过。

鲁老师最终回身，把黑板擦放在讲台上，笑道："这三年，做大家的班主任，我也非常开心，非常荣幸。我自认教育你们尽职尽责，没有私心。以后你们会有更广阔的路和人生，我不指望你们记得我，只希望你们努力拼搏，做个好人，老师就知足了。"

他眼眶有些湿润，班上有几个女生轻轻哭了起来。

老师又笑道："没事儿，以后暑假常回来看看。"他让班长和团支书拎来了全班同学的高中毕业证，开始发放。

他清了清嗓子："我再交代下高考注意事项，晚上一定要睡好，千万别迟到，准考证别忘带，别忘记涂答题卡填姓名。遇到难题不要急，把能拿的分数都拿下来。全部考完之前，不要对答案，不要交流。万一哪个科目没考好，也不要影响心情。"

苏起从班长手里接过毕业证，看见自己的照片上印着"云西市第一高级中学"的钢印。

"老师的手机号在这里，大家都记下，有什么事，一定要第一时间给我打电话，我会想办法给你们处理。"

他说得很慢，一项一项交代完，这节课也没有别的内容上了。

不知谁忽然问了句："老师你是云西人吗？"

鲁老师笑起来："我说云西话不是云西人？"

"为什么当老师啊？"

"没为什么，当初高考报了师范大学。"

"老师你高考的时候紧张吗？"

"不紧张，就跟平时测验一样。"

"老师你什么时候结婚啊？"

哄堂大笑。

"我们上次在街上看见你和你女朋友了。"

又是哄堂大笑。

"师母长得真好看！"

笑声一片。

最后一堂课，老师和学生间的距离彻底消失，大家畅所欲言聊了一节课，直到下课铃响。

这次，所有同学都不希望下课了。

但鲁老师还是走到讲台上，说："下课吧，同学们。祝你们高考顺利，前程似锦。"

这时，班长程勇忽然喊了声："起立！"

"唰唰唰"五十几个少年齐齐站起，鞠躬敬礼："谢谢老师！老师再见！”

鲁老师的表情有些挂不住了，扯出一丝笑，连连道：“再见！再见！高考加油！”他走到门边，又说，“苏起，把黑板擦了。”

老师一走，班上同学清理各自课桌内剩余的书本，打扫教室，倒垃圾。隔壁班有人疯狂喊着：“我要毕业啦！”

“云西一中！我要走啦！”

“高中！再见啦！”

对面教学楼高二、高一的学生回喊：“高三的！加油啊！”

“高考往前冲呀！”

此起彼伏的喊声在教学楼间回荡，苏起拿黑板擦把黑板上的字迹一点一点擦干净，白色粉末成片下落。

她收拾好书包，把课桌清理干净，原想在学校逗留一会儿，但同学们大都散去，整栋高三教学楼逐渐空荡，只有书本草稿纸折成的纸飞机漫天飞舞。

广播站忽然放起了《蓝莲花》：“没有什么能够阻挡——你对自由的向往——天马行空的生涯——”

她吸了一口气，怀着对过去的惆怅和对未来的激越，和遇见的每个同学说着“高考加油”，和路子灏林声一起回家了。

那晚，苏起看完错题分析，准备早点儿睡觉，程英英过来掀开她蚊帐，把手机递给她，说是梁水的电话。

苏起有些心虚地接过，等她走了，才小声说：“水砸？”

梁水没别的事，给她高考加油。他说：“明天我就不给你打电话了，免得你紧张。”

苏起扑哧一笑：“我才不紧张呢。”沉默了一秒，“好吧，有一丢丢。”

梁水在那头低笑了声，问：“明天准备干吗？”

“早上去看考场，就没别的事了。”

“还复习吗？”

“不复习了。我刚看了几道错题，感觉越看越没底。”她终究还是有丝忐忑的，在凉席上打了个滚，说，“我还是别想了，放松心情先。”

“怎么放松？在家待着？”

“嗯。反正苏落放假，我一不高兴就打他。”

他扑哧一声，怀疑：“你现在还打得赢？”

“他敢还手？哼。”

两人闲聊了一会儿，前屋电视忽然关了，苏起担心程英英多想，忙说：“我妈妈可能要睡觉了。”

梁水明白她的意思，道：“这两天好好睡觉。”

“嗯。”苏起说。

安静。

仲夏夜里，窗外虫儿轻鸣。

苏起脸发热了，问：“你怎么不挂电话啊？”

那头，少年不好意思地笑了一下，说：“你先挂吧。”

苏起又在床上滚了一下，拨弄着蚊帐，有些不舍，还不想挂呢，但屋外程英英走过，她怕她听到，只好说：“那我先挂啦。”

他低低的：“嗯。”

苏起挂了电话，扭头将脸对着床上的电扇，吹得睡衣鼓鼓的，散了一丝热气，才把手机还回去。

她侧卧在凉席上，放空了会儿，对自己一笑，正要睡觉，程英英又来了，说李枫然的电话。

苏起高兴地接过来，想也不用想，他是给她高考加油的。

“风风你也加油。”苏起说。

“嗯。我本来想明天回来看你，但明天要见老师的一个朋友。”

“不用啦。来来去去多麻烦，再说你自己也要考试呢。”苏起说，“咦？你高考前都不休息的啊？”

李枫然不答，笑了下。

“那考完了你会回来找我玩吗？”

“八月吧。”

"唉，枫然同学还是这么忙，你要按时吃饭知道吗？"她念叨。

李枫然轻笑一声，原本是给她打气的，结果被叮嘱了一番："知道啦。"

……

第二天一早，苏起和路子灏一起去看考场。一中分配考场时，耍了小心机。成绩较优秀的留在本校，其余则安排在几个初中考场。林声的考场在和诚，好在离家也近。

苏起的考场正好是高一10班，是梁水高一时的教室。

看完考场回家，刚进门喝了杯水，就有人敲门。

苏起回头，吓了一跳——

梁水单手插兜，靠在门边含笑看她，夏天的阳光照在他头上，笼着一层光晕。

苏起又惊又喜："你怎么回来了？"

梁水咬着下唇，身子往后一倾，探头看看巷子里没人，才说："来看你啊。"

苏起心一怦，做狐疑状："真的假的？"

梁水晃了下手里的摩托车钥匙，说："出不出去玩？"

"兜风？"她当然想了，正愁这一天怎么虚度呢，"路造爸爸的车？"

"嗯。"

车停在巷子口，梁水跨坐上去，苏起麻溜地爬上去坐好。她想了一想，还是伸手抓住了他腰间的T恤。隔着一层薄布，她拳头轻靠在他腰间，少年的腰精瘦精瘦的，温温的。

梁水没吭声，假装没在意，发动摩托，一下子带她冲上了堤坝。

刚冲上去，江边拉沙石的大货车经过，梁水猛一刹车，苏起一个惯性扑到他后背上。

少年的身体紧实而熨烫，苏起抿紧嘴唇，往后坐好。她扭过头去，假装躲避车扬起的灰尘。

梁水后背酥麻一片，却仍是装作没在意，眯着眼，耐心等大货车经过。

正是夏天，阳光正好。

车一过，摩托重新启动。

苏起探出脑袋："我们去哪儿玩？"

"随便哪儿。"梁水懒懒扬声道，"带你去流浪！"

苏起一歪头，望着蓝天眯眼笑："好吧。"

他们没走向城区，而是朝另一个方向驶去。长江大堤绵延无尽，一边是北门街区凌乱无章的平房矮楼，掩映在茂盛翠绿的白桦林间；另一边是烟波浩渺波浪翻腾的长江。现在还没到洪期，但长江水位已上涨不少，江面开阔浩瀚，与蓝天接为一色。

摩托驰骋，江风涌动，苏起只觉得心胸跟着天地开阔起来，畅快无比。

她叫道："我太喜欢长江啦！"

梁水在前头笑了一下，他载着她一路沿江飞驰，仿佛在和奔流的江水赛跑。苏起看到江水中一块漂浮的木板，叫道："水砸，我们超过它！"

"好！"他加速，跑赢了涌动的波涛，飞驰向前。

少年忽然迎风唱起了歌："多少人曾爱慕你年轻时的容颜，可知谁愿承受岁月无情的变迁……"

少女跟着和声唱："多少人曾在你生命中来了又还，可知一生有你我都陪在你身边！"

他们唱着，笑着，越走越远，仿佛走到了城市的另一端，仿佛已走出云西。北门街区早就被抛在后面，再也看不到人家。大堤两边，一边是江水，一边是树林农田。

天高地阔，荒无人烟。

苏起在风中喊："这是哪儿？"

梁水答："不知道！"

不用知道。

天地间只剩下了一条路，他和她，再无其他。

苏起迎着风笑，畅快无比。忽然，她扶住梁水的肩膀，从摩托后座上站了起来。梁水见状，稍稍放慢车速。

苏起叫："不用！"

梁水于是作罢，说：“靠着我！”

苏起在行进的摩托上缓缓站起，颤抖着，她贴近梁水，双腿靠紧他单薄的后背，很快就感受到他后背传来的力量支撑着她。

他知道她想干什么。

她双腿抵着他，慢慢站稳，缓缓松开摁在他肩头的双手。她张开双臂，如鸟儿般展翅。

摩托飞驰，江风鼓起她薄薄的夏日衣衫，她觉得自己像一只风筝，即将起飞，飞去更辽阔更高远的天空，飞过长江，飞去看不见尽头的地方。

梁水稳着车龙头，后背用力撑着她；她身子前倾，以他为依靠。

狂风扑面，阳光灿烂，江水奔腾，树林茂密，一条路通向永无止境的开阔地。她忽然很想大喊，就将双手拢在嘴边，大喊起来：“啊！！！”

一声喊出去，整个心扉都透亮地敞开，她再次喊：“啊！！！”

“加油啊！”

“苏起！加油啊！”

她放肆地喊叫完，忽然间，她迎风对抗紧绷的身体放松下去，猛地滑落回座位，身体擦着他的后背落下。

隔着薄薄的衣料，少男少女的身体仿佛忽然起了火，却又不似火，更像是一种春日的温暖。

苏起的心怦怦乱跳，那一刻的依偎暖意叫她不忍放手，她不管了，顺势就搂住了梁水的腰，一闭眼，歪头靠在他的后背上。

霎时间，她听见自己的心脏剧烈搏动，似撞击着他的后背，却又像泡在温热的水里。

狂风吹着他们的衣衫，搅乱他们的发丝，苏起安静地闭着眼。

他们究竟是什么关系，不管了。

反正这一刻，她就是想抱他了。

梁水浑身僵直，一动不动，生怕惊醒了她，她会松开他似的。但渐渐地，他放松了下去——她仍搂着他。

他就那样带着她一路驰骋而去。

他们沿着长江大堤出了云西，到下午才折返回来。

回到南江巷，已快下午三点。

梁水把摩托停在巷子口，略一侧头看身后："这几天我就不打扰你了，你好好考试。"

苏起探头："你要走了？"

"嗯，四点的火车。"

原来他是特意回来看她的。她慢慢从摩托车上爬下来，小声："路上注意安全。"

梁水好笑："火车有什么安不安全的？"

她还想跟他多说点儿什么，就赶紧道："哦对了，我的考场在高一10班呢！"

梁水一愣，笑："那一定运气好。"

"我也觉得！"

他把车还给路耀国，回家跟康提打了声招呼。苏起正在家里头喝水呢，就见他从门口经过。巷子里太阳很大，他冲她笑了一下，招了招手，算是告别了。

那挥手的身影映在门框里，跟一幅画似的。

苏起匆匆放下水杯，赶紧从冰箱里拿出根老冰棍，跑到巷子口，叫："水砸！"少年正插着兜快步跑上堤坝，回头。

她跑过去，塞给他冰棍："天气热。"

梁水接过来，笑了一下，脚步轻快地朝城区去了。走到半路，还叼着冰棍回头冲她招了下手。

她站在堤坝上舍不得走，一会儿回头看看江水，一会儿又看看他的背影。他走一段路，就回头看她一下，虽看不清表情，但她知道他是笑着的。

直到他走到坡道边，再次回头，冲她招了招手，这下，就再也看不见了。

苏起的脸被太阳晒得热热的，江风推着她走下坡，她情不自禁地扬起嘴角，她感觉高考一定会考好。

所谓"寒窗苦读十余载"，高考被赋予了太多太重的意义。但苏起身处其中，并未有多深的体会。除了要提前搜身入考场，考完要在校园里留上十五分钟，似乎和以往的考试没多少不同。虽考前有些紧张，真上了考场也就忘了。

那两天，同学们都心照不宣，考完不对答案，直到最后一门理综/文综考完，才聚在一切热烈讨论。

最后一场考完，校广播站忽然放起了《最初的梦想》，考生们一下子大笑起来。

苏起在“又能边走着边哼着歌，用轻快的步伐”中，离开了校园。

校外有一些等候的家长，但不多。南江巷的父母们没有来。

苏起松了松肩膀，说：“这就考完了。毕业了。”

路子灏道：“感觉轻松了，但又感觉……唉。”

他说不清。

第二天报纸上印了正确答案，路子灏一早买了报纸对答案，估分660，苏起620到630。林声没说具体分数，只说可能擦边儿。

放下报纸，三人一对眼，发起了呆，不知该干吗了。忽然不用上学，叫一帮孩子很迷茫。

路子灏瘫在凉席上，打了个滚，干号：“给我数学题，我要做数学题！”

林声叹了口气：“我还是去画画吧。”

路子灏抬起脑袋：“把你的画架搬过来，我不要一个人，好无聊。”

林声于是搬了画架来，苏起和路子灏坐在凉席上吹风扇，吃西瓜，看她画画，虚度时光。现在他们不会像小时候捏泥巴抓知了了，暑假枯燥得叫苏起都想做数学题了。

路子灏叹：“我想李凡和水子了。”

李枫然高考后出国进修，梁水仍在训练期。苏起也很想念他们，她原以为高考后的暑假会是最好玩的，不想却是最惆怅的。

她还没买手机，家里也没电脑，高考一完，昔日的同学就像断了线的珠子散落各处。

六月末，成绩出来。林声过线了；苏起估分很准，635 分；路子灏把所有人都吓了一跳，他考了 689 分。当晚校领导就给他打电话了——他是全市第一，把重点班的学霸都超过了。

去学校填志愿那天，鲁老师看到他俩，笑得眼睛眯成一条线。当初一次善意之举，把这“问题学生”带到自己班来，结果回报了五万的教师奖金和“教出了清华学生”的荣耀。

他俩是班上第一、第三名，吴非第二，考了 646。

路子灏报了清华，吴非报了华科，苏起填了北航。他们几个填志愿很轻松，更多同学仍在第一志愿、第二志愿和万一掉档后保本志愿间纠结琢磨，找老师出主意。

苏起已经买手机了，和几个同学交换了号码，又跑去网吧上 QQ 联系到更多同学，大家相约暑假有空一起玩。她还给王衣衣写信，说报考了北航，但王衣衣要出国读书了，说是美国的密歇根大学。

等通知书的七月，苏起偶尔和刘维维几个同学聚聚，就没有别的事做了。云西是个小地方，没有太多的娱乐。更叫她惆怅的是，邻居们陆续准备搬家，包括她家。梁水、苏起家在新区的楼房建好了，路子灏、林声家买的公寓也装修完毕，只等放置一个暑假就能住。

不过，真到住进去时，他们早去上大学了。

八月初，通知书下来。南江巷的孩子们都考上了，包括李枫然，他考上了中央音乐学院，而茱莉亚的录取通知书早就到了。

李枫然最终选择了茱莉亚。整条巷子的父母们皆大欢喜。

八月一来，聚会就多了起来，苏起隔三岔五跟同学出去玩，无非是网吧、KTV、爬山、游戏厅轮番转。高考完，所有枷锁和束缚都挣脱，之前在班上不太熟的同学都玩得熟络了，谈恋爱的也多了。每场聚会都热闹无比，欢笑阵阵。

可人一多，她就有些想梁水了。

她给他打电话，说：“下周二班长说全班同学聚会呢，你回不回来呀？”

梁水说：“我看看能不能跟教练请假。”

苏起说："你再不回来，我都要去北京上学了哦。"

她说这话时，声音里流露出的依恋和盼望，让她自己都脸红了。梁水哪里听不出来，默了默说："嗯，我回来。"

挂了电话，苏起捧着发热的手机在凉席上打了个滚，这些天同学聚会，有几个男生对她格外关照。她隐约猜得出怎么回事，她祈祷要么想多了，要么谁都不要开口对她表白，她怕尴尬。

她摁开手机，看了眼梁水的号码，鼓起嘴巴——水砸，你再不跟我表白，我就要走了哦。

周二那天，高三13班的学生全体集合，连乡镇上的住读生都赶来了。

班长收了最后一次班费，包下云西唯一的游戏厅。一群高中毕业生抱着满筐的游戏币抓娃娃、开赛车、投篮、打地鼠、跳舞、"赌博"、弹吉他英雄、打架子鼓……玩得不亦乐乎。

少年们满场窜，笑声此起彼伏。

苏起跟吴非比赛投篮，一群同学呐喊加油，围观的男生居多，一片压倒性地叫："苏起苏起！"

苏起跟梁水学过一段时间篮球，吴非也是个爱打篮球的，两人争前恐后地投，就见计数器上红色的数字你追我赶。时间已过了57秒，苏起还落后一个球。

同学们喊："加油！"

苏起抓球投进一个，再抓再投进一个，吴非却忽地慢了一步，投偏了，时间定格在一分钟，苏起的投篮数多了一个。

她一下蹦得老高，跟一旁的同学们击掌，吴非淡笑着摇了下头，说："恭喜。"

苏起抬手给他击了一掌："承让！"

投完篮她跑去玩赛车，裤兜里手机振了一下，她立刻掏出来，却是垃圾短信。看看时间，梁水应该快到了。本想问问他，但又不想表现得太明显，于是作罢。

梁水也没联系苏起，他问了程勇地点，下了火车就往游戏厅赶过来，想给她惊喜。

厅里全是同学，好不热闹。

他在花花绿绿的游戏机和攒动的人群中搜寻她的身影，碰上相熟的同学点头打下招呼，心里莫名有丝紧张。扫视一遭，见一群少男少女围在一圈——跳舞机上，苏起和一个男生跟着音乐舞动着。

梁水朝她走去。

苏起背对着他，在跳舞机上自在而肆意地踩点跳舞。她仍是束着高高的长马尾，一件系了领带的小衬衫配超短裙，裙摆跳动着，露出两条修长匀称的腿。她舞姿并不妖娆，很是散漫随意，却叫人挪不开眼。

她随节奏跳动，踩着上下左右的箭头，屏幕上不断闪现出“perfect”的字样。旁边的男生不太会跳，跟不上，一串串红色出现后，男生狼狈地笑哈哈地溜下台子。

梁水站了上去，跟着屏幕上升起的箭头和音乐跳动。苏起一扭头见是他，惊喜地瞪大眼睛。梁水冲她挑眉一笑，忽然一跨步走到她这边来，苏起立刻接住，一个转身转到他原来的位置。两人一会儿似闲庭信步，一会儿又节奏顿起，配合得天衣无缝。

梁水跳到自在处，手插在裤兜，双脚随意小幅移跳踩着摁键。他跳得相当自然散漫，又一个松垮地转身，和苏起再换了个位置。

围观的同学们赞叹不已。

一曲跳完，跳舞机上打出“perfect！”的字样。一片喝彩鼓掌声。

梁水看向苏起，忽地伸手揉了揉她的头，低低一笑，说：“又见面了。”

苏起霎时心跳就停了一拍。不过一个多月没见，却像是隔了一年，又像是只隔了一瞬，她脸上带着跳舞后的红晕，走下跳舞机，说：“你什么时候到的，都不提前跟我说。”说着，嗔怪地打了下他的手臂。

梁水挨着她这一小拳，心里头挺愉悦的，说：“想给你个惊喜。”

“你不会跟上次一样，今天就回去吧？”苏起皱眉，一说完又被自己语气中的哀怨弄得面红了。

梁水扬起了嘴角，低问："你不想我回去？"

苏起移开眼神，咕哝："跑来跑去的，不累吗……"

梁水说："教练给我放了一个星期的假。"

苏起眼睛一亮，片刻后又黯淡下去："才一个星期。"

梁水说："天天陪你，你去哪儿我去哪儿，总行了吧。"

苏起脸一红，却扬起下巴："这还差不多。"说完，她拉他手臂，"走欸，带我去玩赛车。刚才你不在我都输死了。"

赛车处，程勇已是打遍天下无敌手，又一个挑战者落败。围观者一阵叫喊。

苏起跑去坐到车上，说："我又来挑战了。"

程勇看见梁水，笑："请外援了？"

梁水冲他抬了下下巴，算是打招呼示意了。

两人往游戏机里塞了币，苏起扭头看梁水："水砸，你要帮我赢。"

梁水点了下头。

倒计时三、二、一，出发！

苏起猛踩油门，汽车奔驰而出，前方很快出现弯道，她正要猛打方向盘，梁水忽然弯下腰，笼住她肩膀，一手握紧方向盘上她的小手，抵着她的力量轻转了下方向盘，汽车高速漂移过弯道。

他几乎是抱着她，脸贴在她耳畔，她脑子里忽然空白，高速驰骋的赛车前方再度出现弯道，她条件反射地打方向盘，这次，梁水再次控住她的力量，他两只手都握住了她，稳着那辆车左右漂移着，擦着山坡和护栏急速飞驰。

"松油门。"他在她耳边吹风。前方全是急转弯，苏起赶紧松油门，又听他命令，"踩油门。"

苏起跟着踩油门，虽有梁水帮忙，但她也渐渐手忙脚乱，赛车已跑到最后一圈，程勇的车还在前头，苏起急道："怎么办呀？"

梁水不作声，一跨步坐到苏起身后，苏起只觉整个被他往前一挤，人被他环抱了起来。他长腿伸过来，轻轻一拨，将她的脚从油门上拨下去。

苏起浑身发麻，靠在他怀里，被他握着双手掌握着方向盘，在崎岖蜿蜒的山路上一路驰骋漂移，隔着夏天薄薄的衣衫，她感受到他胸膛剧烈起伏地跳动着，她的心也怦怦狂跳，一半为他，一半为这疯了的车速。

离终点只差最后一段路，程勇的车近在眼前，苏起只觉得梁水的手将她握得更紧了，他猛踩油门，一个加速冲上撞向程勇车侧，程勇的车猛地偏移开，苏起的车也失了方向，掉转车头原地疯绕一圈，但梁水迅速掌握好方向，稳了车，加速冲过终点。

“WIN！”的字样出现在屏幕上，苏起兴奋地叫：“赢啦！”

梁水笑了起来。

她激动得原位蹦跶一下，身体雀跃而起又落下，擦着梁水的双腿而落。梁水一个激灵，浑身都僵了一僵。苏起也察觉到这其中的狎昵，赶紧起身，移开眼去。

程勇笑：“啧啧啧，找了靠山来了。”

苏起：“……”

梁水还坐在车上，心脏狂跳，手无意识地转了下方向盘，瞥苏起一眼，又收回目光。

路子灏在不远处打地鼠，一副看透人事的模样，叹笑着摇了摇头。

苏起脸红得厉害，跑去洗手间洗手。

刘维维跟进来，撞了下她的腰：“我就知道你这家伙一高考完就会谈恋爱。”

苏起道：“别瞎说。我和他还没……”

“我是瞎子吗？刚才你俩都抱在一起了还没有？别不好意思了，你俩挺配的，真的。”

苏起一听她这么说，又暗暗开心了。

一班人玩到下午五点多，找餐馆开几大桌吃了饭，又去KTV包了三个大包间。

一到唱歌环节，平日的乖乖生都“本性暴露”了。话少的吴非唱歌居然很好听，只顾埋头学习的路子灏粤语歌唱得像原版，一贯沉默的几个同学是麦霸。

起先还各人点各人的歌，后来乱作一团，不管什么歌，只要会唱的都去抢话筒。

包厢里摇骰子的，摇鼓铃的，喝彩的，捣乱的，闹作一团。

苏起点了海鸣威的《老人与海》，轮到她唱了，她开心地跑去立麦处坐好。原本懒懒躺在沙发上的梁水伸手够了下桌上两个话筒，关了后捏在手里。

苏起声音好听，难得出现一首单人歌，大家都认真听起来。一个麦霸男生耳朵痒了，要跟着唱，到处找话筒："话筒呢？"

"梁水那儿。"

麦霸找过来，梁水只笑不给，将话筒收在背后，对方知道他意思，也不抢了。

就听苏起刚好唱到高潮处，高音拉了起来："海的爱太深，时间太浅，爱你的心，怎能搁浅——"

全场喝彩。

彩灯流转，梁水眼睛一眨不眨地看着她，看得忍不住弯起唇角。再看一眼周围，却见几个同学亦是相同目光。

他收了笑，食指轻抠着话筒。

一旁，吴非忽然问："你喜欢她？"

梁水扭头看他，他跟他几乎没说过话。两个男生对视着，他说："嗯。"

吴非问："她喜欢你吗？"

梁水答："你觉得呢？"

吴非无言片刻，笑了一下。

一曲唱完，满场喝彩，苏起兴奋地从立地话筒那儿跳下来。梁水这才将两个话筒交出去放在茶几上。

唱了两三个小时，梁静茹、蔡依林、周杰伦、林俊杰、潘玮柏、张韶涵、S.H.E、飞儿、五月天、孙燕姿、朴树……几乎所有人的歌都轮了一遍。

程勇点了箱啤酒，召集大家玩真心话大冒险。

几个暂时没歌唱的人围到茶几边，程勇先一人倒上一杯酒，空瓶子一转，瓶口对上了路子灏。

路子灏说："真心话。"

程勇问："不好意思，我真的想问一下，你——"

路子灏叫："喜欢女的！"说着一颗果冻猛砸程勇脸上，众人哈哈大笑。

接下来转到几个大冒险，各种暗流涌动。同学们都知道谁喜欢谁，谁暗恋谁，纷纷推波助澜，创造握手、拥抱甚至亲脸的机会。越玩越大，几个唱歌的都不唱了，全加入进来。

同学 A 拿瓶子一转，转到苏起，苏起怕问真心话，便说："大冒险。"

同学 A 是吴非的舍友，忽然说："那你抱一下吴非吧。"

苏起扑哧一下子捂嘴笑起来。

梁水没说话，转着面前的酒杯，杯中金黄色的啤酒荡漾着。

苏起也不扭捏，大方地走到吴非跟前，给了他一个拥抱。周围人哇哇起哄着，苏起笑道："同桌两年，谢谢你啦！"

吴非点点头，又张了张口，想说什么却没说出口，眼眶有一刻的湿润，瞬间被昏暗的光线掩盖。

梁水看他一眼，收回目光。

苏起拿着瓶子一转，转到了张余果，张余果说大冒险。苏起也不知要她做什么，就说："那你喝杯酒吧。"

另一个女生却道："别喝酒了，玩刺激一点儿的嘛。"

大家也说："对对对，玩刺激点儿的。"

苏起还没开口，那女生就说："你去亲一下梁水呗！"

这下，场面安静了一瞬。今天闹了一天，谁都不是傻子。苏起还坐在这儿呢。

梁水没说话，表情挺淡定的。

那女生道："玩就玩大点儿嘛。"

几个没眼力见儿的跟着起哄："亲亲亲！"

张余果倒没起身，看着梁水，试探："那我玩了？"

梁水笑了一下，还算礼貌，说："不行。我有喜欢的女生了，玩不了这个。"

苏起的心"咚"的一下，匆匆看他，刚好他也瞥她一眼，目光对上，苏起只觉得世界都静了一秒。

他已收回目光，说："那我喝了这杯酒，算完事儿了。"

那女生本是张余果的朋友，不太乐意，说："又是喝酒，真没意思。"

梁水散漫一笑："喝酒没意思，喝一瓶有意思吧？"说着，斜垮垮地弯腰从箱子里拎出一瓶啤酒，往茶几边沿上一敲！啤酒盖迸裂开，他将瓶口对在嘴边，仰起头，少年喉结滚动着，一整瓶啤酒灌了进去。

苏起瞠目结舌，心缩成一团。

周围安静一秒，男生们热烈起哄："哇哦！！！牛！！！"

梁水灌下一整瓶酒，空瓶子拍桌上，拿手背抹了下嘴巴，脸上写着四个字"此事翻篇"。

那女生不作声了。张余果接过瓶子转一下，这下转到了梁水。她私心希望梁水选大冒险，但他选了真心话。

张余果干巴巴地问："你喜欢的女生……"她想问出名字的，但终究，"在现场吗？"

梁水很干脆，说："在。"

周围又是一片起哄声，苏起红着脸。所有人都心照不宣。

梁水答完，拿瓶子一转，这下转到了苏起。

隔着微暗的灯光，梁水眼睛亮亮的，注视着她，轻声问："真心话？大冒险？"

苏起面对着他的凝视，不敢说真心话，小声："大冒险。"

他缓缓笑了，说："那过来抱我一下。"

"啊！！！"围桌的人全尖叫起来，几个围观的就差打滚了。

苏起脸红到了耳朵根，梁水眼睛一眨不眨地凝望着她，催："来啊。"

她抿紧嘴唇，乖乖站起身，走去他身边。

他微晃着站起来，脸上一片潮红，是那瓶啤酒的作用。他朝她伸开双臂，她走上去，轻轻搂住他的腰，闻见了他身上的啤酒味，听到他心脏在胸膛剧烈跳动的声响。

他收手搂住她，低头轻靠了靠她的额头。许是酒精的作用，他的下巴和嘴唇很烫。苏起闭了闭眼。

周围一片尖叫。

彼此的心却莫名静悄悄了。

几秒后，他们松开彼此，继续回去玩游戏。

快十一点时，程英英给苏起打电话叫她回家，苏起便先走了，梁水和路子灏跟她一起。

三人打了车，路子灏坐前头，苏起、梁水坐后头。梁水闭着眼靠在椅背上，脸颊潮红，呼吸微沉。

苏起扭身斜靠在椅背上，问："水砸，你是不是喝醉了？"

"没有。"他睁开眼，手背搭在额头上，说，"之前有点儿晕，现在好了。"

苏起"哦"一声，不说话了。

他眼珠子转过来，静静看她；她亦直直迎视他的目光，窗外路灯光在车窗内流转，恍惚时间已久远。

"你刚才就不该喝那瓶酒，我看你——"路子灏转过头来，苏起、梁水移开眼神，路子灏无语地抬了下手，"我错了，你们继续。"

苏起扭头看窗外，将车窗落下，让夜风吹散脸上的热意。

出租车停在堤坝上，三人下了车，梁水落在后头，路子灏一溜烟往坡下跑："你们聊，我先走了。"

苏起："……"

梁水插着兜，苏起低着头，两人慢吞吞往坡下走。江风涌动，月光如水，草丛里虫儿鸣叫着，栀子花儿散着芬芳，安静而怡人的夏夜。

谁都没说话，却似能听见彼此的呼吸声。

走下坡了，梁水停下脚步，说："苏七七。"

苏起也停下，莫名紧张地抬眸："嗯？"

梁水张了张口，也是紧张的，他看着她清亮的眼睛，月光下莹白的肌肤，刚组织好的语言又给忘了，一低头，挫败地挠脑袋。

苏起抠了抠裙边，问："你……要说什么呀？"

梁水红着脸，一咬牙："跟我在一起吧。"话一出口，也不管心脏跳得有多快，迅速补上几句，"我会对你好的。真的。会一直跟你在一起。我保证。"他语无伦次，逮到什么说什么。

苏起只觉得浑身血液都沸腾了，表面上竟还挺镇定的，点了下头，说："好呀。"

梁水没料到她回答得这么干脆，愣了愣，下一秒心中便是潮水般涌上的狂喜，偏偏此刻面对着她，一时身份转变不过来，也不知该如何自处，便稳定着表情，跟她一起慢慢往巷子里走。

两人各是一心的喜悦激动，沉默地走到苏起家门口，告了别。

苏起回到家，家人们都睡了，程英英半梦半醒，在床上唤了句，让她喝碗绿豆汤。

苏起"哦"一声，坐在沙发上发呆，这才发现自己心跳如擂鼓，脸烫得不行，手脚都在兴奋地发抖。

这——就在一起了？

梁水回到家里，康提已经睡了。

他上了阁楼，没开灯，在黑暗中坐着，一颗心在胸腔中怦怦跳。他忽然就没忍住弯起唇角，无声地笑起来。一边笑一边不太好意思地揉了把脸。渐渐地，笑容越来越大，忍不住了，他一头栽到沙发里翻滚一圈，满心的激动无处发泄，还不够，又爬起来栽到床上，又是蹬脚又是抱着空调被翻滚，将脑袋埋在被子里瞎蹭，发出兴奋的闷哼声。

要不是现在夜深人静，他能狂号几嗓子。

少年像一只兴奋的大狗，自顾自在床上翻滚折腾一番后，终于平躺下来，试图平复心跳，却是徒劳。

他望着天花板发呆，突然，猛一打挺坐起来，想到什么，立马掏出手机给苏起发短信："出来，巷子口。"

苏起刚打开短信，就听见梁水快步从窗外跑过去的声响。她如坐针毡，偷偷往程英英房里瞄了眼，蹑手蹑脚走到门边，小心溜出去，将门虚掩上，立刻小跑而去。

梁水站在桑树下等她，一只手握成了拳头，在酝酿什么。

苏起跑过去，小声："怎么啦？"

少年的眼睛又黑又亮，凝视着她，说："我刚想起来，忘了一件事。"

"什么事啊？"

梁水拉着她的手腕将她牵近身边，低头在她嘴唇上轻轻碰了一下。苏起呼吸一滞，霎时面颊滚烫。她呆望他数秒，忽而不好意思地捂着嘴巴别过头去，笑得眉眼弯弯。

梁水脸也是红的，跟着她笑。

他说："这样就，盖章了。"

"你……"她欲言又止。

"怎么？"

苏起牵着他的手，困窘地扭了扭脚踝："我都没反应过来……"

梁水一愣，又是一笑。

他于是再次低头，吻住了她的嘴唇。

他的吻很生涩，只是轻碰着摩挲着她的唇，没有多余的动作。少年的唇瓣软软的，滚烫的，吻她时很轻，很柔。苏起只觉心脏皱缩，整个人紧绷了起来，她踮着脚缩在他怀里，酥麻得像要碎裂。少年呼吸沉沉，鼻息和她的缠绕着，热度似乎烫进她心里。她痴迷于他的气息，沉溺其中不可自拔。她浑身战栗着，内心被盈满的喜悦填满，膨胀着似乎要爆炸满溢出来。

朦胧月色中，她偷偷眯眼，看见少年睫羽低垂，耳朵根都红透了。她想，她自己也是如此吧。

原来，这就是和喜欢的人亲亲啊。真的……好幸福。

嗯，她想以后每天都跟水砸亲亲。

Chapter 22

北京欢迎你

梁水是笑着醒来的，人还睡眼惺忪呢，一扭脸就埋在枕头里吃吃地笑，笑得肩膀直抖，笑得慢慢清醒了，才抬头看窗外，天光大亮。

拉开房门，蓝天红瓦，枝繁叶茂。他趿拉着人字拖下楼，家里闹腾得很，应是妈妈们聚在他家吃早餐。

他拖鞋啪啪响，康提说："水子起来了。"

梁水揉着脑袋进客厅，大家都在，苏起也在，正坐在餐桌边啃小馒头。两人目光一瞬对上，又悄悄移开。梁水从桌上抓起一根油条，大剌剌坐在苏起旁边椅子上。苏起埋头喝豆浆，默默推了碗豆浆到他面前。

梁水咧嘴一笑，正嫌油条太干呢，端起来喝了大半碗。

一旁，妈妈们商量着升学宴的事。酒店早订好了，几家日子是错开的，接下来要迎来一段时间的劳累和狂欢了。

梁水没心思听，眼神往苏起身上瞟，他弓身捞了个鸡蛋过来，往桌上一磕，剥着蛋，说："你也吃太少了。减肥呢？"

"瞎说。"她见他垂眸认真剥着蛋，是给自己剥的，心里做贼似的想提醒他，可一看周围人都没在意，只有路子灏一边喝粥一边忍不住笑。

梁水一片鸡蛋壳砸他脸上，剥好的鸡蛋递给苏起。

苏起镇定地咬了一口。

梁水又给自己剥了个，人松垮垮地靠在椅背上啃。啃着啃着，长腿无处安放似的，脚一伸，移过去挨住苏起的脚。

“……”苏起不作声，默默挪了挪，拉开一丢丢距离。

他狗皮膏药似的黏上来，又跟她挨在一起。

“……”苏起扭头看他，他表情困困地咬着鸡蛋，无聊地看着谈话的大人们，下一秒，他得寸进尺，腿又动了动，蹭了蹭她的小腿。少年的腿紧实、温热，长着毛发，挠得她小腿痒痒的。

苏起警告地盯他一眼，梁水余光察觉到，头偏过来，挺无辜的模样。他又伸手在桌上捞了个小馒头放她盘子里，趁机又蹭了下她的腿。

苏起：“……”

少年重新靠回椅背，唇角没忍住勾起笑意。

南江巷第一个办升学宴的是路子灏，就在明天。妈妈们仍商量着，梁水吃饱了，懒懒站起身，说：“上楼看电影去。”

苏起心里有鬼，不动。

路子灏不想当电灯泡，说：“我等会儿，还没吃饱。”

而林声正跟路子深讲话。

梁水看苏起，见她不动，无声地拿下巴指了下楼梯间，冲她瞪了下眼。苏起咬着最后一口小馒头，紧张地瞥了眼妈妈们，并没人注意到她。

梁水等得不高兴了，挑挑眉，一副要开口叫她的样子，苏起硬着头皮起身，还故作随意地说：“路造你吃完就来哦。”

路子灏捂脸：“行行行。”

苏起在梁水的注视下拐上楼梯，她前他后，走过镂空玻璃下的一束阳光，绕过拐角，他一大步站上来，从背后搂住了她的腰。

苏起吓了一跳，推他的手，压低声：“在家里呢！”

他低笑：“又没人看到。”不由分说搂着她上了楼，一进屋他就将她摁在门板上，不等她反应过来，低头吻住了她的嘴。他心跳很快，吻得混乱而毫无章法，转而又吻她的脸颊和耳朵。

苏起浑身的血液都在烧，又紧张又激越，推他："水砸，家里有人——嗯——"

下一秒声音被吞没。他呼吸沉沉，含着她的唇，她懵懂地启开，缠绕。她呼吸急促，夹在他身体和门板的缝隙里，热得厉害。她伸手钩住他的脖子，笨拙地迎合他。

他像得了鼓励似的，忽而搂紧她，将她带到床边，一下压在床上。

楼下妈妈们的笑声传来，她又紧张又害怕，却又莫名刺激、狂热。隔着夏季轻薄的衣衫，苏起动了下腿，碰到什么，梁水整个人猛的一僵，停了下来。她也僵住，霎时面红如血。

他凝望着她，眼睛清亮而湿润，突然绷不住，害羞极了，不好意思地将头埋在她脖颈间，闷声笑起来。

少年的笑声震荡着她的胸膛，她轻轻打了他一下。

他又将脸贴在她脸颊上，小狗似的来回蹭蹭，说："苏七七，我好喜欢你啊。"

苏起整个人都化了，轻声："我也是。"

他又忍不住在她嘴唇上啄了一下，啄完又亲她的脸、她的耳朵。

她痒得缩起脖子，咯咯轻笑。

还闹着，楼梯间忽然传来脚步声，两人一愣，梁水迅速起身将她从床上捞起，苏起飞速整理散乱的头发，梁水扯了下床单，一秒钟找到遥控器开了电视。苏起秒蹲在电视柜前翻找碟子。

苏落推门，蹦跶进来："你们看什么电影啊？"

苏起脸还是红的，低着头："还……在找……"

梁水坐在沙发上不吭声，表情沉默，面颊绯红。

苏落看看他，又看看自家姐姐，怎么都觉得气氛不对，一皱眉，道："你们又吵架了？哎哟，吵得脸红成这样，至于吗？"

梁水："……"

苏起："……"

她不说话，找了张《哈尔的移动城堡》，塞进放映机，坐回沙发上。隔着苏落的侧脸，跟他对视一眼，又不免偷笑地移开了目光。

路子灏升学宴那天，鲁老师去了，班上大部分同学也都去了。南江巷自然全部到场，李枫然也赶了回来。

他中午才到，正好赶上午宴，苏起给他留了位置，一见他就朝他招手。

上次见面还是冬末，而今已盛夏，伙伴之间却仿佛没错过任何时间，仍熟络得跟昨天才见似的。

苏起说："风风，你比上次见又帅了。"

李枫然回："你也更好看了。"

苏起："嘁。我一直都这么好看。"

李枫然笑。

梁水问："你什么时候走？"

李枫然说："下周二。"

梁水："刚好同一天。这几天跟我们出来玩吧，住我家。"

"行。"他回来就是来看他们的。

路子灏激动："哇，小分队终于集齐了。"

林声笑："我现在才感觉暑假真的开始了。"

午宴过后，亲戚们在酒店打麻将，南江巷的妈妈们相约去唱 K，路子灏订了几个包间给同学们玩，就在父母隔壁。

李枫然坐在同学这边，他跟 13 班的人并不熟，也不是抢麦的性子，便坐在角落听歌。林声唱歌跑调，梁水也懒得合唱，索性一边陪李枫然聊天，一边看苏起、路子灏跟一群同学们抢麦吼翻全场。路子深受不了这群小年轻，跑去妈妈们那边了。

李枫然看了一眼离开的路子深，问林声："你去上海，他怎么说？"

林声耸肩："没怎么说。"忽而又腼腆一笑，"燕子阿姨说让他在那边多照顾我。"

梁水调侃："重色轻友。之前说好去一个地方的。"

林声叫："那你不说李凡，他都跑去美国了！"

梁水："我懒得说他。"

李枫然："我又不是不回来了。"隔半秒，甩锅，"是你不让我读央音的，我听了你的话。"

梁水扭头看他一眼："……"

林声扑哧笑。

李枫然也笑，又说："没事。我经常去北京、上海，见面方便。比在云西好。"

苏起和路子灏正合唱《私奔到月球》："一二三牵着手，四五六抬起头，七八九我们私奔到月球——"

他俩唱歌都好听，配合得天衣无缝。

林声说："他们学校特别近，好像都在什么……五道口？"

三人看着闹腾的那两位，一时半会儿都没说话。

灯光在少男少女脸上流转。

李枫然忽然说："要是大家都在一起就好了。"

但长大，终究是个分别的过程。譬如此刻包厢里的同学们，三年、五年、十年后又有多少还联系呢？

只怕，很多都是人生中最后一次相见。

正想着，林声忽然说："但我们也没有分开。"

梁水挑了下眉，说："可以这么说。"

那两个活宝已经唱完了，蹦跶下来。苏起很兴奋，一屁股坐在梁水旁边，手无意识地在他大腿上搭了一下，又拿了水瓶咕咚咕咚喝水，梁水很自然地揽住了她的腰，人也往她身边贴近了。

李枫然看了一眼，收回目光。转动的彩灯将他眼底的情绪遮掩。

苏起喝完水，起身去上洗手间；梁水坐了两三秒，忽然也起身跟了出去。

包间里音乐轰炸，李枫然觉得世界很安静。

他忽然问："他们在一起了？"

林声说："啊。不过爸爸妈妈都不知道。保密哈。"

李枫然不作声，表情愣怔。

林声见他这样，道："意外吧？我也是。我只知道水子喜欢七七，但没想到七七一直暗恋的也是水子。"

路子灏无语："是你眼瞎好吗？"

林声："就你聪明。"

程勇从外头进来，笑："肉麻死了，又抱在一起亲了。"

路子灏护短，叫："别说他们，上次我还撞见你跟刘维维呢。"

刘维维立马砸了他一颗果冻。

周围笑成一团。

李枫然靠在沙发背里，沉默地看着屏幕上的歌词，是谁在唱《那些花儿》：

那片笑声让我想起我的那些花儿

在我生命每个角落静静为我开着

我曾以为我会永远守在她身旁

今天我们已经离去在人海茫茫

……

啦啦啦啦啦啦啦啦啦啦啦想她……

少年静默的眼中水光一闪，他深吸一口气，抬头，闭上了眼。

原本以为大学……

不过，也是他先放弃了央音。

……

那晚，李枫然住在梁水家。

五个少年又凑在一起，女生睡床上，男生睡地下，卧聊了一夜。

经过高考的洗礼，未来开始明晰。李枫然是他们中最厉害的，这一两年，他在音乐界已是小有名气的少年钢琴家，接下来要准备十月在维也纳的国际明星钢琴演奏会，那将是他一举成名的机会；路子灏呢，上大学了还要继续努力，说要当世界上最了不起的"黑客"。

梁水打岔："你这志向是不是歪掉了？"

路子灏："比方。我就是打个比方。"

苏起学的飞行器设计，她还不知道这专业是干吗的，但她感觉会很有兴趣。

林声考上了她梦寐以求的油画专业，开心骄傲自是不必说，唯一遗憾的是："我其实也想去北京，但央美太难了。好羡慕你跟路造还有水子以后会在一个城市。"

苏起转过身来搂她的腰："没事，我们有电话、QQ，再说，我可以去找你玩，你也可以来找我玩呀。"

林声咯咯笑："好吧。"

至于梁水，经过几个月的调整后，成绩越来越好，已突破十一秒大关。只不过，人也是更累了。

路子灏摸摸他的头，说："师弟，我在清华园等你。"

梁水不客气地踹了他一脚。

苏起立刻凑热闹，翻过身来，将脑袋探出床沿："还有我！我也是你师姐了！小水砸，叫师姐！"

梁水一脚踹向她脚，苏起迅速收脚，没踢到。

梁水稍一起身，轻轻一巴掌摸在她脸上，苏起缩回去，咯咯直笑。

闹到夜里不知几点消停，苏起困得早，听见三个男生还在讲话，她已迷糊睡着。睡到不知何时，屋里陷入静寂。她模糊感觉有人凑过来，轻吻了她一下。她困倦地掀开半截眼皮，看见梁水的脸颊在夜色中格外白皙。他很轻地吻了下她的唇，又忍不住轻蹭了两下，呼吸间有她熟悉的少年的清新体香。她手指轻碰了下他的脸，在睡梦中含糊地弯了下唇角。他又捉住她的手指亲了下，这才蹑手蹑脚地躺回地铺上去了。

之后几天，五个伙伴整日厮混在一起，跑去街上照大头贴，跑去江边暴走。除了林声和苏起的升学宴，剩下几天他们都待在南江巷，和小时候一样或坐或躺在凉席上吃西瓜，啃冰棍，喝绿豆汤，看《X战警》《加勒比海盗》《指环王》《哈利·波特》，偶尔还玩起怀旧的《大富翁》……

窗外，依旧是曾经的无数个夏天——天空湛蓝，白云朵朵，阳光时明时暗，鸟儿叫，蝉儿鸣，风儿吹，树儿摇。

有一天下午，忽然暴雨倾盆。他们关了空调，推开窗，坐在窗边望着外头的暴雨，像小时候一样看着雨水哗啦啦从屋檐上倾盆而下，水晶帘一般。

李枫然忽然说："南江巷旧了。"

是啊，屋檐的瓦片有了残缺，曾经鲜红的颜色也变得暗淡。

苏起说："不知道下次回来是什么样子。"

清凉的夏风带着雨水的湿润涌入房间，吹起少年们的衣衫。

林声："我希望再回来的时候，它不要老掉。"

梁水："但是……"

路子灏："会老的吧。"

暴雨一过，天气再度晴朗，南江巷经过一番洗刷，窗明墙净，花红叶绿，看着竟又崭新了些。

短暂的五天迅速过去，李枫然和梁水都要启程了。

临行前一晚，李枫然回了园丁新村的家。

夜里，苏起洗完澡，躺在凉席上吹风，想到第二天的分别，有些惆怅。正趴在凉席上百无聊赖之际，手机嘀嘀响，是梁水的信息：

"过来。"

苏起打字："大家都不在，我怎么好过去？"

梁水："你以前不也经常一个人跑来吗？"

苏起一想也是，干吗心虚，于是强自大方地跟程英英说去隔壁玩一下。

梁水家门开着，康提在后屋洗衣服，苏起没敢跟她打招呼，一溜烟上了楼。

梁水正坐在沙发上看电视，一见她就朝她伸手。

苏起故意不动："干吗？"

"嗬？"梁水一挑眉，"过不过来？"

苏起佯作转身就走，少年捞住她一扯，她跌进他怀里，慌忙伸手捂住一声惊呼，却被他扯开手，压进沙发里吻了起来。

他的吻密密麻麻落在她唇上、脸上、脖子上。她被他压得呼吸困难，挺了下胸膛，却撞上少年的胸膛，两颗剧烈跳动的心仿佛要相撞在一起。

他好不容易松开了她，深深看着她，忽而一低头，将脸埋在她脖子间，叹气："完了，我又想你了。"

苏起心都麻了，嘀咕："不是晚饭前还见过吗？"

"不知道。就是特别想。"他隔了半秒，抬头质问，"你想不想我？"

苏起咧嘴笑，故意道："不想。"

他报复性地掐了下她的腰，她痒得弹起来，差点儿叫出声，羞得在他胸前打了一下。

他闷声笑，又道："明天我就走了。你可别哭。"

苏起这下脸上挂不住了，却还嘴硬，说："哭你个头，走就走。"

梁水看她那表情，不说话了，将身子撑上来一点儿，摸了摸她额前的碎发，低声说："别太想我，国庆节去看你。"

苏起眼睛一亮："真的？"

"真的。"

少女脸上的笑容无声地放大。

他看得心痒，又凑过去，再度吻了吻她的唇。

她吃吃笑："水砸，你变成狗了。"

梁水一愣，脸一红，忽而道："汪。"

她扑哧笑，他"啊呜"学狗在她脸上啃一口。

两人纠缠了一个多小时，苏起准备回家，一进楼梯间听见康提在客厅里打电话，跟人交代着什么商场消防检查的问题，估计一时半会儿不会去后屋。

她目光求助梁水。

梁水在她前头下楼去，还在楼梯间里走呢，就问："你觉得这部电影好看吗？"

苏起忙说："好看啊，特效好好哦。"

两人聊着天进了客厅，康提已放下电话在看电视，梁水去给自己倒水，苏起跟康提打招呼："提提阿姨。"

康提笑了笑。

苏起强自镇定出了门，一溜烟跑了。

梁水放下水杯就要回屋，康提忽然说："你这臭小子别瞎搞啊，出了什么事我打断你腿。"

梁水差点儿没噎着，看向他妈，他自以为藏得很深了。

康提："你那点儿小九九，我看不出来？"

梁水："有那么明显吗？"

康提："你这几天吃饭都在傻笑。"

梁水："……"

他不想跟她聊这个话题，觉得尴尬，挠挠脑袋转身要走。

"你给我站着。"康提说，"我先跟你讲啊，你跟七七年纪还小，你可别瞎搞。要是搞出什么事，我饶不了你。"

梁水被她讲得头皮发麻，却又没忍住顽劣一笑，问："妈妈，什么是瞎搞，我听不懂。你跟我说清楚点。"

康提起身就要打他。

他飞速后撤几步，笑起来："知道了。"正要上楼，忽然想到什么，问，"妈妈，我跟七七在一起，你喜欢吗？"

"喜欢是喜欢。"康提话一停，"你俩好好谈，我跟你英子阿姨这么多年朋友，别搞得到时候两家尴尬。"

梁水挑眉："我跟她不会分手的。"

康提瞧他片刻，只说了句："那就好。"

次日，梁水和李枫然都走了。

没过几天，剩下的孩子们也都启程。林声一家和路子深一道去了上海；苏起和路子灏两家一同去了北京。

离开前，苏起回望了眼南江巷，忽地发现巷子真的老了。它变窄了，短了，旧了。瓦片灰白了，墙壁斑驳了，巷子里的水泥地坪也碎裂了，只有树木更加茂盛，遮掩着在岁月里渐渐破败的房屋。

路子灏拍了拍她的肩膀，说："走吧。"

汽车启动前，苏起回头望了眼长江。

江水已漫到防洪堤，滚滚洪流奔腾而下，一如曾经的每一个夏天。

车驶入城区，一转弯，再也看不见了。

去北京的火车上，苏起有一丝淡淡的惆怅，许是对过去的告别，又许是对未来的紧张。

但一下火车，她心情就开朗了起来。

第一次来北京的她见到了宽阔的八车道，大气的过街天桥。街上车流如织，路两旁高楼林立。离奥运会只剩一年了，到处播放着《北京欢迎你》，路边屏幕上也放着 MV，一堆明星在唱："北京欢迎你，有梦想谁都了不起——"

这就是首都啊，她很喜欢这里。

苏勉勤、程英英和苏落把苏起送到宿舍，苏落忙上忙下给她买水盆、暖壶、床垫、被罩、床单，比以前在家时殷勤了百倍。

苏起是他们班唯一的女生，宿舍其余三个女孩都来自不同班级。她跟舍友们简单认识了下就出校了——爸妈和弟弟明早回云西，她晚上跟他们一起住酒店。

等到第二天早上分别，苏起很是不舍，她站在公交车站送他们，不禁眼泪汪汪。

苏勉勤和程英英也红了眼眶，交代她好好上学，多给家里打电话。苏落眼里含着泪，过来抱了抱她，说："姐姐，你好好照顾自己。我以后考来北京找你。"

公交车到，三人上了车。

苏起站在站台上，见程英英低头在抹泪，便又是一行泪滑了下来。

车开远了，她才抹掉泪水往学校走。

走到校门口，只见天空湛蓝，校园开阔，石碑上刻着"北京航空航天大学"八个鲜红的大字。她深吸一口气，进了校园。

她的大学生活开始了。

苏起初到北京，最不适应的是干燥的气候。

寝室里四个女孩，方菲和王晨晨是北京人，薛小竹来自陕西咸阳，就她一个南方人。她进宿舍第二天就流鼻血了。

但除此之外，其他都适应得不错。她班上十九个男生，对她很友好，她本就开朗大方，很快跟同学们打成一片。宿舍几个也都是典型的理工科女生，大大方方不扭捏，相处起来十分轻松。

大学刚开学，学习并不紧张。王晨晨最先买了笔记本电脑，在宿舍里头看《越狱》。那部美剧火遍大江南北，所有高校的学生都在看，苏起看完还到班上跟男生们交流剧情呢。

至于《老友记》《肖申克的救赎》《教父》等经典影剧，也成了大学的课余生活必备。当然，作为女生，不免还会逛报刊亭，买买《新蕾》《南风》《瑞丽》，苏起还爱看《天下足球》和《足球周报》。

她精力旺盛，报了一堆社团，什么街舞社、合唱社、户外社。她的大学生活很充实，上课、自习、追剧、社交，样样不落。她每天还有个必备项——睡前必跟梁水 QQ 视频或打电话。

那时手机接电话也是要收钱的，梁水便往她宿舍座机打。宿舍电话在薛小竹桌子上，苏起怕打扰室友，每天就拉着电话线，抱着电话蹲在寝室外的走廊里聊。

她每天都有说不完的话，今天上了什么课，社团出了什么活动，同学做了什么搞笑的事，老师讲了什么深刻的话。一聊就是近一个小时。

一来二去，舍友们好奇了。

那天，梁水打电话过来，是方菲接的，她把话筒递给苏起后，说：“她男朋友声音挺好听的。”

常接电话的薛小竹说：“是啊，人还特别礼貌。”

等苏起打完电话进屋，王晨晨从床上探下头：“苏起，你男朋友是你高中同学？”

“对啊。”

“有照片吗？”

苏起在他们五人的大头贴里翻找，找出他俩单独照的——梁水从背后搂着她，冲镜头散漫一笑。

“喏。”

王晨晨看了足足五秒，捂着胸口腾地坐起：“这也太帅了吧！”

方菲和薛小竹一听，也跑来看。

方菲没作声，薛小竹叫：“他不会是中戏或北影的吧？”

苏起笑：“没啦，他是运动员。”

方菲问：“在哪个学校啊？”

“他之前受了伤，明年才高考。”

王晨晨叫：“再给我看一眼！”

薛小竹把大头贴递给她。

王晨晨本就是追星的，嚷：“可以出道了。可以出道了。”

苏起开心得直笑。

“不过，”方菲问，“长这么帅你不担心很多女生追他吗？”

薛小竹道：“苏起也很好看啊，而且超有气质，我第一次在宿舍看见你还以为你是跳舞特长生。”

苏起如今身高一米七二，盘靓条顺，哪怕只是梳个简单的马尾，白T短裤，也衬得身板挺直纤匀，走在校园里回头率极高。

方菲说：“你不是跟你男朋友QQ视频过吗？给我们看看。”

王晨晨和薛小竹也怂恿：“看看看看。”

“他有点儿……”苏起为难地嘀咕，王晨晨已热情地开了电脑，借她登录。苏起借过她电脑视频几次，后来不太好意思了。正巧她也想见见水砸，就登了QQ，跟梁水说让他上线视频。

很快，Bryant 24上线，发了条消息：“想我了？”

“哇！”王晨晨她们几个叫了起来。

苏起面红，没回答，给他发了视频邀请。

三个女孩立刻凑到电脑前。QQ视频界面连接上了，少年刚洗完头，正拿毛巾搓头发，一抬头，露出漂亮的眉眼，含笑看她，只一瞬，看到镜头里四个女的，愣了一愣，猛地躲闪开镜头：“啊，苏七七你要死！”

下一秒，视频断了。

苏起说：“他……不太好意思。”

王晨晨：“哇好帅，声音也好听。”

薛小竹：“比照片还帅。”

苏起抿唇笑，看看 QQ 对话框，梁水下线了。

王晨晨：“我都想问了，这么帅，真不担心吗？”

苏起摇摇头，她从没想过这个问题：“他跟别的男生不一样的。再说，从小到大有很多女生追他，他都不喜欢。”

王晨晨叫：“你们是青梅竹马？”

“啊。从出生就认识了。”

王晨晨：“羡慕啊。我以前住胡同里也有呢，结果一拆迁都搬家了。”

薛小竹说：“我也有，但不来电。”又问，“之前给你打电话的那个清华男生呢？”

“哦。他也是跟我们一起长大的。”

“哇哦，厉害。”

苏起干脆把伙伴们的大头贴都拿出来给她们看。

那晚，熄了灯。寝室有了第一次卧聊，围绕苏起的一堆“神仙”朋友——这是王晨晨那追星女孩起的名儿。

苏起一边聊，一边开心地给梁水发短信：“我们宿舍人说你好帅，还说你声音好听。”

梁水回了条信息：“那你说呢？”

苏起咧嘴笑：“凑合。”

梁水回：“虽然你眼瞎，但我还是喜欢你。”

苏起将脸埋在枕头里，闷声笑。

开学第二个周末，苏起跑去清华看路子灏。

路子灏带她在学校逛了一圈，苏起走得脚疼，叫：“你们学校也太大了吧，国家真偏心。”

路子灏道：“学校大也很烦，我还得去买辆自行车，不然上课腿都走断。”

苏起一屁股往路边台阶上一坐，说：“走不动了，休息会儿。”

路子灏站在一旁等她休息，问：“你注册校内网没有？”

“我们班有男生注册了，我还没呢。我妈妈下星期才给我打钱，到时你陪我去买电脑吧，反正我不知道什么牌子什么配置，你给我挑。”

“行。”路子灏说，“李凡、声声都注册了，到时加好友。”

“好呀。”

正聊着，一个男生从台阶上走下来，拍了下路子灏的肩膀，又细细打量了苏起一眼。路子灏回头，笑了下：“回宿舍了？”

“嗯。”那男生笑着，又看了眼苏起，再次冲她笑了下。

等人走远了，苏起问：“你室友？”

“嗯。”

苏起星星眼：“长得很帅欸。”

“……”路子灏说，“我要跟水子举报你。”

苏起叫：“你个大嘴巴！”又眯眼笑，“但他还是没有水砸帅的。水砸是我见过最好看的。嘻嘻。”

路子灏受不了她了，说：“你个花痴，我从小就看透你了。”

苏起休息够了，拍拍屁股起身，两人继续逛园子。

“水子什么时候来北京？”

“30号晚上，坐飞机来。”

“行。”

30日那天下午上完课，两人又是坐公交，又是转大巴，朝机场方向折腾。

正是节假日前夕高峰期，苏起头一次体会到了北京那五分钟挪一米的堵车，晕车晕得厉害，哀叹：“还好我没吃晚饭，不然要吐了。”

路子灏于是给她拍后脖颈，拍了一路，好不容易到机场，苏起脖子后头都麻了，火辣辣的。她说："我要跟水砸说，你打我。"

路子灏："……"

"人还没来呢就秀恩爱。我走了。"路子灏转身，苏起扯住他手，哈哈大笑，"快走啦！他飞机都落地了！"

两人笑闹着跑到到达口，趴在栏杆上翘首望。

苏起看了眼手机里的信息，笑眯眯："他说他出来啦。"

她按捺着雀跃的心，眼睛一眨不眨地盯着出口，一只脚轻快地敲打着地板。

等了一会儿……没见人。

路子灏拿眼角斜她："你没跑错航站楼吧？"

"……"

苏起吓一跳，立马翻出短信，拍了拍胸口："没错，就是 T2。我打个电话吧。"

话音没落，梁水电话已经打过来。苏起立刻接起："水砸你在哪儿呢？"

"出口啊。"

"出口？"她一脸蒙地原地转一圈，"我也在出口啊。"

路子灏插嘴："你是在机场出口吧？"

苏起道："我们在到达口。"

梁水一愣，笑说："我在 3 号门。马上过来。"

路子灏咂舌："啧啧啧，也是够激动的，一个人冲到出口去了。"

苏起挂了手机就往 3 号门跑，目光还在穿梭的人群中搜索呢，忽然听得一声唤："苏七七！"

苏起踮起脚尖，人影散开，梁水站在十几米开外，白 T 恤，牛仔裤，瘦瘦高高的，少年笑看着她，眉眼弯弯。

"水砸！"她笑颜绽放，如幼童般伸出双手朝他飞奔而去，他拉着行李箱大步迎上前，她冲上去一下子跳到他身上，搂住他脖子，双腿像考拉一样圈在他腰上。他早扔了行李箱，双手托住她身体，仰望着她，眉梢眼角全是笑。

她箍在他身上，紧搂着他脖子，亲昵地蹭了好几下，这才松开，从他身上滑下来。人一落地，他就双手捧住她的脸，低头用力亲吻她的嘴唇。

苏起仰着头，抱着他的腰，被他亲得咯咯直笑。

匆匆路过的旅客纷纷投来好奇而羡慕的目光。

路子灏摇摇头，过去捡梁水的行李箱，叹："重色轻箱。"

回头一看，那两个家伙亲完了，抱在一起。梁水看向路子灏，伸手拍他肩膀打招呼，路子灏眼见他靠近，抬手："别亲我！"

"滚！"梁水笑起来，一掌轻挥他脑袋。

回程的大巴上，苏起起先还精神十足地跟梁水聊天，渐渐有些晕车，便靠在他肩头休息。

梁水问隔着一条过道的路子灏："上大学感觉怎么样？"

路子灏叹："比高中压力大。以后你来了就知道了。"

苏起睁开眼："他们学校的人都超级拼命。他宿舍的人每天上晚自习到十二点。现在才刚开学呢。"

梁水垂眸看她，调侃："你的《越狱》追完了没？"

苏起打了他一下："路造也看的！他还看《海贼王》看通宵，第二天上午逃课。"

路子灏："啧啧啧，你这在跟谁告状呢？"

快到五道口了，路子灏问："你住我宿舍，还是住酒店？欸，我们也很久没卧聊了。"

梁水一时没作声，苏起也没作声，两人的手指轻轻纠缠拨弄在一起。

"……"路子灏翻白眼，"当我没问。"

梁水做做样子："酒店住着宽敞，你可以过来跟我住。"

路子灏嫌弃："别假惺惺的。闭嘴。"

梁水还在装："真的——"

路子灏："我住那儿，把苏七七贴天花板上？"

苏起将脑袋闷在梁水肩膀上笑，梁水也没忍住笑了起来。

路子灏叹："真的。我怀念小时候。"

最终找了苏起学校附近的酒店，安顿好后，苏起说要吃海鲜："天天吃食堂，我都饿瘦了。"

梁水将她脸拨过来瞧瞧，故意气她："我怎么觉得胖了？"

"瞎说。"她打了他一下。

他笑得散漫。

走进一家海鲜馆，梁水在水池边点了一堆海鲜，称好了先结账，路子灏正要给钱，梁水已把钱塞给收银员，说："你这穷学生就别跟我抢了。"

路子灏也没跟他客气，说："谢谢老板改善伙食。"

三人选了靠窗的位置，临街正对繁华夜景。

很快，服务员端盘上来。

苏起瞧了一眼，有个东西不认识，指着问："这是什么？"

"皮皮虾。"

苏起拿起来要剥，梁水抽过来，说："我来吧，这个划手。"说着，给她夹了粉丝扇贝和蒜蓉鲍鱼。

苏起满足地吃着，梁水坐一旁，拧掉虾头，掐掉虾尾，一节一节剥掉皮皮虾的硬壳，撕出一长段白嫩的带籽虾肉，放到她盘子里。

苏起抓起就往嘴里塞，眼睛一亮："哇，这个好吃。"

梁水又给她剥了三四个，苏起说："你怎么不吃啊？"

梁水："刚在飞机上吃过了。"

路子灏说："我也想要有人给我剥皮皮虾。"

梁水于是把刚剥下来的虾壳放进他盘子里。

路子灏："……"

他说："你们俩这几天都别叫我出来！"

梁水很欠扁："不行。你不出来没人给我们拍照。"

"……"路子灏灌了口橙汁，借汁浇愁。

苏起笑不停，将一块虾肉递到梁水嘴边，他正给她剥螃蟹呢，微低头含了下她的手指，将那块虾肉咬进嘴里。

路子灏说："我还是比较喜欢看你俩吵架。"

梁水一块蟹壳砸他手上。

苏起："呸呸呸。"

路子灏指她："苏七七你给我记住啊，以后他欺负你你别来找我。"

苏起抬下巴："水砸才不会欺负我。"说着，一块蟹肉递到嘴边，她一口含进嘴里，扭头，"水砸，你以后会欺负我吗？"

梁水摇头："不欺负。"

苏起："嘻嘻。"

路子灏起身："我走了。"

苏起大笑着拉他："哎呀——"

梁水将一整块剥好的螃蟹放他盘子里："给你给你。"

路子灏："我要皮皮虾！"

梁水："行行行。"

闹腾到一顿饭吃完，已是夜里十点。路子灏回了学校，苏起、梁水回酒店。

苏起一进房间就找了浴袍去洗澡："我现在洗澡超级不方便，学校澡堂子没有隔间的，所有人都光溜溜看得到，太吓人了。"

梁水在外头收拾行李箱，听着她的絮絮叨叨，问："那你怎么办？"

"在卫生间洗啊。"

"不麻烦吗？"梁水回头一瞥——酒店的浴室是磨砂玻璃的，女孩玲珑有致的躯体映在上头。

"可我不想有人看着我洗澡，怪怪的。"

他望着她玲珑的影子，心跳微快，他收回目光，想了一想，又开了电视。

苏起裹着浴袍出来，梁水正坐在床边看电视，他关了电视，朝她伸手，将她拉过来坐在他怀里。

他从背后搂着她，吻了下她尚有些湿漉的头发，塞给她一个盒子，说："送你的。"

是索尼的卡片相机。

苏起惊喜："怎么忽然送我这个？"

梁水将脑袋搁在她肩上，懒懒的，说："你以后多拍点儿照片，放在空间或校内上，我想看。"

"好呀。"她开心摆弄着，他慵懒地看着她捣鼓，谁也不说话，就这么静静拥着依偎了一会儿。

"但是……"她忽想到什么，略迟疑了一下，"这个好贵的吧。"

他轻轻含了下她的耳垂，低声："苏七七，你已经是我女朋友了。忘了？"

苏起缩缩脖子，耳朵痒痒的，笑："你对女朋友这么好的呀？"

他哼一声："废话。不对你好对谁好？"说着，轻拍了下她屁股，说，"起来。"

苏起起身，他去洗澡了。

她蹲在书桌边的大沙发上，熟悉着相机的操作模式，听到浴室里淅淅沥沥的水声，回眸看一眼，少年的身影映在磨砂玻璃上，看不太清，但高挑流畅的躯体依稀可辨。

她不禁面红，手指抠着相机，眼珠一转，忽地拿相机对准那面磨砂玻璃，镜头里，少年的身影正仰头冲洗着脸颊和头发，她心跳怦怦，偷偷摁下快门。

没过多久，梁水洗完澡出来，裹着件白色的睡袍，他拿了条大浴巾，坐在床边搓头发。

苏起忽然想起自己衣服还没洗，于是跳下沙发跑去洗手间，就见她的T恤、裙子都洗干净了，晾晒在卫生间的通风窗下，和他刚洗的衣服挂在一起。

苏起走出来，挽尊地说："哎呀，你手脚真快。我本来要自己洗的。"

"装！"梁水搓着头发，眼眸一抬，嫌弃，"你从小就偷懒。大学不用做值日，爽了吧？"

苏起嘻嘻笑："寝室还是要打扫的。"

梁水挑眉："我明天过去给你扫扫？"

苏起："好呀！"

梁水一脚踢她小腿上，脚趾无意中钩住浴袍一扯，下摆撕开，露出风光一角。

梁水一怔，立刻垂下眼眸；苏起也蒙了蒙，扯好衣服坐回沙发上摆弄相机。她有些心乱，胡乱摁几个键，刚才那张照片忽然蹦出来。她呼吸一滞，心更乱了。偷偷瞥他一眼，他仍搓着头发，锁骨上还挂着水滴。

谁的心跳，怦，怦，怦。

他似感应了，忽地朝她投来一瞥，少年的眼神又黑又亮，笔直入心。她挨不住，低下头假装看相机设置。

昏黄暧昧的房间，宽阔蓬松的大床，安安静静，只有浴室的排风扇在呼呼作响，吹着晾在下头的衣裤。

苏起瞎捣鼓着手中的相机，半秒后，又没忍住偷看他一眼，不想他竟始终定定注视着她，眼神里有某种陌生的力量，他看着她白皙透红的脸颊，她松散的雪白的浴袍领口，少年眼眸一落，瞥见了那处。

他一瞬弹开眼神，耳朵根都红了。

苏起这才发现她蹲坐在沙发上，浴袍下摆早就散了，漏了风。

她慌忙换个姿势，自己也红了脸，更是埋头捣鼓着相机说明书，再也不抬头了。

梁水终于把头发搓得半干，将浴巾扔回浴室，又回来看了几分钟的电视。她认真看着说明书，跟高考复习一般心无旁骛。

直到梁水忽然关了电视。

房间再度陷入寂静，连他走过来的脚步声都被地毯吸掉。

他一撂脚跨坐在她身后，挤进沙发里，问："看这么认真？"

她强自镇定："嗯。先学一下，明天想带出去用。"

他搂住她的腰，下巴搁在她肩头，跟她一起看说明书。两个人都不说话，两颗心都剧烈跳动着。

他微微收紧了怀抱，缓缓伸进袍子。

苏起瞬间如触电般，浑身一紧，竟没忍住嘤咛出声："啊——"

她这一声叫出来，娇软，缠绵，他直觉浑身的血液往头上涌，猛地将她一把抱起，滚进床上，一手拍掉了床头开关。

房间陷入漆黑。

苏起掉进松软的大床，袍子散开，她像沉入海底，他的身体压了上来，他的吻将她覆盖。黑暗中她什么都看不见，只有他沉沉的呼吸声，和耳边她如擂的心跳声。她被他吻得身体酥软，热得像化成了水，那陌生而刺激的感觉叫她意识混乱，可她很喜欢。她痴恋此刻他给的炙热和狂乱，她想和他在一起，想钻进他心里去。她手在黑暗中胡乱抓着，摁在他心口，感觉到他的心跳同她一样失了控。他缠着、压着、吻着她，像是要把所有的情与欲都宣泄在她身上。

而她渴望着承受接纳他的一切，仿佛只有这样才能确定他汹涌的爱意。狂乱的脉搏，急促的呼吸，沸腾的血液。

她已缴械投降，觉得今天要死在这里了。

但他却没有进一步的动作，只是紧紧搂着她，蹭着她。

他忽然静止了。

苏起喘息着睁开眼，眼睛已适应黑暗，就见夜色中，他的眼睛暗沉沉的，带着前所未有的专注和执着凝视着她。她的心忽然就沉入了他的目光里。

“苏七七，”他喃喃着，低下头再一次吻住了她的唇，“我真的好喜欢你。”

国庆第一天，三个小伙伴一大早去了故宫。到了故宫门口才发现，无数人比他们到得更早。

面对着人山人海，三人都沉默了几秒。

苏起说：“我们挤得进去吗？”

梁水说：“我们要进去吗？”

路子灏：“来都来了……”

三人排着长队买了票，这次，路子灏不由分说付了钱。好不容易买完票排队入宫，又过了一个小时。

太阳已升得老高，故宫里人头攒动，步履维艰，三个少年被裹挟在人潮里，顺流涌动，停不得，退不得。

路子灏叹："失策了。这个时候出来，全看人头了。"

梁水手臂搭着苏起的肩，勾着她的手指，倒十分惬意。他一小半重心压她身上，跟无骨虫似的赖着她，懒洋洋往前挪；苏起靠在他怀里，扒拉着他的手指，面对着满世界的人头还能愉快地欣赏风景："水砸你看，那个横杆上边的画，每幅都不一样。"

"水砸你看，那个屋檐上有铃铛。"

"水砸你看，那里站着好多小神兽。老虎旁边那个是什么？"

梁水饶有兴致地跟着她四处看，路子灏原本被烈日晒得懒洋洋的，渐渐也来了趣味，三人一起讨论着各处稀奇古怪的细节，也算玩得尽兴。

只是苏起穿了双新买的白色小皮鞋，鞋子打脚，疼得厉害。她走走停停，走到一半，申请休息。她找了处台阶坐下，小心翼翼脱了鞋，将脚丫子解放出来："咝——"

梁水蹲下来，抓住她脚一看，脚趾和脚后跟都磨出了水泡。

梁水皱眉："你怎么买的鞋子？"

苏起咕哝："它好看嘛。好配我的裙子。"

路子灏说："她就是个颜控。"

梁水捏两下她的鞋子，说："皮子这么硬，穿多少回都不会软。以后别穿了。"说着就要扔垃圾桶，苏起抢回来："不行！这双鞋好好看，在学校上课穿穿还行。"

梁水多看了那鞋子几眼，把它塞包里，将自己运动鞋脱下来，踢她面前："先穿我的。"

苏起忽然就想起那年在江边放风筝的情景。她没拒绝，两只脚乖乖钻进他鞋里，热气腾腾的。

梁水又在她脚后跟处塞了两团卫生纸，问："这下走路呢？"

苏起嬉笑："不疼啦。"

梁水白了她一眼，光脚往前走。

过了几处宫殿，三人往外围走，绕到长廊，就见笔直的石板巷，朱红色的宫墙，墙上覆着琉璃瓦，瓦上天空湛蓝。

这边游客稀疏不少，三三两两在宫墙边、上锁的宫门旁拍照。三人找路人帮忙，在宫墙下留了一张合影。

“谢谢。”路子灏从路人手里接过相机，转头看他俩，说，“给你们单独拍一张。”

两人靠在宫墙上，苏起挽住梁水的胳膊，脑袋靠在他肩头，梁水微挑着下巴，仍是那副散漫不羁的模样。

路子灏摁下快门，又说：“你俩亲一个吧。”

苏起：“唉哟，又在你面前秀恩爱，不太好吧。”

路子灏：“少给老子装，快点儿！”

正说着，一大拨游客从宫门涌进巷子，梁水摸了摸鼻子，不太好意思。

路子灏说：“在机场那股劲儿呢？我跟你讲啊，你俩是异地恋，亲一次少一次。”

梁水揽住苏起的腰，将她带到身前，低头吻住她的嘴唇。苏起忍不住笑，笑弯了唇角。

路子灏拍好了，苏起凑去回看照片：“哇，宫墙真好看。水砸也好看，哈哈。”

路子灏往前摁，摁到他们三人那张，说：“要是李凡和声声在就好了。”

照片里，三个人迎着阳光靠在红墙下，青春飞扬，却怎么都觉着少了两个。

路子灏感慨着，手无意识地又要摁下前翻键。

苏起一瞬间将相机夺过去，说：“没有了！”

路子灏奇怪地看她：“你是不是拍了黄色照片？”

苏起面上一热：“胡说！”

梁水也好奇了：“你搞什么鬼？”说着摸她兜里的相机，她凶凶地打开他的手：“我的！你不许碰！”

三人往外走，梁水还凑在她耳边：“到底拍了什么，啊？给我看看。”

苏起拿手肘搡他，红着脸不搭理。

只不过想起照片里他光露的脚丫，她低头看了眼，问：“石板烫脚吗？”

梁水好笑："这都十月了，烫什么烫？"

出了故宫，都有些疲累。梁水表示不想再去颐和园、长城了，人挤人的，累得慌。

他哪个名胜古迹都不想去了，却想去苏起学校逛逛，在校园里待着。

次日，苏起便带他在学校散步，看看篮球场足球场、教学楼图书馆，还有池塘里的残荷野鸭。

篮球场外有条安静的林荫道，梧桐树枝繁叶茂，清风拂过，阳光斑驳。梁水和苏起从树荫下走过，隔着绿色的防护网，那头不少大学生在打球。

年轻人挥洒汗水，青春肆意。

梁水站在网外看了会儿，忽然说："上大学挺好的。"

苏起扭头看他，少年的侧脸专注地望着篮球场，眼里微闪着光，是憧憬，是期盼，亦是艳羡。

苏起搂住他胳膊，说："再过两个月，你马上也要报考啦。"

梁水一笑："到时来考试，你得陪我。"

苏起："废话。"

正说着，一个篮球朝这边砸过来，梁水条件反射地将苏起扯进怀里抱住，背身挡向那个方向。

"砰"一声巨响，球砸在了拦网上。

梁水一回头，这才意识到自己反应过头了。

苏起被他罩在怀里，咯咯笑："你个傻子，有球网呀，哈哈。"

梁水脸上挂不住，板着脸，说："再笑把你扔过去。"

苏起笑个不停，他窘着脸懒得理她，转身就走，她几步追上去，蹦起来跳到他背上，搂住他的脖子，他被扯得晃了晃，扭头斥她："滚下去。"

"不滚。"苏起哈哈笑，跷着脚，挂在他背后。

他拿肩膀甩了她一下，她在他背上晃荡着，下一秒，他又将双手托在背后，苏起膝盖跪在他手心，搂着他脖子趴在他肩上："驾！"

梁水看看前路，忽地往前一冲，路边的梧桐树叶朝苏起扑打而来。

"哎呀！"她低头躲闪，打他的肩膀。可他不停，笑着往前跑，苏起将脑袋埋下去，树叶唰唰从她脑勺上划过，“我发型都乱啦！”

迎面而来的学生们投来好奇的眼神。

梁水借好几棵树“打”了她之后，才放慢步伐，忽然说：“你们学校女生蛮少的。”

“对呀，男女比例七比一。”苏起拨弄着头发上的碎树叶。

他问：“学校有男生喜欢你吗？”

“我怎么知道？”苏起说，忽然贼贼地笑，“怎么？怕我被人挖走吗？”

梁水睨她一眼，眼神有些危险：“挖得走吗？”

苏起抬下巴：“看你表现咯。”

“下去。”梁水手一松，苏起哗啦从他背上掉下去，她还不松手，箍着他脖子，踮着脚小碎步黏着他：“唉哟，水砸还会吃醋哟。”

“吃屁！给我走开。”他解她的手。

“就不走就不走！”她脚一跷，又吊在他身上。

在校园里闹腾着逛了一圈，才下午两点。

梁水说：“我要不来，你这会儿干什么呢？”

苏起想想：“上自习吧。”

梁水说：“那你去上自习吧，我看你上自习。”

苏起跑去宿舍拿课本，方菲和王晨晨国庆回家了，薛小竹一人在宿舍看《放羊的星星》，见苏起进来，诧异：“你男朋友走了？”

“没。在楼下。”

薛小竹一听，跑阳台上往下一瞧，梁水插兜站在对面的草坪上。他抬头朝这边望了一眼，薛小竹说：“苏起，你男朋友真人比照片还好看。”

苏起一点儿不谦虚：“嘿嘿，我也觉得。”

下了楼，苏起飞跑出宿舍，扑到他怀里，脸上忍不住挂满了笑意。

梁水瞧她两眼，也不知她高兴个什么劲儿，嫌弃：“一天到晚傻兮兮的。”

去到图书馆，虽是放假，座位却占满了。

梁水说：“你们学校的人很勤奋啊。”

苏起拿卡给梁水借了几本书，转战教学楼。

每间教室都有不少学生在上自习，室内安安静静，只有书本翻动的声响。苏起拉着梁水进了间阶梯大教室，找了后排的座位坐下。

苏起翻出课本，在稿纸上写写画画。梁水坐一旁，好奇地拿她课本翻了几页，一堆工业设计图，他看不太懂，但也饶有兴致地看完了前言，又认真看了前几页。直到彻底吃力了，才又翻开她的英文书，书上涂满了黄的红的荧光笔痕迹，记着密密麻麻的笔记。

他看了会儿，把书本给她摞好，不经意瞥她一眼，她认真翻看着课堂笔记，在稿纸上写写算算。

她头发长了些，马尾辫分成两拨散在肩头。刚好坐在靠窗的位置，外头风刮着梧桐树叶，点点阳光洒进来，在她头上笼了一层光晕。少女的肌肤白皙而细腻，侧脸从额头到鼻尖从嘴巴到下巴的弧线温柔姣好。

她专注在书中，并没有注意到他的目光，只有低垂的睫毛时不时忽闪两下。

微风从窗外吹进来，树叶窸窣响。

梁水的心静悄悄的。

他长久地凝视着她。和她同学的那么多年，他似乎没有留意过此刻这般的时光。或许曾有，但不记得了。

她是什么时候一下子长大了的？忽然之间，就不再是那个捏着泡泡塑料纸、踩着闪光鞋子站在他家楼梯下不敢上楼，只会奶声奶气叫“水砸水砸”的小丫头了。

他翻开从图书馆借的《平凡的世界》，看了会儿书，再看看她的侧脸，再看看窗外的阳光绿叶，又看看教室内埋头苦学的学生们，又回忆下与她的过往。

风大的下午，很适合安静的回忆。

苏起学到六点多才收了书包，走出教室，她挽住他的手，问：“水砸，你会不会无聊？”

梁水摇头。

苏起说："要不我们明天去南锣鼓巷玩吧，或者什刹海？"

梁水说："我宁愿陪你上自习。"

苏起说："我怕你无聊啊。"

梁水道："不无聊。我觉得跟你待着很舒服。"

苏起忽而一笑，将他的手臂搂得更紧了。

她又何尝不是呢。静心看书到半路，有些疲倦时，看他守在一旁安静看书的身影，她的心也被温柔填满。

她在他身边蹦了一下，小声："水砸。"他偏头将耳朵凑近她，她说悄悄话，"快点来北京找我哦。"

他笑："好。"

接下来几天，他们哪儿也没去。偌大的北京，到处是游客。他们待在初秋的校园，静度时光。

一周的假期如风般飞逝，梁水要回程了。

到了前一天下午，苏起有些坐立不安，上自习也没什么精神，学一会儿就趴在桌上扭头看他。

梁水拿着《平凡的世界》，看到结尾正起劲儿，瞥她："怎么了？"

苏起皱眉："明天你要走了，今天还不抓紧时间看看我，跟我多说说话。"

梁水好笑，合上书，压低身子，凑桌上瞧她："你想讲什么？"

"讲什么还要问我呀？才恋爱几天就没话讲了？哼。"她将脑袋扭过去，甩给他一个后脑勺。

梁水捞住她的腰，低笑："苏七七，我以前不知道你还有点儿黏人啊。"

苏起扭了下身板，挣道："走开。不黏你。"

他将她搂得紧紧的，说："我十一月初会来北京比赛。"

苏起立即回头："真的！"

梁水欠扁道："假的。"

苏起一拳打在他肩上，他笑容无声放大，搂住她乱扭的身板："逗你呢。"

“到底真的假的？”

“真的。”

苏起这才开心了些，书是看不进去了，在教室也不好闹腾，干脆收拾了东西离开。

下午五点，夕阳笼罩校园，霞光暖暖。

梁水忽然问：“超市在哪儿？”

苏起问：“学校超市？”

“不是。大超市。”

“那头有一个。”

梁水带她去了超市，推着车在货架间搜罗，买了一大堆吃的用的。他记得她喜欢吃的零食，什么粟米条、妙脆角、果冻、虾条、大白兔、盐焗鸡爪、鸡翅都往车里扔，结账的时候，装了三大塑料袋，花了六百多。

苏起吃了一惊，她一个月生活费也就七百块。

梁水付了钱，拎上袋子。苏起要拎一个，他不肯，说：“你拎我就行。”

苏起于是揪住他衣角跟他往回走。

正值假期，宿舍管得松。苏起跟舍管阿姨打招呼，说男朋友帮忙拎东西，十分钟就下来。阿姨准许了。

上了楼，不想宿舍人都回来了。门才开一条缝儿，梁水就顿在门口，说：“我就不进去了。”

三个女生正在追剧，衣冠整洁得很，薛小竹笑：“没事的，进来吧。”

梁水还是没进去，站在门口冲她笑了一下，说：“薛小竹？”

薛小竹道：“对啊，经常接电话的那个就是我！”

梁水笑：“听出来了。麻烦你了。”

薛小竹：“客气。”

方菲和王晨晨探着头打量。

梁水把三个大袋子交给苏起，苏起一鼓作气提到自己桌前，翻出几包零食给室友们，又匆忙翻找换洗衣物。

方菲说：“你男朋友想进来就进来吧，没事儿的。关在门外等也不太好。”

苏起道：“算了吧，他不太好意思。等一下不要紧。”

话虽这么说，心里却怕他等，她火速收拾好东西，跟室友打了个招呼就出了门。

回了酒店，梁水先洗了澡，苏起在后头磨蹭，洗头洗澡还要洗衣服。

梁水坐在外头百无聊赖，忽地看见她的相机，想起什么，一把捞过来，摁开了看照片。摁到第一张，就见磨砂玻璃上他自己的身影。

梁水怔了一秒，忽地就低头摸着鼻子笑了起来。

正巧苏起出了浴室，一见就冲过来抢相机。梁水迅速将手背到身后，她撞进他怀里：“你怎么乱碰我东西呀？”

“你也不看看你拍了什么？”梁水说，“我要把它删了。”说着就要删除。

苏起抢：“不准！你别碰我的！”

梁水本就没想跟她抢，相机是让给了她，忍不住捏她脸：“看不出来啊苏七七，你还是个流氓。”

苏起心虚，推开他坐去床边，梁水跟上去，戳她脸：“还不好意思？你说你是不是个流氓？”

苏起一抬头，顶嘴：“就是了，怎么着吧！”

梁水看她半秒，忽地就抱住她滚上了床。

或许因为即将到来的分离，两人都有些不舍，在被子里拥抱亲吻翻滚折腾了许久，直至深夜才从被子里钻出来，少女黑发散落在枕头上，面颊潮红，眼睛清润，脉脉含水般看着他。

少年被她看得心痒，又忍不住低头吻她，一边吻一边说：“我走了，乖乖的，听见没？”

她搂着他脖子，咬他耳朵：“什么是乖乖的？”

梁水说：“别跟别人跑了，听见没？”

苏起笑起来：“那要跑了怎么办？”

他掐了她一下，凶凶的：“要你的命。”

她搂住他脖子笑："拿走吧拿走吧。"

两人嬉闹着滚成一团，她趴在他跟前，有意无意地蹭他。

过去近一个星期，什么都做了，就差那最后一步。少年也是忍耐力极强，拥抱、轻吻、爱抚，就是坚决不越雷池。

他明天要走，她忽然壮大了胆子试探。

梁水瞥她一眼，被她撩得眼神已然暗沉，吓唬她似的，说："弄死你哦。"

苏起面颊通红，凑过去亲亲他的脸，小声挑衅："来呀，弄死我吧。"

呵？真不怕死？

梁水忽然就握住她手，翻身将她摁住，她失声尖叫。他却顿住了，定定俯视着她，少年的眼里情欲翻滚，下颌绷得紧紧的，像是天人交战了十几秒，忽然一头栽下来，将脑袋埋在她脖颈间，胸膛剧烈起伏，压抑着，压抑着，终究是忍住了，闷声说："睡觉。"

人平躺了回去。

苏起追着搂住他的腰，心在发抖，人在发颤："水砸——你——"

她说不出口，羞得将脑袋埋住。

他将她下巴抬起来，眼神幽静，嗓音喑哑："你想好了？"

苏起眼睛清亮清亮的，抿紧唇，很确定："嗯。"

"因为……"她将脑袋靠过去，紧紧搂着他，脸在红，心在跳，却从未像此刻这般确定，她轻声说，"因为，水砸，我超级喜欢你。"

梁水心头一热，浑身的血液在沸腾，直往头上涌，差点儿控制不住。

他握紧她的手腕，沉吸一口气，说："七七，我也超级喜欢你。所以，以后时间还长。现在……"他转移注意力地拨弄着她的头发，勉强一笑，"要是你妈妈知道了，会讨厌我的。"

苏起蹬了下被子，申诉："我妈妈很喜欢你的！"

不过，他们谈恋爱的事还没让家长知道。

"我知道。"梁水说，"所以我才更不想要她不喜欢我。"

她忽然明白了，埋进他心窝子里，吃吃笑："那好吧。"

她满足又安心，在他怀里找了个舒服的姿势，他的气息缠绕着她，很温暖，很安全。她迷迷蒙蒙的，渐渐就睡着了。

倒是梁水，又忍了一个晚上，又是焦躁又是难耐，直到凌晨一两点才慢慢平息了点儿，睡了过去。

第二天一早起来，两人简单收拾下楼，吃完早餐，退房出发。

苏起情绪有些低迷，跟着他走出酒店，一言不发。梁水一手拉着箱子，一手拉着她，他也很是不舍，忍着，只交代："好好照顾自己，想我就打电话。"

苏起起初不吭声，走了一会儿了才说："你也要好好的。"

"放心。"

走到公交车站，苏起陪他等车，公交车一辆辆地进站离站，梁水说："送我到这儿就行了。过会儿又晕车了。"

她不吭声。

车来了，梁水摸了摸她的头，说："我走了。"

话音未落，苏起跟着他挤上了公交，也不说话，只把脑袋埋在他胸口。

梁水没说她，一边将箱子放好了，一边搂着她靠在窗边。她抱着他的腰，咕哝："你们学校有没有很多女生追你？"

他好笑，拿下巴拨了拨她额头："瞎想什么呢？"

苏起仰起脑袋，说："要是跟别人跑了，我要你的命哦。"

梁水笑容无声，低头蹭住她的脸："嗯。"

到了火车站，梁水说送到检票口就好，但苏起不肯，坚持买了站台票，跟着他一起进了车站。

送到站台上，两人的表情都撑不住了，都不看对方，各自望着周围的人群和停靠的火车。

北京是始发站，苏起跟着上了车，看他把箱子塞到卧铺底下。离发车没有多少时间了，苏起眼眶有些红，说："那我先下去了。"

梁水送她到车门口，又跳下车陪她。她垂着脑袋不言语。他也难受，拨了拨她脸颊，道："你看，还跟小时候一样吧，小哭包。"

苏起打开他的手，别过脸去，眼泪吧嗒掉了下来。

梁水见状，心口闷疼闷疼的，一把将她搂在怀里，摸她的头。

他低头寻到她嘴唇吻了下，又凑她耳边："我会努力的。很快。"他说，"很快我就会来找你了。"

苏起眼泪汪汪："你要快点来找我哦。"

少年眼睛湿了："嗯。我保证。"

南江日常

苏起回到宿舍，蔫蔫儿的情绪消减了些，推门进屋，走到桌边，见桌上放着一个纸盒子。

苏起："这是什么？"

王晨晨："快递。我在楼下看见，给你拿上来了。"

苏起打开一开，里头是一个鞋盒。

方菲："哇，这牌子的鞋子好贵的。谁给你买的？"

苏起："不知道啊？是不是搞错了？"

王晨晨："没错啊，宿舍号、你名字、电话都对啊。"

苏起拆开一看，愣住，一双白色的小皮鞋，和她那天在故宫穿的是同款，但摸上去真皮柔软而舒适。

薛小竹："哇，这鞋子好漂亮。"

方菲："是不是跟你那双很像？"

苏起："我都不知道我穿的是仿款。"

王晨晨："谁给你买的啊？猜得到吗？"

苏起一笑："我男朋友。"

Chapter 23

命运之错

十月中旬，北方开始降温了。

日光渐短，苏起睡眼惺忪地从被子里爬起，打了个寒噤，看见夜里李枫然发来的短信，只有六个字：“七七，演出完了。”

昨天他在维也纳的星光古典音乐会上演出，作为他在国际上的首次亮相。

苏起回拨过去，嘟嘟响了两声，她想起那边是凌晨，恐怕手机静音了，正要挂掉，手机却接了起来。

“七七？”电话那头，李枫然嗓音暗哑，似还在梦中。

苏起抠脑袋，小声：“哎呀，我忘了有时差，你先睡觉吧。”

“没事。”他嗓音清亮了些，“我还没睡着。”

她朗声：“演出怎么样啊？”

他语气轻松，说：“不坏。”

她笑：“那就是很棒了。”人溜下床打开电脑，搜索李枫然，无数新闻页面蹦出来——

“中国天才钢琴少年李枫然亮相维也纳，柴可夫斯基第一钢琴协奏曲惊艳全场。”

“十七岁少年李枫然，打破维也纳星光古典音乐会年纪最小演奏者纪录。”

新闻图片里，黑色西装的少年坐在钢琴边，头颅微垂，低眸的模样认真而专注。

“哇。”苏起保存着图片，赞叹，“风风，你真的是钢琴家了。”

他在那头极低地笑了声，说：“你还是这么捧场。”

苏起蹲在椅子上抠抠脚丫：“哪有，我是实话实说。对了，你直接回美国吗？”

“怎么了？”

“我最近好想你，还有声声啊。现在不该有很多人邀请你吗？你要是来北京演出就好了。”

李枫然沉默了一会，说：“十一月，可能有机会。”

“真哒？”少女声音明媚，只是听着，就能看见她那被点亮的表情，他说：“真的。”

当天上午，“南江小分队：一路风生水起”QQ 群沸腾了，伙伴们轮番轰炸祝福李枫然。倒是当事人本身安静得很，一言不发。

绿竹悠然：“李凡怎么不讲话？”

苏七七你欠我的一块钱什么时候还：“时差。还没醒吧。”

路造：“你 QQ 名怎么回事？”

苏七七你欠我的一块钱什么时候还：“上次在北京，她非要挤上公交，又没带钱，我给她出了一块车票钱。”

路造：“……”

花之露娜 lulu：“你给我改回来！（愤怒）”

苏七七最爱的男人：“好吧。（微笑）”

花之露娜 lulu：“……”

花之露娜 lulu：“不要脸。（呕吐）”

路·自戳双眼·造：“我想退群。（白眼）”

林·默默围观·声："我不说话。（闭嘴）"

水砸不要脸："声声你什么时候来北京玩嘛。（可爱）"

林·默默围观·声："没有时间。（哭哭）"

路·自戳双眼·造："国庆怎么不来？也没时间？嘁！（鄙视）"

路·自戳双眼·造："你该不是也谈恋爱了吧，重色轻友。（鄙视）"

苏七七最爱的男人："谁知道呢？（阴险）"

林·默默围观·声："你闭嘴！（抓狂）"

苏起给林声发私聊："说！国庆是不是追子深哥哥去了！"

林声："（可怜）（可怜）"

苏起："重色轻友的家伙。"

林声："（可爱）等我把他追到了，带来北京一起玩嘛。"

苏起："（惊喜）有希望？"

林声："正在努力。（奋斗）他有个同学也在追他，（哭）压力好大。"

苏起："有照片吗？"

林声："（图片）（图片）（图片）"

苏起："你比她好看。"

林声："但他们是同学，从本科到研究生。（哭）"

苏起："反正我选你。（奋斗）"

林声："（奋斗）"

林声："好羡慕你和水子，互相喜欢，不用去追。我每次去找他都心惊胆战，怕他讨厌我。"

苏起："傻子。他要真讨厌你，就不会让你找他。"

林声："哪有？也可能因为是邻居，不想弄僵。哎呀，忐忑。还是你和水子好。（可怜）"

苏起："嘻嘻。哦，再过两个星期，水砸又要来北京了。嘻嘻。"

林声："（鬼脸）"

十一月初梁水要来北京参加田径锦标赛。等待的日子起初有些漫长，但苏起回归了校园生活，每天上课、自习、做实验、参加社团，忙忙碌碌，不知不觉时间便飞到了相聚的日子。

梁水这次过来是为比赛，虽提前一星期到，但因训练加预赛，苏起一直没见到他。

直到决赛前一天，是个周六。梁水训练到下午，教练放他回去休息，苏起才跑去找他。

比赛在工体，落脚处在工体附近的五星级酒店。

苏起第一次从海淀来朝阳，觉得气质截然不同，海淀清净，朝阳繁华，街上走的女孩都装扮精致些。

苏起还背着李宁牌的书包呢，探头探脑走进酒店大厅，四周金碧辉煌，她有些格格不入。上了电梯，一个二十多岁的女人走进来，浓妆艳抹，妩媚妖娆。

苏起好奇地透过电梯上的镜子看了她一眼，发现她也在看自己。

她又看看镜中的自己，还是老样子：高马尾，白毛衣，牛仔裤。很简单的学生装扮。

她们都到 29 楼，那女人轻车熟路进了一个房间。

苏起找了一圈才找到 2913，走到门边，竟莫名紧张，轻轻敲了敲门。

咚咚两下。

还要再敲，脚步声迅速由远及近，门被拉开，梁水探出头来，见是她，倏尔一笑，眸子跟含水的星子一般。

苏起亦笑开了，一下子蹦进去。他搂住她腰，用力贴了贴她脸颊，道：“又见面了。苏七七。”

少年穿着浴袍，头发湿漉漉的，刚洗过澡，整个人干净而清爽。苏起被他的气息笼罩着，心猿意马，搂住他脖子便亲他嘴唇。

她的主动叫他十分受用。

他边亲边笑边搂着她磕磕绊绊往房间里走，撞到床沿坐下了。苏起一眼看见床上放着一只巨大的哆啦 A 梦玩偶，惊道：“怎么这里有只机器猫？”

“怎么有？”梁水好笑，“老子从省城给你背来的。”

一路上不说回头率多高了，在机场过安检差点儿没被人笑死。

苏起欢喜地一把搂住那只哆啦A梦，玩偶很大，她两只手才能勉强环抱过来。她蹭了蹭它的脸。

“这家伙是我的替身。等我走了，你可以抱它。”梁水把那只猫拎去一边，环住她，问，“有没有想我？”

苏起戳他手板心：“你怎么总问些废话？”

梁水打她手：“我都没见你有表示。”

“我还没表示呀。”苏起扭身拿嘴巴撞上他脸颊，嘬一口，“没表示吗？”梁水故作嫌弃别过头去。她扭过身板，跟着追，嘟着嘴巴又啄一啄他鼻尖，“没表示？”他扭头再躲，她扒拉搂着他脖子，嘬他嘴唇，“有没有表示？”他绷不住了，唇角弯起，她再亲他眼睛，“够不够表示？”咬他耳垂，“还要不要？”

他被她一通乱嘬得浑身发痒，别着脸，笑得停不下来：“够了够了。你走开。”他笑得岔气，道，“我感觉在被猪啃。”

苏起一巴掌打在他胸口：“猪决定走了！你一个人玩吧！”起身要往门外冲。梁水捞住她胳膊，拉着不放。

苏起起劲儿了，低声叫：“警察叔叔救命！这儿有人拐带儿童。”

梁水把她扯进怀里，笑得胸腔一震一震：“你还儿童？要不要脸？”

“真的。”苏起道，“我刚在电梯里看见一个超级漂亮的女的。化妆穿衣服都好看，跟她一比，我就像个儿童。”

梁水对她口中“超级漂亮的女的”毫无兴趣，弯腰从箱子里捞出个盒子递给她。

苏起拆开一看，诺基亚5300滑盖手机，近期最流行的一款。

她又惊又喜：“哇，这个好贵的。哎我手机还没坏呢。”她手机是夏新的，粉粉的很可爱，但远比不上这款高级。

“我不管。你先用这个。”梁水在床上捞了一把，“你看。”

他也换手机了，和她同款，手机上还挂着他俩一起照的大头贴呢。他随手滑了下手机，短信忽然蹦出来，就见他给她的备注是“我家养的猪”。

苏起打他手："你才是猪！改回来！"

梁水滑上手机："不改。"

"那我也要给你改备注，猪头。"

梁水挑眉，浑然不搭理。

苏起摸着新手机，忽道："旧手机怎么办？卖掉吗？你干吗总给我买东西，下次别买了。"

"不知道。看见好东西就想买给你。"梁水从背后搂着她，帮她把电话卡和大头贴挂链都换到新手机上去，道，"不给你买给谁买？"

"但是——"

梁水打断："我妈给的零花钱很多，用不完的。"又道，"以后我自己挣钱了给你买，行了吧？"

苏起滑着新手机，也挺开心的，扭头亲了下他的脸颊，说："谢谢老公。"

梁水吓一跳，微瞪着眼，有些吃惊："你叫我什么？"说着人已扑哧笑起来。

苏起本就是跟社团的师兄师姐情侣学的，一下脱口而出，自己尴尬得要死，面红耳赤地要起身："什么也没叫。"

梁水拉住她不放："你再叫一遍？"

苏起不肯了，脖子都红了："谢谢水砸。"

"你刚不是这么叫的！"梁水冤枉道。

苏起耍赖："那你说我是怎么叫的？"

梁水也说不出口，张着嘴巴看了她几秒，哭笑不得，"啊——"一声怪叫，一头栽进了被子里，"反正不是这么叫的！"

……

既然来了，苏起又蹭他浴室洗了澡。

落地窗外暮色降临，夜景繁华。梁水说三里屯这边有很多好吃的，带她去楼下吃晚饭。

一进电梯，又碰上刚才见过的女人。苏起打量她一下，发现她针织裙摆下的丝袜没了。

抬眸便见镜子里那女人正盯着梁水看，而梁水正没事干揪着她毛衣上的小毛球。

苏起：“……”

那女人又把苏起打量一遭，出了电梯。

苏起小声：“她就是我刚说的很好看的女的。”

梁水瞟一眼，没兴趣。

“你们那层住的都是运动员？”

“啊。”

“她肯定是谁的女朋友。”

梁水看她一眼，忽地嗤笑了一下。

“你笑什么？”

“笑你是头猪。”

梁水在附近找了家法国餐厅。餐厅环境悠然雅致，灯光柔暗，烛火影影。

苏起坐下时，还有西装笔挺的服务生帮她拉椅子。

她好奇地打量着四周，每张桌子都相隔甚远，保证了足够的私密空间。白桌布，玫瑰花，银烛台，银刀叉，钩花套碟……

苏起道：“水砸，我这是第一次吃西餐哦。”

梁水道：“以后还有很多第一次。”

餐厅很正式，前菜、汤品、小食、主食、甜点、冰淇淋，一道道地上。只不过梁水不喝酒，两人拿清水碰了杯。

厅内大都是成年情侣，不乏大龄商业精英，只有他们两个小小少年，却也十分尽兴。

苏起很喜欢，回酒店的路上还在碎碎念着鲈鱼和鹅肝的美味口感，梁水听她念着，笑道：“你就是个好吃佬，以后只管拿吃的堵你嘴就对了。”

出了电梯，走到房门边，梁水刚拿房卡打开门，对面房门拉开，一位三四十岁的中年男子走出来。苏起无意和他对上目光，那人表情不太好。

梁水听声回头："教练。"

苏起立马笑眯眯打招呼："教练好。"

教练点了下头，不算热情，看梁水，说："你过来一下。"

苏起先进了屋。

梁水进了对门房间，刚关上门，教练一指头敲他脑壳上，训斥道："你这跟谁学的？！"

梁水无语："她是我女朋友。真女朋友。"隔半秒，又气恼又不解，"欸不是。你看她那样子，像你想的那样吗？"

教练顿了一下，仍是训斥："真女朋友也不行。明天比赛多重要你自己心里清楚，今晚别搞事儿啊！差这一天了？"

"我跟她没——搞事……"梁水散漫地抓了抓脑壳，"一次都没搞事。"

"我信你的屁话！国庆请假是不是跑北京来了？"

"真的……"梁水道，"她年纪还小。"

教练再一指头敲他脑壳上："你年纪不小啊？"

梁水："小小小。"

教练又是一扬手，梁水快步往后一缩。

……

梁水回到房间，教练跟过来，冲苏起招了招手，说："小朋友，你过来一下。"

苏起："……"

梁水回头，皱了眉："老杨——"

教练也皱眉："我又不会吃了她。"

梁水不肯，质问："那你叫她干什么？当着我面说！"

教练扬手要揍他，这下梁水冲着他一抬头，示意"来啊"。教练手却没落下去，咬着牙指了指他。

苏起忙跑过去，一边乖巧道："教练您要跟我说什么？"一边不由分说把梁水推进屋。

梁水无语地在房间里坐了会儿，五六分钟的时候，忍不了了，起身要过去，门上嘀的一响，苏起回来了，一切正常的样子。

梁水问："他没跟你说什么吧？"

"没啊。"苏起摇头，"水砸，我先回学校了。教练说，会影响你比赛。"

梁水也晓得分寸，点了下头："嗯。"

"那我明天来看你比赛。路造也来的。"

"好。"他穿上外套，"别坐公交了，转车麻烦。"

苏起抱起那只巨大的哆啦A梦，看不见前头的路了。梁水领她到楼下，酒店门口停着出租车，他送她上了车，她坐进去，笑着冲他招手："明天见水砸。"

梁水扶着车门，弯腰看着她的脸，两秒后，忽地一步跨上了车，关上门，对司机说："北航。"

苏起推他："已经九点了！"

梁水靠在椅背上，被她推得懒洋洋一晃，好笑："我也不能九点就睡啊。出租车快，回来刚好睡觉。"

苏起晓得拗不过他，挽住他手臂歪头靠在他肩上。梁水也将头一歪，轻靠在她脑袋上。

夜景绚烂，流水般从车窗外流淌进来。

苏起想起了教练的话，教练没说她，只是跟她讲了讲梁水。

说他从速滑转短跑很不得已，也不容易；说他训练很刻苦很辛苦也很痛苦，比教练带过的很多学生都拼命；也说上次受伤给他打击很大，但他什么也没说，自己默默熬过来了，又用更多倍的努力爬到原来的位置，甚至超过了原来的成绩。

"做运动员啊，不是极有意志力的人坚持不下去的。他个性要强，每天训练加练都很累。"教练说，希望她能多支持他，无论顺逆。

不用教练说，苏起心里也清楚，她何尝不知。

从小到大，她见过他无数次的冰上训练，清楚放弃速滑时他有多难受；也清楚重新开始会有多难；更清楚他有多渴望证明他"有出息"。

那么多年过去了，他却一直是当年那个害怕失去害怕失望所以总是表现得满不在乎的幼稚小男孩。

她的手与他十指相握，握紧了："水砸？"

"嗯。"

"明天比赛有信心吗？"

"还行。"

那就是有把握了。

"你别总那么谦虚。"

"不是谦虚。是——"梁水笑了一下，不知如何表达，他怕有无论如何努力都上不去的极限，怕有无论如何规避都挡不住的意外，这些他都经历过，是真的怕了。

可他说不出口，吸一口气，简单道："怕让人失望。"

尤其是你。

"你从来没让我失望过。"苏起仰起脑袋望他，目光坚定，"再说，我会一直陪着你的水砸。"

少年漆黑的眼眸中似有光芒闪过。他凝视她片刻，凑过来轻轻碰了下她的唇，闭上了眼。

出租车将苏起送到学校，返程了。

苏起回到宿舍，舍友们也都刚下自习。

"哇。"王晨晨叫，"你哪儿来这么大只机器猫？"

苏起把猫扛到床上摆好："我男朋友送的。"

方菲看一眼苏起桌子上各种哆啦 A 梦的小玩偶小饰品，说："你男朋友也太喜欢给你买东西了吧。他是富二代吗？"

"富二代？"苏起生平第一次听到这个词汇，她想了想，虽然康提阿姨在云西开了最大的连锁酒店商场和超市，但她和伙伴们都从没想过这个问题。

"他和我一样，是南江二代！"苏起哈哈笑，又探头问，"小竹，你兼职是在哪里找的呀？"

薛小竹翻出一张宣传单："喏。这儿，很多的。"

苏起趴在书桌前认真研究。

“你想做兼职？”

“嗯。”苏起托腮，笑容满足，“我要挣钱给我男朋友买东西！”

周日下午一点，苏起和路子灏搭公交准时到了工体。他们拿着梁水给的 VIP 票，坐到看台一层最前排，和跑道隔着一道栏杆，视野极好。

苏起举头望，偌大的体育场层层看台上人头攒动，没坐满，但上座率也有百分之八十。

苏起兴奋道：“我是第一次进这么大的体育场呢。”

路子灏道：“听说鸟巢更大。哦，明年奥运会你要不要报名当志愿者？”

“肯定啊。欸，记不记得小学毕业去昆明，我们约好一起来北京看奥运的？”

“嗬，居然是六年前的事了。”

“寒假回去跟爸妈商量旅行啊！”

“行，我们的七年之约。”

正说着，比赛开始了。

田径场中央先进行了跳高和跳远的比赛。

大屏幕上，一个身材高挑的男运动员起跑，冲刺，腾空，身姿舒展，背跃过横杆，落到软垫上。

场内一片“哇”的赞叹声，苏起跟着拍手鼓掌。

运动之美，健康，生机，活力，叫人心生向往。

许是从小受南江巷爸爸们还有梁水的影响，苏起喜好观赏各类运动，篮球、足球、速滑、短跑、跳高、跳远、游泳、跳水，就连高考前她还追着看了欧锦赛呢。

路子灏拍着手，说：“我超级佩服运动员。真的。一天天一年年的，训练又枯燥又苦，挑战人类身体极限。没有非人的意志力，根本坚持不下来。”

苏起笑：“你在夸水砸吗？”

路子灏翻白眼，但过了半晌，道：“我很佩服他。从小就觉得他很厉害，可能因为我跑 2000 米都坚持不了吧。”他说，“水子这种性格的人，做什么事都会成功。”

田径场上，又开始女子撑竿跳比赛了。

一个个女运动员举着撑竿，冲到横杆前，借着撑竿的弹跳力腾空而起，飞跃过杆。

两人和全场观众一样屏气凝神看着，见到横杆撞落跟着捂额惋惜，见到顺利飞跃便喝彩鼓掌。

直到下午两点半，径赛开始了。

先比赛的是男女子 400 米和 200 米。不少运动员从通道内出来，在跑道上做冲刺和拉伸。

田径赛场最吸引人的莫过于短跑，很多观众都兴致勃勃地欢呼起来。

比赛一场接一场，井然有序地进行——发令枪响，运动员们冲刺而出。

这和苏起在学校参加的运动会截然不同，每个运动员都身姿矫健，风一样从跑道上卷过，几十秒钟结束厮杀，看得观众肾上腺素飙升，整个体育场都回荡着加油的呐喊。

等到女子 100 米时，苏起开始紧张了，路子灏也抱着臂咬手指。

女子 100 米决赛在十几秒内结束，观众的期待已达到顶峰，席间吼声不断，气势震天。

男子 100 米本就是田径最重头项目。全场观众都站起来了。

终于，苏起看见梁水从通道内出来，跟对手们一一拍手打招呼，随即走到起点处练起跑。

大屏幕镜头从选手脸上一一滑过，给到梁水时，摄影师怕是个颜控，镜头追着他竟停留了半分多钟。屏幕上，少年神情冷淡，一张脸年轻而清俊，他躬身蹲在起跑线上，正练习起跑，一抬眸，墨色眉弓之下一双狭长的星子般的眼，眸光又冷又厉。他比其他运动员年轻些，也不太守规矩些——头发长了，几缕碎发遮在饱满丰挺的眉骨之上。少年眼中冷光一凝，忽然发力起跑，额发飞扬。他跑出去几米，缓了速度，一转身散漫地往起跑线处走。

全场观众望着屏幕，忽然间看台上议论纷纷，苏起身后一群女生惊叫："好帅啊！"

苏起眼睛一眨不眨地盯着屏幕，从小到大，她最喜欢他训练时比赛时那和平日判若两人的模样。

梁水正走着，一扭头发现了镜头，目光冷冷地不太友好地盯了一眼，可下一秒，似乎想到什么，忽地就冲镜头挑眉笑了下。

看台上又起一片喧嚣。

苏起就捂住嘴巴，笑得眉眼弯弯，脸都红了。

路子灏摇头："啧啧啧。"

短暂热身结束，几位运动员到起跑线处集合。

梁水在第三跑道，蹲了下去。

"预备——"

苏起和路子灏同时踮起脚尖。

"砰"一声枪响！

八位运动员飞驰而出，梁水反应极快，一瞬领跑在前。全场沸腾！苏起心脏狂跳，要从喉咙里冲出。她一把抓住路子灏的手，盯着跑道上那矫健舒展而又奋力拼搏的身影，她心揪成了一个点——

他风一般冲过终点，第一名！

计时牌显示："10 秒 91。"

"啊！！！"路子灏和苏起同时尖叫着蹦起来，抓着彼此疯狂摇晃，抱在一起乱蹦乱跳。

回头再看梁水，冲过终点的少年减了速，忽地一转弯，加速朝看台这边冲来。他一跃而起，从广告牌上高高飞过去，蹲守的记者媒体慌忙躲避，镁光灯频闪。

他跳过广告牌，冲到看台栏杆边，撑着栏杆一跃跳来，带着浑身的热气和疯狂跳动的心脏扑到苏起面前，捧住她的脸就深深吻了下去。

苏起一瞬间就闭上了眼睛。

……

主办方举办了晚宴，苏起想着席间有全国各地的教练、运动员和记者，便没跟去，和路子灏在附近吃了顿火锅。

路子灏问："水子是十二月报名吧？"

苏起捞着毛肚："嗯。"

"蛮好的，很快就明年了。"

"我还得帮他补一下文化课，感觉没问题，但补一补更保险。"

路子灏道："得了吧，他现在的成绩，一级运动员了。铁板钉钉。分数二百五都没问题。"

苏起："你才二百五！"

两人一边吃火锅，一边回复消息——林声和远在美国的李枫然都看了比赛直播，在群里跟梁水道贺。

花之露娜 lulu："水砸在宴会呢，我跟路造在吃火锅。（开心）"

路造："超级好吃。真想拍照给你们看，但手机 QQ 不能发照片。"

绿竹悠然："一想都好吃。哎，上海菜我受不了了。（不开心）"

Flowerdance："想吃火锅了。"

花之露娜 lulu："你那里凌晨吧？"

Flowerdance："天亮了。"

苏七七你欠我的一块钱什么时候还："去睡觉吧，下次别熬夜了。"

花之露娜 lulu："你怎么在玩手机？（问号）"

苏七七你欠我的一块钱什么时候还："（鬼脸）"

Flowerdance："睡觉去了。"

花之露娜 lulu："安。（可爱）"

绿竹悠然："安。（可爱）"

吃完火锅，路子灏回学校了。

苏起回到酒店，一身的火锅味，她洗了头洗了澡，擦干后懒得穿厚厚的浴袍，干脆光溜溜钻进被窝。

大床蓬松柔软，她舒服地滚一圈，摆了个大字，在被子里伸展划拉手脚，肌肤摩擦被单的触觉很惬意，她又滚一圈，趴着摆了个大字，在床上瞎蹭蹭。她嗅一嗅，满床都是水砸身上的气息，蓬勃的，带着少年的荷尔蒙味道。

她想起他吻的气息，他身体炙热的温度，她忍不住又打了个滚，滚到枕边，见床头放着个绿色的小牌子。上头写着：

“保护地球，节约用水。如您无须换洗床单，请打钩。”

某人拿铅笔画了个潇洒的钩钩。

苏起看着那钩钩，心情愉悦，横想竖想都觉得水砸好，又是一滚，窝在满是他气息的被子里瞎蹭。

她也不知是什么时候迷迷糊糊睡去的，梁水似乎很晚才回来，她隐约听到房门嘀一声轻轻推开，他很轻缓地关上门，蹑手蹑脚走到床边。黑暗中，他凑到她唇边吻了她一下。随后人离开，浴室里传来很小的水声。

又不知过了多久，他掀开被子上床，从背后搂住了她。她蜷在一角，睡得迷迷瞪瞪，身板被他翻过去，他人就覆了上来。

苏起只觉得热得厉害，被他吻得半梦半醒，蹭得渐渐难耐起来，她抱住他，有些焦灼地嘤咛着，想彻底接纳，但他依是没有突破底线，只是闷哼一声，低下头贴在她耳边沉沉喘气。

苏起缠住他，忽然说：“水砸，我过生日的时候，你来看我呗。”她咬咬嘴唇，说悄悄话：“过生日就成年了。”

梁水面颊潮红，眼眸清润，忽地扑哧低笑了声，说：“好。”

她满足地往他怀里拱了拱。

他搂着她，道：“我明天上午就回去了。”

“哼。”她不高兴地皱眉，踢了他一脚，要翻转身子拿背对着他，架不住他力气大，掰过去又是一通亲吻。

两人缠闹到夜里不知几点才睡，第二天一早醒来，苏起脸红到了耳朵根。

当天上午，梁水飞回了省城，苏起回了学校。

不到一星期，苏起就找了两份家教，教两个高三学生的数学和英语，一周四节课，一节课五十块钱。一个月下来能挣八百。

她计划好了，第一个月给水砸买双鞋，第三个月给他买个 MP3。想到这儿，苏起猜测，水砸下次来可能就会给她买 MP3 了，估计又是一对情侣款。那她给他买 MP4 好了。

唉，谁知道随身听的更新换代会如此之快？曾经的 walkman 和 CD 机早被市场淘汰。才短短几年，现在连磁带都见不着了。估计光盘退出历史舞台也是迟早的事。毕竟，现在 U 盘和移动硬盘成了大趋势。

旧时代的印记，如同秋风扫落叶啊。

几阵秋风一吹，黄叶漫天翻飞。

十一月末，李枫然来北京了。他过来参加一场明星会演。他在维也纳的亮相很成功，加之是何堪庭的弟子，国内媒体对他报到诸多。

这次演出，海报上“李枫然”名字的前缀加上了“国际新生代钢琴家”的称号。

演出开始前，苏起和路子灏跑去后台看李枫然，推门进休息室一看，李枫然立在窗边，正在扣西装扣子。

“风风！”

目光对上，他温和一笑：“七七。”

三个多月不见，他似乎成熟了些，人也更沉静了。

路子灏很激动，过去和他拥抱，拍了拍他的肩。

李枫然松开了他，朝苏起张开手臂；苏起大方上去抱抱他，说：“加油！”

李枫然微笑，微不可察地拿下巴靠了靠她的头发。

路子灏笑：“加什么油？李凡见过大场面的，今天这种表演小菜一碟。”

李枫然低头，慢条斯理地整理好领口，两只袖子还没好，松散着。

苏起自然地走上去，拉他的手臂，把袖子扯过来给他扣扣子：“你都出名了怎么没有助理啊？那只手！”李枫然乖乖把另一只手递给她，“真是，我看明星穿衣服都是别人帮忙的。”

李枫然不说话，默默看着她念叨。几个月不见，她似褪去了高中时的婴儿肥，人出落得越发清丽了。

没来得及多看几眼，工作人员进来说要开场了，她正巧扣好了，拉开了和他的距离。

……

今晚的明星演奏会会聚了国内顶尖的七位钢琴家，李枫然是年纪最轻的，也是唯一一个未成年的。

苏起虽也喜欢钢琴，但听着其他钢琴家的古典曲目，怎么都觉得有些冗长，直到李枫然出场，她才来了兴致。

舞台上的他一身西装，身姿挺拔，依然是那沉默冷静的模样，并不像其他钢琴家那样爱笑，只是认真鞠一躬，起身时似乎看了眼苏起的方向，然后坐到三角钢琴边开始演奏。

苏起和路子灏听得津津有味，待他这部分的五首钢琴曲联奏完毕，他起身鞠躬致谢，苏起和全场一起拍着双手，说：“你觉不觉得，他比在上海的时候更厉害了？”

路子灏：“废话，那都几年前的事了。要没长进，他还是李凡吗？”

演奏会结束后，苏起和路子灏跑去李枫然酒店房间玩，他房间有粉丝送的奶油蛋糕，苏起得到准许，毫不客气给自己舀了一大块。

路子灏道：“你晚饭吃了那么多，居然还能吃。”

苏起：“我在长身体好不好？”

路子灏：“你都多大了还长身体？”

苏起：“要你管！又不是你的蛋糕。”

李枫然坐一旁看着他俩斗嘴。

路子灏看她吃得开心，忍不住也舀了一块。

苏起：“你别吃啊。”

路子灏：“你管我，又不是你的。”

路子灏吃到半路，看一眼浴室方向，这家酒店的浴室是实墙房间：“李凡，我借你地方洗个澡。”如今北方气候寒冷，去澡堂子回来路上头发能结冰。

苏起："那你快点，我也要洗。刚好这儿有吹风机。"

苏起吃完蛋糕，等路子灏出来，跑进浴室洗了澡。她吹干头发，穿上原来的衣服，忙活大半个小时出来，路子灏不见了，只有李枫然一人坐在书桌前看琴谱。

苏起扒拉着半干的头发，奇怪："路造呢？"

李枫然说："他室友没带钥匙，他先回去了。"

"他怎么这样啊，都不等我一下。"

李枫然不作声，好几秒后，说："你再待会儿吧，时间还早。"又加一句，"蛋糕也没吃完。"

苏起一屁股坐在单人沙发上，揪眉毛："我吃不动了。"

李枫然把蛋糕拉过来，吃了一口，扭头看她，她盘腿坐在沙发上，头发刚吹过，蓬松蓬松的，衬得一张脸越发小巧。她微抬着下巴，有些怔松地望着虚空发呆。

偌大的房间内静悄悄的。

李枫然问："想什么呢？"

苏起脑袋一扭，望着他："嘻嘻，其实我什么都没想，哈哈。"

李枫然没忍住笑，说："那行吧。"

她盘了下腿，好奇："对了风风，你之前说想学作曲的，在学吗？"

"在学。"

苏起："好玩吗？"不等他答，"喜欢吗？"

他迎着她清澈纯粹的眼神，一笑："喜欢。"

"真好。"苏起说，"哦，你听说过许嵩没？"

李枫然摇头。

"他是一个大学生，自学作曲，写了几首歌都很好听。现在知道他的人很少，但我觉得他以后会火的。他有首歌叫《你若成风》。"苏起说着往沙发里一靠，跷着脚趾哼唱起来：

你若化成风

我幻化成雨

守护你身边

一笑为红颜……

她唱着唱着，横向歪倒在沙发上，两只脚跷上一边扶手，脑袋搭在另一边扶手，蓬松半湿的头发从他手背上擦过，痒痒的。

他好一会儿才回过神，说：“我学的不是这种作曲。”

“啊？”她仰起脑袋。

他好笑：“钢琴曲。”

“……”她冲他竖了个大拇指，又开始哼，“老夫子戴着假发……”

李枫然问：“水子比赛的时候，你在现场吧？”

“对呀。”苏起回头，“路造也在，哎，你们时间真不巧，不然可以碰上一起聚。”

他说：“你们还好吗？”

“蛮好的。”苏起脚搭在椅子另一头的扶手上晃荡。

“那就好。”他垂眸看着她的长发，手指动了动，轻碰了下她的发丝。

才碰上，苏起忽地坐起身，随手拿过一本琴谱，看了会儿，无意识地翘起手指，试着弹了下右手。

李枫然看着她的手指在桌面上跳跃，却仿佛听到了她弹出的音符，只是才弹了四小节，她就停了手，说：“哇，好难。新年晚会我还是跳舞吧，钢琴是不行了。”

李枫然就想起了三年前，他在教室窗外看见她跳的舞。

苏起已放下琴谱，扭头四处看，从沙发上跳下，走到他箱子边，拿出一样东西，诧异道：“你还留着啊？”

那是她的万花筒。

“我还以为你早就弄丢了呢。”

李枫然说：“为什么觉得我会弄丢？”

“都好多年了啊。又不是什么值钱的东西。”苏起眯起一只眼，转动万花筒瞧了起来，筒内色彩斑斓，千变万化。她笑起来，仍和童年第一次见到时般欢喜，“你经常拿出来看吗？”

“嗯。”他说，“你记不记得小时候说，你仙国的玻璃窗就是这样的。”

苏起扑哧笑，把万花筒放回他箱子里，道：“记得啊，我现在也还是仙女。”她说出这话，自己都不好意思，哈哈笑起来。

李枫然也弯了唇角。

时间已然不早，苏起要回校了。李枫然送她到楼下，叫了辆出租车，不由分说塞给司机一百块钱，又记了车牌号，说：“到了给我发短信。”

“好。”

他站在北风萧瑟的街头，看着出租车尾灯远去，折返回酒店。

开门进屋，房间空落落的，残留的蛋糕和果汁还在桌上。不久前温馨放松的处所变得清冷寂静。

他关上门，房间里铺着厚厚的地毯，很安静，连自己走路的声音都听得到。

他将那只万花筒拿起，坐在她坐过的单人沙发里，万花筒表面有些褪色了，他眯起一只眼看，筒内色彩斑斓，像她的人一样。

他独自玩了会儿万花筒，起身去洗了澡，合被躺下，直到手机嘀嘀一响，苏起的短信过来：“风风，我到啦。你早点休息。（笑脸）”

他回了一个字：“好。”

关了床头灯。

世界陷入黑暗。

第二天，李枫然回了美国。

苏起迎来了期中考试周，她暂停了社团活动，全力复习考试。和梁水的通话时间也缩短了一半，倒是自习中时不时给他发短信。

满校的树叶都掉光了。北方常青树少，一到冬天，树干便光秃秃的。

那天晚上，苏起考完一门专业课，有些疲乏地回到宿舍，掏出手机，发现一条信息都没有。

按照以往，一定会有梁水的未接来电或短信。

她给他打电话，没人接。

苏起以为他忙，发了条短信，但直到她洗漱完毕上床睡觉，也没有回复。

她猜想他是不是手机丢了，还是临时有事。她左思右想，抱着哆啦A梦一觉睡去，第二天醒来，手机依然静悄悄的。

苏起再次发了短信打了电话，仍是石沉大海。

吃完早餐，她坐不住了，决定找程英英要康提的电话。还没拨号呢，一个陌生的号码打进来，是云西的。

苏起立刻接起："喂你好？"

"七七。"是康提的声音，很冷静，却更像是强作镇定，她说，"你现在学业忙吗？能不能回来省城一趟？"

苏起已有不祥的预感："水砸他怎么了？"

康提吸了口气，却终是压不住了，哽咽："他跟腱断了。"

苏起赶到省城人民医院时，已是夜里九点多。康提坐在VIP住院部的走道上，眼睛红肿，形容憔悴。

苏起从没见过她这么颓废的姿态，一路下沉的心跌落谷底。

康提说，梁水身体的先天素质原本就不如别的运动员耐扛，上次撕伤后恢复期耽误太长时间，他为能拿下锦标赛，长期以来训练太狠，身体终于承受不了。

这次是要参加省内比赛，结果在半决赛前出了事。跟腱断裂是职业运动员的头号杀手，虽然手术很成功，但恢复期长达一年，且伤愈后不论如何保养如何努力，都不可能再达到曾经的竞技水平。

作为短跑运动员，他的职业生涯就此终止，算是毁了。

康提说到这儿，遮住眼睛，泪水滑下："教练说，他疼得在地上打滚……人还没到医院，他就清楚跟上次不一样，他就清楚自己跟腱断了，情绪很激动，哭了一路。可手术过了，今早醒来，他就不讲话了……"

苏起擦掉脸上的泪，悄悄推门进了病房。

只有近门廊的一盏柔光灯亮着，房内静悄悄的。

梁水躺在病床上，双眼紧闭，脸色惨白，连嘴唇都是苍白的。

苏起一见他那样子，眼泪又涌了出来，她胡乱抹着，床上的人忽地动了一下，他微睁开眼，并未太清醒，嗓音喑哑："你来了？"

"嗯。"她握住他冰凉的手，微哽，"水砸，你疼吗？"

他没回答，半垂着眼，呼吸很沉。忽然，他如抽筋似的，猛抬了抬下巴，眉心紧促，表情扭曲，嗓子里发出痛苦的闷哼声，右脚在病床上踢腾了一下，似乎想动左脚。可左脚绑着绷带，动不了。

他压抑着，但陡然一阵剧痛叫他整个人抽搐了一下："嗯——"他抠紧她的手，两行清泪从眼角滑落滚进鬓角。

苏起吓坏了，起身要摁铃，门却被推开。护士拿着根针管进来，从吊瓶缓冲管的注射处扎进去，药液顺着吊管进入他血液。

他胸膛剧烈起伏，重重喘息着，平复下去，合上了眼。

苏起问："护士，他怎么了？"

护士道："刚止痛药过了。补一针就好了。"

苏起问："那要是晚上再疼怎么办？"

"这药八个小时才能打一支。万一实在疼得不行，去护士站拿口服药。"护士说，"不过应该没事。昨晚都熬过来了。"

护士出去了。

梁水整个人也静了下去，不知是不是药效的作用。

苏起守了他很久，以为他还会醒，但他没有。她有些撑不下去了，把陪床拉开，轻推到病床边，挨着他睡下。

她侧身握紧他的手，想着晚上他要有动静，她能立刻醒来。但他一夜未动，次日天亮，护士进来换药，苏起醒来，才发现梁水早已经醒了。

他微侧着头望着窗子的方向。

白色窗帘拉着，冬日的阳光变得越发朦胧。

护士换着药，苏起瞥见他左脚踝后血红的伤口。她握紧了他的手，但他没有反应。

等护士走了，苏起拉开窗帘，金色的稀薄的阳光铺满他的病床。他微微眯眼，垂了下眼睫。她的身影被笼在阳光里，有些不真实。

苏起回头看他。

梁水亦静静看着她。

她过来趴在床边："脚还疼吗？"

他极轻地摇了下头。

苏起瞧他片刻，他脸色苍白，始终不说话，人很消沉颓废。她小声："水砸，你在想什么？跟我说说好不好？"

他看着虚空，说："要是多休息一分钟，要是少跑十米，是不是就躲过去了？"

苏起霎时心痛得像四分五裂。

他蹙着眉，闭上眼睛。

"会好起来的。"她轻声，话说出口，却也无力。

病房内陷入沉默。

过了不知多久，他说："水。"

苏起给他倒了杯温水，一手拿着水杯，一手揽着他肩膀，将他搀抱起来。她力气很小，多半是靠他自己，梁水被她手臂环绕着，喝了半杯，一偏头。

苏起把他放躺下去，他落进枕头里，沉沉地喘了一口气，说："苏七七。"

"嗯。"她等着。

安静。

他却什么也没说。闭上的眼睫处竟有些濡湿。

她心如针扎："水砸，不怕啊。我在呢。一直都在。都会过去的。真的。"

他不言语，别过头去又睡了。

到了七点多，护工送来营养早餐，苏起陪他和康提吃完饭。

等中午，他稍微来了点儿精神，坐了起来。苏起跑去楼下买了袋橘子，趴在床边给他剥橘子吃。

一个个黄澄澄的橘子，颜色鲜艳极了，像小太阳一样。

梁水看着她，看阳光洒在她的头发上，笼了一层金色的光晕。她的脸颊白皙而绯红，被光线照射得几乎透明。唯独低垂的睫毛乌黑如鸦羽，细碎的流光在上头跳跃。

竟有一种不太真实的错觉，仿佛再也捞不住了。

他手指动了动，抬起手摸了摸她的头发，头发上还带着阳光的温暖。

她把橘瓣上的丝络剥得干干净净，才递到他唇边。

梁水含进嘴里，橘汁清甜。

“好吃吗？”

“嗯。”

苏起又往他嘴里塞了一瓣。她守着他，喂他吃完半个橘子，还要再喂，他偏了一下头，不吃了。

她便吃剩下的。

梁水目光盯在她脸上，问：“你考完试了？”

“还没呢。”

昨天正好周六，而明天周一上午就有考试了。

梁水说：“我没事。你回去吧，等会儿买不到卧铺票了。”

苏起咬着最后一瓣橘子，涩道：“水砸，你别太难过了。”

话说出来，她都觉得这安慰很干瘪。

该说什么，说人生本就有坎坷意外？一条路走不通，换一条就行？

都是狗屁。哪有那么容易？

若是容易，就不会有“执着”二字，亦不会有“不甘”“不服”了。

“没事。”梁水握了下她的手，说，“会过去的。”

苏起一怔，看着他，就听他接着说，“很多事情，就算你不肯接受，可不管怎样，时间都会从你身上碾过去的。”

一直就是如此。

所谓的痛苦、失望、悔恨、不甘，都熬不过时间的。

……

傍晚，苏起坐火车回了北京。

周三下午考完高数，路子灏来了她学校，为着梁水的事。两人坐在食堂里讨论了半天，也没有结果。

“李凡也说不知道该怎么帮他。他说，如果他的手指出了问题，再也不能弹钢琴，他根本不敢想象。”路子灏很苦闷，拿手撑着头，说，“谁都帮不了的，安慰也没用。只能靠他自己走出来。”

苏起难过道：“一时半会儿怎么走得出来？我现在给他打电话，他都不怎么讲话。真的对他打击很大。老天太不公平了，为什么总是这样对他？”

她眼睛又湿了。

路子灏：“可运动员就是这样啊，绝大多数都让伤病给毁了。你还记不记得欧文？德国世界杯那场比赛？”

苏起记得，英格兰的金童欧文在比赛中十字韧带撕裂，曾经的天才少年像一条狗一样跪着从球场爬了出去。至今再无建树，泯然众人。

“你不是很喜欢内斯塔吗？三次世界杯，三次腹股沟拉伤。世界第一的中后卫，他找谁说理去？”

“我只是……”苏起哽咽，“水砸都还没来得及成名……”

“事情已经发生，现在说什么都没用了。”路子灏更为现实，道，“他现在是高三生，走不了体育特招，高考才是大问题。”

“我想到了，所以我做家教搜集了很多高三复习题。但这都要等以后再说，他要恢复一段时间，现在还不能回学校。”

路子灏觉得棘手，烦闷地抓了抓脑袋。梁水这些年花了太多精力训练，学习时间不足，加上这次受伤的心理打击，只怕更差。

路子灏忽然问：“七七，如果水子……你会跟他分手吗？”

苏起生气道：“怎么可能啊？你瞎想什么呢？！”

“我不怕你这么想，我怕他——”路子灏道，“男的都有自尊心，水子他更是。他很在意输赢的，要不是这样，也走不到今天。可现在——”

苏起怔住了。

那晚回宿舍，她给梁水打了电话。他依然消沉。

她没安慰他，也没提未来，只问他恢复得怎么样。他说出院回家了。

她和他闲聊家常——林家、路家都陆续从南江巷搬走了，苏家也在搬。梁水说他家也要搬的，但因为他的事，康提耽误了，加之换季商场工作忙，康提说一月再搬。

苏起又跟他说起她的考试，她看的电视剧，和往常一样聊了许多生活琐事。梁水话不多，安静听着，偶尔答几句。整个人兴致不高，再不似曾经跟她打趣逗乐的少年。

苏起理解，也不灰心。她不知该去指望什么，只能指望梁水的自愈能力。

她想，或许这次时间会长一点，但他会像以前的每一次一样，慢慢恢复过来的。他一直都是这么过来的啊。她需要做的，只是像往常一样坚定地陪在他身边就好。

冷空气一下，北京再度降温了。

十二月中旬，苏起窝在暖气充足的宿舍，问梁水云西冷不冷。他说很冷，空调都没什么用处，不过年年都这么过的，习惯了。

她跟他说，上思修课帮舍友答"到"被老师揪住了，梁水在那头嗤笑了一声，说："我就说你是个猪。"

苏起听到他久违的笑声，差点儿没蹦起来，立刻道："我们宿舍不是有两个北京人嘛，今天她们俩说她们是'北京双煞'，我说，你们是'北京双傻'吧。"

他又轻笑了。

她兴致勃勃跟他讲了一堆她和室友们的搞笑事件，逗得他话也多了些。那天竟难得地聊了快一个小时。

放下电话前，梁水忽地低声说："你元旦节要不要来看我？"

苏起立即答："好呀。我早就这么打算了，准备给你惊喜呢。"

他淡笑了一下。

她抠了抠桌子，又轻轻道："水砸，要是我现在天天在你身边就好了。"

他没作声，过了好一会儿，说："你好好上课。"

那晚睡前，苏起沉抑了半个月的心终于放松了一丝，犹如在黑夜中行走终于见到了曙光。

会好的，一切都会好的。她对自己说。

可万万想不到的是，所谓福不双至祸不单行的老话竟会发生在她身边，不过两天，灾祸再度降临。

那天北京发布了寒潮预警，气温直降到零下十摄氏度。夜里苏起上完自习，回宿舍的路上，忽地接到程英英的电话，说梁水家出事了。

冬夜冷风呼啸，苏起心猛的一沉，想不出还能出什么事。程英英说，康提的商场有人恶意纵火，整栋商场超市连货带楼全烧了不说，还死了三名员工。

纵火的被抓了，康提也被警察拘留，要负刑事责任。说是商场存在消防隐患，现下出了人命，她是怎么也逃不了牢狱之灾的。

苏起立在寒风中，浑身冰凉，又惧又怕，急道："那水砸呢？水砸他人呢？！"

程英英也焦急："说是去公安局见了他妈妈一面，后来就不见了。我跟你爸去南江巷找了，不在。他现在脚没好，走路要拄拐杖，也不知这孩子一个人跑哪儿去了。"

"妈妈你们要帮他呀。"苏起差点儿哭出来，"他伤还没好，现在就他一个人了。"

"都在找！你林叔叔、李叔叔、燕子阿姨都在找。我们不会不管他的！"

苏起和她讲完，立刻拨通梁水的号码。她抱着一摞书站在冬夜里，冻得瑟瑟发抖，牙齿打战，手指也仿佛不是自己的了。

"嘟——嘟——"

他不接电话。

"嘟——嘟——"

握着手机的手直哆嗦，又冷又疼，她在寒风中狠狠跺了一脚，手指冻得不行了，想换只手拿手机，一不小心怀中抱着的一摞书哗啦啦掉地上，狂风吹着书页翻飞。

她半跪下去，手忙脚乱地捡书，一手还抓着手机，紧紧贴在耳边。

“嘟——嘟——”

她忽地就急哭了起来：“你接电话呀！”

她抱着书蹲在地上，咬着牙关尚未哭出声，电话突然接起。苏起一怔，那边却很安静，没人说话。

苏起急道：“水砸？”

他说：“七七。”

一听他声音，她眼泪哗地涌出，赶紧抹掉了，努力寻常道：“你在哪儿啊？我妈妈去找你没找到，你脚还没好呢，不要乱跑。你去我家住好不好？南江巷现在一个人都没了。我明天晚上——”

“你别来。”他突然打断她，声音很平静，平静得叫她一瞬间止了眼泪，心底莫名升起一丝不安的恐惧。

话筒里很安静，只有她这头呼呼的风声，吹得她心头发凉。

梁水很平静地说：“七七，你好好上课。这边的事情，不是一天两天能解决的。你来了也不起作用。”

“可是我想陪——”

“你别来！”他再度打断她，静了一秒，声音微颤，竟有丝乞求，“真的。”

他嗓音很低：“别来。我能处理。”

苏起忽地就想起了路子灏说的自尊心。她抱着书蹲在寒夜里，浑身发抖，她张了张口，眼泪无声滑落，轻声：“那你有什么事，或者想说什么，你要跟我讲好不好？”

他长久地没作声。

苏起埋头，将眼泪擦在冰凉的衣袖上。她没发出一点点哭声。

那头沉默了许久，说：“好。”

苏起还要问什么，他忽然问：“你在外边？”

“嗯。”

“早点回去吧，天冷。”他说，“我也要睡了。”

“好。”

苏起跟程英英说梁水回南江巷了，让她明天去找他。

回到宿舍，又接到伙伴们的电话，大家都听说了，都很震惊。然而这事对父母来说都是无法解决的灾难，更何况这群毛头孩子。

他们束手无策，想不出任何解决方案，而苏起一想到梁水此刻的境地，便泪流满面。

路子灏只能安慰她说，父母们一定会尽量照顾梁水的。可康提面临的灾难，超出了所有人的控制范围。

苏起洗漱完上床，钻进被子，仍觉得浑身冰冷。寝室熄了灯，静音的手机忽然亮了。

她抓过来，见是梁水的短信，飞速解了锁，屏幕只有六个字：“你别哭。我没事。”

苏起飞快地给他回复：“水砸，你还有我。我在的。一直在的！”

发送成功。

她盯着手机屏幕等，可那头没有回应了。

屏幕熄灭，她又摁亮，借着手机的光，看着手机链上的大头贴，照片里，那个少年笑容散漫不羁。

短信终于来了，仍是六个字：“早点睡觉。晚安。”

她巴巴地回复：“你也好好休息，晚安。”

“嗯。”他仍是留着给她发消息由他来结尾的习惯。

苏起没再继续发，这下，也彻底没回应了。

第二天中午，苏起接到程英英电话，说找到梁水了。但梁水不肯去他们任何一家住，就要住自己家。

“可他一个人——”

“声声的爸爸住去他家了。”程英英说，“他会照顾他的。你林叔叔从水子上小学就陪他晨跑，跑了六七年。有他在，水子没事的。再说他小姨也赶回来了。都放心吧。你们一个个的，你打电话哭，声声跟她妈妈打电话也哭。唉……都好好上学吧，我们在云西，不会不管他的。”

苏起稍微放了半点心，离元旦假期只有十多天了，她早早买好了往返云西的火车票。

这些日子，梁水很少跟她联系了。苏起知道他托着各种关系在忙康提的事，而她也面对着繁重的课业和家教工作。

到了这一刻，她才体会到异地恋的苦涩——太苦，太远，也太无能为力了。别说拥抱安慰，连沉默陪伴都做不到。她只能每天给他发几条短信，等着元旦回去见他。

假期前一晚，苏起坐上回云西的火车，三十日上午到家。

苏勉勤去火车站接她，她一心只想奔南江巷，苏勉勤道："水子去看守所见他妈妈了。你现在去也没人。"

苏起问："提提阿姨会怎么样啊？"

苏勉勤面色凝重："会坐牢。案子明年审，就是不知道刑期多久。短点儿还好，要是判长了……"

"那放火的那个呢？"

"肯定死刑不用问了。"

"他为什么放火啊？"

"不知道。有说是竞争对手买的人。唉，谁知道呢？你康提阿姨这几年生意做得太大了。"

苏起不作声了。

她靠在出租车窗边朝外望，离开半年，云西似乎没什么变化，仍是小小的，旧旧的。或许因为是冬季，看上去格外萧条。

路经云西商业主干道，苏起见康提的商场超市那么大一栋建筑全烧毁了，黑黢黢的，布满窗洞，分外骇人。

往新区而去，经过别墅区，苏起望了眼，苏勉勤说："你康提阿姨的新房子在里头，被封了。"

苏起道："为什么？一码归一码，为什么要封掉房子？"

苏勉勤道："云西这小地方，你找谁说理去？"

说话间，车绕到别墅区临街的独栋民宅聚集区，拐进一条巷子，到一栋三层小洋楼前头停下。

苏落从漆红的大门里探出头来，叫："姐姐！"

他热情地跑出来给她拎书包，半年不见，小少年长高了不少。

苏起下车望了一眼那漂亮的白色小楼，这便是她的新家了。

进了大门，要换鞋子，家里贴着漂亮的地砖，客厅又大又阔气。上到三层，她的房里铺着木地板，墙壁涂成粉红色，有专门的梳妆台、书柜、大床，还有一排漂亮的新衣柜。不用再拉一道帘子跟苏落挤不到十平方米的破房间了。

她小时候的书本和破烂玩意儿装在纸箱里，堆在衣柜旁，无人问津。小红云的红裙子在里头格外扎眼。

云西的冬天湿冷湿冷的，加之新屋太大，倍显空旷冷清。

她对这房间陌生得很，看一眼便下楼去。还没到一楼，忽听楼下客厅有人讲话，沈卉兰不知什么时候来了。

大人们说话声音很低，

程英英说："云西就这么巴掌大点儿地方，谁不认识康提，谁不认识水子？我看啊，他还是走了好。"

沈卉兰道："康提干了这么些年，是有不少钱的。她那天把水子叫去，偷偷跟他说了卡都在哪里，让他回省城好好读书，养伤，别再回云西了。"

程英英道："当妈的都会这么想。自己是没指望了，谁不想多给孩子留点儿东西。再说水子现在这样子，康复治疗得花多少钱啊。可他——"

"他就是不走啊。"沈卉兰叹息，"林家民说，他拄着拐杖，一家家的去找那三个员工的家属，说给他们赔钱，一家赔一百万，求他们跟法官求情，表示谅解，原谅康提。那孩子——"沈卉兰哽了一下，嗓音细了，"林家民说他一个个地给他们下跪磕头，求他们原谅，说他妈妈真的一直有在交代消防问题，但下属失职，也算是她错了。只求原谅。"

苏起抠着楼梯扶手，心如锥刺，又痛又苦，竟苦得生生反胃起来。

程英英也抹了眼泪："你说这都什么事啊！"

"牢房哪是人待的地方，他就想给他妈妈减刑，跟林家民说要买……"

沈卉兰声音低下去，后面的话听不清了。

苏起寒从脚生，一下子跌坐在楼梯台阶上，埋头紧紧抱住了自己。

南江日常

元旦节刚过。

教练："你怎么没来继续治疗了？康复训练也不见你人？"

梁水："没时间。"

教练："没时间还是没钱？"

梁水："你别管我了行吗？"

教练："我是你教练能不管你？"

梁水："我已经不是运动员了。"

教练："不管你是不是，这伤也得治好，你年纪这么轻，留着伤以后怎么办？啊？"

梁水："我现在真的很忙，没时间……"

教练："我已经给你申请治疗经费了。一百万呢。你不来，上头还以为我贪了。明天必须过来，不来我去云西揪你！"

Chapter 24

纵然此时候情如火

长江大堤上狂风呼啸，堤坝两旁树木凋敝，枯草萧萧。正值深冬，长江水位下降，竟一眼看不到江面，天地间一片寂寥。

苏起走下坡，半年不来，这坡却比记忆中的短小了许多。绕过两三道拐弯，走进南江巷，竟是满目荒凉——巷子里几户人家全搬走了。空房子上着锁，合着窗，门板漆裂，墙壁斑驳，玻璃蒙尘，吊着几片残破的蛛丝网。

葡萄架无人打理，架子摇摇欲坠，葡萄藤干枯如绳索；栀子花树也掉光了叶子，枝干狰狞。

巷子里空无一人，只剩北风在头顶呼号。

梁水家的门和墙也斑驳了，窗子倒比其他家干净些。苏起插着兜站在门口等他。冰寒湿气往衣服里钻，她冷得不行了，来回跺脚，蹲下来将自己抱成一团。

等了不知多久，巷子口忽然传来一深一浅的脚步声。苏起回头。梁水拄着拐杖刚好绕过拐角，撞见她蹲在门口，顿住了。

他一身黑色呢子外套，衬得那张脸有些清冷，头发长了很多，有丝说不清的落拓。他目光锁着她，脸上一时竟分辨不出任何情绪。

苏起起身朝他飞跑过去，怕把他撞到，跑到他跟前顿了一下，仰望他，不过半秒，一步上前搂住他："水砸……"

他身子轻晃了一下，低头看她，她脸色苍白，鼻尖冻得通红，不知在外头等了多久。

他握了下她的拳头，跟冰块一样，说："来之前也不问一下，在外头瞎等。"

"我怕你忙。再说，我又不怕冷。"

她松开他，看他的脚，纱布早拆了，但左脚还不能落地。她扶着他一瘸一拐往家走，问："什么时候可以不用拐杖啊？"

"二十多天吧。"

进了屋，她将他扶上楼，在沙发上坐下。

她把书包卸下放一旁，问："你今天去看你妈妈了？"

"嗯。"

"她还好吗？"

"还行。"

苏起抿了下唇，说："提提阿姨很坚强的。你不要太担心。"

他说："我知道。"

一时无话。

两人在沉默中坐了会儿，苏起忽地扑去他身前搂住他，将脑袋埋在他脖子里，说："水砸，这段时间……你受苦了。"

梁水不言，深吸了一口气。

她摁下心酸，道："都会过去的。"

他微搂住她的腰，低头拿下巴轻轻靠了靠她的鬓角，却说："看见你我很开心。"

苏起仰头，梁水嘴唇碰了下她的眼睛，脸颊贴住她的额头，似在寻求温暖。少年琥珀色的眼瞳中水光一闪，稍纵即逝，是一闪而过的绝望，仿佛终将要失去。

她没看见，将他搂得更紧，以为能将自己的力量传递给他。

她仍闭眼埋在他颈窝间："林叔叔呢？他不是在照顾你吗？"

"声声外婆过寿，他明晚才回来。"

"你小姨也不在？"

"她回省城办点事。"

苏起说："明天跨年了你知道吗？我给你买了礼物，现在在邮寄的路上。"

"什么东西？"

"鞋子。你穿着肯定好看。"

"嗯。"他又不说话了。

窗外已露暮色，苏起问："你晚上想吃什么，我给你做饭啊。"

梁水说："林叔叔早上做了饭菜，在电饭煲里。"

苏起下楼一看，电饭煲保着温，里头蒸了米饭和两小碗菜，青椒炒肉丝，炝炒圆白菜。

苏起端上去，和他一起吃了晚饭，又收了碗筷下楼。

梁水说："你别碰。放水池里，我明天早上洗。"

苏起没听他的，麻利地把碗筷洗干净了。

再上楼，还没走到门边，就听梁水在跟谁讲话，语气很冷："我没我小姨那么好说话。你不是很厉害的律师吗？我话早就说前头了，我妈妈坐牢时间越短，你能拿的钱越多。"

苏起屏气听着，隐隐约约听见他听筒里对方的声音："……找人了……但你要适可而止……他们……给钱……别威胁……上头的……把他们扯进来……对谁都不好……"

梁水说："我有分寸。这不是威胁，只是提醒。要是我妈妈判得太狠，那就来个鱼死网破。"他冷笑一声，"到现在这样了，我怕谁？"

苏起打了个寒噤，轻缓地后退下楼，感觉他们通话差不多了，才砰砰砰踩响楼梯往上跑。

推门进去，梁水早已放下电话，平静的脸上还残留着一丝冷厉。

苏起耸耸肩膀，说：“我还是把碗洗了。”

他看了她一眼，脸色缓和了一点，仍是僵硬，说：“天要黑了。你早点回去吧。”

她愣了一下，说：“我在这儿陪你吧。”

他默然片刻，别过头去，看着别处，说：“住我这儿不好。你妈妈会说的。”

苏起低头许久，起身拎书包，说：“那我明天来看你。”

梁水没答话，苏起莫名心慌，竟怕他拒绝，赶紧提着书包要走，他却盯着她的书包，问：“里面装的什么？”

书包里塞得满满的，看上去很沉。

“哦。我在给高三的学生做家教，印了很多错题集和资料。”她拿出厚厚一摞复印件来。

梁水盯着那摞纸张看，神色难辨。

苏起忙说：“也不用现在，留着以后……”

“你拿这些来干什么？”他突然打断她，抬眸看她，眼神直而锐。

她被他眼神刺到，莫名地害怕，低声：“我怕你万一用得上——”

“哗——”的一声，他将那摞资料一掀，习题集哗啦啦甩出去，散落茶几地板上，订书针撕破了书页。

苏起吓了一跳，惊骇地看向他。

窗外寒风呼啸，刮得门窗扇叶撞击窗棂，砰砰直响。

屋内寂静无声。

梁水脸色冷硬，靠进沙发靠背，忽地冲她笑了一下，竟又是那散漫松垮的模样了，他说：“有件事没来得及告诉你。我不打算读书了，等我妈的案子审完，我就去深圳打工。反正，都是迟早的事。”

苏起错愕：“水砸，你——”

“怎么？”梁水问，“觉得我离你会越来越远？没办法。我们走的路不一样。”

“你可以读书啊！”

“读什么？你知道我上次考试多少分吗，你就让我读书？”他讽刺一笑，“哦不对，我上次考试已经是一年前的事了。我这半年就没摸过书。”

苏起立在原地，面容苍白。

他说：“我想起来了，你好像一直比较喜欢成绩好的男生，欧阳李、吴非、路子灏。我要不是趁高考放松后的暑假来找你，你也不一定会喜欢我，和我在一起吧？”

她霎时红了眼眶：“我知道你心里难过，你发泄吧，你想找事吵架那就吵，但把路造扯进来你是不是有病？”

他望着她微红的眼睛，忽地不作声了。

北风穿堂，这冬夜冷得钻心刺骨。

日光灯照得彼此的脸都白得虚幻了。

他凝望着她，眼中水光一闪而过，低声说：“我觉得他挺好的。”

“清华，”他说，“茱莉亚，北航，你们都好。都好。”

“水砸你别这样！”她失声尖叫，道，“说这些话你自己不难受吗？没事的，水砸，真的，你坚持一下，一定会好起来的——”

他突然将脑袋扎下去，用力而缓慢地摇了摇。他手撑在茶几沿上，狠狠抓着，抓得手背上青筋暴起。少年低垂的头颅只是摇着。

终于，他抬起头，眼眶红透了：“七七，我已经坚持很久、很久了。我身体素质比人差，我就靠努力、靠加练、靠拼命来补，结果呢？……我这人没别的长处，就一点——知道自己几斤几两。”他张了张口，刚才冷硬不屑的面具撕开，只剩血淋淋的绝望，他抓起一份资料，抖了一下，“这些东西，你给我学十年，我也不可能上清华，上北航。”他扔下资料，拍了拍他的左腿，“靠它也不行了。没用了。废了！”

他突然起身将拐杖砸在地上！

苏起心如刀剜，颤声道：“就算读书不好那又怎么样？人又不是只能读书，我也还是会——”

“我现在什么都做不好了。”他迷茫、痛苦、失望、决然道，“我不想等到那天。越走越远，你一看到我，就是累，就是负担。”

“不会的。你别这么想！”她急得要哭了，“你为什么要在意这些？”

“因为我没有！”他猛然道，他深吸着气，想要控制住情绪，却是徒劳，“如果你说我丑，我不会在意，我知道自己什么样；但如果你说我没本事，我只能忍着咽下去，因为我就是个废物！”

“我还是让我妈妈失望了。”他说完，忽然笑了下，笑得眼中泪光闪烁，荒谬至极，“果然啊，我果然是他的儿子！”

仿佛命中注定，逃也逃不掉的宿命。

那一句话如重锤砸在苏起头顶，她怔在原地，一股深深的无力和绝望将她席卷，一如此刻蔓延的寒气。她的心冷得透不过气来了。

窗外，北风似鬼般哭号着，仿佛下一刻要将这阁楼的屋顶掀翻。

油毡布起落着，门框窗棂猛撞着，阁楼摇摇欲坠，正如此刻两个要碎裂在冬夜里的少年。

她望着他。

他亦凝视着她。

那熟悉的脸庞在虚白的夜灯下竟已不真实了。

“七七，”梁水开口，“我最最害怕的，就是跟不上你了，拖你的后腿，就像——”他眼圈红了，湿了，终于将他心底最深的羞惭和耻辱挖了出来，“像我爸爸一样。他当年走的时候，可以头也不回，但我不行。如果我也那样像个废物一样失去你，我宁愿死。”

她明白了。

她什么也不说，只是走到他身边，抓住了他的手。她低着头，就那么站着，执拗地抓着他的手。

他指尖触动了一下，却没有回握住她。

窗外，夜色更浓了。仿佛只是一瞬间，天就彻底黑了。

终于，她乖乖地点了点头：“嗯。我知道了。我会调整的。没事，过几天我就好了。你不用担心。”又说，“你也要好好的。先把伤养好，知道吗？至于以后，不管你做什么，我都相信你能做得很好。真的。我也还是会一直支持你的。你要是难过想找人说话，也要找我。”

话说完，也不看他，她匆匆抓起书包逃了出去。开门的一瞬，北风涌进来，吹得千纸鹤帘和满地的纸张翻飞。

梁水的手指条件反射地要抓什么，人本能地想追过去拉住她，但他没有。

下一秒，门砰地关上，她的脚步声仓皇而凌乱地下楼，穿过客厅，飞速踏在巷子里，远去。

终于，没了一丝声音。

只剩那停不下来的寒冷江风，在窗外呜咽悲鸣。

梁水站在原地，久久不动，直到右脚麻木了，正要坐下，忽地瞥见门缝里卡着三四条千纸鹤门帘。

她刚才关门太匆忙，不小心夹到了。

他扶着沙发跳过去，打开门，冷风吹得他眯起了眼。千纸鹤门帘肆意翻飞。有几只断了脖子从绳上掉落，吹在地上滚了一遭。

梁水一瘸一拐挪过去，捡起，那是只粉色的纸鹤，翅膀被撕断了，裂开了口子，看着很可怜。

他不舍得把它扔掉，跪在地上翻箱倒柜找出透明胶带，想把它粘起来，却见里头似有笔迹。

他将那只断了翅的纸鹤小心拆开，就见破败的正方形纸上写着一行字：

“水砸，我喜欢你。（笑脸）”

圆珠笔的字迹早就晕开了，像是穿越了漫长的时光长河，才终于飞落他面前。

梁水怔怔地盯着那一行字，心忽然像被利刃穿过。

风吹日晒，三年又四个月过去了。

他盯着那张纸看了足足十秒，忽然手脚并用冲到门边，一把将那门帘全扯了下来。钉子木屑涂料灰尘扑扑坠落。

寒冷冬夜，北风呼啸。

穿堂风如洪水般倒流直灌，他冷得直打哆嗦，他手忙脚乱心急火燎却小心翼翼地拆开一只千纸鹤，就见又是相同的一句话：

“水砸，我喜欢你。（笑脸）”

一滴眼泪滑了下来。

少年的唇角委屈地瘪了下去。

寒风将他的手指冻得通红，他浑身上下都在发抖，他将那张纸揣进口袋，疯了般继续拆着剩余的千纸鹤——它们的线断了，颜色褪了，翅膀折了，脖子拧了，一只只死在了这寒冷的冬夜里。

泪水源源不断滚落，他再也压抑不住，闷声哭了起来。

他不肯停下，抹着眼泪，一只只地拆：“水砸，我喜欢你。（笑脸）”

北风刮过巷子，呜呜干号，仿佛人哭，仿佛鬼叫。

“水砸，我喜欢你。（笑脸）”

风吹得纸鹤满地卷，他狼狈地跪地去捞，已是哭得肩膀直颤，浑身直抖。

视线早已模糊，一切都浸在水光里看不清了。

五百只纸鹤，五百句——“水砸，我喜欢你。（笑脸）”

五百只千纸鹤神形俱灭，他心里苦得要渗出血，痛得像千万根利箭穿过。

“我要不是趁着高考放松后的暑假来找你，你也不一定会喜欢我，和我在一起吧？”

“没事。过几天我就会好了。”

他抓着那堆花花绿绿的纸，将头埋在双臂里，失声痛哭起来。

只是，夜深巷空，无人得闻了。

跨年夜，宿舍里黑灯瞎火，静悄悄的。

苏起侧身缩在被子里，脑袋埋在哆啦A梦的脚边。

宿舍门推开，灯突然打开，刚参加完院系新年晚会的室友们回来了，带着喜悦的节日气氛——

王晨晨：“太好玩了。没想到我们系的男生都那么搞笑。”

薛小竹："2 班男生跳的兔子舞笑死我了。"

方菲："苏起班那个江喆居然会拉小提琴，哎，会乐器的男生忒帅。"

薛小竹："对吧，我也觉得他很有魅力。他今天还问我苏起怎么没来。"

王晨晨："哎，苏起那么会跳舞，今天没能表演真可惜了。"

"可惜什么呀，人家正跟男朋友甜甜蜜蜜呢——"方菲一扭头，惊了一道，压低声音，"苏起回来了？睡着了吗？"

床上的人没有任何反应。

王晨晨也小声："睡着了吧？"说着关了这边的一盏灯。

薛小竹纳闷："她不是回去跟男朋友跨年的吗？"

"不知道啊。"

"嘘。"

她们以为她睡着了，都不讲话了。

苏起闭眼躺在床上，不知多久，楼外有男生扯着嗓子，叫了起来："10——9——8——"

要跨年了。

更多的学生一起笑着喊："3——2——1——新年快乐！"

"2008 年！你好啊！"

奥运年终于来了。

但苏起很清楚，南江巷的七年之约不会实现了。

室友们熬过零点才睡，疲乏了，睡得格外沉。

薛小竹晚上饮料喝多了，夜里两三点被尿憋醒。她迷迷糊糊爬下床，却见苏起坐在书桌前，开着电脑，戴着耳机，在看《哆啦 A 梦》。

她抱着双腿蜷在椅子上，屏幕上，大雄正在号啕大哭，而胖胖的可爱的机器猫从口袋里变出竹蜻蜓哄他开心。

薛小竹小声："怎么半夜看机器猫啊？"

苏起塞着耳机，没听见。屏幕的光影在她脸上闪过。

薛小竹上完厕所回来，见她还保持着刚才的姿势，一动不动。她叮嘱一句早些睡，爬上床去，摁开手机一看，夜里三点半。

2008年的第一天，苏起在宿舍昏睡了一整天，醒来已是下午四五点。

时值冬季，窗外天色昏暗，室内也是一片阴沉惨淡。她呆坐在床上，忽地有种隔绝人世的孤独与悲凉。

但她终是从床上爬下来，收拾好自己，去食堂吃了一大碗煲仔饭，再去教学楼上自习。

北方的风很大，竟像南江的江风，吹得她骨头都疼了。路上的同学飞速奔走，说着什么“今年气温反常，全国各地都将迎来罕见的‘极寒’之冬”的话。

他们四个都是冬天生的，今年都要十八岁了。

3号那天，“一路风生水起”QQ群里给李枫然发生日祝福，梁水没出现——他的QQ很久没上线了，头像一直是灰暗的。

QQ名仍是那句“苏七七你欠我的一块钱什么时候还”，头像也没变。苏起点开看，那是他俩在酒店卫生间镜子前照的。

照片里，苏起一身白T，对镜举着手机，梁水一身黑色情侣T恤，从她背后搂着她的腰，低着头，脑袋埋在她的颈窝里。看不见脸，那姿势却暧昧温软极了。

她还看着，李枫然私聊过来：“声声说，你们？”

苏起回：“嗯。分开了。”

许久后，他说：“别难过。”

苏起回：“不难过。”又说，“恭喜你，成年了。”

今年果然是严寒，气温一天一天地下降。

7号是林声生日，苏起远远给了个祝福：“恭喜成年。”

到了10号那天，梁水过生日。

苏起心乱了一个晚上，最后还是在过零点的时候给他发了条消息：“水砸，生日快乐。天天开心哦。（笑脸）”

他很快回复过来：“鞋子收到了。很喜欢。”

她打字：“脚好些了吗？”

“好多了。别担心。”发完，他又很快补了一条消息，“我每周都去做两次治疗。”

“那就好。”

“不用担心我，”他说，“七七。我没事。”

苏起握着手机，还想跟他说点儿什么——

听说南方雪灾了？

是不是很冷？

晚上睡觉不要冻到。

空调有用吗？加电热毯吧。

声声说，好像案子可能有转机？

但一行字打出来又删，删了又打，最终，没再多说。她将手机上的大头贴挂件拆下来，丢进了抽屉。

冷空气一波波来袭，门户网站每天的弹窗新闻都是南方雪灾的持续恶化和波及区域。苏起想着长江边那摇摇欲坠的巷子，不知它是否挨得过这个冬天。

北京同样寒冷，冷得她整个人都提不起精神，只能将更多的时间放在学习上，每天不是上课就是自习，夜里也学到十一点才回，累得没有任何思考空间，倒头就能睡。

到了周末，她依然坚持着复印家教资料，留着寒假回去给梁水。

她始终有种直觉，等他熬过这段时间，还是会选择读书的。

有天在图书馆自习，程英英给她打电话问家常，说：“马上要成年了，想要什么礼物，妈妈给你拨款。”

苏起没有想要的，说：“你给我一千块钱吧。”

程英英说：“你这小鬼。”

苏起：“给不给嘛？”

“给。缺钱了吗？”

“没。你给我我可以攒着嘛。”

放下电话，她望着窗外的冬夜，有些惆怅。小时候拼命想着要快快长大，如今一晃，竟就要成年了。

回宿舍后，她在校内网上写下一条状态：“突然不想长大了，有点抗拒这个生日。小时候很期盼，以为这会是个特殊而郑重的日子，如今一想，是再平凡不过的一天，和过去的每一天一样，毫不起眼，毫无意义。所剩的，不过是‘你再也不是孩子了’的悲哀。”

小时候想长大，临到时间的门口，她却想永远当小孩子了。

状态发出去，他们班一堆男生安慰送花，江喆留言说：“只要童心在，永远是少年。”

她生日那天是周日，路子灏说晚上过来陪她吃饭庆生。

两个北京的舍友回家了，薛小竹去参加老乡聚会，苏起一人在宿舍上自习。

下午三点多，手机响了，是林声：“七七，生日快乐呀。”

苏起放下手中的笔，笑了笑：“谢谢。”

“你在干吗呢？”

“宿舍自习呢。”

“这么勤奋。生日准备怎么过呀？”

“路造说晚上一起吃饭。”

“哎，我想起去年你过生日的时候，我跟路造还有你一起去吃的麻辣烫。”

那是高三时候的事了，如今忆起，仿佛过了许久：“好想吃家里的麻辣烫啊。寒假回去吃吧。你们什么时候放假？”

“25 号，你们呢？”

“我们 26 号。”

“我在家里等你一天。”林声说，“七七，你要开心哦。”

苏起忽地就沉默了。

林声说：“我看见你在校内发的状态了，七七，每个年龄都是很美好的，每一天也都有每一天的惊喜。真的。你从小到大都是最开心最幸福的苏七七，知道吗？”

苏起扯扯嘴角，还是没作声，她那头也停了话语。

这时，门上响起敲门声。

苏起说：“我去开个门。”

林声笑：“好呀。”

话筒里头的声音忽然有了回声，苏起一怔，立刻拉开门，就见一只巨大的毛绒熊玩偶冲她晃了晃，林声的笑脸从熊背后探出来：“生日快乐！”

苏起惊叫：“你怎么来了？我的天啊！”她又叫又笑，将那只熊抱过来，“天啊！林声你这个死家伙！”

林声蹦进来，笑道：“我昨天晚上坐火车来的。想给你个惊喜。”

“你这惊喜也太大了！啊——我疯了，你这个家伙！”

“见到我高兴吗？”

“当然高兴了！”苏起把熊放到床上，一转身，林声给了她一个大拥抱。

她蓦地一怔。

林声抱着她，轻轻拍了拍她的背，说：“别难过。七七，会好的。”

苏起眼睛微湿，用力点点头，又低声道：“期末考试周跑过来，你也是……”

林声耸耸肩：“我觉得我来了，你心情好了，你考试至少每科高五分。”

苏起扑哧一笑：“太少了。十分吧。”她看她冻得鼻尖通红，给她倒了杯热水。

林声从兜里抽出纸巾擦鼻涕，一张火车票掉出来。

苏起捡起一看，上海到北京的硬座，十四个多个小时。她舍不得花钱买卧铺，买的半价学生票，竟坐了一晚上过来的。

她将票还给她，说：“声声，你来了我心情好多了。”

林声捧着热水，笑：“那就好。”说着，摸了摸苏起的脸。

苏起说：“看来你还是爱我的。”

林声白眼：“你现在才知道。”

苏起哈哈笑。

林声到了，路子灏也很快过来，还拎了个大蛋糕。他们在学校附近找了家海底捞。

林声道："我在上海就知道海底捞超火，今天算是见识了。"

苏起说："就是太贵了，穷学生吃不起。我也是第一次来。"

"来来来，免费的先吃上！"路子灏端了几盘子西瓜、海带丝、圣女果过来当零食，也不急着点菜。

苏起问："你是不是早知道声声要来？"

路子灏笑："给你惊喜嘛。"

苏起轻轻白他一下，又问："你们学校什么时候放假？"

"27 号。"

"那我等你一天，一起坐火车回去呗。"

"还不知道那时候火车能不能走呢。很多地方封路了。"路子灏说，"南方雪灾越来越严重。我妈说今年冬天家里冷得要死，雪厚到膝盖了。"

苏起一时没说话，咬了片西瓜。

果然属于夏季的水果，冬天吃着竟不觉清甜，而是透心地凉。

林声说："上海超级冷。每天晚上睡觉跟受刑一样。北方好好，有暖气。"

苏起说："谁叫你当初不来的，冻死你。"

林声说："白眼狼，我千里迢迢跑来看你，你就想冻死我？"

苏起笑，又道："要不点菜吧，五点半了。"

对面两人不答，看向她身后，同时一笑，苏起正纳闷呢，一双手伸过来蒙住了她的眼。那双手修长、轻盈，带着淡淡的男生的香味。

苏起呆了呆。

路子灏笑："猜猜谁来了？"

苏起抓着桌子，惊道："不要告诉我风风来了？"

蒙在眼睛上的手松开，他嗓音清和："生日快乐，七七。"

李枫然微笑地看着她，眉眼如画。她尖叫着跳起来，给了他一个大大的拥抱："你怎么也来了？！"

"给你过生日啊。"

"要不要这么隆重啊，还从美国跑回来。"苏起忙往里头坐，给他挪位置，他颀长挺拔的身影落座在她身边，递给她一个小盒子："成年是大事。"

他也看到了她发的那条沉郁的状态。

苏起欣喜："我能现在拆开吗？"

他点了下头。

苏起打开盒子，是一条玫瑰金的手链，链子上一颗小小的红色四叶草。她并不认得那个牌子，由衷赞叹："哇，真好看。"

"现在要戴吗？"他问。

"好呀。"

她把手伸过去，他拿起那条细细的手链，环住她的手。女孩的手腕细细的，他的指尖不经意从她肌肤上掠过，他屏着气息，很认真地把那小搭扣扣好。

苏起收回手，晃着手上的链子。鲜红色的四叶草小坠，衬着她白皙的细细的腕子，漂亮极了。

"真好看。"

李枫然说："祝你天天开心。七七。"

苏起微收了笑，点了下头："我知道了。"

李枫然笑笑，忽地伸手揉了揉她的头，又递给林声同样的盒子，说："给你补上。"

"谢谢李凡。"林声亦是同款的手链，不过是白色的。

路子灏拍一拍大大的蛋糕盒子，说："这是我送的礼物，比他的大。"

苏起笑起来。

路子灏道："而且我还有一个更大的礼物。"

苏起好奇了："什么？"

路子灏说："陪伴。"

"……"苏起扑哧笑，"不要脸。"

路子灏嚷："你说说，你买电脑、买书、买小桌板，是谁帮你去扛的？还有买衣服也是，这都不算的啊？啊？！"

苏起不跟他争："行行行，算算算。"

路子灏拆着蛋糕盒上的彩绳，说："都到了，点蜡烛吧。"

苏起笑容微收，不自觉回头看了眼门的方向。

李枫然看了她一眼。

盒子拆开，是个很漂亮的奶油蛋糕，缀着蓝的黄的红的紫的粉的鲜花，中间站着一个漂亮的花仙子，上头写着："苏七七十八岁生日快乐！永远快乐！"

路子灏插了十八根细细长长的蜡烛，点燃了，伙伴们给她唱了生日歌。

"许愿吧。"

她闭上眼睛，许了愿望，睁开眼，呼呼吹灭了所有的蜡烛。

林声问："许的什么愿望？"

苏起说："考试考第一。"

路子灏："嘁，一看就撒谎。"

苏起不理他，切开蛋糕。

吃完蛋糕，火锅也上菜了，大家边吃边聊着各自近况。李枫然今年要准备独奏会了，林声现在兼职在画插画，路子灏和苏起仍是在各自繁重的学业里挣扎。

一顿饭吃完，路子灏结了账。

李枫然说："你们要不要去酒店住？"

林声道："卧聊吗？"

苏起说："可以啊。"

路子灏："别告诉我又得睡地上。"

李枫然："两张床。"

出了火锅店，冷风扑面。苏起缩起脖子，道："妈呀好冷。直接去酒店吧，我不回宿舍了。"

路子灏道："回吧。我想去买牙刷。"

苏起牙齿咯咯响："酒店又不是没牙刷。"

"太硬了。去吧，走几步又不会死。"

苏起叹了口气，往学校里走。

走到宿舍附近的地下超市门口，一只大大的哆啦 A 梦公仔站在路边派送玫瑰花。

冬夜里，来往的学生很少，那只胖胖的巨大的哆啦 A 梦带着大大的笑脸，笨笨地走过来走过去。

它看到他们走来，迎过来派送鲜花。

苏起接过它手中的玫瑰，仰头望它，她实在太好奇，伸手摸了摸它的脸，毛茸茸的，很温暖的感觉。

林声也很喜欢，道："好可爱！我能跟你照相吗？"

机器猫乖乖站到她身边，将手搭在她肩上。林声比了个 V 字，苏起帮她照了相。

林声问："你要照吗？"

"好呀。"苏起把手机递给林声，靠在机器猫身边，它亦抬手搭在她的肩膀上。

林声："好了。"

机器猫又多送给她一枝玫瑰花，苏起惊喜地说"谢谢"，机器猫却忽地朝她张开了双臂。

苏起微微一愣，立即笑了起来，扑进它怀中，接受了它大大的拥抱。一瞬间，她的心温暖充盈了起来。

玩偶公仔好神奇啊，她想，抱着它们就能给人满满的幸福感，仿佛心被填满了一样。

她搂着它，忽然不想松开，她仰着头，说了句悄悄话："猫猫，你抱起来好像我的男朋友。"

哆啦 A 梦低着头，轻轻搂着她，没说话。

她终于松开了它，笑望着它，说："谢谢。"

猫猫轻轻地点了下头。

室外太冷了，苏起瑟缩着跑进地下超市去找路子灏和李枫然，下楼的脚步却越来越慢，突然，她停在了拐角处。

林声陪她站在原地，一句话不说，什么也没问。

苏起看她，林声垂着眼睛，苏起再看楼下。

路子灏拎着买好的牙刷走上楼来，和她对视着，表情也有些难看。

苏起转身就冲上楼，她掀开挡风的塑胶帘子跑出去，黑夜无边，路灯昏暗，路上已没了那个蓝色的身影。

李枫然跟上来，问："怎么了？"

苏起站了会儿，说："没什么。走吧。"

一行人往校外走，苏起目光四处游荡，却再也找不到那只猫了。

她一路无话，直到走出了校门，说："路造。"

"嗯？"

"刚刚那只机器猫是不是水砸？"

路子灏低头，抠了下脑袋，也不作声。

苏起笑了一下，表情像哭："他吃饭了吗？"

路子灏别过头去，没法正视她："不知道。"

"那他现在去哪儿了？"

"坐火车去了吧。"

"真是的。来都来了，也不……"她没说下去。

路子灏叹气："他……他也不知道该怎么……就是想看看你。你别生气。"

苏起抿了抿唇，眼睛湿润了，路子灏以为她会哭，但她眼睛亮晶晶的，暖暖地笑了，说："他的脚能正常走路了。真好。"

2008年一月，南方雪灾，苏起和路子灏回家的火车果然因铁路阻塞堵在河南湖北交界处。所幸两人买的卧铺，上车前背了很多零食水果和方便面。

火车堵了两天，车上的存货都卖干净了。苏起还匀了一桶方便面给上铺的归乡学生。

隔壁床铺的人跟家人打着电话，听说高速路全部瘫痪，无数归乡人堵在冰天雪地里，泡面卖到一百块一桶。

火车停在铁轨上，窗外白雪皑皑。

窗内，乘客们没精打采，时不时发出几声叹息。

不知谁的手机播放着一首歌 *Lonely*：

I am lonely lonely lonely

God help me help me to survive.

这首火遍全国的英文歌，倒很契合此刻人满为患却萧条孤寂的车厢。

致命的孤独感将每个人席卷。苏起趴在小桌上望窗外的大雪，眼神落寞。

路子灏说："让你早一天回去吧，不听。"

苏起眼珠挪过来，道："得了便宜还卖乖，要是我不在，无聊死你。"

路子灏说："你现在话也少了。"

苏起不作声了，再度看窗外，白雪纷飞。

她不想听那要死不活的 *Lonely* 了，塞上耳机，打开手机 MP3 功能，一首歌轻快地跳了出来——

Doctor, actor, lawyer or a singer

Why not president, be a dreamer

You can be just the one you wanna be.

她皱了下眉，歌里都是骗人的，又扯掉了耳机。

"我妈妈说水砸不在南江巷了。"她翻了下书，"你最近跟他有联系吗？"

"联系过。但一问情况，他就不搭理。"

苏起："你说，他会和我们越走越远吗？"

路子灏看她。

"你记不记得，初中我有个好朋友叫付茜？"

"嗯。"

"我们当初真的是好朋友。现在她在发廊上班，我不是说不好，也没有看不起的意思。但我跟她没法聊天了。路造，对话进行不下去的那刻，我特别难过。你说……”她声音渐小，说不下去了。

路子灏想说水子不会的，可话到嘴边，又吞了下去。

事到如今，他也害怕了，但他很快又说：“我还是觉得以他的性格，做事一定会成功的。哪怕读的是二、三本。关键是他要肯去上学。哦，李凡叫了我一起去找他。”

苏起说：“那你们去我就不去了。我有点儿东西，你帮我带给他。”

“你一起……”

“别了。”苏起轻轻摇头，“他见到我会更难受。”

路子灏：“也是。你别去了。我跟李凡都不知道撬不撬得出他的心里话，加上你，他估计更开不了口。唉，他那性格，就怕他把关心当怜悯。”

苏起不作声。她其实也不知他和她之间究竟是什么情况。

她其实也想去找他，当面鼓励，给他拥抱，而不是总隔着网线和电话线。但她不会这么做了，至少暂时不会，她知道他接受不了。

原来人长大真的会变得克制、谨慎、瞻前顾后，真是稀奇。

回到云西第二天，苏起顶着暴风雪跑去林声的新家玩。

林声和路子灏家在一个小区，离李枫然家就一条路。

两人缩在沙发上烤火，吃橘子。趁父母出门买菜去了，林声偷偷告诉苏起，她跟路子深在一起了。

苏起惊讶：“这么快？我以为他那个冰山脸，你至少要追三年。”

“我……”林声些微脸红，凑她耳边嘀咕。说是她过生日那天，路子深陪她吃晚饭，她故意喝醉了抱在他身上赖着不走。路子深实在没辙，把她拎去酒店开了间房。

苏起狠狠戳她脑门：“你这家伙胆子也太大了吧！”

林声咯咯笑。

“那……那天？”

林声摇头，很甜蜜：“他没对我怎么样。”又小声，“是我趁醉酒强吻他。”

苏起说：“你也是个闷声干大事的人。”

正要再说，路家兄弟和李枫然敲门了，林声给了她一个眼色，闭了嘴去开门。

从林声家回来后，苏起再没出过门。

云西太冷了。在北京待惯了，她反而不习惯家里的气候——室内冷得要命，潮湿的寒气直往骨头里钻，她整天盖着厚厚的被子窝在烤火箱旁，半步不离开沙发。

苏落笑话她："怎么出去一趟变得没出息了？"

苏起一脚踹他背上："没出息照样收拾你！"

程勇在高中群里号召过同学聚会，苏起去过一次，被人问起梁水，后面几次就装死不去了。

她想，他不出现也好。寒假同学都回来了，他家接连出了那么大的事，任谁都承受不了熟人的眼光。

苏起私下请刘维维和徐景来家里玩过，刘维维说，她和程勇早分手了。

"我们班高考后在一起的好几对呢，全散了。"刘维维剥着开心果说。

徐景："那是你冲动看不清。要我说，高考后大家都释放了，脑子一热，想都不想清楚就在一起，当然散得快。"

"是啊。"刘维维叹，"结果呢，一堆异地的，目标不同的，到后面都出问题了。"

苏起默不作声，看着电视里的《武林外传》——郭芙蓉回家了，吕秀才在客栈里日夜思念着她。

她执拗地认为，她和水砸跟他们不一样。当初他们在一起，并不是冲动，也不是压抑后的释放。

只是，较真儿这些也没意义了，反正，结局是殊途同归。

除夕前一天，云西又下了大雪。

梁水从乡下坐车回云西，去看守所看了康提，他没回南江巷，直接从汽运站坐车返去乡下。

汽车从新区经过，路遇一片民宅楼房区，梁水看向窗外，远远看见一片草地后头苏起家的白色小楼。

因是冬天，门窗锁得紧紧的。但大门上贴着红红的春联，还挂上了灯笼。

汽车飞速驶过，他掏出手机，想给她发消息，可不知该说什么，又滑上了机子。

他塞上耳机，水木年华的歌涌进心里："我多想回到家乡，再回到她的身旁，看她的温柔善良，来抚慰我的心伤——"

乡下大雪纷飞，银装素裹。

梁水在村大队下了车，套上帽子，在路边小卖部叫了辆摩托，师傅载着他穿过乡间小道，将他送回了外婆家。

大门紧闭着，门旁是他昨天贴的春联。梁水走过覆雪的禾场，上台阶，拍拍帽子上肩膀上的雪，掏钥匙开门："外婆，我回——"

他脚步一顿，路子灏和李枫然围坐在堂屋的烤火架旁，路子灏正在逗野猫啾啾。

李枫然看路子灏："我就说吧。"

外婆慈祥地笑道："枫然跟子灏来看你了，你们好好讲，我去做饭。"

梁水还站在原地。

路子灏起身，几大步走过来，用力抱了他一下，有些激动地拍了拍他的背。

梁水没什么表情："你们怎么来了？"

李枫然说："看看你在干什么。"

梁水走到烤火架边坐下，掀开被子，将冰冷的双手塞进去。灼热的火焰炙烤着冻僵的手指，外热内冷，分外焦灼。

两个朋友还没组织好语言，反倒是梁水，挺寻常的语气，问路子灏："最近怎么样？"

"还不是老样子。"

他又看李枫然。

“今年要开独奏会。还在学作曲。”

梁水淡笑：“蛮好。”

他搓着冰凉的手，脸上笑容散去：“她……”

路子灏笑笑：“蛮好的。你也知道她那性格，心里不放事情的，还是那个开心的样子。”

“嗯。”梁水表情愣怔。

是希望她好，希望她开心的，可又……希望她不要每一刻都……

更怕……她真的放下了。

他埋下头去，有那么一瞬间想涌泪。他很想她，太想她了。

路子灏问：“你脚怎么样？”

他吸一口气，抬起头：“医生说恢复得不错。”

李枫然低头看了眼：“我听我妈妈说，这一年都得做后续治疗，你……”

“在做。”梁水知道他的意思，“我教练帮我申请了医疗费，别担心。”

最灰暗的时候，他一度打算放弃后续治疗，但教练帮了忙。只是，他永远没法再用体育场上的成绩回报这份恩情了。

“那就好。”路子灏终于问，“水子，你之后打算干什么？”

梁水没答。

路子灏看一眼他的黑色大衣，雪花融化了，留下大片的斑驳水渍：“水子，对我们，你就说你心里真实的想法。”

梁水盯着被子上的花纹，说：“打工。”

李枫然开口了：“我不信。”

室内忽然陷入安静，只有火盆里柴火轻微炸裂的声响。

梁水抬眸看他，他亦直视着梁水。

一旁，路子灏道：“我们从小的兄弟，知根知底的话不能说吗？”

“水子，”路子灏表情很平静，不像平时的他，“高中那次。”他说，“我估计你们早就猜到了。”

梁水拿手捂了下眼。

“所以，当初要不是你在升旗仪式上站出来，”路子灏笑了下，眼中有些湿润，“我高中早就废了，清华？做梦，恐怕三本都考不上。我知道有些事，外人说什么都没用。但我们不是外人，谁都有绝望跟难堪的时候，你不想给我们看，就不看。人只能靠自己走出来。但有时候朋友可以帮一点点，哪怕一点点，你得让我们帮。话我放这儿了，水子，对你，我路子灏这辈子一定倾尽全力。”

梁水突然扎下头去，将脑袋埋在被子里，只有肩膀颤抖了一下。

李枫然伸手握紧了他的肩。

许久后，听他闷声说：“别跟任何人提起我。尤其——”

“你那狗脾气我不知道？”路子灏用力刮了下他后脑勺，从椅子旁拎起两个大纸袋子，重重放在烤火架上。

梁水抬头，冰封的表情已稍显融解。他把里头的东西拿出来，是厚厚两摞资料。

路子灏说：“我也给高三学生当家教了。都是错题集，数学、化学是我的，英语、物理是七七的。”

梁水看那摞英语资料，苏起的笔迹密密麻麻写在上边，红笔蓝笔黑笔荧光笔分门别类，相当认真。

路子灏那摞，一条条公式写得清清楚楚。每道题除了写解题步骤，还标明了易错点、易忽视点、题眼和其他解法，等等。

梁水低声：“谢了。”

“你把学校地址给我，以后我跟七七每月给你寄一份。”

“嗯。”他又沉默了，许久之后，说，“半年赶不上来的。我今年不高考了。”

说实话，哪怕明年……都没什么可能上一本。二本都要竭力一争。

李枫然说：“你确定了方向，就够了。水子，你想做的事情，都能做到，只是时间问题。”

梁水听言，表情有些挂不住，忽地将头扭过去，望着大门，他微张着口，却没说话。

大门顶上玻璃窗外，雪花翻飞，天色朦胧。

路子灏起身说去厕所，梁水心里明了，吸了口气，道："你有话跟我说？"

李枫然说："你和七七……"

梁水低头搓了下脸，困顿地抱住脑袋，嗓音终于露出痛苦："别提她了。"

李枫然默然片刻，说："你要真不想提，早去深圳打工了。"

梁水脑袋埋在手臂里："你到底想说什么？"

"七七喜欢你很多年了。比你以为的还要久。"李枫然说。

梁水抬起头来。

白炽灯照着，李枫然的脸很平静，看不出多余的情绪。

"她还会喜欢你很久，但是人长大了，就会因为不得已，而开始一点点放弃自己喜欢的东西。如果你真的喜欢她，就再努力一点。"李枫然说，"或者，你就接受。"

"接受什么？"

"接受有一天她会成为别人的女朋友。"

梁水不语，盯着他看。

李枫然眼神有些空茫了，问："和七七在一起的时候，你很宠她吧？都不舍得她不开心是不是？以后也会有这么一个男生，但他不是你。他会对她很好，会和她拥抱，和她亲吻，和她结婚生小孩。你能接受吗？"

梁水咬了下牙，看他片刻，别过眼神去，下颌绷得紧紧的。

"水子，我还是那句话，以你的性格，你的脾气，你不会放弃的。你想要的东西，你应该是拼了命也要去得到的。那才是你。所以，别放弃。"他说，"千万别放弃。不然，你会后悔终生。"

少年紧抿着唇，仍是侧头望着大门。他眨了几下眼睛，将眼中泪雾眨去，嗓子里闷闷地发出一声："嗯。"

明天除夕，早上不通车。

路子灏和李枫然吃完晚饭就赶回云西了。梁水叫隔壁家两个叔叔骑摩托载他们去大路上。

夜已深，雪下得更大了。乡村里是大片的田野和黑暗，只有几户人家的灯光在风雪中闪烁，星子一般。

梁水目送他俩上了摩托，路子灏叮嘱："随时联系。"

梁水插兜站在风雪里，说："别给我打钱了。"

路子灏和李枫然对视一眼，互相都不太确定。

梁水："别看了。你俩都是。"

路子灏抠脑袋："我穷学生，就打了两千。"

梁水瞥李枫然："一万。你够有钱的。在美国搬着钢琴街头卖艺吗？"

李枫然不说话，淡笑了一下。

路子灏也笑了，忽觉曾经的梁水回来了一点点。

梁水："还有七七跟声声。声声自己都穷得要死还有心思管我，我也是服了她。"

路子灏："……"

李枫然："……"

梁水："真的。我不缺这点钱。"

路子灏："知道了。我跟她们说。"

李枫然："走了。"

梁水点了下头。

摩托很快消失在雪夜里。

梁水回了家，看着那两袋资料，又忍不住抽出来翻看苏起的笔迹，一封信掉了出来。粉红色的信封，写着"梁水"二字。

梁水一怔，立刻拆开。

一张粉色的卡片，短短几行字——

水砸，我从来不觉得你像你爸爸，我觉得你更像你妈妈。

提提阿姨很要强，也很坚强，我觉得以她的个性，等她出来了，依然能东山再起。

苏七七

2008年2月4日

昨天写的。

梁水盯着那行字，看着看着，一滴眼泪砸在了她的名字上。

……

除夕跨年，过完零点放了烟花，苏起爬进被窝睡觉，收到了梁水的短信："七七，你的信我收到了。"

不用多说，苏起就懂了，她回："水砸，新年快乐，梦想成真。"

他也说："嗯。新年快乐，梦想成真。"

2008年的春天来得格外迟，苏起返校时，云西仍是阴霾冷清。到了北京，气温也还在零摄氏度徘徊。

大一下学期，她更忙碌了——专业课增加了三门，她报名了奥运会志愿者，测了身高体重，又经过面试，成功入选。

薛小竹和苏起班上的江喆也入选了，每周都按时跟其他志愿者一起坐大巴去场馆接受培训。

苏起则更忙些。

面试时，对方打量她一眼，问："你想当开幕式志愿者吗？"

开幕式和闭幕式的志愿者是单独挑选的。苏起自然愿意，立刻答应了。结果，她从四月就开始了培训。

南江的父母们没再提过奥运旅行的事，苏起想，当年大人随口的一句话，或许早就忘了吧，但她还默默记着这个约定呢。

唯一让她欣慰的是，康提的判决下来了，一年半。而梁水也在电话中跟她说他回省城去上学了。

苏起独自期待着奥运的到来，只是，这一路似乎不太顺利。

三月十四日，拉萨发生打砸杀人事件，举国震惊。苏起每天上外网看新闻，见到外国媒体的污蔑抹黑，气得拿英语跟他们唇枪舌剑。四月，奥运火炬传到法国，爆发了抢火炬事件。金晶坐在轮椅中护着火炬的新闻图片传遍全国。

一时间群情激愤，尤其是北京高校的学生们，不仅在BBS校内论坛上愤怒抨击，还有人号召抵制法国企业，连锁超市家乐福首当其冲。不少学生涌上街头示威游行。

路子灏给苏起打电话，交代她千万不要激动去参与，一定要听学校的劝诫。别受伤，更别惹事。

苏起说好。

火炬的风波尚未过去，到了五月的一天，苏起正在上课，忽然感觉桌椅猛烈晃动了一下。

班上同学你看看我我看看你，面面相觑，以为谁在踢桌子。

大家没在意，直到十多分钟后，有人喊：“四川地震了！8级！”

教室里的人仍是茫然，并不清楚这个数字的具体意义。

班上唯一的四川人是江喆，他是成都的，立刻给家人打电话，但没信号。

同学们都是工科生，一听没信号，隐约察觉事态严重了。

江喆急得都快哭了，同学们围着安慰他。好不容易一个多小时后联系到家人，都平安无虞，大家便放了心。直到晚上才发现，事情严重程度远超想象。

之后的几天，苏起宿舍、班上的同学几乎没有上自习的。所有人都时刻关注着汶川，越来越多的灾区照片，越来越多的遇难者故事……

报纸上网页上，死亡数字日日攀升。

苏起几乎天天都落泪，而一张照片里，废墟下幼儿园无数孩子的尸体让她趴在桌边哭了半个小时。

也就是那时候，她忽然开始思考儿时不会去想的事——人生的意义、家国的概念。

“殷忧启圣，多难兴邦。”

也就是那时候，原本按部就班学习的苏起突然有了模糊的目标——她萌生了做科研的想法。

他们学校的学生，大都崇拜钱学森。苏起当初选学校和专业时，并没想太多，可来了之后，了解到钱老的事迹，已视他为偶像。

她想，如果此生选择追随钱老的步伐，做新一代的航天人，以此为职业、为事业，到老也会无憾吧。

苏起将五月家教的八百块钱全部捐给灾区，而后，在宿舍的阳台上挂了一面国旗。

有一天走在校园里，看见宿舍楼上多了很多面五星红旗时，她忽地就笑了。

大一下学期的日子过得飞快，转眼就到期末。

又是一个夏天，苏起却没准备回南江——她得留在北京培训，迎接八月的奥运。

梁水在省城上高中，他今年不高考，暑假跟着高三生上补习班。李枫然要准备下半年在北京的独奏会，林声打算在上海做兼职，路子灏则在北京实习。

第十八个夏天，没有一个人回云西了。

大家在“一路风生水起”QQ 群里说着各自的计划，苏起从手机里抬起头，她坐在石凳上，看一眼校园，树木郁郁葱葱，阳光灿烂，衣着清凉的男生女生们来来往往。

路对面，男生宿舍楼上挂满床单，床单上写着各种标语。

“学妹们，哥哥走啦！”

“游戏动漫毁我四年，学业女友一样没有。”

“老子是钉子户，楼管休想赶我走！”

“两个月后，宿舍门推开，又是新的故事。”

而其中一条格外扎眼：“北航男女七比一，四对情侣三对基。”看得苏起扑哧笑起来。

又到毕业季了，这是北航一年一度的毕业挂床单仪式。是 02 级师兄们在 06 年毕业时首度发起的。

今年其他高校有模仿的，但远没达到北航的规模。

苏起听说过，02 级的师兄们是一届神奇的极具挑战性的叛逆青年。他们在六月的夜里唱歌号叫，敲锣打鼓，抗议学校熄灯停电管制，于是学校就给了他们电源；他们熬夜看欧洲杯结果夜里停网，便把热水瓶往楼下狂扔，扔炸弹一般抗议，说学生怎么能不看欧洲杯，于是学校就给他们开了夜网。

这股劲儿，真像某个人啊。

苏起坐在夏风轻拂的梧桐树下，望着那些蓝色的床单，就又想起了那个人。

若能一直是少年，多好。

南江夜话

林声家。

林声："路造，过来帮我洗枣子。"

路子灏："不洗，冷死了。"

林声："那你过会儿不能吃哦。"

路子灏："不吃。"

林声："你过不过来？！"

路子灏："不来。"

路子深起身过去了。

路子灏："我哥也是稀奇，今天居然愿意跑出来玩。"

李枫然："……"

苏起："要是……"

李枫然："要是什么？"

苏起："没什么。"

路子灏："觉得少了一个人？"

苏起："……"

李枫然："七七。"

苏起："嗯。"

李枫然："你还喜欢他吗？"

苏起："……哪种喜欢？"

李枫然：“你知道我说的哪种喜欢。”

苏起：“不知道。”

路子灏：“你别问了，你再问她又要哭了。”

苏起：“哭你个头。你才哭。”

李枫然：“嗯。你别太担心，我跟路造会去找他的。”

苏起沉默。

路子灏：“没什么话想说？”

苏起：“没有。”

苏起：“他要问起我，就说我过得特别好，特别开心。哈哈，我是说如果，他……应该不会问起我。”

李枫然不语。

七七，我希望你开心，却又希望你不太开心。我大概是一个很不堪的人吧。

Chapter 25

后来

2008 年夏，最受瞩目的莫过于北京奥运。

苏起的这个夏天过得格外有意义。作为赛会志愿者，她切切实实成了这场盛大国际赛事的一分子。

她的主要任务是负责场馆内观众指引。和其他数万名志愿者一样，她穿着统一的蓝色祥云 T 恤浅灰裤子，戴着白色帽子黄色腰包，佩着工作证件，面带微笑像一个个兢兢业业的小机器人，淹没在众多的观赛游客里。

那段日子，苏起过得很开心，内心意外地祥和平静——她每天早晨六点半集合坐大巴去园区，接待来自世界各地的游客，为他们提供咨询和解答服务，也会抽空去场馆看比赛。

她最喜欢的还是落日时分，当天的比赛结束，观众散场，热闹了一天的奥林匹克公园骤然安静下去。

她和薛小竹一道，沿着园区长长的沥青路往鸟巢北角的地下食堂走。一路铺洒着夕阳余晖，整个园区空旷、安宁而又盛大。

鸟巢的金属外壳在阳光下闪着微光。寂静的园区里播放起一首慷慨激昂的歌：“想飞上天和太阳肩并肩，世界等着我去改变……”

苏起每每听着音乐，脚步轻快，就跟着哼唱起来：“我相信自由自在，我相信希望，我相信伸手就能碰到天……”

她唱着唱着会突然笑起来，然后蹦起来去抓一下蓝天晚霞。

薛小竹笑：“苏起，我感觉这段时间，自从当志愿者以来，你变开心了。”

苏起不承认：“哪有？我以前就很开心好不好？”

走进志愿者通道，两旁的白墙上画满了涂鸦，还有无数志愿者照片拼接而成的 Beijing 2008 Olympic 字样。

苏起随手拿相机拍了几张，又让薛小竹给她拍照留念。

薛小竹摁下快门，说：“你这相机像素也太好了吧，索尼的就是不一样。要多少钱啊？”

苏起说：“不知道。前男友送的。”

薛小竹不问了，看一眼她 T 恤上五颜六色的各国徽章，又道：“人长得好看就是不一样，徽章都那么多。”

奥运期间，各国游客中的徽章爱好者会带着本国的徽章和其他国游客交流交换。苏起在服务期间，因微笑甜美，热情大方，收到不少游客送的徽章。比如加拿大的小小红色枫叶、日本的浮世绘、法国的埃菲尔铁塔，等等。有时收到重复的，她便跑去场馆内的徽章交换区跟人换，自然越来越多。

苏起道：“没啦，我们岗位不同。我接触的游客多。”

薛小竹是负责交通岗的。

两人进了地下食堂，拿餐票领了餐食和水。

苏起端着餐盘坐下：“到最后一天，我就不吃饭了，把餐票留下来做纪念。”

志愿者的餐饮票设计得很漂亮，印着奥运图案和祥云。

薛小竹笑：“我也是这么想的！”

正说着，江喆端着餐盘坐到苏起旁边，递给她一瓶果粒橙：“送你。”

苏起道：“不用啦。我中午领过了。”

江喆道："拿着吧，我不喜欢喝饮料。每天发一瓶，都浪费了。"

苏起说："小竹——"

薛小竹晃晃手里的果汁："我有呢。"

苏起于是大方收下。

江喆说："明天上午刘翔预选赛你们去看吗？"

"当然了。"苏起就等着这天。

薛小竹忧愁："我得在岗位上，去不了。"

"我明天上午没事。"江喆说，"苏起，你的活动区是鸟巢吧，能带我进去吗？"

苏起说："好啊。"

8 月 18 日上午，国家体育场内座无虚席。"国民英雄"刘翔参赛的男子 110 米跨栏是万众期待的重头项目。

苏起站在一层看台后的通道上，离跨栏还有段时间，田径场内正进行着田赛——男女子跳远、跳高。

江喆陪她一起等着，问："你喜欢刘翔吗？"

苏起笑："中国人会不喜欢刘翔？"

江喆也笑了："那倒是。"

苏起想起四年前，她和梁水还有爸爸们熬夜看雅典奥运会的跨栏决赛。刘翔夺冠那一刻，男人们少年们的喊声，快把屋顶掀翻。

那时，电视机的刘翔披着五星国旗在跑道上奔跑，意气风发。

不知这一刻，南江巷的故人们有多少人在电视机前看直播呢。

"你觉得刘翔今天会跑第几？"江喆问。

苏起："这不废话吗？"

正说着，全场观众忽然有节奏地喊起了"刘翔！刘翔！"的口号，苏起探头一看，刘翔身着红色运动服，从运动员通道里出来了。

偌大的鸟巢，八万多观众，人们的呼声喊声喝彩声震耳欲聋！

苏起被带动得心情激越，期待起来。

她看着他脱下运动服，换上比赛服，开始做热身训练。但渐渐地，大屏幕那张脸上出现了一丝异样。

江喆凑过来，低声问："我怎么感觉他好像不太舒服？"

苏起说："我感觉……好像也……"

"应该是我想多了。"江喆说。

应该是。

因为他很快回到了起跑线上。

裁判举起发令枪，参赛选手预备。万众瞩目——

"砰"的一声！

全场刚要沸腾，便像被掐断的烛火般蔫儿了下去，有人抢跑了。

重新来。

可就在这时，苏起愣住了，全场观众都愣住了——

他们眼中的英雄转身，一瘸一拐朝球员通道走去，垂着头，只留下背后"1356"的号码牌。

数万人的体育场内一时鸦雀无声，片刻后，议论声轰然炸开。110 米跨栏预选赛如期进行，但没人关注了，所有人都在议论，在打电话。

苏起看江喆："怎么回事啊？"

江喆也是懵的："不知道啊。受伤了？"

苏起心头一揪。

那晚回到宿舍已是夜里十点半，她在网上一查，新闻说"跟腱断了"。

她望着那四个字，心突然像被刀子捅过。

QQ 响了一下，是高中班长程勇："苏起，在吗？"

"在啊，怎么了？"

"我今天好像在体育馆看见梁水了，在热身训练。"程勇在省城上大学。

苏起一愣："他训练什么？"

程勇："不知道。没看出来。不是速滑，也不是短跑。"

程勇："我没过去打招呼。"

程勇："我知道他脾气，应该不想看见熟人。"

苏起："谢谢了。你是真把他当朋友。"

程勇："你呢？过得怎么样？"

苏起敲着键盘，一边和他回话，一边点开梁水的QQ，发了一句："你看刘翔的比赛了吗？"

发完，她跟程勇聊着天。

没一会儿，梁水的头像亮了下："看了。"

Bryant 24："你在现场？"

花之露娜 lulu："嗯。"

Bryant 24："我好像在电视上看见你了。"

花之露娜 lulu："瞎说。"

花之露娜 lulu："我在看台里边，根本拍不到。"

Bryant 24："看着有点儿像啊。"

他似乎对志愿者很好奇，聊了些她的日常，只字不提刘翔两个字。而苏起也没有问程勇说的训练是怎么回事。

她想，如果他在默默做什么，就让他默默去做吧。

只是那晚聊完，苏起又看了眼刘翔退赛的整版网页报道，难受得慌。

一天后，网络上出现大量负面报到，说刘翔作秀，英雄变狗熊。

苏起在贴吧里为他打抱不平，结果被网友围攻辱骂。她吵不过别人，也不想吵，注销了贴吧账号，默默去校内网上偷菜泄愤。

之后几天，苏起情绪低迷。但志愿服务时依然笑脸迎人，等空场了就坐在空荡荡的观众席上发呆。

那天中午，江喆来找她，说："苏起，我带你去玩个好玩的。"

苏起跟他进了场馆地下，走进一间工作室，只见几个福娃的玩偶塑胶外套摊在地上。两个男生正在穿"贝贝"和"欢欢"。

苏起惊喜："扮福娃？"

"你喜欢熊猫吗？"江喆说，"把'晶晶'留给你。"

"喜欢呀。"苏起雀跃地套上玩偶，背上鼓风机，旁边的志愿者帮她把玩偶拉链拉上。很快，福娃"晶晶"鼓了起来，变成一只胖嘟嘟的熊猫。

江喆则穿上了火娃“欢欢”的塑胶蓬蓬衣。

五只福娃在志愿者的牵引下，萌墩墩地一摇一摆往外走。

苏起开心不已，忍不住蹦跳两下，挥舞着胖手爪。

出了地面，就听一阵小孩子的尖叫欢呼声。

场馆外拉了道围栏，五只福娃憨态可掬地走过去，孩子们趴在围栏边，伸着小手兴奋地叫：

“晶晶！”

“欢欢！”

“妮妮！”

“我好喜欢你呀！”

孩子们天真的笑脸瞬间治愈了苏起，她一会儿歪着可爱的熊猫脑袋，一会儿踢腾着粗短的熊猫腿儿，一会儿扭扭胖胖的屁股，一会儿又颠儿颠儿地跑去栏杆边，让孩子们摸“晶晶”的脑袋和小胖手。

“晶晶我喜欢你！”一个小孩被爸爸抱着，飞扑过来搂住她的脖子，孩子声音稚嫩，“你抱起来像棉花糖一样，我喜欢棉花糖！”

苏起心里暖得一塌糊涂，拿脑袋轻轻撞了撞小孩儿的脑门，以示欢喜。

就在这时，她被人撞了一下，她笨笨的一个趔趄，回头看——火娃“欢欢”跳过来，又撞她一下。

孩子们哈哈笑起来。

苏起拿她的小胖手“啪”地打了下欢欢的头，欢欢则凑过来拿脑袋顶她。

两只萌娃闹成一团，孩子们欢快地大笑。

你打我，我打你，打了没一会儿，欢欢举手投降，朝晶晶张开手臂。

苏起知道，得向小孩子表演他们和好了，又是好朋友了。于是，她摇摇摆摆走过去，抱了抱欢欢。

孩子们高兴地叫：“晶晶和欢欢永远是好朋友！”

等表演完毕，五只福娃被志愿者牵着往回走，孩子们还在叫嚷：“明天再见哟！”

回到地下，脱了福娃外套。苏起一头的汗，面颊绯红，笑容满面：“太好玩了这个。”

江喆擦擦汗，邀功道：“我可是做了一堆体力活儿‘贿赂’师兄，才得到的机会。”

“啊？真的？”

“你知道多少志愿者排着队想扮演福娃吗？”

这话苏起是信的，道：“我欠你一顿饭行了吧？”

江喆：“一言为定。”

在那之后，苏起时不时过来看福娃和孩子们互动，心情又明朗了些。

十六天的奥运会，转眼近了尾声。快闭幕时，苏起在鸟巢内的邮局里买了纪念明信片，给伙伴们传递祝福。

写给梁水时，手里的笔迟迟落不下去，最后匆匆写了行英文：“You will get what you want.”

明信片扔进邮筒，听说会盖上国家体育馆的奥运邮戳。

最后一天夜里，乘大巴离开场馆时，苏起回望了眼窗外，鸟巢、水立方在夜色中灯火辉煌，园区内静悄悄的。

她有丝留恋，有丝怅然，也有丝感伤。

这个月的盛会终究是过去了，那无数的陌生笑脸从此只存在于记忆里。

繁华落尽，曲终人散，好像这就是人生的周而复始。

她将工作牌和徽章收好，衣服鞋子洗净，连同国际奥委会、北京奥组委颁发的服务证书和纪念品一起塞进了柜子底层。

她照例把照片传到了网上，路子灏的账号和过去一样，隔三岔五就来踩她的校内和 QQ 空间。她知道那账号后头是谁，但没去问。

奥运闭幕，热闹的夏天终究过去，大二的生活转眼开启。

大一考试成绩下来，苏起是他们班第五名，和二等奖学金擦肩而过。江喆第一，拿了一等。

江喆家境不错，平日里就大方，便请全班同学出去吃饭。

苏起班上都是男生，自然话题更男性化。席间大家讨论起奥巴马、华尔街、美国次贷危机金融风暴，又讨论起欧洲杯。苏起正专心吃着白灼虾，班长说："意大利对罗马尼亚那场，太戏剧性了。"

男生 B："布冯最不会扑点球，居然扑了出来。"

男生 C："罚点球那罗马尼亚 10 号是谁来着，很跩的那个？"

苏起拿虾蘸着酱油，说："穆图。"

一桌子男生的目光聚焦过来，都挺惊喜："你还看球？"

苏起："啊。只看意甲跟西甲。"

江喆笑起来："你哪家俱乐部球迷？"

苏起："红黑军团。"

江喆道："我老妇人。来，握下手，神圣同盟啊。"

苏起笑着擦干手，跟他握了下："神圣同盟。"

班长："江喆你别趁机摸我们班花手啊，电话门事件，你们那神圣同盟早就瓦解了！"

江喆："你这国米的闭嘴。"

苏起瞪着班长："你国米的？离我远点儿！世仇世仇！"

桌上男生笑成一片。

男生 B："真没想到苏起还看球，我只晓得她每天都准时偷我的菜。"

苏起："……我错了。"

男生 B："没事，偷吧偷吧，你不偷别人也偷了。"

男生 C："我看你校内上写喜欢宫崎骏和《海贼王》？"

苏起："对啊。我跟你们讲，《海贼王》——"

江喆："超级热血，你们一定要看。"

班长："你俩口味是不是太统一了？"

苏起看向江喆："你最喜欢谁？"

江喆："Zoro。"

"我也是！"

"我从初中就看漫画了。"江喆说，"对了，我之前听薛小竹说，你是不是蛮会跳舞的？"

一群男生吃惊："苏起会跳舞？"

苏起："……"没忍住扑哧一笑，摆手，"你们别都盯着我看。"

班长："全都不准看了不准看了。"

一群男生装模作样，看天的看天，看地的看地，苏起被他们逗得哈哈大笑："神经啊你们。"

大家聊开了，天南地北畅所欲言。

苏起以前就跟班上男生相处不错，这次更熟了，大家都对她十分好奇，男生喜欢的一切譬如足球篮球悬疑机械游戏政治经济，她都能聊，且有见解。加之她大方又爱笑，能开玩笑也不扭捏，大家便更喜欢她了。

班长说："苏起，以后多出来跟我们一起吃饭一起玩儿啊。"

苏起说："嘁。以前是你们不叫我，就我这一朵班花，你们还孤立我。"

班长："天地良心！"

男生 B："不是。大一上学期还一起吃过好几次饭呢，但后来你好像有段时间不太开心。"

苏起笑着，低头吃娃娃菜。

江喆见状，岔开话题："她是太忙了，又要学习又要培训好不好？"

苏起看他一眼，目光表示感谢。

她说："是学习把我学得不开心了。《理论力学》《材料力学》听到这两门课我就想撞墙。"

话题一转，众人纷纷开始吐槽起变态的专业课。

直到班长说："江喆最变态，这两门课都考了 97 分。"

苏起惊讶："真的？"她只考了 80 分。

江喆迎着她的眼神，笑道："想拜师吗？我能教你啊。"

苏起："好啊。我请你吃饭。"

江喆调侃："加上上一次的，欠两顿了。"

她还没来得及答，班长道："我也要加入！"

江喆："先把饭补上。"

饭还没来得及补，江喆就给她当起了"老师"。

所谓老师，也不过是和她讨论专业内容。江喆发现苏起很聪明，很多难点，稍微一点拨她就懂了，且发散思维和举一反三的能力特别强，这倒是他欠缺的。

两人互帮互助，再拉上班长和另外几个爱上自习的同学，组了个伙伴小组。苏起跟舍友们上课时间不一致，没法结伴，跟他们一起正好，还能帮忙占座。

他俩都是南方人，饮食习惯也一样，偶尔吃腻了食堂，便结伴去外头蹭馆子。

转眼秋去冬来，又到十二月末。

李枫然要来北京开独奏会了。他提前三天到了北京，由于路子灏跟校团去德国交流访问了，李枫然到的那天，只有苏起给他接风。

她下课回宿舍洗了个头，边下楼边给他打电话，说："我现在出发啦，可能一个小时才到哦。"

李枫然说："啊？那么久啊。"

苏起吐槽："你知不知道你在长安街那块儿，离我这儿多远啊？"

李枫然说："那我等不了了，我肚子饿了怎么办？"

苏起挑了下眉，心想哟呵，今天稀奇了，这话说的，怎么就那么不像李枫然呢？

她道："你喝酒了？"

李枫然正经了点儿，说："没有。就是有点儿开心。"

苏起说："我还没到呢，你开心得也太早……"她掀开宿舍楼大门口的防风塑胶帘子走出去，冷风吹来，她顿住了。

天光昏暗，路灯朦胧。

李枫然一身灰色大衣，系着围巾，站在宿舍对面光秃秃的树干下，手机拿在耳边，微笑看着她。

电话里，李枫然淡笑："还站着干什么？再不出发要迟到了。"

苏起飞快跑过去，惊喜地轻推了他一下，道："你怎么跑来了？"

他笑："我比你闲。"

“胡说。”

他原本不想说的，心思一动，又说了出来：“不想你跑来跑去。夜里冷，晚上也不太安全。”

冬天黑得早，才五点多，天已昏暗。

路灯亮起，昏黄的光笼在他漆黑的发上。

苏起温暖一笑，说：“你是大钢琴家了，跑来跑去，也太折腾。”

“不折腾。”他说。

“在美国过得怎么样？”她随口问，“那边经济危机很严重吗？”

他说：“挺严重的，但对我没什么影响。就是冬天太冷了。”

两人仍是选了她生日那次吃的海底捞，坐上座点完菜，苏起抬头看李枫然，撞见他正目不转睛地盯着自己看；她慢慢眨巴眨巴眼睛，也盯着他看。

近一年不见，李枫然比寒假时英俊了些，曾经少年青涩的脸庞也明朗了。不过，虽褪去一丝稚嫩，却也依然留有少年的干净温和。

至于他眼中的她，高中时期的懵懂迷糊不再，笑容里有了这个年纪女生应有的柔软味道，那亮闪闪的眼睛依旧活泼明媚。

或许时间是良药，近一年过去，她眼底没了一年前的忧郁哀伤。

两人隔着吊灯光，对视了竟足足十秒。

苏起终于绷不住，扑哧笑着移开眼神去；李枫然也跟着她缓缓笑起来，低头轻轻抠了抠额心。

苏起质问：“你看我干吗？！”

李枫然说：“一年不见了，多看几眼。”

苏起道：“瞎说。上个月还QQ视频了的。”

李枫然：“那不算。你在视频里头黑黢黢的。”

“啊？是吗？光线问题吗？”苏起纳闷，“水砸在视频里很白呢。”

李枫然说：“他今年寒假不回云西了？”

“好像是。说是要寒假补课吧。”苏起打听，“你有没有问他成绩怎么样？”

李枫然摇头。

苏起抿了下唇。

李枫然观察着她，想探出她对梁水的真实心理，但看不出来了。她眼里没了落寞，不知是没了，还是藏起来了。

锅底开了，苏起眼睛一亮，夹了三大片牛肉进去涮，正吃得起劲儿呢，李枫然慢条斯理地夹起一颗鱼丸，说："路造说你谈恋爱了。"

苏起道："你听他瞎扯。他有几次来找我，碰见我跟我同学了，就拿我开玩笑。"说着，往他碗里夹了片牛肉。

李枫然寻常模样，说："那你会谈吗？"

苏起满不在乎地捞着鸭血："会啊。顺其自然。"

李枫然沉默半晌，追问："现在这个同学？"

苏起微仰起头，揪揪眉毛："还好吧。我没想过，我是说我以后会谈的，至于是谁，是什么样子，都顺其自然呗。哎呀，什么可能都有，谁知道呢？"

李枫然想着什么，筷子杵在碗里，隔着蓬勃的雾气，问："什么可能都有？"

"嗯。"

"有可能考虑我吗？"

苏起正捞起一片毛肚，手定在了半空中，瞪着眼睛："啊？"她突然大笑起来，"我就说你今天不对劲！你少跟路造玩，都把你带坏了。"

李枫然静静望着她的笑容，忽而一笑，说："真的。七七，要是你到三十岁，我到三十岁，都没有男女朋友，或许可以在一起。"

"哦。你这是从网上学的！"苏起歪头一想，"行啊。"下一秒又皱了眉，"哎，凭什么我到三十岁还没有男朋友啊？我就这么没魅力？我现在才十八岁——零十一个月欸。"

李枫然被她这年龄计数逗笑了，道："行。那就二十岁。"

"这还差不多。"苏起说着，顿了一秒，指着他爆笑，"李枫然你坑我！"

李枫然也笑了，笑得眉眼弯弯，仿佛从未那么开心过，竟还有丝难得一见的轻松，拿水杯碰了下她的杯子，说："一言为定了。"

李枫然的首场个人钢琴独奏会于 2008 年 12 月 31 日晚七点举行。

苏起提前到了，跑去后台找他。走廊上摆满花篮，全是音乐界人士的祝贺致辞。后台工作人员忙忙碌碌，李枫然一身便装，坐在角落的钢琴边练习，丝毫不受周围环境影响。

苏起手背在身后，猫过去，一束花捧到他面前摇了摇："圆满成功！"

音符戛然而止，李枫然一愣，继而一笑："怎么还送花来了？"

"今天特殊嘛。"

李枫然捧着那束花，说："好看。"

"哪有？外头花篮那么多，我的花都快自卑了。"苏起摸了摸她的花花们的"头"。

李枫然被她这动作逗笑，把花放在钢琴上。

苏起往琴边一靠，问："李枫然同学，紧不紧张？"

李枫然说："不紧张。"

苏起："嘁，我才不信。"

李枫然好笑："我现在能闭着眼睛弹《钟》。"

"真的？"

"嗯。"他闭眼，手放上琴键。

苏起凑近监督："你不会偷偷眯眼睛吧？"

李枫然合着眼，唇角微弯："那你把我眼睛蒙上？"

"好啊。不许作弊。"苏起走到他身后，双手轻轻蒙住他的眼。

他顿了一下，手重新抬起，右手在琴键上准确弹击出几个前音，左手伴奏而上，一连串由缓到急的音符跳跃而出，如夏风轻抚过门窗边的风铃，扫过高高庙宇一角的古铃铛，又如教堂古典悠远的上世纪钟声，曲调繁复变幻，弹到高潮处，他修长的骨节分明的手指在黑白的琴键上跳跃飞舞着，白蝴蝶一般。

苏起叹为观止，听得心情愉悦。

他微垂着头颅，身子随着手臂的移动而轻微晃动着。苏起蒙着他的眼，跟着他轻轻移动，她手指感觉着他闭合眼皮下的眼珠子很沉静，只偶尔极轻地转动一下。

一曲弹完，余音绕梁。他敲响最后一丝尾音，停下来，静静等着。少年的面容一如既往地平静，似乎多了丝安宁。

苏起意犹未尽，松开蒙在他眼上的手，说：“啧，风风，你这两年突飞猛进啊。”

李枫然一笑：“我教授很厉害。”

当初觉得，那一点的距离怎么都没法缩短，但去了更大的舞台才发现，还是有办法的。

“看来当初的选择没错。”苏起说，“那时我还以为你铁了心要读央音呢。”

李枫然不作声了，不知为何，忽然想起了梁水。

工作人员过来提醒该换衣服了。苏起先离开，冲他握了下拳：“加油！”

李枫然点头。

苏起是 VVIP，坐在正中央第一排。她原有些担心上座率，可离开场还有十分钟时，音乐厅上下三层看台都坐满了人。过去一年，他在一系列国际赛事和表演上的精彩表现，赢得了不少古典音乐爱好者的青睐。

演出开始，坐席灯灭，台上灯亮，那个还差三天满十九岁的少年在全场掌声中，淡然走到钢琴边落座，开始弹奏。

钢琴家有的热情奔放，有的情深缠绵。李枫然则偏古典系的钢琴表演，悠然典雅。一系列复杂高难度的曲目弹奏下来，叫人如沐春风，内心竟能慢慢得到抚慰，回归平静。加之他英俊不凡，举止优雅，人亦与曲融为一体，浑然天成，越发赏心悦目。

全场结束时，音乐厅沸腾了。全体观众起立鼓掌，声音经久不息。

苏起激动得面颊绯红，拍得手都疼了——首场演奏会圆满成功，他在国内作为钢琴艺术家的生涯正式开启了！

灿白的灯光中，一身黑西装的李枫然起身扶着钢琴，对着观众深深鞠了一躬。礼仪小姐过来给他递话筒。

到了致辞及安可环节。

他说："很感谢大家来听我的演奏会。最后为大家弹奏一首我自己作曲的钢琴曲《想把全世界的花都送给你》。"

隔着明亮的灯光，他看了眼第一排的苏起。礼仪小姐拿走话筒，他重新回到钢琴凳上。

观众都坐下来，好奇而兴奋地等着他创作的曲子。

灯光洒在少年的黑发上，他手指放上琴键，似轻吸了口气。仿佛一整晚的淡定从容过去，到了这一刻，他才是紧张的。

终于，他手指落在键上，一串轻灵欢快的音符流淌而出，忽急忽缓，悠扬婉转，仿佛视野开阔，百花盛开，虫鸣鸟叫。

弹到深处，曲调往复回转，如螺旋的花梯攀爬向上，迎风飞扬。苏起只觉得自己站在春夏之交的田野里，天蓝云白，向日葵开满山野。

曲子越来越深入，却又透出一丝说不清的伤感与忧愁，仿佛夏日午后望着白云一丝丝滑过天空的怅然，仿佛回到了遥远的旧时光。

全场安静无声，只有少年坐在台上低头弹奏着，钢琴音如一颗颗饱满的珠子在轻跳。

弹到最后一段高潮处，伴奏小提琴加入进来，和声在厅内回荡。

轻快，明媚，悠扬，哀伤，怅然……无数感情倾泻而出。听众的心随之揪起，沉浸其中，情绪被带动着乘风而上，又落入柔软芳香的花瓣里。

末尾提琴音散去，回归最纯粹的钢琴音，他弹完结尾，加上一段儿歌，由钢琴弹奏出来，轻扬舒缓，一瞬回到夏花绽放的童年："lulululu lu，lulululu lu，lulululululu……"

余音散去，整场爆发雷鸣般的掌声。

苏起不知怎么的，像被那首曲子温柔地拥抱着亲了下额头，竟感动得含了泪。她一面笑一面流泪一面用力鼓掌。

李枫然走到前头来，鞠了一躬，看向她，眼里闪过极淡的笑意，随即在不息的掌声中下了台。

演奏结束后，李枫然回了美国继续上学。但那首轻音乐《想把全世界的花都送给你》在高校大学生中流行起来，成了千千静听、酷狗、QQ 音乐上最热门的钢琴曲。

李枫然出名了。研修古典音乐不说，英俊的外表就足够为他迅速积累大量的音乐粉。

薛小竹在宿舍里冲苏起叫："你的朋友都是神仙啊，神仙！"

方菲则打听："欸，苏起，他有没有女朋友啊？"

苏起摇头，趴在电脑边看 Super Junior 的新歌 MV，金希澈好帅！

王晨晨叫："居然没有女朋友？不过也是，他是明星。"

苏起没觉得李枫然是明星，金希澈才是明星。

薛小竹："这种天才都是忙事业的，哪有工夫谈恋爱？我看报纸上说，他每天光是练琴就要练十多个小时。"

"对啊。"苏起说，"他没时间想这个。小时候他就天天练琴，连上课时间都不够呢。"

方菲问："但是他不会想谈恋爱吗？"

"没有啊。风风很单纯的，只喜欢弹钢琴。是个傻瓜。"苏起想，他都懒得找女朋友，懒到要等她三十岁跟她凑合了，不是感情迟钝是什么？

唉，呆瓜。

寒假回家后，苏起发现连苏落都在听李枫然作的轻音乐。

苏落在饭桌上说："我们班主任以前教过枫然哥哥，天天上课夸他，特别骄傲。"

苏勉勤道："从小就看出李枫然这孩子会有出息，你看，现在不仅成了钢琴家，还会作曲。"

程英英往火锅里下青菜，道："别提了。昨天枫然刚回家，冯老师就跟他吵了一架。"

苏起纳闷："啊？"

程英英："冯老师说，他不该在古典音乐会上弹轻音乐，更不该浪费时间作曲。"

苏起刚要争辩，程英英继续："说什么他现在刚成名，正是要花大功夫磨炼技艺的时候，不然稍微退一步，出一点儿纰漏，过去所有的称赞都会变成诋毁。还说什么，我想想，哦，‘聚光灯能放大优点，也能放大缺点。’唉，搞教育的，就是不一样。”

苏起闭了嘴，往嘴里塞了块莴笋。

吃完饭，她上楼回房，钻进开了电热毯的暖和被窝里，正想着要不要跟李枫然聊聊，QQ群“一路风生水起”里消息响了，

Bryant 24：“都在云西？”

Bryant 24：“明天出来聚聚。”

苏起一愣，还没来得及回复。

路造：“你回云西了？”

绿竹悠然：“你不是寒假要补课吗？”

Bryant 24：“今天都二十七了好吗？”

Bryant 24：“刚回来。”

花之露娜lulu：“什么时候走啊？”

Bryant 24：“初二。”

Flowerdance：“喝酒就来。”

路造：“！！！”

绿竹悠然：“！！！”

花之露娜lulu：“！！！”

Bryant 24：“李凡你够飘的啊。”

Flowerdance：“喝不喝？”

苏起来了精神，打字：“喝喝喝！”

Bryant 24：“苏七七你学坏了。”

苏起握着手机，盯着他的消息，呼吸微屏。

下一秒，绿竹悠然：“喝！几百年没聚了！”

路造：“（狂笑）”

Bryant 24：“……”

Bryant 24：“啧啧，果然大学生了，不一样了。”

伙伴们约了第二天KTV见。

那天下午，梁水先去找了李枫然。他没上楼。李枫然下来时，见梁水站在冰天雪地里，被白雪光反射得微眯着眼。

李枫然大步过去，说："外头这么冷，你怎么不上去？"

梁水道："我怕见冯老师。脑壳疼。"

李枫然："……你找我有事？"他过来并不顺路。

梁水踏着雪，问："你怎么了？"

李枫然一时没作声。

朋友就是朋友。他一句"喝酒"，他就能察觉。

他也不隐瞒，说："跟我妈妈吵架了。"

梁水挑眉："果然翅膀硬了，敢跟冯老师吵架了。"

李枫然瞥他一眼，说："你最近过得不错。"他比去年寒假时放肆了些。

梁水不答，回归正题："因为作曲的事？"

"嗯。"

"那曲子挺好的。"梁水说，"我们同学都在听。你确实有天赋。"

李枫然不言，他说不出口那首曲子是他心里藏了多年的"秘密"。

梁水说："以你现在的地位和能力，你有能力选自己想要的了。"

"我……"他不太舒服地扯了下围巾，说，"我发现，我妈妈说的是对的。"

梁水扭头看他。

"不该分散精力。已经上了路，至少三年内，拼命磨炼技艺，研究音色，才能稳住。不然，我就是昙花一现。"李枫然望着前路的白雪，神色不明，说，"现在看到光了，那段距离在缩小。我反而……不舍得放弃了。以前不知道，原来个人演奏会感觉那么好。鲜花，掌声，都是你一个人的。"他忽然就苦笑了一下，"我这是不是……"

"不是。"梁水瞬间打断，说，"人都渴望成功。追逐名望，这不是什么羞耻的事，这是本事。我当运动员的时候为什么想得第一，不也是为了鲜花掌声的荣耀吗？咸鱼还想翻身呢，人就更该有心去追。"

李枫然一怔，心里原有的矛盾撕扯，忽地松开了一丝。

他深吸一口气，寒风沁着冰雪气息钻进胸腔，冰凉却清新。他说：“你呢？成绩不错？”

梁水张了张口，组织了一下语言，道：“一般般。学体育那么多年，都没怎么读书，赶不上来的。”

李枫然看他几秒：“但是？”

梁水抿了下嘴唇：“现在先不说。”

李枫然点头：“藏着吧。”

一时安静，只有两人并排走着踏着冰雪的声响。

梁水终是苦涩的，说了句：“没成之前，不想说，怕万一。”

李枫然懂他的心思，说：“放心，不会有万一的。”

他说：“但愿吧。不然……”

他没说下去，但李枫然明白了。不然，他就没有未来了，就无法再重新和苏七七在一起了。

那一瞬间，李枫然心里浮上一丝后知后觉的刺痛。

梁水暗暗筹谋着什么，很可能会成功，他真心为他开心，甚至感激。可……

他有些厌恶地对自己皱了下眉，将这丝想法撇去。

他有什么资格呢，不久前还自以为有天时地利，有心想要去靠近七七；如今不到一个月，就被冯老师的话打回原形——他没那工夫去分心。

正想着，梁水搂着他的肩膀，带他上了公交。

刚下公交，路子灏就来电话催了。

梁水听到那头苏起和苏落的笑闹声，放下手机时，他脑子有一瞬空白。

进了KTV，走廊里灯光昏暗，梁水慢下脚步，说：“我去上个厕所。”

李枫然先去包间了。

梁水跟着指示牌走到洗手区，这是家新开的连锁KTV，洗手间做得金碧辉煌。两排宽敞的洗手台相对立，一边是男，一边是女。

他打开水龙头，冬天的水冷冰冰的，他一个激灵，立马关上，看一眼镜子，猛的一怔——

镜子照着他背后，一个女孩正低头洗手，背影太像苏起了。但她是短发，且是栗色。

梁水抽纸擦手，再抬头时，那女孩走了。他把纸扔进垃圾桶，绕上走廊，又见那女孩在他前头两米处，边走边低头整理着围巾。

她拐弯，他也拐弯。他俩同路。

那女孩忽地放慢了脚步，似察觉身后有人跟着；梁水一见，免得被误会，抠抠额头准备超过她。她已回过头来。

他一下子就定在原地，微微瞠目。

苏起也愣了：“水砸？”

梁水盯着她的脸，心跳声一瞬间蹦到耳朵边，竟有些结巴：“你剪……头发了？”

她剪了及肩的短发，还染了栗色，笑着摸摸头：“啊。现在韩国超级流行的梨花头。好看吗？”

梁水迎着她的笑颜，眼神触到她的目光，移了开，不自觉地抠了下眉毛：“好看。”

她……好可爱。

一群男生笑闹着绕过拐角涌过来，没注意看路，撞上了苏起。她没站稳，一个趔趄撞向梁水。他想扶她，没扶住，只抓到她的手臂，她人已撞进他怀里，额头磕在他下巴上。他闻见了她头发上柔柔的洗发水香味，顿时心乱如麻。

苏起擦着他下颌撞在他肩头，衣服里蓬勃的少年气息，和她曾经的记忆重叠到一起。

她慌忙推开他站好，尴尬地看了眼走过去的人群，匆忙说：“快走吧，过会儿路造又要叫了。”

“嗯。”梁水将手落回兜里。

推开包厢门，就听路子灏扯着嗓子在喊：“有一种爱叫作放手，为爱结束天长地久！”

苏起和梁水同时捂了下耳朵。

苏落也在，见到梁水，高兴地上来和他拥抱："水哥！"

梁水揉了下他的脑袋，说："嗬，长高了啊。"

苏落特骄傲："那还用说，我早就比子灏哥哥高了。"

路子灏唱到一半，拿话筒吼了句："老子现在一米七四了！"

几瓶啤酒放在茶几上，李枫然正依次往空杯里倒酒。林声拿起一杯就喝，梁水坐下，有些意外："我错过什么了？"

林声说："长大了，喝个酒都不行了？"

梁水说："行行行。"

路子灏唱完，苏落蹦上去点歌。他一走，梁水和苏起之间没了人。

梁水看了一眼正在闹腾的路子灏和苏落，又看了一眼李枫然手中倾倒的啤酒，那液体晶亮透明，鼓起雪白的泡沫。他看着看着，终于扭头看苏起，她也盯着啤酒出神，乌黑的长长的睫毛微垂着。

似感受到他的目光，她眼神挪过来，眸子清澈，与他对视。

他顿了顿，想起了要问的问题："你……不点歌？"

苏起笑："他们先唱吧，我酝酿会儿。"

"嗯。"他无话了，片刻后，问，"上学还好吗？"

苏落正在吼歌，苏起没听清，往他这边坐了点儿："什么？"

梁水看看她摁在沙发上的小手，心一横，朝她坐了过去，挨在她旁边。苏起只觉身边沙发一沉，他人靠了过来，凑到她耳边："我问，上学还好吗？"

少年的嗓音比记忆中更添了丝磁性，苏起一抬眸撞见他近在咫尺的脸，乌黑清亮的眼睛近距离直视着她。

她低头拨了下头发，说："挺好的啊。我现在都是学姐了好不好？"

"什么？"他没听清，低下头将耳朵凑近。

室内光线朦胧，他的侧脸轮廓分明。

苏落在唱："不知道，不明了，不想要，为什么我的心！"

苏起眼神无处安放，强撑着，提高了音量："我说，都很好。"

梁水点了点头。

她又问：“你呢？”

“老样子。”

“还有半年高考了，加油哦。”

梁水说：“嗯。争取不跟苏落同级。”

苏起扑哧一笑，没料到他竟有心情开玩笑。

梁水看着她的笑，心态也放松了些，忽地又盯着她看。

苏起笑容就收了，垂了垂眼：“你看我干吗？”

他说：“你这发型真的很好看。”有少女时期不曾有的温柔。

苏起脸一红，嘴上道：“废话。我弄什么发型不好看？”

梁水笑了起来：“那是我错了。”

李枫然坐在林声这边，看一眼他们俩，沉默地收回目光。片刻后，伸手从桌上捞起一杯啤酒，灌了一大口。

原以为长大了就好了，就自由了，可如今，依旧为了钢琴放弃了她。

越活越没长进。

少年时，至少还会挣扎一下。

他无声喝到半路，扭头看林声：“你是不是喝太快了。”

她杯中的酒快见底了。

林声道：“没有啊。啤酒而已。”

苏落唱完，喊苏起去唱歌，到蔡依林的《说爱你》了。她跳过去拿话筒。

梁水听她唱着，不知为何，初中时的记忆浮现出来，她拿着拖把在水边扭来扭去时唱的就是这首歌。

心中莫名一刺。

那些千纸鹤又飞到了眼前。

身边，林声已放下一个空杯子，要去拿第二杯酒。梁水回神，抢过她手里的酒。林声还要拿其他杯，梁水把杯子全移开，他人高手长，林声捞不到了。

“你这是怎么了？”梁水问。

林声面颊潮红，不吭声。

李枫然道："跟没来的那个人有关吧？"

梁水躬着身，手肘撑在膝盖上，回头看她："吵架了？"

"我跟他吵什么架，反正讲什么都讲不赢他。"林声负气地说。

"你们都吵些什么？"李枫然问。

林声很不喜欢路子深的女同学，那女生知道他有女朋友了，还追他。但路子深和她是一个导师，研究同一个课题，天天都得见面。

林声说："比见我的时间都长。"

梁水："他什么态度？"

林声停了一下，说："他其实保持距离了，但我就是讨厌。"

梁水和李枫然都沉默了一会儿。

梁水说："声声，你干吗不自信啊？"

林声低声："是我错了吗？"

"倒不是错不错的。你没必要那么害怕。你挺好的，怕什么呢？"

林声眼圈微红，却冲他一笑："就怕我不够好啊。"

梁水无言，心被戳了一下；李枫然拍了拍她的肩。

桌上，苏起手机亮了，是短信。

她刚好唱完歌，跳过来滑开手机，梁水无意瞥了眼。

江喆："在干吗呢？"

四个字，梁水心里一沉。

他和苏起异地恋的时候，最爱的开头语便是："在干吗呢？"

苏起打字："唱 K。"

那头回复很快："全美航空空客 A320 的坠河报告出来了，想看吗？"

"发我 QQ！"

江喆："不能白给，唱首歌给我听。"

苏起捧着手机，无意扭头。梁水立刻移开眼神，假装伸手拿东西，够了下茶几，可俯了身却不知该拿什么，便抓起酒杯，一口灌了半杯。

四周忽然消声，灯光在闪，屏幕在变，人影晃动，苏起在玩手机，画面凌乱，没有声音。

他像坐在冰天雪地里，连心尖都是凉的。

那手机还是当初他给她买的，手机链却早已换掉。

梁水把自己的手机拿出来，滑开了假装看短信，看完后合上，“随手”放在桌上。

苏起聊完了，合上手机，放回茶几上；手还伸着，却看见了同款的手机，一时就僵了僵，不知该放下去，还是该拿回来。

梁水不动声色地看着她的表情在瞬间变化中，心竟陡生一种报复的快感，更又畅快她也能被刺痛。

可只是一瞬，苏起松了手，那手机和他的放在一张桌子上。她无所谓地坐了回来，转眸看苏落唱歌。

仿佛……松了手，不在意了。

梁水的心忽似冰刃捅过。

身旁沙发一沉，路子灏唱了无数首歌，终于累了，一屁股坐在他旁边，抓起桌上的杯子，猛一大罐啤酒灌下肚。

苏起回神，略吃惊：“你又怎么了？”

路子灏放下杯子，抹一下嘴上的泡沫，说：“我爸妈要离婚了。我妈说等过完年民政局上班了就离。”

一群人看过来。

这些年，路耀国表现得很好，自那次出轨事件后，他几乎是个完美的丈夫和爸爸。连一开始对路耀国不满的几个孩子都忘了他曾经的错。

他们以为，他知错了，改了，燕子阿姨就原谅他了，然后一家人和和美美继续前行。

路子灏耸了下肩，轻松状：“没什么，反正是意料之中。我只是……”他揉了揉眼睛，苦笑，“我爸爸是真的悔改了，不肯离婚。我妈妈就哭，说过去那些年，她每天都很痛苦。她还想等我和我哥结婚了再……但她受不了了。她一天都没原谅过他。”

他惨然一笑：“我妈妈昨天跟我说，她老了，才发现她的青春都糟蹋了。”

众人一时都不知该说什么。

李枫然道："你也别劝你妈妈了。支持她吧。"

"我知道。"路子灏瘫在沙发上，神色恍惚，原本这个寒假想跟妈妈坦白他的感情问题，却不敢了。他说，"我只是觉得，小时候好傻啊，居然那么想长大。"

是啊。

小时候，生活很苦，但我们会苦中作乐；长大后，苦就是苦，真的苦，没有乐。

五个人集体静默，只有还没长大的苏落开心地唱完了歌。屏幕切换，出现刘若英的《后来》。

"谁点的？"苏落拿着话筒，兴奋地问，"姐姐，你唱吗？"

屏幕上，歌词已经打出来："后来，我总算学会了如何去爱……"

那歌词仿佛能刺人眼。

苏起脸色一白，说："不是我点的。"

字幕仍在无声滚动："可惜你早已远去消失在人海。"

梁水沉默不言。

苏落："声声姐姐？"

林声摇头，看一眼屏幕上的"后来，终于在眼泪中明白"，低下了头。

"有些人一旦错过就不再。"

李枫然看向别处。

路子灏又喝了杯酒。

苏落开心道："都不唱啊，那我唱了啊！"

所有人沉默。

"栀子花，白花瓣……"苏落的男声很好听，有种莫名的温和寂寥，"爱你，你轻声说……"

苏起别过头去，看着虚空，不经意地吸了口气。

"十七岁仲夏，你吻我的那个夜晚，让我往后的时光，每当有感叹，都想起当天的星光。"

梁水盯着桌上的两个手机，目光笔直，似乎能把它们看穿。

路子灏仰着头，林声垂着眼，李枫然看着屏幕上玩闹的男孩和女孩，眼神空洞。

当少年唱到“你都如何回忆我，带着笑或是很沉默，这些年来，有没有人能让你不寂寞”，五个少年各怀心事，谁都没看谁，想着各自的曾经和“后来”。

一首歌如同受刑，拉得无限漫长，苏落深情唱着，没注意到五个哥哥姐姐都面色苍白，表情几欲碎裂。

“永远不会再重来，有一个男孩爱着那个女孩。”

梁水忽然抬头靠在沙发靠背上，轻张开口，吸一口气，用力眨眼，眨去了眼中的泪雾。

好在灯光昏暗，大家各怀心事，谁都没看见。

聚会散场已是夜深。

除了苏落，众人兴致都不高，不知是疲惫，抑或是别的。

几个伙伴去了洗手间，梁水在走廊里等他们，苏落也在。梁水手里的手机滑开又滑合，往复几下，终于还是问：“你姐姐谈恋爱了？”

苏落诧异：“啊？没有吧。”

梁水面色稍缓，又听苏落道：“也可能是我不知道。她们班男生都跟她关系很好。”

梁水把手机塞进兜。他们出来了，两人止了对话。

出了门，一行人站在冷风萧瑟的街头打车，路子灏、李枫然、林声一个方向，先上了车。

苏落问：“水哥你现在住哪儿？”

“江福苑。”那是他妈妈以前送他小姨的房子。

“刚好顺路。”

出租车停下，苏落率先坐上副驾驶，梁水和苏起站在路边顿了一秒。梁水走下台阶，拉开车门，看苏起。

苏起垂眼钻进车内，梁水跟上去，关了车门。

他靠在椅背上，长腿卡在座椅间，手里仍是转着手机，扭头看她：“什么时候开学？”

苏起正看窗外，回头：“正月十五。”

“哦。”

“你呢？要很早就走吧？”

“初二。”

“我知道。你在群里说了。”

梁水无声，看着她。

苏起又问：“你妈妈还好吧？”

“还好。我昨天看过她。今年暑假会出来。”

苏起笑了：“真好。”

许是夜色的原因，她的脸格外柔白莹润，他忽然很想碰一下，但他却没有那样做，只是收回目光。前头苏落回头，高兴道：“太好了。到时候我要去接提提阿姨！”

梁水淡笑：“谢谢。”

无话了。

狭小的车厢内一片静谧。车窗外北风萧萧。

苏起无意识抠着车门，转过一个路口，快要到江福苑了，她忽地唤了声：“水砸。”

“嗯？”他再度看向她。

窗外夜色如水，灯光流转，照得少年的脸半明半暗。那英俊面庞上竟有几分夜色寂寥。

少年的眼睛在夜里格外深邃，能把她吸进去一般。

她轻声：“加油哦。”

他极浅地笑了一下：“我知道。”

他看着她。

她亦看着她。

似有话说，又似乎等着对方说什么，结果却是谁也没开口。

前头，司机问："是江福苑对吧？"

两个都看向前方："嗯。"

只有几百米了，司机减速，梁水望着前路，深吸一口气，表情有些挂不住了。苏起也沉默，手指轻抠着羽绒服上的拉链扣。

出租车终究停了下来。苏落快乐地回头伸手："水哥，再见！"

梁水和他握了下手，推开车门，到了这一刻，才扭头看苏起，神色匆匆，竟有丝狼狈："我走了。"

她扯出一丝微笑："嗯。"

他迅速下车，关上车门，朝路边跑去。出租车发动，苏起靠在椅背上，觉得自己整张脸都是僵的，定定不到三秒，她突然回头望了眼。

夜色昏暗，他高高瘦瘦的身影消失在小区门口。

苏起回过头，眼睛疼了，她今天甚至没敢有一次正眼打量过他，好好看看他现在的样子。

苏落的声音让她回过神来："姐姐，你在大学谈恋爱没？"

"没有。"苏起答完，说，"你问这个干什么？"

苏落道："水哥问我啦。"

苏起一愣："你怎么说？"

"我说可能是我不知道。"

苏起突然就想扑上去敲他脑壳，但她没有，她只是瑟缩在椅子上，打了个冷战。云西的冬天太冷了。

寒假过后，"一路风生水起"群没有曾经活跃了——梁水要高考；李枫然已经出名，得花更多时间提高手速，研究音色；林声既要谈恋爱又要学习还要画画挣钱；苏起和路子灏的专业课集中在大二下学期和大三上学期，尤其苏起，几乎每天七节课，快喘不过气来。

人倒不算累，就是每天都排得满满当当。可即使这样，她也没辞去家教，甚至比以前更用心了，仿佛每节课都在给梁水上辅导似的。她每周整理出厚厚一摞易错题和经典题寄给他。

大学生总爱开玩笑说再回高中，考不上大学了。但苏起觉得，再回高中，她只怕能考清华。

春去夏来，一晃六月初了。

梁水高考前，苏起给他打电话，听出他并不太紧张，就放了心。高考后，苏起问他考得怎么样，他说正常，但没说分数。她便没问，反正迟早会知道。他这一年很努力，二本肯定没问题，一本估计能冲一冲。

梁水问："你暑假回来吗？"

苏起说："干吗？"

梁水说："要不要一起学车？"

苏起说："看吧，如果回来就学。"

梁水道："你不回来去哪儿？今年没奥运了。"

苏起说："学校可能要求社会实践呢。"

快期末时，江喆问苏起暑假有没有什么计划。苏起说准备回云西学车。江喆说，他参加了北京的一个西部扶贫基金会，暑假去宁夏偏远山区支教，问她有没有兴趣。

苏起当即就同意了。倒不是有多高尚的理想，而是在这个年纪，她什么都想去尝试去见识。再说，学校今年有社会实践要求，她原本打算回云西拿她爸的小破公司盖个章糊弄过去，现在有了支教，正好。

她跟梁水说要去支教，不学车了，梁水回了个"哦"。

七月初，放暑假了。苏起收拾好行李，跟基金会的一帮支教队友坐上了去银川的火车。大学生们围坐在小桌板旁打牌，苏起除了跟南江的小伙伴们玩之外，是不喜欢牌类的，便坐在一旁听歌。

途中，突然接到路子灏的电话：

"苏七七，你绝对猜不到水砸上了哪个学校？！"

苏起一瞬间紧张起来："预录取结果出来了？"

"对啊！"路子灏叫，又激动又兴奋，跟中了五百万一样狂喜，"他去你们学校了！北航！"

苏起没反应过来，不可思议："啊？他分数……"

“飞行学院。特招！”路子灏狂笑，“他考了你们学校的民航飞行员！”

苏起差点儿没从座位上蹦起来，竟发起了抖：“真的？！”

“废话，还有假？你多久没上QQ了？他发群里了。”

“我这边信号不太好。”苏起激动得冲上走廊，往火车车厢连接处走，“不是，他的脚……”

“运动员不行，空军飞行员也不行，但民航可以通融。我妈说，他其他方面考核太优秀了，航空公司破格招了。哦，他脚伤也恢复好了。”

苏起一头往前冲，发现走过了，又折返回连接处。她又高兴又心酸，握着手机的手直发抖：“我的天，路造，我现在不知道该说什么！你懂吗我……我之前好怕他会……”

“我懂。七七，我现在都快哭了，”他大笑着，嗓音微哽，“我一直相信他，真的，但我一直不敢说，就怕他真的掉下去了。梁水就是梁水！还是爬起来了。老子真是……”他连飙了一连串脏话，情绪翻涌，“他这狗崽子！藏那么深，去年十一月飞行员考试就过了，居然不跟我们说，一个人闷了那么久。老子服了他！”

“啊对了，他是怎么过政——”苏起见有旅客经过，吓得慌忙打住，等人走了，才跟做贼一样忐忑，“审的？提提阿姨不是——”

“他户口一直在他小姨家！”路子灏道。

原来，当初的北门街道南江巷是“穷人区”，一开始是私人违建，没有产权证。孩子们出生后办户口都落在爸妈单位集体户上。直到1995年发产权证了才挪回家。林家民虽然是个体户，但他是土生土长的城里人。而梁水的爸爸是无业游民，没单位，户口在乡下，康提不想给儿子弄农业户口，就挂在嫁去省城的妹子家里了。

这种操作在当年很是盛行。毕竟，那个年代非农户多体面啊。

苏起听完，有种劫后余生的感觉。梁霄当年的不成器，竟在多年后阴错阳差地帮了他儿子一把。

上天写下的命运，谁能想得到？

两人讲了半天，苏起放下电话，一颗心尚在狂跳，她调出通讯录就要给梁水打电话，手指贴在绿色按键上，心却忽地一个咯噔。

他去年十一月就通过飞行员考试了。他没告诉她。

虽然她知道，他害怕万一高考文化课出岔子再度落榜，但……她是不是，已经不是他贴己的那个人了？

苏起靠在火车壁上，随着晃荡的车厢摇晃。车窗外，是西北枯黄的戈壁滩，天很蓝，阳光强烈，灼烧着她的眼。

她望着天空眨了眨眼，重新摁开手机，给他发了条短信："水砸，恭喜啊。"

短信秒回，一个大大的笑脸表情符号："^__^"

她看着那个笑脸，瞬间泪湿眼睫，一年零七个月了，他终于笑了。

接着又一条短信："你在哪儿？我给你打电话。"

她立刻打字："别。我在火车上。信号不好。在和朋友玩。"

过了一会儿，他回："好。注意安全。"

苏起收了手机，回到座位上。

听说他们要去的地方没有信号，挺好的。

这段时间，和外界隔绝吧。她什么事情都不想去想。

她塞上耳机，蔡妍的《一个人》流淌出来，曲调哀愁婉转。她想起曾经跳过蔡妍的《两个人》。多年过去，从两个人到一个人，从热烈到哀伤，歌手她又经历了什么呢？

一行人到了银川，坐大巴转到吴忠市，小巴转到 ×× 县 ×× 乡，再坐拖拉机去 ×× 村。一路全是黄土高坡，天高地阔，绿色的青稞和金黄的麦子点缀山坡。

到了支教村，手机信号彻底断了。除了学校和村支部两排瓦房，整个村村民都住在窑洞里，生活穷困。孩子们各个都黑黢黢脏兮兮的。

学校里三间烂教室，两间办公室，角落一个茅坑，臭气熏天。所谓操场也不过是一个黄土坡。

支教队来之前，村支书已在各家做过动员，开学第一天就有八十多个学生来了。最小的四岁，最大的十五岁。江喆作为支教队队长，把孩子们分成六个年级。

苏起发现他们从没上过英语和音乐课，便当起了英语和音乐老师，教他们唱《捉泥鳅》《粉刷匠》。

第二天，村长女儿来说，孩子们放学排队回家，黄土高坡上到处回荡着稚嫩的歌声：“哎呀我的小鼻子，变呀变了样！”

苏起很开心，满满的成就感。她每天除了写教案，就是陪着孩子们在操场上玩，教他们唱歌跳舞。

那天江喆走出办公室，看见她在烈日下教小孩跳“小燕子，穿花衣……”很简单的舞蹈动作，被她跳得一伸手一抬腿都格外美妙。

他站在屋檐下看了很久，直到散场，苏起走过来，他笑：“你是不是没带防晒霜？”

苏起宿舍的人都不化妆，也没防晒的概念，摸摸脸：“晒黑了？”

岂止是晒黑，都脱皮了。江喆好笑：“你知道西北紫外线多强吗？”

苏起“嗷”一声：“完蛋了。”下一秒，“没事，我是南方人，回家一趟就能白回来。”

正说着，一个小孩子跑过来，递给她一个甜瓜：“苏老师，送给你的。”

苏起受宠若惊：“谢谢。”

那小孩羞涩地跑掉了。

江喆咂舌：“呵。这礼物贵重了。”

黄土高坡这贫瘠村落里，水果是稀缺之物。苏起以前总收到小孩塞的礼物，小花儿、糖果、方便面调料包、小青皮橘子，这是第一次收到甜瓜。

她回办公室：“我要拍照留念！”

江喆跟进去，她桌上堆满孩子们送的折纸，她低头捣鼓着手机，头发有些油腻——这边缺水，队里的人半个月没洗头洗澡了，但她完全不在乎。

她摆弄着甜瓜，扯动领口，脖子和衣领下一道明显的暴晒出的黑白分界线。

江喆望着她：“来这边受苦了吧？”

“没啊。挺开心的。”苏起笑着看手机。

江喆微笑，还要说什么，外头闹起来，一片孩子的哭叫声。一个高年级孩子冲进办公室，喊道："老师，有人捅了马蜂窝！"

办公室里六七个大学生一愣，然后立刻冲出去，就见马蜂嗡嗡漫天飞，孩子们抱着脑袋满操场逃窜。

江喆喊："全到办公室来！"

几个大学生拿着扫帚一边拉小孩一边赶马蜂。苏起看见一个一年级的儿童抱头瑟缩在操场角落，冲过去将她抱进怀里。

"苏起！"江喆抓起一件外套向她跑去，一把将她和小孩护住，挥着衣服拍打马蜂，将她们护送回办公室。

他们迅速关上门，屋内一群大学生小学生惊魂未定。

孩子们都蜇了包，但一个都没哭，几个大学生拿出医药箱，挨个儿涂酒精消毒。

江喆问苏起："你怎么样？有没有蜇到？"

苏起摇头，看他脑门："你额头上……"

江喆莫名其妙，胡乱一摸："咝——"

苏起赶忙递给他棉签和碘酒，江喆在额头上瞎抹，找不准位置。苏起没办法，拿过棉签给他涂，涂了两下，一垂眸见他盯着她看，奇怪："看我干吗？"

江喆咽了下嗓子，说："你真的晒黑了。"

苏起无语："你还不是黑得跟炭一样。"

半个多小时后，马蜂散去，下午的课又照常进行。

那天放学，苏起照例站在校门口的土坡上和学生们说再见。等他们远去了，她坐在地上，看他们排队的身影消失在昏黄的地平线上。

这些天，她眼前的风景只有湛蓝湛蓝的天，和一望无际绵延起伏的黄土高坡，孩子们移动的身影点缀其中。

有时晚饭后，苏起和几个队友会沿着小路往高原深处走，可无论走多远，除了土坡就是土坡，仿佛永远走不出去，也没有尽头。

新闻里的图片变得真实了，同一个国家内真有如此贫瘠的存在。

那天夜里，苏起坐在校门口望星空。这里昼夜温差极大，一到晚上，狂风直涌，星空却澄澈极了。

江喆走出来，坐在她身旁。

“想什么呢？”

“觉得我们帮不了他们多少。”苏起说。

“尽力就行。”江喆道，“基金会联系了几家企业，下个月来参观，他们会出钱给学校添电脑、图书和桌椅。而且我昨天跟村长聊天，听说政府在建移民工程，大概后年，村子会从窑洞搬去乡镇的楼房里。”

苏起微微一笑：“那就好。”

江喆看了眼夜色中她的笑脸，又抬头看向星空，说：“北京的夜空没这么漂亮。”

苏起也仰望：“江喆，你以后想做什么？”

江喆往夜空指了一下：“那儿。”

“卫星火箭、空间站探测器、导弹巡航？”

“嗯。”他说，“做科研，载人空间站、天宫一号我是赶不上了。二号三号可以努力。”

苏起一笑：“不错，为国家奋斗五十年。”

江喆笑：“你呢？”

苏起挑眉：“民航客机。”

江喆：“呵，比我志向高。”

苏起哈哈笑：“少来。”

江喆：“嗯，我国挑战波音空客垄断地位就靠你了。”

苏起：“得了吧，我这一代是不可能了。没关系，尽力给下一代铺路。”

江喆眼中闪过一丝动容，点头：“嗯，给下一代栽树，传接力棒。”

一个半月的支教时光飞驰而过，支教队离开那天，孩子们来相送，一边哭一边给老师们塞礼物，塑料花儿、圆珠笔、胶封上印着老旧挂历美女的本子。几个大学生全给弄得眼泪汪汪。

回程的火车上，苏起情绪低落，实在不舍。

过去那段与世隔绝的封闭而简单的日子，成了她心里的净土。

所谓支教，究竟是谁帮助了谁，说不清了。

回到北京，面对繁华都市，车水马龙，她头几天有些恍惚，一遍遍看着在高原上拍摄的孩子们的照片，一时接受不了场景的切换。她选了些照片发在网上，还写了长长的日志。哦对，校内网改名成了人人网了，据说为了扩大用户群。

一堆同学给她点赞留言，方菲在一张照片下评论："你跟江喆看着挺配。"

那张照片里小学生排队放学回家，苏起和江喆站在一旁，穿着统一的支教队服，白色印花 T 恤，像情侣装。可那张照片里也有其他穿队服的支教队友。

苏起只当她是开玩笑，没回复。

但江喆回复了方菲的留言："（微笑）（吐舌）。"

苏起察觉到一丝微妙，几天没联系江喆。快开学时，江喆给她打电话，说他相机里还有她支教时的照片，问她什么时候去拷。

苏起说："我明天把 U 盘给你。"

江喆说好，要放电话了，忽地低声："苏起。"

苏起已有预感，硬着头皮："嗯？"

"你现在有喜欢的人吗？"

她不知如何回答："怎么了？"

"我……"他停了。话筒连接着，气氛紧张。苏起想着他在那头手足无措的样子，竟有些悲悯。

"我可以喜欢你吗？"他终于问出口，忽地又挫败一笑，"不对，问迟了。已经喜欢了。"

苏起低头，捂了下紧皱的眉眼，刚要开口，

他打断："你先别急着说不。能不能先等一个月？"

苏起没明白："什么？"

江喆连笑声都是紧张的："我知道，朋友突然这么说，你一时接受不了，也尴尬。但能不能再等一等？我们还跟同学一样，我不会骚扰你，也不再提这事。但你可不可以心里试着转变下，看看怎么样？”

“要是不行呢？”

“那我接受，起码不后悔。你别一开始就说不行。我就希望你多想一段时间再给我答复。一个月后，行吗？”

苏起沉默，许久之后，说：“好吧。”

第二天，江喆把照片拷给苏起，又约她一起上自习。

江喆很绅士，对她如同学般相处，和她讨论问题，研究课题，只字不提一月之约。

苏起也想过是不是该给自己一个机会，去换一种不同的状态。

可内心深处蛰伏的某种情感如撞壁的猛兽般刺痛着她。一个想松开，一个想紧握，两股情绪剧烈撕扯着。她头疼不已，最终决定不想了，顺其自然，一个月后再说。

几天后开学，苏起步入大三。

新生报到那天，她接到梁水的电话，说：“不请我吃个饭吗？”

苏起讶道：“你到学校了？”

梁水：“废话。”

苏起捂了下额头，觉得自己混乱得够可以，说：“你在哪栋宿舍呢？”

梁水说：“你宿舍楼下。”

苏起一愣，跑到阳台上一看，楼下绿意盎然，梁水一身黑色 T 恤站在白杨树下，一手插着兜，有些散漫的模样。

苏起匆忙洗了把脸，换了身衣服，跑下楼。

九月的第一天，烈日当空。梁水被晒得眯着眼，表情随意，垂着的手却紧抠着手机。苏起跑去他跟前，匆匆看一眼便移开眼神，一时不知该说什么，就道：“你想吃什么？”他还没开口呢，她就补了一句，“只能请你吃食堂，外面馆子吃不起。”

“……”梁水心内暗自的紧张缓和了，说，“你这点出息。”

苏起说：“我就是个穷学生，没出息。”

梁水瞥她一眼，瞧了半天，说："真晒黑了。"

"……"苏起斜他一眼，"又不要你看。"

梁水笑了下，没回嘴。

那时阳光正灿烂，照在他白皙俊俏的脸上，很青春。

她看着他久违的散漫笑容，心莫名平和了，对自己弯了弯唇角。

苏起请他吃了碗煲仔饭，梁水端着饭跟着她找座位，说："你果然挺穷的。"

苏起坐下，说："吃你的饭吧。"

梁水坐她对面，忽然看见卖奶茶的窗口，问："喝奶茶吗？"

苏起还没答，他已起身去买了，那高高瘦瘦的身影在一众学生当中格外显眼。

几个迎面而过的女生都回头看他。

苏起视若无睹，低头吃锅巴。

很快，一杯奶茶放在她面前，苏起说："谢谢。"

梁水盯着她看："你怎么变礼貌了？"

以前的她总拉着他袖子："水砸请我吃鸡柳。""水砸请我喝奶茶。""水砸请我吃可爱多。"拿到吃的张口就咬，一句谢谢也没有。

苏起耸肩，说："好吧，谢谢收回。"

梁水见她这耍赖样子，暗自好笑，心情忽然就很不错了。

"对了，"苏起问，"提提阿姨还好吗？"

"挺好的。她跟我小姨出去旅游了——"话还没说完，方菲端着餐盘过来坐下："苏起！"

苏起扭头："你什么时候回来的？"

"刚才。"方菲冲梁水笑了下，他点了下头算是打招呼。

方菲不看他了，冲苏起说："我刚在门口看见你男朋友了。"

梁水握着筷子的手一顿。

苏起也被"男朋友"这称呼弄得一愣，回头朝门口望，这动作落在梁水眼里，伤口撒盐。

她回过头看见了梁水，意识到什么，可她没解释，匆匆看方菲："我过会儿去找他。"

"欸，下次能让他帮我修电脑吗？我是你室友，可以蹭蹭福利吧？"

苏起抿了下唇："嗯。"

方菲又扭头看梁水，似乎不记得他了，问："这是……"

梁水不作声，等着听苏起怎么介绍他，就听她说："发小。考来我们学校了。"

梁水无言。

方菲："哪个学院啊？"

苏起："飞行学院。"

方菲："酷哦。"

她还要说什么，但两人已吃完，苏起跟方菲说先走了。梁水沉默起身。

两人一路无话。苏起心里也不见得有多痛快。

出了食堂，梁水终问："叫江喆？"

苏起说："你怎么知道？"

梁水淡笑："你在校内发过他照片。"支教的相册里，有全队的合影。

苏起"嗯"了一声。

两人又不说话了，沿着林荫道往前走。夏日，树木茂盛，阳光斑驳，落在梁水轮廓分明的脸上，竟生苍茫。

苏起手机一响，是江喆发来的消息。梁水不用偷看都能猜到。

他们已走到岔路口，苏起说："我去上自习了。"

梁水很平静，说："好。"

四目相对，只是匆匆。

彼此竟都不敢细看对方的神情。

她转头便走了，没有一丝留恋的样子。梁水望着她的背影，心突然疼得像要撕裂开。他咬紧牙关，几乎是负气地转身就走，可走了两步就刹停，还是没忍住回头看。

但苏起没回头，她的背影映在林荫路上，越来越远。他抬头看看树梢上斑驳的蓝天，又再次看她，鬼使神差地，他越走越快，终于朝她大步追上去。

可跑到半路，他停住了。

那个叫江喆的男生站在拐角处等着她，她走上去，和他说着什么。那男生低头看着她，一直在笑。

梁水插兜站在原地，看着他们俩，那画面像火一般灼烧刺痛了他的眼。许是心太疼了，他看不下去了，一瞬就将脑袋偏过去，狠狠盯着路边的花坛，他微微张口，呼吸急促，心已疼得无法呼吸。想拔脚就走，可站了几秒，近乎自虐般还是忍不住多看了她一眼，就见那男生从她头上摘下一片沾着的落叶，她有些惊讶地一缩，看见是叶子，又笑了下。

梁水垂下眼，再度张了张口，深呼吸。他克制着，却狼狈地低头抠了下眉心，再抬头时，她和他一起走了，消失在拐角。

他站了好一会儿，才想起要走，走着走着，忽然就捂住了眼。

家长夜话

一年半之前。

冯秀英："今天大家都聚齐了，就好好说下吧。其实也没什么别的事，就是水子的教练说，他没去康复训练，也没去治疗。"

李援平："跟腱修复要治还要养，要想恢复正常人水平，不留后遗症，至少得花一百万。教练说他们那边报销了二十多万，还有八十万的缺口。你们也都知道，水子现在只想救她妈妈，这钱……估计是不准备给自己留了。"

林家民："你是医生，你就直接把后果说了吧。"

李援平："他要好好治，以后还是个正常人；不然，就会落下残疾。年轻时还好，到四五十岁，工作强度一大，就不行了。"

众人沉默。

陈燕："大家怎么想，我不管。我是看着水子长大的，喜欢这孩子；

再说我受了康提的恩。我最困难的时候，是她给了我工作。她被带走那天，就叫了我一声“燕子……”她别的话没说，但我都知道。(哽咽)她放不下心，叫我关照水子。我要是看着水子变成残疾，这辈子都不会心安。我也实话跟大家讲吧，不怕你们去举报，我给商场管账，出事第二天刚好一笔货款打过来，五十几万，被我做手脚划下来了，我要留着给水子。我自己能力不够，只能再给他添八万。”

苏勉勤：“要说帮忙，我之前被合伙人骗，后来重新做生意，康提给我拉了多少关系，我都记着。”

程英英直接道：“我跟苏勉勤商量了，水子的治疗费，我们家出八万。”

冯秀英：“我跟李援平商量的也大概这个数。”

沈卉兰：“我们也出一份，只有五万多。”

路耀国：“对你们家来说，太多了。”

林家民：“声声现在上大学了，她给人画画挣钱，还勤工俭学，不用我们管报名费生活费了。我们两口子也花不了太多钱。”

冯秀英：“那咱们就凑一凑，把钱给教练打去。让他跟水子说，是申请的经费。如果这孩子以后有出息了，我们不要，他也会把钱还给我们；要是他没……”

程英英：“那这就是个秘密。这辈子谁也别提。”

Chapter 26

你好，学姐

那晚从图书馆出来，江喆问苏起："你喜欢金希澈？"

苏起说："对啊，他长得好好看。"

江喆笑："你是外貌协会的啊？"

苏起想，他刚去过食堂，应该看见梁水了。而她大一谈过恋爱这事，班上同学都知道。

她道："你有话就直说吧。"

江喆摇头："没什么。"

苏起不说话了，走了几步，忽然开口："其实我想了下，没必要等一个月。我现在不想——"

"我知道。"他立刻打断，抿唇冲她笑了一下，"我知道你现在的回答，但我更想要个第二次回复的机会。这样，我自己不会后悔，觉得没有争取。虽然也能料到，但到时候我还是会再问你一次，也是最后一次。你放心，我会理性对待。"

苏起无话可说。

大三开学的头一个月，苏起很忙，一堆专业课学习，还得继续做家教。

她大二时教的高三女生考上了人大，家长把她推荐给了同事的女儿。

而梁水刚入学，学业很重。有次群里聊天，林声要看他课表，就见一周安排得密密麻麻——除了高数、英语、政治等基础课，还有工程力学、航空专业英语、航空气象、领航学、维修、电气电子听音之类的，外加一堆实际操作课程。

路子灏回了句："高大上啊，梁机长。"

彼此都忙，虽在同一个学校，但头三个星期，两人没见过面。

九月末的一天清晨，苏起去上政治大课，跟薛小竹她们经过操场，飞行学院的学生们身着墨色制服迎面走来。一批个子高高身形挺拔的少年郎，引得不少学生侧目。

苏起抬眼便看见了梁水，他在最后一排，一米八七的身高已是民航飞行员的最上限。

深色制服衬得他面容越发英俊了。他背脊挺直，目不斜视，表情淡漠地随队前行。

她没忍住多看了他两眼，就在她和队列擦肩的一瞬，他目光瞟了过来，和她的对上，一秒后清淡移开，高大的身影从她身侧擦过去了。

夏末初秋的晨光照在她脸上，热热的。

薛小竹说："我怎么觉得你前男友比以前更帅了？"

方菲诧异："我说上次在食堂看到这么眼熟呢，是你前男友啊。完了，还想让你帮忙介绍下呢。"

王晨晨笑："得了吧，尴不尴尬呀。不过飞行学院的男生很抢手。我们学校女生少，但隔壁语言大学多呢。开学快一个月了吧，他这种长相，现在绝对有女生在追。苏起，你会不舒服吗？"

苏起没说话。快一个月了，追他的女生估计都排队了吧。

方菲说："苏起都有男朋友了，有什么不舒服的？"

薛小竹道："别瞎说。她跟江喆又没什么。"

"对啊。"王晨晨说，"他们这段时间都很少见了，你下次别这么说了。"

方菲说：“好吧。是我误会了。”

马哲大课，苏起坐在阶梯大教室最后一排，心不在焉。

薛小竹趴桌上，小声：“苏起。”

苏起也趴着：“嗯？”

“江喆要第二次跟你表白，你会答应吗？”

苏起看了下手机，今天二十九日。

薛小竹鼓鼓嘴巴，又问：“你前男友这段时间都没联系你？”

苏起垂下眼：“联系我干什么？他早就不喜欢我了。”

她一想到那天他出了食堂，淡定地问的那句“江喆？”，心就一扯一扯地疼。

“是吗？那你还喜欢他吗？”

苏起不作声。

“苏起，我觉得你现在比较成熟稳重，大一刚开学那会儿，跟梁水在一起的时候很幼稚活泼。”

苏起：“那是成熟好，还是幼稚好？”

薛小竹：“各有各的好吧，看你呗。我怎么知道？”

苏起手机亮了，是江喆的短信，他明天生日，会请他们宿舍几个哥们儿吃饭，问她去不去。

薛小竹无意看见，心里一数，说：“30号，好像刚好一个月。”

意思很明显。这是他的第二次表白。

如果她去，就是她答应他了。

江喆：“想好了，但别有压力。不管你做什么选择，都不影响同学的友情。”

苏起脑袋一扎，脸埋进手臂里。

……

上完大课，两人要上的专业课不同，在走廊道了别。

薛小竹跑到电梯间，眼见电梯要合上，唤：“麻烦等一下！”

里头的人移动一步，摁了键，电梯门开了。

“谢谢谢谢！”薛小竹跑进去，见是梁水，一时没移开眼睛。梁水摁上电梯，看她一眼，打量片刻：“你……她室友？”

薛小竹笑：“你记忆力也太好了吧？两年前见过呢。”

梁水淡笑：“你是接电话的那个。”

“哈哈哈。”

电梯下行，狭小的空间里安静了一瞬。

薛小竹看着下降的数字，也不知怎么想的，忽然快速道：“明天晚上苏起要去参加一个聚会。她跟江喆要公开了。”

梁水扭过头来。

……

次日下午。

苏起洗完头发，把宿舍的灯和电脑关掉，以免跳闸。她借王晨晨的小吹风把头发吹干，坐到桌前梳头。

她盯着镜中自己的脸看了会儿，一副没有高兴也没有不高兴的样子。她想起以前照镜子的时候总爱对镜瞪眼睛嘟嘴做鬼脸，不知从什么时候起，丢了这个习惯。

她起身换了件连衣裙，怕晚上冷，又套了件针织衫，对着宿舍门背后的落地镜照了一眼。

镜子里，窗外的夕阳橘红一片，反射在玻璃窗上。夏天要过去了。

她又坐回椅子里了，长久地坐着。晚霞暗淡下去，暮色降临。她忽地拉开抽屉，大头贴手机链还躺在里边。她看了好一会儿，猛地关上抽屉，背上书包起身就走。

宿舍门忽然被推开，薛小竹急匆匆跑进来，见她就道：“苏起，你前男友好像出事了。”

苏起一愣：“怎么了？”

“我班长说，他宿舍一个男生在学校东门 ×× 酒店跟人打了一夜的游戏搞赌博，输了一堆钱被扣住了。他去给他室友出头了。现在就男生宿舍几个人知道，不敢惊动学校，怕被开除。你也知道飞院管得超严。”薛小竹道，“可人家是混社会的，他去会不会打起来啊？”

苏起霎时就急了：“哪个房间？”

薛小竹翻手机：“1203——”

“他那人就是那样！把朋友看得比鬼都重！”苏起气急败坏，冲了出去。

她背着重重的书包一路飞跑直奔东门。天色已黑，校外霓虹灯闪，车流如织。她跑进酒店大堂，刚想通知前台，又怕把警察招来，急得原地转了一圈，咬咬牙冲进电梯间上了十二楼。

她火速找到 1203，猛敲房门，敲了不到三下，门忽然被拉开，是梁水开的门。

苏起气冲冲道：“你别瞎出头打架啊，叫他爸妈来！”

她大步进去，猛的一顿，房间里安安静静，一个人也没有。连大床上的床单被罩都铺得整整齐齐，不带一丝褶皱。

苏起还没反应过来，质问：“你室友呢？”

梁水单手关上房门，落了锁，问：“什么室友？”

“就赌输——”苏起住了嘴，忽然明白了，掉头就往门口跑。梁水一把捞住她，将她抱进怀里，摁在墙上。

少年炙热的身体挤压着她，男性荷尔蒙的气息扑面而来，苏起惊惧之中，只觉身体忽然如火烧火燎，仿佛自带着曾经温存缠绵的记忆，心尖儿竟不可控制地软了下去。

“你干什么？！”她又羞又耻，又气又恨，用力挣扎，可双手手腕被他紧紧攥着，摁在后腰处的墙壁上。

他并没有深一步的动作，只是将她禁锢在他身体和墙壁的夹缝里。

这一个月，他过得并不舒坦。起初一周的负气过后，他忍不住去偷偷看她，暗地观察她好久，却再没见她和江喆一起。他原想给彼此点时间，等国庆放假好好谈一下，结果半路杀出个薛小竹，把一切都搅乱了。

他不知道苏起跟江喆究竟是什么关系，他只知道不能让她走。

他低声：“不干什么。就是不想你今晚去别的地方。”

苏起一下子懂了，气得面颊通红："你松开！"

梁水不松，箍着她。

苏起恼道："我去不去哪里，你有什么资格管？！"

梁水抿紧唇，忽地说："我还喜欢你。"

苏起只觉心被捅了一刀，几乎是条件反射道："我不喜欢你了！早就不喜欢你了！"

梁水许是没料到这个结果，怔了半晌，微红了脸，犟道："真不喜欢了？"

"不喜欢！"她狠道。

他点了点头，吸着气说："反正你不能走。"

她用力挣手，挣不开，拿脚踢他，又踢不动；气得不择路了，一口咬在他肩膀上，这一口咬下去，又狠又恨。梁水倒吸一口冷气，疼得整个人紧绷起来，他咬紧下颌，偏是一动不动。

她也发了狠，死死咬他，跟他较劲，就比谁更狠。

她几乎是用了全身的力气，可他就是不松，非得跟她耗着，跟她犟着。

苏起咬得牙齿里浮起一丝血腥味，终是心里不忍，松了力。他疼痛难忍，却心中一喜。可她悲哀至极，气他也更气自己，怒道："你松开！"

他问："你要去见他？"

他太了解她了，如果她真的决定和江喆公开做男女朋友，她会很认真很郑重地对待那份感情，他就再也没有机会了。

"对啊。"苏起抬头，望着他，"不是你说的吗？我就喜欢成绩好的男生，欧阳李、吴非、路子灏、江喆……或许以后还有呢。你也不是我喜欢的类型，也就是高考后无聊空虚，刚好你来找我我才喜欢你的。"

梁水哑口了。当年吵架时他说的气话，她竟清清楚楚一字不漏记到现在。

当年扎进她心里的刺生了根，现在连根拔起，鲜血淋漓，苏起心都疼得没知觉了："所以我现在不喜欢你了，有那么难接受吗？"

"七七，那是我说的气话。"梁水面色苍白，直视她的眼，"我收回行不行？”

她咬着牙，挣了下手：“我要走了。”

就在这时，她手机“叮”的一声。

两人对视着，脸色皆是一变。苏起扭了一下，抵不过他的力气，他单手掐住她两只手腕，另一只手在她口袋里一掏，手机屏幕上显示“江喆”二字。

梁水眼神阴沉，往床上一砸，手机翻滚在蓬松的被子上。

苏起满心怨愤委屈，眼眶都红了：“你发什么疯？我跟谁在一起，都不关你的事！我们早就分手了！是你说的！”

少年眼里闪过一丝嫉妒的疯狂和痛苦，他盯着她湿润的眼，发狠地点了下头，迅速从牛仔裤兜里拿出自己的手机，松了她一只手，将手机塞她手心，说：“打电话，报警。”

他脸色如铁：“警察来了，我就让你走。”

苏起抓着手机，手指狠狠抠着，心像被利爪撕扯。飞行学院院规严格，他竟拿他的前途来挟持她？

“你不是想走吗？打电话报警。”他道，“打啊！”

她嘴唇颤抖着，眼中一点一点浮起泪雾：“梁水……你……你凭什么对我这么狠哪？！”她突然失控，将手机砸出去。

这一摔，竟抚慰了他。

他平静了少许，面色也缓和了些，只是胸膛仍起伏着，见她眼睫上挂着泪，去抚：“你别哭。”

苏起猛地扭头，尖声：“你别碰我！”

他的手悬在半空，终究垂下。

她只落了一滴泪，很快平复，道：“你幼不幼稚？就算把我关在这里一晚上又怎么样？明天呢？后天呢？你关我一辈子？”

梁水无言，许久后，挫败地低下脑袋：“七七，我错了。你别跟他在一起行不行？”

苏起心狠狠一揪，人却是笑了起来：“我凭什么听你的？”她抬眸看他，漂亮的眼睛里再次浮出泪雾，“现在还搞这种事，我真看不起你。”

他脸色变得灰败惨淡，叫她一瞬痛心，她以为凭他的自尊心，话说到这步，他就该松手了。但他没有，他扯了下嘴角，极尽苦涩，说：“我也看不起我自己。但我没办法。”

苏起一怔。

“七七，你知道我跟腱断裂那天，在想什么吗？我在后悔，之后的每天都在后悔，如果我……多热身一下，哪怕五分钟；如果我少跑一点，哪怕十米，是不是就能逃过一劫……”他眼圈红了，却强忍着，克制地看一眼别处，一咬下颌，额上已是青筋暴起，“后来，我每天都在‘幻想’‘假设’‘如果’。可……都没用了，没用了。”他吸着气，颤声道，“事情一旦发生，就永远没有挽回的余地。”

苏起不言，一行泪无声滑落。

他紧握住她：“我知道把你骗来，你会生气。可我不这么做，放你走了，我会后悔一辈子。”

是啊，他会悔恨——如果今天坚持，厚着脸皮，死活不让她走，是不是他们的结果就会不一样？他无法承受那种悔恨，太苦了。

苏起只觉得他全身的力量都挤在她身上，她承受不住，喘不过气来：“你说分手就分手，你说在一起就在一起，世上哪有那么好的事？”

“七七，”他低头看她，眼眶已然通红，面目狼狈得不像他，“你这么好，我……”他眼中水光闪烁，生生忍住了，他嘴唇在颤，声音也在颤，“那时候的我凭什么拖住你？我最害怕我像我爸爸那样没用，空口说白话，却给不了你未来。我更怕你成为下一个我妈，她这些年过得太苦了……我怕你跟她一样……”

“可你说过会一直对我好，永远不跟我分开的！你那天晚上怎么说的你都忘了？！”她忽然失声，孩子般委屈地大哭起来，“你说你不会答应你做不到的事，你答应了的！所以你说要和我在一起，一直在一起，我以为是真的，还没上大学就想以后要跟你结……”

梁水猛的一怔：“七七，我说的是真的。我也是——”

可他突然说不出口了，因为她哭得失了声，哭得弯下腰去。

她摇着头，泪涌得更多。她哭着，泪水开闸，脸都扭曲了：“我以为我们会像我爸爸妈妈一样，哪怕生了重病，失业了，破产两三次，家里一堆乱七八糟的亲戚，却还是可以互相陪伴走一辈子。可你遇到困难，你就把我甩掉了！”

“你现在跟我说这些有什么用？”她彻底崩溃了，哭得浑身剧颤，“你知道我家最穷最苦我爸爸做手术都要找邻居借钱的时候，是怎么过来的吗？我妈妈没钱请护工，自己扛着我爸爸上厕所，我爸爸说，英子，你再陪我坚持一下，会好的，我会努力好起来的。你呢？梁水，你想到的第一件事是先把我甩开！”

梁水面色煞白，因骤然知错而忽觉一股绝望的寒气涌上心头，心已是千疮百孔，恐惧、疼痛，仿佛不能再承受。

“我理解你的自尊心，真的。你不想让外人看见，但是……”她颤声道，“是我啊……水砸，”泪水再度盈满眼眶，她轻声哭问，“是我也不行吗？”

“还是说在你看来，我根本就是一个吃不了苦，见到你落难就会抛弃你的人？我在你心里就是这样的？”

梁水再也承受不住，突然垂下了头颅。

“对不起……”少年喉中苦得整个人都佝偻下去，仿佛什么沉重的东西已将他背脊压弯，再也无法负荷。他痛苦地勾着腰低着头，眼睛酸痛得视线都模糊了，却仍死死克制着不肯落泪，想要解释什么，可一切都是苍白，“对不起，我说过，答应的事我会做到。但我没有。我以为我是梁水，不是梁霄。我以为甩掉了他的影子，结果还是跟他一样。对不起。七七，我那时候以为独自承担才是对你最好的……”

“你别说了！”她不想看着他把心里的伤疤再一次血淋淋撕开，她胡乱一抹眼泪，“水砸，我都知道。我懂，我接受，真的。但是……我们两个的喜欢，太不一样了……”

她突然什么都不想说了，蓦地想起了高中的运动会，她陪着班上所有同学跑了步。不管他们得第几，她都开心。

“水砸，我不是那种站在终点等人的人。”她止了泪，仿佛一通发泄后终于累了。她眼神空茫，“你走出来了，我很开心，真的。但你最难的时候，我没有参与，没有陪着你，是我最大的遗憾。”

她含泪的眼直视着他，他通红的眼亦凝视着她。

懂了。

他什么都懂了。

是他错了。

他错得无话可说，无力辩解。

错得此刻满心凄惶，却只能垂着首，后退一步，终于，缓缓松开了她的手。

“七七，我没有想求你和好。我只希望，能不能不走。你不要跟别人走，行不行……”

夜已深，苏起还是睡去了。

女孩小小一团蜷缩在大床上，眉心微皱，脸上布满泪痕。

梁水坐在床头的单人沙发里，眼睛一眨不眨地盯着她的睡颜。

不久前，在他说了那句话之后，她又哭了。松开她手的那一刻，他整个人都是惶然恐惧的，怕她真的会一走了之。那一刻，他甚至不知道该如何面对今后的未来。

但她站在原地，自己哭了一会儿，忽然一扭头冲到床边，爬上去掀开被子钻进去，裹紧自己侧蜷成一团继续哭。

他见她哭得额头上脖子上全是汗，一边道歉一边拿纸巾给她擦干，她也不阻拦，自己哭自己的，后来就睡着了。

梁水便一直看着她，看着看着，心一抽一抽地疼。

他曾说要一直和她在一起，是真心的。

他哪里没有想过他们的未来？如果不是想着她，如果不是那几百只千纸鹤，如果不是她每月寄来的写满她笔迹的资料，复读一年半，学习加训练，他哪里熬得下来？

他以为默默拼命努力，独自承受一切，走过去就好了。

是他盲目了。想等一切安排好，再来找她。

他以为不让她受苦，自己承担一切才是男人所为，才是对她好。

他错了，没有和她携手面对。

脑子里各种思绪混杂成一团，他自省、反思，却找不出一个明天如何面对她的方法。

道歉已是空白无力，求复合更是傲慢滑稽。

他坐了不知多久，窗外的车流声都消弭了。他困倦而疲惫，却睡不着。拿手机看了下时间，滑开屏幕才发现拿错了，是她的手机。

可来不及了，江喆的那条短信已经打开。梁水一惊，完了完了，变已读了。她明天醒来肯定要生气。

握着烫手山芋似的刚要关上，就见——

江喆："没事。你别见到我尴尬就行。那是我不想看到的。也谢谢你给我第二次回复。我也算尽力了，不遗憾了。"

梁水一愣。

他看了床上的苏起一眼，她今晚哭得太累，睡得很沉。他抿紧嘴唇，汗毛倒竖，迅速退出，摁开发件箱——

To 江喆：

2009/09/29

16：33

内容：

提前祝明天生日快乐。我就不去聚餐了。

梁水怔住。

发送时间是昨天下午。

他立刻起身拎一拎她的书包，很重，装着专业书，应是要去自习的。

薛小竹一堆添油加醋，把他给骗了。

家长夜话

程英英（临睡前对着镜子涂面霜）：“唉……”

苏勉勤：“叹什么气啊？”

程英英：“老了。眼睛上全是皱纹，不好看了。”

苏勉勤：“哪儿的话啊？你不知道那天我带你出去吃饭，新认识那王老板看见你了，说你年轻又漂亮，以为我带了个情人。我跟他说就是老婆，正儿八经的老婆。他偏不信，说我放屁。你一看就比我年轻十几岁。还是陈老板出来做证说就是老婆。”

程英英（扑哧笑）：“你才放屁。我比你年轻十几岁，我是妖怪了？”

苏勉勤：“真的，你跟年轻时候一样好看，还更洋气了。”

程英英：“嘁。不过我真不喜欢你们圈子里那风气，大老板们一个个都带着年轻漂亮的小姑娘。下次别带我去了，我不稀罕跟他们吃饭。”

苏勉勤：“哎呀，生意场嘛。管他们呢。”

程英英：“欸，你就没想过找找小姑娘？”

苏勉勤：“找什么找，小姑娘都会变成母老虎。”

程英英：“你说谁母老虎？！”

苏勉勤：“其实母老虎是个很好的词。真的。”

程英英：“放屁。”

苏勉勤：“我说你年轻的时候没这么暴脾气啊，现在七七真是跟你越来越像了。昨天还在电话里跟我顶嘴，说我唠叨。”

程英英：“七崽长大了嘛。”

苏勉勤：“哎，你说，水子……”

程英英：“你要说什么直说。”

苏勉勤：“这俩孩子是不是有点儿什么，之前？”

程英英：“她不说，你就当不知道吧。年轻嘛，有的折腾。”

苏勉勤：“水子这孩子，也是苦了他了。不过好在守得云开见月明，没枉费他从小到大那么肯吃苦努力。其实，我还蛮喜欢这孩子的。唉，孩子们的事，顺其自然吧。欸？你怎么不说话？”

程英英：“别怪七七说你啰嗦，碎碎叨叨的，听你说话我耳朵都要起茧子了。睡觉！”

苏起早上醒来，眼睛疼得厉害，蒙蒙睁眼；梁水缩成一团歪在沙发里睡着了。那么大个人，挤成小小一团，脑袋半吊在椅背外，看着竟有点儿心酸。

她轻轻掀开被子，蹑手蹑脚滑下床，可他还是一瞬惊醒，慌慌地看她两眼，又尴尬地低下头，用力揉了揉脸。

苏起穿上针织外套，背上书包，默不吭声往外走。梁水赶紧跟上，跑去前台退了房，一回头，她已出了酒店。

梁水追上去，跟在她身边，她眼睛肿着，眉心蹙着，还在生气。

进了学校了，他说：“你肚子饿了没有？我请你吃早饭好不好？”

她不理，拐弯。

他跟着拐：“那你想不想去超市买零食？……水果？”

不理。

他挫败地开口：“你不会以后都不跟我讲话了吧？”

还是不理。

“七七——”他没办法，拉她，她跟揪了耳朵的猫儿似的炸了，一把挥打开他的手，恶狠狠瞪他一眼。

梁水被她瞪得心头一怵，停在原地；苏起大步进了宿舍楼，头也不回。

回到宿舍，薛小竹去过十一了，方菲回了家，王晨晨在玩《植物大战僵尸》。最近，这款国外新出的游戏席卷了高校，很多学生都在玩。

苏起坐在一片僵尸吃脑子的声音里，头疼得很。

她滑开手机看短信，江喆的短信已经没有未读标志了。梁水那狗崽子！

王晨晨在地上种下一棵倭瓜，道：“所以你选前男友啦？”

苏起：“薛小竹跟你说什么了？”

王晨晨好笑：“她说她逃命去天津了。让你不要追杀她。”

苏起翻出书本："谁也不杀，谁都不选。我选学习。"

"学个头啊，放假了来玩这个吧。超好玩，你玩五分钟没上瘾来找我。"

苏起心头烦躁，看书看不进去，干脆去打僵尸了。

……

下午七点，正是校外餐馆就餐高峰期。

梁水坐在新疆餐馆靠玻璃窗的角落里，抄起啤酒瓶往杯子里倒。路子灏一把夺过："你怎么也搞起借酒浇愁的戏码了？别害我啊，我可不想把你架回去。"

梁水面颊潮红，手捂着杯口，额头往手背上一压："心烦！"

"活该！"路子灏被他那样子弄得又好气又好笑，"你计划蛮美的，考上大学来跟她好。她招之即来挥之即去？"

梁水微微抬头，只露出一双眼睛："我没这么想。"

"你这么做了。"

他又埋下头去了，低低道："我当初真以为我废了，没希望了。"

提到那段时期，路子灏也不忍，说："你俩不是谁对谁错的问题，可能就是，错过了。"

梁水："我不！"

路子灏："……"

"行行行，你说不就不。"他吃了块羊肉，食不知味，放下筷子，说，"水子，其实你当初跟七七分手，对她伤害挺大的。"

他眼睛又抬起来了。

"她一开始没什么表现，我也以为她没事。反正她是苏七七嘛，过一阵子就开心了。可是，"他微抬头，回想一下，"你们分手后一个月吧，她过完生日第三天，夜里一点钟，她给我打电话，就一直哭，说路造我受不了了，你能不能来找我。"

梁水嘴唇抵在手背上，一动不动。

"就雪灾那年，冷死了。我凌晨跑她宿舍楼下，她站在风里哭。见我了也不说话，掉头就走。我就跟着她走，出了学校，街上一个人都没有。我都不知道原来北京夜里这么空旷，跟灾难片一样。她一边走一边哭，哭得太伤心了就蹲下来号。那天夜里零下十五摄氏度，她从她们学校一直哭到景山，又从景山哭回来。”路子灏讲到这儿，很难过，“长这么大，我从没见七七那么伤心过。那天我都哭了。”

梁水眼圈红了，吸着气，压抑着。

“水子，我特别喜欢七七。她这人吧，从小到大顺风顺水，没碰过坎儿，所以每天都笑眯眯的，很幸福的样子，看着让人特开心。但你就是她那个坎。你没发现吗？跟你分手后，她安静了很多。”

梁水坐起身，靠在椅背里，胡乱抹了下脸，盯着窗棂不讲话。

“你要是不能保证和她善终，就别招惹她了。再搞几次，后头连朋友都做不成，何必呢？”

梁水下颌绷得紧紧的，仍盯着窗棂，问：“我要是能保证呢？”

路子灏：“你别是一下心血来潮。”

梁水看他：“你觉得我是吗？”

“你要不是就先忍着。缓缓吧。你俩一年多没处，上来就在一起，可能吗？她这人吃软不吃硬，你对她好，久而久之她自己会软下来；你跟她硬杠，她比你还倔。再说了——”他拿起筷子，夹了块炒饼，“你俩现在做朋友都别扭，还情侣呢？先把前头那层关系理清楚吧。真的，你俩谁都不用追谁，顺其自然，反而最终还是会走到一起。急什么？她那条件，学校那男女比例，到现在没谈恋爱，你人都来了还急这一时？别成天心烦瞎想，好好搞学习吧，你们那学院有淘汰率的，别好不容易杀进来，后半程又掉下去了。”

梁水若有所思。

路子灏皱眉：“我去，为什么要把饼子炒在菜里头？”

……

整个十一，苏起都在宿舍里头种植物、打僵尸，玩得昏天暗地。每天什么都不用想，只用打僵尸的日子简直不要太爽。

然而，报应很快来了。

假期余额见底，苏起想起自己荒废的时光，又心虚后悔起来。

她终于从植物僵尸中抽身，背上书包，走出宿舍楼，内心仍是憋闷郁结，胸中堵着一股气，在校园里步履匆匆。

秋风拂过，林荫道上茂盛的梧桐树随风招摇，发出窸窸窣窣的悦耳声响。她抬头看，树叶黄绿相间，阳光烂漫，正是秋高气爽的怡人时节。

她的心忽地就平和下去，正要去图书馆，想一想，又绕进教学楼，随便找了间空教室。

自习不知多久，身旁桌椅被人翻下来，一道身影落在旁边。

是梁水。

苏起拿眼神问他：你来干什么？

梁水挺寻常的，说："找自习室，居然看见你了。"说着从书包里捞出课本。

苏起："……"

N 栋教学楼，几百间教室，有够巧的。

这间教室很空，就他们两个人。

苏起说："这么大教室你跟我挤着干什么？坐过去点儿，我没地方放书了。"

"等会儿。"梁水翻开工程力学课本，"我有几个问题不懂，要问你。"

苏起不吃他这套："问你们班同学去啊。"

梁水："他们还没我聪明呢。"

"嗬。"苏起报复性地鄙视，"你脑子就是颗瓜！"

"……"梁水幽幽看她一眼。苏起微挑着眉，很是坦荡。大学三年，少女硬气了。脸仍是那张脸，眉眼中多了丝淡定从容，更有气质了。他亦是。两年隐忍过后，人成熟了，那双漂亮的眸子越发幽深锐利，他一盯着她看，她便觉危险，一下子别过脸去。

梁水收回目光，翻到指定的书页处，慢慢说："你想吃西瓜吗？"

苏起忽然没忍住，扑哧一笑。

梁水也弯了下唇角。

苏起迅速收了笑，不太服气，也不想那么快消气，便道："我教你也行，叫学姐。"

梁水眼瞳微瞪，以为听错："这便宜你也要占？"

苏起耸肩："我大三了。请教问题，按规矩来，叫学姐。不叫你就坐那头去。"

她料定了他拉不下这个脸。

梁水目光清亮，轻唤了声："学姐。"

苏起迎着他的目光，莫名感觉在给自己挖坑，垂下眼："问吧。"

梁水把习题集往她身边推了点儿："这个。"

苏起歪头看，手无意识在桌子上摸，梁水把稿纸递给她，她拿笔画道："这是两个组合梁加一个铰链，我给你画一下受力图……"

阳光照在课本上，白纸光反射在她脸上，越发莹润了，梁水只看一眼便收了心，低眸认真看她计算讲解。

她已飞速画出受力图，精确而明晰："这样看得懂吗？"

梁水点头。

"你下次记住了，这种题目一开始先分析受力，一段一段画出来，就一目了然了。"女孩耐心讲解着，声音细细的，有着刚才没有的温和平稳，春风一般，梁水脑子有一瞬走神，但很快集中了注意力。

"A 端是固定的，那我们取 B 端为目标，列方程——"她在稿纸上写下两串平衡力学方程，说，"喏，这就解出来了。"

梁水点着头，转笔的手指停住，盯着稿纸上她的笔迹琢磨了几秒，说："懂了。"

他把习题集抽回来，自己演算一遍。

苏起看看他认真学习的模样，很欣慰，说："我看书了，有问题再问。"

他低头写着公式，随口"嗯"一声。

两人互不干扰，各自学习。偶尔他碰上一两个难点，找她请教，她稍一点拨，他就懂了，再反复琢磨记牢。

窗外，风吹梧桐；阳光一格一格，缓缓在桌椅间流动；教室门时开时关，椅子板上下开合，学生进出……

两人心无旁骛，各自看书。

不知不觉，窗外风停了，阳光变成橘色，暖暖地铺在教室里。

黄昏了。

苏起揉了揉发酸的肩膀，扭头一看，梁水已做完习题，在看航空英语。

她好奇地瞟一眼，大部分专业英语她都认识，一些涉及领航的有些陌生。目光一抬，少年的侧脸很好看，下颌的弧度更清俊了。

正看着，他忽地扭头，迎上她的目光。

夕阳照着，他微眯了下眼，眼瞳在阳光中散着琥珀色的光，亮晶晶的。

苏起移开眼，合上书："我要走了。"

梁水也收了书："一起吧。"

出了教学楼，苏起往宿舍方向走，梁水跟着她走。

苏起说："我约了室友一起吃饭。"

梁水说："我也是。"

苏起："……"

两人隔着一人的距离，并排走在路边的人行道上。

梁水抠抠脑袋，忽然说："七七——"

苏起凶凶瞟他一眼。

他无所谓："行，学姐。"

"干吗？"

"明天中午要不要跟我去看真飞机？"他语气像拿糖果诱哄小孩，"我带你去玩。"

苏起说："水砸，我学飞行器设计的，大三了。我不仅见过真飞机，还知道怎么造飞机。我不仅知道怎么造飞机，还知道怎么造火箭、卫星、空间站。"

梁水一句话不说了，沉默着往前走，走了几步停住，回头："你不会开。"

苏起说："你也不会开。"他上学才一个多月，估计下个月才去珠海上课。

梁水："……"

扭头走了。

苏起落在他身后一两米，有些好笑，他就是颗瓜！

笑完看着他高挑挺拔的背影，她忽地就很庆幸——好在他足够年轻，年轻尚能经受折腾，倒了还能一次次爬起来，还能恢复过来，还能慢慢找回当初的少年心。

只希望，以后不要再有磨难了。永远。

吃完晚饭，苏起跟薛小竹在校园里散步，照例走去篮球场，停在拦网边。薛小竹很喜欢看男生打篮球，说朝气蓬勃，是大学生该有的样子。

苏起也乐于欣赏，站在绿色的塑胶线网外围观，瞥见了一道熟悉的身影。

梁水和飞行学院一群小伙子正在打球。无论平均身高，抑或身材气质，都比周围球场的高出一大截，自然吸引不少女生围观。苏起都不知道他们学校有这么多女生，恐怕不少隔壁的。

薛小竹眼睛放光："要不要进去里边？"

苏起："不要。别被篮球砸到头。"

晚风轻吹，黄叶飘落，隔着一道绿色的镂空的网。那一头，脚步移动声，拍球声，篮球砸筐声，此起彼伏，像一曲乐章。

梁水手持着篮球，拍打，跑步，过人，转身，起跳，投篮，和朋友击掌，回跑，一连串动作如行云流水，身姿依然矫健。

苏起想起上次看他打球是五年前了，还上高一的时候。

球场上的少年仿佛忽然之间长大了，褪去青涩，已隐隐透出男人的姿态。

他跑动的身影穿梭在人群中，瘦瘦的手臂上露出匀称好看的肌肉弧度，小腿也修长有力。他一直都挺瘦的，身体素质比不上一般的运动员，身材却刚刚好赏心悦目。

苏起及时打住思绪，别开目光。见傍晚的风很轻，黄叶片片飞落，几片树叶穿过拦网，落入球场。

他曾站在现在这个位置，羡慕地望着场内的大学生。如今，得偿所愿了吧。

她情不自禁望向他，心中满满都是庆幸。幸好，他终于还是起来了。

突然，篮球砸到她面前的拦网上，“哐当”一声巨响，苏起吓得尖叫着跳起来：“啊——”

这一声叫引得不少人侧目。

苏起面红耳赤，惊魂未定之际，那球已弹回去被梁水一手捞住，在地上拍了拍，变乖顺了。

少年额上全是汗，面颊潮红，头发一簇簇湿漉漉的：“你怎么在这儿？”

苏起心怦怦直跳，质问：“你是不是故意的？”

梁水挑眉，冤枉道：“你怎么这么想？”

苏起话堵在喉咙里，不吭声了。

梁水看向薛小竹，道：“不进来玩？”

薛小竹刚要说什么，一看苏起眼神，转而嘿嘿笑：“我们看了很久，该走啦。”

梁水又看苏起，她从脸颊到耳朵根都红透了，是被刚才那声尖叫给闹的。他拍着球，心情不错，就是故意的。

他的同学们刚好下场喝水，有几个看梁水在跟网外的女生讲话，这女生还挺好看，不免多看了几眼。

大家互相推着指着，一下子，一帮小伙子都盯着苏起看。

苏起：“……”

梁水随她目光一回头，撞见一群笑眯眯的狼崽子，顿时无语，又怕他们打她的主意，脸一板，说：“看什么看？叫学姐！”

众人一愣，苏起看着像大一的。

梁水说：“大三的。飞行器设计的。”

一群人高马大的大小伙子拧好水瓶，身子微微站直，颔首点头：“学姐好！”

苏起：“……好。”

梁水满意了，回头看她：“大一的，不懂礼貌。”

苏起瞪他一眼，正要说什么，一个女生跑过来递给他一瓶水：“梁水，喏。”

梁水低头，摇了下手里的水瓶，说：“我有。你自己喝吧。”

那女孩挺不好意思的，笑笑，一溜烟跑回操场边了。

梁水随口问：“你晚上去哪儿自习？”

苏起说：“图书馆。”

梁水说：“真不巧，我要去教学楼。”

“……我管你去哪儿。”苏起白他一眼，拉着薛小竹走了。

薛小竹嘀咕：“我说吧，绝对有女生在追他。但他表现好，不受贿赂！”

苏起：“你干吗总提他啊？”

薛小竹：“我追星啊。”

苏起：“追你个头，上次的账还没跟你算呢。”

薛小竹：“啊我闭嘴！”

那晚去图书馆自习，学到一半，苏起拿杯子喝水，手一伸，抓到一杯温热的奶茶，吸管都已经插好了。

她吓了一跳，抬头找，就见梁水坐在另一张桌子对面，正低头看着书，手指利落地转着笔。少年洗过澡，换了身衣服，头发干干净净的。

苏起喝了一口奶茶，瞥他，他没注意到这边，专注在书本上。灯光打在他的黑发上，有层薄薄的光晕。

之后，梁水但凡课余就蹭着苏起一道上自习，美其名曰“请教”。

苏起起先怀疑他居心叵测，可他学习认真，言之有物，对她除了朋友间的玩笑，没半点逾越，苏起也就不多想了，且见他那么勤奋努力，心里挺高兴的。她多希望他好啊。

有时碰上苏起的班长和一两个同学一起自习探讨问题，梁水还特大方，过来给学长学姐们送饮料，也向她班上同学咨询难题，一副谦虚求学的好学弟姿态。

有一次，难得江喆也在。

苏起跟那一帮同学讨论着极地卫星轨道切换的问题，一扭头发现梁水趴在一旁听得津津有味，还问江喆："江学长，你以后的志向是研究卫星？"

江喆笑："是啊。"

梁水冲他竖大拇指："棒。我特别佩服做科研的人。你要坚持梦想。"

江喆道："谢谢啊，我努力。"

苏起正想他怎么这么好脾气呢，梁水看过来，微笑："学姐，你以后想研究民航客机？"

苏起："啊。"

梁水："加油。"

苏起："……哦。"

他回座位上看书去了。

班长说："梁水这小孩挺好的。"

苏起：小孩？？？

"你就高两个年级。"

班长哈哈笑："前段时间搞社团招新，说习惯了。"

正说着呢，他不知怎么又折返了，问："七，李凡下月回北京，到时看要不要把声声也叫来。"

苏起眼睛一亮："好啊。但不知道她来不来。"

梁水笑："我去跟她说。"

江喆、班长他们都不知道他俩在讲什么，一个都没插话。

梁水也不多说，这次真回座位了。

江喆不知道她小名叫七七，他也不让他知道，所以简略了叫她七。

江喆虽然知道李枫然是谁，但他不知道李凡是谁，更不知道声声是谁。

梁水翻开书，江喆和苏起有共同话题，他也有。再说，她的志向是研究民航客机，而他以后是开飞机，简直不要太配。他和苏七七的共同话题有一吨。

这么一想，又心情不错地多背了几个单词。

第一名。

他想，第一名很难吗？期末拿个第一给苏七七瞧瞧。省得她没见过世面以为有多稀奇，什么鬼得个“第一名”都能星星眼，跟个傻子一样。

十一月末，北京已入冬。

道路两旁的树叶掉了个精光，枝丫光秃秃地映着夜空。

苏起下了自习，从北风萧瑟的冷清校园里走过，回到宿舍，推门一股暖意。她脱了羽绒衣去洗漱，薛小竹趴在书桌前赞叹：“真帅……苏起你过来看。”

她凑过去一瞄，是人人网相册里一张背影照片，男生一身白衬衫，坐在飞机驾驶室操作台前，面对着密密麻麻亮着灯的操作仪表盘和机窗外模拟的万家灯火的夜空。

他只有半边背影，头发乌黑，背脊挺直，硬朗的肩膀将衬衫撑得笔挺挺的；修长的手指握在操作杆上，连衬衫袖口都很利落好看。

苏起一时移不开目光，再一看页面，是梁水的相册。她拿着脸盆、毛巾出去洗漱了。

寝室熄了灯，苏起爬上床睡觉。不一会儿，睁开眼，翻了个身；没过一会儿，又翻了个身，摸出手机打开网页。

蓝白色的简化手机版网页出现，她刷了下首页，果然刷到梁水那张照片，下头一堆点赞评论。

摁开一看，大部分是女生。

“去珠海了？”

“哇，很帅。来个正面照呗。”

“什么时候回来？”

云云。

梁水谁都没回。他以前玩QQ空间就是，一直没有回人留言的习惯，倒总是喜欢跑去她的留言区瞎捣乱。

苏起把那照片点开，放大又看了会儿，留了两个字：“啧啧。”

反正留下来访记录了，干脆进他页面瞧瞧，呵，他居然有两万多粉丝了。她虽然也有两万多，但她已经大三。

梁水没怎么发过状态和日志，却时不时发照片，但都没有他本人，多数是校景——图书馆的落地窗玻璃，教学楼的阶梯，林荫道的十字路岔口，阶梯教室的一排椅子，篮球场外的绿色拦网……不知他拍这些东西干吗，但都拍得挺好看。

直到有张照片出现了他的一只手，握着一瓶水溶 C100。

苏起忽地想起，他好像给过她一瓶……

正想着，页面消息出现红点提示，梁水回复了。点开一看——

苏起：啧啧。

梁水回复苏起：你不会开。

“……”苏起轻哼一声，没继续回，脚趾伸出被子，蹬蹬抓抓“哆啦A梦”软乎乎的肚皮。

她又玩了会儿，刷回自己页面，发现多了几个陌生女生的来访。

她没多管，打了个哈欠，放下手机睡觉了。

十二月末，李枫然回国开他的第二次个人钢琴演奏会。

在珠海上课近两个月的梁水恰好回了北京校区，林声也趁着元旦放假赶来。这下，南江五个小伙伴在高考两年半后第一次在外地集合。

林声到的当晚，和苏起、梁水、路子灏一起坐在音乐厅第一排听完了李枫然的钢琴演奏。

结束时，李枫然起身鞠躬，冲伙伴们笑了一下。四个伙伴齐齐跟他招手，他也挥了挥手。

散场后，梁水叹：“他比以前厉害了。”

苏起说：“哟，你居然听得出来？你以前拉小提琴锯木头的时候，我以为你是音痴。”

梁水一脚踹她膝盖窝，早已习惯的苏起虚跪一下，没有摔倒，反手狠打了他三下。

路子灏跟着数：“一、二、三。真是一下都不少。”

苏起给了他个眼神。

林声说：“我才是真的音痴，对音乐不敏感，就觉得他一直都弹得很好。”

那晚，李枫然请大家吃西餐，在故宫附近一家环境优雅私密的高档餐厅。古老的四合院内别有洞天。

餐厅环境清雅，灯光迷蒙。

服务生为他们开了起泡酒，苏起笑着举杯：“祝贺风风！”

李枫然淡笑着抬起杯子，五个玻璃杯清脆地碰到一起。

李枫然心里一直念着，才喝了一口就问梁水：“上课怎么样？”

“挺好。”梁水说，“上手很快，我对机械类的东西好像还蛮敏感。”

苏起抿着酒，听他这话，猜想他在珠海的训练成绩应该挺不错。

梁水问：“你觉得今晚怎么样？”

李枫然道：“还行。”

这意思就是满意了。

梁水一笑：“看来，选茱莉亚没错。”

“谢了。”李枫然抬手，再次和他碰了下杯。

这时，一个长发女孩过来李枫然身边，她拿着照片和笔，弯着腰红着脸：“不好意思，能签个名吗？”

李枫然愣了一下，接过照片。照片中，少年一身西装，扶着钢琴立在灯光之下，面容俊朗白皙。

他拿笔：“签哪儿？”

女孩指了指角落：“这儿。”

李枫然低眉给她签字。苏起喝着酒打量她，少女很漂亮，身材纤瘦匀称，即使弯着腰，肩膀也很舒展——跳舞的？

李枫然签完了，递给她。

“谢谢。”少女双手捧着照片，有些忐忑，“那个，能冒昧请你帮个忙吗？”

“什么？”

“你是茱莉亚学院的是吗？我也在申请茱莉亚，我没什么背景，不知道填写校友联系人的时候能不能……”

李枫然问：“你学钢琴？”

“跳舞。”

李枫然略一垂眸，朝她伸手，女孩赶紧把照片递过去，他在背面写上自己的名字和电话号码，说：“不知道能不能帮上忙。”

“谢谢！谢谢！”女孩受宠若惊，连连鞠躬，捧着照片走了。

苏起瞧见她镇定地走出去没几步就换成小雀步，两只手跟鸟儿翅膀一样开心扑腾，还蹦跶了两下。欢快得哟，刚才的腼腆劲儿早没了。

林声也见了，笑道：“她可能喜欢你。”

李枫然一愣：“不会吧？”

梁水也笑：“号码这么随便给人的？”

苏起摇头叹气：“我就说吧，风风没有生存经验。”

路子灏说：“她绝对会追你。等着吧。”

李枫然：“……”

梁水手搭在白桌布上，玩着一把叉子，说：“李凡可以谈恋爱了。虽然你妈妈不同意，但可以瞒着。”

李枫然隔着烛火瞧他：“你先谈一个示范给我看看。”

“……”梁水手指捏着叉子柄，不答话，却瞥苏起一眼，她正吃着三文鱼塔，目光挪过来看见他，说：“水砸，你的马卡龙不吃吗？我吃掉了哦。”

“……”梁水把自己的甜点碟子推给她，说，“你就是只猪。”

苏起不满地皱了下眉，咬了口马卡龙。

李枫然看看两人，嘴角弯着没有笑意的弧度。

服务生收了起泡酒，为大家添上红酒，前菜上桌。

苏起喝了口红酒，又尝了口鱼子酱，美味芬芳，她愉快地扭了扭肩膀。

梁水瞧见她那得意样儿：“啧啧。”

苏起："要你管。"看向李枫然，又回到刚才的话题，"真的，风风，你可以试着谈一下恋爱。"

李枫然说："没时间。一般女孩也受不了我一天到晚只弹琴却没空陪她吧？"

"不会呀。"苏起说，"她可以坐在琴边看你呀。要是真心喜欢你的话，看你一天都不会腻呢，会很开心的。"

李枫然不言，望着微茫夜色中她的脸，忽地就想起了童年，她趴在琴边戳他的琴键，能捣上一下午的乱。

"再说吧。"他微笑，转问身边的路子灏，"你呢？"

路子灏放下酒杯，往椅背里一靠，叹气："不提了。复杂。"

苏起打报告："他谈恋爱了。"

路子灏抓起餐布砸她："要你大嘴巴。"

苏起被桌布打到，气道："在一起一年了！"

路子灏："苏七七你下次有事敢再找我！"

另外三人笑成一团。

林声说："别怪七七，我们都看出来了好吧？你 QQ 空间太明显了。"

路子灏脸一红，说："你的秘密我也知道。好像该叫你嫂子。"

林声霎时餐布砸他脸上。

李枫然笑："你们在交换餐布？"

林声矛头瞄准他："还有你。欸你们说，李凡是不是从小到大一堆心事，就他秘密最多，可我们谁都没发现过他的秘密。"

四人看向李枫然，他表情平静，目光淡然。

服务生端上了正菜。

苏起好奇："对哦，风风，你有没有秘密啊？"

李枫然沉默片刻，说："我喜欢一个女生，八年了。"

桌上一瞬安静。

梁水捏着银色的餐叉柄，没讲话。

路子灏兴奋得眉毛都快飞出去了，笑道："我去，一来就来个大的！

谁啊？”

“初中！”林声迅速推断，“肯定是我们班的。”

苏起不同意：“应该是其他班的。喜欢这么久，肯定是一个高中的。”

李枫然表情无虞，只是手指紧捏着杯子。

林声忙问：“你跟她表白过吗？”

表白过的……只可惜……

他点了下头。

梁水抬眸看他，眼神定了几秒，

路子灏笑出声：“看不出来啊你！”

苏起激动得轻轻跺脚：“然后呢？她怎么说？”

“时机不对，没有回应。”李枫然摇了下杯中的酒，说，“她有男朋友了。”

“啊……”苏起和林声哀叹。

路子灏收了笑。

梁水的目光缓缓移到苏起脸上，这个傻子。

路子灏道：“那首曲子，不是写给她的吧？”

梁水终于开口：“《想把全世界的花都送给你》。”

李枫然：“嗯。”

伙伴们又感动，亦有些怅然。

苏起鼓励道：“万一他们分手了呢，你就可以去追了。风风，你不要闷着，有感情要说出来。”

李枫然静静注视着她，缓缓一笑：“我舍不得琴，舍不得时间，就错过了。她现在过得挺好，我很希望她和她的男朋友都好。”

苏起怔住。

林声叹：“李凡你真好，那么大方，要我肯定做不到。自己喜欢的人怎么可能让给别人？”

当然不可能让给别人。

李枫然无声地瞥了梁水一眼——可他不是别人。

这一瞥，撞见梁水也正直视着他。

两个年轻人对视着，眼神感激、相惜。

梁水忽地拿起酒杯，朝他伸过来；李枫然亦举杯和他碰了下，咚一声清脆。

“我觉得风风好伟大啊。”苏起由衷地说，也有些伤感，拍拍他的手背，“没事啦风风，你就放手吧，会有更好的女孩子等着你。”

烛光映在少女眼中，明晃晃的，很温暖。他迎着她的目光，微笑：“我在努力。”

苏起亮着眼睛，满意地点头，收回了手。

“快吃吧，过会儿菜凉了。”李枫然说。

苏起吃着迷迭香煎鳕鱼，觊觎梁水的盘子：“水砸，我吃一口你的小羊排。”

“……”梁水把盘子推给她，“要多少自己弄。”

苏起开心地切了一大块羊排，梁水无所谓地看一眼，扭头问李枫然：“美国现在是不是有什么苹果手机？”

李枫然：“有同学在用，但我没买。”

路子灏吃着鸭胸，道：“再过半年国内就上市了。iPhone4。”

林声：“我听子深哥哥说是智能手机，可以上网。页面跟电脑上差不多，不像现在这种手机，只有简化的文字和图片。”

一顿饭在聊天中过去。梁水、路子灏和李枫然去酒店住了。

林声跟苏起回了宿舍，两人挤在一张小床上，林声看到那只巨大的机器猫，说：“它还在呀？”

“不然呢？我总不能把它扔了吧？”苏起摸摸“哆啦 A 梦”的头，抱抱它，“它天天陪着我，可好了。”

“子深哥哥给我买过一个跟你这个一样大的，但是是 Kitty 猫。”林声从小就喜欢 Kitty 猫。

苏起：“哎哟——”

林声甜甜一笑，躺到床上，问：“你现在和水子怎么样？”

苏起盖上被子："什么怎么样？"

林声说："我知道你那时很伤心，可你也要站在他的角度想问题呀。"

苏起揪眉毛："哎呀，我现在什么都不想去想。"

"七七，你从小自信，做什么事都顺利，所以看事情很正面、积极。自卑的感觉，你理解不了。但我很理解水子。如果我是他，前途毁了，家也毁了，自己跟喜欢的人差距越来越大，那种感觉真的很痛苦。像死一样。怕有一天爱情磨掉了，对方抛下自己，也怕他苦苦拖着不肯抛下你。我不知道这么说，你会不会懂。"

苏起沉默，她的确不懂。

如果是她，可能真的不会自卑……生活，不就兵来将挡水来土掩嘛……

可在一条巷子里长大的少年们，每天过着相似的生活，却长成了不同的人，有着不同的内心和迥然的处事态度。

苏起还是第一次思考这个问题——她在坚持自己观念的时候，是不是没有考虑过对方的心理历程。

那时候，梁水的确没有处理好骤然而来的困境，但她这一边，是不是也没找到更好的解决方式？

她将脑袋埋在被子里。

许久之后，她也不说自己的事，只道："你和子深哥哥怎么样？"

"挺好的呀。不过，他下半年要去美国读博士了。"

"那你们不得异地了？"

林声点头，有些惆怅。

"你现在学习怎么样？"

"还行吧。哦，你知道现在有微博这个东西吗？"

"社团里有几个学姐在用。"

"你去注册吧，发图很方便。我注册了一个画插画。以后想画插画海报什么的。"

"好啊。我下次去注册。"苏起说完，又问，"声声，你会自卑吗？"

“有时候会。”林声承认。

“是因为自己，还是因为子深哥哥呢？”

“都有吧。不过主要还是因为自己。子深哥哥对我很好的。”林声说，他很忙，却每周都见她三四次，周末必带她一起看画展看电影，上次还带她去了周庄。

苏起道：“你很有魅力的，别害怕，听见没？”

“那好吧。”林声一扭头，抱住她的脖子，咯咯笑起来，“从小到大，就你觉得我最好。”

苏起：“你本来就最好。”

林声：“哦，不对，还有子深哥哥觉得我好。”

苏起：“嘁！！”

次日，林声回了上海，李枫然回了美国。

元旦假期最后一天，梁水给苏起打电话，说路子灏要来找他玩，问她要不要一起。苏起说她要去做家教。

梁水纳闷：“哪有人元旦节做家教的？”

苏起说：“我还周末做家教呢。”

梁水道：“你不是想考研吗？”

苏起叹气：“接的时候忘了，现在人家小孩要高考，总不能把人甩了吧？”

说实话，苏起并不太想教了。一来学业忙，二来这家人抠门。家教费月结，还喜欢拖堂。可那学生勤奋，且住处在学校附近，往返不费时，她就坚持下去了。

今年冬天没有往年冷，苏起是南方人，不怕冷，出门不用穿秋裤，也不用穿毛衣，针织衫外头套件大羽绒服就足够。

她背着斜挎包进了小区，这附近的学区房又破又旧，楼道脏乱，贴满了疏通下水道的广告。

苏起爬到顶层，竟有些热了，她敲了敲门：“秦芹！”

很快门拉开，秦爸爸笑道："你等一下啊，秦芹去楼下买水果了。"

"好。"苏起换了鞋，走过客厅，直奔秦芹房间，把挎包里的书本拿出来。屋里暖气太热，她脱了羽绒服，卷起袖子。

"苏起啊，来，吃点儿零食。"秦爸爸端来一小篮散装饼干。苏起最不喜欢吃饼干，笑道："过会儿等秦芹来吃吧。"

"好。"秦爸爸笑着，翻了下桌上的书，"欸，你字写得很不错啊？"

苏起一头问号，她字很丑的……正想着，她察觉他凑过来翻书，离她有些近了。

她缓缓往旁边挪了挪，觉得和他处在小房间里太过诡异，问："秦芹的妈妈呢？"

"去外婆家了。"秦爸爸笑看着她，扫了眼她的身材。苏起侧身站着，针织衫还算宽松，但紧身牛仔裤凸显得屁股又小又翘，双腿修长笔直，他没有挪眼。

苏起已觉不对，抓住羽绒服说："我去楼下看看秦芹。"

才迈出一步，秦爸爸突然从背后搂住她，一手钻进针织衫，一手抓住牛仔裤。苏起尖叫一声，猛地推开他。她惊恐万分，浑身汗毛竖起，正要喊救命，秦爸爸却停下了，一脸的皱纹和不堪，慌忙道歉："我不是故意的，一时没忍住。你别跟别人讲。"

苏起吓得脚都软了，扯上斜挎包抱紧羽绒服冲出房间，撞见刚回来的秦母站在门口，脸色铁青。

苏起眼圈一红，正要控诉，秦母冷道："你走吧，以后别来了。"

那女人盯着她，眼里全是恨。

苏起满心的恐惧屈辱转化成愤怒，痛斥道："你没资格说让我走，做错事的是他！性骚扰跟自己女儿差不多大的人，真不要脸！"

秦母脸色骤变，身后秦父走来，苏起的胆量吓得烟消云散，生怕他还有什么举动，逃命般冲到门廊边，踢了拖鞋，提起雪地靴落荒而逃。

身后，大门砰的一声摔上。

苏起像没头苍蝇般在小区里乱跑，直到跑不动了停下，才发现自己泪流满面。

她想起那个中年人又粗又皱满是茧子的手，恶心得要吐；那一刻的揉捏……屈辱感瞬间将她压垮，她抱着衣服和书包蹲在地上，哭了出来。

又怕周围人看到，只能咬紧牙，任眼泪吧嗒吧嗒往地上砸。

一腔委屈还没发泄完，手机铃音响起，苏起一见来电显示，滑开手机就号哭起来："水砸——那个男的乱摸我——"

梁水赶来的时候，苏起没穿鞋，抱着羽绒服和斜挎包蜷坐在路边呜呜直哭，路过的行人或漠不关心，或冷淡一瞥。

"苏七七！"他喊了一声，脸色极差。

她一见他，嘴巴瘪成一条线，眼泪跟珠子般往下掉："水砸——"

梁水脸色很冷，摸了下她的后背，冰冰凉的，他把羽绒服从她怀里抽出来："把衣服穿上。"

苏起一边哭得直抽抽，一边乖乖穿衣服，背好包。梁水拍掉她袜子底下的落叶灰尘，给她穿好雪地靴。

她站在原地抹眼泪，梁水蹲下来，帮她拉衣服拉链，这才发现她牛仔裤纽扣被扯开了。

年轻人眼瞳一暗，伸手帮她扣好，又拉上拉链，人站起身，问："他在哪儿？"

苏起抬手往小区里指，哭得更厉害："那个——女的——还赶我走。上——上个月的钱——还没给我呢。"

梁水很镇静，握紧她的手，牵着她进了小区，上了楼，到了那户门口。

他松开她的手，一手捂住门上的门洞，一手敲门。

屋内有男人回："谁啊？"

梁水："挂号信！"

脚步声靠近，苏起心里一紧，下一秒，门拉开一条缝，秦父探头一瞄，瞥见年轻人冷厉的面孔和苏起的衣角，立刻要关门。

"砰"一声巨响！

梁水狠狠一脚蹬在门板上，连人带门给踹开。秦父撞得连连后退："你干什——"

话音未落，梁水一拳砸在他脸上。

男人毫无防备，撞到餐桌上，摔倒在地。

梁水眼里全是火，上前还要踹，苏起怕出事，冲上去搂住他的腰："水砸，够了！别打了！"

女主人冲过来护住丈夫，吼道："你们想干什么？！女的勾引，男的打人，你们是地痞流氓吗？"

梁水人就要上前，那男的吓得不断后缩。苏起生怕他下手没轻重，死死拉着，冲秦母道："你别往我身上泼脏水！他是什么样你心里清楚！我勾引他？你看看他脸有多恶心！"

外头有邻居上楼，那女人突然不吭声了。

梁水喘着气，也冷静了两秒，终究不想生事，说："把欠她的钱给她。"

女人飞速从钱包里掏出八百块钱，往这方向一扔，钱飘飘洒洒落到地上。

梁水目光生寒："你给我捡起来。"

那女人硬气得很："谁要钱谁捡。"

梁水突然笑了笑，点头，扭头在四周一找，找到沙发后头一根钢管，过去抽出来，扫视一圈，突然一管子砸在电视机上，屏幕碎成蜘蛛网。

女主人瞠目结舌："还有没有王法了？！你们都是学生吧——"

"你报警。"梁水很冷静，语气平平，说，"叫警察来，我们好好说下你老公性骚扰的事。你女儿还不知道吧？等我写一百封信给她们学校的同学。她是不是要高考了？"

女主人原以为学生脸皮薄，没想到有这么横的，气势顿时下去了，道："人也打了，钱也拿了，你还想怎么样？"

梁水："把钱捡起来。道歉。"

那女人不肯动，狠狠盯着自己丈夫，秦父把钱一张张捡起，正要递给苏起，梁水上去一把将钱抽走，说："闭嘴。你干的事，道歉也没用。"说完又看那女人，"你再这么包庇，迟早会出强奸犯。"

说完扔下钢管，拉着苏起出了门。

梁水一肚子火，扯着苏起七弯八绕出了小区。冬季的寒风吹了几回，心头才稍微平复了点。扭头一看苏起，她眼泪早就干了，只是表情愣怔，发着呆。

路灯转绿了，她也没反应。

梁水叹了一口气，握住她手腕，牵她过马路。她仍在恍惚中，所以没挣脱他的手，乖乖被他牵着，跟着他一路走。

走到校门附近，烤肉香飘了过来。

梁水停下，问她："想不想吃烤肉？"

苏起："……"

想吃……

她没说话，梁水却懂了，拉着她进了烤肉店。到了座位上，他才不太舍得地松了她的手腕。

梁水翻开菜单，苏起还是有些蔫儿，他先点了果汁和新鲜蔬菜，把图片推给她看："你要什么肉？"

她看着那诱人的图片，来了点儿精神，拿手指戳："这个，这个，还要这个。"

梁水好笑了："吃得完吗？别最后都赖给我。"

她鼓了下嘴巴。

梁水把菜单还给服务员。

苏起趴在桌上，耷拉着眼皮，仍是没精打采。

梁水说："你别难过了。我都揍他了，虽然便宜了他，也好歹帮你出了点儿气。"

苏起望着他："你刚才把我吓死了。"

梁水微皱了眉："我知道你讨厌我打架，但他该打，我——"

"我是担心你。"她打断他的话，眼里水光微闪，"没轻没重的，要是出了什么事，你会被开除的。你走到今天多不容易啊。"

梁水一愣，后知后觉地心里一喜，见她红了眼圈，又难受得不行，道：

“没有下次。行了吧？”

苏起点头。

梁水往杯子里倒了水，又道：“揍他一顿也好。他下次不敢占人便宜了。这种人，真干什么没胆子，就是看准了学生脸皮薄，骚扰几下也不会出去说。禽兽！”

苏起说：“为什么他会是这种人啊？好恶心。女儿都那么大了，还搞这种事。”

梁水一时没回答。

他也不知道为什么会有这种人。为人父母，怎么一个比一个恶心粗鄙？

“我希望我的身边永远不要有这种人。”苏起说。

“人以群分。不会有的。”

苏起忽然说：“欸？路造呢？你不是说他来找你玩了吗？”

梁水呵呵：“跟肖钰出去了，重色轻友。”

服务员上了菜，梁水夹起生牛肉放在铁板上烤，问：“你能吃多少？”

上好的雪花牛肉在铁板上吱吱作响，香飘四溢，苏起眼睛亮了：“我可以一个人全部吃光。”

梁水好笑，伸给她一根手指头：“吃不吃？”

苏起冲他狠咬了下牙齿，梁水手一缩：“你是狗啊！”说着把烤好的牛肉夹到她盘子里，又把蘸酱推到她跟前。

牛肉片在盘子里咕咕冒油，苏起纳闷：“就熟了？”

梁水说：“不能太老，你试试？”

苏起塞进嘴里嚼了嚼，一张脸像被点亮：“好好吃！还要！给我多烤点儿！”

梁水夹了几块牛肉，又夹了羊肉、五花肉、香菇、西葫芦烤起来，见她吃得欢喜，又找服务员加了一盘雪花牛肉。

两人吃了一个半小时，窗外夜色已深，霓虹灯闪。

苏起吃饱喝足，小脸重新焕发光彩，很满足的模样。

梁水见她这样，算是松了口气。

结账时，苏起拦住梁水，道："这顿我请吧。"她捞出那八百块钱，嫌弃道，"把它赶紧用了。"

梁水没跟她抢。

这顿吃了近三百，苏起毫不心疼，但也感叹："现在下馆子好贵呀，真是物价飞涨。哦，你能想象就那个破小区，房子居然要八十万一套吗？"

"搞笑啊。房子要那么贵。"梁水说，忽地又自嘲，"那场火烧掉了我妈妈几十套北京的房。"

苏起看他，但他无所谓地一笑："不过我妈妈没事就好。钱嘛，以后挣。"

出了烤肉店，往学校走。人行道旁没有红绿灯，人车混乱。过马路时，梁水无意间又握住苏起的手腕，想带她过马路。

不想这次，她轻轻一挣，挣脱了他的手。

梁水微愣，就见她很是稀松平常地左右看着车，过了马路。

呵呵，真是翻脸不认人。

苏起双手揪着斜挎包的带子，默默抠着手腕往校门口走，忽地隐隐感觉身侧一股牵扯力。回头一看，梁水落后她半个身位，淡定地走着路——他手牵着她斜挎包上挂着的"哆啦A梦"公仔的小手。

苏起："……"

南江日常

寒假回家前夕，王衣衣从美国回来，七年的笔友终于见面。

王衣衣："天啦，我们的假期终于碰到一起了。"

苏起："太不容易了，去年要不是去支教，早就见到你了。"

王衣衣："去我家玩吧，我爸爸妈妈特别想见你。我妈妈做的饭特别好吃。"

苏起："好啊。"

（王衣衣家。饭后。）

苏起：“你那时候是不是收到过很多封信啊？”

王衣衣：“对啊，最多的时候一星期一百封。我光是看信都看得没时间上课了。我爸爸后来都不准我看信回信了。”

苏起：“你给多少人回过信？”

王衣衣：“十几个吧。”

苏起：“他们后来都跟你有联系吗？”

王衣衣：“没有了。你是唯一的一个。”

苏起：“真好。太有缘了。我给两个人写过信，只有你回了。”

王衣衣：“其实……”

苏起：“怎么了？”

王衣衣：“其实，当时我收的信太多，一目十行看了你的，就过了，不好意思啊。等我后来收到另一封信，我才把你的信又找出来看了一遍。”

苏起：“另一封信？”

王衣衣：“嗯，我拿给你看。”

王衣衣翻出一张旧信封，上头的字迹苏起觉得太眼熟，竟是梁水中学时的笔迹。她抽出一看，信纸早已发黄，钢笔笔迹都晕染了，写着：

王衣衣同学，你好，如果你看到这封信，请回复一下 ×× 省云西市实验中学初一 1 班的苏起。她真的很期待你的回信。

她是个很好的女孩。和她做朋友，你绝对不会后悔。

对了，她的信封是粉色的，上面画着水滴娃娃。

谢谢。

梁水

2002 年 11 月 27 日

Chapter 27

追心

苏起把梁水初中时写的那封信从王衣衣手里拿回来，夹在了她的笔记本里。

放寒假了，三人一道坐火车回家。夜里睡觉前，苏起问梁水："你以前是不是给王衣衣写过信？"

梁水表情茫然："写信？我给她写什么信？"

他已经忘了。

苏起没多问，盖上被子躺下睡觉。

车窗外寒风凛冽，车内光线昏暗。

她蜷缩在薄被里，忽然，对面的梁水下了床，把他的羽绒服展开盖在她被子上。

苏起等他躺下来了，望着过道对面的少年，问："水砸？"

他原本平躺着，扭过头来："嗯？"

车厢在铁轨上晃荡。

"你记不记得小时候，隔壁巷子有个男生赢了我好多弹珠，你后来帮我赢回来了？"

梁水想了几秒，说："有吗？"

"有啊。那时候你、我、路造、风风一起去的。但我不记得那个男生的名字了。"

中铺上，路子灏探出脑袋："我没去。那个男生叫张浩然。"

苏起："……哦。"

梁水笑起来："真不记得了。"

苏起纳闷："路造你确定没去？我记得你去了啊，你还抛了下弹珠，但没接住呢。"

"没有。"路子灏说，"人的记忆有偏差的，你再过几十年前想起来，恐怕声声也一起陪你去了。但那个时候我跟她在写作业。"

"是吗？"苏起想了想，那他抛着弹珠的画面是哪儿来的？

路子灏趴床边，也忆起旧事："有次你妈妈给你买了双走路就闪闪发光的鞋子，你就在巷子口蹦蹦跶跶，有个小孩过来踩你脚，把鞋子踩脏了。你就站在那里号哭，然后水子拿石头把人家脑袋砸了个大包，还被康提阿姨揪耳朵了呢。"

梁水："……"

苏起："……"

两人同时："有吗？"

"你俩记忆力不行。"

梁水："废话，你比我们大一岁。"

"错！十个月！"路子灏又道，"七七，那你记不记得你小时候把那种可以捏的泡泡纸当宝贝，幼儿园同学捏破了你一颗泡泡你就哭，然后水子又把人给打了？"

苏起："你瞎说！"

梁水："扯淡！"

苏起："我哪有那么爱哭？"

梁水这下幽幽看她了："你就是个哭包。我童年全是你哇哇哇的声音。"

苏起：“……”

苏起控诉：“那路造你记不记得你小时候只跟着你哥哥他们玩，还带着水砸，就是不带我？”

路子灏抠抠脑袋：“不记得了。”

苏起：“你明明记得！”

路子灏哈哈笑。

“有次我为了贿赂你，还给你棒棒糖吃，结果你吃完就跑了！”

两个男生笑个不停。

苏起气得踹了下路子灏的床板，梁水的羽绒服往前头一滑，帽子边沿上的绒毛抚过她的脸颊，带着他身上的香味。

她心里一静，扯扯被子重新睡好。再看他一眼，他只露出一颗脑袋，侧身朝着她这边，闭着眼睡着，唇角含着笑。

苏起又多看他一眼，也微笑闭上眼。

寒假回家不到一周，高中群又召集同学聚会。苏起窝在沙发上，看群里同学聊天，电视里，CCTV-5播放着今年温哥华冬奥会的预热宣传片，两周后要开幕了。

苏起给梁水打电话，问：“你去不去同学聚会？”

梁水说：“不去。”

苏起说：“好吧。”

梁水说：“你现在出门？”

“嗯，怎么啦？”

“我刚好出去，在路口等你吧。把你带过去。”

“好呀。”省了她在寒风里等公交。

梁水放下手机就跑去楼上换衣服，刚走下旋转楼梯，却又对这身灰色大衣不满意，又跑回房换了件黑色大衣配灰色围巾。

康提跷着二郎腿，坐在一楼的客厅沙发上看他折腾。

他下了楼，走到玄关处捞起车钥匙，又低头对着镜子抓了两下头发。康提在一旁换高跟鞋，说：“这样子，是要去见女朋友？”

梁水脸色一僵：“放屁。”

康提打他脑勺：“跟谁说话呢？”

梁水：“别碰我头发！”

苏起换好衣服，出了门。

虽是冬季，阳光却不错，暖洋洋的。她想起读高中时，他们常把椅子搬出来坐在走廊里晒太阳。

只是忽然北风一起，她打了个哆嗦，呃，出门忘戴围巾了。

她缩着脖子颠儿颠儿小跑。

苏起家的自建楼区和梁水家的别墅区相隔一条大马路。康提释放后，他们家就搬过来了。

苏起绕过巷子，上了马路，车来车往。她站在路边，那辆白色宝马停在对面，梁水坐在驾驶座上，等红灯。

副驾驶上坐着康提，她远远冲苏起招了招手，苏起立刻给她回应。

信号灯变，梁水的车开过十字路口，绕到苏起这边停下。副驾驶车窗落下，康提微笑：“七七，好久不见。”

“提提阿姨，你怎么变年轻漂亮了？”

梁水斜眼：“……”

康提笑起来：“嘴巴上抹蜜糖了？”

苏起溜上后座，摸嘴巴：“没有欸。提提阿姨，你这身皮草也好看，特有气质。”

梁水扶额头：“啧啧。”

苏起变脸：“开你的车。”下一秒，“哇，你真的学车了？”

梁水想起她放他鸽子，报复道：“去年就拿证了。不像你，连车都不会开。”

苏起吃瘪，很快找碴儿：“我怎么觉得你开车我不放心呢？要不换提提阿姨开吧？”梁水抬眼看车内后视镜，给了她一个眼神。

苏起龇牙，回了他一个凶凶的表情。

康提回头：“七七，水子在学校听话吗？”

梁水皱眉，刚要说什么，康提："开你的车。"

梁水吸了一口气，烦躁地抓了抓头："你们两个都给我下去！"

苏起忍不住笑，说："挺好的呀。"她真心地没有偏颇，他们学院里像他这么好学、肯学且愿意下功夫深学的人，不多。

不过，大学任何一个学院里这样的学生都不多。大部分人得过且过庸庸碌碌随波逐流。

有时连苏起都想，或许运动员终究是运动员，哪怕是换了行业，学习的耐力、毅力、求胜的欲望、不达目的不罢休的狠劲，都是常人比不了的。

"水砸每天都上自习到很晚。"苏起说。

"是吗？"康提看了梁水一眼，难得被苏起表扬的梁水此刻面无表情直视前方，侧脸很是冷定，一脸"我在专注开车我对你们的议论完全不感兴趣我听不见"的神态。

康提说："他有没有跟你讲，他期末考试拿了他们院第一？"

梁水立刻扭头："大嘴巴！"他脸都红了。

苏起一下趴过来，兴奋地歪头看他："真的，水砸？你怎么不告诉我？"

"今天早上才查的。"梁水摸了摸鼻子，走到前边转盘处，打了个大方向，垂眸鄙视，"你能不能坐好，小心我踩刹车把你掀出去。"

苏起白他一眼，乖乖落回后排坐好，一拍胸脯："你要谢谢我这个学姐，是我的功劳！"

梁水："嘁！"

康提回头："七七啊，等开学了，你帮阿姨继续盯着水砸啊。他大学才刚开始，后头不能荒废。他们学院有些学生不守规矩，夜里跑出去泡吧什么的。你帮我看着点。"

苏起瞪着大眼睛，用力点头："放心吧，提提阿姨。水砸不会这样的，"凑上前歪头看梁水："哦？"

梁水皱眉："你给我坐好！"

"水砸要是敢泡吧，我就抡着啤酒瓶子去揪他！"苏起坐回去了。

康提抱着手靠在座椅里，扭头看一眼儿子，微微一笑。

梁水撞见她这笑容，瞪了她一眼算是警告。

去城中心的路上有些拥堵，云西这种小城，外地打工做生意的多。一到过年，各种外地车牌的车就回乡了。

外头的城市高速发展。譬如北京，苏起上大一时还在建的几条地铁线像10号线、4号线都相继通车了。而云西这些年市政并没什么大变化，不过多了些高层商品房，大街上多了小资情调的咖啡店、西餐厅和茶吧。

高中同学定的地点是一个叫“时光倒流”的茶吧，一楼不少卡座，很多大学生模样的人坐在一起聊天喝茶，玻璃壶里煮着红枣茶、水果茶、菊花茶。

梁水把车靠边停下，道：“云西现在专门发展寒假大学生经济了。”

也是，对云西这种小城市来说，每年寒假归乡的大学生都是一大消费主力。餐饮业KTV游乐场台球厅网吧几乎家家爆满。

“谢谢阿姨。谢谢水砸。”苏起溜下车。

梁水跟着后视镜看她一眼，才收回目光。

康提说：“七七越长越漂亮了。这学校里不知道多少人追呢。”

梁水说：“你过会儿自己开回去，我走了。”

“干吗去？”

“不干吗。”

“……”康提捏了下他的脸，被他不高兴地一爪子挥开，“别动手动脚啊！”

康提原想说点儿什么，但估计儿子心里清楚，就闭了嘴。

车开到不远处的商业街，梁水把车停好，陪康提逛商场。

康提出来后，以前穿过的衣服都不要了，全买新的。现在换季，需要补货。她原就是个酷爱打扮且有欣赏品味的人，做事很有主见，买衣服只用对镜一照，就清楚成不成。

梁水自然不用管她，只负责进门找个沙发坐下，一脸生无可恋，等她弄完了他拎上袋子出门。

此刻，他窝在一家女士名品店的大沙发里，跷着二郎腿玩手机。

耳旁，老板娘像今天的无数个老板娘一般夸道：“哎哟，那是您儿子啊，怎么生得那么好？您这么年轻，儿子都那么大了，真幸福。长相随妈。您又漂亮又有气质，这身衣服别人都撑不起来。”

梁水充耳不闻，打了个哈欠，歪在沙发里耷拉着眼皮看 QQ。高中 13 班群里有人在讲话。

同学 A：“你们在哪儿玩呢？”

苏起：“时光倒流。”

同学 B：“苏起也在？”

苏起：“对呀。”

同学 C：“我快到了。”

同学 E：“吴非来不来？”

苏起：“长江封渡了，他来不了。”

梁水没事干，点开苏起的 QQ 头像看，是一只哆啦 A 梦。他又点开她的 QQ 空间，翻看他翻了无数遍的相册日志，连别人给她的留言都一条条看了。

看完又刷她的校内，看别人给她的点赞和留言。

那时的手机是非智能的，页面很差，只有蓝、黑、白三种颜色的字体，图片要刷上半天，还经常图裂，他居然看得津津有味。

忽然，QQ 来了消息。

花之露娜 lulu：“咦？”

花之露娜 lulu：“你干吗呢？”

花之露娜 lulu：“没事干踩我空间干什么？”

Bryant 24：“你干吗呢？这么闲？”

Bryant 24：“同学聚会捧着手机玩 QQ？”

花之露娜 lulu：“（撇嘴）他们在打牌。麻将。还抽烟。（可怜）”

梁水瞧她那两个可怜巴巴的表情，感到很好笑。

他知道她很不喜欢烟味，也不喜欢打麻将，更不喜欢赌钱。高考后的暑假，有一次聚会一帮同学打麻将来真的，苏起很震惊。

现在，她只怕是一个人呆呆坐在角落里玩手机。

Bryant 24：“过来。”

花之露娜 lulu：“来哪儿？”

Bryant 24：“×× 商业城二楼。”

Bryant 24：“给你买鸡蛋仔和炸鸡柳吃。”

花之露娜 lulu：“还要奶茶和炸香蕉！（可爱）（开心）”

梁水对着手机吐槽一句：“你也不怕吃撑了！”打着字却无意识笑容放大。

Bryant 24：“还要不要买烤栗子？”

花之露娜 lulu：“好呀！”

花之露娜 lulu：“我来啦！（飞奔）”

花之露娜 lulu：“等我！（哼哧）”

梁水看着极简版的 QQ 手机页面，笑出一声：“猪。”

那头，康提付了钱，买好衣服了。梁水收了手机，塞进兜里，过去提起又一个袋子。柜台上，老板娘笑：“小伙子有没有女朋友呀？阿姨给你介绍一个好不好——”

梁水懒得搭理，说：“有。”

“咦？”老板娘看康提，“刚才不是说没有吗？”

康提反应也快，笑：“他在追呢。他喜欢人家，人家不要他。”

梁水：“……”

老板娘一脸诧异：“那姑娘怕不是眼光不行哟？”

梁水冷脸，大包小包推给康提：“你自己提！”

康提不接，母子俩闹着出了店，康提无意看向某处，脚步一顿，表情霎时无处安放。

梁水看过去，一个中年男人刚从一家男士皮具店走出来，隔着商场的天井，怔怔看着康提。

梁水脑子里一瞬搜到“胡骏”这名字。一晃十多年过去，他变老了，却仍是当初温和有礼的模样，远远地冲康提笑了笑。

他似乎想走过来，但是手扶在玻璃栏杆上捏了几下，又没过来。

梁水立刻捅了捅康提："过去啊。"

康提抬头看他，脸居然红了。

梁水推她："快去啊！"怕她不去，急忙喊了声，"胡叔叔！"

胡骏笑着跟他挥了下手。

梁水叫："我妈妈有话跟你讲。"说着把她一推，康提一个趔趄回头瞪了他一眼，但还是捋了下头发，朝他走过去了。

梁水激动不已，靠着墙耐心等待，他们俩讲着话，脸上都满是笑容，却又有些无措。

梁水耐心等着，就见他们话讲完了，胡骏跟她打了个招呼，乘扶梯下楼了。走到一半，还回头望了康提一眼。

康提朝他走过来，面色很平静，说："走吧。"

梁水一脸期盼，追问："你们留联系方式没有？"

康提说："没留。"

"为什么？"梁水愣住。

康提却不作声了，站在扶梯上缓缓而下。

梁水想深问，却见她侧脸相当安静，忽地抬眼看了下天井，冬日灿白的天光投进她眼里。女人的眼睛早已不再年轻清澈，布着细细的皱纹，那一刻，似有往昔青春的光芒闪过，稍纵即逝，回归沉寂。

下一秒，她垂眸，下了扶梯往前走了。

……

苏起跑到商业城对面，等着红灯。

梁水插着兜站在对面，微垂着眸，似乎在发呆。路灯切换，她跑去他跟前："水砸！"

他吓了个激灵。

苏起哈哈笑，笑得白色的雾气团团飞舞。

梁水解下自己的灰色围巾，绕在她脖子上，说："你是猪吗？这么冷的天出门不戴围巾？”

苏起：“我不用。”架不住他力气大，两三下将围巾缠在她脖子上系好了，后退一步，打量：“还挺好看的。”

苏起好奇地低头看，她穿了件白色羽绒服，配上灰色围巾还真不错。这一低头，就嗅到了围巾里他身上的气息，莫名地暧昧柔软。

“你站这儿干吗呢？”

梁水说：“怕你找不到我。”

商场那儿么大，费劲。

“你妈妈呢？”

“回家了。”梁水望向太阳的方向，眯了下眼，岔开话题，“聚会不好玩？”

苏起无声地摇头，全都在打牌。

男生女生们都比高中时会打扮了，穿着夹克、皮衣；头发梳得油光水亮。房间里烟雾缭绕，又不透气，难受死了。

苏起咕哝：“他们抽烟臭死了。而且……”她没往下说。

梁水走上台阶，挑着眉回头：“不喜欢打牌？”

“嗯。”苏起跟上，“还觉得都是高中同学呢，忽然就打牌抽烟了，还赢钱输钱，怪怪的。”

刚在里头待了快一个钟头，大家聊的都是最近打牌的手气，谁谁开店生意如何，苏起插不上话，也想不通为何不到三年，大家走的路就完全不同了。

她说：“你知道吗？上高中的时候有一次我逗过刘维维。”

梁水侧眸：“嗯？”

“我跟刘维维说，我给你取个名字吧。维维太通俗了，像豆奶。刘维维就说，你要给我起什么名字呢？我说，芒，芒这个字好，光芒万丈的意思。刘维维很开心，说好呀，然后她在纸上写了刘芒，说，我以后就叫刘——”

梁水笑出声：“你是不是找打？”

苏起哈哈笑："那天刘维维差点儿没把我打死。"

她笑到这，笑容黯淡下去："我昨天还去刘维维家里玩了。"

只是，两人坐了一下午，除了讨论班上每个同学的近况，聊一聊曾经的趣事，就没有别的了。

仿佛她和时光一起停留在了苏起的高中记忆里，没有了未来。

她无法跟刘维维说自己想尝试科研，刘维维不理解她为什么不去找更挣钱的工作。她说她读出来了就找关系去云西下头的镇财政所。她说："你可千万不要名牌大学出来，结果赚得没我多啊？"

而今天见到，她只顾在牌桌上数钱，苏起要走的时候叫了她好几声她才听见。

梁水插兜走在她身旁，知道她心里想什么，说："一个班五十多个人，能有四五个跟你同路，就很不错了。你也得接受别人跟你走不同的路，世界本来就是丰富多彩的。再说，同过一段路，已经是很大的缘分了。"

苏起听他这么一讲，开朗了些，随口道："那我们同了二十多年的路，这缘分得有多深哪？"

梁水一时不言，片刻后，说："我看还不止。"

苏起的心咚咚两下，低头看路。

她慢吞吞踩上狭窄的扶梯下楼。地下一层挤满了奶茶店、蛋糕店、坚果店、栗子店……人群熙熙攘攘。

云西似乎只有在过年这段时间才会热闹。

苏起回头："今天你请客吗？"

梁水看着她发亮的大眼睛，佯作后悔转身："我现在能走吗？我都听见你流口水的声音了。"

"不行。"苏起扒拉住他的手臂，扶梯刚好到底，她还没来得及迈脚，就一个趔趄，梁水搂住她腰，单手将她抱起来拎到一旁放下："下次在电梯上闹，摔不死你。"

苏起红着脸承认错误："知道了。"鼻子嗅嗅，"我要吃炸里脊肉！"

两人在店前排了队，梁水问："喝奶茶吗？"

“喝呀。”

梁水走了。

苏起留在队伍里等，她前面站着一对杀马特情侣，两人的打扮是最近很流行的“非主流”——男孩彩色爆炸头，一身金属；女孩厚刘海蓬蓬头熊猫黑眼圈加荧光口红，跟无骨虫儿似的挂在男孩身上，扭啊扭，缠啊缠。对上苏起的目光，以为她在偷看他们。

苏起赶紧移开眼神，见梁水拿着两杯奶茶回来了，照例是吸管都插好了，递给她。前头那女孩抬头望了梁水一眼，又看看苏起，别过脑袋去了，几秒钟后，从她男朋友身上直立起来。

梁水居高临下俯瞰前头一群矮个了，问：“这儿怎么这么慢？”

苏起踮起脚，冲他勾勾手指头，梁水侧歪下头，她在他耳边小声嘀咕：“最前面那个女生点了好多好多。”

梁水点头表示了解，语气认真地说：“你去看看，是不是你失散多年的姐妹。”

苏起一脚踹向他，他松松垮垮站着，躲都懒得躲，闲散地一挪脚换个姿势和重心，她踢空了。

她没踢第二次，她知道他能敏捷躲开，且她也不想真踢他。他现在虽不是运动员了，但她也不想让他再受一丁点儿小伤。

梁水跟着队伍往前移，问：“七七，你爸爸妈妈感情特别好？”

苏起：“好啊。你又不是看不见。”

“我是外人，私下他们怎么相处，我怎么知道？”

苏起想了想：“我小时候觉得妈妈特别喜欢跟爸爸发脾气，我爸爸说因为她照顾家里太累了，不累就不会发脾气了。后来家里条件好了，我妈妈也还是经常说我爸爸，可能说习惯了。”

她说完，感觉自己没说到点子上，梁水却若有所思，风风雨雨，疾苦挫折，都一起度过，那才是真正的感情吧。

“你怎么忽然问这个？”

梁水先摇了下头，可又不想瞒她，说：“我刚才看到胡骏了。”

苏起不记得了："谁啊？"

梁水："给你买仙女房子的那个叔叔。"

苏起一下想起来："然后呢？"

梁水把刚才的事情讲了，道："你觉得呢？"

"……啊，"苏起有些难受，"是不是……已经结婚了？都十多年了……"

梁水咬着吸管："不知道。我妈妈什么也没说。"

苏起皱皱眉心，她小时候也和梁水一样，无法接受家庭结构的改变，但现在不这么想了。是什么时候能接受的，她也不知道。

她轻声："水砸，你难过吗？"

梁水扯扯嘴角："有点儿。"

"自责？"

他不吭声。

苏起说："算啦，提提阿姨会有她自己的缘分的。时间还长呢。"

梁水没说话。

前头的队伍越来越短，终于轮到他们，他说："你点吧。"

苏起："我都点两份？"

梁水："嗯。"

苏起点了炸里脊、炸鱿鱼须、炸香蕉、炸豆皮、炸薯球，说："就这些吧。除了薯球，都放辣椒。"

两人站到一旁等待，梁水摇了摇手里的奶茶，说："真奇怪，人总是希望不要做让自己后悔的事，又偏偏不断往后悔的坑里跳。"

苏起说："那时候你还小，不能这么说。"

梁水说："不只这一件事，其他也一样。"

苏起随口问："其他？其他还有什么事？"

梁水轻含着吸管，无声地看了她一眼。

少年眼神清澈，带着一丝说不清的柔软，苏起心跳忽然乱了一拍，无措地移开眼神去，吸管塞进嘴巴里，喝了口奶茶。

两人各自想着心事，商场里放起了"*Far Away From Home*"。

梁水重起话题："云西还蛮赶时髦的。"

话音未落，歌突然换了："请你不要再迷恋哥，哥只是个传说……"

两人扑哧一笑。

她道："你在家看电视了没？"

她一说，他就懂了："冬奥？"

"嗯。"

"还没开幕呢。"

"我知道，到时候一起看吧。"

"行。王濛挺厉害的。"他说，"不过男子队还跟不上。"

店里食物已炸好，梁水接过纸袋子拎着。苏起抽出一根吃起来，说："我觉得当飞行员也很好。运动员退役太早了。"

梁水知道她在安慰自己，说："我也觉得飞行员好。"

苏起吃完一根，又从他手里拿了一根："你为什么还是不参加聚会啊，也不跟同学说你在学飞行？"

梁水懒道："不想被人围着问东问西。"

"噢。"苏起眼睛一弯，打趣，"啊？你当飞行员了呀？以后开飞机，我这老同学能机票打折免费升舱吗？"

梁水看她："只对家属。"

苏起一愣，面上一热，拿纸擦擦嘴巴上的油，窘道："不是你瞎编的吧？"

他认真道："真的。有规定的。家属可以。比如我妈妈，比如……"他看她一眼，"比如我老婆。"

苏起揪揪眉毛："朋友不行吗？"

"不行。只能是老婆。"梁水说。

除夕刚过没几天，苏起姐弟俩跑去康提家玩，苏落拎着礼物，喜庆地唤："提提阿姨新年好！"

康提笑道："我真是一看到你们姐弟俩就特别高兴，怎么都生得那么好看呢？"

苏落换着鞋，道："那您每天见到水哥，不就更高兴了？"

康提说："他要不开口说话还行。"

苏起姐弟俩哈哈大笑，梁水懒散地歪在沙发上不搭理。

苏起第一次来梁水的新家，一栋漂亮的欧式别墅，装修雅致复古，美式风格的沙发茶几和田园画，巨大的落地玻璃窗对着外头的草坪，一道罗马栏杆的白色楼梯蜿蜒上二楼，吊灯从高高的天顶上垂下来。

苏起仰着脖子望："提提阿姨，你品位太高了吧。"

康提笑："什么品位不品位的，都是我瞎弄的。"

苏起特捧场："真的，提提阿姨你可以当设计师了。"

"啧啧啧。"梁水瘫在沙发上吃橘子，眼神半死不活，瞟她一眼，"我要听不下去了。"

"那你把耳朵堵上。"苏起走过去拍他的腿，"让开！"

梁水不让："这么多位置，你挤我干什么？"

"他们四个还没来呢。"苏起说。

梁水收了长腿，问："路子深也来？"

苏起微瞪眼："你说什么？"

梁水："路子深。"

"我要告诉子深哥哥你叫他路子深。"苏起呵呵，"翅膀硬了，没大没小。"

梁水丢了片橘瓣进嘴："你有大小，天天水砸水砸地叫了二十年，也没见你叫一声梁水哥哥啊。"

苏落在一旁笑。

苏起："你就比我大十天你好意思说？"

梁水慢慢悠悠："大十天不是大，是小？"

苏起哑口无言，最终："我是你学姐。"

梁水拿眼角看她："我以后不叫了。"

"为什么？"

"你叫我哥哥。公平交换。"

“这什么道理？”

“因为所以，科学道理。”

苏落打岔：“水哥，姐姐，你们不觉得自己很幼稚吗？你们好像二十岁了吧？”

上月刚过了二十岁生日的男孩女孩齐齐扭头。

梁水：“你高三了吧，寒假补习什么时候开课？后天？”

苏起：“上次期末考多少？能上‘211’吗？”

苏落：“……”

“啊，他们到了。我去开门。”苏落一溜烟跑去开门，李枫然、路子灏、路子深还有林声都来了，拎着礼物跟康提道贺。

家里顿时热闹起来。

路子深过来看了一看沙发上的红毛衣梁水和红外套苏起，说：“你们俩像两个红包。”

苏起说：“他学的我。”

梁水：“放屁！”

路子深随手拿了个砂糖橘，剥了递给林声。林声接过一边塞嘴里吃，一边找遥控器：“你们怎么在看《喜羊羊和灰太狼》？”

梁水苏起对视一眼，低头一看，遥控器卡在他的脚和她大腿间，估计是瞎按的。

苏起把遥控器递给林声，说：“看五台吧，今天有速滑。”

林声摁了五台。

屏幕切换到直播的温哥华冬奥赛场，正在进行短道速滑女子500米决赛。

路子灏说：“没有中国队？”

李枫然说：“这是B组决赛。”看梁水，“你觉得谁会赢？”

“王濛。”梁水伸了个懒腰，说，“上届都灵她就拿了500米冠军，感觉会蝉联。她……你们过会儿看了就知道了，根本没对手。她就是来散步的。”

B 组决赛结束，轮到 A 组。王濛和另外三个选手一起站到起跑线处，客厅安静下去，伙伴们都饶有兴致地看着电视。

枪响了。

电视机上，王濛迅速起跑抢道，占据第一的位置。苏起正要激动，见王濛似乎没怎么发力就轻轻松松把第二名甩开了一大截。

林声道："这赢定了啊！"

可不赢定了。她保持着领先优势，背手滑着，看着竟有些闲庭信步的模样，她一路滑到最后一圈，冲刺阶段居然减速挥了下拳头，才过了线。

43 秒 048！

梁水笑起来："厉害！"

路子深："这比赛一点儿紧张感都没有。"

毫无悬念。

夺冠的王濛跑到场边给教练李琰行了跪拜大礼。

苏起不经意瞥梁水，想看出点儿什么，但他跟普通观众一样，享受着本国运动员获胜的喜悦。除此之外，脸上没有其他情绪。

他察觉到她的目光，扭头看："怎么？"

苏起立刻摇头："没什么。"

电视屏幕上，王濛披着五星国旗满场跑。

李枫然问："男子呢？"

梁水说："不太行，不知道拿男子冠军会是什么时候？大杨扬第一次拿女子冠军是 2002 年。都八年了。"

苏起笑："没事。或许等下一个八年，中国就有第一个男子速滑冠军了！"

梁水一笑，说："那我会很开心。"

苏起望着他淡淡的笑容，不知为何，心竟莫名有了丝难过。

"水子，过来拿橙子！"康提在厨房里唤，梁水坐在沙发最里头，正要放下脚，外头的李枫然起了身："我去吧。"

李枫然走进厨房，康提正在切橙子，见是他，笑了下："枫然啊，等一会儿啊。梁水那孩子，在家里懒得跟没骨头似的。”

李枫然说：“我刚好坐在外头。”

砧板旁放着十几个小小的薄皮橙子，叫冰糖橙。南江巷的孩子们每年过年，记忆最深的水果味便是那清清凉凉又甜蜜蜜的冰糖橙味道。

李枫然后来去过很多地方，吃过各种橙子，都不如冰糖橙好吃。甚至这几年兴起的砂糖橘也不如，只不过好剥些罢了。

他说：“美国的橙子特别大，也很甜，但不是这种甜。”

大概是冬天气息的甜吧。

橙子切开，芳香四溢，酸酸甜甜的气味。

康提笑：“就是不好剥皮。”

但小时候，孩子们没事干会认真费上半天的劲儿剥掉又薄又紧的橙子皮，捧着红红的橙子肉，宝贝似的咬一口。李枫然想起，好像那个时候，梁水就经常给苏起剥橙子皮，剥得指甲红一块黄一块的，一边剥一边嫌弃：“你怎么这么能吃？你能不能吃慢点儿？”苏起就眼巴巴看着他，小小的嘴巴上一圈橘子黄，讨好地说：“水砸，再给我剥一个呗。我剥不动。”还揉揉梁水充血的手指头，给他呼呼。

正想着，康提问：“一个人在美国，生活习惯吗？”

李枫然点头：“习惯的。”

康提又问：“有没有喜欢的女生？”

李枫然一愣。

“放心。我不会告诉你妈妈的。”

李枫然笑了笑。

“二十岁了，可以谈谈恋爱了。”康提说，“做事业让人有成就感，但其实恋爱也一样，是另一种不同的滋味。年纪轻轻，要记得尝试下，别浪费时光。”

李枫然听出这是她的肺腑之言，问：“提提阿姨，你说话好像有什么遗憾的样子。”

康提笑起来：“我活了大半辈子，什么该经历的不该经历的都经历了，没什么遗憾的。就是……年纪大了，见到年轻人就爱唠叨。”

李枫然抿唇笑笑：“你已经是南江巷最不唠叨的妈妈了。”

康提将切好的一个橙子放进盘子里，又拿了一个，回头看他一眼，说：“你长得越来越像你爸爸了。李医生年轻的时候，我们刚搬进南江巷那会儿，也就二十岁，那时候，他就是你现在这模样。”康提叹，“一晃二十多年过去了。”

李枫然怔了怔，低声：“我不想像他那样。”

话刚说出口，心忽然一沉，他似乎已经长成父亲那样了。

康提听出他的言外之意，切橙子的刀停了，说：“他只是不善于表达，而且太忙了，就很少管你，也有些忽略冯老师。做医生的，没办法。你不知道，你出生的时候，你爸爸特别高兴，激动得进门摔了一跤，手都脱臼了呢。那时他一抱你就哭，给他打击得……他就穿你妈妈的衣服，戴个假发去抱你，声声的爸爸都笑死了。”

李枫然不言，见她切好最后一个橙子，端上盘子去客厅了。

伙伴们仍讨论着冬奥会。梁水说，女子1000米和3000米接力比赛在十多天后。

李枫然没有那么长的假期，他早早离开了云西。

路子深忙着硕士论文，也提前回校了。林声自然跟他一起先走了。

苏起和梁水、路子灏一起看了女子3000米接力。那场比赛风云突变，高潮迭起。三个年轻人对着电视机尖叫呐喊加油，但韩国队跑了第一。苏起失落至极，却不想十几秒后，裁判判定韩国队违规在先，取消名次。中国女队拿了她们历史上首个接力冠军。

运动场上，地狱天堂竟在一瞬之间，正如人生。

冬奥会结束，伙伴们踏上了返校的路程。

回北京的火车上，广播里播放着冬奥会的回顾和各比赛项目捷报，短道速滑队的四枚金牌更是创造了历史——今年的温哥华冬奥是短道速滑的光辉之年。

播广播时，苏起正在啃鸡爪，偷瞄梁水一眼。他望着窗外，侧脸平静淡漠。

他忽地回头，撞见她的目光。

苏起心里一紧。

梁水什么也没说，站起身，看她一眼，往车厢连接处去了。

苏起咬着鸡爪子，心想他刚才那眼神是怎么回事，她怕自己想多，正琢磨呢，短信来了。

梁水："过来。"

苏起："干吗？"

梁水："有事讲。"

苏起就知道冬奥会的事让他心里有了起伏。这家伙总算没有闷着，要找人倾诉了。

她擦擦嘴巴，跑去车厢连接处。

梁水插兜靠在车门边。

玻璃窗外，冬末初春的华北平原飞驰而过。

车轮撞击着铁轨，车厢摇晃，苏起站到他对面，靠在绿色的火车内壁上："怎么啦？"

梁水也不和她绕弯子，吸了口气，说："明年在土耳其，有世界大学生冬季运动会。"

苏起一愣，她只听说过大学生夏季运动会："世界大运会还有冬季的？"

"嗯。上一届在哈尔滨，中国派了两百多名参赛运动员呢。"

苏起反应了一秒，兴奋道："你想参赛？"

梁水定定点了下头，也是兴奋的，但表情很克制，抿了下唇，抓着火车门的扶手看了眼窗外。

"那你报名了吗？研究了没？"苏起一堆问题，连珠炮一样，"哦还有，怎么训练呢？要先跟学校报备吗？会不会有教练啊？你好多年没速滑了吧，还是说你已经准备一段时间了？"

"不是。"梁水被她问蒙了，一时不知从哪儿答起，"你说这些我都还没想呢，我也是刚才在手机上搜了一下。"

苏起意外："啊？刚才？"

他揉揉脑袋，有些尴尬："不知道会不会成功，我也没准备，一切都还没开始，但是……反正，想告诉你，嗯，就告诉你了。"

苏起愣了愣，突然一笑："真不像你。你总是要把事情做到板上钉钉了才会跟我说。"

"嗯。我知道。"梁水低声，"以后再不这样了。"

苏起直愣愣看着他，他亦注视着她。

车窗外的阳光晃人眼，她心跳微乱，低下头去，抠着手指，说："那你准备怎么办呢？回学校了问老师吗？"

"暂时这么打算。不过，我感觉这个项目比较冷门，学校可能帮不了什么，要自己训练。"他说完，又立刻道，"不过你放心，我不会耽误学业的。"

苏起："……"

跟我保证这个干什么啊……

她窘窘地看他一眼，张了张口，又什么都没说。

阳光透过玻璃，在两张年轻美好的脸上晃荡，白灿灿的，是青春的模样。

她说："要是有什么需要帮忙的，叫我哦。"

"嗯。"他不多说了，扭头看向外头冬季荒芜的原野，天高地阔，他忽然不自觉地微笑了一下。

苏起望着他的侧颜，心就跟着安宁了下去。

算是一次圆梦之旅吧。

真好。

返校后，梁水向学校咨询了相关事宜。如他所料，学校没有任何冬季项目运动特长生，也没准备参加世界大学生冬季运动会。

但得知他曾是短道速滑运动员后，学校挺重视的，也希望能有首次参加大学生冬季运动会的机会，决定以学校的名义帮他申请参赛，如果他过了预选赛，会报销赛事相关参与费用。但在训练方面，可能没法提供更多的支持，需要靠他自己。

梁水应允了。

那天梁水请苏起在食堂吃煲仔饭，跟她讲了这件事。

苏起道：“你要自己找教练找场地吗？是不是要花很多钱啊？”

梁水说：“两三万吧，还行。”

苏起嚼着黑椒牛腩，想了想，康提阿姨现在重新投资做生意，还在起步阶段，资金紧张。以梁水的性格，是不会跟妈妈要钱的。

她小声：“你是不是找风风借钱了？”

梁水含着饭没讲话，看她一眼，点了下头。

苏起皱眉：“为什么不找我借？”

梁水吃下半口饭，含混道：“你这个穷鬼。”

“哪有？”苏起轻呼，“我私房钱有一万四呢！”

梁水愣了一下，道：“你妈妈给你生活费多少？”

“不是。我做家教攒的钱。我做了差不多两年了好不好？再说我平时生活费都有攒的。”

梁水笑说：“看不出来，你还是个小富婆。”

苏起扬了扬下巴：“要是后面缺钱，你再跟我讲。”

梁水：“嗯。”他还是觉得稀奇，“你这么贪吃，七百块的生活费居然也够用？”

苏起：“那是大一，我妈妈早给我涨到九百啦！”

苏起回宿舍后很兴奋，想着梁水要开始训练参赛了，一激动跑去 ATM 机上把自己的存款全打到了梁水卡上。

第二天上自习的路上，梁水问她干吗。

苏起笑眯眯的：“这是我出的赞助基金，你以后再还给我呗。”

梁水说：“你也不怕我携款潜逃。”

苏起挑眉：“得了吧，钱这东西，你才看不上呢。”

梁水心头一动，许是没料到自己在她心里的评价这么高，他低了声儿，说：“哦，那我看得上什么？”

苏起扭头看他，初春的树冒着新芽，在他头上招摇。

他说："出钱的人？"

苏起忽地脸一红，正不知所措呢，他倏然一笑："我说李凡。"

"……"苏起一巴掌打在他背上，"把钱还给我！"

梁水："借钱容易还钱难，老话没听过吗？"

两人闹腾着去了自习室。

之后，梁水很快找到了练习场和教练，每周训练三次。虽有训练，但也半点没放松学业，人比上学期更忙碌了。除了挤出来的训练时间，其余时候不是上课就是自习。他身边有同学打游戏、泡吧，他一律不参与，只在傍晚打打篮球。生活单调得再也没了别的东西。

苏起亦然。

过去两三年，她学习虽努力，但身边努力的同学太多，她没有保研名额，只能自己考。

她志愿是清华，如今离考研不到一年，学习强度可想而知。

他俩上课时间不太一致，但会互相帮忙占座，有时候他来了没一会儿，她走了；有时她还留在原地，他先走了。更多的时候，两人坐在各自的位置上，埋头在各自的书堆里，像两个毫不打扰毫不相交的平行线。

只是偶尔在学习的间隙，苏起抬起头，看见梁水低眉看书，要么转着笔，要么写写画画。他头颅低垂着，黑发遮住了眉眼，只露出高高的鼻梁和红红的嘴唇。

下颌角的弧线越发锐利。

那一刻，她忽然发现，他已经不再是那个在长江大堤上踩着单车迎风飞驰的小小少年了。

正值春天，年轻人穿着酷酷薄薄的外套，肩膀挺直宽阔，人即使是坐着，也高出桌子一大截。脸上褪去了年少的青涩，变得专注、沉稳。

有时，他会抬起头，和她的目光撞上，认真的眼眸在一瞬间变柔和，目光清澈冲她一笑，她心头便一软，心想，他还是他。

更多时候，他没有察觉她的目光，专注于他的书本。

即使如此，苏起也觉得温暖，低下头时，怎么都有些唏嘘——

在过去，在曾经，在对未来的无数想象和憧憬里，从没有想到有一天他和她会有此刻这样的画面。

超出了所有的预想，却令人意外地安宁美好。

人生啊，永远会有波折，但也永远会给坚韧的人们以惊喜。

三月初，突然来了一波倒春寒，气温竟降得跟一月差不多。

苏起的考研复习路刚走上正轨。那天她走在去图书馆的路上，抬头望一眼树梢，天空灰蒙蒙的，上周才冒出的半点儿绿色仿佛又缩回去了。

路上往来的同学们也是一片黑白灰。

寒风凛冽，她缩进围巾里，走到图书馆门口，忽见前头一抹色彩。

梁水穿了件薄薄的军绿色外套，里头只穿了件 T 恤。

穿着羽绒服的苏起在寒风中打了个抖，问："你不冷吗？"

梁水做表情不解状。

他那身衣服很好看，加之人高腿长，衬得格外有型。

苏七七从小到大就是视觉系动物，没忍住多看了他几眼，然后跟着他走进电梯间。她太过肆无忌惮，梁水一偏头，轻易抓住了她，他好笑地弯唇，摁下电梯键："看什么看？"

苏起被逮到，移开眼神："讲风度不讲温度。"

彼时，两人立在电梯前，看着电梯门上自己的倒影，目不斜视。

梁水："嘁！"

苏起："本来就是。就知道耍帅。"

话音未落，她手背上一烫——他握住了她的手。

她扭头看他，他又握了下她手心，才松开，问："我手冷吗？"

男生的手掌干燥、有力、炙热，像火一样烧到她心间。松开一两秒了，还有余温残留似的。

她心怦的一跳，恰好电梯门开了。她假装不在意，可进了电梯，人杵在里头出了神，对着电梯键没反应。

就见一只漂亮的手伸过来摁了楼层，耳畔落下一道低低的笑。

苏起莫名觉得他在笑话自己，质问："你笑什么？"

梁水抬眉："我连笑都不能笑了？"

"流氓。"苏起说，"占我便宜！"

梁水朝她伸手："行。给你摸回来。"

苏起一巴掌重重打开他的手，"啪"的一声，打得她手板心都疼了。

梁水被她这么一打，笑得更是停不下来，心情很不错，去摁关门键。

门外传来唤声："麻烦等一下。"

梁水手指往旁边一挪，摁了开门键。

一个漂亮高挑的女生小跑进来，脸红扑扑的："谢谢。"

梁水没答，关了电梯。

苏起手机响了一下，是班长的短信，电梯里很安静，她回复完抬头，梁水插兜盯着虚空，那女孩偷偷抬眸看他，眼神窃窃的，又甜甜的。

苏起觉得她有点儿眼熟，在哪儿见过，不知是篮球场还是人人网上。

到了楼层。苏起走出电梯，梁水跟上，那女孩也尾随。馆里没有连在一起的座位了，梁水坐在苏起隔壁桌。那女孩则坐在梁水隔壁桌。

苏起多看了那漂亮女孩几眼，才翻开书本。她有些心不在焉，察觉到有动静，一抬眸，见那女孩小跑到梁水身旁，塞给他一个信封，红着脸回座位拎上书包跑掉了。

梁水拿起信封，莫名其妙地回头看了一眼，再回头，对上了苏起的目光。

苏起装作无意，低眸看书，看着看着，没忍住在稿纸上狠狠瞎画了几条线。

忽然，一只小小的纸飞机飞到她书上。

她看过去，梁水正看书，抬眸瞥了她一眼，周围同学都在自习，没人被这偷偷飞来的纸飞机打扰。

飞机上什么也没有。

苏起以为里头有字，拆开一看，还是没有。

她重新把它折起，在翅膀上写了两个字："无聊！"哈一口气，飞去他面前。许是她用力太猛，飞机戳到了他脑壳。

她继续看书，几秒后，飞机又过来了。这一次，它贴着书页滑行，戳到她胸口，咚的一下，撞了她的心。

机翼上多了一行字：“你以为我要跟你说什么？”

她霎时脸红——他看见她刚才拆飞机了。

她什么也不写了，气哄哄地直接扔了过去。

十几秒后，飞机又飞过来：“苏七七，带我回高中去吧。我想回去了。”

苏起心头一戳，像被什么柔软又温热的东西撞上，微愣住。

阳光照在机翼上，她神思恍惚了一下，看向梁水，恰好一道阳光折射在玻璃上，白晃晃的刺人眼，他的影子融化在金色的光线中，看不清了。

那天上完自习回去的路上，苏起没问梁水那个女孩的事，他也没提。

她忘了，他也忘了。

走进宿舍楼，苏起在包里翻钥匙，摸到了那只纸飞机。她站在楼梯间里，看了很久。

“苏七七，带我回高中去吧，我想回去了。”

心里最柔软的部分被戳中。

是高三吧，他坐在教室后排，总拿纸飞机召唤她。那时候，谁能想到有一天她会造飞机，而他会开飞机呢，还是说，那时候命运就已经偷偷写好了？

走到宿舍门口，刚要开门，就听见方菲说：“欸，你们说，不是说女追男隔层纱吗？真有男的那么狠，怎么追都追不到的？”

“你不是说梁水吧？”王晨晨问。

苏起停在门口。

方菲：“就是他。追他的人挺多，还有我师妹，从上学期到现在。那姑娘挺漂亮的，比苏起还好看，身材又好，不知道他怎么就看不上。”

王晨晨：“他这种条件，要求很高吧？”

方菲：“我师妹条件也好，家里还有钱。”

薛小竹：“看他以前对苏起那大方样儿，他家不差钱吧。”

方菲："他们当初为什么分手啊？"

另外两人摇头。

无人说话的空隙，苏起装作不知地开门进来，说："怎么感觉又要降温了，回来路上冷死了。"

薛小竹："天气预报说过了这周就暖了。"

方菲说："苏起，跟你打听个事儿。"

苏起往茶杯里倒水："嗯？"

"你跟梁水现在什么关系啊？"

苏起眼皮都不抬："干吗？"

"帮个忙呗？我师妹特喜欢他，你能不能介绍他们一起吃个饭？牵个线好不好？"

薛小竹插话了："不好吧。哪有给前男友介绍女朋友的？"

方菲："这有什么，不是朋友吗？苏起？"

苏起正在喝水，喝掉半杯了，才放下杯子，说："不行。"

方菲没料到她直接拒绝："为什么？"

苏起："不为什么。"

方菲笑起来："你不会还喜欢他吧？"

苏起看了她一会儿，忽地清晰道："对。我喜欢他，从来就没有不喜欢过。怎么了？你有意见？"

宿舍一时安静。

苏起和室友们关系一向很好，没闹过矛盾，这还是头一次有攻击性。

方菲不说话了。

苏起拿着毛巾脸盆去水房洗漱，回来时到了熄灯时间。

她爬上床，睡不着，想着梁水的那只纸飞机。

她失眠了，三点多才睡。第二天提不起精神，撑到下午上大课，她昏昏欲睡，直到课间，梁水发来短信："下午来给我加油呗？"

她来了点儿精神。

几所高校联合举办的新生篮球赛，上学期打完小组赛，到这学期开学，进行到淘汰赛了。校队队员不固定，梁水也是这学期加入的。

前些天苏起还有些担心。篮球这种极需爆发力的运动，在她看来对跟腱很不友好。

但梁水说，他们是业余水平，强度不大。且他的跟腱早就恢复了，没什么问题，只是能力不如以前罢了。

苏起问："什么时候？"

梁水："五点半。"

苏起下了课回宿舍放书包、洗衣服，收拾完了要出发，薛小竹、王晨晨刚好吃饭回来。几人一道去球场，发现来迟了。

离开场不到五分钟，场边挤满了学生。苏起她们挤不进去，好不容易找到靠近篮球架一处人少的地方，也只能站在第二排。

几个高大的男生挡在前头，她踮脚朝里望，两个高校的篮球队在各自半场的篮球架下商量着技战术。

她一眼寻见了梁水。

他穿了件藏蓝色的球衣，罕见地又戴上了黑色发带，露出饱满光洁的额头，漂亮的眉眼。

夕阳照着，那张轮廓分明的脸上少年气十足。她一瞬间以为回到了高中时代，一时半会儿挪不开眼。

他正跟队友比画商量着战术，手臂上、小腿上的肌肉清瘦又流畅，站在一众球员中，格外醒目。

比赛快开始了，他们商量完了回到场边，脱外套的脱外套，喝水的喝水。

梁水走到篮球架下，从挂着的外套里掏出手机滑开，一扭头，见苏起在人影后头蹦跶。

他皱了下眉，走过来质问："你怎么现在才来？"

他一开口，挡在第一排的几个男生自动让步，苏起她们挤了进来。

"你不是说五点半吗？我洗衣服去了。"苏起说着，又盯了盯他的额头和眉眼，梁水被她看得不太自在，说："看什么看？"

苏起嘴巴一撇："装嫩。"

梁水自然知道她说什么，脸微微一红，别过脸去，还是那句话："头发长了，没时间剪。"

什么啊，苏起抿着笑，心想，就是臭屁。

梁水睨她一眼，想发作，又没说什么。

周围人挤人，一片喧嚣。

两人对视着，他似乎想说什么，刚要开口，哨子响了，裁判叫集合。

苏起忽然严肃起来，赶紧交代："你注意点儿啊，别伤到脚！"

"啰唆。"梁水笑了下，把自己的手机递给她，"帮我拿着。"

苏起自然就接过他的手机，他转身朝中线小跑而去，周围几个人朝她看过来。她这才意识到帮他拿手机这行为有些微妙，那机子霎时就有些烫手。

真是，你外套不就挂那儿嘛。她心里嘀咕，但也没把手机塞回他外套，而是揣进自己兜里。

双方的五位球员在中场站好。裁判含着口哨，托着篮球。梁水和对方球员微弯下腰做好起跳的准备，蓄势待发。

围观者一片安静。

一声哨响，裁判将球抛至空中，双方进攻手同时起跳。梁水高高跃起，抢得先机挥起手臂用力一击，篮球飞向己方队友。

本校学生欢呼声起。

队员迅速接应，两三次传球后，篮球飞回梁水手中，对方 18 号球员防守他，张开双臂阻拦。

梁水手拍篮球，脚步切换，时进时退，几个往复找到空当，忽然背身拿球，绕过 18 号，两步起跳。

另一个防守队员冲过来补位堵截，可梁水爆发力太强，竟飞跃而起，来了个爆扣篮筐。

篮球架哐当巨响！

"哎哟！"

学生们极少在球场上见到扣篮，跟炸了火星子似的狂叫起来。

薛小竹抓着苏起手臂不停摇晃：“啊啊啊气势！气势！啊啊啊啊啊啊啊啊！”

苏起被她晃得头都晕了，就见篮球已到本方球场，轮到对方进攻。

梁水边撤步后退，边跟队友们打手势。

他们防得很到位，对方球传不进来，落到18号手里。18号运着球，想冲破梁水的防守，但他不如梁水高，也没他反应快。每当他有点儿动作，梁水都能迅速猜到，左移右挡堵他路线。

如此几下，进攻时间只剩五秒。

18号没有办法，只能跳起来硬投，球刚出手，梁水一跃而起，将球拍打下去，篮球弹地而起，准确落入梁水手中。局势一转，他突然运球冲向对方半场，一时间变成了赛跑，对方球员反身拼命追赶！可梁水风一样一骑绝尘，冲到篮筐下，跳跃而起又是个爆扣！

篮球架轰隆隆震荡，年轻人身高腿长，挂在篮球筐上晃荡了一下，才洒脱地落下来。

球场上人声鼎沸，一片欢腾。

角落里对方学校的啦啦队集体沉默。

苏起蹦着跳着，热血沸腾。

高校篮球赛只分上下半场，上半场打下来，本校领先十七分。

中场哨声响起，围观同学的号叫声直冲云霄。

梁水他们下了场到场边喝水，聚在一起商量战术和对策。

他黑发汗湿，满脸潮红，脖子上、手臂上全挂着汗珠。苏起盯着他看，手无意识地从兜里捞住纸巾揪在手心。

梁水跟队友们交流完，将半瓶水灌下去，他仰着头，喉结滚动，乌发轻颤。

他喝完了拧上瓶盖，忽地朝场边的苏起走来，抽出她手里的纸巾擦拭脸上额头上的汗水。

周围一片围观同学都看过来，目光打探着他俩的关系。

苏起蓦地心跳乱了。

他刚才明明在跟队友讲话，看都没看她一眼，怎么就瞥见她掏纸巾的小动作了？

梁水擦着脖子，整张脸都是红的，瞥她："给我加油了没？"

苏起说："我嗓子都快喊哑了。"

"是吗？我怎么没听见？"梁水反身一步，从纸箱里捞出一瓶水，拧松了瓶盖递给她。

苏起抿着唇接过来，啜一口。

薛小竹凑热闹："我能蹭瓶水吗？"

梁水又拿了一瓶，抛给她。

他队友经过，和他说了句什么，他回头答着。

苏起喝着水，看他的背影，等他转过头，问："你球衣号码是随机的，还是特意选的？"

梁水："选的。"

苏起："为什么选 20 号啊？"

梁水直视着她，眸光渐深："你说呢？"

苏起反应了一秒，生日？

正想着，梁水脸色已变嫌弃："你就是只猪。"

苏起顿时想打他一爪子，可他迅速后撤一步，笑着转身跑了。

下半场开始了。

本校队伍延续了上半场的状态，尤其梁水，在校友们的一阵阵欢呼助威声中，越打越猛。

打到中间一段，对方连追六分，18 号也发了力，横冲直撞，眼看气势要起之时，防守他的梁水一个高高跃起，盖了他的帽。

这一下子，呼喊声震天，对方刚要起来的气势骤降一大截。

梁水和队友配合迅速，立即进攻。18 号球员狼狈回追，堵着梁水不让他过线路。

梁水耐心拍着球，前进，后撤，年轻人的眼神像伺机而动的狼。突然，他看准机会，左手一拍，篮球从 18 号球员双腿间一晃，过了裆。梁水闪过去，右手揽住篮球，三步上篮。

轻松入网。

再一次全场沸腾。

连不爱体育的王晨晨也被感染：“哎哟，太帅了吧！”

薛小竹道：“是不是比你的韩国欧巴性感？”

王晨晨咂舌：“性感有什么用，又不是我的。”

苏起目光锁在梁水身上，一瞬不移，看着他快走、移步、跑动、运球、投篮、防守，每个动作都身姿舒展，满身的青春气息。

只是渐渐地，她察觉到一丝火药味。

对方 18 号防不住梁水，又总被他堵截，动作大了起来，好几次直接冲撞。

梁水一心在比赛上，无意跟他计较。可围观的本校生居多，都不满起来。

有男生叫：“别打脏球啊！”

“裁判是不是眼瞎了？”

场下一片骚动还未平息，场上，18 号进攻时再次撞了梁水，将球送入球网。

周围顿时哗然。

梁水看上去竟极其平静，没事人一样，还伸手拉了拉冒着火要去理论的队友。不知他说了句什么，队友便不较劲了。

十秒后，本校进攻，梁水再次打了 18 号一个羞辱的过裆球。围观同学本就憋着一口气，见状更是泻火般地狂喊。

这下，对方整队都有些收不住情绪了。

梁水刚过了裆，运球要投篮，另一个防守球员补位而上，拼命起跳阻拦，两人在空中撞上，双双坠落，摔倒在地。

球砸在地上弹跳而起，18 号球员立刻去捞，脚奔着梁水的脚踝踩去——

全场观众都没反应过来，18 号的脚甚至还没落下，只见一个女生冲进场内抱住了梁水的膝盖和小腿。

18 号人已起跳，收不住，脚擦着苏起的背，踉跄着从她头上跳了过去。

鞋子打过苏起的头发，马尾散开。

球场被这突发事件搞得一下子鸦雀无声。

苏起双手抓着梁水的左脚踝，整个人都在发抖，冲 18 号吼叫：“人都倒地上了你往这边踩什么？！”

篮球在水泥地上蹦跶着，那人愣了愣，没反应过来。

梁水拉了苏起一下：“七七——”

她猛地挥开他的手，气得满脸通红，双目狰狞，盯着 18 号质问：“我问你，你往他脚上踩什么？！你有没有点体育道德？！输不起就别打了！”

对方被骂得面红耳赤，也恼火了：“谁故意踩他了？打球没个磕碰？又不是玻璃人还要女的护着，别出来打球啊？”

“他跟腱上那道疤你眼瞎看不见吗还敢踩？！你就是故意的！”苏起双眼通红，突然起身跟只小野狼似的朝他冲去，梁水一瞬间爬起来，捞住她的腰：“七七我没事！我脚没事！”

苏起不看他，只是喘着气，狠狠盯着那人，像是要扑上去跟他厮打。

18 号还要反驳，他队友上来拦。薛小竹气愤叫道：“我也看见你就是朝他脚踝踩的！不讲体育道德！卑鄙！”

本校的同学们炸开了，愤怒地指指点点。

裁判中止比赛，过来查看情况。

梁水说没事，将苏起连推带搂拉出球场，带到篮球架后。

苏起垂着眼，脸颊涨红，拳头紧攥，人在发抖。她眼睛红了，含着薄薄的泪雾，别着头望着一旁，颤抖着，压抑着。

梁水心里一阵刺痛，那段经历不仅是他心里的阴影，也是她的。

队友来问：“梁水，还能上吗？”

梁水摇头：“换人吧。”

他套上羽绒服，握住她的手，带她离开，围观的同学纷纷让开一条道，好奇又沉默地投来目光。

他拉着她走过田径场，坐到看台上。

他坐在她身边，一下下轻拍着她的后背，给她安抚。

不远处的篮球场上，比赛继续，加油声此起彼伏。

这一方天地却很安静。

天色已黑，球场灯火通明。冷风很快吹散他身上的热意，也吹散她面颊上的怒气。两人都平静了下去。

他将拉链拉上，忽然说："我以后再不打篮球了。"

苏起嘴巴委屈地噘起来，嘴角压瘪下去，眼睛又湿了，但她没有哭。

"随便打着玩儿可以，比赛就不要了。"她说，"你打篮球还蛮帅的。"

梁水一下忍俊不禁，她自己也哭笑不得，摸了下湿润的眼睛，负气道："他刚刚就是故意去踩你的。"

"但没踩到。"梁水扭头看她，说，"还好有你。"

苏起迎着他清澈湿润的目光，心凝滞了一瞬。许是发带的原因，他整张脸格外饱满而轮廓分明，她忽然伸手把发带这个犯规物品扯了下来。

他湿润的黑发散落下来，微遮住眉峰，莫名又越发有种深沉的味道了。

她匆匆移开目光，还是不看为妙。

梁水看着她手里的发带："你要给我洗吗？"

"洗个头！"苏起想起自己还在生气，道，"谁洗谁是猪！"她跺了下脚，恨不得踩那18号一脚才甘心，人又低下头去，像一只刚急红了眼要咬人却又耷拉下了耳朵的兔子。

一通自言自语的小动作，却没把东西还他，她的手指绕着发带，缠着搅着。

篮球场传来一波巨大的声浪，比赛结束了。本校赢了。

苏起问："你不打了，还有人替你吗？"

梁水道："多的是。"

出了球场，沿着路灯朦胧的大道往回走。

两人裹着羽绒衣的长长影子拉在地面上。苏起跟着影子走，心无旁骛。

他踱步在她身旁，忽然说："我下周要去珠海了。"

她感到有些突如其来："去几个月啊？"

他看她一眼："两个月。"

他要去珠海训练，还有速滑，忽然间好像有了很多个希望，像即将到来的春天。

他说："读大学真好。"

苏起抬头望树梢："对啊。"

"你好好复习。"他慢慢走着，交代，"不要谈恋爱，听见没？"

她也慢慢拖着脚步，斜他一眼。

他一本正经："我怕影响你学习。"

"嘁，又不是高中了。"

"反正……"他脚步更慢了，随着她走过拐角，停在她的宿舍楼前，说，"不要喜欢别人。"

他停在路灯下，逆着光，眼神很暗，很沉，似有深深的流水在平静的表面下涌动。她抬眸望着他，许是冷风，许是别的，她呼吸微滞，等待着，等着那股波涛涌动出来。

但没有，他只是很克制地吸了口气，说："进去吧。"

苏起没吭声，转身默默往台阶上走。

我就说你是颗瓜吧。

水砸，除了你，我从来就没有喜欢过别人。任何人。

不信……你问我一下啊。

那晚，苏起不安极了，辗转反侧，想着他要去珠海了，想着他在路灯下的眼神，心里翻江倒海。似乎是疼？却又不是；难受？也不是。

焦灼。

对，是焦灼。

她翻煎饼一样在床上滚，实在受不了了，摸出手机看他人人网，看完又翻他 QQ 空间，却无意刷到林声的一条状态："如果我再优秀一点儿，或许就没那么累吧。"

苏起一愣，正要给她留言，状态却删除了。

她披着羽绒服溜出宿舍，跑进楼道打电话。

林声说没什么大事，只是想到未来有些迷茫。路子深要去美国读博，而学画画的她，读研没有太大意义，因而没有深造的计划，毕业后也似乎只能做设计类工作。

苏起说：“工作还早呢，再说你不是想画插画的吗？”

林声道：“自由职业没个安定，更心虚吧。”她声音低下去，“七七，子深哥哥的那个女同学也要去美国读博了。”

这一句话产生的强烈共鸣，让苏起突然想到她说的自卑。

她难受极了，安慰她，但林声说：“没事，我会自己调节的，也会努力的。”

苏起回床上躺下，望着黑夜，想着林声曾在这儿说过的话，心里像压了巨石般喘不过气来。

第二天是周六，苏起自习到下午，没见到梁水，想起他去训练了。她忽然就想去看他。

许多地铁线路还在修建，她倒地铁又倒公交，转了四五十分钟才到体育馆。

一进去就听见满场的冰刀滑行声，喊叫声，节拍声。一群小孩子在冰面上练冰球。他们戴着头盔，踩着冰刀，挥舞着球杆满场飞跑。

苏起走到最里边的场地，坐上看台。

梁水立在场边，跟教练说完话，滑到起跑处，教练拿着秒表，喊了开始。年轻人冲出起跑线，风驰电掣般在椭圆的冰道上滑行。

许是很久没见他上冰了，苏起觉得他速度快得吓人，直身，加速，倾斜，伏地，过弯道，流畅得浑然天成。

500 米不到一分钟跑完。

他松了力，在冰面上高速滑行几圈后停到教练面前。教练给他看了下秒表，跟他说着什么。

他解开带子，摘下头盔，一边拨弄着头发，一边点头。

他又跑了几圈，始终没注意苏起的方向。训练完，他走到栏杆边推开门，卸下冰刀去了更衣室。

苏起坐在原地等，等了半个小时，梁水还没出来。她猛的一惊，他该不会不知道她在这儿，先走了吧。

她赶紧掏手机发短信："水砸，你在哪儿呢？"还没来得及发送，她感觉身后有什么东西靠近。

她一个激灵回头，梁水猫着腰从后头台阶上偷偷靠近，准备要吓她。

"啊！"她真吓到了。

他也被她吓得一愣。

苏起一巴掌打他肩膀上："我以为你走了呢！"

他越过座椅，跳到这一级台阶上，笑道："你今天怎么有空跑来？"

"视察，看你有没有偷懒。"苏起抱着手，一副领导巡视的模样，和当年别无二致。

梁水："感谢领导关心，领导要不要赏脸喝杯奶茶？"

苏起眉梢动了动："行吧。给你个面子。"

出了体育馆，天色已黑。

梁水买了两杯奶茶，走到路边，从背包里翻出轮滑鞋，坐在花坛边换。

他一来怕堵车，二来练体能，养成了滑轮滑来场馆的习惯。

苏起含着吸管，瞪圆了眼："你滑回去啊？那我怎么办？"

梁水绑着鞋带，仰头看她，眼睛在黑夜里晶晶亮亮的："你坐车回去啊。"

苏起气得鼻子冒烟："你有没有良心？"

梁水把书包扔给她："那就换鞋。"

苏起拉开一看，里头一双粉色的旱冰鞋，漂亮极了："你怎么知道我今天要来？"

梁水低头系鞋带，没作声。

他站起身利落一滑，转了个弯面对她："麻利点儿。"

苏起一手拿着奶茶，一手拎着书包，手不够用。

梁水接过书包，她坐到花坛上，伸手要鞋子，他已蹲下去，握住她小腿，把她鞋子脱下来。

苏起脸一红，不想他脑袋一偏，嫌弃："哇，臭死了。"

苏起嚷："胡说！你才脚臭！"

梁水含着半抹笑，把她脚丫子塞进旱冰鞋，一点点拉紧鞋带。

苏起挣了挣，难受："你把我绑太紧啦。"

梁水抬眸："你是想紧点儿还是扭脚？"

"……嗷。"

他手上又是用力一拉，苏起感觉小腿血流都不畅了。

他收紧鞋带，打了个死结，又给她穿上另一只。

他起身，轻松地滑后一步，说："自己站得起来吧？"

"当然站得起……"她屁股刚离开花坛，两只脚便不受控制地瞎踢腾，慌忙抓他，"水砸！"

他立即扶住她腰，她抓救命稻草般一下扑到他怀里，挂在他身上，脚分叉到两边，站不稳。

她耳朵摁贴在他胸腔上，怦怦怦，分不清这慌乱的心跳究竟是他的，还是她的。

梁水立得稳稳的，掐着她腰，把她往上一提。她单手攀住他肩膀，收了腿，这下终于站稳了。

她大松一口气，一抬头，差点儿撞上他的脸。

他垂眸看着她，相对她的手忙脚乱，他镇定自若得有些不像他。只是鼻息略显急促而紊乱，撩在她面前，隐约暴露了内心。

她头皮发麻，稍稍后退一步，别过头去，问："你，你……"她脑子乱了，要说什么来着，哦，对了！

她瞪着亮亮的大眼睛："你的奶茶呢？！"

梁水看了眼旁边的垃圾桶："喝完了。"

苏起逮到机会，说："哈，你像个水桶！"

话音未落，梁水报复性地踢了脚她鞋底的轮子，苏起"啊"的一叫，人猛地倾倒。梁水伸手一接，她再次扑进他怀里紧搂住了他。

啊……他抱起来还和记忆中的感觉一样，温暖、坚实。

她一颗心被他搅动得跟一池春水似的，面颊烫得不行，思绪混乱，也说不出什么话来了，只用力打了他手臂三下。

梁水任她打，将点点笑意抿进嘴角里，说："走吧。"

他牵住了她的右手腕。

苏起没有挣开他，她虽会轮滑，但不会停。不让他牵着，还真不行。

她被他拉着，一边滑，一边喝奶茶，一边心想：完了，着了他的道了。

正想着，人已滑到十字路口，他刹停下来。

苏起随着惯性直直扑去他后背，一脸撞在他肩胛骨上，手也本能地搂紧了他的腰。

男生的后背宽阔而硬朗，挡掉了寒夜里大半的冷风。她心里骤然涌起一股熟悉的温暖和安心。

她怔了怔，才轻轻松开他的腰。自己都没意识到那动作迟缓而恋恋不舍。

梁水望着红绿灯，在冷风里吸了口气，心却越发炙热滚烫了。

他没回头，用力牵紧了她的手腕。

交通灯转绿，他拉着她，从路灯车灯的光影中滑过十字路口。

寒风直涌，年轻人的脸颊被风吹着，却并不觉得冷。

越往学校走，行人车辆越少。

路灯穿过光秃的枝丫，照在冬末春初荒凉的街道上。

仿佛只有他们两人，在夜里滑着轮滑，一路前行。

渐渐地，苏起体力跟不上了。梁水将她右手腕转移到自己右手上，又朝她伸出左手。她喘着气，把左手腕也交给他。

她不滑了，他在前头滑，拉着她一路前行。

谁也不说话，只有鞋底的轮子骨碌碌滚动着。

冷风吹在苏起炙热的红彤彤的脸上。北京的夜，冷意中竟有了种沁人心脾的意味。

他拉着她滑过一条又一条街，背影坚定、有力，而又沉默。路灯投射的树影在他的黑发和肩膀上流淌，像缓缓流过的时光。

从他身上流过的时光。

忽然间，她就有些疼惜，有些后悔。

走到校门口拐弯处，有车驶来，他减了速，两人停下等车过。

他站在她前头，背影高大而安静。

忽然，他手指从她手腕上一松，轻轻一滑，滑到她的手心，四指不轻不重地和她的扣上。

像是两个齿轮咔嚓一下，找准了紧密相接的位置。

她的心怦的一下。

下一秒，他抠住她的手指和掌心，拉着她滑过路口。一直进了校园，到了她宿舍楼下，他才减了速，朝身后伸了一晚的双手垂下去。

她被他带动着往前一滑，轻轻靠在他的背上。他身子微僵。

路灯光投下一道长长的影子，似缠在路灯下。

他将她带到花坛边，脱了鞋，又蹲下给她脱，他整个人都很沉默，甚至有些紧绷。

她也不作声，看着他长长的手指解开她的鞋带，像在研究一件艺术品。

终于，梁水把她的旱冰鞋脱下来，起身扔在花坛上，人一俯身，近距离地凑到她面前。

他居高临下，压迫而来。

苏起仰望着他，望着夜色中他白皙的脸颊，清亮的眼睛，她的心忽地就皱缩成一团，浑身都紧绷起来。只有两只脚丫子搅在一起，紧张地搓了搓袜子。

他看着她，她也看着他。

什么都没说。

他忽然低下头，吻了一下她的眼睛。

仿佛一瞬间，尘埃落定了。

她长长的乌黑的睫羽垂了下去，闭上了眼。

世界陷入黑暗，很安静，安静得能听见自己的心跳声。她感觉到他的唇瓣柔软、干燥，摩挲过她的眼睛、脸颊，最终落在她的唇角。

他吻了她。

一股暖流从心底涌出，弥漫至四肢百骸。苏起情不自禁地打了个寒战。

下一秒，梁水收住她的腰将她抱起来，苏起没穿鞋，两只脚踩在他的运动鞋上。

他给了她一个紧紧的拥抱。

他一手揽着她的腰，一手握住她的后脑勺，低头吻她的鬓角，一下又一下。他越搂越紧，像失而复得。

苏起被那熟悉的气息紧紧裹挟包围着，忽然，眼睛就湿润了。

Chapter 28

说爱你

苏起快步冲进宿舍，扔下书包，踢掉鞋子，爬到床上，一把抱住大大的哆啦A梦倒在床上翻滚一圈："嗷——"

心跳尚未平复，脸红到了耳朵根。想着刚才在楼下，他紧搂着她，像是要把她揉进他身体里去，情感汹涌，只有靠亲密才能发泄；他捧住她的下颌，深吻着她，热烈、用力……

她抱着猫猫又是滚又是踢腾，脑袋埋在它脖子里笑个不停。

王晨晨正在看《生活大爆炸》，诧异："苏起，你闻笑气了？"

"我被猫猫抱了。"苏起幸福地说道，踢腾着脚丫坐起身来，小脸红扑扑的。

"我看你是发春了。"王晨晨说，继续看她的谢耳朵。

苏起把哆啦A梦摆好，亲亲它的脸蛋，溜下床，拉开抽屉，大头贴的手机链还躺在里头。

照片里，高中刚毕业的水砸搂着苏七七，一个散漫不羁，一个天真烂漫。

那时候的他们长得多稚嫩青涩啊，不过没关系，现在的他们也很青春飞扬。

她把大头贴链子重新挂到手机上，没想到他当初送的手机那么耐用，都两年多了还那么好。

宿舍门被推开，薛小竹从外头进来，道："梁水碰到什么高兴事了？"

苏起探头："怎么了？"

薛小竹放下包："我经过男生宿舍楼，他从我对面过来，低着头一直在笑，走几步跑几步，笑个不停。"

苏起都能想得出他那瓜样儿。她打开笔记本，登上 QQ，发现梁水的 QQ 头像换了，又换成了曾经的那个——他们在酒店浴室穿着一黑一白情侣 T 恤对镜拍下的照片。QQ 名也变成了"苏七七你欠我的一块钱什么时候还"。

这家伙速度也太快了吧。

苏起心里忽然就开满了花儿，想了一想，登上人人网，发了张照片，正是梁水的 QQ 头像。

配文："嗯，他回来了。"

要发送的一刻，苏起有些脸红，这张照片太暧昧大胆，毕竟是在酒店浴室。想了一想，又把照片撤下，拿相机拍下她的手机和大头贴，点击、发布。

很快收到一串评论点赞，多是他们院系的男生，还有不少师弟师妹。

"哇，恭喜啊！"

"学姐！你男朋友好帅！"

"谁把我们班花拐走了？！我不服！"

"07 飞设一班不行啊，十九个男生都没把班花留下。"

"这是谁啊？"

"这都不认识？飞行学院的，@ 梁水。"

"昨天篮球赛我在！！！"

"我去，梁水，你们真是神仙搭配。"

"这是同时公布恋情吗？"

同时？

苏起点开首页，在她发布照片的前五分钟，梁水发了张照片，正是他俩在酒店浴室的那张，配文极其简洁："我的。@ 苏起。"

照片下已有近百条评论。

梁水虽才上大一，但人气太高，人人网关注好几万人，是苏起的两倍。

点开评论，大都是他的同学熟人，男生们留言很直接：

"哇！"

"突然啊！"

"恭喜！"

"什么时候的事儿？"

"美女！"

没什么女生留言，但苏起很快发现，她的页面来访记录被刷爆了，清一色的女生，全是从梁水那里顺藤摸瓜找过来的。

苏起回复留言正手忙脚乱呢，一刷新，她的照片有了评论。

隔壁学校一个女生留言："昨天篮球场那个，真主动……"

苏起也不跟她客气："要你管？"

那女生很快删了评论。

这头还在忙，QQ 群又响了。

路造："恭喜群内两只单身狗同时脱单。（微笑）"

深声："比我预计的早。（嘿嘿）"

李凡："比我预计的迟。"

花之露娜 lulu："嗷，我的错，应该早点跟水砸说的。（撇嘴）"

苏七七你欠我的一块钱什么时候还："（摇头）是我错了。"

路造："（鄙视）你俩要不要这么和谐？我不习惯。"

苏七七你欠我的一块钱什么时候还："滚！"

苏起打着字，一旁，薛小竹叫起来："苏起你跟梁水复合了！"

王晨晨也翻着人人网："我去，你们也太配了吧。"

苏起忙着线上线下各种问题，弄到熄灯了才跑去洗漱，爬到床上和哆啦A梦滚到一起，滑开手机，有梁水的短信进来：

水砸：“睡了？”

苏起抿唇笑，回：“刚上床。”

那头回复很快：“我也是。”

苏起：“你怎么忽然在网上发照片？”

水砸：“你不也发了。”

苏起笑个不停，就是想让全世界知道啊，又打字：“怎么发那张啊？”

水砸：“喜欢啊。你不喜欢？”

苏起红着脸，实话实说：“喜欢。”

他说：“以后没人敢打你主意了。”

苏起这才明白他那句“我的”是在宣示主权呢：“傻子。”

两人你来我往，讲着些毫无意义的话题，聊得津津有味，笑容不散。快十二点了，梁水才说：“早点睡，明天一起吃早餐。”

苏起：“好呀。晚安。”

水砸：“安。”

她放下手机，将脸蛋幸福地往枕头里埋了埋，蹬蹬脚丫，手机又亮了。

水砸：“七七，我好喜欢你。”

一颗少女心瞬间软成了水，立刻回：“我也是。”

那边，他又回了：“=3=”

苏起第一次看到这个符号，瞪着眼睛琢磨了好一会儿，发现是噘着嘴巴亲亲，一下将脸埋进被子，闷声笑起来。

嗷！好可爱！

许是睡前的心情太过甜蜜，那夜，苏起缩在暖暖的被窝里，做了一个梦。梦里，水砸也在她的被窝里，搂着她，亲着她，跟她滚成一团。

第二天一早，苏起困困地醒来，有些意犹未尽。

她慢吞吞洗漱回来，薛小竹在阳台上晒毛巾，说：“你还磨蹭呢，梁水在下面等你好久了。”

苏起跑到阳台上一看，梁水插兜立在冬末春初的一棵枯木下，冷风一过，他肩膀微缩。

她赶紧换衣服，看看手机，梁水并没有给她打电话发短信催促，她心更急，背上包冲下楼去。

跑出宿舍，他朝她看过来，微微一笑，眼睛被冷冽的风吹得清澈透亮。她扑去他怀里搂住他的腰："等很久啦？怎么不给我打个电话？"

"刚来。"他说，牵住她的手往食堂方向走，没走几步，揽住她的腰往身前一带，她一个趔趄仰起脑袋，他低头在她唇上用力一亲。

苏起轻轻打了他一下，小声："周围有人呢。"

他也学着她，更小声，说："忍不住啦。"

苏起笑容放大，挽着他的手，说："你脸上香香的，好像是爽肤水。"说着求证似的踮起脚，凑过去嗅嗅他的下颌。

梁水摸了摸下巴，说："剃须水吧。"

苏起眼睛一瞪，好奇极了，伸手摸他下巴，来来回回的："咦？摸不到。"

他突然笑起来，别开脸去，打开她的手。

苏起："你笑什么？"

梁水："痒！"

"为什么摸不到？"

"刮了。"

"那你下次刮之前给我摸摸。"

梁水眼珠往她这头瞟，慢慢道："早上就行。但你又不跟我住一起……"

说这话时，年轻人神色挺淡定的，她立刻拧了他腰一下，他没绷住，痒得笑起来，将她搂在怀里往前走，笑声轻震着落在她耳畔，像清晨落在树梢上的阳光。

进了食堂，苏起要了碗咸豆腐脑。

她在南方从小到大吃的都是甜豆花，刚来北京时，极其排斥咸味的，可几年下来居然也习惯了。

梁水不接受，吃着豆浆油条，鄙视她："你是南方人里的叛徒。"

苏起舀起一勺，递他嘴边："你尝尝，还不错的。"

梁水皱眉，嫌弃地扭过头去，身子往后仰，离她十万八千里。

苏起收回勺子，叹气："你要吃的话，还准备答应你一个条件呢。"

话音未落，梁水突然凑上来，一口含住勺子，将那口咸豆腐脑吞了下去，速度之快，她还没反应过来，他已表情冷静地看着她，眼神像等待发糖果的孩子。

苏起扑哧笑："骗你的。"

他看她半秒，亦一笑："我知道。"

"……"苏起的心跳漏了一拍，在桌下轻轻踢了他一脚。

她吃了一口，小声说："水砸，早知道这样，早该跟你和好的。"说着，抬眸深深看他一眼。

他的手顿了一下，问："怎么突然这么说？"

苏起咧嘴一笑："省了我多少早餐钱呀。"

梁水呵呵笑："老子就知道你没什么好话。"

苏起道："谁叫你刚才逗我的，以牙还牙。"

梁水正低头喝豆浆，眼眸一抬："我刚才没逗你。"

"……"苏起被他笔直的眼神看得心头突突，觉得还是玩不过他的。投降吧。

吃完早餐，沿着铺满晨曦的大道走去图书馆。

初春的风仍有些寒冷料峭，苏起心里暖和得很，抬头望，干枯的枝丫上冒出了点点新绿，映着蓝天，清新而又辽阔。

她步伐轻快，走着走着，溜到梁水背后，蹦上去搂住他脖子，挂在他背后嗒嗒地蹭地走。

他任她由她瞎折腾。

没什么，就是开心。

春风一吹，树梢上的新芽舒卷开，梁水要去珠海上课了。

离别前一晚，他送她到宿舍门口。

路灯昏暗，树影婆娑，灯光投照下一条长长的影子，两个人缠绕着。

苏起搂着他的腰，埋头在他颈窝里，不舍极了，问："你要去多久呀？整整两个月吗？"

女孩声音绵绵的，很柔软，有一丝撒娇在里边。

梁水心都软了，拿下巴贴她的脸颊，低声："五月底就回来了。"

"好久啊……"她不满地咕哝，"等你回来都夏天了。"

梁水不说话，嘴唇寻找到她的唇瓣，辗转、轻吻；苏起搂住他的脖子，闭上眼睛，他的吻缓而深入，似在一点点细细品味和她的每一丝亲密。苏起觉得自己多半是个嗅觉或触觉动物，春夜的微风，他脸颊上的气息，他肌肤细腻又硬朗的味道，他唇瓣柔软又温热的触感，都叫她沉迷不能自拔，叫她心尖儿战栗，热意如泉涌。

她嘤咛一声，手摸到他的后脖颈，五指一伸，深入到他头发里。

梁水蓦地浑身一僵，打了个激灵。

苏起轻睁开眼，近距离凝视着他，他的眼睛在夜里亮得跟星子一样，暗涌的情绪藏在里头。

他挨着她脑袋，轻喘了下，嗓音微哑："七七……"

"嗯？"

夜色朦胧，也遮不去他面颊上的红："要不要出去住？"

苏起脸上热辣辣的，期盼却又沮丧下去："我……今天来例假了……"

梁水愣了愣，突然没忍住笑，将脑袋埋在她肩头。他耳朵都红了，闷声笑着，笑了半天也就一个字："嗯。"

他又说："出去住吧。我想抱着你睡。"

两人去酒店开了房，倒也算轻车熟路。

苏起例假第一天，肚子疼得很，梁水搂着她肩膀，手掌抚着她的后脑勺，相拥而眠。

夜里，苏起肚子难受，模糊醒来了一下。窗帘没拉严，露出一条缝隙的光，他合眼睡在她身边，睡颜英俊而安宁，似在安稳的梦里。

她在半梦半醒间往他身边凑了凑，他察觉到她的动静，将她往怀里揽了揽，鼻尖轻碰住她的，呼吸轻缓而均匀。

她又睡去了，一夜无梦。

次日，梁水去了珠海。

起初几天，苏起不太适应，但随着她的考研复习走上正轨，也就习惯了。

那天，她走在去图书馆的路上，抬头望一眼树梢，一片绿意盎然。

日复一日走过这条路，见证着树木一天天的变化，从枝头泛黄的点点嫩芽，到浅青色的卷叶，到舒展开的嫩尖儿，再到如今的新绿满枝头。

时光像一个穿着纱裙的魔术师，裙尾在春风中拖曳而过。

等到树冠茂盛，满眼绿色的时候，梁水回来了。

五月底，北京已入夏。

苏起出发去接他前特意洗了头洗了澡，换了件纱裙，对着镜子转了好几圈。

薛小竹说："美啦美啦，美得不行啦！快走吧你。"

方菲在一旁看美剧。

王晨晨笑问："今晚还回宿舍吗？"

苏起背上小挎包，溜出门了才回头一笑："不回啦。"

路上有点儿堵，梁水的飞机晚上七点半落地，苏起八点才到机场。

梁水拿了行李出来，说在三号口。

苏起下了大巴车直奔三号门，航站楼灯火通明，楼外夜色如水，梁水一身黑 T 恤牛仔裤，手搭行李箱，站在三号门门口。璀璨的灯光将他的影子拉进夜色。

她灿烂一笑，朝他跑去，就见一个经过的女生停下跟他说着什么。梁水正低头看手机，他抬头前后张望一下，摇了下头。

似乎在问路？

那女生点点头，转身走了，没走几步又退回来，指着梁水的手机说了句什么。

梁水又摇了下头，手机收起揣兜里。

女孩耸耸肩膀，一溜烟小跑开。

梁水没什么表情，随处一看，看见苏起，忽地就笑了，朝她走来。

他目光一落，含笑将她上下扫了一遭，说："裙子真好看。"

苏起低头看自己，作不知："啊？是吗，随便穿的。"说完，目光追着那个女生，问，"她干吗的呀？"

"问路。"

"机场有什么好问路的？"她纳闷。

梁水不在意："我怎么知道？"

苏起要帮他拖行李箱，但他不松手，她说："水砸你累不累呀？"

"不累。飞机上睡了一觉。"

梁水早已买好两人的大巴车票，带她去乘车处。

苏起回头望一眼，又嘀咕："还问了你两遍。第二次也问路吗？是要手机号吧？"

梁水让她上大巴，扶着她腰，跟在她后头走，有些好笑，说："苏七七会吃醋吗？"

苏起坐到靠窗的位置上，说："水砸会让我吃醋吗？"

梁水跟着坐下："不会。"

苏起心里一暖，表面却凶凶的，扭过身板，戳他脸颊："我的。不许招蜂引蝶，听见没！"

梁水靠在座椅靠背上，一歪头，松垮道："那你赶紧把我收了吧。"

苏起瞪眼睛："现在还不算收吗？"

梁水漂亮的眼睛盯着她看了几秒，忽而一笑，凑过来搂住她的身板，嘴唇贴在她耳朵边："领导，提个申请。"

苏起："说吧。"

梁水低语："今天不住学校，可以吗？"

苏起耳朵痒得要死，缩了缩脖子，面不改色严肃道："批准！"

话音一落，静了一秒。突然，两人都没绷住，凑到一起笑了起来，笑得脸都红了。

她将脑袋靠在他肩头，不由得深吸一口气，有点儿激动，仿佛即将要去完成某个盛大的仪式。

希望自己表现好一点儿。嗯，第一次，她不需要表现吧。正想着，梁水握住了她的手，男生的手掌心一片炙热，那热度似乎传进了她心底。

进城的路很通畅，很快就到了学校附近。

燥热的夏夜，路上车水马龙，水泥地面还残留着白日的热量。

走到小路口，路对面就是他们当年一起住过的酒店了。

梁水松开她的手，搂了下她的腰，问："你还回宿舍吗？"

苏起抬眸，夜色中，他的眼睛又黑又亮，盯着她，带着某种再明显不过的欲望。她心里咚的一下，血液都发热了，小声："不回……"

梁水说："直接去？"

苏起通红着脸，用力一点头！

梁水无声一笑，牵她手走到路边。

人行道上，红灯倒计时，5，4，3，2，1……

绿灯行。

两人过了人车如织的路口，走进灯火通明的酒店。

大堂清雅幽静，梁水到前台出示身份证，刷卡、开房、签字。许是他太好看，前台小姑娘偷偷打量了他们几眼。

苏起装作不知，吸一口气，心跳在不经意间加速。

电梯缓缓向上，轿厢内安安静静，苏起靠在梁水身上，瞥见镜子里自己脸红得厉害，干脆将脑袋埋进他胸膛。

出了电梯，脚步声被地毯吸收。走到门口，刷卡，嘀的一声，开门、落锁。

梁水看了眼浴室，苏起忙说："我出门前洗澡了，你去洗吧。"

他无声笑了下，摸了摸鼻子。

苏起怎么都觉得他那抹笑意味深长，想一想，就红了脸。

浴室里水声淅沥，她坐立不安，爬上床躺着，觉得不太合适，便掀开被子溜下来；坐在沙发上吧，也不对。

她要换浴袍吗？不太对。

不换吗……等他来？

正原地纠结呢，浴室门开了。她赶紧抓起手机，一屁股坐在床边不动了。

她低头假装看手机短信，可一颗心怦怦的，跳到了耳朵根！

她听见他拿浴巾擦头发的窸窣响动，她没回头，十分专心于探索手机功能，从多媒体到电子书从闹钟到设置，都被她摁了个遍。

坐了没一会儿，房间里没音儿了。她回头，啪啪几声，他关了一串灯，只留角落一盏落地灯。

光线暧昧朦胧，苏起心一紧。

他已欺身从她背后过来，钩住她的腰将她拉了上来。

苏起倒进他怀里，闻见了他身上沐浴液的香味，清新而又性感。他的嘴唇有些冰凉，落在她眼睛上，她闭上眼。

浴袍干燥，摸上去有些粗糙；他的头发湿润，摸上去很柔软。

他将她压下去："怕吗？"

她摇头："不怕。"

他咬着唇，轻笑："想吗？"

她声音小小的，像一个羞怯的秘密："想——"

他的吻深深的，带着浓得化不开的爱意，她的心软成一汪春水，又热又晕，觉得自己像一团奶油融化在了他的爱里。

他手掌轻抚她的头发，在她耳边呢喃："乖啊，七崽。"

"嗯——"苏起很乖，羞涩，娇怯，躺在他手心，声音细细的，轻轻的；脸颊粉粉的，柔柔的，像温柔绽放的花瓣。

他喜欢死她了。

和年少时梦中的她一样，和过去无数个梦中的她一样，温热，柔软，湿润，亲密，仿佛沉睡在最甜蜜的温柔乡里。

这便是夏天啊。

她像是沉进了夏天的海洋里，海风扑面，炙热，咸湿，黏腻……

第二天早晨，她缩在他怀里睡得很沉，迟迟不醒。迷糊间，依稀感觉到他的气息围绕着她，很安全。

他似乎早醒了，睡不着了就摆弄她，一会儿亲亲她的脸，她的嘴巴，一会儿摸摸她的耳朵她的腰；她被他骚扰得皱了眉，发脾气："我要睡觉啦！"

他于是消停了，可没过一会儿，又来。

苏起爹毛："你不让我睡我再不跟你出来住了！"

这下，梁水规矩了，乖乖搂着她，一动不动。

她总算安稳睡去。不知又睡了多久，他许是实在耐不住了，悄悄松开她，溜下床去洗漱了。

她也不管，迷迷糊糊继续睡。又听他脚步声靠近，人来到床边，轻轻拍了拍她的肩："七七。"

她懒懒睁眼。

他脸凑过来："摸吧。过会儿刮了。"

苏起睡眼惺忪："什么？"

梁水微偏头，抬着下巴。

苏起定睛一看，天光大亮，他下巴上冒着青青的胡楂。

她这下醒了，好奇地伸手摸了摸，痒痒的，扎手，她忽地就咯咯笑起来，来回摸了好几下，舍不得松手。

他被她摸得心痒，凑过来亲她的唇，拿下巴蹭刮她的脸，被胡楂刮着，她痒得缩成一团，捧着他的下颌，咯咯直笑。

他继而吻她的下巴、脖子，胡须撩拨，她痒得如小动物般直翻滚，雪白的被单如揉皱的云朵。

他心痒难耐，掀开被子钻上床，溜下去。

"嗷——"女孩一声嘤咛，罩进了被子里。

2010 年夏，苏起留在学校复习考研。

放暑假，学校清净下去，最适合学习不过了。

梁水去了珠海社会实践，还有加训。不久后，苏起得知他大一下学期期末考试又拿了第一，文化课和飞行实践课都是。

路子灏在群里说："你这是冲着毕业就当机长去的啊。"

苏七七你欠我的一块钱什么时候还："毕业生最好也只是副机长。TOP2 的学生，说话有点儿常识。"

路造："鄙校 TOP1。"

路子灏暑假去美国游学了，路子深和林声也去了。路子深要在普林斯顿大学读博，趁暑假带林声去旅游。

林声微博上挂满了照片，从大都会博物馆到百老汇，从拉斯维加斯到黄石公园。

去年，校内网改名人人网后，流量却越来越差。即时短状态发布平台微博成了后起之秀，大批年轻人转移了阵地。

林声一号召，伙伴们都相继注册。几人的微博除了彼此和相熟的好友关注，同学并不多，所以言论更自由发散。

路子灏甚至发了一张肖钰的照片，在博物馆门口的台阶上。

苏起说："你们这是组团，集体去虐风风吗？"

结果留言发出去第二天早上，美国那边是夜晚，QQ 群里来了消息。

路子灏 @ 了 Flowerdance，说："你自己说吧。"

深声则 @ 了苏七七你欠我的一块钱什么时候还和花之露娜 lulu，说："都过来，有大事情！"

花之露娜 lulu："你们干吗呢？"

深声："聚餐。（贼笑）"

苏七七你欠我的一块钱什么时候还："不要告诉我李凡开窍了。（爆笑）"

几秒后，Flowerdance 发了一张照片。

餐厅里，六个年轻人依次排开，从左到右是肖钰和路子灏，林声挽着路子深的手臂，脑袋歪靠在他的肩膀上，笑容甜甜。

李枫然站在路子深旁边，含着淡笑，最右边，一个面容姣好身材纤匀的女孩微侧身对着李枫然，并没有路子深和林声那样大方。但女孩双手都牵着李枫然的左手，抿着唇笑，眼睛亮亮的，很开心的样子。

苏七七你欠我的一块钱什么时候还：“我去！”

花之露娜 lulu：“天啦！什么时候的事！”

Flowerdance：“最近。”

苏七七你欠我的一块钱什么时候还：“是不是去年餐厅里那个？”

深声：“是！”

花之露娜 lulu：“她考去茱莉亚了？”

路造：“嗯。人家跳舞很厉害的，根本不需要李凡推荐联系人。哈哈。就为了拿号码。”

花之露娜 lulu：“佩服哦。居然能追到风风。”

Flowerdance：“在你眼里我是个什么形象？我又不是路子深。”

深声：“……”

深声：“七七，于晚很好呢。刚跟她一起吃饭，超级可爱热情，又单纯。很配李凡的！笑起来特别好看。”

花之露娜 lulu：“哇，于晚？名字也好听。”

路造：“人是真的很好。”

花之露娜 lulu：“咦？于晚，鱼丸？风风的小鱼丸？嗷，可爱！”

Flowerdance：“（憨笑）她微博名就叫枫枫的小鱼丸。”

苏七七你欠我的一块钱什么时候还：“啧啧啧。”

花之露娜 lulu：“寒假带回来给我和水砸看！”

Flowerdance：“行。”

聊了没一会儿，梁水关注点歪了：“欸？你换苹果手机了？”

苏起点开私聊一看，果然，Flowerdance 下写着一行小字“iPhone 在线”。

她说：“有钱人。”

Flowerdance：“特别好用。”

路造：“我也准备买了。你要不要我帮你带个，美国的比国内便宜。”

苏七七你欠我的一块钱什么时候还："太贵了。我手机还能用。"

花之露娜 lulu："确实好贵啊。你们看新闻了吗？有个男的为了买 iPhone 卖了一颗肾……"

深声："（恐怖）"

路造："（暴汗）"

Flowerdance："……"

苏七七你欠我的一块钱什么时候还："……"

苏起没见过苹果手机，无法理解年轻人对它的狂热，仿佛那是个身份的象征，用了苹果手机就高人一等似的。她理解不了。

苏落考来北京了，在科技大学。爸妈给他买的手机是诺基亚的，侧滑盖有键盘的那款。苏落想都没想过苹果，他说，五六千块钱买个手机，疯了吧。

程英英倒是问了苏起要不要换个更好的诺基亚，苏起说不用。她手机到现在都很好用。诺基亚尤其耐摔，从床铺上掉下来无数次都没摔坏。

由于苏落要来上大学，苏起提议让爸妈来北京好好玩一圈。她上学那会儿，家里刚建完房子，经济拮据，一家人来送她上学却没游玩，这次刚好补上。

八月中旬，苏勉勤和程英英来了北京。

苏起带着爸爸妈妈和弟弟在首都玩了个遍，从故宫到颐和园，从前门到后海，从国贸到鸟巢水立方。

苏勉勤和程英英玩得很尽兴，对各处的景色，无论古建筑抑或现代大楼都欢喜不已，尤其是天安门。父母辈的大都有这情结，两口子在广场上照了一堆相。

除此之外，叫苏起意外的是，爸妈对地铁感到很稀奇，很喜欢坐地铁。

一开始，他们不太熟悉怎么过闸机口，还不让苏起教，两口子凑在一起琢磨半天。苏勉勤指着感应器，说："应该贴这里。"说着，手无意识一贴。

闸机门"哐当"一下打开。

两个中年人吓了一跳，程英英赶紧推他："快过去快过去！"

苏勉勤生怕门要关了卡到他，立刻溜过去。

门哐当合上。苏勉勤松了口气。

苏起笑："有感应的！人不过的话，它没那么快关，不会夹到你。"

话虽这么说，但程英英刷开闸机后，还是小碎步飞快过去了。苏勉勤在那头接她，两口子无意识握了下手，一副成功闯关的模样。

少年苏落也是第一次坐地铁，但年轻人学习力强，跟公交投币一样自然。等出站时，刷卡变成塞卡，苏落一眼就懂了，一次性地铁票要回收。

苏勉勤看一眼儿子的动作，有样学样地找到塞卡口，卡片吸进去，他从闸机走过，稀奇地叹："这就收掉了。啧啧，回收利用，真不错啊。"

苏起落在后头笑，可一转眼看见头上夹杂了白发的爸爸，和已经高出爸爸一个头的苏落，她的心就被扯了一下。

一旁，程英英对苏勉勤说："国家发展真快，他们这个时代真好啊。"

苏起又看程英英，她也比妈妈高了。程英英眼角的皱纹很明显了。

那一刻，苏起回忆了一下童年，想从记忆里翻找出妈妈年轻时候的样子。

可惜无果。

过去的回忆里，有无数有妈妈的场景——把她从地上拎起来拍她屁股上的灰，在冬夜里给她打毛衣，拎着锅铲说"我不管什么寒寒热热的妈妈"，在舞厅里跳舞，在梁水家唱着"从来不怨命运之错"……

过去的事情还很清晰，但她的面目模糊了。如果不给苏起一张照片，单凭自己已经记不起程英英年轻时候的样子了。

那晚回到酒店，苏起和程英英住一个房间。

苏起躺在床上，看程英英整理衣服。

她现在穿的衣服都是妈妈款的。苏起记得，去年回家看老照片，二十出头的程英英烫着卷发，穿着白T恤牛仔裤，T恤扎在裤子里，帅气极了。

一晃二十多年过去，她几乎一生都待在云西。

苏起忽然发现，在她眼里，她一直都是妈妈，是个代号，而不是程英英。

她是长辈，是母亲，是依靠。可她从没想过她作为程英英的喜怒哀乐，爱恨情仇。她的生活过得怎么样呢?

作为女儿，她好像并不完全了解。

苏起说：“妈妈，你觉得北京好吗?”

程英英叠着衣服，笑：“当然好了。哎呀，现在这个时候真好，你们这代人太幸福了。”

苏起又问：“你会有点儿遗憾吗?”

程英英一愣：“遗憾?”

苏起说：“你二十一岁就生我了，然后一直在云西，照顾家里，会不会觉得青春浪费了?”

程英英抓着一条裙子，坐到床上，微仰着头。头顶的灯光洒在她脸上，她比同龄人要年轻漂亮些，但岁月仍是公平地在她那张脸上留下了痕迹。

她想了一下，说：“在街上看到年轻人，会羡慕的。好像年轻的时候，没有多享受一下时光。什么都没来得及做呢，一眨眼，就老了。”

苏起有些难过，不知该说什么。

程英英又道：“哎，这个问题，我前些天还跟你爸爸说过呢。结婚太早，那时候又没好好读书，没什么见识，一辈子都耗云西了。”

“爸爸怎么说?”

“他说落落上大学了，家里条件也好了，等回云西，买辆房车带我出去玩。今年先去云贵川，明年再去西藏新疆。”程英英笑起来，“他说给我补回来。我才不信呢，能补回来就怪了。”

苏起扑哧笑，蹦去她身边：“妈妈，跟爸爸结婚这么多年，你满意吗?”

程英英说：“我年纪大了，所以有时候羡慕年轻人。但是吧，也不算特别遗憾。在我那个年代，我也跟你爸爸轰轰烈烈过的。你们现在的年轻人，还不一定比得上呢。”

苏起啧啧几下，说：“那就祝你们白头偕老吧。”

那晚，苏起和妈妈聊了很多，问她如何确定苏勉勤就是一个真心爱她且不会背叛的人。

她以为她会给出标准答案，传授经验，但程英英说，无法确定。

她说，当初搬进南江巷的几对小夫妻，每对都很恩爱，也都有各自的小问题。人站在起点上，是无法预知未来的。

就像她根本想不到梁霄会和康提离婚，李医生和冯老师矛盾不断，路耀国捅出那么大的娄子。

她也没想到她的婚姻平平淡淡一路小波折但也幸福走到了最后。

程英英说：“未来的事情谁都说不好，别有太强的目的，好好过每一天，珍惜现在，才是最重要的。”

过好每一天……

苏起在黑暗中翻了个身，有些想念远在珠海的梁水。

手机在枕头下亮了，苏起埋进被子偷看，是梁水的短信，问她今天带爸妈去哪儿玩了。

苏起说去了鸟巢和水立方，又说爸妈坐地铁特别搞笑。

聊到半路，梁水发来一条：“七七，我对你会比你爸爸对你妈妈还要好的。”

苏起抿着笑：“好呀。”

一旁，程英英困倦地训了句：“苏七七，你还要不要眼睛的？”

“我……班长问我问题，马上。”苏起赶紧打字，“我妈妈要睡觉了。”

水砸：“嗯，晚安。我下周就回来了。”

“好呢。”

“=3=（亲亲）。”

八月末，苏勉勤和程英英回了南方。

苏落顺利入学。

两所学校隔着一条街，苏起跑去他学校请他吃饭，才请了一顿，苏落说：“下次你别来了。”

苏起莫名其妙：“为什么？”

苏落抠着脑袋不作声，不动声色拉开和她的距离。

苏起一下子明白了，扑上去搂住他手臂：“我还叫你没面子了？你能找到像我这么好的女朋友就算你有本事。”

苏落扯她的手，扯不开，道：“得了吧，你都不是个女的。我随便找一个都比你强。”

苏起甩开他：“行。大学四年，你别跟我联系啊。”

结果第二天开学，梁水给苏起打电话，说他下午到北京，叫她出去吃饭，他请了苏落吃海底捞。

苏起皱眉：“你干吗请他吃饭哪？”

梁水一愣，笑道：“他不是我小舅子吗？”

“……”苏起脸微红，“小舅子个头。他就是个兔崽子！”

“你俩吵架了？”梁水好笑，问，“那他是兔崽子，你是什么？”

苏起：“梁水！”

梁水：“欸！”

“……”她没绷住，扑哧一笑，“你什么时候到，我去接你。”

“别了。周末太堵，我怕你晕车。直接店里见吧。”

“那好吧。”

吃火锅，会弄得一身的火锅味，但苏起还是洗头洗澡，又换了件裙子。她按约定时间去了店里，找到 103 桌，就见锅底都端上来了。

苏落不在，弄调料去了。

梁水低头划拉着菜单，手指修长。他穿了件白色 T 恤，头发似乎剪短了点儿。

苏起到他对面坐下，他抬头，冲她粲然一笑，将菜单递给她：“看看有什么要加的？”

苏起接过来看，她喜欢的菜都点了：“过会儿再加吧。”抬起眼皮，“你怎么到这么早？”

“飞机提前半个小时到了。估计那飞行员受了什么刺激，一路超速。”

苏起说：“那你早到了都不跟我说一声。”

“啊，这要说吗？我以为是小事。”隔着虚白的灯光，他眼神清亮，嗓音低沉。苏起蓦地脸一红，忽地觉得刚才她语气里的嗔怪太过娇纵，像被宠坏的孩子。

一时不知该说什么，他又道："那下次提前五分钟都跟你报备，好不好？"

"嗯。"苏起含混一声，抓起西瓜咬了一口。啊，清甜。真好吃。

"他去调蘸酱了？"

"嗯。"梁水看着她，忽地偏头，下巴朝自己身侧指了指。

苏起佯作不知："干吗？"

梁水又偏了下下巴："坐过来啊。"

苏起含着西瓜："坐过去干什么？你跟苏落坐一起吧，我一个人宽敞——"

话音未落，梁水起了身，绕到她这边坐下。

苏起："……"

有点儿心虚。她怕苏落发现。

两人约好了暂时不要让家人尤其是父母知道的。

下一秒，他往她身边挪了点儿，揽住她的腰，人凑过来迅速亲了下她的脸颊。她一个激灵，他手摸到她脖子后，握住她脑袋，用力吮了下她的嘴唇。

苏起心尖儿直颤，爪子打了他几下，做贼似的看一眼调料台。苏落背对着这边，没看见他的水哥在啃他的姐姐。

梁水笑不停，恶作剧似的手又搭她腿上。

苏起啪地打开他手："再动你就过去。"

他不逗她了，消停了会儿。

苏起啃着西瓜，几秒后，踢他脚："起来。"

梁水不肯："你怎么这么霸道？我还不能坐这儿了？"

苏起拿眼斜他："我要去调酱料。"

"……"梁水站起身，往外挪，苏起也往外走，可没想到梁水只挪了一半，人卡在桌边，苏起顺势往外走，从他面前擦身而过。忽然贴近的距离叫她心头一紧，酥酥麻麻的。她又嗅到了他身上熟悉的男性气息。

苏落已经回来了。

她垂着眼睫，额头擦着他的下巴，从他和桌角的缝隙里侧身溜过去。

梁水目光追着她的背影，看着她不自觉凌乱的小碎步，心也跟那步子一般乱了。

刚才贴得太近，他闻见了她洗发水的香味，一时就有些心猿意马。

他缓缓坐下，无声地弯了下唇。

“水哥，你笑什么呢？”苏落在对面问。梁水回神，摸了摸鼻子：“没什么。”

苏起调完酱料回来，梁水起身，让她坐了进去。苏落对他俩坐一排的事没有任何怀疑。

吃到一半，两姐弟斗起了嘴。苏起对苏落嫌弃她的事仍怀恨在心，坚持认为他这蠢样找的女朋友绝对比不过她。

和全天下的弟弟一样，苏落认为，自家姐姐是全世界最缺乏女性魅力的一位：“真的。你想想看，北航那么多男生，七比一欸。你都大四了，居然还没谈恋爱，以后嫁不出去了，真的。”

梁水边吃着海带边笑。

苏起警告：“苏落你给我闭嘴啊。”

苏落：“真的。姐姐，还有最后一年，赶紧在学弟里面找一个，别比我小就行。”

梁水捞着菜，说：“你看我符合条件吗？要不让你姐姐找我呗？”

苏起面不改色，在桌下拧梁水的腿，他一把抓住她手，抠她手心，却不松开。苏起又不能弄得太明显，只能五根指头挠他。

桌下搞着小动作，表面却各自淡定。

苏落道：“可以啊！声声姐姐都跟子深哥哥在一起了，你们俩怎么没在一起啊？”

两人同时咳了一下，转过头去。

苏落还挺遗憾的，说：“我小时候一直以为我姐姐喜欢你。”

苏起：“你能不能闭嘴了？”

梁水："哪小时候？"

"我上小学啊，你们读初中，她给你洗腕带。哥哥你不知道，她连妈妈叫她倒垃圾都要使唤我，懒得跟虫一样，居然给你洗东西。"

梁水握筷子的手顿了一下，想起李枫然说，七七喜欢他很久了，比他想象的还要久。

比千纸鹤还要久。

"你胡扯！"苏起已经忘了，"根本没有这件事。"

"有！我记得很清楚，童年阴影！"苏落道。

"我也记得。"梁水忽地说。

苏起一怔，扭头看他，他侧头看着她，目光竟有些柔软："我记得。那天你留在教室，我帮你扫地了。"

也是那天，她拎着拖把蹦跶去水池边，唱着蔡依林的《说爱你》。

"是吗？"苏起蹙眉，他帮她做值日扫地的那天？

他帮她扫过太多次地了，她哪里还记得是哪天？

吃完火锅，苏起、梁水跟苏落在路口告了别。梁水站在路边等红绿灯的时候就忍不住了，伸手勾一勾她的手心，牵住了她的小手。

苏起匆匆回头看苏落的方向。梁水才不管，从她背后拥住她，嗓音有点儿耍赖："苏七七，两个月不见，你就不想我吗？"

"忍一下会死吗？"她话虽这么说，却没挣脱他，是想念他的拥抱的。

"会。"他的低音落到她耳边，"要死了。"

苏起定了两秒，终是没忍住笑了出来。对面，红灯还有六十秒。

梁水下颌轻贴她鬓角，拥着她微微摇晃了下。夏风轻拂，他问："七七，你是什么时候喜欢我的？"

苏起扭头看车流："忘了。"

他将她下巴拨过来："不信。"

她一点儿不配合："那你猜呗。"

他真开始猜了："罚站那次？"

"初二？"

“初一？”

他说了一串，她说：“2003年8月29号。”

梁水一愣。

苏起扭头看他，笑道：“你肯定不记得了。”

“记得。”他说，“去看电影那天。”

轮到苏起一怔，像是突然有了回应。

“但我不记得我做了什么事让你喜欢了。”他说着，深吸一口气，“这么久了啊。”

整整七年了。

她手指轻抠着他：“嗯。好久了。”

他忽地就亲了下她的脸颊，她扭过头去仰望他。他深吻住她的唇，她背靠在他怀里，闭上眼，嗅着他的气息，有些意乱。

因是在路上，他很快克制住了，松开她，只是一下下啄她的脸颊和耳朵，拿下巴蹭她搔她，她痒得咯咯笑，直缩脖子。

他还逗着她呢，忽然停住一秒，仍保持着低头的姿势，眼睛却看向一旁——

苏落站在几米开外，石化了。

梁水：“……”

苏起：“……”

路过的行人好奇一瞥，以为苏落是来抓奸的男友。

苏起没动，梁水也没动，搂着自己女朋友，很是淡定地开口：“我跟你姐姐在一起很久了，暂时没告诉家里，嫌啰唆。”

苏落立刻回神：“哦，好，嗯。你，你们好好的。我先回去了。”少年抓抓脑袋，掉头就跑了。

苏起紧绷的肩膀松下去，说：“他好听你的话啊，要是我，他肯定会威胁我找我要钱！”

梁水拉着她过了马路往酒店走。苏起心有余悸，四处张望。梁水不由分说将她搂进了大堂。

大四开学，苏起的考研复习进入倒计时。她们宿舍两个北京的不读研，直接找工作；薛小竹准备国考，时间比苏起还紧。

路子灏在读研和工作间犹豫，但不论哪条路对他来说都很轻松。

林声目前觉得本专业读研意义不大，其他方向也不确定，便一心一意奔着找工作去了。李枫然大四专业课程不多，要忙着全球各地演出和比赛。

至于梁水，大二的他学业很重。

他这人，既然当了全院第一，就不会轻易把位置让出来给别人。运动员出身，终究是胜负欲极强的，上了大学，这求胜的心也没有半分消减。拿的各项奖学金已足够还掉当初找李枫然借的训练费。

他每周仍抽空练速滑，苏起忙着考研，没法常去陪他。倒时不时碰见他踩着旱冰鞋从校园飞驰而过，酷酷的模样引得一阵回眸。

十一月，苏起去清华招生办做完现场确认；梁水也通过了大运会预选赛，排位第六。

十二月末，李枫然的钢琴演奏会如约而至。

苏起笑称他的钢琴会就跟《春节序曲》一样，听完就要开始跨年了。

那天在后台，苏起第一次见到于晚。

李枫然在弹奏曲子，于晚趴在琴边，单手托腮，歪头聆听。女孩一只脚背绷得笔直，无意识地随着音乐来回移动，小幅做着芭蕾动作。

女孩长发披肩，眼神明亮而专注，含笑注视着低眸弹琴的李枫然，眼睛一眨不眨。

那幅画面太过美好，瞬间将苏起收买。

她笑起来，轻声："小鱼丸——"

于晚回头看过来，两个女孩同时给了对方一个大大的笑容。她一点儿不扭捏，早就听说过苏起和梁水，大方地跟他们打招呼。

苏起笑："欢迎加入南江小分队。"

于晚问："我一直想知道谁是队长。李凡说他不是。"她也跟着大家叫他李凡了。

苏起一拍胸脯："当然是我。"

路子灏："放屁，按年龄来，是我。"

梁水说："还是按身高来吧。"

众人笑成一团。

临上场要换衣服了，李枫然在 T 恤外头套上衬衫，刚穿上，于晚就走过去给他整理衣领，扣扣子。

李枫然就不动了，微张着手臂给她弄。

只是年轻人有些不太好意思，或许又是心中幸福满溢，嘴角的笑忍得有些辛苦。

一抬眸看见伙伴们都盯着自己，坏笑着，他脸就红了。

苏起捂着嘴巴，突然间笑弯了腰，但没出声。

梁水拿手肘杵她："这么开心？"

苏起往外走，说："有人照顾风风了呀。多好啊。"

梁水拉开休息室的门，让她先出去，语气遗憾："要是我女朋友有这么照顾我就好了。"

"……"苏起盯他一眼。他做了个"请"的手势，她出了门。

后头，路子灏翻白眼："哈。昨日重现。"

梁水抢他前头出去，故意带上了门。

路子灏自己把门拉开："梁水你还三岁吗？"

快开场时，于晚溜过来坐到苏起旁边。这回林声没来，她忙着找工作投简历。

演奏会开始，苏起看了李枫然没一会儿，就被身边的于晚吸引了。

女孩坐在暗处，凝望着台上的年轻人，一张脸像被光点亮，像是花儿追逐着阳光，她的视线里只有他。

那天散场后回校，苏起跟梁水说："于晚好喜欢风风啊。那个眼神，跟星星一样。"

彼时，梁水握着她的手，揣在羽绒服兜里，在萧瑟的北风里往宿舍走。

他说："不懂什么眼神，你给我示范一下。"

苏起耸肩："我对你已经没什么感情了，示范不出来……啊！"梁水狠狠掐了下她的腰："这在一起才多久？"

苏起仰头："我们已经是再婚了。再婚，懂吗？"

梁水轻拍了下她嘴巴："是不是欠揍？"

她往他肩头一靠，"嗷"一声："哎呀，下周要研究生考试了。"

"你都复习一年了，不怕的。"梁水问，"紧张吗？"

苏起想了想："还好，没高考紧张。但是……清华这专业竞争还是蛮大的。"

梁水落后一步，从身后搂住她的腰，拥着她往前走，下巴搭她肩上，凑她耳边低声："紧张吗，学姐？要不开个房帮你放松一下？"

苏起打了下他的手："流氓！没大没小！"

梁水吃吃笑，在她耳边吹气："有大有小的，你不是知道吗？"

苏起耳朵直发痒，扭头警告："梁水！"

梁水埋在她肩头，笑得脸红耳朵红，也不抬头了，跟着她瞎走。

苏起被他搂着，压着，走在冬夜冷清的校园里。上次出去住是半个月前的事了，她小声："等考完试了庆祝一下。"

梁水抬起头来，黑眼睛在深夜里发亮，但想了想，又一头扎下去，沮丧地叹："等比赛完吧。"世界冬季大运会在一月底。

苏起没想到他会拒绝，羞羞的："嗯？"

梁水闷声："禁欲。"

苏起脸颊热热的，挽尊地说："我说的庆祝是吃饭，你想什么呢？"

"我说禁食欲。"梁水反应极快，轻笑，"你想什么呢？流氓！"

"……"苏起说不过他了，恼羞成怒，啪啪啪又打了他手三下。

他却朗笑起来，收紧手臂，将她搂得更紧了。

这冬夜，路灯昏黄，寒气冷冽，却是半分不觉冷意的了。

一周后，苏起参加了研究生统考。

这边考试刚完，那头还有期末考，外加毕业论文。梁水要去土耳其埃尔祖鲁姆参加世界大学生冬季运动会了。他申请了带苏起做随行人。

苏起拿到运动员家属证时，兴奋不已。她还是第一次出国呢。

这趟出行，她跟苏勉勤和程英英报备过，父母也就知道怎么回事了。以前不跟爸妈讲，是怕他俩啰唆。不想苏勉勤知道后，什么话也没有。

苏起反而不舒服了，追问他对他俩恋爱的看法。

苏勉勤说："蛮好。"

没了。

程英英在大理忙着吃米线，匆匆交代："水子比赛你就好好照顾他，别跟他吵架斗气啊。"

苏起一头问号："妈妈你怎么这样？"

程英英不答，问："枫然谈恋爱了？"

"你怎么知道？"

"冯老师说的，好像又跟枫然吵架了。"

苏起头皮发麻："小晚很好的。秀英阿姨干吗不满意嘛。你不知道风风跟小晚一起多开心。小晚她都看不上，那她没人能看得上啦！"

"不是看不看得上的问题。"程英英说，"冯老师觉得枫然可以晚两年再谈，现在怕耽误……"

苏起更不满："哪里耽误了？"

程英英："我不知道啊。"

"……"苏起闭了嘴，反正跟她说不清。

梁水说："李凡前段时间带于晚去墨西哥玩了。估计冯老师说的是这个。"

苏起无语："风风又不是钢琴机器。秀英阿姨有点儿过分。"

梁水说，冯秀英对李枫然和于晚的行为很不满，虽没直接说让他们分手，但说了句"她如果真的喜欢你，也不会等不了这两三年"。

李枫然跟梁水讲时，梁水没忍住："你妈妈是不是到更年期了？"

但之后如何进展，李枫然没说。

一月底，梁水和苏起出发前往土耳其前，苏起跟家里打电话后得知，冯秀英和李枫然的矛盾闹大了，演变成了冯秀英和李援平医生之间的矛盾。

儿子的不可控制，和丈夫的不作为，让冯秀英再次对她的婚姻失去信心，要离婚。

梁水过海关后给李枫然打了个电话，李枫然挺淡定的，说暂时没事，让他好好准备比赛。

梁水没多问，只能等回去再说。

这次运动会，国内五十八个高校派出了一百零三名运动员参赛。大伙儿身着统一的红色运动服在机场集合，浩浩荡荡，气势十足。

飞机在伊斯坦布尔转机，落地埃尔祖鲁姆，已是二十四个小时后。

苏起一路靠在梁水肩头睡觉，下了机人还迷迷瞪瞪的，梦游般被梁水牵着走。直到上了大巴，进了市区，看到古老的寺庙和中世纪城堡，她才来了些精神。

抵达园区，梁水住运动员宿舍，苏起住后勤人员宿舍，隔着两条区内街道。

宿舍两室一厅，一人一单间。跟苏起合住的是一个记者大姐姐。那姐姐忙得很，收拾完行李就出去跑采访了。

苏起出国前忘了开漫游，手机没信号，电视全是土耳其语，她一句也听不懂，便溜达下楼去找梁水。

一路上，来自世界各地的大学生运动员热情地跟她打招呼。几辆外国大巴车驶进来，年轻人们探出脑袋，挥舞着手臂呼喊："Hello world!"

苏起被这欢乐的气氛感染，脚步轻快，跑进宿舍楼，敲门进了梁水寝室，也是两室一厅。另一间卧室住的单板滑雪运动员。

她推开梁水房间，探头一看，床单整整齐齐，箱子放在地上没来得及收，人却没影儿了。

她走到窗边朝外望，园区里的房子五颜六色，很青春。

等了好一会儿，梁水还没回来。

她有些失落地下楼往回走，很快被路边墙壁上的涂鸦吸引了注意力，她没看路，一不小心撞到了人。

"Sorry！"她来不及后退，腰就被人揽住一带，再次撞进他怀里。

女孩笑脸一亮："水砸！"

梁水眼里含着笑："找你半天，瞎跑什么呢？"

"我去找你了，还等了好久呢。"

梁水说："你手机没开漫游？"

"忘了。"

梁水无语："我看你要把自己搞丢了。"

"哪有那么夸张。我又不会到处乱跑。"

"过来。"梁水拉她走到一处彩色墙壁前，这是园区开辟的留言板，彩色笔写满各种语言。中文的并不多。

梁水找一圈，指角落："以后在这儿留记号。"

"好呀。"

第二天上午，苏起吃完早饭过来看，一眼找到梁水的字迹："8：30-11：30，3号馆训练。"

苏起便乐颠颠跑去3号馆看他。

等下午她经过，再写上一句："14：00-18：00，宿舍写论文。"

两人拿这留言板无缝交流行程，梁水的训练时间比较紧张，苏起尽量不打扰，大半时间在宿舍搜集论文资料。

头两天她还去看梁水，坐在看台上看他在冰上肆意奔跑，每到休息间隙，他都会抓紧时间滑过来跟她闲聊几句。

但临近比赛，训练转为封闭式，见不到人了。加上运动员有专门的餐厅，和后勤人员不在一处，更是见不上面。

那天她吃完晚饭经过留言板，见梁水写了一条："晚上训练。"

她在下边回了句："加油水砸！"

放下笔，她望着墙壁上两人的字迹，兀自笑起来——没想到在这个年代，两人竟倒退回了最原始的交流方式，像写信一样。

回宿舍，一开门，地上一张漂亮的当地特色的卡片。捡起来翻开看，是梁水的字迹。

"今天有点儿想苏七七。"

苏起捧着卡片，笑着倒在了床上。次日，她也跑去园区的纪念品店里买了卡片，写上："昨天做梦梦见水砸啦！"

去到他宿舍，他已经去训练了，房门紧锁，她把卡片从门缝塞了进去。

当天傍晚，她又收到一张："小鬼，怕不是做了奇怪的梦？"

她再回复时，画了个吐舌头的表情，写："明天比赛要加油哦！"

卡片一张张从门缝塞过，短道速滑的比赛日终于到了。

苏起一大早起来，跟着亲友团去现场助威。所谓亲友团，多半是今天不比赛也不用训练的中国运动员们。现场还有不少当地的留学生和华侨。

苏起抱着国旗，坐在一层看台第三排。来之前梁水说，这次重在参与，如果能保持排位，他就很满意了。要是能进 A 组决赛，就算胜利。

话虽这么说，苏起还是有些紧张的。他赛前排位第六，得冲到第四才能入 A 组决赛。

身边坐的都是运动员，一个女生见她眼生，问她什么项目。

苏起道："我不是。我……男朋友参赛。"

对方笑起来："我以为你是花样滑冰的呢。"

苏起当作夸奖，报以微笑。

那女孩是高山滑雪的，很开朗，两人聊了会儿天，倒缓解了紧张。

没一会儿，运动员进场，看台上顿起欢呼声。

第一组预赛全是外国人，清一色金发碧眼的小伙子。各自国家的观众挥舞着国旗校旗，助威呐喊。

上午四组预赛，每组四人，每前两名进半决赛。

头三组都是外国人，苏起还算淡定，但淘汰赛的紧张气氛还是覆盖了整个场馆。馆内各个看台的呼声此起彼伏。

枪响，起跑，飞驰，冲刺——胜者振臂欢呼，败者垂头丧气。

志愿者推着拖把修复冰面，机械地将冰上发生的一切都抹去。

突然，身边的同伴们欢呼起来。苏起抬头，就见梁水从通道出来，安上冰刀，上了冰场，她立刻挥舞国旗。

但梁水没看这边，他脸上没有多余的表情，微垂着眸，专注地盯着冰面，似乎在凝神保持专注力，不被周围的喧闹影响。

他是中国队中唯一一个 500 米速滑选手，和他同组的是美国、瑞士和加拿大队。

四个异国年轻人集合到起跑线前，梁水最先站定。根据预选赛排名，他在这个小组的第一赛道。另外三个也相继做好准备。

现场安静下去。

“砰”的一声，发令枪响！

四位选手同时发力，梁水占据有利位置，一瞬领跑，中国观众的看台霎时沸腾，喊着叫着，加油声震天。

苏起揪紧国旗，咬着牙没发声，眼睛一眨不眨地盯着他——第二名跟得很紧，几次试图超越他。

但梁水滑得很快很稳，即使侧身过弯道也死卡着位置，他保持着领先位置率先冲过终点。加拿大选手紧随其后。

顺利进入半决赛！

看台上一片欢呼，苏起眼前全是红色——同伴挥舞的国旗遮住了她的眼。她笑着直蹦跶，伸着脑袋寻梁水。他滑过终点，减速，没做任何停留，滑到场边，安上刀套，去找他教练了。

加拿大选手很兴奋，还在场边跟他的同学们击掌。

苏起看显示屏，梁水的成绩还是排第六。

有点儿悬啊……

半个小时的休息时间一晃而过，半决赛开始了，分两组，每组前两名进入下午的 A 组决赛。

再入场时，选手们的气氛明显凝重了些。

第一组半决赛有三个欧洲选手，现场欧洲观赛者多。发令枪一响，满场都是呐喊声。

苏起表情淡定坐在原地，两只脚却在轻轻打战。

四位年轻人在冰场上你追我赶，第一组半决赛转眼间结束，韩国和意大利进入 A 组决赛。被淘汰的德国和法国队选手耷拉着肩膀，垂着脑袋遗憾地摇头。

苏起看见那模样，有些难受。她想，他们是否也和梁水一样，追梦多年？

正想着，第二组半决赛选手陆续登场。

“中国队！加油！”身边观众呐喊起来。

场地边，教练拍了拍梁水的肩，年轻人上了冰面，一边漫无目的地滑着，一边微抬着下巴，抠着头盔带子。

苏起对这动作再熟悉不过，那是他有点儿紧张的标志。他一紧张就会跟那根带子过不去。

但他很快弄好了头盔，抿紧唇，不动声色地深吸一口气，滑到起跑线边，练了几下起跑。

很快，选手就位。梁水按成绩排在第三赛道。

冰面一片灿白，裁判举起发令枪，现场鸦雀无声。

砰！

一、二赛道的意大利人和韩国人抢得先机，占据第一、二位；梁水紧随其后。

呐喊声骤起！

各国语言的“加油！”混杂成一团，每种语言都化成一股股角逐的力量，在偌大的冰馆上空回响。

“加油！”的嘶喊声在苏起耳边震荡，她浑身紧绷，目光追随着他。他紧跟第二名，侧身飞滑过弯道，直起身要加速超越时，换脚过急，冰刀磕了下冰面，突然降了速。第四名选手一瞬超越而过。

苏起只觉耳边静了一秒，她所在的方阵集体静了一秒。

超越而过的英国观众们得了鼓舞，奋起加油助威。

苏起浑身热血往头上涌，用尽力气喊：“加油！！”

但她的声音淹没在鼎沸的人声中，没人听得见。

身边的朋友们在一瞬的安静后，回过神来，齐声喊：“加油！”

“中国队！加油！”

他们喊着，吼着，和英语、韩语、意大利语混战成一团。

苏起从座位上跳起来，抱着国旗瑟瑟发抖，就见梁水紧追着英国选手，看准过弯道的时机，拉开一个大圈要从外道超越，英国选手立刻侧拉卡位。

梁水见机，突然一个内切，光速从内道插上。英国选手发现上当想要回撤拦截，造成梁水犯规。电光石火的一瞬，梁水敏捷地躲过他的脚，冰刀堪堪擦着他的冰刃而过，身姿矫健，片叶不沾身，一瞬加速超过了他，又趁着直道迅速去追第二名。英国选手没把握好节奏，一下被梁水甩开。

这个超越太过惊险刺激，人群中爆发出一片尖叫声。

"啊！！！"苏起冲下看台，跑到栏杆边，"加油！！"

只剩最后一圈，冰上的少年疯狂加速，紧追着，冲刺着！

最后一个直道，梁水奋力奔跑，死死追着第二名，几乎是一道冲过终点线。

苏起立刻望屏幕，居然并列第二！

进决赛了！

身后看台上的中国学生们摇着国旗，疯狂庆祝。

梁水在冰面上高速滑行，微喘着气，仰望屏幕上自己的成绩，排位第五，并列第四。

他忽然回头，一眼便准确找到了苏起，稍一转身，惯性下的冰刀带着他飞速绕圈而来，他伸出了手。

苏起跳下看台，跑过过道，趴到围栏上，朝他伸手。

他横着右手，高速从她面前滑过，跟她拍了下掌心！

人滑到对面，减了速，利落地安上刀套下场了。

……

上午比赛结束，苏起去食堂吃饭，听记者们议论，说中国队到目前为止一枚奖牌没有，不知道什么时候能刷新奖牌榜。

苏起没想这么多，并列第四，进决赛，已经超出梁水的预期。

很不错了。

他和目前的第一名意大利选手，有 0.8 秒的差距，离第三名也有 0.1 秒。

她不知道，这差距能否靠心态和运气填补。

回宿舍的路上，她经过涂鸦街，不抱期望地看了眼留言墙，却意外发现一条新留言："睡午觉去了，你也休息一下。"后头跟了个表情，"=3=。"

这家伙，居然还有心思给她留言。

苏起扑哧一笑，拿了笔想写"加油"，却没落笔，他已经不能更努力了。

她手摁在墙上，想了想，微微一笑，写了行字："水砸，愿菩萨保佑你。"

如果上天对你再好一点就好了。

短道速滑决赛在下午五点举行。

苏起太紧张，一下午没休息好，也没心思写论文，她特意在场外转了好多圈，等快开场了才进去。

一上看台，满世界旗帜飞扬，志愿者踩着冰刀在冰面上滑行护冰。大屏幕上显示着刚刚结束的 B 组成绩。

B 组决赛无力争夺奖项，赛完的运动员早已退场。看台上，各国加油团唱着各自国家的歌曲，造势助威。

苏起好不容易挤进看台坐下，高山滑雪的女生问："你怎么才来啊，我生怕你迟到呢。"

她哪儿会迟到，专门掐着点来的。

苏起从包里拿出两面国旗，四周欢呼声起。场馆内，播音员开始了英语、法语、土耳其语介绍——运动员入场了。

首先出场的是第四赛道的土耳其选手，土耳其是主场，一时喊声震天，要掀翻整个屋顶。击鼓的，吹喇叭的，欢腾极了。

接下来出场的是第五赛道的中国选手梁水。

和刚才的阵仗相比，气势落了一截。但苏起和中国代表团以及当地留学生都尽了全力为他呐喊加油。

梁水恍若未闻，拆了刀套上冰，表情镇定，看都不往这边看一眼。他面色有些冷淡，在冰上随意滑了一圈，一次都没碰他的头盔带子。

许是冰面白光反射，他的脸看上去格外清白冷冽。

第三、第二道的两个韩国选手和第一道的意大利选手也出场了，在冰面上自由滑行。

很快，裁判召集。

五位运动员从场地各处集合而来，滑到各自跑道前，站定。

身边的人戳一戳苏起：“你紧张吗？”

苏起不吭声，牙齿打战，咯咯直响。

灯光聚在雪白的场地中央，耀眼得让人晕眩。

四周安静下去，五位运动员同时微微躬下腰身，蓄势待发。

苏起浑身打战，觉得冰层的寒意袭来，她像一面即将碎裂的玻璃。

预备——

“砰！”一声枪响，苏起的心瞬间提到嗓子眼，又骤然跌落；场馆一阵浪起又浪落的喧嚣——

梁水抢跑了！

苏起埋下脑袋用力捂了下眼睛，深吸着气，回头望身后的看台，望什么她却不知道。

刚冲出赛道的梁水松了力减速，人滑过第一个弯道了，转身滑回去。

大屏幕给了抢跑的他一个特写，冰雪之色凝在他脸上，看不出情绪，似乎还是冷静的。

身旁女孩问：“第二次抢跑就失去比赛资格是吗？”

苏起：“嗯。”

五名运动员回到起跑线上，裁判做了个手势。

喧闹的场馆再度安静下去，冷气嗖嗖。

一片寂静中，裁判第二次举起了枪。

“砰！”

第一赛道的意大利选手占据第一，第四赛道的土耳其选手在混乱中竟抢到了第二的位置，两个韩国选手占据三、四名。第五赛道的梁水处于最不利的位置，殿后了。

五个运动员像一串滚动的珠子，加速着，飞快滑过第一个弯道。梁水仍在第五。

苏起高度紧张之下，嗓子里发不出一丝声音。

梁水追着身前的韩国选手，倾斜在冰面上，手指轻点，速滑过第二个弯道，上了直道立即加速试图超越，但两位韩国选手极其精明，打着配合，左右开弓，分别卡着内外两侧不让他过。

他蓄了力，没急着超，稳定地再度扶着冰面滑过又一个弯道。

加油声呐喊声震耳欲聋，苏起紧张得脑子里一片空白，两圈了，他还是在最后面。

她莫名害怕，甚至有些惊恐，心脏剧烈跳动，全身热血都往头上涌。

突然，过弯道时，前头的两个韩国选手发力了，他们想打配合拉外道，夹击超越第二名，不想露出了空子。梁水找准时机，加速冲上，从两位选手一前一后的夹缝里挤过去！

冰刀嚓嚓而过，冰粒飞溅！

他超了第四位的韩国人，拉开外道，加速想要再超，但第三位的韩国人立刻提速稳住，梁水在外道不利位置，追不上他。眼看下一个弯道来临，紧随身后的韩国选手奋力冲来。梁水立刻回撤内道，卡住位置，身子斜在冰面上飞滑过弯道。

韩国选手被迫减速，瞬间掉开一段距离。

梁水位列第四！

“啊！！！”五星红旗飞扬起来。

“中国队！”

“加油！！”

“中国队！”

“加油！！”

苏起冲下了看台：“水砸！加油！”

还剩最后两圈，梁水紧咬着前头的韩国选手，想再次借弯道超越，无果。

一圈又四分之三，他疾驰，加速，斜身过弯道；

一圈又二分之一，他直起身，拉大圈想超越，被对手卡死；

一圈又四分之一，身后韩国队发起冲击，想要超越，梁水堵住位置，高速滑行。韩国选手用力过猛，绊到冰刀滚出赛道，撞到栏杆上轰隆响。

梁水丝毫不受影响，死咬着前头剩下的韩国对手。

大屏幕忽然给了他面部特写，年轻人的眼映着冰面的冷光，坚定、冷冽，带着狠狠的力量。

最后一圈。

苏起用尽全力呐喊："水砸！加油！"

就是这里啊！

这片冰面曾是他的梦，是他所有青春热血挥洒的地方。

她知道，很可能他这一生都不会再有这样的参赛机会了。

"加油！"她挥着国旗，嘶喊，"加油！"

四分之三圈，他追着，跑着，一如当初那个追风的少年。

最后半圈，他居然再一次加速了！还能更努力，更拼命，定要拼尽全力。

最后一个弯道，他突然拉出一个大外圈追赶而去，韩国选手也不再卡位，全力冲刺。梁水紧追而上，疯了般加速！

满场鼎沸的加油声中，苏起什么也听不见了，只有一个声音：让他赢吧，让他赢吧。她恨不得用她所有的意念化作力量去推他，哪怕再前进一点儿！

让他赢吧！！！

四个年轻人几乎是一团冲过终点！意大利人土耳其人在前，韩国人中国人紧随其后！

苏起怔怔的，心脏狂跳，屏气盯着大屏幕。终点回放，意大利人第一，土耳其人第二。

韩国人弓着腰身，脑袋先过终点，但梁水的冰刀比他领先四五厘米——0.01 秒！

铜牌！

"啊！！！"中国队看台沸腾了！

梁水冲过终点后，立刻回头看大屏幕，惊喜得自己都不太相信。

居然拿到了奖牌！

苏起双脚发软，跪在围栏边，深深躬了下去，她脸埋在手心，眼泪打湿了国旗。

好开心！她明明在笑，但眼泪却像疯了般不停地涌出来。

突然，她身边的围栏被人猛地撞了一下，一只手伸过来在她头上用力挠，她泪眼蒙眬地抬头，只见满屋顶的灯光下梁水激动的容颜。年轻人脸上挂着大大的笑容，眼睛像星星一般明亮。

他趴在围栏上，双手将苏起拎起来。他将她抱起，越过半米宽的围栏，把她抱进冰场。工作人员帮忙拿来鞋子给苏起换上。

梁水拥着她在场上滑行，冰沁沁的冷气，铺天盖地灿白的灯光，圆形环绕的观众、掌声和旗帜。

一切都融化在荡漾的水光里，美好得像做梦一样。

她笑着回头望他，他低头亲吻她的眼。

他一句话没说，尚未从激烈的比赛中平复，还不断地喘着气。

他带她领略了一圈场中央的风景，才将她送到场边，将她抱出去。苏起赶紧把国旗塞给他。

他将国旗披在肩上，隔着围栏深深望着她，忽然伸手一罩，苏起只觉眼前一红，旗帜罩住他俩的脑袋，他凑过来，深深地吻住了她的唇。

红色的旗帜像盖头一般，外头镁光灯闪烁，她看见他的脸他的耳朵都被国旗染红。

她在亲吻中绽放了大大的笑颜。

他亲完她，披着国旗滑行而去。第一名的意大利选手和第二名的土耳其选手也在场内披着国旗滑行，致谢观众。

等他退场了，她才回到看台上，激动的心跳仍未平复，脸上耳朵上烧得快要起火。

身边女孩戳了她一下，给她看手机，里头一张照片，正是他俩蒙着国旗盖头亲吻的时刻。

“我手机拍得不好，但你放心，绝对新闻头条，高光时刻。你知道刚才多少记者拍你们吗？”女孩很激动，“太美妙了。运动会太美妙了！”

是啊，真美妙啊。

苏起望着头顶的灯光，幸福地想。

她又看了接下来的男子1000米、1500米的预赛。

一个小时后，今天的赛程结束，开始颁奖仪式。

全体观众起立，鼓掌欢迎奖牌获得者入场。

梁水洗了头洗了澡，换了国家队队服，跟另外两个对手一起走到领奖台后。

他这会儿看上去很淡定，跟冠军和亚军握了手。

场内英文报道，第××届世界大学生冬季运动会男子500米短道速滑季军，中国，梁水。

他抿唇一笑，轻轻一跃，跳上领奖台，接过鲜花，领了铜牌。

挂上奖牌的一刻，他吸了口气，很平静，可下一秒，就没忍住拿起那枚铜牌咬了一口，自己把自己逗笑了，笑容像个小孩子，一如当年坐在小城公交车后座上的小男孩。

十二年了，当年的小男孩终于拿到了他心心念念的那颗糖果。

他开心极了，扭头看身边领金牌、银牌的对手们，大方而真诚地跟他们握手，祝贺。

升国旗时，他凝望着那面鲜红的旗帜，眼神清亮、坚定，胸膛起伏，似有千万种情绪在激涌，最后，只化成一下深深的呼吸。

三位运动员在领奖台上合影完毕，下了台，按惯例绕场一周，致谢观众。

苏起伸展着国旗，蹦蹦跳跳，目光始终追随。

他披着国旗，走得很散漫的样子，但有一瞬，他无意识地幼稚得跟小鸭子挥舞翅膀似的，扑腾扑腾手臂上的五星红旗。发现被记者看见，很不好意思地笑着一溜烟跑了。

苏起笑着，盯着他看，看着他一点点走近，来到她所在的这边看台。

梁水走过来，望见满看台的红色海洋。旗帜飞舞中，他寻见了她，忽地就撞见了她的那个眼神——温柔、深爱、疼惜、懂得、仰慕、信仰——仿佛世间所有最柔软最深沉的情感都在里头。

就是那个眼神。星星一般的眼神。只有最深爱的人才会有的眼神。

隔着一道围栏，他的面庞安静下去，仿佛世界消了音，鲜花、掌声、旗帜、人影，都不存在了。

他静静看着她，少年的眼中忽然含了薄薄的泪，微微一笑，无声地对她做口型，说：

“我爱你。”

南江日常

Q：“什么时候喜欢对方的？”

七七：“他陪我去省城看电影那天。”

水砸：“没有具体的时间点。自然而然。”

Q：“会吵架吗？”

七七：“他总惹我。”

水砸：“很喜欢惹她。”

Q：“吵架了谁先说和好？”

七七：“他。”

水砸：“我。”

Q：“为什么？”

七七：“不为什么。”

水砸：“不为什么。”

Q：“会吃醋吗？”

七七：“还好吧。”

水砸：“讨厌学习好的男生。”

Q：“最喜欢对方哪儿？”

七七：“好看！”

水砸："哪儿都喜欢。"

Q："觉得对方最喜欢自己哪儿？"

七七："好看！"

水砸："哪儿都喜欢。"

Q："觉得对方什么时候最可爱？"

七七："亲我的时候 =3=，他耳朵会红，嘻嘻。"

水砸："嗯，那时候。（笑）最乖了。（补充）还会嘤嘤嘤。"

Q："对方做过让你最感动的一件事。"

七七："啊，太多了。"

水砸："陪我去找我爸爸，还划烂了他的车。"

Chapter 29

独立

赛后，梁水去接受媒体采访了。

苏起走出场馆，天已经黑了，墨蓝色一片笼罩着灯光璀璨的园区。

寒风吹来，冷飕飕的。苏起戴上羽绒服帽子，心里暖得像在过夏天，一路都在傻笑。

她蹦蹦跶跶绕去步行街，涂鸦墙的手绘奖牌榜上，中国那一栏的铜牌框框里贴了颗小爱心。

苏起凑过去戳戳那颗小爱心，说："水砸——啾——"

还舍不得走，拿手机给那颗小爱心拍了照，又摸摸它，这才离开。经过留言板，写了句："我回宿舍啦。晚上一直在。"

她原是交代行程，放下笔又觉"晚上一直在"这行字意有所指似的。不管了，她跑去食堂吃完饭，回了宿舍。

电脑连上网，QQ 群里伙伴们发来祝贺。

路造："国内没直播，我们在 YouTube 上看的。你们可以啊，全球秀恩爱！"

深声："比赛也太紧张了吧，我在现场估计得晕。"

花之露娜 lulu：“最后那会儿我心脏都要爆了哈哈。”

Flowerdance：“声声太激动，差点儿把我肩膀敲脱臼了。”

深声：“你们俩也很激动好不好？”

路造：“废话！这回他总算圆满了。”

Flowerdance：“七七。他手机没开，转达祝福。”

花之露娜 lulu：“OK.”

深声：“你们什么时候回来，要等闭幕吗？”

花之露娜 lulu：“不用。明晚就回啦。赶回家过年。”

深声：“回来去吃麻辣烫。”

花之露娜 lulu：“（开心）”

苏起跟李枫然私聊了下，问冯老师那边有没有缓和。李枫然说，他妈妈最近和他爸爸矛盾很大，他的事是个导火索。

冯老师认为李医生长期以来对李枫然的教育不够称职，对这个家不够关心，这次也没有跟她站在统一战线去教育李枫然。

苏起说：“你还好吧。”

“还好。”李枫然说，他在家只要一开始弹琴，冯秀英就不会多说了，还算清净。

今年年底，他要在维也纳开演奏会，是他在国际舞台上的首场个人演奏。不过李枫然说，他没什么压力。

苏起笑了，打字：“风风果然长大了，棒棒的。我还记得第一次在北京开独奏会你还会紧张呢。蒙眼睛弹琴那次。别说不紧张啊，我知道的。”

他回了一个笑容：“被你看出来了。”

苏起：“哇，居然过去两年多了。”

李枫然：“现在都成老油条了。”

苏起：“什么老油条？那是大师！”

李枫然：“（龇牙笑）”

九点多，下了 QQ，隔壁的记者姐姐还没回。

苏起洗完澡躺在床上睡不着，滚来滚去，很想水砸。

外头传来敲门声，许是记者姐姐没带门卡，拉开门，梁水微低着头站在门口，冲她一笑。

苏起眼睛一亮："都忙完了？"

"嗯。"他溜进来，轻轻关上门，眼睛扫一圈室内，低问，"那姐姐不在？"

"不在啊，怎么——"话音未落，他捧住她的脸，吻住她的唇。

他的吻炙热、深入，带着压抑许久的热情，很用力。吻得她呼吸急促，心跳失控。她被他熟悉的气息包围住，一会儿便头昏脑涨了，低哼："嗯，水砸。"

一听她的声儿，他心都酥了，松开她，气息凌乱，拇指抚摸着她粉扑扑热乎乎的脸颊，说："去我那儿住吧。今晚。"

他的眼睛清沉黑亮，盯着她，涌动的欲望再明显不过。苏起浑身肌肤上起了一阵战栗，打了个战，小声："你室友……"

"他这两天都不在。"

苏起脸颊发烫，眼睛晶亮，偷笑着点头。梁水笑容放大，牵住她的手拉开了门。

两人手拉手迅速下了楼梯，走进深夜的寒风里。

他搂着她的腰，她抱住他的身体，闷笑个不停，快步穿过园区璀璨的灯光。

夜色撩人，寒意来袭，两个年轻人紧搂在一起，两颗心在胸腔里激越而热烈地跳动着。

走过两条街，到了他宿舍楼，他拉着她飞快上楼，开门，锁门，进房间，再锁门。

灯没开，窗外的路灯光洒进来，昏暗朦胧。苏起一回头，他的吻便密密麻麻落了下来。羽绒服摩擦碰撞在一起，落到地上。

鞋子，牛仔裤……

窸窸窣窣的响动，像冬夜里耳语的秘密。

"七崽——"他嗓音暗哑，在她耳边呢喃。

她的心酥麻一片。

他总爱在这时候唤她七崽，语气缠绵，极尽宠溺，仿佛她是他捧在手里的小崽子一般。

“呜……”

她搂住他的脖子，吻着他，耳畔狂烈搏动的心跳，急促缭乱的呼吸，滚烫的面颊肌肤，她神志涣散，完全由他主导。

只依稀记着，夜色中，他的眼睛清澈明亮，那英俊的脸上，红唇微启，呼吸急促，带着情欲。

窗外有风在刮……

没了比赛的梁水，跟苏起在宿舍里厮混了一整天。直到次日傍晚，上了回国的飞机。

苏起一整天没怎么睡，浑身又酸又痛又软又累。

她困得不行，打算一路睡回去，上飞机后趁着起飞前去了趟洗手间，结果一照镜子，脖子上两颗小草莓。

苏起回到座位上就冲梁水发脾气："都是你！我妈妈看见了怎么办?！"

梁水抬她下巴："我看看。"

苏起挥爪子打开他手："走开！"

梁水又摸上来："我给你揉揉，下飞机就没了。"

苏起哼哧："骗人！"

"真的。"他哄，"来，揉揉。"

苏起撇了下嘴巴，却还是歪头靠在他肩上。他给她揉着，跟摸猫猫下巴逗猫咪似的。她痒痒的，困困的，搂着他，手搭在他腰上，不自觉钻进毛衣里，摸摸他的 T 恤。

薄 T 恤温热的，带着体温，底下是他的腹肌。

她倦倦地耷拉着眼皮，手指摩挲着，忽地想起了床上的他。

嗯，窄腰，腹肌。

精瘦，很有力量。

水砸不穿衣服真好看啊。她幸福地眯眼笑起来。

梁水垂眸一见她这表情，扑哧一声："小心长针眼。"

苏起抓抓T恤："我的！才不会长。"说完"啊呜——"打了个巨大的哈欠，眼泪都出来了。

梁水嫌弃："啧啧啧，别把嘴巴撕破了。血盆大口。"

"嗷呜。"苏起张着"血盆大口"，在他脸颊上啃了一口。这才消停，在他颈窝里找了个舒服的位置，闭眼睡了。

等回到云西，脖子上的印子真淡去不少，苏起都觉得稀奇。

程英英没注意她的脖子，却发现了她的黑眼圈，道："熬夜了没睡好？"

苏起心虚地说："嗯，写论文呢。"

到家那天正好是大年三十。

除夕夜，苏起懒散地歪在沙发上，一家人围着烤火炉看春晚。

苏起回想着在土耳其的几天，越想越开心，可又没人跟她分享，便说："爸爸，妈妈，我跟水砸在一起的事，你们还有什么要交代的啊？"

程英英看着电视机，嗑瓜子："电话里不都说了吗？"

"……"苏起瞪圆了眼睛看爸爸，苏勉勤正好剥了个橘子给程英英，见她看着自己，问，"你要吃吗？"

苏起："……不吃。"

苏勉勤看电视了。

倒是苏落说了句："你对我水哥好点儿啊。"

苏起一颗桂圆砸他脑壳上："你是谁弟弟？！"

她咬着薯片，想听爸爸妈妈夸梁水，于是追问："爸爸妈妈，你们觉得水砸好不好嘛？我跟他谈恋爱，你们支不支持嘛？"

程英英吃橘子："挺好的。"

苏勉勤看电视小品，哈哈大笑："支持支持。"

程英英："这笑话一点儿都不好笑，现在春晚越来越不好看了。"

苏起："……"

她憋得难受，只得看苏落："你说呢？"

"水哥很好啊，我一直想有个哥哥呢，可惜是个姐姐。哎，我觉得水哥那么优秀，可以找个比你更好的——”

苏起一巴掌挥他脑勺上，还要再打，苏落抬手抓住她手腕。少年长大了，毕竟是男生，轻轻松松不怎么用力，她便抵不过了，换用脚踢，可苏落反应很快，她踢不到。

两姐弟闹成一团，爸妈坐旁边管都不管，一边吃东西一边讨论春晚。

等到十一点半，家里四个手机开始陆陆续续响起。

苏起看都不用看就知道是新年特色——群发短信。

什么“钟声是我的祝福，礼花是我的问候……”“一夜春风到，新年花枝俏……”“各路神仙齐祝贺……”……

一晚上的，五花八门，能收几百条。苏起以前还回复，这几年看都不看了。

但苏勉勤和程英英夫妻俩很实诚，还在那儿认真讨论如何回复呢。

苏起说：“都是群发的，不用回。你们这纯属给移动公司送钱。”

程英英凑在苏勉勤旁边，指手机：“zhao，赵，是翘舌音，你看你，拼音都不会。”

苏勉勤：“翘舌是什么？”

“就是滋后面加一个呵。”

“哦。呵……”

苏起：“……”

她赶回家过年是为了什么，还不如跟水砸钻被窝呢。

苏起百无聊赖，翻出手机看短信，摁掉一串群发，咦，南江小分队没一个发短信的。

都在干吗呢？

苏起一条条给他们祝福过去：“××，新年快乐呀。”

……

手机在兜里振了一下，李枫然没动。

电视按了静音，屏幕上播放着小品，观众笑得前仰后合直鼓掌，没有声音。

满桌的团年饭，气氛冷清。厨房里传来李援平打电话的声音，在跟医院同事交代着医嘱。

冯秀英夹了把青菜煮进火锅，说：“那个女孩是学什么的？”

她知道她叫于晚，却一次都不叫她的名字。

李枫然说：“你不是知道吗？”

冯秀英：“跳舞的那么多，她跳什么舞？”

李枫然：“芭蕾。”

冯秀英随口说：“学芭蕾出来，以后能干什么？”

李枫然：“当老师。”

冯秀英：“你！”

餐厅里静悄悄的，李枫然很平静：“妈妈，你到底想说什么？”

冯秀英往他碗里塞了块鸡腿肉，苦口婆心：“枫然啊，你今年年底有维也纳的独奏。这是你的第一次国外个人独奏，有多重要不用我说吧？虽然你在国内出名了，但国际上才刚开始呢。你千万不能松懈啊。”

李枫然：“我知道。”

没话了。

冯秀英忍了忍，又说：“你不能为了一时谈恋爱耽误事业。”

“妈妈，小晚没有耽误我的时间。”他语气平平，没有起伏。

冯秀英挫败不已，道：“我不是说过吗？要是她真的喜欢你，也不急这两三年，就算等你也等得起吧？”

李枫然不讲话，低头吃饭。

冯秀英越发挫败：“你怎么不说话？！”

李枫然有些无力：“我不知道跟你说什么。”

许是儿子身上那股沉默的无力感太像丈夫了，冯秀英狠狠一怔，突然朝厨房喊：“李援平你要不要来管管孩子的？他是我一个人的儿子吗？”

李援平捂着手机，匆匆探出头：“哎，枫然，你也听一听你妈妈的话。”说完又关上门打电话去了。

冯秀英表情灰败得可怜，李枫然于心不忍，缓和了点儿，低声道：“妈妈，我已经长大了。有些事，你能不能让我自己处理？”

冯秀英：“怎么处理？你现在是想荒废掉事业吗？”

李枫然放下筷子，捂了下脸：“我从来没有这么说。”

冯秀英：“你这意思不就是这样吗？”

“我一直在努力。就算是钢琴，今年的我也不是去年、前年的我了。我已经站稳了，妈妈。”李枫然从手心里抬头，看向她，眼里闪过一丝极度的悲伤，“我比你想象的更爱钢琴。”

妈妈，你不知道我为此曾放弃过多珍贵的东西。

你也不知道 2003 年 8 月 29 日，那场没有去看的电影是我一生的遗憾。

但我不怪你，更不怪钢琴，那是我自己的选择。

只是时间开了玩笑，早早走上一条不断攀登的路，等终于走上山顶，却太迟了，错过了。

可如今，他终于长大了啊。终于，他有了足够的能力和资本，这一次，想要珍惜的东西，他不能再留遗憾了。

“所以你能不能让我喘口气？能不能相信我？已经努力到现在，努力到我的能力都足够了，这样还不行吗？你还不满意吗？”

冯秀英怔然，长这么大，儿子是第一次目露痛苦。她望着他的眼神，突然哑口。

可只是一瞬，他的脸色又回归了平静。

“我吃饱了。”他站起身，回房去了。

冯秀英坐在原地，电视仍在无声放着。隔着一扇门，李医生说着杜冷丁。而“咚”的一声响，李枫然的房间里传来了急速练习的钢琴音。

……

还没到零点，窗外已有人家在放焰火。

林声溜回房间，关紧门窗拉上窗帘，挡了些许爆竹声，才趴到床上，说：“感觉你们留学生过春节比国内热闹隆重好多。”

路子深那头传来同学们的笑闹，他往静处走，道：“你家今年三个人过年？”

“嗯。有点儿冷清。不过搬家后一直都是这样。”

路子深道：“还是以前在南江巷热闹。那时候才像过年，比在国外都好。”

“咦？”林声笑起来，“你也会怀念南江巷吗？我以为你这家伙不会呢。”

路子深呵一声：“什么叫‘我这家伙’？”

林声哼道：“这还是好听的呢，七七私下叫你路冰箱。”

路子深：“她从小说话就很夸张。”

“本来就是。以前每次过年都热热闹闹的，就你最淡定。大家一起打地铺，也是你训我们，不准我们闹。李凡都不像你这样，我一直以为你讨厌热闹和聚会呢。”

路子深淡笑：“我给你补习数学时还训过你好几回呢，得亏你没觉得我讨厌你。”

林声在床上翻了个身，撇撇嘴，又道：“要是我有学习天赋就好了，可惜我只会画画，现在画画找工作好难啊。”

“都得经历的。”路子深说，他们本科班上找工作的同学，也有不顺利的，叫她耐心些。

两人聊了会儿，快零点了。路子深说：“我先给我妈妈打个电话。”

林声说：“好啊。我也要跟爸爸去放烟花啦。”

“嗯。”他说，“新年快乐啊。”

林声抿唇：“嗯。”

放下电话，林声捧着热乎乎的手机，脸埋在被子里蹭了一圈。

路子深给陈燕打电话，却没人接。

陈燕的手机在沙发里振动闪亮着，没有人管；路子灏的手机放在茶几上，屏幕亮着。

手机里，是一张路子灏和肖钰的亲密照片。

电视里放着春节联欢晚会，陈燕坐在沙发上，双手捂着脸，肩膀耷拉着，几近崩溃。

路子灏坐在单人沙发上，沉默不语。

他也没想到会在除夕跟肖钰吵架，更没想到发微信的时候会被妈妈看见。

窗外是家家户户的欢声笑语，客厅里死一般地寂静，只有电视机里仍在载歌载舞。

终于，陈燕抬起头：“是不是高中的时候你被人冤枉，所以糊涂了……”

母亲的脸上满是质疑、彷徨、悲伤、困惑。路子灏望着她，有些于心不忍，但终于还是摇了摇头，说：“不是。”

陈燕表情一瞬间扭曲，猛地又低下头，用力抓了下脸，又看他，不能理解，又急又冤：“不是——女孩哪里就不好了？你怎么就……你跟妈妈说，是不是哪个女孩伤害过你，啊？是不是我没把你教好，让你觉得女人很可恶？”

路子灏心中刺痛，想要插话，但陈燕已经崩溃：“是不是你爸爸让你缺失父爱了？是不是？但这两者也不能搞混啊，你是不是搞错了，你告诉妈妈你是不是搞错了？”

路子灏一言不发，他看着她伤心欲绝的样子，说不出话。

但他的沉默是默认，是坚持。

母亲急了：“就算妈妈求你，你去正经谈个恋爱好不好？你都不知道谈恋爱什么样，你怎么就确定——？你说你好好一孩子，怎么就不听话呢？！”陈燕一下子急哭了，伤心地捂住眼睛别过脸去，泪水涟涟。

路子灏曾设想过如果有一天跟母亲坦白时可以说的话，可临到场，一句话都说不出来了。

他干涩道：“你就当我谁都不喜欢，一直单身不行吗？”

“你怎么可能一直单身？我问你，你现在年轻，无所谓，你老了怎么办？没有孩子，没有伴，我也不能陪你一辈子。妈妈会比你先走的，到时候你孤苦伶仃的谁管你？”

路子灏眼眶红了：“妈妈，世上那么多人，我会有我的伴的。”

“没有那么好找的子灏。”陈燕说，“你们现在搞这种恋爱，等再大一点，三十多岁了，人家的爸爸妈妈不会叫他结婚生子吗？现在独生子又多，哪个爸妈不要孙子的？别人都去结婚了，你呢？”

路子灏不语。

窗外，烟花炸开，爆竹声轰鸣。

陈燕说到这儿，想到什么，突然拿纸巾一抹眼泪，冷静道：“你喜不喜欢男的女的，都先不说。你给我好好谈个恋爱，结婚，生小孩。以后你爱怎么闹怎么闹，我都不管。你大了，我也管不了了。离婚都行，但你必须结婚生小孩。”

“妈妈，”路子灏望着她，“我能跟七七说我喜欢她，骗她跟我结婚，等她生了孩子，再跟她离婚吗？”

陈燕一怔。

路子灏说：“别人家的女孩也是爸妈的心肝宝贝，人凭什么被我骗啊？”

陈燕也知刚才那话说得太缺德，泪水一下子涌出来，冤屈地大哭道：“所以你这孩子是怎么回事啊？人家孩子都好好地恋爱结婚，都正常，怎么就你不正常呢？！”

“我也不知道为什么就我不正常。”路子灏沉默许久，忽地抬眸，冲她微微一笑，说，“对不起，妈妈。你就原谅我吧。”

回北京的火车上，路子灏跟苏起、梁水说，他跟妈妈坦白了。但他没具体说陈燕的反应，只说了句：“她蛮反对的。”

苏起问：“你还好吧？”

路子灏笑了下，靠在火车壁上，说：“我就觉得我挺不孝的，都这么大了还让她伤心。”

三人都沉默。

路子灏又说：“不过还好有我哥哥，至少能给她点儿安慰，不是一篮子坏鸡蛋，至少还有个好的。”

苏起皱眉：“你也不是坏鸡蛋。”

梁水想了想，问：“肖钰有跟他父母讲吗？”

路子灏摇了下头："还是迟几年再说吧，头疼。别两个人都一起炸了。"他低头挠了下脑袋，很烦躁。

梁水拍拍他的肩，说："慢慢来吧。我觉得等你工作几年，能把自己养活，能过得很好的时候，你妈妈或许容易接受些。"

苏起也说："对啊。爸爸妈妈可能最担心的还是你过得不好。"

路子灏怅然地想了会儿，忽地瞥了一眼梁水，说："当初亲七七就好了。老子本来是直的，就是被你亲弯的。"

梁水一巴掌挥他后脑勺："给老子放屁！"

"真的。"路子灏朝苏起伸手，"来，七七，把我亲回来。"

苏起哈哈笑，佯作同意，就要起身；梁水捞住她腰把她摁在床铺上，还不解气，一脚踹路子灏屁股上。

梁水又问："你也太不注意了，怎么会被你妈发现的？"

"聊微信发图片。"路子灏叹气，道，"对了，推荐你们这个软件，上月新出的，蛮好用。"

苏起凑过去看，说："这不跟 QQ 差不多吗？腾讯干吗呢？"

"不一样的。"

苏起说："我手机好像弄不了。"

路子灏道："换个苹果去吧。用智能机是大趋势了。"

"不要。好贵哦。一学期的学费呢。"

梁水没作声，看了苏起一眼。

……

大四最后一学期，李枫然准备着下半年的维也纳个人演奏会；路子灏早就保研了，轻轻松松在某互联网大公司做实习生；林声仍在找工作，听说有眉目了。梁水又去了珠海。

苏起忙着写论文，考研成绩出来了，她专业和英语都考得不错，但政治分数不高，有点儿悬。

大四后半学期，课表上已经没什么重要课程。

一时间，好像身边所有同龄人都忙着各奔前程。留京的，回家的，出国的，考研考公的，国企外企私企民营，看似无数个选择摆在面前，但每一条路都不那么好走，总要经过一番磕磕碰碰。

即将走出象牙塔，这一刻才是真正站在了年少无忧与成人世界的分界线上，每迈出一步都忐忑惶然。

寝室里，薛小竹考国考面试被刷，又开始北京市考，职位是怀柔的村官。王晨晨和方菲仍忙着各处投简历，等待和准备面试。

心仪的公司、职位、薪水、发展前景、体面度……所有因素都要考量，没有一个工作是尽善尽美的。

苏起看着几个找工作忙得焦头烂额的室友，心里惴惴不安，期盼着考研能有个好结果。

那天梁水给她打电话，问毕业论文写得怎么样。

苏起说："都蛮好的啊。就是等分数线有点着急。"

梁水说："我觉得没什么大问题。"

苏起想起什么，道："你下半年会不会去美国啊？"

飞院的优秀学员会被公费派去美国 ×× 飞行学院学习一两年，驾驶各类真实机型。她想，梁水肯定会被派去的。

"大三去吧，一年半到两年。看学业完成度。等回来就准备毕业和入职了。"

苏起平躺下，踢腾了下被子，说："真要变成梁机长了。"

梁水好笑，有点儿不好意思，说："副机长。"又道，"我努力，争取回来后尽早上机，挣钱给你买奶茶。"

苏起："嘁！"

人翻动一下，哀哀地叹了口气："要两年啊，好久哦。"

她的嗓音透过话筒，柔柔的，撒娇似的，那头他心都软了，低笑，说："又不是中途不能回来。"

"那也不能经常回啊，机票那么贵，浪费钱……"她咕哝。

梁水笑："有这么想我吗？"

“没有。”苏起一秒恢复寻常，哈哈笑，“我就是装装样子。”

梁水扑哧：“没良心。”

聊到快熄灯，苏起挂了电话。

薛小竹在追《宫锁心玉》，抬起头，问：“梁水下半年要去美国？”

“嗯。”

“回来就直接入职了吧？真羡慕。”王晨晨最近投简历投得快神经衰弱了，说，“不用找工作，年薪还那么高。”

方菲说：“肯定的吧。工作那么累，危险系数又高。”

“机长都轮休的好吗，比空少空姐假期多多了。”薛小竹说，“再说，国内民航安全系数很高了好不好？”

方菲：“开玩笑啦。最近不是很流行那个段子嘛：医学生说，想到以后医院里都是我的一帮同学，我就不敢生病了。我现在是想到设计飞机造飞机的都是我的一帮逃课挂科的同学，我就不敢坐飞机了。”

王晨晨：“那个帖子我也看过。”

苏起没参与讨论，拿着毛巾脸盆经过薛小竹身边，问：“最近好多人看这个剧，好看吗？”

“特别好看。”薛小竹说，“讲穿越的。啊啊啊晴川和八阿哥！”

苏起说：“赶紧看你的申论吧。”

几周后，方菲和王晨晨陆续收到工作 Offer。王晨晨进了国企，方菲进了外企，听说月工资近万。在苏起这穷学生眼里，简直是天价。

两人一扫之前压抑的气氛，未来变得光明轻松起来。

就在这时，国家线下来了，苏起的政治成绩差了五分。

结果出来时，她恍惚了很久，脑袋上好像挨了一重锤似的，但在学校走了几圈后，她平静地接受了这个现实。

梁水知道后问她有什么打算，苏起说：“去找工作。”

梁水沉默了一下，问：“想好找什么工作了吗？”

苏起说：“没有。先去网上看看吧。”

梁水说：“不急。你先好好写论文，准备答辩。我四月底就回来了。

到时候帮你一起找信息。”

苏起说：“好。”

话是这么说，苏起仍是心急的。这个时候，一些大企业的校招都过去一拨了，一部分好的职位都定下来了。

多少毕业生挤破脑袋在找工作啊。

她有些慌乱，怕没考上研，工作也找不到好的，结果两手空空，一毕业就没了着落。

云西是回不去的，其他城市她又不熟，北京的大部分国企校招都过了，苏起开始广撒网投简历，不再局限于本专业，像管理培训生、秘书、助理这些职位她都有考虑。

她面试聚美的管理培训生过了三面，四面的时候被一个男生 PK 了下来。

她挺失落的，但也只能打起精神准备接下来的投简历和面试。梁水在电话里安慰她，说：“我明天就回来了。到时候帮你整理简历和资料。”

苏起说：“明天吗？什么时候到学校啊？”

“四五点吧。”

“明天我还有个面试。”苏起说，“可能要六点才回。”

“没事。你回来了跟我说一声，我去找你。”

苏起第二天面的是沃尔玛的管培，这是她临时投的简历，对方通知面试很突然，她来不及做太深的背景调查。虽然她人很机灵，很多问题都答得上来，但她觉得整体表现只算中规中矩，不够亮眼。

回到学校，走过林荫道，树梢上绿意盎然，阳光跳跃。

四月末五月初，又快到夏天了。

临近毕业，她还没有安定下来。

垂着脑袋走到宿舍门口，脚步一顿——梁水一身飞行员外套，牛仔裤，手插在兜里，坐在花坛上等着她。

阳光照在年轻人英俊的眉眼上，他散漫地笑着看她，手从兜里抽出来，朝她张开手臂。

她心头霎时软了，竟莫名有些委屈，一下子扑去他大大的怀抱里。

他笑容放大，仰头望着她，冲她努了下嘴；她低头亲亲他的嘴唇，又亲亲他的鼻子。

他摸了下她的腰："想我没？"

苏起顺势坐在他右腿上，咕哝："想了。你干吗坐这儿等我啊，来很久了？"

"反正没事儿。"就是迫不及待想看见她。

她歪靠在他肩头，手指无意识地隔着T恤挠摸他的腹肌，他痒得轻笑，她指尖便传来腹肌齐齐绷起的有力触感。

他牵住她手，微微一抬，示意她站起来。苏起起身。

梁水本就是张着腿，大剌剌坐着，他从上至下打量一眼站在自己跟前的女孩儿，她又束起高马尾了，还化了淡淡的妆，一张小脸越发娇俏。因为要面试，她穿了件白衬衫配黑色套裙，丝袜，高跟鞋，有种别样的小女人的性感。

他手指在她丝袜上抚摸撩拨几下，抬眸："好看。"

苏起脸微红，扭了下鞋子，说："穿着真不自在，鞋子好硬。"

梁水又拉她坐到自己腿上，说："看看你最近都找了些什么。"

苏起把包里的简历和职位表翻出来，梁水一张张认真看过，发现她什么类别的企业和职位都投了，甚至还有一份CCTV-5的体育记者职位。

梁水看她，眼神询问。

苏起解释："我也很喜欢体育啊，还经常写球评，当体育记者应该也蛮好玩。"

梁水又翻了翻其他的，什么总裁秘书、研发经理、产品策划，他问："这些你都喜欢？"

"我觉得都不错，可以尝试。"

梁水一时没说话，把资料都整理好，还给她，问："你不是说想搞科研的吗？"

苏起一愣，眼眸一垂："没考上啊。再说，科研也不是想的那么简单，很多现实困难的。国家还说要在五年之内搞出 C919，根本就是不可能实现的。”

梁水听她说完，道：“这些问题，你也不是最近才知道吧，怎么最近就放弃了？就因为没考上？”

苏起隐隐觉得他不赞同自己，皱了眉：“大家都有工作，都独立了。我都这么大了，难道不读书了还赖着我爸爸妈妈吗？”

梁水说：“为什么不继续读呢？”

苏起气了：“没考上啊！”

梁水：“那就再考啊。”

苏起怔住。

他的眼神看着温和，竟也透出一丝锐利。

她心中一惊，忽然发觉他成熟了，比记忆中的少年更加坚定不移。

虽然平日里小打小闹他总让着她，但这一次，他的眼神让她觉得自己是个小孩儿，而他是个不允许她胡闹过关的家长。

她脸上臊得慌，别过头去，倔强道：“要是又一年没考上呢？那时候不是应届生，很多机会和特权都没了。再说，这次没考上，可能说明，或许也该试着走别的路。”她说完，耳朵更红，自己都觉得是在自我安慰和找补。

梁水听完她的话，淡淡道：“我看你就是没定性，又三心二意了。喜欢的时候，喜欢得很；一改主意了，放手也放得快。”

苏起气得跟被踩了尾巴的猫儿似的，一下子弹起身要走。

梁水拉住她手腕将她扯回来，她跌到他身前，还要挣扎，他手肘搭在膝盖上，双手一圈，将她圈在自己双腿之间。这姿势狎昵暧昧得厉害，他的脸色既有些散漫又有些凉肃，苏起又羞又气，站在他怀里俯视他：“你松开。”

梁水抬头望她：“我说错了？”

苏起扭过身板去，拿背对他。

他又把她扭回来，问：“你小时候是不是一会儿要唱歌，一会儿要跳舞，一会儿要演戏，一会儿要那个……”

苏起恼道：“那是小时候！哪个小孩不那样啊？”

梁水：“好，那是小时候，现在呢？你不是之前都想好了做科研吗？怎么还跟以前一样，一碰到坎就绕着走？就不能试着踹几脚，把那坎给踹了？”

苏起原本憋着气，一听他比喻说“踹几脚”，脸上又有些绷不住，别过头去。

梁水摸摸她的腿：“你说你这脚平时踹我挺有劲儿的，怎么现在软了？我也没摸你几下呀。”

苏起臊得慌：“哎呀你别碰我！”人却是不生气了。

梁水轻轻拨了下她，让她看着自己，道：“七七，这事你再好好想想。工作不急一时，你以后究竟想干什么，你想好了再做决定。有什么好急的？”

她不吭声了。其实她也知道自己最近太乱，没规划好，跟无头苍蝇似的。只是被他挑明了，羞愧不已。

她低声，沮丧道：“别人都找到工作了。我怕……”

梁水眼神软下去，抚了抚她的背，说：“别怕。我给你兜着呢。你不好意思靠爸爸妈妈，可以靠我。”

苏起眼睛微红。

他道：“再说，别人是别人，你不用管。你把自己的路走好就行了。”

苏起一愣，慢慢坐回到他腿上，脑袋一歪，靠在他肩头。

她伸手搂住了他脖子：“水砸……”

“嗯？”

她却没说话，只是忽然抬头，吻了下他的下巴。

那晚，苏起在床上翻来覆去，思索自己究竟是否想做科研，答案是肯定的。但找工作过程中，那些职位也有很多的确是她感兴趣的，比如管培、体育记者……

她又开始思索自己是否如梁水说的没有定性。

她发现，或许自己天性乐观，一些小的挫折在她眼里都不算坎，的确如梁水所说，走不过去她就绕。于是碰上大的难关，她也绕成了习惯。

也或许她有几分小聪明，做很多事情都很容易，往往换路子还走得不错，不免就真的落下了没有坚持之嫌。

想想梁水，跟他一比……

她脸上火辣辣的，埋在枕头里，直到突然想到什么，立刻翻出手机，打了一条短信发过去。

梁水刚洗完头回宿舍，正拿毛巾搓头发，桌上手机嘀嘀一响，拿起来一看，搓头发的手忽然顿住。

猪八八："喜欢你这件事，我坚持下来了。"

他愣了愣，又一条"嗖"进来。

猪八八："一点儿都没有三心二意！你别冤枉我！"

笑容在他脸上无声放大。

他搓着头发，拉开椅子坐下来，边揉脑袋边笑，把那两条短信来来回回看了无数遍，低着头闷声笑得肩膀直抖。

室友经过，好奇："梁水你笑什么呢这么开心？"

"没什么。"他顶着个毛巾给她回短信，回完又忍不住趴桌上笑出了声。

苏起听到手机振动，摸出来一看。

水砸："表现不错。继续保持。"

苏起撇撇嘴巴，保持你个大头鬼。正腹诽呢，又一条短信来了。

水砸："我也爱你。"

苏起心一咚，炸开了烟花般满满的欢喜灿烂，在床上打了个滚，腾地坐起抱住床尾的哆啦 A 梦，给它一个满满的大大的拥抱，栽倒下去。

……

苏起没再急着找工作，她认真准备完毕业答辩，冷静考虑过后，又跟父母商量，她决定考研二战。

梁水说："做了决定，就不要受其他同学影响，也不要因为别人都工作了，你就心急。"

苏起说好。

话说得容易，但毕业时，看着同学们一个个离开，各奔前程，她还是有些惆怅的。

梁水陪她看房子，找房子，最终选了学校附近一家小区，跟一个毕业两年的小姐姐合租。

苏起为省房租，找的老破小，房子破烂得很。她好几天忙着毕业典礼，没有去过。

他们班的男生照例在毕业季挂起了床单，如今，北航的挂床单仪式已经蔓延到多个高校。

苏起走在离别季的校园里，有些伤感，她的东西陆陆续续被梁水搬去出租屋了，只剩下最后几本书。

王晨晨和方菲已经离校，过去四年狭小局促的宿舍突然空旷起来，帘子拆了，床品拆了，书本、衣服、毛巾、水瓶、热水壶……全都不见了。

只剩薛小竹的东西还在，看着格外孤单。她考上怀柔的村官了，下周才走，看着苏起收书，她眼泪都出来了。

苏起眼睛也红了，说："都在北京呢，有什么好哭的。你放假进城来找我玩嘛。"

薛小竹点头："嗯。苏起，你好好复习，一定考得上的。"

苏起抱着书出了宿舍楼，身边，不时有毕业生拖着箱子离开，有同学结伴送着朋友而去，她难受极了。

出了学校，慢吞吞走进小区，爬上三楼的出租屋，走过不到五平米的狭小客厅，推开房间门，苏起一愣。

屋内大变样了。

梁水给她重新换了床，学校里单人的床单被罩用不了了，换成了粉嫩嫩的床单，哆啦 A 梦坐在床头冲她开心地笑。

桌椅柜子从宜家搬来了简洁款，四周墙壁贴了极浅的薄荷绿墙纸，地上铺了毛茸茸的白地毯，窗台上摆了两三盆绿萝，书桌的台灯下放着一个小玻璃罐子，里头还长着几株水草呢。

一张便利贴贴在书桌墙上：“苏七七，毕业愉快。”

她看看这小小的房间，忽地就笑了起来，莫名有了温馨的家的感觉。

有人开了大门，苏起跑去迎，梁水刚从超市回来，买了一堆香皂洗衣粉卫生纸等生活用品，连吹风机都给她买好了，许是在搬家的时候发现她没有吹风机。

她说：“你弄了多久啊？”

“没几天。反正我放假没事了。”梁水放下塑料袋，转眸看她，“喜欢吗？”

“喜欢。”她心里温暖得声音都软了，突然凑上去，亲了下他的嘴角。

他没准备，痒得缩了下脖子，眯眼笑了下。

苏起心动，又跳起来，啄了下他的眼睛。他伸手揽住她的腰，亲吻她的唇，低低地问：“床喜欢吗？”

她搂住他脖子，暧昧了嗓音：“一眼看到就想跟你在上面滚。”

梁水眼神一暗，咬了下她的耳朵，嗓音磁沉：“那你过会儿小声点儿。”

她悄悄道：“隔壁姐姐要加班到很晚。”

他笑容放大，吻着她将她压倒在床上。

一星期后，梁水回了云西看康提，陪妈妈过了两星期，又回北京跟苏起住了十多天。

苏起已调整好状态，重新进入考研倒计时。梁水每天陪她去图书馆自习，两人各自看书，互不打扰。他知道她政治差，便帮她找网上的精讲复习题。

学到深夜，手拉着手穿过夏风吹拂的林荫道，回到出租屋，缠绵一番，相拥而眠。

等到梁水启程去美国那天，苏起没去送他。

梁水不让。

那天早上，他没跟她一起出门，站在门口冲她微笑着挥了下手。苏起下了楼梯拐角处，抬眸还见他站在门边，冲她笑着。

她走下楼，知道再回来的时候，他就不在了。

出小区时，她有些不舍和心酸，想涌泪，但很快就忍下去了。

不要紧，时间会很快过去的。

到了图书馆，她起初有些难进入状态，但很快就心无旁骛。

许是怕她难过，梁水没有给她电话和短信。

夜里苏起回到家，推开房门，梁水不在了。但哆啦A梦被他放在床的正中央，手里捧着一束粉色的玫瑰，冲她憨憨笑着。

苏起扑哧笑起来，过去捧住花嗅了嗅，又将哆啦A梦抱住亲了口。桌子上放着几大包超市买的水果和零食，外加一张便利贴：

“买了VC泡腾片，记得每天喝。”

她抹了下泪湿的眼睫，忍不住笑了。

这时手机响起来，不会是他，他还在去美国的飞机上。

苏起把手机掏出来，见是林声，接起来：“声声？”

电话那头，没有回应。

苏起买了最晚一班的全价机票去了上海，赶到林声所在的出租屋，门拉开，林声披头散发，满面泪痕。

苏起将她抱进怀里，眼泪就掉下来了。

林声呜呜哭了起来：“怎么办，七七，怎么办……”

林声是在微博上发现的。

她微博名就叫声声，是两三千粉丝的古风小画手。

她在一家动漫公司找到工作后，画作也越来越多。前段时间摸鱼，以路子深为原型画了个现代图。

她极少画现代画，有粉丝在下面留言，说：“声声画现代也好棒！画的自己的理想型吗？”

有一个叫“KrisKang”的网友回复：“她才配不上呢。”

林声觉得奇怪，就看了眼她的主页，正是路子深的那个女同学。

她翻了她的照片，照片比真人好看些。

她起先没看出异样，直到翻到三月前的一张照片，那女同学拍了张早起时的窗景，椅子上搭着一件男式衬衫。

那件衬衫是林声买给路子深的，袖口还绣了个黑色的 SS。

发照片的日期是路子深的生日，也是林声找到工作签了合同的日子。她特别开心，跟路子深讲了一个小时的电话，却没想到……

林声整个人都蒙了，仿佛天塌下来，居然还问了句："这是路子深的衬衫吧？"

那女生没回复，迅速删了照片。

但林声拿 QQ 截图了，发给路子深后，把他拉黑了。

林声哭道："我想不通，为什么会这样。七七，子深哥哥他从来不会说好听的话，看着也很冷，但其实对我很好，你不知道……为什么会这样……"

苏起抹了下眼中的泪，问："你直接把他拉黑了？不问一下之后怎么办？"

林声稍止了泪："路造跟我说，他在飞机上。"

苏起一愣："他从美国回来了？"

"嗯。"林声嘴角往下一压，眉心紧紧蹙着，眼泪又一颗颗砸落下来，呜咽，"我现在不想看见他。"

"那你要不要跟我去北京，在我那里住一段时间？我床很大的，可以两个人住。"

林声不吭声，只是落泪。

苏起想，这时候，她还是想见路子深吧。

她不催她，不给她压力，也不帮她下决定，只握住她的手，说："你自己决定，你要不想去，我留在这里陪你几天。"

林声低头垂泪，看一眼房间，到处都是路子深的印记，他给她买的玩偶，他留在这里的衣服书籍，他们一起去玩拍的照片，各种票根贴满了墙……

苏起太心疼了，把她搂进怀里摸摸头。

林声抱着她，呜咽："七七，你希望我怎么做？"

"我对你没有要求，我只希望你不要难过，但这已经没办法避免了。"

苏起落了泪，说，“声声，你要是想和他分开，我陪着你；你要是想换城市来北京，我给你地方落脚；你要是原谅他，我也会立刻忘记他做过的事，还叫他子深哥哥。”

林声闭眼，眼泪大颗大颗滑落：“我知道了。”

那晚睡在床上，林声一夜无眠，近乎自虐般说起过往。

她喜欢一个画手的绝版画册，他千方百计托人寻来给她；有一次她夜里生病，急诊医生不在，他抱着她，急得眼圈都红了；有一次她在网上被人骂，心情不好，他居然逃课一天带她去乌镇玩……

把她一点一点从自卑沉默的境地里拉出来，如今却又一手将她推了回去。

“七七，我从初中就喜欢他，只喜欢他。我怕我以后喜欢不上别人了。怎么办？”

苏起攥紧她的手，心疼得要死。路子深对她那么好，若不是真喜欢，做不到的；可是……她也迷惑了，既然喜欢，又怎么会和另一个人……

两人都一夜没睡，到了第二天早上，林声看着时间，算到路子深大概还有一两个小时落地，仿佛胆怯了，说：“七七，我去你那儿住几天吧。”

苏起立刻带她走了。两人跟逃亡似的，赶去火车站买了最近一趟的站票。

火车上遇到一帮男学生，也不知是他们心地好，还是林声太漂亮，一帮学生挤到一起，愣是空出了一个座位，苏起和林声挤着坐下。

有个男生见林声很消沉，还给了她一瓶水，又跟她俩聊天。

但林声无暇顾及，靠在苏起肩头闭目了。苏起随口跟那男生聊了会儿，交换了学校信息。她也累了，闭了眼，头轻轻歪在林声的脑袋上。

兜里手机振动，梁水的电话过来——他落地了。

苏起怕吵醒林声，赶紧挂了，匆匆给他回短信，简短说了下情况。

梁水也很震惊，别的没问，只说：“那他们俩准备怎么办呢？”

苏起：“他回国了，但声声现在要跟我去北京。”

梁水：“你们在火车上了？”

“嗯。”

“累坏了吧？回去好好睡个觉。”

苏起：“我现在不知道怎么安慰她。”

梁水：“安慰没用的。好好陪着她吧。你有没有跟声声说叫她怎么办？”

苏起：“没有。她怎么选我都支持，只希望她别太难受。”

梁水：“你家不是有一只很大的熊吗，把那个给她抱抱。科学家说，毛绒玩偶可以安慰人。”

苏起：“好。”

梁水：“别抱哆啦A梦。那个是我。”

“……”苏起真不知道这家伙脑子怎么那么跳脱。

她打字：“水砸，你以后会不会……”

短信发出去，苏起感觉他会骂她两句，但他迅速回过来了，只有两个字：“不会。”

很快又补了一条：“七七，你别瞎想。我对我们的未来很确定，我只想跟你过一辈子。”

苏起看着短信，也不知是累的，还是难过的，有些脆弱，一下子就眼泪汪汪了。

两人下了火车，辗转回到苏起的小出租屋，累得虚脱，双双洗了澡，爬上床，连讲话的力气都没有，一个抱着毛绒熊，一个抱着哆啦A梦，沉沉睡着了。

睡到不知几点，突然响起敲门声，苏起一个激灵惊醒过来。

窗外已是黄昏，夕阳西下。

林声太困倦了，醒不来，将脑袋埋在熊肚子里。

苏起以为是隔壁姐姐，睡眼惺忪抱着哆啦A梦去开门，拉开门便惊醒了，路子深站在门口，许是背着光，脸色有些暗沉。

苏起顿时来气了，说：“渣男！”

路子深看她一眼，没回嘴，问：“声声在你这儿？”

苏起说：“她现在不想见你。”话音未落，路子深进了屋，直奔房间。

林声已经醒了，搂着熊蜷在床上，没动静。长发遮住了她的脸。

路子深在床边站了几秒，手轻握成拳，忽地坐到床边，伸手拨开她的乱发，女孩白皙的侧脸露出来。她一扭头，将脑袋埋得更深了。

路子深说："七七，我跟声声单独说会儿话。"

苏起揪着哆啦A梦屁股上的红尾巴，说："声声……"

林声不作声，苏起便明白她的意思，说："我带手机了。"

她下了楼，在小区里胡乱转一圈，才发现自己抱着个巨大的哆啦A梦。

她跟哆啦A梦并排坐在石板凳上，夕阳西下，晚霞漫天。一群老年人带着小孩在小区里玩耍。

苏起不知他们两个在楼上讲什么，但路子深能大老远追过来，应该是想被原谅吧。可是……这种事怎么好原谅。

苏起给梁水发消息："是不是你告诉他我地址的？"发完，用力拧了下哆啦A梦的红鼻子。

梁水回："他说是误会。"

苏起一愣，梁水的电话来了。

苏起忙问："什么误会？"

梁水说，那张照片不是路子深生日那天，而是除夕。他们一帮留学生聚在一起守岁，路子深说他都不知道那女同学什么时候拍的照片。

苏起怔住，误会了?

她想起刚才路子深的脸色，蓦地浑身一抖，突然害怕他会生气。

梁水："你现在在哪儿呢？"

苏起不答，急道："子深哥哥不会生气吧？"

"生气肯定会生气。"梁水说，"但如果是很大很大的气，就不会从美国回来了。没事儿的，你别担心。"

苏起松了口气，忽然气哄哄道："水砸，你要是敢乱搞，我给你戴十顶绿帽子。"

梁水一下炸了："卧槽。这跟老子有什么关系啊？！"

苏起不吭声，戳了下哆啦A梦的肚皮，脑袋低下去："你什么时候回来啊……"

梁水顿了顿，说："我也很想你。真的，在飞机上想了你一路。"

苏起低声："我一点儿都不喜欢异地。"

他深吸一口气，说："七七，这应该是最后一次了。"

苏起不语，听见他那边有回音，声音也有些空旷，奇怪："你在哪儿呢？"

"爬楼梯。"

"没电梯吗？"

他淡笑："电梯不就断信号了吗？"

苏起心里霎时涌起暖流，问："你报到了吧？那边怎么样啊？"

"鸟不拉屎的地方，很荒凉。"梁水说起那边情况，又聊了一个多小时。

放下电话，天都黑了，小区单元楼里亮着无数盏灯，星星点点。不知是哪一家的少女播放着梁静茹的《大手牵小手》，甜甜的曲调弥漫过来。

苏起坐了没一会儿，手机响了，是林声的短信："七七，你回来吧。"

苏起扛着哆啦A梦上楼，路子深站在卧室门口，脸色仍冰凉，许是记着她刚骂他渣男。

苏起咧嘴笑："子深哥哥，你要喝水吗？"

路子深："不喝。"

"哦。"她立刻逃进屋，林声正收拾东西。她眼睛肿得跟核桃似的，刚才肯定又狠狠哭过一场，但脸上明显没有哀愁了。

苏起说："你要走了？"

林声点点头。

"你跟他……"

林声垂下头："我错怪他了。"

苏起放下哆啦A梦，给了她一个大大的拥抱："声声，我一直都在，你有事来找我。还有……"她悄声，"你超级优秀，真的。"

林声眼圈又红了，下巴搭在她肩膀上，点头："嗯。"

苏起送她到门口，看她跟着路子深下楼去了。

两人在酒店住了一晚，第二天回了上海。一周后，路子深回美国了。

风波散去，苏起仍忙着考研。

梁水在美国顺利完成上机飞行，隔三岔五给她发照片，全是他在飞行中看到的景色——清晨雾霭中起飞时，海平面上的日出；深夜月光中降落时，繁华城市的万家灯火；玉盘般硕大的黄月亮；晚霞染红的层层叠叠的火烧云；雪山顶峰雪白如云堆，和鳞片般的云连接成一片……

每天都有不同的风景给她。

两地有时差，白天黑夜颠倒。

苏起一早起来看见他发来的当日风景，想象着他穿着制服在驾驶舱里翱翔天空的模样，带着一整天的好心情去上自习。等她夜里回到家，他刚好准备上机出发，和她聊上几句。

待他翱翔蓝天，她安眠而去。

周而复始。

秋去冬来，气温骤降。

苏起每天迎着寒风走在校园，心中前所未有地平静、坚定、温暖。

再冷的风也刮不散。

临近圣诞，李枫然今年不在国内开演奏会了，而是在维也纳。

演出前一天，梁水突然接到他电话，说到了他所在的城市。

他来得突然，说是见一面就走。好在梁水也放假了，正收拾行李准备明天回国给苏起惊喜，刚好有时间去见他。

两人约在了一家咖啡馆。

那天下了很大的雪，梁水下了公交，踏着厚厚的积雪往咖啡馆走。这小城人口稀少，对面街道上迎面而来的外国人难得看见活人，兴奋地挥手打招呼。

梁水绕进咖啡馆，李枫然坐在落地玻璃窗旁边，一件浅灰色的毛衣，大衣搭在沙发上。

雪光映在年轻人的脸上，白皙中有些寂寥，他冲梁水笑了下。

梁水过去拉开椅子坐下，脱了羽绒服外套，说："你不是圣诞要在维也纳演出吗？”

那是他在国际重要舞台上的首次个人演奏场。

“怎么？该不是紧张了，来找我聊天？”梁水点了杯咖啡，略调侃。

李枫然笑了一下。

彼此都知道不是这个原因。

他许是没想好怎么开口，所以没说，有一搭没一搭地跟梁水聊着彼此的近况，看一看外头的雪，又说一说伙伴们。

雪后的下午，咖啡厅门可罗雀，只有他们俩。

温暖的室内，放着悠扬的音乐，一曲唱完，来了首 *Just One Last Dance*。

李枫然听着这歌，愣怔片刻，垂下了眼眸。

梁水放下咖啡杯：“说吧，你跟于晚怎么了？”

“你知道了？”

梁水无语：“你来找我肯定有事啊。刚翻了下她微博，名字换了。”

小鱼丸。

没有了“枫枫的”。

李枫然低头搓了下脸：“我妈妈给她打电话了。”

梁水沉默片刻，说：“分手了？”

李枫然没作声。

“冯老师可真是……”梁水不好评价，咂了下舌，说，“什么时候的事？”

李枫然垂眸想了下：“万圣节。”

快两个月了。

梁水张了张口，有些无话可说。他握着咖啡杯，调整了下坐姿，道：“你现在才反应过来？”

李枫然抬眸，深吸一口气，说：“现在才忍受不了了。”

梁水沉默。

分手是于晚提的。

李枫然大概能猜到冯秀英跟她说了什么，于晚很平静跟他说了分开，语气还蛮乖巧的，让他好好练琴，准备年底的演奏。

李枫然当时是有些难过的，但他只说了句好。而后就再也没有联系了。

他照例每天做着自己的事情，只是渐渐不太习惯。

练琴到半路，一抬眸，没有她的笑脸了；回头时，也没了她凝望的眼神；但他依然沉默，只是发一会儿呆，便又低头继续练习。

直到昨天，他入住一家酒店，等人的时候，看见大堂的钢琴，便随手弹了几个音。一对外国的老年夫妇经过，老爷爷说想请他弹奏一曲《梦中的婚礼》，送给他金婚的妻子。

李枫然就弹了，音符流淌出来，他想起于晚曾伴着这首曲子为他跳过芭蕾。

弹完后，那个老爷爷说："年轻人，你的曲子很忧伤，是不是在思念你的女孩？"

一个小时后，他飞去纽约找于晚。

两人甚至都没坐下，在冰天雪地里走了一条街，于晚拒绝了他。

她说："枫枫，我和你分开，不是因为你妈妈，而是因为你。我不知道你究竟是喜欢我，还是不会拒绝，才习惯了我。"

梁水问："你怎么回答？"

李枫然说："我想好了告诉你。"

梁水拿手撑了下额头："……"

他突然就想起苏起说，他没有生存经验。

他沉沉叹出一口气，靠进沙发背里："你喜欢她吗？"

李枫然反问："什么是喜欢？"

梁水张一张口，被他问住了，忽然道："你以前说过啊，看见她就很开心，看不见就想，想得心都会疼。"

李枫然不说话了，转眸望窗外，侧脸寂寥，眼神刺痛地眯了起来。

梁水看着他的神情，仿佛看见了曾经的自己，他确定道："你喜欢她。现在发现了，所以不敢跟她讲了？"

李枫然道："我可能会是个失败的……就像我爸爸，"他苦涩一笑，说，

“我没办法为她放弃钢琴，或许我的喜欢不够……”

对面，梁水低着头，反复地摇了摇。

“李凡，喜欢不是放弃。并不是要靠放弃，来证明喜欢。那是痛苦。我不会让七七放弃她的研究，她也不会让我放弃速滑，放弃飞行。我想，于晚也从来没有这种想法。”梁水说，“喜欢是互相成就。为什么在你眼里，喜欢和钢琴是水火不相容的？不是啊。”

李枫然怔住。

从小到大他都以为这是个二选一的问题，要么工作，要么感情。横亘在其中的，永远是矛盾、抱怨，和无休止的争吵。

他怔然，说：“我不懂怎么协调。”

“很简单。”梁水趴在桌上，拿搅拌棍敲了下碟子，“在一起的时候，眼里有她；不在一起的时候，心里有她。”

“就这样？”

“就这样。”

他若有所思。

梁水道：“李凡，喜欢就要说出来。不管任何时候。不然，她会没有安全感的。像你两个月没有联系她……我跟七七分开的时候都没这么干过。”

李枫然愣怔坐在原地，也不知在想什么，突然看了下手表，拿起大衣，说：“水子，我先走了。”

梁水也一愣，说：“你现在不该去维也纳吗？”

李枫然：“我先落下纽约。”

梁水跟着他起身往外走，说：“你妈那边怎么办？”

李枫然说，其实两个月前冯秀英跟于晚打电话后，他就跟她吵了一架。

也或许因为这段时间他没主动联系过家里，冯秀英的态度反而缓和了点。

两人出了咖啡厅，走到路边，梁水伸手拦了辆出租，说：“去吧。我感觉，你俩还有戏。”

李枫然没说话，突然走上前一步，用力拥抱了梁水，足足三秒才松开，然后上了车。

出租车远去，在雪地上留下两道深辙。

梁水插兜站在原地，雪光映得整个世界灿白一片，茫茫的，晃人眼。

路子灏，肖钰；路子深，林声；李枫然，于晚……

小时候从未觉得啊——小时候，喜欢就是喜欢，从未觉得，一段感情善始容易，善终多难。

他忽然就很庆幸，庆幸曾经那么难的路走过来，苏七七还在那里。

像上天给他们的恩赐。

他抬头望天空，深吸一口清冽的空气，突然就想一瞬间飞回去，抱住她摸摸她的头，护着她宠着她，让她一辈子都是南江巷那个快乐无忧的苏七七，永远都不要难过受伤。

他掏出手机，也不管现在国内是凌晨三点。她静音的手机要明早才能看到。

“我想你了。”他站在雪地里，一字一句，都是从心里挖出来的，“七七，我太想你了。”

南江日常

傍晚，雪越下越大。

于晚套上羽绒服，走出练舞房，下了楼梯，走到教学楼门口，看见李枫然站在台阶上，身后雪花漫天飞舞。

于晚惊讶：“你……你现在不该去维也纳吗？”

李枫然微笑：“忽然想来看看你。”

于晚微急：“你的演奏会呢？明晚就开场了，你怎么还在这儿？”

李枫然从兜里拿出一张VIP票：“和我一起去吧。”

于晚：“……”

李枫然：“这场演奏会，对我很重要。对你，也很重要。”

于晚：“对我有什么重要的？”

李枫然：“那个问题我想好了。”

于晚：“嗯？”

李枫然：“我喜欢你。很确定。”

（狂风吹着，雪花落到他的黑发上。）

于晚（微笑，故意）：“那我跟钢琴，你喜欢谁？”

李枫然沉默。

于晚：“说啊。”

李枫然：“钢琴。”

于晚：“喊！”（裹上围巾，走进雪里）

李枫然（默默跟她下台阶）：“去维也纳吗？”

于晚（不说话，手钻进他的口袋，握住了他的手）：“你牵我手我不就跟你走了吗？这都不会，还要我教。”

李枫然：“哦。”（握紧了她的手）

Chapter 30

千山万水脚下过

“当我正想你，就是爱，天空晴了……”

苏起被手机闹钟叫醒，睡眼惺忪地坐起来醒了会儿觉，滑开手机一看，一串梁水的短信。

“我想你了。”

“苏七七，我太想你了。”

苏起耷拉着半截眼皮，抓抓脸蛋，要不是他从不喝酒，她都要怀疑他是不是发酒疯了。

又见——

“上飞机了。（航班号）”

最近一条：“早就准备圣诞回来给你惊喜。啊，没忍住先告诉你了，哈哈哈哈。”

这傻呵呵的语气。

苏起一下醒了，查一下航班，松了口气，到北京得下午四点多，早着呢。

其实她早就猜到梁水圣诞假期会回来看她，心里一直暗暗期盼着。但此刻收到短信，还是开心得不行。

她上午干脆在家自习，下午开着音乐把家里收拾一圈，洗头洗澡换床单被罩，跑去花店买了两束鲜花，一束大的摆书桌上，一束小的带去迎接他。

她搂着小花儿靠着车窗，塞着耳机循环着梁静茹的《暖暖》，明媚地哼着歌儿："我想说其实你很好，你自己却不知道——"

车窗外天空阴霾，城市灰暗，她的眼睛里阳光灿烂，"爱一个人希望他过更好，打从心里暖暖的——"

到机场，正巧碰上他飞机落地。

他要等行李，她趴在国际到达出口处的栏杆边，捧着小花儿翘首期盼。脚尖儿在地上敲，花儿在手中摇。

一大拨人高马大的外国旅客涌出来，苏起生怕错过，踮起脚尖张望，人影散去。她忽然就看见了他，年轻人的目光在四下搜索，一对上她，如尘埃落定，粲然一笑。

"水砸！"她蹦起来冲他挥手，转身就沿着长长的栏杆往通道口跑。梁水拉着行李箱，大步走出去。

苏起避着迎面的行人，绕到通道口，朝他扑过去。

他脸上挂着大大的笑容，单手朝她张开怀抱，她一下子蹦起来跳到他身上圈住他的腰，搂着他脖子就亲他嘴唇。

他笑个不停，一手拉着行李箱，一手抱着她屁股，边回应着她的吻，边往通道外走。

周围的旅客和接机者都笑着看过来。

苏起跟树袋熊一样挂在他身上又笑又亲。他单手抱着她，走出长长的通道了，她还不下来，搂紧他脖子，蹭蹭他的脸，小动物般亲昵。

梁水仰望着她，眼底映着机场大厅的灯光，光芒闪闪，说："本来准备给你惊喜。"

"嘁！"苏起拿食指戳他脸颊，"我早就猜到了。"说着，又低头给他一个深深的吻，这才松开，从他身上溜下来，把花塞到他手里。

打车到小区附近，吃过晚饭回家已是夜里九点。

还在楼梯间里，梁水的手就不规矩了，一进屋关上门，便到处乱钻。

苏起打他手："去洗澡！"

梁水乖乖去浴室，小声："隔壁那姐姐呢？"

"去英国出差了。"

梁水一听，眉毛都快飞起来，狼似的扑她跟前在她脸颊上轻咬了一口，这才溜去洗漱。

苏起帮他收拾整理行李箱，大衣挂好，毛衣摆进衣柜，她翻出一盒iPhone4，正纳闷呢，梁水刚好从浴室出来。

苏起惊讶："给我的？"

梁水："带回来倒卖的。"

苏起白他一眼，盘腿坐地毯上，趴床边拆盒子。

手机屏幕很大，很漂亮，握在手里沉沉的。

她兴奋地捣鼓两下："怎么用啊？"

"现在这SIM卡太大，安不进去，要到移动公司剪卡，明天带你去。"他摸出自己的手机，"感受下。"

他手机有锁，0120，她的生日。

苏起滑开屏幕，主背景是她的照片——她抱着哆啦A梦，歪着脑袋，笑容甜甜。

她抿唇偷笑，看着屏幕上几个方块，还不太懂。

梁水张开腿坐她身后，搂住她的腰，下巴搭她肩上，握着她手指："这么滑，又滑回来。点开……"

她戳开QQ，页面比诺基亚手机升级了不止一个档次。再点开微博，更是不止。

苏起轻叹："好厉害。"

"以后都用智能机了。"梁水说，"板砖机得淘汰。"

时代更新换代太快，手机大规模使用才几年啊。

苏起摸摸诺基亚，不舍道："我要留着，里头好多跟你发的短信呢。"

"留着吧，反正诺基亚电池耐用。"

苏起拿梁水的账号随意刷着微博，他的号没用真名，没发过照片，关注的人极少，像个僵尸号。

刷开主页，最近伙伴们都没什么更新，只有林声的画儿。

梁水问："声声最近怎么样？我上次问她，说工作很忙。"

"他们公司都是流水线的画手，声声说感觉像生产线上的纺织女工，还不如她妈妈当裁缝自己做衣服。"

"她跟路子深呢？"

"不知道。她没怎么提，只说工作蛮忙，焦头烂额的。"苏起说，"希望这次考研顺利，我还不想工作呢。"

"会考上的。"梁水轻吻了下她的耳垂。

她痒痒地缩脖子，退出微博，琢磨其他功能，居然还有视频 APP。

智能机果然好用。

她又喜欢，又肉疼："不过这太贵了吧。你哪儿来的钱啊？"

"奖学金啊。"梁水说着，抚她的腿，不动声色夹了她一下，低声，"七崽放心。没卖肾，肾留着有用呢。"

苏起面上一热，故意道："卖了也不要紧。"

他顶了下她的腰："卖了你下半生幸福怎么办？"

苏起强撑："没事儿。"

梁水探出脑袋，歪头看她："真的？"

苏起面红耳赤，差点儿跳起来："要不要脸？！"

梁水笑得不羁，搂紧她的小身板，仍是裹圈着她，将下颌搭在她肩上。

苏起捏他脸："你怎么越来越流氓了？"

梁水搂着她摇了摇，脑袋埋她颈窝里，哼哼一声："废话，憋了半年，人都疯了。"

他这疑似撒娇状，弄得她背脊酥麻，浑身发热，却还扭头看他，激他："脑子里天天想流氓画面，你没背着我在外面乱搞吧？"

梁水掐她腰："说什么呢？"又道，"老子的流氓画面里边就你一个女主角。"

苏起不听，扭扭身板："本来就是。飞行员就爱招蜂引蝶，我又管不到你，你要真是夜夜春宵我也不知道啊。”

梁水气得好笑：“夜夜春宵，我有那么闲吗我？”

苏起见惹了他，更得意，一堆胡话：“你本来就是运动员，精力那么好。啊，我想起来了，以前跟你同组的运动员就是，纵欲过度——”

梁水受不了她一通瞎话了，一把将她从地上拎起来，扒裤子：“行，让你看看我到底是纵欲过度了还是养精蓄锐了。”

“啊——”苏起一声尖叫，被他扑倒在床上，“雅蠛蝶——”

梁水一下停住，笑得胸腔都在震：“哪儿学的？啊？”佯怒状，“不收拾你要翻天了。”

男人咬着牙，嗓音沉磁，苏起只觉浑身一个激灵，又兴奋又敏感又期待，下一秒，他整个人压上来，吻住她的嘴唇，深入，强势，宣泄着压抑了数月的激情和思念。

二十刚出头的少年郎，正是最旺盛最热血的年纪，有着用不尽的精力，发泄不完的欲望，和永不枯竭的深情。

无尽的缠绵，亲昵，爱与欲，身与心，仿佛从未如此合拍。他们依恋着彼此身体的温度，汲取着充盈内心的力量，给予着激烈而璀璨的欲望，而又寻觅着似停泊港湾般的安宁。有时，疯狂颠簸；有时，安心缠绵。

他和她相拥而眠，一觉睡到天荒地老。

两人洗了澡出门吃饭，寒风吹着，神清气爽。他们搂在一起，讲着笑话荤话，笑咯咯地往餐厅走。

年轻真好啊，有数不尽的快乐。

看到光秃秃的树丫，觉得开心；看见昏黄的路灯，觉得开心；寒冷的风吹着，也觉得开心。

晚饭后，苏起去图书馆自习，梁水则静静陪她看书。

之后又过了两天，梁水陪她跨了年。

元旦那天，他要回云西看妈妈，之后就直接从省城回美国。

他寒假没办法回来，暑假要加训，只能等明年了。

2012 年的第一天，苏起送梁水去火车站。

拥挤的地铁里，一进门——“58 同城！！！”电视中，女明星的广告词很是洗脑，接着还有什么聚美优品的“我为自己代言”，什么“凡客体”的“爱 ××，爱 ××，我是 ×××……”。

最近这些广告很火，网络上流传甚广，搞了许多段子出来。

苏起都没反应过来是从什么时候开始的，仿佛突然就进入了一个信息高速发展的时代。小时候那慢慢悠悠的日子像是一个世纪之前了。

还好，时光飞速流转，他还在。

梁水抓着扶手，苏起搂着他的腰，搂着搂着，抿唇一笑。

梁水低头，下巴拨弄她的额头：“笑什么？”

她肩膀蹭蹭他，把他搂得更紧，小声道：“我有男朋友抱。”

梁水瞧她那嘚瑟样儿，无声笑了，刮了下她的鼻子，问：“这次准备得不错吧，考试别紧张。”

“嗯。”她精神头儿不错，说，“我心里有底的。”

地铁停站，梁水看了眼线路图，面色微凝。

苏起回头一看，还有三站就到了。她心里后知后觉地涌起了一股酸涩，低声道：“你回来了几天呀？”

“十多天了。”

“是吗？”她觉得恍惚，怎么觉得去机场接他是昨天的事呢？

梁水静静看她一眼，贴住她鬓角，说：“乖。”他松了栏杆，移动一步靠在车壁上，双手环住她的腰肢。

苏起脑袋垂在他颈窝，有些低落：“你暑假不回来了吗？”

梁水一时开口都有点儿难，哄道：“我不是想提前完成了课程回来陪你吗？你是想我明年暑假回，还是想我明年寒假就回来？”

像家长耐心给小孩抛出选择题。

苏起手指抠着他的衣服，咕哝：“想你寒假回来。”

他摸了摸她的脑勺。

她却发脾气地打了他一下，打完又搂住了他的腰。

梁水眼里也有不舍，说：“时间会过得很快的，你别太想我。”

两人都沉默了一瞬，怎么可能不想。

异国恋，有些时候，想得心都疼了。

“水砸？”

“嗯？”

“你什么时候最想我？”

梁水抿了下唇：“在天上的时候。”

当他在万米高空，坐在狭窄的驾驶室里，面前是一望无际的天空、云层，空旷得无边无际，没有尽头。

那时，哪怕身边有教练，他都孤独得仿佛世间只有他一人。

那时，他会格外想她。

当看到日落金辉染红云层，看到海上日出光漫雪山，都会想到她，希望她在身边。

“你呢？”他问。

苏起鼻子发酸，摇摇头不答。

太多了，说不尽的。

走在林荫大道的时候，自习到半路抬起头的时候，看见阳光在树上跳跃的时候，听见篮球拍打的时候，夜里缩进被子的时候……

任何时候。

可成长便是如此吧，必然历经分离，必然体会隐忍、煎熬，也必然得养成耐性、坚毅。

到了火车站，旅人来去匆匆。

梁水一手扶着箱子，一手拉着她，走得不紧不慢。

她落后他半个身位，被他拖着走，越走越难过，忽然冒出一句：“你不准跟别人跑了。”

他扭头看她：“跑不掉的。你在这儿，我只会想方设法跑回来。”

苏起就扑哧一笑，笑得眼里闪出了泪花。

梁水表情有些维持不住，伸手摸了摸她的头，强作轻松。

走到验票口，排队检票的队伍不断缩小。

梁水握着她的手，原地站了会儿，说："我走了。"

苏起眼眶霎时就红了，一下别过脑袋去不肯给他看。他心里也难受，忍着，轻笑着把她脸拨过来："苏七七，怎么说你小哭包你就真的哭上了？"

她打开他的手别过头去，眼睛越发潮湿。

他追着她，啄了下她的唇；她发脾气，把脑袋扭去一边，他追着又去亲一口；她再次别过头去。

他在她耳边低语："再不亲几下真要走了。"

她身子一僵，乖乖不动了，压瘪着嘴角，眼眶里泪水滚滚。

梁水单手握住她脸颊，低头深深亲吻她，她的泪水簌簌滚落，沾湿了他的唇。

梁水心头一痛，仿佛那颗泪落进了他心底。

他缓缓松开她。年轻人的眼睛漆黑而明亮，光芒闪过，他突然说："七七，等我回来，我们就结婚，好不好？"

苏起一怔，眼泪一下涌得更多，拿手背捂着眼睛，呜呜哭了起来。

检票口已经没人排队了，离发车不到六分钟。

他望了一眼，整个人突然间急切又激越，拉开她挡脸的手，追问："等我回来就结婚，然后永远不分开不异地了，好不好？"

她满脸泪水，笃笃笃地直点头，呜咽："好！"

她抽噎道："水砸你快点儿回来——"

他捧着她的脸，用力亲了下她泪湿的眼睛。

检票口，工作人员喊："一分钟关闭了啊，没检票的赶紧了！"

苏起抹着泪，慌忙拉他："你快点。"

梁水拉着箱子过去，回头看她，摸住她的脸："你记得了，从现在开始，你是我的未婚妻了。"

"嗯。"她用力点头。

梁水检了票，走到通道尽头冲她招了下手，苏起含泪笑着跟他挥手，他这才快速跑向站台。

年轻人奔跑着，黑发飞扬，衣衫飞舞。

没事的，时光很快就会过去，会带着我们再度重聚。

……

一周后，苏起参加了第二次考研。

笔试一完，她就开始搜集导师和专业资料准备面试。

二月底查成绩，她一见分数就知道板上钉钉。

四月初学校线出来，苏起考了专业第三。她没有半点松懈，认真准备复试。

到了复试那天，她经过笔试口试面试，一天下来人都累虚脱了。

路子灏和肖钰请她吃饭，问她感觉如何。

苏起说十拿九稳。

路子灏笑："你别是自信心过剩。到时候又掉了，跟水子一样来个三战。"

苏起拿纸团砸他："乌鸦嘴！三战我就敲掉你脑壳。"

肖钰对她的专业挺感兴趣，问了她好多问题。但她很快发现，肖钰和路子灏都跟她讲话，但彼此不讲话，连对视都没一眼。

吃完饭，肖钰要去上班，跟苏起打招呼走了，不搭理路子灏。

苏起奇怪："你俩吵架了？"

路子灏："谁知道？他就是个神经病，三天不吵嘴痒。别理他。"

苏起："……"

不久后结果出来，苏起面试成绩第二，总分第二，成功录取。

虽早已信心满满，但拿到结果时，她还是激动极了，未来和梦想都有了落脚之处。

"幸好！"她对梁水说，"幸好有你，水砸。"

梁水笑："看见没，以后要乖乖听老公的话。"

苏起嘁一声："什么老公，肉麻死了。"

梁水："翻脸不认人是不是？苏七七，我已经是你未婚夫了。赖账你是狗。"

苏起勉为其难："好吧，为了以后的打折机票。"

梁水："飞行员家属不是机票打折，是免费。你个猪。"

那个夏天，考研成功的苏起闲了下来，找了份临时工每天上下班。小区里开始兴起了广场舞，到处都是跳着《最炫民族风》的大妈们。

那个夏天，梁水没回来，他想提前完成学业，早些回国。

林声工作一年，工作强度大，工资却不高，她准备多花时间搞副业。

李枫然毕业一年，仍在全球各地飞，要么演出，要么封闭练琴。

路子灏按部就班读着研究生，趁暑假去非洲当志愿者了。

长大了的每个人都在各自的路上走着，未来越发明晰。

苏起打工挣了机票钱，趁开学前飞去美国看梁水。

她的学校和专业太过敏感，签证差点儿没下来。面签时签证官问了一堆问题，怀疑她是间谍，搞得最后她都急了，道："我是去见我男朋友的，我都半年没看见他啦！"

签证官看她一眼，没再问了。

苏起心里悬悬的，生怕被拒，没想顺利出签了。

到了那边，由于她的专业身份，仍是不被允许进入训练基地。她也不在乎，住在小民宿，每天看看专业书，晒晒太阳，偶尔还勤快地买菜做饭，等梁水下课回家。

可惜待了不到半月，导师提前联系她返校。八月中旬，她就回国了。

念研究生的苏起越发忙碌，每天忙不完的课题、实验和任务。还好有智能手机和视频通话，勉强能解相思之苦。

日子一天天波澜不惊地过。

苏起每每待在实验室里守着数据时，总觉得时间一分一秒拉得无限漫长；可骤然回首，又觉得时光匆匆如流水。

实验楼外的银杏树仿佛在一瞬变得金黄灿烂，又在一阵北风中尽数凋落，独剩干枯枝丫指着昏暗阴霾的天空。

一到年底，媒体开始盘点起年度网络热点词汇，"你幸福吗？""累觉不爱""元芳你怎么看？"悉数上榜。网友们则在感叹又是一年时光虚度。

十二月中下旬，网络狂欢起来——因为根据玛雅预言，2012 年 12 月

21日是世界末日，人类会集体在这一天灭亡。

虽说是灭亡，可很奇怪，所有人都期待着末日到来，盼望着那天能发生什么惊天动地的大事。最好是山崩地裂，天塌海啸。哪怕是灾难，全人类一起参与，也莫名叫人兴奋。

一些媒体甚至发起了世界末日必做事项清单的活动。

苏起问梁水："世界末日要来了，你打算怎么过？"

梁水说："把教官踹出驾驶舱，开着飞机跨越太平洋，来接你，再一路朝地平线飞。等海水倒灌了，我就抱着你和飞机残骸沉进海底。"

苏起咯咯笑："被你说的，我真希望世界末日到来了。"

然而，万众瞩目的那一天，什么事情都没发生，甚至连一场暴雨一场雷电都没有。互联网上一片哀号，号叫着这平凡无聊而又一成不变的生活。

苏起叹，玛雅人真是叫人失望。

2012年便在这样的喧嚣中落下帷幕。新年一来，好消息来了——梁水提前完成学业。

苏起兴奋不已，异国恋终于要结束。

她问："能回来跟我过生日吗？"

梁水道："最早也得下个月才能离校。"

苏起耸耸肩："没事。你能提前回来我已经很开心啦。"

生日前一天，苏起在实验室忙了一整天，夜里回到宿舍，知道梁水会踩着零点给她生日祝福，所以没睡。

过了零点，他没打电话，却发了条短信，说："看QQ邮箱。有礼物。"

邮箱里的礼物？

她溜下床，开电脑登录，附件有一张近百兆的高清大图。

宿舍网速不太好，苏起点开图片，一点点加载，大图一度一度慢慢变清晰——那是一张飞机航迹图。偌大的卫星地图上，以地形山川为背景，一条青色的航线图一笔连线，画出一串符号。

虽有连笔，但能一眼看出是："——水（心）七——"后面还跟着一串小桃心。

航程四个小时，他坐在飞机上，一点一点，驾驶着，操作着，为她画着“水砸喜欢七七”。

他飞过山川、河流、平原、高山……将他喜欢她的心情写在了辽阔天空上。

苏起盯着航迹图看，身后室友经过，诧异：“欸？这航迹图好奇怪？中间是颗桃心吗？”

苏起笑得眼睛弯弯，指着“水”道：“我男朋友的表白。哦不，未婚夫。”

“我去！”几个室友从床上爬下来围着看，“太浪漫了吧？！”

苏起笑容大大的，跑去阳台给他打电话。他很快就接了，嗓音带笑：“喜欢吗？”

“喜欢——”她拖着长长的尾音，说话都娇俏起来，“超级喜欢——你怎么会想到画这个呀？”

梁水也是临时起意，飞行训练中突然很想她，就灵光一闪。

苏起道：“你画这个东西，教官没有罚你吗？”

“罚了。”电话那头，年轻人语气散漫，“跑了三十圈。呵，这不小菜一碟？”

他没告诉苏起，罚跑完，教官对他竖了个大拇指，说：“浪漫的小伙子，你的未婚妻很幸运。”

而他说：“我更幸运。”

2013年寒假，苏起早早回了云西。这一年依然是寒冬，天气预报说要等过了正月初一暖空气才会南下。

高中群一年比一年寂静，到了今年寒假，群里已经没人号召聚会了。

苏起每天窝在沙发上，捧着梁水给她买的iPad切西瓜，玩《愤怒的小鸟》。听同学推荐，又看了档韩国综艺节目《爸爸去哪儿》。

几对可爱的爸爸和小孩看得苏起成天在家哈哈大笑——民国太可爱了！

她突然就想，以后要给水砸生个小水砸。

水砸以后带小孩会是什么样？想想就觉得很有魅力，嗷，想生——

苏起乐颠颠拿着 iPad 给程英英看，说："妈妈，你看这里面的小孩好可爱。你说以后我跟水砸生的崽崽有这么可爱吗？"

家里早就知道她跟梁水口头订婚的事儿了，程英英看一眼，说："有的。要是像水子的话，蛮可爱的。"

"……"苏起说，"妈妈你什么意思？我不可爱吗？"

程英英择着菜，看一眼 iPad："你这东西哪里来的？很贵的吧？"

"这叫 iPad，水砸送的，他有奖学金。"

程英英："也没见你给他买东西。"

苏起："我也跑去美国找他了，还给他买了个很酷的耳机。"

程英英便不讲她了。

回云西后，苏起只去林声家玩过两次。

林声年前辞职了。目前的公司占去她太多精力，而她想跳出来做自由画手。她现在微博粉丝三万，不算太多，但她想试着走自己的风格。

苏起挺佩服的，说："很有勇气欸，你妈妈怎么说？"

林声原以为沈卉兰会反对，没想到她很支持。只是林声自己心理压力很大。

苏起把自己的考研经历给她讲了，道："水砸说，既然决定了，就坚持走下去。反正我们还年轻，冲一冲没事的。"

林声笑："对。要是走不通，混到没饭吃了，再回去工作吧。"

苏起又问："子深哥哥怎么说？"

林声顿了一下："他说蛮好的。"

苏起看她脸色，问："你们怎么了吗？"

"没什么。"林声摇了下头，隔半秒，说，"就是压力很大，我现在是无业游民了。之前一直拖着没辞职，就是想着起码有工作，有点底气。现在，都不知道得混到什么时候才能自立。"她说，经过上次那件事后，她不再像以前那么黏着他，两人似乎平淡了。

苏起一愣，说："声声你别想那么多。可能是异国恋太久，见不到人，会丧气一点儿。但都会好的。子深哥哥不是放假回来了吗，你俩多沟通呗。"

林声微笑："嗯，我过会儿要跟他去看电影呢。"

苏起往沙发上一靠，叹："水砸要等到二十九才回呢。"

而路子深在年前就得返校。

他离开云西那天，苏起没在意，但上午突然收到林声的短信："七七，你能来下火车站吗？"

那天很冷，阴云密布，苏起被北风刮得瑟瑟发抖，她赶到火车站就见林声坐在花坛上，眼神空洞，不知望着哪儿。

冷风吹着她的长发，掠过她白皙漂亮的脸，有种凌乱而惊心的美。

苏起心里一沉，跑去她身边："声声，你怎么坐这儿？子深哥哥走了？"

林声抬头，眼里水光漾了一下，消逝下去。

她说："我跟子深哥哥说分手了。"

苏起一怔："为什么？"

林声抿紧嘴唇，似乎想微笑，但嘴唇扯出的弧度却是哭："七七，我真的坚持不下去了。"

苏起望着她那心碎的表情，眼睛红了，哽道："他答应了？"

林声一行泪滑下来："他也累了吧。"

林声是在送他上火车时提的分手。

她说："子深哥哥，我想，要不分开吧？"

路子深正要上车，原地定住，就那么看着她，很久，说了一个字："好。"

林声也不知怎么想的，突然道："以后你不管跟谁在一起，都不要跟那个同学在一起，我会气死的。"

路子深竟然笑了一下，无力而苍白，又说了一个字："好。"

然后，他低头拎上行李箱，上了车。

苏起立在风里，鼻子酸酸的，上前一步抱住林声的头。她搂住她的腰，埋下脑袋哭了起来。

风声太大，将她的哭声淹没，只有苏起衣服上晕开的水渍，证明她真的痛彻心扉过。

苏起陪了她几天，但林声不像之前在上海时那样了，她很平静，也很安静。走到今天，她已有心理准备。

只有一次。

沈卉兰得知后，又急又气："你这丫头怎么想的？子深条件那么好，我看你以后去哪里找这么好的男朋友！你就后悔去吧！"

林声就崩溃了，大哭："人家那么好，我哪儿都配不上，分手不是迟早的事？"

沈卉兰见女儿哭得伤心，又懊恼，急道："我哪里说你不好了？我还不是怕你太冲动。他要是哪里对不起你，我第一个不同意。你要是不喜欢他，我也不管。可你不是喜欢他吗？我自己的女儿我会觉得不好？妈妈眼里你就是最好的，所以我才急呀，你跟他哪里就不配了？"

林声不说话，只是大哭。

沈卉兰又心疼，又怕刺激她，什么话都憋进去了，搂着女儿轻拍安抚。

那天在妈妈怀里发泄后，林声倒平复了少许，开始画画了。她对苏起说，她想去北京，有个编辑想出她的画册。

苏起说好啊，正好大家都在，有个照应。

苏起问过林声，后不后悔。

林声没想那么多，她现在更在意如何自立。大学毕业一年多了，她一直在漫无目的地瞎走，有麻木的工作，也有副业的画画挣钱，但没有找对方向。

伙伴们一个个都明确地走着，她不想再这样下去了。

"我画画还是不错的，现在大家都在用智能机了，网络上有很多机会。要是再没目标，不抓住，我怕这才会后悔。"

苏起忽地就明白了，她在挣扎，想找回自己。

"声声，你好勇敢。"

林声苦笑："勇敢个屁，你都不知道我现在多怕存款用完，露宿街头。"

苏起握紧她手："我能收留你，免费！声声，这一辈子，任何时候！"

林声回握住她的手，笑："好。我去投奔你！"

从林声家出来，苏起顺道去了趟路子灏家。

苏起问："子深哥哥怎么样？"

路子灏说："能怎么样？上学呗。他那性格你又不是不知道。跟屋里这位一样。"

苏起凑到他房门口瞄了眼，李枫然窝在被子里睡觉。

她坐回沙发："风风怎么在你这儿？"

"他爸妈吵架呢，逃难来的。"

正说着，李枫然睡眼惺忪从卧室里出来，倒进沙发里，合着眼醒了会儿觉，问："声声还好吧？"

"这几天好多了。"苏起说，"她打算去北京。"

路子灏说："有住的地方吗？肖钰那儿有两间房，准备租一个出去的，可以让给她。"

"给她留着！离我们也近。"苏起说，看一眼李枫然，"你呢？"

李枫然毕业后一直满世界飞，多半时间住酒店，也不是长久之计。

他揉了揉眼睛："在想北京或者上海定居。"

苏起道："北京！大家都在！"

李枫然睁开眼睛，很简单就做了决定："好吧。"

苏起咧嘴一笑，又皱了眉："哎，你跟小鱼丸异地一年多了吧？你们没什么问题吗？"

李枫然摇头："没有吧。"

路子灏在一旁笑出声："就李凡这样的，在一起也等于异地。"

"……"李枫然给了他一个眼神。路子灏笑笑，去洗枣子去了。

苏起盘腿坐在沙发上，感叹："小鱼丸还是很强大的。"

李枫然凝视她片刻，微微一笑，说："七七，你也是。"

苏起一愣，抠抠脸蛋，说："是吗？还好吧。"灿烂一笑，"水砸明天就回来了，就再不异地了。"

女孩歪在沙发上，笑容很幸福。

李枫然望着她的笑容，笑得温和，说："真好。"

路子灏端来一盘枣子，苏起拿起一颗咬一口，咔嚓清脆。

路子灏坐下："都快过年了，你爸妈还在吵吗？"

李枫然："我家什么时候有过'吵'架？"

路子灏和苏起同时一想，的确，李医生是不吵架的，从来都是冯老师念念叨叨。

李枫然手里拿着颗枣子，忽然说："觉得我妈妈有点儿可怜。"

苏起奇怪："风风，小鱼丸的事，你做得没错啊。"

李枫然道："我不是说我和她，是说她和我爸爸。"

苏起明白了，但长辈的事，她没好深问。

陈燕买菜回来，留他俩吃饭。都是些家常菜，在外多年的三个孩子吃得十分满足。

桌上，陈燕问到林声，说："好好的，怎么会分手了呢？"

苏起简单说了下林声的想法，道："燕子阿姨，他俩的事，我们都别管。顺其自然吧。子深哥哥下半年就回国了。以后到底会怎么样，谁都说不准是不是？"

陈燕叹气："只能这样了。"

两位小客人吃饱喝足，离开时，陈燕还给他们一人打包了碗酒酿汤圆。

李枫然和苏起一起出了门，走出小区。

李家离这边近，步行就能到，他陪苏起在路边等公交。

冬夜的冷风吹来，苏起将围巾多裹了一圈。

李枫然轻问："冷吗？"

苏起摇摇头，眼睛在黑夜里亮晶晶的。她有双弯弯的笑眼，时刻都带着阳光般的笑意似的。

李枫然垂眸看她，弯了下唇角。

"你笑什么？"苏起问，说话散出的热气飘在冷风里。

他说："七七，你还和小时候一样。"

苏起转转眼珠："那是好还是不好？"

李枫然说："好。"

"你从小就很捧我的场。不像水砸那家伙，总跟我作对。"

他淡笑，问："上学还好吗？"

"超级累。"苏起叹了口气，"我导师搞 C919 的，下半年我就要被抓去当苦力跟着搞研究了。"

李枫然静静盯着她看，表示没懂。

苏起扑哧笑："C919 就是……波音 737，空客 A380，这种，我们国家自主的。"

他点了下头："厉害。"

"哪儿啊？"苏起摇摇头，"一时半会儿搞不出来的。就算勉强搞出来，离商用也有几十年的距离。"

李枫然："那你还选做这行，考了两次研？"

"对啊。"苏起眨着大眼睛，很是理所当然，"要是现在没人做，那几十年后还是什么都没有啊。"

他忽然有些感动，说："加油。七七。"

她握了下拳："会的！"

北风卷着纸屑从脚底刮过。

李枫然问："水砸明天什么时候到？"

"下午三点！"女孩的眼睛瞬间亮了起来，路灯光映在里边，星星一样。她说，"本来要后天到的，但他急着赶回来。"

提到梁水，她很开心，明明冷得瑟瑟发抖，还扑腾了下手臂，喜滋滋道："终于不用再异地了。"

李枫然跟着微微笑了。

她心情不错，踮踮脚尖，无意识哼起一首曲子，是《想把全世界的花都送给你》。女孩的声音很轻柔，哼得很好听。他垂眸听着，神色安静。

她哼到半路，回神："风风，你怎么后来不作曲了？明明那么有天赋。"

"要练琴，没时间了。"李枫然说，"你喜欢这首曲子？"

"喜欢啊。我不跟你说过嘛，像童年夏天的味道。"苏起抬头望了下夜空，微眯起眼，忆旧似的。

童年的夏天的味道。

“你乐感真的很好。”他说，“要是当年学琴坚持下来，说不定也成钢琴家了。”

“没办法，我们巷子里的人，就我最三心二意了。”

公交车姗姗来迟，苏起冲他挥手：“风风，我走啦。”

“嗯。”他立在原地，跟她挥了下手，说，“到家发短信。”

“知道。”

明亮的公交车内，她找了位置坐下，又冲他挥了下手。

他笑笑，招了下手，望着公交车远去。

车尾灯消失在转角，李枫然缓缓低下头，被风吹得冰凉的手落进衣兜，碰到了手机。

他摸出来一看，晚上八点半，美国现在是早上。

耳畔响起路子灏的话：“就李凡这样的，在一起也等于异地吧。”

心里有些刺痛。

好像不知不觉，又在重蹈覆辙。

他手指在屏幕上点：“突然有点儿想”……“你”字还没打出来，又一点点全删掉，问：“在干吗？”

于晚没有及时回，这时候是在舞蹈室的。

李枫然手机放兜里，看一眼手中的汤圆，想一想，折去了医院。

……

隔着一张办公桌，李援平坐在对面吃汤圆。

他最近值班，好些天没回家了。冯老师已和他分房大半年，这次态度似乎比多年前坚决。

父子俩对坐，许久无话。彼此都是一贯的沉默寡言。

李枫然在来的路上想了很多话，此刻面对父亲，看着他头上灰白的发，忽然不知道该说什么了。竟觉有些恍然，讨厌父母的所有缺点，却长成了和父母一模一样的大人。

倒是李医生抬起头："我知道，你想说你妈妈跟我离婚的事吧。你放心，我会处理的，不要影响你。"

李枫然于是问："你怎么处理？"

李援平没答上来。

李枫然说："你们上次闹离婚的时候，你说，你还喜欢妈妈。"

李援平埋下头："现在也一样。"

李枫然说："可是一点儿都看不出来。"

李援平一愣，抬起眼睛。

仿佛是第一次如此清晰地看自己的儿子，仿佛骤然间，这孩子就长大了。

他看着他，像看着自己年轻时的影子，沉默、安静，藏着情绪。

"我看得出苏爸爸喜欢英英阿姨，林爸爸总让着卉兰阿姨，连路爸爸都很讨好燕子阿姨。但你，真的喜欢妈妈吗？"年轻人的脸上露出疑惑，"为什么喜欢一个人，别人却看不出来？"

李援平怔住，中年人的脸色在日光灯下有些苍白憔悴，他抹了下脸，无力辩解道："枫然，我太忙了。而且，有些人天生不善表达。"

"因为忙，不善表达，所以理所当然地忽略妈妈一辈子，让她一个人唱独角戏？"李枫然问，"在家的时候，为什么不像林叔叔多说几句话，为什么不像苏爸爸多送几束花？如果是不善表达，爸爸，你很幸运。不善表达，也没错过太多。妈妈一直在你身后，我也好好地长大了。但是，现在要错过了吧，再不挽回，以后会不会后悔，还是说，你觉得错过这一次之后，还有第二次机会？"

"喜欢，关心，不舍得，就去说啊。一遍不行，就说第二遍。为什么不说？"李枫然直视着他，眼眸又黑又沉，"你不说，别人是不会知道你的心情的。家人也一样。不能因为是家人，就去忽视。正因为是家人，是最亲最重要的人，才更应该去表达啊。你不说，妈妈怎么知道她对你很重要；我……"

话凝在嘴边，他垂了垂眸，忽地又平静了，像是话已讲完。

李援平表情愣怔，不知是意外一贯沉默寡言的儿子竟会长篇大论，还是这番话触及了他心底。

他看着自己的儿子，年轻、沉毅，一贯平静的模样，只是眼里闪过一丝难以捕捉的哀伤。他不知，他究竟是在说他的夫妻关系，还是他们的父子关系。

他垂下首，搅了下碗底的汤圆，点点头："爸爸知道了。我会尽力去弥补。我的确太忽视她了。"

李枫然不再多说。等他吃完，他收了碗，起身要走。

"枫然……"父亲唤住他。

"嗯？"他回头。

"爸爸其实……"

四目相对。李医生张了张口，脸色困窘而尴尬，说："……很为你骄傲。也很……重视你……"

李枫然表情松动了一下，知道他其实想说爱他。

"早点回家。"他出门去了。

李医生望着关上的办公室门，靠进椅子里，许久，眼眶泪湿。

李枫然走出医院，冷风吹来，兜里的手机振了一下。

小鱼丸："练舞啊。稀奇，怎么会这个时候给我发消息？"

李枫然打出几个字："想你了。"

发送。

没有犹豫。

第二天下午，苏起搭了康提的车，一道去火车站接梁水。

康提一见苏起就笑，说："七七今天这么好看啊？"

苏起出门前精心打扮了的，被她一眼看出，有些不好意思，一转眼珠便说："提提阿姨，我哪天不好看吗？"

康提道："那是。我们家七七哪天都好看。"

苏起："……"

哎，你们家就你们家吧。

我很好说话的，嘿嘿。

康提开着车，问："你跟水子是不是一年没见了？"

"不是啊。我暑假去美国看他了呢。不过也有大半年了。"

"哦，对，我给忘了。"康提说，"你以后别太主动，就得让他来找你。"

苏起想想："嗯……还好吧。我觉得换着主动也蛮好的。"

康提一愣，笑："也是。"

到了火车站，两人在出站口等了没一会儿，老远就看见了梁水。他个子高高的，比周围人高出一头，戴着个红色的头挂耳机，格外显眼。

苏起蹦起来冲他招手："水砸！"

他看见她了，一瞬笑开颜，将耳机扒拉到脖子上，快步走过来。苏起原地蹦跶两下，一想康提还在，又克制下去，只抿着唇眼睛亮亮地冲他直笑。

梁水不管那么多，大步过来将她往怀里一搂，手掌握住她脑勺，低头用力亲了下她的额头。

苏起不太好意思，轻轻打了他一下。

康提问："累了没？"

"一路睡来的。"梁水说，精神很不错。

康提来帮他拿箱子，梁水不让，说："你别管。走吧。"

康提转身走去停车场。

梁水落在后头，见妈妈转过身去，又弯下腰凑到苏起唇边嘬了她一口。还不够，扶着箱子走了几步，忽又蹲下身，搂住她膝盖窝儿，单手将她抱了起来。

他仰头看她，眉梢眼底的笑容肆意又张扬。

苏起面红耳赤，生怕康提转过身来，爪子胡乱打他几下，压低声音："放我下来！"

梁水弯下腰轻轻松手，苏起从他身上滑下。

他笑："你是不是长胖了？重死了。"

"哪有？！"苏起争辩，"我明明还瘦了两斤。"

“是吗？”梁水一脸怀疑，半秒后又一笑，“没事。过会儿脱了就知道了。”

苏起瞪圆了眼睛，示意康提还在前头走，用力拧了下他的腰。

梁水吃痛：“啊！”

苏起赶紧踮脚捂紧他嘴巴。

但康提走得离他们较远，似乎完全没注意他俩的闹腾。

上了车，梁水跟苏起坐在后座。

梁水人高腿长，膝盖抵着前头的车座，不舒服，便斜伸到苏起的腿边，和她的脚挤在一处，蹭了蹭。

苏起没管他，他歪了一会儿，有一搭没一搭答着康提的话，又调整坐姿，屁股往她身边挪一挪，肩膀靠着她。

康提在前头开车，说：“大四下学期要去实习了？”

“嗯。过一两个月能上机。”他说着，手偷偷爬过桌椅，钩住苏起的手。

她抽手要躲，他手指牛皮糖似的追，握紧她的手。

苏起挣不掉，扭头想用眼神警告他一下，不想他脑袋一歪，放松地靠在她的肩头，闭上了眼。

长长的睫毛垂着，柔软极了。

她心跟着一软，就任他由他了。

到家是下午三点半，梁水上楼洗头洗澡。

苏起不好意思跟上去，坐在一楼假装看电视，《仙剑奇侠传三》里头，龙葵一下儿变红一下儿变蓝。

她有些心不在焉，直到康提拿了钥匙出门，说要去商场清货，交代：“七七，在家多玩一会儿啊。”

苏起忙点头：“哦。”

汽车声远去，苏起坐不住了，抬头看楼上，手机短信响，来自梁水。

“上来。”

苏起关了电视上楼，进他房间。他在浴室里吹头发。

她趴在门框边歪头瞧他，他刚洗完澡，一身柔软的白 T 恤，浅灰色长裤，微低着头看镜子，吹风机吹得头发张牙舞爪。

他时不时对着镜子拨弄两下头发，眼皮上抬出两道深深的折痕，显得眼神越发锐利了。

正看着，他眼眸移过来，漆黑清清的，注视着她，有力量似的，忽而一笑，笑出一口好看的白牙："看什么？"

也不知是不是太久没见，她竟被他看得有些脸红，"嘁"一声，扭头去沙发上坐下玩手机。

没过一会儿，吹风的声音停了。

"七七。"他忽地唤她。

"嗯？"她抬头。

梁水已直奔过来，一下爬到沙发上，拉开她的手，人侧身一倒，跟个孩子似的枕在她双腿上。

苏起猝不及防，痒得浑身一缩，他却往她怀里拱了拱，脸埋在她肚子上，合上了眼。

她痒痒的，稍稍放松下去，很快习惯了。

他蜷在沙发上，搂着她的腰，闭着眼均匀呼吸着。

苏起看着怀里的他，心都软了，小声："坐飞机又坐车的，累啦？"

"没有。"他鼻子里懒懒哼出一声，"就想这么抱你，靠你身上。很舒服。"

冬日的暖阳从窗外洒进来，屋里安安静静，中央空调呼呼吹着热风。

她手指深入他发间，抚弄他的发。他觉得很舒服，不自觉弯了下唇角。

她心头一动，低头亲吻他的眼睛。他长长的睫毛从她嘴唇上掠过，痒痒的。他睁开了眼，侧过头来。

她的手指更深地插入他微湿的黑发间，呼吸缭乱，亲吻他的唇。

他微启开口，舌尖挑逗般撩了下她的唇瓣，她痒得打了个激灵："嗯——"

他无声地笑出一口白牙，腾地翻身起来，一下将她掐腰抱起。苏起轻呼一声，人跨坐在他身上。他一手掐她腰，一手握住她后脖颈，微仰起下颌，吻住她。

他刚洗过澡，满身男士沐浴液的清新香气，她摸到他棱角分明的下颌骨，性感得叫她心头一颤。她忍不住又摸了摸他下颌骨的转角。他痒得发笑，停了下来，直视她。

女孩面颊绯红，眼眸清润，眼睛一眨不眨地凝视着他。

刚才一路回来，心里太激动，她都没好好看一看他。

他黑发半湿半干，有些柔软的样子，却是变了一些的。额头越发饱满，眉峰和鼻梁越发挺拔，眼睛也越发深邃锐利。薄薄的嘴唇仍是红润的，但脸颊清瘦了些，下颌角的弧度更显硬朗而性感了。

不知不觉，当年的小男孩、小少年，长成男人了。

他注视她的眼睛："怎么？不认识了？"

男人嗓音磁沉，比年少时多了丝沉稳。

苏起说："啊，不认识了。你是谁啊？"

梁水说："你男人。"

苏起面颊发烧似的，忍不住笑，摸摸他的脸："你好像变了点儿。"

梁水想了下，问："更有男人味了？你更喜欢了？"

苏起不肯承认，说："自恋！"

梁水笑，摆一下头，指床的方向："我能让你马上改口，说更喜欢我了，信不信？"

苏起装不懂："不信。"

梁水不跟她啰唆，手伸进她膝盖窝，将她打横抱起来。苏起轻呼一声，搂住他的脖子。

他抱着她，像抱着一个小娃娃。

她道："你刚才不还说我长胖了吗？"

"马上来检查，看到底胖了还是瘦了。"

苏起埋头在他脖颈，笑得面颊通红。

人还没放下，她一眼看见他箱子里的制服，立刻踢腾腿，说："穿给我看！"

梁水置若罔闻，将她放在床上，脱下她的毛衣牛仔裤。

苏起不肯，抓住被子一滚，滚成了一只毛毛虫，只露出颗小脑袋：“穿给我看！”

“傻不傻啊？”他不肯，跪到床上，把她从被子里头揪出来就亲。

她哼哼唧唧，又是踢腾又是撒娇：“啊——你穿给我看嘛，水砸——水砸——”

他被她磨得没办法，一头扎进被子里，耳朵红了，闷声：“没事儿穿它干什么，傻兮兮的！”

苏起凑他耳边，脚指头抠抠他脚踝，小声：“过会儿我给你脱呗——”

梁水定了定，没动静。

她声音更小：“脱到哪儿亲到哪儿……”

他“噌”一下从床上跳起来，麻利地下床，拎起西装衬衫和西裤进了浴室。

苏起在床上打滚，噔噔踢了几下脚丫子。

没过一会儿，浴室门开，苏起立刻抬头，一瞬就直了眼眸，再也挪不开。她以前只见过他穿衬衫，今天头一次见他穿西装制服。男人背脊笔挺，肩膀又平又直，腰身劲窄，腿杆子又直又长。那身戴着肩章的黑西装被他撑得气宇轩昂，跟T台上的模特一样。

他起初有点不好意思，被她直勾勾的眼神看了几秒后，笑起来，走过来摸她的下巴，嫌弃状：“啧啧，一脸口水。”

说着就脱了外套扔去沙发上。

“让我来！”苏起立刻溜下床，扒拉他的衬衫。

梁水被她扒拉得心痒难耐，低笑：“苏七七，我看你就是个流氓。是不是？”他将她摁进怀里，嗓音宠溺得不像话，“说，你是不是个小流氓？”

她哼哧哼哧在他这儿蹭：“那你还想不想要小流氓亲你的？”

“嗯！”他突然将她抱起，滚上床，拉上被子，将两人都罩了进去。

冬日午后稀薄的阳光透过窗子，洒在深灰色的大床上。一只白皙的小脚丫子从被子里钻出来，芭蕾舞者般绷得笔直。

……

初二那天，梁水说去苏起家玩。

苏起说好。

他来的时候，提了一大堆礼物；她去大门口接他，吓了一大跳："你买这么多东西干什么？"

"这不是……"他话说一半，顿了顿，"你爸妈知道后，我第一次上门吗？"

苏起反应过来："啊，这个意思吗？"

"嗯。"

"其实不用吧。都那么熟了。"

"还是用的。"

苏起心疼他的钱："那也不用买这么多东西啊。还全是贵的，烟啊酒啊茶的这么多。"

梁水很实诚，道："我妈妈说，买多少东西，就是你有多少分量。"

苏起："……"

梁水道："然后我就想把整个超市都搬过来，但只有两只手。"

"……"苏起偷笑，眼睛弯弯，轻轻打他手臂，小声，"下次别买那么多啦。"

话是这么说，一进门，苏起就叫唤："爸爸妈妈，水砸来啦！给你们买了好多东西，提不动啦！"

苏勉勤跟程英英正看电视，闻声立刻过来迎。

梁水颔首："叔叔，英英阿姨。"

苏勉勤接过他手里的礼品："哎呀，怎么买这么多东西？"

程英英道："你这孩子，过来就过来，这么客气干什么？"

苏落叫："水哥！新年快乐！"

梁水笑："新年快乐！"

梁水进了屋，坐到沙发上。程英英起身去做午饭，问："水子，想吃腊排骨还是卤猪蹄啊？"

梁水还没来得及回答，苏起道："不能两样都吃吗？"

"行。都吃。"程英英瞥自家女儿一眼，"我看就是你嘴馋。"

梁水笑看苏起，情不自禁摸了下她后脑勺。摸完又见她爸爸和弟弟都在，默默规矩地收回手。

苏勉勤倒没在意，在茶桌上洗着小茶杯，问："水子想喝什么茶啊？普洱，大红袍，铁观音？"

梁水道："普洱。"

苏勉勤拿出茶饼，泡了茶。

梁水盯着看，问："叔叔，你对茶有研究？"

苏勉勤笑："哪儿啊，做生意的人，都爱瞎弄这个，装品位。"

梁水笑起来，见他换着大大小小的瓷杯玻璃杯，水、茶叶、滤网、茶水倒来倒去，稀奇得很，说："叔叔，我能试试吗？"

苏勉勤把木镊子递给他，他有模有样地洗茶、滤茶、分茶，竟做得格外认真，有条有理，顺序丝毫不乱。

瓷杯里倒上清茶，他抬起一小杯，放到苏勉勤面前，说："您请。"

苏勉勤笑，抬起茶杯喝了一口。

苏起在一旁看着，忽然觉得他俩之间有某种隐秘的交流似的，像两个男人，又像一对父子。

苏勉勤放下茶杯，问："这回不用再去美国了？"

梁水答："结业了。再回北京，就直接进公司实习。"

苏勉勤说："能做副机长吗？"

梁水点头："嗯。"

"有机长带着对吧？"

"是。"

"升机长要飞多久？"

"至少 2700 个小时，大概八年。不过，"梁水很认真，道，"我努把力，争取看二十九岁能不能做到。现在我们公司最年轻的机长就是二十九岁。"

苏起剥着橙子，倒没料到梁水会把心里的计划说出来，这着实不太像他。

她看着他的侧脸，忽然觉他好像真的长大了，成熟了，是可以和爸爸们平等对话的男人了。

又或许，他心里也一直渴求着这样的对话吧。围坐火炉边，和“父亲”闲话家常，泡一杯茶，说一说他的事业规划和他对未来的想法。

苏勉勤叹道：“你这孩子啊，从小就坚定，有毅力，也争气。你妈妈算苦尽甘来。我们这几个看着你长大的叔叔阿姨，也都放了心了。”他道，“水子，生活给过你磨难，没事儿，男子汉嘛，挺得住。得走过风风雨雨才能顶天立地，人生以后的坎哪，都不会是事儿了。你会大有前途的。”

梁水一时没说话，抿着唇，眼眶有些微红。

他低下头深吸一口气，抬头便微微笑了。苏起塞过来半个橙子给他，她刚剥好的。

他握住她的手，轻揉了揉她红红的拇指。

程英英正往餐桌上放电磁炉，道：“我听康提说，水子这几年很努力，是第一个提前结束学业回来的，也是他们这批里第一个进公司实习上机的。”

苏落道：“难怪子灏哥哥一直说，水哥干什么都厉害，都会成功。当然了，我也这么想。”

程英英：“还用你说，谁都看得出来。水子从小做事情就坚持，有定力。落落，多跟你哥哥学学啊。”

苏起歪在沙发上，跷着脚丫，笑眯眯戳苏落脑袋：“叫你学，听见没？”

程英英：“还笑呢你。水子，你在北京多盯着七七，这丫头懒散得很，还跟个小丫头似的。”

苏起不满：“妈妈你怎么这样？我好得很。哪里不好？水砸你说。”

梁水笑：“英英阿姨，七七这样挺好的，我倒希望她一直都像小孩。”

苏起挑眉，歪头靠在梁水肩上，往嘴里塞了瓣橙子。

苏勉勤看着，喝了口茶，又说：“叔叔再多说一句。”

梁水微微坐正，苏起也坐好了。

“水子，你跟七七从小一起长大，知根知底的，我跟你英英阿姨都很放心。不过呢，以后组成家庭，是比谈恋爱更复杂的事。七七你也听着，我希望你们以后相互扶持，共渡风雨，有些争争吵吵都正常，但既然选定了走下去，就要一直把包容和爱放在心里。”

梁水郑重地点了头：“嗯。”

……

晚饭后，爸爸妈妈在厨房里忙活，苏落在看电视。

苏起偷偷钩了钩梁水的手，他朝她伸开手掌，她钩住他的大拇指，牵他上楼：“我有东西给你看。”

这几年苏起不常回家，房间仍是空荡的，没什么生活用品。但梁水仍是在进屋的一瞬闻到了她的气息。

苏起从柜子底下拉出一个纸箱子，说：“水砸你看，”她从箱子里捞出一个穿红裙的洋娃娃，“小红云。”

梁水盘腿坐到地板上：“这家伙居然还在？”他接过来看，裙子没褪色，娃娃放倒了也能闭上眼睛。

“这是你在江边捡了送给我的，记得吗？”

“现在想起来了。”他摸摸娃娃的头，“她头发好像是声声的妈妈做的。”

“这是我第一个洋娃娃呢。”苏起歪头看他，“你为什么给我送洋娃娃？说实话，你是不是那个时候就暗恋我了？”

“放屁！”梁水笑起来，“那时候我才多大？”

苏起坚持：“你就是从小暗恋我，别不认账了，承认吧。”

梁水捏她脸：“这么厚？”

苏起抬下巴：“那你说你什么时候喜欢我的？”

梁水卡了壳。

苏起瞪他一眼，不太服气，道：“什么时候喜欢我的你都不知道，你就是颗瓜！”

他垂了眼眸。

她低头继续扒拉她的童年纸箱子，一样样往外翻，玻璃弹珠、竹蜻蜓、电动陀螺、纸板小房子……每翻出一样东西，就给他看一下，笑着说起关于它的童年记忆。

梁水有一搭没一搭跟她聊着，直到她意外翻出一包小时候吃的情人梅：“居然有一袋情人梅，我看看，生产日期 1998 年 10 月 3 号。”

梁水淡淡说：“这包梅子都十五岁了。”

苏起被他这话逗乐，扑哧笑：“那我把它留着，让它继续长大。”

“很久以前。”梁水忽然说。

“啊？”苏起没明白，低头翻着箱子，找着小人书。

“我很久以前就喜欢你了。”梁水说。

苏起抬头，吸顶灯的灯光柔柔白白的，照在年轻男人英俊而认真的脸上，睫毛在眼眸中投下一道深深的阴影，他说：“意识到喜欢你，是张余果拿篮球砸你那天。但喜欢你是很久以前，只不过我不知道。”

苏起怀里抱着个大纸箱子，愣愣看着他。

“可能是你去台球室找我的时候，可能是你第一次去冰场看我的时候，可能是我爸妈吵架那天晚上你抱着我的时候，不知道。也可能是……”他低眸，忽而浅笑，“墙角数枝梅，请问你……”

“我爱梁水砸！”苏起突然凑上去，吻了他的唇。

梁水微抿着唇，一动不动，抬眸看她，笑容缓缓绽开。

苏起面颊绯红，笑容收不住，又从盒子里翻出一堆同学录，有些同学的名字她都记不清了。她随意翻翻，掉出来三封信，是李枫然、路子灏和林声写给她的表白信。

梁水拿过来看一眼，目光在李枫然那张卡片上多停留了几秒，还给她，说：“藏着吧。”

苏起又算起旧账，气道：“就你没给我写！”

他写了，被老师没收了。

但梁水什么也没说，从羽绒服内胆的大口袋里拿出一个纸盒子，递给她，说：“现在写来得及吗？”

那是一个粉色的纸盒子，上头画着飞鸟。

“什么啊？”苏起打开盖子，哗啦啦，挤压在一起的几百只千纸鹤蓬松着飞涌出来，她吓了一跳，怔呆在原地。

那个夏天的气息扑面而来，橘子树，摇椅，乡下的菜园子，林声的自行车，她的千纸鹤，天空飘过的白云。

周杰伦的《七里香》在唱：“雨下整夜，我的爱溢出就像雨水。”

梁水说：“你可以拆掉几个看看。”

苏起拿起一只纸鹤，眼圈就红了，手也有些抖，轻轻拆开，上面写着一行字：

“七七，我喜欢你。（笑脸）”

她嘴巴瘪起来，鼻子酸了，眼泪在眼眶里头转。她吸吸鼻子，又拆开一只：

“七七，我喜欢你。（笑脸）”

眼泪吧嗒吧嗒砸下来，她拿手背抹眼泪，又哭，又笑。

“七七，我喜欢你。（笑脸）”

她扑哧一笑，抹着眼泪，说：“这多少只啊？”她抓着千纸鹤，手指头忽然触到微凉而光滑的金属质感。

苏起一愣，立刻扒开粉的蓝的黄的千纸鹤，就见纸盒子底下，躺着一大一小两枚淡金色的戒指。

南江日常

有人敲门。

梁水（开门，愣住）：“胡叔叔？你，找我妈妈？她不在。”

胡骏：“不是不是，我找你。”

梁水：“我……”

胡骏：“你妈妈知道。”

梁水：“您……进来坐，还是我出……您进来坐吧，外头太冷了。”

梁水：“喝茶。”

胡骏：“水子，我想跟你妈妈一起，不知道你同不同意？”

梁水：“你们之前……不是在商场遇到过一次？那时候我以为你们没可能了。我同意的。很支持。”

胡骏：“我年轻的时候，前妻做了些没法原谅的事。离婚后很久，在生意局上碰见了康提，第一眼就蛮喜欢。她拒绝过我好几回，说你会不开心。我呢，实在喜欢她，后来的事，你也知道了。这些年，我也没有别的喜欢的人。之前在商场碰见她，感觉我自己都年轻了。但那时候我女儿准备要结婚，双方见父母，怕男方家嫌弃她单亲家庭，就跟前妻、女儿一起生活了一段时间。不好意思跟你妈妈讲。直到后来又碰见了。”

梁水：“您不用跟我解释这些，我支持的。是我小时候太不懂事了，耽误你们了。”

胡骏：“没有没有。现在也挺好，挺好。”

梁水：“我妈妈她现在在哪儿呢？”

胡骏：“在门口。”

终 章

孩子，回南江吧！

春节过后，南江巷的五个孩子都去了北京。

林声在肖钰那里落了脚。

肖钰是个冷静理性的人，话不多，性格和路子深有些像。他工作忙，在家时间短。林声多半在家画画，也不给人添麻烦，两人做室友相安无事。

只是时不时肖钰会跟路子灏吵架，通常是被路子灏气得脸色铁青，一来二去，就问林声，路子灏这人是不是有神经病。

林声想了一想，说："我感觉他挺正常的。"说完发现肖钰脸黑了，立马补一句，"你也很正常。你们都正常。"

肖钰问："你跟他哥为什么分手，他哥也像他这么难伺候？"

林声说，路子深太厉害，追求者太多，她不安又自卑。他任何事都能风波不动做得很好，包括对她，她甚至疑惑他是深爱还是擅于处理。说来说去，就是不够自信。

"自卑？"肖钰说，"我第一次见你，感觉能被你掰直。"他这句是玩笑，但接下来又说，"你的追求者也很多，你看不到？"

林声一愣。

追求者一词，从不美好。

中学的谣言污蔑、围追堵截给她造成莫大的阴影。大学在上海，有富二代对她穷追不舍，但她心里只有子深哥哥，对其他追求者感到厌烦。

工作后，同事遵守着社会礼仪，没了年轻时的肆无忌惮。追求变得隐晦，成了暗示。

得不到回应便立刻收回触角，转而探寻下一家。

来京后，苏起和她逛街，喝咖啡都有人找她要号码，还碰到过星探。

但她觉得虚浮，分手后，她将精力转移到画画上，努力寻找自己的特色画风。肖钰跟她说，智能手机会改变时代，叫她利用好网络平台。

一开始，她只能勉强维持生活，不好找父母，靠李枫然和梁水接济。梁水已顺利上机做副机长，六月就正式入职了。

李枫然定居北京，全款买了套精装修的新房。梁水跟他买在同一个小区，康提给的首付说是婚房，他每月还贷。房子等着散味，还没入住。

梁水早早从宿舍搬出来，在苏起学校附近租了房。两人正式同居。

父母都没意见，倒是康提私下跟梁水交代："你们的关系父母认了，但也要注意点儿。"

康提意思是不要在苏起没准备的情况下节外生枝："七七还在读书呢，再说她想搞科研，女孩子本来就不占优势，这会儿正是发力的时候，你别拖她后腿。"

梁水说："还用你讲。"

梁水后来跟苏起讲起这事，说："我妈妈真是拿你当亲女儿，我这便宜儿子是捡来的。"

苏起正坐在地毯上帮他整理登机箱，说："没有办法，苏七七太可爱、太有魅力了。"

梁水捏了下她的脸。

她从箱子里翻出一副墨镜，塞给他："戴给我看。"

墨镜一戴，他的脸越发冷峻凌厉，还真有严肃冷酷的机长模样。只是他没绷住，几秒后便忍不住弯唇一笑，霎时像阳光倾泻，帅气得青春飞扬。

苏起凑过去在他下巴上啜了一口。

“你就是个色狼，是不是？”梁水把墨镜摘下来给她戴上，墨镜遮住她半张脸，酷酷的，还有些可爱。

“好看吗，机长？”

“好看。机长夫人。”

苏起拿手机自拍。

梁水握住她一只手，抠抠手心：“七七，其实我妈妈说的我都想过，这几年你还是以学业为主。”

“嗯。”苏起对着手机摆造型，“我还是蛮想进研究院的。小孩的话，”她将墨镜拉下来一点儿，抬着眼眸瞧他，“你现在想要吗？”

梁水摇头：“至少四五年后吧。”

他觉得现在两个人挺好。

“我也觉得。”她笑了，继续自拍。

梁水摸她手心，问：“你想什么时候领证？”

苏起“咔嚓”摁快门：“什么时候都行啊。明天都行。”

梁水：“真的？”

苏起刚举起手机，回过神来，想了会儿，扭头看梁水。

他看着她。

她也看着他。

对视片刻，两人立刻起身翻找资料，苏起的户口在学校，梁水的在公司还没来得及移到房子上。一个打电话，一个上网查，倒也简单，各自去户籍科借出来就可以。

两人一商量，决定8月29日拿证。

2013年8月29日，刚好十年。

苏起跟家里说了。

程英英说：“啊？就领证啊。”

苏起刚要说你是不是舍不得我啊，妈妈说：“也行。反正你收了人家戒指也不好退回去。再说我像你这么大的时候，你都跟在水子屁股后头跑了。”

“……”苏起说，“我们要不要回来一趟，是不是要双方家长见面，仪式一下？”

程英英说：“别了。折腾。我跟几个妈妈约了晚上去舞厅跳舞，到时跟你康提阿姨说一声就行。”

苏起：“……”

妈妈！你要嫁女儿呀，能不能郑重点儿！

可放下电话，苏起又挺满意，自己的事情自己做主，多好。

2013 年 8 月 29 日那天，苏起和梁水去领了证。从民政局出来，梁水坐在台阶上给她戴上戒指，说：“这下好了，之前总感觉在裸奔。”

苏起打了他一下：“什么破比喻！”

两人戴好戒指，在超市里买了两支可爱多。一人一支吃完，苏起回研究所记录实验数据，梁水这几天轮休，回家打扫清洁，哼着歌扫到半路，还是激动，拍下两个小红本本发了朋友圈。

苏起在实验室等数据，刷一下 QQ，高中群有人讨论，说梁水和苏起居然结婚了。

居然？

苏起想，是果然！

刘维维说：“哇，从高中走到现在，真难得。”

程勇道：“是初中。”

错。

苏起笑，你们都不知道，水砸穿开裆裤的时候就喜欢我了。

下午，路子灏打电话说去李枫然家聚聚，庆祝他俩结婚，顺带给李枫然暖房。

苏起说：“要买什么东西吗？”

路子灏：“人来就行。油盐酱醋食材水果都齐了。”

苏起跑去花店买了一大束鲜花，粉玫瑰、白玫瑰、满天星、银叶菊，漂亮极了。

花艺师插着花，苏起趴柜台边瞧，拿手指："帮我再加个白色的小绒球球。"

梁水插兜站一旁，看见她无名指上的戒指，兀自一笑。

真别说，她手指又细又长，戴戒指真好看。

小小的圆环像一把小锁，锁着她，她是他的。

他抽出手来，看看自己手上的戒指。他也是她的。

工作台的电脑上播放着一首新歌："Listen to my heart oh oh oh..."

苏起瞄一眼，三个小男孩在屏幕上蹦蹦跳跳。

她好奇："这么小？"

花艺师笑："新出的组合，TFBOYS。"

"可爱。"苏起说。这些年国内出过好多组合，BoBo，至上励合，不知道这几个小男孩未来是什么样。

她托腮："我现在好喜欢 EXO 的吴世勋啊！"梁水拧了下她的腰，她立马改口，"瞎说的，过去时。"

梁水冷飕飕瞧她一眼，又看一旁，一朵插花时掉落的小雏菊躺在柜台上。

他捡起，插在她的丸子头上，漂亮又明媚。

苏起察觉，回头："干吗？"摸摸脑袋，摸到发髻上一朵小雏菊。

梁水握住她手，说："别摘，好看。"

苏起便不摘，继续看插花。

梁水瞧着她头上的花儿，心情不错，掏出手机给她拍了照。

花束扎好，苏起抱了个满怀。

李枫然家跟梁水一个小区，梁水打算下月休假再搬。

一进屋，苏起道："路造跟声声送物质，我送精神来了。"

李枫然接过鲜花："家里就缺这个了。"又瞧见她头上的花儿，笑，"那个也好看。"

苏起摸头："水砸瞎弄的。小鱼丸不在？开学了？"

“前天回美国了。”李枫然把花放在茶几上，拿矿泉水瓶浇了点儿水。

苏起打量四周，浅灰色家装，木质地板，开放式厨房，大理石吧台。

林声在做饭，路子灏在吧台上摆盘，对苏起说：“不买东西就算了，还不出力做饭。苏七七你够行的。”

“过会儿洗碗总行了吧。”

路子灏切一声：“你洗碗？还不是推给水子。”

“你一会儿不跟我过不去你能死吗？”苏起四处一瞄，“肖钰没来？”

路子灏拌着沙拉：“人家要上班，没你那么闲。”

“上班嘛，那就好。”苏起好心状，“我以为你俩又吵架，他被你气得不肯出门了呢。”

“……”路子灏说，“梁水你管管你老婆！”

刚还牙尖嘴厉的苏起霎时脸一红，这话听着怎么这么……甜呢。

梁水正站在落地窗前跟李枫然讲话，扭过头来，说：“路造你别惹我家领导啊。”

苏起心里甜甜的小火苗噌一下烧到面颊，一溜儿小跑去梁水身后，搂住他的腰，脑袋靠他后背蹭蹭。

路子灏翻白眼，说：“李凡你不过来避难？”

李枫然淡笑，立在窗边，看了眼从背后拥着梁水的苏起；两人的手交握着，淡金色的戒指在阳光下闪着光。

林声往盘子里分牛排，说：“新婚燕尔，懂不懂？过来吃饭。”

几人围聚吧台边，坐上高脚凳。

土豆泥，煎鳕鱼，牛排，烤西红柿，白灼秋葵，蔬菜沙拉。

苏起叹：“声声你还会弄西餐，以后谁娶你真是福气。”

路子灏道：“那娶你的人呢？”

苏起倒酒到一半，说：“路造你是不是要打架？”

路子灏：“不打，你都混双了。”

李枫然在一旁含笑，将酒杯分推给朋友们。

苏起：“风风你笑个头啊。”

李枫然无辜："我连笑都不能笑了？"

林声扑哧："一群幼稚鬼。"

路子灏拿叉子敲敲玻璃杯，举起红酒杯："梁水砸，苏七七，新婚快乐！"

林声："百年好合。"

李枫然："一生幸福。"

梁水笑："谢谢。"

苏起："谢谢。"

五只玻璃杯碰在一起，"咚"一声清脆。

吃完饭，伙伴们转战客厅，窝在沙发上，各自找了舒服的位置。

茶几上堆满果汁、红酒、矿泉水；果盘里摆着樱桃西瓜火龙果；零食篮子里装满薯片牛肉干仙贝话梅。

电视切换到国外音乐频道，Taylor Swift 正在唱 *you belong with me*。

林声喝了口红酒，说："七七，结婚证给我看下。"

苏起从包里翻出红本本："还热乎呢。"

路子灏凑上去一起看。

红底照片上，梁水和苏起一身白衬衫，两张漂亮的脸蛋年轻、干净，正青春。他们一个笑容散漫，一个笑眼明媚，眼底眉梢的幸福开心得能溢出来。

路子灏由衷道："你俩真挺配的。"

"真好看。"林声羡慕地说，"连身份证号码都很配。"

两人身份证前六位行政区号一样，后头——

199001100010

19900120002X

苏起笑："对吧！我也发现了。"

李枫然接过来看，"梁水""苏起"的铅色名字印在上边。照片里，他们笑着，眼里含着光。

李枫然垂眸看了会儿，把红本本还给梁水，直视他的眼眸，轻声说：

“一生幸福。”

梁水接过，望着他，点了下头：“谢了。”

电视里，阿黛尔深情唱着：“...someone like you...I wish you nothing but the best for you, too...”

路子灏拆开一包薯片，问：“结完婚什么感觉？”

苏起咬着西瓜，跟梁水对视一眼。

梁水耸了下肩，苏起说：“没什么感觉，跟没结婚一样。”

林声说：“我觉得这样就挺好。”

梁水看她：“你最近怎么回事，微博粉丝三十万了，买了多少僵尸粉？”

林声一包仙贝砸过来：“一个都没买好吗？”

梁水接住，撕开了喂给苏起。

李枫然说：“你现在风格就很好。”

林声几个月前跟苏起去博物馆玩，突然从文物里得了灵感，将一些有意思的器物拟人化，幻化成古风人物。

凤钗、青铜剑、竹篾、扳指在她笔下变成含春的豆蔻少女，墨衣长发的大侠，温润如玉的隐士……

渐渐有了喜欢她的小圈子。直到上个月，有个微博大号在博物馆拍了个胖嘟嘟的唐代大酒缸，玩笑问她能不能画。

三天后，林声在微博上贴了幅仕女醉卧竹林图。丰腴艳美又不流俗的仕女侧卧竹林，一手撑头，一手扬起玉壶，美酒似飞流；女人大胆跷着腿，如男人般豪爽肆意。

这画一出，上万评论转发。

苏起说：“声声你要红了。你爆个照会更火。”

林声笑：“算了吧，大家看我的画就好。再说，就算不爆照，也会越来越火。”立刻道，“喝多了！醉话醉话。”

伙伴们笑起来，林声面颊绯红。

苏起追问：“声声，有那么多粉丝什么感觉啊？”

林声掩饰不住开心：“自己的作品有那么多人喜欢，就……蛮好的。

李凡肯定懂的。”

李枫然朝她伸了下酒杯，林声越过茶几和他一碰。

国外乐队在放肆喊唱：“Tonight! we are young! So let's set the world on fire. We can burn brighter than the sun!”

五个年轻人哼着歌，喝着酒，歪在沙发上闲聊。

李枫然和林声各自倒在单人沙发里，路子灏睡在长沙发上，梁水斜垮垮歪在一堆靠枕中，苏起脑袋枕他腿上，躺在沙发上跷着脚。

从钢琴聊到飞机，从博物馆聊到非洲，从李白聊到神探夏洛克，任何话题都能随时随地跳出来。

讲到不知何时，苏起恹恹欲睡，梁水躺到沙发上，拉来一张小毯盖她身上。她在他怀里闭了眼。

伙伴们有一搭没一搭，聊着聊着，迷迷糊糊。

夏天的午后，大孩子们七歪八倒，沉睡着，安安静静。

玻璃杯沾着酒渍，西瓜皮挂着水滴。

中央空调的冷气呼呼吹着，落地窗外阳光灿烂得有些刺眼。

苏起迷蒙中眯开一条眼睛缝儿，恍惚想起了南江的夏天。

突然，丁零零！手机响。

苏起一个惊吓，梁水揉揉眼睛，伸手在沙发上一摸，递给她。他又闭了眼，胸膛沉沉起伏。

几个伙伴也醒了，林声踢了踢腿，路子灏挠了挠头，李枫然将脑袋埋进靠枕里。

是程英英，她说：“七七，我跟提提阿姨说了，过年办婚礼怎么样？”

苏起困困地抓抓梁水，他听见了，点了下头。

苏起咕哝：“好。”

“那行。你那里热不热呀？”

“不是很热了。”

“哎，云西快热死了。天天三十六七摄氏度。”程英英说。

苏起听到什么，忽地就醒了过来。

她听见了——

知了——

电话那头全是蝉鸣，听筒里装着一整个夏季乐章的收尾音。

苏起心头一动："妈妈，你那里有知了？"

"我跟卉兰阿姨在北门街这边玩呢。"

"妈妈，我想听知了叫！"

路子灏立刻找遥控器，电视静音，林声抬起头，梁水李枫然睁开眼。

苏起放了外音。

窗户半开，城市车水马龙，楼下隐隐有车轮滚滚声。屋内很安静。手机里传来聒噪的知了叫，炎热的带着桑叶气息的夏天扑面而来。

伙伴们都安静了。

听了足足一分钟，才挂了电话。

城市的喧嚣随着折射的太阳光线缓缓浮上来。

苏起叹："好久没在云西过夏天了。好想回去啊。"

伙伴们都有些怅然。

梁水忽然道："那回去吧。现在就走。"

苏起愣住："啊？"

路子灏突然兴奋："走。现在就走！"

李枫然掏手机："我看车票。"

林声愣了愣，一下笑得停不下来："行。买最早的火车票。"

李枫然："坐动车吗？"

林声："不要吧，温州那个动车事故好吓人。现在技术成熟了吗？"

路子灏笑："成熟了的。不过动车的话，深夜到。"

李枫然："普通车吧，晚上七点半，明早九点到。现在去？"

"赶紧啊。"苏起从沙发上爬起来，"去车站就要一个多小时。还要买票。"

"现在能网上买票了。"路子灏打开手机，点了半天，"我没带银行卡。"

"我有。"梁水从钱包里翻出卡片递给他。

“好了。”路子灏道，“都带身份证了吧。”

林声在包里一翻：“带了。”

路子灏爽朗大笑，拿起酒杯：“酒喝了，零食水果带上。回南江！”

“回南江！”五个杯子一碰，饮尽，“出发！”

一伙人迅速打包上食物，出了门。

五个人什么都没带，夕阳照在年轻的脸上，每个人都笑意盎然。

他们赶到火车站，取了票顺利上车。临时起意的，买不到卧铺，座位也不在一起。好在同车的人很友好，给换了位置。

有几个年轻人认出了李枫然，但没人上前打扰。

火车鸣笛，滚轮发动离开北京。

华北平原上，夕阳西下，落日余晖红红一层铺洒在车厢里。

五人相视着，不由自主地笑起来。

路子灏望着车窗外流动的落日平原，有些激动，说：“大后天要开学，老子却被你们拐带‘私奔’了。”

梁水纠正：“群奔。”

苏起林声笑起来。

李枫然道：“没事，我们后天晚上回来。再拥抱成年人生。”

苏起抬眉：“风风，你喜欢小时候还是长大？”

李枫然说：“小时候。”

“嗯。”林声有同感，“不是说长大不好。”

路子灏：“就是小时候更好玩。我前段时间很想玩小时候玩过的滑板车，从巷子外头那道坡上冲下去。”

林声开心地睁大眼睛：“我还记得，踩滑板车冲坡的时候特别害怕，但又想跟上你们，就硬着头皮冲下去了。太刺激了，我现在都记得当时呼呼呼的风声。哦，水砸跟李凡还停在半路等我了呢。”

梁水抠抠脑袋：“有吗？我怎么不记得了？”

“有。”李枫然笑，“七七和路子灏冲到坡下，撞到一起摔了跤。然后我妈妈叫我们去抓冰块。”

“刘亦婷！”苏起握紧拳头，轻捶小桌板，“那时候我们被她害惨了。但我抓冰块赢了。”她得意地扭了下肩。

梁水瞥她一眼：“我让你了。”

苏起：“瞎说。”

“真的。你拿了钱，还给我分了，说谢谢我。”

林声做证：“我也分了二十块钱。”

李枫然说：“那时候，二十块是一笔巨款。”

路子灏想到什么，突然爆笑：“你们记不记得七七有段时间攒钱想买个假芭比娃娃，可她又想吃东西。水砸吃辣条，她在旁边看得口水都流出来了。水砸就把辣条给她了。”

苏起不信：“你胡说，根本没有！”扭头，“水砸？”

梁水笑得肩膀直抖，摇头：“别问我，我不记得。主要是你不是一次两次流口水，我哪能每次都记得？”

苏起气得打他。

“不过七七会搞科研真想不到。”林声说，“我小时候一直觉得她长大了会当明星。”

路子灏：“我也是。她那时候天天逼着我们给她抄歌词。真的，没当大明星都对不起我们抄的歌词。”

“我逼你们抄歌词了？”苏起歪头，望着车窗外的夜幕，想不起来了。

林声说：“有一次爸爸妈妈还一起抄了呢。”

梁水不记得了，李枫然也是：“我只记得她演小燕子，还披着床单假扮香妃。然后水子说她是‘臭妃’。”

伙伴们笑得直不起腰。

路子灏摇头：“水子小时候嘴挺贱的。”

苏起立刻：“现在也一样！”

梁水捏她下巴：“苏七七，你说话有没有良心？”

林声笑看他俩，道：“可不管什么时候，谁欺负七七，水子都会去找人算账。”

路子灏靠在椅背上，随车轻微晃动，说："尤其幼儿园那会儿，只要七七一嚎，水子就要揍人了。七七又喜欢哭。好像有一次，水砸有颗大白兔奶糖，那时候大白兔很少见。她围着水子转啊转，水子就给她了。她当宝贝一样舍不得吃，都焐化了，结果被人一脚踩瘪。我的妈呀，哭得那个伤心欲绝，水砸把人揍了她还哇哇哭。水子急得到处找，逮到同学就问有没有大白兔，他要借一颗。后来还真让他借到了。奶糖一塞她嘴里，她就不哭了。"

苏起皱眉："我怀疑你是写小说的，根本没有这件事。"

梁水也摇头表示不记得，林声、李枫然都没印象。

路子灏叹："代沟。瓜娃子的脑壳是记不住事情的。"

苏起突然说："那路造，你记不记得你给我写过情书！"

路子灏正喝水，差点儿没呛到："放屁！"

苏起大笑，指他："真的写过，你赌不赌！"

路子灏："赌就赌，输了爬地上当马骑！"又道，"苏七七你老公还在这儿呢，你也好意思。"

梁水笑得花枝乱颤，直摆手："我没事。路造，我劝你认㞞。"

路子灏："不可能！我就没写过。"

苏起："我家有证据呢，你等着回去看吧。声声都给我写过。"

话说到这份儿上，路子灏还没想起来，连林声都没想起来："啊？我吗？我给你写情书？没有吧？"

路子灏笑："七七你幻想症爆发。"

苏起："真的！"

李枫然亦笑："真的。我也写过。"

"你看！"苏起有了支持者，冲他一眨眼，"还是你记得。"

李枫然说起来龙去脉，但路子灏和林声就是想不起来，说要等回去看到信才算。

路子灏说："我只记得你以前跟一个叫什么王珊珊的女孩写信。"

"王衣衣。"说到这儿，苏起翻出手机，"我小时候给她寄过照片，上次去她家把照片拿回来了，还翻拍了。”

她趴在小桌板上，点开图片，五个脑袋凑过去看——

十二岁的少年们站在南江巷荒屋的红砖墙下，冲着镜头笑。照片有些发黄，但照在他们脸上的阳光白皙而灿烂，是个明媚的夏天。

五人凝视了好一会儿。

梁水说：“好嫩。”

苏起道：“又是一个十二年过去了。”

梁水灵光一闪：“这次去南江合照，以后每年照一张。”

伙伴们都赞同：“行！”

苏起滑动相片，儿时的砖瓦民巷出来了——苏起家门口的栀子花树，路子灏家后的臭水沟，林声家的葡萄架，梁水家的阁楼，李枫然家的窗台和钢琴。

大家一时感慨万千。

梁水纳闷：“我记得李凡的钢琴是灰色的，怎么是原木色？”

苏起轻敲他脑壳：“笨蛋，哪有灰色的钢琴？听你拉小提琴锯木头的时候，我的心才是灰色的。”

梁水笑起来，抬头：“声声跟路造那时候学的什么乐器？”

两人齐齐摇头：“忘了。”

原来，小时候的很多事情都忘了啊。

车窗外，黑夜无边。火车厢在铁轨上奔驰，带着他们回南方。

五个年轻人聊着，回忆着，分享着。

是啊，小时候的很多事情都忘了。

林声忘了他们养过一只小鸭子，路子灏忘了他曾陪着梁水奔跑去火车站，李枫然忘了他曾坐在江边安慰林声，梁水忘了李枫然曾弹过一首《花仙子》。

就像苏起，她差点儿忘了她的秘密花园，多亏李枫然和声声提醒。

甚至和梁水之间的很多事，也变得模糊。

她记得他帮她赢弹珠，但不记得他在深夜抱着落落送她去医院；她记得他帮她练习仰卧起坐，但不记得他罚站时握紧了她的手；不记得在自行车被偷那天，他载着她穿过夜色一路回家；更不会记得很久很久以前，幼小的她第一次和他爬楼梯，在阳光下抓了抓他软嘟嘟的脸颊，说："你比阳光还可爱。"

有的记忆，他能想起，伙伴们能想起，帮着修修补补，焕然一新；有的记忆，五个人都忘了，就此消失在滚滚而下的时光江河里。

就像他们有人记得在大夏天一起顶着烈日踩着单车去街上买专辑，却没有一个人再记得他们喊着"剪刀石头布"你一步我一步地回家了。

也没有人记得，有个冬天，他们每个人过生日都互送贺卡，一翻开就会亮着灯唱生日歌的漂亮卡片。

那种贺卡在当年很流行，后来却绝迹了，带着一代人的记忆消失了。

夜色深深，五个年轻人歪靠在座位上，合着眼，沉沉睡去。

第二天醒来，窗外是灿烂夏阳。

他们抓着夏天的尾巴回到了南江。

潮湿闷热的空气扑面而来，连风都是黏腻的。他们却兴奋极了，没先回家，直奔南江巷。

"要坐车吗？"苏起问。

"走过去吧。"梁水说。

夏天快到尽头了，却仿佛是为了等着孩子的归来，不肯离场。

气温很高，满城树木茂盛得遮天蔽日，繁花盛开。

城还是那座小城，狭窄的街道，低矮的民居，几栋新建的商厦矗立其中，格外突兀。

一路过去，拉着沙石的货车轰隆隆开过。

苏起心情不错，不经意哼起了歌："Good bye my friend it's hard to die. When all the birds are singing in the sky."

梁水无意识就接了下一段："Now that spring is in the air."

路子灏边走边跟着哼起来："Little children everywhere. When you see them I'll be there."

李枫然、林声加入，起了和声："We had joy we had fun we had seasons in the sun. But the wine and the song like the seasons have all gone."

他们哼着歌，很快走到了城区和北门街区的坡道前。

苏起微讶："没想到从火车站过来这么近，小时候觉得好远。"

梁水抬下巴："你看那道坡。"

众人看前方，那道水泥坡道又短又平。

这曾是他们骑着自行车冲下的地方，苏起还在这里偷偷拖着梁水的自行车不让他往上。

林声不信："以前觉得很陡的，是不是后来填平过？"

李枫然摇头："没有。这几棵树的位置没变。"

当年的小树已长得又粗又高，树荫遮了大半条路。

走上坡，众人静了静——曾经宽阔高耸的防洪大堤变得又窄又矮，两边的坡道几乎不能算是坡道，坎还差不多。

目光尽头，长江翻涌。

小时候上下学必经的长长的大堤在记忆中骤然缩短，没几步就到了南江巷外。

儿时踩着滑板车冲下的陡峭坡道，不过是个又短又平的小路，恐怕不到十来米。

苏起吃惊："这个坡怎么这么小了？"

梁水望一眼南江巷巷口，说："巷子恐怕更小了。"

林声忽地问："要去看吗？"

五个人在大堤上静默站了会儿，江风鼓起他们的衣衫。梁水率先走下斜坡，苏起跟上。三人尾随。

巷口的树长得很高了，绿油油的叶子在夏风中招摇。

苏起牵紧梁水的手，随他拐进巷子。

时过盛夏，天空湛蓝，阳光盛大而热烈；南江巷满目疮痍——

几户人家都上着锁，荒废了。

两排砖瓦平房破败不堪，墙漆剥落，露出大片水泥；门板在风吹日晒中破裂；玻璃蒙尘破损，木窗在风中摇摆，生锈的栓子摇摇欲坠；葡萄架不见了踪影，连栀子花树都不在了，只剩一个干枯的小小树桩。

南江巷，她老了。

原本破败的巷子在几家人搬走后，骤然失去生机，加速老去，仿佛一个行将就木的老妪。

记忆中又宽又长的巷子变得狭窄，五个人站在里头竟显得局促。

可苏起恍惚好像看见五个小孩子在巷子里奔跑，玩着一二三木头人……

她踩着裂开的水泥地走到梁水家门口，抬头望，红瓦早已褪色，梁水的阁楼一片灰败。可就像是在昨天啊，一串小孩子抱着西瓜、绿豆冰咚咚咚上楼，楼梯踩得哗啦啦响。

“吱呀”一声，苏起回神，她家门开了，一个拾荒老人拖着一袋塑料瓶出来，奇怪地看他们一眼，自顾自把瓶子一个个踩瘪。

苏起上前：“爷爷，我能不能进去看看？我以前住这里的。”

老头儿很和气：“去吧。”

他们走进屋，房子很小，摆满了一堆堆的废弃纸板麻布袋和塑料瓶。屋内潮湿而阴凉，光线昏暗，气味腐败，像是蘑菇生长的地方。

苏起一时都不记得妈妈的床曾经摆在哪个位置了。

她小声：“我家这么小啊。小时候觉得好大呢。”

她匆匆看一圈，走了出去。

一出大门，夏天的阳光倾斜而下，照得她眯起了眼。

“拍张照吧。”李枫然说。

他们走到那面残破的墙下，按当年的顺序站好，请老爷爷帮忙拍了照。

照片中，五个年轻人正当青春，英姿飞扬。

斑驳老去的石墙，映着他们年轻的身影，有种冲突强烈的美感。

“真不错。”梁水说。这时，电话进来了，是林家民。

爸爸妈妈们知道他们回来，五家人要去梁水家聚会，给他们做大餐。林家民问孩子们想吃什么，报菜单。

路子灏往巷子外走，说：“莲藕肉夹。”

李枫然："炒蒿苞。"

林声说："山药炖老鸭，黑鱼汤。"

菜单一串串蹦出来。

苏起落在最后，回头望。

残破的房屋背后，树木在风中招摇，知了鸣叫着，叫声铺天盖地，像是知道夏季将逝，尽情唱着最后一个夏日。

她站在巷子口，穿堂风吹过她的裙子，像是南江巷的精灵穿越时空给了她一个温柔的拥抱。

她在风中微微一笑。

听见梁水唤："苏七七，走了。"

"欸！"苏起回头，看见梁水、李枫然、林声、路子灏站在长江大堤上，齐齐等着她，冲她笑着。

夏日蓝天，江风涌动，他们的衣衫像飞舞的花儿。

苏起心里涌起大片的温暖，朝他们跑去。

……

她跑上坡，望着他们："现在就走了？"

伙伴们留恋地看了眼巷子，梁水说："走吧。"

苏起走了一步，忽然停住，亮了眼睛，说："我想飞！"

梁水和李枫然对视一眼，笑了一下。梁水朝她伸手，李枫然也伸了手。苏起蹦上去挽住他俩的手臂。梁水又朝林声伸手，路子灏走过去，让林声也挽住他俩。

五个大孩子站成一排，探着头左右互相看，脸上挂着大大的笑容。

苏起："梁机长！"

"准备！"梁水说，"一、二、三！"

三个男生笑容绽开，突然起跑；两个女生双脚悬空，哈哈大笑，在大堤上飞驰起来。

他们在风中奔跑、飞翔，衣袂翻飞，笑声回荡。

南江巷的故事还没有结束，苏起飞着、笑着，心想。

故事，故事是从什么时候开始的呢？

二十世纪八十年代末的一天吧，苏勉勤和程英英拿着从电线杆上撕下的降价出售宣传单，寻到了南江巷。

春末初夏，江水如练，程英英说，真美啊。

她说，希望未来的生活，一路风生水起。

年轻的丈夫便摘了朵栀子花别在她头上。

苏起挽住梁水的胳膊，又摸摸丸子头，昨天梁水别上去的小雏菊还在。

梁水的手寻了一下，握住她的手，十指相扣，问：“你笑什么？”

江风吹动女孩的长发，她摇头，笑容灿烂：“没什么。”

伙伴们走在大堤上，讨论着中午吃什么家乡菜。

苏起回头望了眼长江，望了眼掩映在绿树间的南江巷。阳光太刺眼，在睫毛上跳动着，世界变得有些虚幻。

一瞬间，好似回到了遥远的童年，一个从未留意的平凡夏日——

那个夏天的午后，天很蓝，没有风。巷子里很安静，大家都午睡了。

她午觉醒来，穿过烈阳去找声声，声声从凉席上爬起来给她开纱窗门，脸颊上还印着凉席印子。

梁水的阁楼上，传来世界杯重播的声响：“中央电视台——”

她叫：“比分三比零，法国赢了！”

梁水抓起冰袋就砸向她。

路子灏推开纱窗门，刚醒的李枫然蒙蒙坐在凉席上，吊扇呼呼转动，墙上的挂钟沉默地走着，一圈又一圈。窗外，日升日落，冬去春来。

小小的阁楼上，日复一日，年复一年，夏风一吹，千纸鹤的门帘轻轻飘荡——

嘘，不要告诉别人，这是南江巷的秘密。

（正文完）

番外

时光如江河，奔流直下

作为一个结了婚的年轻姑娘，除了手指上多了个戒指，苏起的生活和未婚没什么区别。她要上学，忙着搞研究，梁水工作也忙，常常倒班，两人都吃食堂，要是凑到一起就寻觅美食，打卡各类餐厅。家里是不开灶的，没有半点烟火气，打扫也交给钟点工。

苏起没有婆媳关系要处理，不用做家务做饭，也不用按时回家，自由得随时撒丫子跑。

唯独一点，除了去外地，无论做实验到多晚，她每晚都必回家里住。哪怕有时候梁水晚班，凌晨两三点才回，她也不住宿舍。

她喜欢等他回家。

喜欢在睡梦中听到钥匙插进锁孔的声音；她能分辨出他的脚步声，轻缓地走过客厅，进了卧室；床板稍稍一沉，他的手摁在她身边，低头给她一个轻吻，带着风尘仆仆的气息。

她在迷迷糊糊中眯着眼憨笑一下，翻个身，他会忍不住再多亲她几下，才去洗漱。

她缩在被子里醒一会儿觉，等他洗漱完，她抠着脸蛋爬起来，去厨房。

那有早已煮好的清粥、凉拌黄瓜、海带丝、榨菜腌萝卜，让他夜里回家能吃上消夜。有时她跟他一起吃，有时她趴在桌边看他，有时她白天太累，赖在床上不下来，半梦半醒，等他吃完了再钻进被窝来吃她。

梁水时常调休，若是刚好碰上周末且她没实验，两人便溜出去玩；头一年还挤地铁坐大巴，第二年梁水买了车，隔三岔五带她去坝上草原、承德、北戴河。

要是碰上工作日，她要上课，他便陪她在图书馆自习看书，还跑去教室蹭课。

苏起是小班教学，班上学生不多，教授们也不介意旁听。一来二去，都认识梁水了，有一次上课教授开玩笑，说："梁水又来了。哎，班上就苏起一个女生，老公是得看紧点儿。"

哄堂大笑。

梁水摸着鼻子，跟着笑，说："我是来学习的，学习。"

有教授半路提问，问："梁水答不答得上来啊？"

他真能答个百分之六七十。

有一次教授还问他作为飞行员，操作过程中感受到的数种机型的差别和优劣，说是从"用户"的角度反馈问题。

苏起硕士课业结束后，继续读博。

他们一直有避孕措施，结婚四年，小夫妻生活过得相当自由散漫，而又惬意。

梁水总能想些新奇玩意儿带她去体验，什么失重感、滑翔飞行、蹦床……花样百出。

有一次带她去玩射击，苏起有模有样地穿上马甲背心，戴上眼镜，拿住枪，兴奋地说："好酷，早知道我应该去当特工。"

梁水往手枪里安着弹夹，说："就你这小身板还当特工，一脚踹飞了。"

"美色。"苏起仰起小脸，"我有美色你懂吗？"

梁水正握枪，瞥她一眼，眼神透过薄薄的防护眼镜，颇有种"你是不是欠收拾"的意味，道："你当特工是想这些呢？"

说着，托起枪，对着靶子“砰砰”射击。

苏起说：“也不是。特工生活很刺激嘛。”

梁水幽幽看她：“你觉得跟我生活不刺激了？”

苏起故意气他，道：“哎，只能跟你这一个男人周旋，生活都没情趣了。”

梁水冲她假笑了一下，狠狠捏她脸，道：“你等着。”

当晚梁水的报复就来了。两人看完电影回家，还没下车，梁水就锁死车门把她给办了。

就是那一次，二十七岁的苏起怀孕了。

也是那一年，C919 成功首飞。

伙伴们得知她怀孕，约了一天过来相聚。

最先到的是林声，她早从肖钰那边搬出来，在苏起家小区租了房，既能住又能当工作室。她现在是粉丝 320 万的知名古风画手。虽没赶在房价飙升前买房，但也不算压力太大。

她就住苏起隔壁楼，穿着家居服，戴个大眼镜就过来了。

梁水见了她，一脸嫌弃，说：“你真把这儿当自己家了，头发油成这样都不洗？”

林声昨晚熬夜了，打了个哈欠，道：“我脸都没洗呢——”

梁水：“你的追求者们、粉丝们知道你私下这副德行吗？”

苏起道：“知道！她上次冒痘了，那火车富二代还在追她呢！”

是苏起林声从上海逃回北京那晚碰上的一群男生，其中有个对林声一见钟情，留意了苏起的学校，在人人网上一找，又顺藤摸瓜找到林声。他给林声发过消息，但林声没搭理他。直到她来北京后，人人网倒闭，她登账号缅怀下过往，不想那男生居然还在给她发消息，就留了联系方式。但两人目前也仅止于朋友。

林声往沙发上一瘫，又打了个哈欠，看苏起的肚子，半晌，戳了一下。

苏起：“……”她说，“水砸也这么干过，我当时踹他了。”

林声于是默默挪开一米的距离。

梁水在开放式厨房里洗菜，说："声声你别招惹她，她最近仗孕行凶，特别刁蛮。"

林声说："活该，都是你宠的。她不怀孕的时候也刁蛮，以后有了崽子更不得了。"

苏起扬手要打她，有人敲门，林声躲开她，笑着去开门。

她拉开门，打了个巨大的哈欠："李凡、路造，你们——"她突然低头捂嘴，扭头就走，撤了一步忙说了声，"子深哥哥……"说完，人闪电般消失去了卫生间。

苏起探头一看，李枫然、路子灏和路子深都来了。

她诧异："子深哥哥你来北京了？"他两年前回国后，一直在上海。

"嗯。调到总部了。"

苏起寒暄几句，看一眼紧闭的卫生间门，走过去推开一条门缝溜进去。

林声坐在马桶盖子上，表情灰飞烟灭，说："我好丑。"

苏起："……"

"丑倒是不丑，就是有点儿邋遢。"

"……"林声小声，"我现在洗个头换个衣服，会不会有点儿夸张？"

苏起点头。

林声瘫在马桶上。

她没耽误太久，洗了脸，把头发绑成丸子头，一开门，路子深正在洗手台边洗手，抽了张纸巾擦拭着，看向镜子。

两人的目光在镜中相遇。

路子深说："声声，你披个麻袋都好看。"

林声："……哦。"

苏起只是笑，回到客厅，路子灏在帮梁水做饭，李枫然拿遥控器调着音乐频道。

苏起过去，瘫坐在沙发上，四仰八叉的，摸了摸肚皮。

李枫然回头，盯着她的肚子看，有些好奇，也有些认真。

他问："有感觉吗？"

苏起扑哧笑："哪有？现在才两个月呢。还是颗小豆子。"她拿手指比画了一下。

李枫然觉得稀奇，又问："是男孩还是女孩？"

苏起哈哈笑："风风你是不是傻，现在怎么可能知道？"

他不好意思笑了一下，说："我申请当干爸。"

"好呀。"苏起道，"那你要对他特别好，给他买很多吃的玩的穿的。"

李枫然点头承诺："好。"

那晚，上床睡觉，梁水关了灯，苏起在他怀里拱了拱，找了个舒服的位置，忽然问："水砸？"

"嗯？"

"你希望它是男孩还是女孩？"

梁水一时没作声，温热的手掌覆上她的腹部，许久。

"男孩。"他说，"我希望是男孩。"

苏起懂了，微微一笑，搂住他脖子，亲昵道："水砸，你会是个好爸爸的。"

2018 年，孩子出生了，果然是个男孩。

苏起叫他小水砸。

小水砸和梁水婴儿时期长得一模一样。他不爱哭，眼珠总滴溜溜转，仿佛对这个世界很好奇似的，又时不时揪着眉，一副高冷嫌弃的模样。

那时苏起忙着博士毕业，不到三个月就给宝宝断奶了；宝宝也很乖，不哭不闹，按时睡觉，保姆都说没见过这么省心的小婴儿。

苏起原以为自己不太喜欢小孩，但小水砸实在太可爱，她每天上学回来趴在摇篮边逗他一会儿，摸摸他小手小脚，心都能融化。

李枫然、林声都早早来看过宝宝，特别喜欢。李枫然还买了一大堆婴儿用品，全是最好的。

路子灏工作忙，来得最迟，看见宝宝的时候，虽然喜欢，但不敢碰，更不敢抱，说怕把小孩抱坏了。被苏起嘲笑了一番。

梁水说："你跟肖钰怎么了？"

许久没见到肖钰了。

路子灏说吵架了。

苏起道："你俩不吵架才不正常吧。"

路子灏说这次不一样。

路子灏不想要小孩。这是两人最大的分歧。

苏起说："因为贵吗？我可以帮忙。"

路子灏愣了愣，半天没说出一句话，看梁水。

梁水伸手将苏起揽进怀里，用力搂住，笑："我更愿意借钱给你。"

路子灏短促地笑了一下，眼眶都红了，被震撼得忘了自己的话，好久之后才摆摆手，说："不是钱的问题。我们资金都充足，真要做也会去国外做。我很谢谢你们，真的。非常感谢。但不是你们想的那样，就是我自己……我不想要孩子。"

"不想要？"

"嗯。"

梁水和苏起听他继续。

"我没法保证不让孩子受伤。要是负不了这个责任，我带他来这世上做什么？如果只是为了养老，为了寄托，我不要当这样的父母。"

苏起沉默片刻，说："路造，当年的事，你还是很受伤吗？"

路子灏不说话。

梁水问："那收养呢？"

路子灏揉了下额头："还没讨论过。我现在想到生小孩这事就头疼。"

后来，苏起问过梁水："水砸，你还会想起你爸爸吗？"

梁水只说了一个字："会。"

苏起不再问了。

2019 年春天，梁水顺利升职，当上了机长。

他当机长的第一次航班是从北京飞省城，而后又折返。那天下班后，梁水请苏起吃了顿大餐，一岁的宝宝丢在家里由保姆和康提带。

吃完饭，梁水带苏起找了家银行，搂着她在ATM机前看卡里的余额。

数字显现出来，苏起惊讶：“这么多钱了？”

他道：“以后每年都有这么多。哦，还会涨。”

苏起在他怀里雀跃了一下：“那我明天要去买包包！”

“买。”他说，“现在就买！”

那晚，他真带她去买了包包，还不够，又买了项链手镯。深夜回家，两人拎着一大堆盒子。

康提和宝宝睡了，小夫妻悄悄坐在餐桌旁拆礼物。

苏起眼睛放光，搂着她的礼物，像一个小小守财奴。梁水坐她对面，看她神采飞扬，便跟着笑。

前一两年，网上流行一个特矫情的词，叫什么小确幸。

但这一刻，他突然明白了这个词的意思——生活中一点一滴的确定的幸福。

做了机长后，梁水的轮休多了，但肩上的责任也更重了。

虽已飞行过数千次，每一步都胸有成竹，但他每次飞行都跟第一次上机时一样，对所有细节都认真把握，一丝不苟。一定做到对乘客、对机组、对自己、也对苏起负责。

只是他没想到第一次考验竟来得如此之快。

2019年8月29日，和苏起结婚六周年那天。他预计下午四点飞机落地，下班回去刚好和她共进晚餐。他专门定了个高档的西餐厅，鲜花礼物都准备好了。

没想到，四点差一刻，飞机降到三千多米时，发动机里突然撞进去一只鸟，瞬间起火，失去动力，飞机骤然自由落地，垂直坠落五六百米，机舱内氧气面罩脱落，一片混乱尖叫。

副驾驶是个刚上岗不到一年的新人，吓得面色惨白，失去反应。还是梁水稳住飞机，竭力将操作杆上拉，飞机一个翘头，在气流中颠簸着，颤颤巍巍忽升忽落——

“× 航 1209，呼叫塔台。”

“收到请讲。”

“右发动机起火。十三分钟后降落，请求消防车救护车支援。”

“右发动机什么情况？”

“烧毁。”

“现在高度多少？”

“1806。”

“能降落吗？”

“能。”

“好。……塔台呼叫，× 航 1209。”

“收到。”

“CDE 区跑道全部清场，均可降落。”

“收到。”

“……机长加油。”

“谢谢。”

那天傍晚，一架飞机右翼燃着火冒着滚滚浓烟，微晃却安全降落跑道的视频刷爆网络。× 航最年轻机长一下子火了，梁水的证件照更是引发无数讨论。

“我去，这么年轻这么帅？我以为是个老机长。”

“太厉害了吧。”

“比娱乐圈正能量多了。”

“看着就英气正派，点赞！”

“想嫁！嗷。”

“居然看见了校友！他人超好，高中时搞过反校园暴力活动！”

“我出一万块，谁给我他的联系方式！”

“人早就结婚了，老婆清华博士，造飞机的。青梅竹马一起长大的。”

“哭，果然优秀的人都是成双入对的。”

“希望社会再多一些这样的正能量。比心。”

只有苏起看到消息时吓得魂飞魄散，梁水一接电话，她就哭了。

梁水淡笑：“晚上要留下写报告，做汇报，得加班。不能回去陪你吃饭了，明天补上好不好？”

梁水忙到凌晨两点才回。进门时，他极轻地放缓脚步，几乎是两秒一步的速度，缓缓进了卧室。

室内安静而温馨，有淡淡的香气。光线朦胧，只亮着一盏床前灯，苏起侧身蜷在床上熟睡。

梁水松开领带扔到一旁，蹑手蹑脚走到床边，凝视苏起。这傻家伙，眼睫上竟还有泪痕。再看一旁的小床上，宝宝摆成大字形，呼呼酣睡。

梁水蹲下，看了眼睡梦中的儿子，宝宝嘟着嘴巴，肉肉的小拳头攥紧成一团。

他稍稍握拳，男人的拳头和婴儿的轻轻碰了一下。他心说：我保证，这一生都不会离开你和你妈妈。

他站起身，多看了眼苏起，想吻她，又忍住了，怕把她吵醒，悄悄溜去客卫洗了澡回来，小心翼翼爬上床。

她迷糊睁眼，欲要醒来；他将她搂进怀中，哄孩子般轻拍她背后。她搂着他，在他怀里嗅到安全熟悉的气息，又蒙蒙睡过去了，只咕哝一句：“你回来了？”

“嗯。回来了。睡吧。”他说。

梁水关了灯，心跟着安静下去。

这一晚，满世界的鲜花掌声，只有她的眼泪，落进了他心底。

他轻吻她的眼睛，不知为何，忽然想起当初那个被妈妈抽打着却死犟着一定要离家出走找爸爸的小男孩，终于，他跟这个世界和好了。

后记

写这篇文章，是因为今年年初有段时间特别怀念小时候，怀念童年时代、中学时代那简单纯粹、无忧无虑的美好。很想很想回到年少时，哪怕一次也好。但时光是无法回头的，所以就在小说里走一遍了。

之前说要写一个温暖的故事，回头看，做到了。

我们七七是个快乐温暖的孩子，正直勇敢，活泼大方，总是突发奇想，对世界充满好奇。这或许得益于良好而自由的家庭氛围，苏勉勤和程英英都开明。其他家庭虽有大大小小的问题，但也有各自的温暖。沈卉兰妈妈操持家里，爱叫穷又爱唠叨，但护女心切，谁要欺负林声她第一个站出来。燕子妈妈为了两个儿子忍辱负重，李医生和冯老师要磨合一辈子，但也渐渐有所改变。康提妈妈脾气硬，却也为儿子放弃了一生幸福，好在最终谁都没有辜负她。

我们水砸看着吊儿郎当，散漫不羁，其实是个内心很柔软的孩子。“我妈妈不让我抽烟”，他就不抽烟；“七七说打架的都是坏人”，所以他从来不打架，不欺负同学。他心里有亲情的缺口，父爱的缺失是他人生中的最痛和不可弥补。但他一直在抗争，终于没有长成和父亲一样的人。他就是梁水。他从小就坚韧、坚持，有着极强的忍耐力和毅力，表面不羁，实则骄傲，想要的东西，拼死也要得到。小小的年纪，就知道自己最怕的是让亲近的人失望。这样的小孩很让人心疼吧。这个孩子还很重情重义，在乎亲情、友情、爱情。他会为朋友挺身而出，无论李凡、路造还是声声。他是一个很记恩情的人，谁对他好，护过他，他会记着，还回去。而七七格外不同，七七早已超越了朋友，是他心里的自己人。所以他对七七除了各种关心保护和纵容，还有嚣张。当“混混”那段，他一而再再而三地惹七七，挑战她的底线，就是因为他知道不管怎么瞎搞，七七都不会放弃他。其实心里早就对她好了，只不过开窍太晚，没有意识到自己对七七的喜欢。

作为青梅竹马，从小到大水砸对七七特别好，总是护着她帮着她替她出头：给她打弹珠，送她去医院，帮她抄歌词，给她买奶茶，陪她看电影，单车被偷了送她回家，给她买CD，纵容她钉千纸鹤，罚站也扶着她，还帮她扫地做值日，陪她练体育，虽然因为被说闲话很烦，可一见她生气就立马翻墙出去买锁来求和好。只可惜他开窍晚，或许因为他太重视友情，掏心掏肺地对朋友好，所以误解了和七七之间的感情。他曾经说过，没有喜欢的女孩，他说“至少要超过苏七七”。正是因为有七七在，有七七做对比，所以上学这么多年，被那么多女生表白追求，他都没有动心过，只因为他对她们没有那种想要保护、照顾和纵容的心态，只对七七有。所以他认为那些女生，他一个都不喜欢，毕竟，这女的连朋友都比不了。可这个“朋友”的标准是苏七七，那天下还有哪个女生能比得了呢？不过呢，好在兜兜转转，没有错过。

错过的，是温柔的李凡。李凡是五个孩子里最先开窍的，他很早就意识到了对七七的喜欢。可惜第一次的表白被误会搅黄了。等到后来，看到七七对水砸的喜欢在偷偷萌芽，他却不能阻止了。父亲的沉默和不善沟通对他性格的影响、妈妈的期望、对钢琴的痴恋和水砸的友情，成了他和七七之间的绊脚石。他和水砸一样，都是坚定追求目标的人，而向上的路是独孤而苦涩的，为了梦想，有些时候不得不放弃一些东西。而他和水砸不一样，他的喜欢是隐忍无声的，不显山露水的，不说出来不表达的喜欢，终于到最后也没得到回应。而另一方面，和水砸的友情也成了他的牵绊——因为在南江小分队的每个孩子们心里，友情是同等重要的。他和水砸很多事情不用说，一个眼神就什么都懂了。

是的，南江小分队是一群最好的朋友，有着最纯粹最牢固的友情。声声缺钱水砸给她塞钱，水砸堕落声声去揪他，风风练琴七七陪他，水砸难过风风给他弹《朋友别哭》，路造要帮声声揍人，声声给七七写情书，风风安慰和妈妈吵架的声声，声声骑三个小时的自行车去看七七，路造被欺负小伙伴们群起反抗学校，水砸跟腱断裂风风和路造去找他，七七和声声偷偷给他打钱，风风叛逆水砸陪他去北京考试……

友情真好啊，亲情和爱情也是。

童年真好啊，但长大也是。

我们的南江小分队里，每个孩子都在努力成为优秀的自己。

水砸的父亲离家后，小小少年一夜成熟，开始追逐他小小的事业。他热爱速滑，喜欢在高速之下拼搏努力将所有烦心事抛去身后的感觉。但命运坎坷，转练短跑和跟腱断裂彻底断送了他的梦想。可运动员从小到大不服输不肯低头的韧劲还在，支撑着他一次又一次爬起来，就像路造说的，水砸这种人，不论做什么事，都会成功。所以，他最后成为了年轻而优秀的梁机长。

风风自小就是拔尖的钢琴少年，只是在长大的路上，天外有天人外有人，少年也遭遇了瓶颈和迷茫，甚至还萌生过转行学作曲的想法。但少年最终选择了挑战自身手速的极限，朝一条孤独而寂寞的路坚定地走去，哪怕将年少的喜欢深深埋在心里。所以，他成为了世界知名的钢琴家。

七七或许没那么有毅力，想法变来变去，一会儿这，一会儿那，但她没有功利心，不为名为利；做事也从不瞻前顾后，自信心爆棚，不论什么，只要她喜欢，想做就做。虽然偶尔没什么定性，需要身边人提点，可选定了路就心无旁骛往前走，所以她的路也越走越远。

声声和她相反，声声由于家庭和性格的影响，更加谨慎而小心翼翼，有些自卑，害怕失败。可她看着柔弱，却也有坚定大胆的一面，不论是对待友情帮助朋友，还是对待爱情，直到后来对待自己，终于走出了挑战自己的路。

路造一路顺风顺水，最大的障碍是从小到大的性别意识问题。在少年时代，有朋友们站出来为他撑腰，可长大后，面对母亲，他只有自己面对了。好在现在的路造对自己想要的、不想要的，足够清晰。至于未来会如何选择，那便是未来的事情了。

他们的生活，在未来依然会有波折，但没关系，我想，在未来，他们仍会相互扶持着，一路走下去的。

最后，对看了这篇文章的读者们说，对无论是还在上中学、读大学、已经工作，或是结婚生子了的读者们说，生活里总是有波折坎坷，长大的过程中总是有遗憾失落。难过的时候，沮丧的时候，低落的时候，就回南江吧。来看看南江小分队吧，希望这群小伙伴能永远为你们带去温暖，带去美好的回忆。希望大家都能想起来，我们的童年是美好开心的，我们天生都是有快乐的能力、微笑的能力的。虽然长大了，但不要忘记了啊。

回南江吧！